UN ACTE DE TERREUR

Du même auteur
aux Editions Stock

AU PLUS NOIR DE LA NUIT.
UN INSTANT DANS LE VENT.
RUMEURS DE PLUIE.
UNE SAISON BLANCHE ET SÈCHE (Prix Médicis étranger).
UN TURBULENT SILENCE
SUR UN BANC DU LUXEMBOURG.
LE MUR DE LA PESTE.
L'AMBASSADEUR.
ETATS D'URGENCE

André Brink

Un acte de terreur

Nina

Roman

Traduit de l'anglais
par
Jean Guiloineau

Stock

Titre original :

AN ACT OF TERROR

Pour Herta.

« Nous voulons tous découvrir pourquoi nous vivons, cela ne fait aucun doute : c'est une des causes principales de la violence du monde. »

Robert MUSIL.

« Je ne faisais pas partie des révoltés de l'Occident. Et pourtant je porte le fardeau des questions qu'ils ont soulevées. Depuis que toi et moi nous sommes apparus dans l'univers, il n'est plus silencieux. Toi et moi, nous sommes obligés d'affronter l'horrible question du meurtre. Est-il encore possible de naître avec innocence? Satané William Blake! »

Noel CHABANI MANGANYI.

Note

Dans la dernière partie du roman, on trouvera la reconstitution que fait Thomas Landman des treize générations de la chronique de sa famille. Cette généalogie est constamment présente dans le texte et le lecteur pourra la consulter où et quand il le décidera – soit au début comme un arrière-plan et une préparation; soit à la fin, comme une réflexion; soit à tout moment du récit qui lui conviendra; soit même par morceaux, quand certains personnages, certains lieux ou certains événements de cette chronique apparaissent dans le roman.

A.B.

1

1

A les voir marcher tous les deux, main dans la main, dans cette journée de fin d'été au Cap – Kirstenbosch, les Jardins [1], la Montagne, le sable brûlant de Camp's Bay, les ruelles du quartier malais, redescendre, traverser Parade (devant le Château), le versant nu et herbu où quelques églises et quelques mosquées isolées sont les seuls témoins de la vie tapageuse et depuis longtemps disparue du District Six –, personne n'aurait pu penser, même avec une imagination débridée, que le lendemain ils seraient impliqués dans un attentat à la bombe. Deux amoureux ordinaires, si ordinaires en réalité que, quand bien même on les aurait remarqués, une heure plus tard on aurait été bien en peine de se rappeler à quoi ils ressemblaient. L'homme : grand, anguleux, la peau colorée d'une nuance profonde et sombre, plus qu'un bronzage ; son appareil photo autour du cou, comme toujours ; des cheveux noirs assez longs ; une allure de petit garçon qui le faisait paraître plus jeune que ses vingt-huit ans. Ce qui

1. Les « Jardins du Gouvernement », créés en 1652 par Jan Van Riebeeck pour ravitailler les navires hollandais en route pour l'Asie.

devait frapper l'observateur, c'était l'intensité de ses yeux presque noirs ; et ses mains, le genre de mains qui auraient fait dire à des femmes âgées prenant le thé qu'il devait être pianiste, et à des fermiers qu'on voyait bien que de toute sa vie il n'avait jamais fourni une dure journée d'honnête labeur. Elle : maigrichonne, en particulier dans cette salopette d'un bleu délavé bien trop grande pour elle, dont les bretelles étaient tenues en place sur les épaules de son tee-shirt blanc par des épingles à nourrice, des cheveux queue de vache coupés irrégulièrement (elle les avait coupés elle-même, début décembre, juste après l'installation du groupe dans la ferme ancienne, près de Paarl ; les cheveux courts étant plus pratiques pour la perruque qu'elle portait) ; les traits durs et provocateurs de son visage couvert de taches de rousseur, sans aucun maquillage ; et, tout à fait inattendus, deux grands yeux verts et francs.

Ce qui distinguait les deux jeunes gens, c'était seulement la conscience de leur propre mort et leur résignation ; car il s'agissait de quelque chose qu'ils avaient accepté depuis le tout premier jour où ils s'étaient lancés dans l'organisation de l'attentat. Cela pouvait arriver à n'importe quel moment. Peut-être demain, à dix heures quarante-cinq, devant le Château, quand la bombe exploserait. Ou vingt minutes plus tard sur le chemin de la planque, à l'Observatoire. Peut-être à midi trente à l'aéroport ; ou dans un an, à la prison centrale de Pretoria, un matin, à six heures. Il n'était pas nécessaire qu'il en fût ainsi : si tout se déroulait selon le plan – et tout avait été prévu jusqu'au moindre détail, avec Justin, David, Rashid (et Christine, avant ce malheureux événement en février) –, ça n'arriverait pas. Mais il restait une possibilité ; et, s'ils n'en avaient pas eu conscience, ils ne se seraient jamais baladés ainsi dans la ville, par une telle matinée.

Et tandis qu'il parcourait les allées feuillues des Jardins – tachetées d'ombres, résonnant des roucoulements des pigeons, traversées par les ondulations vif-argent des écureuils –, toute sa vie semblait converger vers cet instant, comme si en marchant ici comme ça, en tenant la main de cette fille, Nina, d'innombrables promenades venues du passé s'étaient réunies dans celle-ci. Ces chênes noueux étaient en même temps les flamboyants et les msasas de Harare, les sombres toonas* [1] de Luanda, les marronniers de Londres, les bouleaux de Moscou. Aucun d'eux n'excluait les autres, aucun n'était complet sans les autres.

« Je ne supporte pas les au revoir », dit-il soudain.

Elle leva rapidement les yeux vers lui (il était tellement plus grand) et lui serra la main : il sentit ses os fragiles sous sa peau. « Ce n'est pas un au revoir, Thomas. Nous nous promènerons encore souvent comme ça.

– Ici ? Au Cap ?

– Bien sûr. » N'y avait-il pas quelque chose d'un peu trop énergique dans sa voix ? Il ne la regarda pas. « Nous partons seulement pour quelque temps. » Puis, de façon plus pressante : « Tu n'as pas de doutes, n'est-ce pas ?

– Non, je n'en ai pas. Je sais que nous avons fait tout ce que nous pouvions.

– C'est seulement l'attente qui me met hors de moi, dit-elle. J'aimerais qu'on puisse liquider tout ça aujourd'hui.

– Demain, à cette heure-là.

– Quelle heure est-il ?

– Onze heures dix. Nina... » Il s'arrêta et la saisit par les bras pendant un instant pour la regarder dans les yeux. Le devant de sa salopette godait à cause des épingles à nourrice mal fixées. « Ne parlons pas de ça maintenant, dit-il. Souviens-toi de ce qu'a dit Justin : aujourd'hui, nous

1. Les mots suivis d'un astérisque sont expliqués dans un glossaire en fin de volume. *(N.d.T.)*

sommes libres de faire ce que nous voulons, sauf de penser à demain. » Puis un petit rire forcé. « Comme la recette infaillible pour fabriquer de l'or, tu sais ? Avec une cuiller en bois, agiter pendant une heure une poignée de sable dans un seau d'eau, sans penser une seule fois au mot " or ".

– Peut-être, dit-elle en suivant le cours de ses pensées, peut-être qu'un jour, quand nous évoquerons le passé, nos vies nous apparaîtront coupées en deux moitiés : avant la bombe et après. Tu sais, comme avant et après Jésus-Christ.

– Entre l'idée et la réalité, entre le motif et l'acte.

– Ecoute, nous avons pris notre décision. Nous savons ce que nous faisons, ce que nous allons faire. Il ne reste qu'à aller de l'avant et à le faire vraiment. J'aimerais qu'on soit demain.

– – Et j'aimerais qu'il nous reste plus de temps ! dit-il. Tu sais ce que j'aurais aimé ? J'y pensais cette nuit quand je ne dormais pas. J'aimerais faire un long voyage dans le pays avant de le quitter, aller dans tous les endroits que je n'ai jamais vus, aller voir les gens que je n'ai pas connus.

– Dire au revoir ?

– Non. M'assurer que je n'oublierai jamais.

– Tu n'oublieras jamais, soupira-t-elle. C'est difficile de croire que ça va vraiment se passer demain, hein ? Après tous ces mois. Toutes les préparations, les paniques, le travail pénible, l'organisation. Maintenant, enfin... Ça ne semble pas vrai, comme si j'allais me réveiller brusquement – et tout ce que je redoute, Thomas, c'est de penser que tu peux ne pas être à côté de moi quand j'ouvrirai les yeux.

– Pourtant, cette chose de demain est avec nous depuis le commencement même, tu te souviens ? Tu en parlais le premier jour où nous nous sommes rencontrés.

– Tu crois que je peux l'oublier ?

– Ce n'était qu'une plaisanterie à ce moment-là.
– Pour moi, ça n'a jamais été une plaisanterie, Thomas. »

Sur un banc, près d'eux, il y avait un petit garçon à côté d'une mère perdue dans ses pensées et qui fumait ; il était assis, les jambes repliées sous lui, et son petit visage passionné se crispa quand, avec son minuscule doigt tendu, il traça dans l'air un dessin invisible et écrivit un message indéchiffrable.

2

– C'est du vent dont je me souviens d'abord, lors de cette journée à Crossroads, le vent, avant même que me reviennent le bruit et l'agitation : les files de Casspirs* jaunes des brigades antiémeutes (les « Mello-Yellos »), les Buffels* bruns, les transports de troupes, comme des animaux préhistoriques encombrants et grondants, dans cette sombre journée d'hiver, sous les nuages déchirés qui couraient dans le ciel ; les moqueries de la foule, la grêle de pierres, de bouteilles et autres projectiles désespérés ; les panaches des gaz lacrymogènes ; les premières maisons en feu ; les vigiles avec leur brassard blanc arrivant en trombe, accompagnés par la police ; puis les coups de feu (« Mon Dieu, ils tirent de vraies balles, aujourd'hui ! »), le vent, coupant comme une lame de rasoir à travers l'anorak et les différentes épaisseurs de vêtements (et ces gens dans les dunes, comme des épouvantails, avec des bras et des jambes gros comme des bâtons, des gosses au cul nu et au nez morveux parmi les bicoques, les cabanes et les abris de fortune faits de feuilles de plastique noir, de tôles ondulées et de carton, mal protégés des rafales par les saules d'Australie), le vent chargé de sable venant des Cape Flats, qui pénètre dans les yeux et dans le corps même. Hier il faisait très mauvais, la pluie tombait à verse ; mais au moins rien ne pouvait brûler dans l'humidité. Avec ce vent, la police, l'armée et leurs collaborateurs Witdoeke* peuvent mettre le feu aux cabanes des squatters et chasser les gens en enfumant les bidonvilles « illégaux » et misérables de Crossroads et de KTC.

Je me sens totalement épuisé en me levant ce matin-là ; et, debout devant la fenêtre de la cuisine, dans mon petit appartement de Vredehoek, tenant entre les mains un pot vert clair rempli de café brûlant à réveiller un mort, je me sens fort peu de courage pour la journée qui m'attend. On dirait que cette première aube blafarde racle ses poumons rongés pour cracher un soleil visqueux sur l'horizon, une mucosité tachée de filaments de sang.

Apathique, j'attends que les autres arrivent : nous avons décidé que ce serait plus sûr pour nous, journalistes et photographes, de travailler en groupes. Dans le minibus, contrairement aux autres matins, personne n'essaie de plaisanter ni de remonter le moral des autres. La plupart des routes sont barrées par la police, mais Johnny Oliphant, du *Weekly Mail,* qui connaît parfaitement le réseau de chemins de terre autour du Cap, nous conduit à travers les Cape Flats, directement dans Crossroads – mais seulement pour découvrir que les gens qui nous ont aidés il y a quelques jours sont maintenant tristes et mécontents. « Vous feriez mieux de foutre le camp. Ça va être la merde pour nous. Ils ont dit qu'ils allaient raser le camp. Il y a des Witdoeke partout. Et les flics veulent que la presse se tire, ils en ont marre de toute cette mauvaise publicité. »

Mais nous refusons de céder. Nous prenons des photos même en courant, en nous cachant et en nous faufilant au milieu des cabanes en feu. On éprouve une excitation unique dans cette sorte de danger. Peut-être parce qu'on ne peut jamais vraiment accepter – même pas quand on vous a déjà tiré dessus (le jour, à Guguletu avec Ntsiki, et tous les autres jours et toutes les autres nuits) – que sa vie est en danger. Le danger même semble donner un sens à ce qu'on est en train de faire ; ce qu'on essaie de faire. Chaque photo, chaque minute de télé, chaque paragraphe dans le journal est un petit triomphe. Pour certains dans notre groupe ce n'est peut-être qu'un travail à faire. Mais je sais qu'au moins d'autres, bien que épuisés, le corps douloureux et humide de sueur, couvert de poussière, attaqué par le vent cinglant, persistent à croire, fièrement, irrationnellement, que ce que nous faisons *doit* être fait. Sinon, comment le monde découvrirait-il ce qui se passe ? Et il est impératif qu'il connaisse le sort de ces enfants frappés à coups de crosse, de ces femmes mordues par des chiens qu'on lâche sur elles, de ces hommes poussés dans leurs baraques en feu et qui brûlent avec leurs maigres biens.

Mais, à un certain moment, même le plus intrépide d'entre nous ne peut plus continuer. Derrière nous, devant la première rangée de cabanes en feu, sont alignés des Witdoeke, armés de kieries*, de pangas*, de carabines automatiques (j'ai des photos montrant la police distribuant des armes, parmi lesquelles des grenades au phosphore). Devant nous, les uniformes bleus des brigades antiémeutes s'avancent, des hommes marchant de front avec des sjamboks* et des chiens, suivis par ceux qui ont les grenades lacrymogènes et les fusils. Notre première réaction, c'est de rester où nous sommes, convaincus qu'ils essaient simplement de nous intimider : ils doivent évidemment se rendre compte que nous sommes de la presse. Mais après la première salve – étonnant comment on enregistre ça de façon presque détachée, comme si cela se passait très loin ; comme une étoile qui traverse le ciel nocturne des années-lumière après s'être éteinte –, nous nous précipitons dans toutes les directions. Dans un moment comme ça, on ne pense pas à jouer les héros. Sa propre vie devient toute petite, dure, immédiate. Certains d'entre nous, à deux ou à trois, traînent avec eux ceux qui ont été blessés par les premiers coups de feu. Les autres filent entre les cabanes et les buissons rabougris en perdant dans leur fuite leur carnet, leur sac et même leur appareil photo.

J'ai déjà atteint le minibus garé derrière la troisième rangée de baraques – le moteur qui s'emballe, des bras affolés qui se tendent par la portière coulissante, des voix qui hurlent : « Viens, Thomas ! Saute ! Dépêche-toi, merde ! » – quand au-dessus du vacarme général, en arrière-plan, j'entends de nouveaux cris, distincts, aussi nettement définis qu'une tache rouge sur une photo grise. Je jette un coup d'œil derrière moi (la tour lugubre et grise de la cimenterie Portland au fond) et je vois un groupe de policiers aux prises avec quelqu'un. Toi, Nina. Je comprends immédiatement ce qui s'est passé : les policiers ont poursuivi un gamin à moitié nu (il n'a comme vêtement qu'une veste d'homme en lambeaux qui descend jusqu'à ses mollets rachitiques) et ils lui tombent dessus quant il trébuche et s'effondre – certains avec des sjamboks, d'autres avec leurs lourdes bottes. Tu devais te trouver tout près parce que, au moment où je découvre ce qui se passe, tu es déjà dans la mêlée et tu écartes les flics en les attaquant comme un chat sauvage. Dans la confusion, l'enfant a heureusement réussi à se mettre sur ses pieds et à s'enfuir en pleurant, couvert de sang et de poussière : alors les hommes se retournent contre toi. Et ma première impression c'est que tu dois être un enfant, tu sembles si fluette, si fragile au milieu de ces corps énormes. Tu as encore les cheveux longs, ce n'est que beaucoup plus tard que tu les couperas : réunis en queue de cheval, ils volent d'un côté et de l'autre alors que tu essaies d'échapper au policier qui t'a prise par le bras. Je le vois lever l'autre main, je vois le sjambok rose et obscène au-dessus de sa tête épaisse, je vois le coup qui s'abat sur ton visage et qui laisse une marque sanglante en travers de ta joue droite. Pendant quelques instants, tu restes étourdie sous le choc. Et je t'entends crier, pas de douleur mais de rage.

« Lâche-moi ! Va te faire foutre ! »

Puis tu lances ton genou entre ses jambes avec une violence dont je n'aurais pas cru capable une silhouette féminine aussi fragile. Sans attendre plus longtemps, je m'élance vers toi – derrière, j'entends le moteur de la camionnette qui ronfle plus fort que jamais, des voix crient désespérément –, convaincu qu'ils vont te tuer. Quand le policier s'accroupit, je vois, par-dessus l'épaule de son uniforme bleu, ses collègues qui s'approchent avec des chiens. Nous t'atteignons presque en même temps. Pendant quelques instants nous te tirons, nous te secouons, en te tenant par les bras, comme des chiens qui se battent pour un sac vide ; puis, brusquement, tu te dégages toute seule de nous tous.

« Lâchez-moi ! Merde !

– Venez avec moi, ils vont vous tuer ! »

Nous sommes fichus, j'en suis absolument sûr. Les chiens sont comme fous. Puis il y a un hurlement de colère derrière nous. Peut-être un officier ? (Mais pourquoi interviendrait-il ? Je les ai vus, il y a une heure, foncer dans la foule avec autant d'énergie que leurs hommes.) Il y a une brève hésitation parmi les policiers et les chiens. Je t'attrape par le bras et je me mets à courir pendant que tu m'insultes et que tu me cries des injures comme si tout cela était ma faute.

« Vous voulez qu'on se fasse tuer tous les deux ? » Ma respiration sort par à-coups et me brûle la gorge.

« Laissez-moi tranquille, je ne vous ai rien demandé. »

Mais les chiens recommencent à avancer.

Quand nous atteignons la troisième rangée de cabanes, le minibus est parti.

Pendant un moment, tout le bruit qui nous entoure semble disparaître comme l'eau qui quitte une baignoire. Il ne reste que le vent, le sifflement ténu du vent dans les saules, les cabanes et les baraques effondrées. Du sable dans les yeux. De la fumée qui tourbillonne de tous côtés. Des flammes isolées.

Tu pleures. De fureur, pas de peur ni de douleur.

Impuissant, coincé, je regarde autour de nous. Pardessus ton épaule, je vois les policiers qui reforment leurs rangs, puis qui s'avancent d'un air résolu comme une vague bleue et solide, toutes leurs forces tendues contre les deux misérables que nous sommes. Je te prends les deux mains et j'essaie de t'empêcher de te battre et de te débattre. Et je sens la courroie de mon appareil photo qui se casse. Désespéré, je fais un geste pour l'attraper mais j'ai besoin de toutes mes forces pour te tenir. Au moins le sac qui contient mon matériel est-il toujours intact.

A ce moment-là, quelqu'un par derrière me saisit le coude.

« Venez avec moi.

– Mon appareil... ! »

Mais je n'ai pas le temps. C'est un homme de la township. Un homme maigre vêtu d'un pull-over à col roulé rouge déchiré et d'une veste marron rapiécée ; au bout de ses jambes grosses comme des bâtons, d'énormes souliers couverts de boue.

Je ne sais absolument pas comment nous arrivons chez lui. Ce n'est d'ailleurs pas vraiment une maison : une simple charpente faite de bouts de bois, recouverte de tôle ondulée et de carton détrempé ; à l'intérieur, une femme qui tousse, un doek* tacheté autour de la tête, et cinq ou six enfants entassés pêle-mêle sur un lit branlant d'une personne, sous lequel est installée une poule couveuse qui glousse de colère ; la pièce est remplie de fumée bleue et étouffante qui s'élève d'un grand fût métallique dans lequel des feuilles humides et du bois vert se consument lentement. Pourtant, c'est là que nous restons accroupis tout au long de cette journée ventée (toi dans une telle fureur et si fiévreuse de douleur que tu refuses obstinément de dire un mot) ; ils partagent même un maigre repas avec nous : un café amer et léger, un morceau de pain qui sent le moisi, quelques pommes de terre.

En début de soirée, l'homme – le seul nom qu'il nous ait donné brièvement est Samuel – sort prudemment et revient peu de temps après pour déclarer de façon laconique que quelqu'un nous attend pour nous raccompagner. Même si je me rends compte que ça ne servira à rien, j'insiste pour retourner là où ils nous a trouvés, afin de chercher mon appareil photo, et il accepte avec soumission ; évidemment, l'appareil a disparu. Les cabanes en feu ont été noyées d'eau, mais un nuage de fumée reste suspendu au-dessus de la terre brûlée. A l'extérieur du camp de squatters, où on a allumé des projecteurs aveuglants bien avant la tombée du jour, un cordon d'hommes en armes et de véhicules militaires s'est déployé comme une armée qui monte un siège. Pour l'instant, la violence s'est arrêtée. Il règne un calme étrange. Il n'y a que le vent, inlassable.

Un homme avec une jambe estropiée, curieusement de bonne humeur mais silencieux – il nous regarde avec un grand sourire comme si la situation avait quelque chose d'incroyablement drôle –, nous conduit en boitillant jusqu'à une Escort verte et délabrée, dont la portière avant gauche est tellement rongée par la rouille que la poignée a disparu ; il faut l'attacher de l'intérieur avec du fil de fer quand les passagers se sont entassés dedans ; une aile arrière très enfoncée frotte contre la roue avec un grincement insupportable.

Sur le chemin du retour, tu restes obstinément silencieuse, tu demandes simplement son nom au chauffeur (« Bennie », répond-il, secoué d'un rire qu'il essaie de contenir, comme s'il s'agissait d'une bonne blague). Pendant les premiers kilomètres, entre des buissons balayés par le vent, nous roulons toutes lumières éteintes – Bennie doit avoir des yeux de chat – mais, quand nous quittons la township et que nous atteignons Landsdowne Road, nous pouvons accélérer bien qu'un seul phare fonctionne. Avant même d'arriver à De Waal Drive, la pauvre vieille Escort s'est déjà arrêtée deux fois en tressautant ; chaque fois Bennie, sans perdre une seconde, ni son calme ni son large sourire, sort de la voiture, plonge sous le capot pour administrer un mystérieux traitement au moteur récalcitrant, puis revient et redémarre dans un nuage de fumée. Je propose qu'on te dépose d'abord, mais tu habites beaucoup plus loin, à Green Point, et tu remarques d'un ton acerbe que tu préfères que je descende le premier comme si tu ne m'avais toujours pas pardonné (quoi ? !). Mais à deux rues de chez moi, tout là-haut au pied de la montagne, à Vredehoek, la voiture tombe de nouveau en panne ; cette fois, ça semble sérieux.

« Elle ne montera pas la côte », dit Bennie, les premiers mots qu'il prononce de lui-même, et il a l'air très content de lui.

« Nous pouvons faire le reste à pied », dis-je. Puis je te regarde : « Je peux vous raccompagner. J'ai une moto. »

J'aide Bennie à remettre le moteur en route en poussant dans la descente, après avoir essayé en vain de lui donner de l'argent ; et brusquement, pour la première fois de cette longue journée, nous nous retrouvons seuls. Le vent lui-même s'est calmé. Il fait très froid. La lune n'est pas encore levée. Le ciel est clair, éclaboussé d'énormes étoiles d'hiver.

« Venez. »

Nous devons d'abord monter chez moi pour prendre les clefs. Quand je reviens de la chambre, tu es toujours debout au milieu de la petite salle de séjour ; et, peut-être à cause de la lumière peu flatteuse, je suis stupéfait de te voir comme ça – tu as le visage couvert de boue et de sang séché, il est enflé et meurtri, d'une pâleur mortelle, les cheveux en broussaille.

« Vous êtes dans un état épouvantable. » Soudain, je me rends compte que je ne connais même pas ton prénom. « A propos, comment vous appelez-vous ?

– Quelle importance ?

– Ecoutez. » Malgré toute la sympathie que je ressens pour toi, je suis aussi bougrement furieux. « Je ne sais pas pourquoi vous êtes tellement en colère contre moi. Je ne vous demande aucune reconnaissance ni quoi que ce soit. En ce qui me concerne, vous pouvez bien aller au diable. Mais est-ce que vous vous rendez compte de ce qui serait arrivé si je ne vous avais pas tirée de là-bas ? Ces types étaient prêts à tuer. Ou est-ce que vous vouliez jouer au martyre ?

– Je ne joue pas, merde. Jamais. Vous comprenez ? » Après cette brève explosion, tu fermes les yeux de façon inattendue. Je ne comprends pas tout de suite ce qui se passe, je te regarde stupéfait alors que tu vacilles sur tes jambes quelques instants comme un ivrogne. Tu murmures entre tes lèvres blêmes : « Nina Jordaan. » De façon énergique comme s'il était important que je saisisse bien chaque syllabe séparément. Et je te vois t'écrouler.

Je suis surpris de sentir à quel point tu es légère quand je te soulève pour t'allonger sur le canapé. Je me précipite dans la cuisine pour aller chercher un verre d'eau, mais quand je reviens tu t'es déjà assise.

« Excusez-moi, je ne voulais pas...

– Je vais vous faire couler un bain. Et je vais vous préparer quelque chose à manger.

– Je me suis conduite comme une imbécile, hein ? » Un petit sourire amer pour t'excuser. « Mais, ces deux dernières nuits, on a travaillé à recueillir des témoignages et des trucs comme ça, et je crois que je n'ai pas beaucoup mangé non plus. Il y avait trop de choses à faire...

– Vous travaillez pour quel journal ?

– Je ne suis pas journaliste. Je travaille pour l'association d'aide légale à l'Université du Cap. On surveillait la situation avec le Black Shash*. Les autres ont pris leurs jambes à leur cou quand ça a commené à chauffer.

– Restez allongée quelques minutes. »

Je vais dans la salle de bains de l'autre côté de l'entrée et, quand j'arrive à la porte, tu dis derrière moi : « J'espère que vous me pardonnerez. Je pense que vous m'avez sauvé la vie.

– Ma BA de la journée. »

Il faut que je range la salle de bains avant de pouvoir faire couler l'eau. Je n'ai emménagé dans cet appartement que depuis quelques semaines, après mon retour d'Europe, et la salle de bains me sert toujours de chambre noire, jusqu'à ce que j'aie le temps d'en équiper une vraie. Grâce à mon ami Sean, je peux faire mes derniers tirages au *Cap Times* ; mais la salle de bains m'est très utile pour développer et tirer les premières épreuves. Ceux qui viennent me voir se plaignent de l'odeur des produits chimiques, des rangées de négatifs qui se balancent, accrochés avec des pinces à linge à un fil au-dessus de la baignoire, de la lumière fantomatique de l'ampoule rouge, de l'agrandisseur en équilibre sur une table carrée qui occupe tout l'espace entre la baignoire et le mur, des rangées de bouteilles brunes sur une étagère de fortune, des bacs blancs de tirage posés par terre... Mais, pour moi, c'est le Saint des Saints, mon sanctuaire, merveilleusement isolé et sûr, le seul endroit où je peux fermer la porte derrière moi non pour exclure le monde mais pour l'attirer à moi ; mon lieu le plus secret. Je me suis souvent demandé si on pouvait être soûlé par l'odeur du révélateur et du fixateur. Dans ce cas-là, je suis complètement intoxiqué. Ici, même le temps normal est suspendu : je ne prends jamais ma montre dans cette pièce ; il n'y a que la faible lueur phosphorescente du compte-minutes dans l'obscurité (le sifflement du mécanisme qui mesure les secondes continue par la suite à rythmer mes rêves). Quel que soit mon âge, je ne me lasserai jamais et je ne m'habituerai jamais au miracle constamment renouvelé du papier blanc où éclosent les taches et les éclaboussures d'une nouvelle vie. (« Des saletés d'ombres jungiennes, m'a dit une fois Sean en se moquant de moi. Tu dois avoir un inconscient complètement foutu. ») Pas le simple enregistrement de ce que j'ai pu saisir auparavant sur le bromure d'argent sensible de ma pellicule, mais un monde complètement nouveau qui prend naissance ici, sous mes yeux. Un monde à moi, que j'ai inventé ; et dont j'ai la responsabilité.

Je range la salle de bains, je nettoie, je balaie rapidement (à ce moment-là tu es déjà sur le pas de la porte – à la main une tasse de chocolat brûlant que tu t'es préparée à la cuisine – pour voir ce qui me retient si longtemps), puis je rince la baignoire et je fais couler l'eau. Ensuite, pendant que tu te prélasses dans le bain, je prépare de la salade et des escalopes à la cuisine ; quand tu réapparais enfin, tu as les cheveux humides et bouclés, et tu es enveloppée dans le peignoir beaucoup trop grand pour toi que tu as trouvé derrière la porte. Tu claques légèrement des dents ; tu te glisses presque à l'intérieur du radiateur. Ce n'est qu'après avoir dévoré tout ce qu'il y avait dans ton assiette que tu lèves les yeux vers moi à travers tes mèches sombres – le choc de tes yeux verts – et que tu me demandes avec une retenue inhabituelle :

« Est-ce que vous avez vu ce qui s'est passé aujourd'hui ?

– Je suis photographe. Mon métier, c'est de voir.

– Les gens qu'ils ont traînés dans les cabanes en feu. Le gosse qu'ils... » Ta voix se brise. Tu bois une trop grande gorgée de ton verre de vin rouge que tu serres dans tes deux mains : je remarque à quel point tes ongles sont courts, rongés jusqu'au sang. « Est-ce que vous croyez qu'ils vont encore s'en tirer avec des mensonges et des truquages ? » Tu n'attends évidemment pas de réponse, tu te lèves de devant le petit radiateur contre lequel tu étais tassée et tu vas jusqu'à la grande baie. Tu regardes le décor que je connais trop bien : le spectacle de la ville, jusqu'en bas où la rangée de réverbères la plus éloignée se reflète sur la surface huileuse de la mer dans le port. Remarques-tu tout cela ? Après un long silence, sans tourner la tête, tu demandes, comme à toi-même : « Est-ce que vous pensez que notre honorable président va bien dormir cette nuit ?

– Oh ! Sans aucun doute. Les forces de la loi et de l'ordre ont de nouveau triomphé, n'est-ce pas ?

– On doit lui avoir réservé un petit coin spécial en enfer.

– Ce n'est pas un individu tout seul qui permet au système de continuer à fonctionner, Nina. Ce n'est qu'un misérable petit rouage dans toute la machine.

– Mais il pourrait l'arrêter. S'il le voulait vraiment, il pourrait l'arrêter. »

Tu te retournes si brusquement que tu me fais sursauter : « Vous êtes d'accord ?

– Bien sûr.

– Alors, il est responsable. On peut l'accuser.

– Lui et beaucoup d'autres.

– Donc, vous ne niez pas qu'il est le mal ?

– Il le représente.

– Mais est-ce que vous en êtes intimement convaincu ?

– Il y a peu de chose dont je sois aussi intimement

convaincu. » (J'aimerais te parler de ces derniers mois passés en Europe ; en Afrique. Te parler de Sipho.)

« Alors pourquoi est-ce que vous n'allez pas le tuer ? »

Sincèrement, je ne peux pas croire que tu sois sérieuse. Aussi je dis : « D'accord, pourquoi pas ? Allons-y. »

Ta voix est glacée comme la nuit au-dehors.

« Il se trouve que je suis sérieuse.

– Attendez. On ne peut pas se mettre à tuer les gens à gauche et à droite simplement parce qu'on pense qu'ils sont le mal.

– Comment détruire le mal autrement ?

– Nina, c'est de meurtre que nous sommes en train de parler.

– De meurtre ? Ce sont *eux* les meurtriers. Vous ne l'avez pas vu de vos propres yeux ? *Lui* est un meurtrier. Liquider quelqu'un comme ça, ce n'est pas un meurtre. C'est une faveur à l'humanité. »

Pour la première fois, je perçois, troublé, le feu qui t'habite.

Ce n'est que beaucoup plus tard que je découvre à quel point tu peux être calme et méthodique, à quel point tu mets en doute le désespoir qui amène certains à croire qu'ils doivent changer le monde. A quel point tes intuitions sont claires et lucides. A quel point tu es résolue et déterminée quand tu as décidé de faire quelque chose.

Mais ce soir là nous n'en disons pas davantage. Quelques instants plus tard, tu quittes la fenêtre et tu passes près de moi. Tu dis d'un air détaché : « Je vais m'habiller. Vous pouvez me raccompagner maintenant ?

– Bien sûr. » Pourquoi ce brusque regret de te voir partir, cette véritable sensation de perte imminente ? Mais je n'essaie pas de manifester mes sentiments et à la place je demande : « Vous voulez un autre verre de vin avant de partir ? »

Je ne m'attends pas que tu dises oui. Mais c'est pourtant ce que tu fais. Avec un léger tremblement de la lèvre inférieure. Et après avoir vidé ton verre en quelques gorgées, tu t'en verses un autre – tu sembles plus détendue – et tu t'installes dans l'angle de mon canapé encombrant, acheté d'occasion, pour boire plus tranquillement. Je n'ai pas gardé de souvenir précis de la seconde partie de la conversation, sans grand intérêt et assez plate. Sauf, au beau milieu, brusquement, ta question impatiente :

« Thomas Landman, qui êtes-vous ?

– Un photographe indépendant, je vous l'ai déjà dit.

– Je ne parlais pas de votre métier. Je veux savoir qui vous êtes, *vous.* »

A ce moment-là, je suis debout devant la fenêtre, la fenêtre latérale, et je regarde fixement dans la nuit. De ce côté, où les lumières de la ville sont moins gênantes, on voit mieux le ciel nocturne : avec l'obscurité profonde caractéristique de l'hiver, les étoiles énormes et glaciales en motifs géométriques. Ce sont ces étoiles qui ont guidé les premiers explorateurs portugais autour de ce cap : Dias, Vasco de Gama, d'Almeida – à l'époque où le géant Adamastor se révolta contre Zeus et fut transformé pour son châtiment en chaîne de montagnes, celle qui forme la péninsule – suivis des Hollandais, des huguenots, des Allemands, des Anglais ; des esclaves malais et angolais entassés dans des navires aux relents de formol et de mort. Et, à cette époque, les peuples d'Afrique avaient eux aussi accordé leur vie aux allers et retours de l'étoile du soir et de l'étoile du matin, des Pléiades et de la Croix du Sud. Depuis le début des temps, cette avancée lente, irrésistible et rassurante du zodiaque, toujours dans le même ordre, tout d'abord le Bélier, puis le Taureau, les Gémeaux, le Cancer ; et le Lion, la Vierge, la Balance, le Scorpion, le Capricorne, le Verseau, les Poissons. Et, de nouveau, le Bélier, le Taureau, les Gémeaux, le Cancer...

« Je suis né sous le signe du Cancer, dis-je tout à coup,

pour répondre à sa question. Si cela signifie quelque chose pour vous. » (Je pense : je devrais avoir honte.)

« Crabes et homards. Les nécrophages. Ou est-ce que vous faites partie de ces gens qui prétendent qu'ils gardent la mer propre ? »

Te moques-tu de moi, ou essaies-tu d'attraper des bribes de renseignements ?

« On prétend que nous sommes lunaires », dis-je d'un ton léger, car je veux abandonner la gravité de notre discussion. « Vous savez ? Mélancolie et vulnérabilité. Avec une tendance à accumuler des choses, comme pourrait en témoigner ma pauvre mère. Complètement obsédé par le passé. Toujours de pauvres êtres, à la recherche de la sécurité. J'ai lu quelque part que Noé devait être Cancer.

– Je ne connais pas beaucoup de Cancers.

– De quel signe êtes-vous ?

– Je suis née sous le signe du néon », dis-tu d'un ton acerbe.

A l'extérieur, rien n'a changé ; la nuit immense, la lente spirale du zodiaque qui tourne, calme, indifférente à Crossroads et au Cap, comme elle est indifférente à Maseru, Lusaka, Dakar, Accra, Washington, Moscou, Prague, Berlin, partout où je suis allé et où je ne suis pas allé, les endroits où j'aurais aimé aller, où j'aurais pu aller. A cause de quels accidents de naissance ou génétiques est-on relégué dans son coin de la terre, à quel point en est-on responsable ? Et comme il est scandaleux de vouloir l'attribuer aux étoiles ! Tandis que le Capricorne disparaît au loin, Orion apparaît à l'est avec son arc et son poignard ; tandis que le Scorpion descend, les Pléiades s'élèvent. Et ce sont là les étoiles familières, celles qui sont connues, nommées, visibles. Derrière elles, quels abîmes insondables et vertigineux, avec encore d'autres constellations, d'autres voies lactées et d'autres zodiaques, avec des étoiles invisibles qui explosent, réduisant nos catastrophes terrestres – tremblements de terre, éruptions volcaniques, typhons, inondations – à des insignifiances. Supernovas, trous noirs : les présences invisibles qu'on ne connaît que par leur influence sur les corps célestes proches ; aucune lumière n'en sort ni ne les traverse : des étoiles effondrées sur elles-mêmes, aspirant l'énergie et n'émettant rien ; entraîné dans ce tourbillon, on se retrouve brusquement dans une autre dimension, un temps et un espace différents.

Et nous voici. Toi et moi. Avec tout ce que nous avons vécu aujourd'hui. Nous sommes épuisés. Nous sommes terriblement petits. Terriblement insignifiants.

Je me tourne vers toi et je vois tes yeux qui me regardent, sans ciller, désarmants.

« Reste avec moi cette nuit. »

En réponse, un simple hochement de tête, pas un mot.

Tu te souviens ? C'est là que tout a commencé pour nous.

Le lendemain matin, très tôt – il fait encore nuit, il est à peine cinq heures – on cogne à ma porte, et ça recommence tandis que je cherche à tâtons un vêtement. Il ne peut y avoir qu'une explication, je ne le sais que trop bien. Mon premier réflexe est de me demander comment te tenir à l'écart de ça. En ensuite : où cacher le sac de l'appareil photo et les rouleaux de pellicule d'hier. (Il me suffit d'avoir perdu l'appareil.) Mais je n'en ai pas le temps. On dirait qu'ils vont enfoncer la porte. Je m'avance en trébuchant et je fais un geste rapide dans ta direction : pour l'amour du ciel, reste où tu es.

Sur le pas de la porte, quand enfin j'ouvre le loquet, un homme entre deux âges. Derrière lui, les autres qui se bousculent, une mêlée. Le colonel Bester : ce n'est que beaucoup plus tard dans la journée que j'apprendrai son nom, mais je ne l'oublierai jamais. Une veste sport à carreaux tendue sur la poitrine, sur les épaules épaisses. Une légère odeur de tabac. Un homme qui inspire confiance, on pourrait avoir envie de l'appeler « oncle ».

« Vous êtes Thomas Landman ?

– ...

– Vous êtes photographe ?

– ...

– Cet appareil photo est à vous ? » Il me le tend.

« Oh ! Merci. »

Avec une lourde expression de satisfaction, il recule la main qui tient l'appareil. Le visage large, jaunâtre, les énormes sourcils, les rides de chaque côté de la bouche. Ses mains immenses me fascinent. Il demande : « Etiez-vous à Crossroads, hier ?

– Et si c'était le cas ?

– Voulez-vous, s'il vous plaît, venir avec nous ? Nous sommes de la Special Branch*. »

Je sais que tu dois écouter. Je sais que tu es nue, dans le couloir. Mais, Dieu merci, ils ne savent rien de toi. Pourtant...

3

En sortant par le haut du sentier, devant les volières pleines de perruches et de canaris gazouillants, d'oiseaux tristes au bec rouge, de faisans inquiets, de grandes tortues enfouies comme des rochers dans la conscience d'un continent, avec un éclair de colère éternelle dans leurs yeux brillants au bout de leur cou tendu, ils passèrent devant la statue d'un Cecil Rhodes gesticulant (*Ton pays est là-bas :* ce rêve impérial oublié d'une Afrique britannique du Cap au Caire). Ils pouvaient tourner à gauche, passer devant les bureaux du président, revenir en ville. (Ils avaient peut-être le temps de prendre une tasse de thé avec le grand homme ? – « Nous sommes venus simplement pour nous assurer que vous assisterez bien au défilé demain matin, au Château. Nous avons rendez-vous, vous vous souvenez, à onze heures moins le quart. Tout est organisé. En ce moment même, Rashid doit vérifier la bombe pour la dernière fois. ») Mais ni l'un ni l'autre ne regardèrent dans cette direction, comme si le bâtiment n'existait que dans leurs rêves les plus sinistres.

Ils passèrent près du bassin rond et des parterres de fleurs aux couleurs éclatantes où des prisonniers bêchaient le fumier sous la surveillance d'un gros garde armé ; de l'autre côté de la roseraie, deux jeunes policiers baratinaient une jeune blonde très fardée, en minijupe jaune. Un métis très maigre, venant de Queen Victoria Street, gravissait à quatre pattes les larges marches en serrant de façon possessive contre sa poitrine un transistor marchant à fond. Quand il arriva enfin en haut, il se redressa en titubant et s'avança en chantant, avec ardeur mais faux, en même temps que la musique : « *Bye-bye love – Bye-bye happiness – Hello loneliness – I think I'm going to die* » – et, chaque fois qu'il trébuchait ou qu'il tombait, il interrompait sa chanson par une bordée d'injures à vous fendre les oreilles qu'il lançait comme des imprécations dans le jour lumineux en découvrant ses gencives édentées et en serrant les paupières. « Allez vous faire foutre ! Je dis allez vous faire foutre ! Bande de cons ! » Jusqu'à ce qu'un des jeunes policiers se dirige calmement vers lui, de la roseraie (sans aucun doute conscient du regard noir de fard de la blonde décolorée dans son dos), et le saisisse par l'épaule.

« Alors ? Qu'est-ce que c'est ce tapage ? Vous créez du désordre sur la voie publique.

– Laisse-moi tranquille ! Espèce de con ! Laisse-moi tranquille ! »

Dans la lutte qui suivit, inévitablement, il laissa tomber sa radio.

« Regarde ça, merde ! Va te faire foutre, je te dis ! Connard de Boer !

– Viens ! » Le policier essaya de lui attraper le bras et ne réussit qu'à arracher la manche de sa veste. Le poivrot se laissa tomber lourdement par terre et refusa de bouger en hurlant des injures.

Alors le second policier s'approcha. Comme si tout cela avait été prévu dès le début, ils commencèrent à traîner l'intrus sur l'allée de gravier en direction de l'escalier qui descendait vers la rue. Arrivés en haut, ils s'arrêtèrent et le balancèrent entre eux un moment, puis ils le lâchèrent. Pendant un mètre ou deux, il agita les jambes comme un homme qui essaie de marcher sur l'eau ; puis il rata la première marche et dégringola comme un paquet de chiffons. Les deux policiers firent demi-tour en riant. L'un d'eux s'arrêta à l'endroit où la radio, qui hurlait toujours, était tombée, il la ramassa, l'emporta vers le poivrot allongé qui pleurait dans le caniveau et il la jeta sur lui. La musique se tut brusquement. La matinée ensoleillée reprit son cours comme si rien ne s'était passé.

Depuis le début, Thomas avait senti la main de Nina serrer la sienne de plus en plus fort et ses ongles lui entrer dans la paume. La connaissant, il faisait de son mieux pour la retenir.

« Allons-nous-en, murmura-t-elle.

– Le musée ?

– N'importe où. » Quand ils arrivèrent à la hauteur de la blonde et de ses deux compagnons machos, Nina dit entre ses dents : « Bravo ! De vrais héros ! »

Ils la regardèrent s'éloigner sans comprendre.

Thomas la tira par la main. Quoi qu'il arrive, ils ne devaient pas attirer l'attention aujourd'hui.

Dans une salle du musée, les membres de la famille San, assis et accroupis comme toujours dans leur vitrine de verre, poursuivaient leurs activités quotidiennes, ils chassaient, préparaient les repas, mélangeaient des poisons, buvaient du lait caillé dans des calebasses ou des œufs d'autruche et aiguisaient des flèches. La première fois qu'il était venu ici avec ses parents au cours d'une des « excursions éducatives » de son infatigable père, Thomas avait été tellement stupéfait par leur apparence vivante qu'il avait murmuré : « Comment est-ce qu'ils font, les Bochimans, pour rester aussi immobiles ? » Ce à quoi son frère Frans avait répondu calmement : « Ils ne sont pas vivants, vieux. Ils sont empaillés, comme tous les autres animaux qui sont ici. » Ce ne fut que des années plus tard qu'il découvrit qu'il s'agissait de moulages en plâtre. Mais l'exposition continuait à le troubler. Ces petits hommes semblaient simplement trop nus, trop exposés aux yeux « civilisés » qui les contemplaient comme on contemple des singes au zoo. Les plus anciens habitants d'Afrique ? Peut-être. Réduits aujourd'hui à une curiosité anthropologique.

Ils flânèrent devant les animaux. Les éléphants, les lions, les chacals, les gnous. Une Afrique pétrifiée : des Atlas et des paysages lunaires, des Sahara, des Kalahari, la savane, des cratères de Ngorongoro, des volcans éteints, le cône du Kilimanjaro (cachait-il toujours le squelette d'un léopard ?), des palmiers ilala, des acacias, des baobabs, des couchers de soleil ensanglantés, des forêts tropicales, des buissons de Mopani, des affleurements de craie ou d'œil-de-chat, du grès, du granit et des incrustations, des aloès, des rigoles produites par l'érosion comme des cicatrices d'un rouge profond, des crêtes, les tumulus de l'ancien dieu chasseur des Khoin, Heitsi-eibib, le lit asséché de rivières brunes, des Koppies*, la roche de Jonas, du silex, du sulfate de cuivre, des fossiles, des os blancs et desséchés, des chardons et de l'herbe à cochon, des terres et des paysages arides, des agaves, des côtes désertes, le cri des aigles pêcheurs, des mouettes, des petites perdrix, des kiewiets * et des hadedas * : mon Dieu, tout un continent résumé ici, dans quelques emblèmes populaires. Et qu'on porte avec soi, où qu'on aille, pour toujours, et qui fait partie de ses fibres et de ses rêves ; une présence profonde, une lumière intime ; les ombres du soleil.

« Peut-être qu'un jour ils feront aussi une place pour un Afrikaner empaillé, lui dit Nina à l'oreille. Notre malheureuse espèce est déjà un anachronisme. Mais qui choisira-t-on pour nous représenter ? Qui est assez “ typique ” ?

– Le général Bester ? » proposa-t-il. (Celui qui était colonel quelques années plus tôt avait rapidement gravi les échelons, sans aucun doute pour bons et loyaux services.)

« Je n'en suis pas sûre. Il a la peau un peu sombre.

– Comme la mienne ? » Il fit une grimace.

« Et le président ? proposa-t-elle.

– Pas après ce qui va arriver demain, répondit-il. Ils n'arriveront jamais à recoller tous les morceaux.

– Tu ne vois personne d'autre ?

– L'un de nous peut-être ?

– Nous ne comptons plus. »

(*Ce que je fais, je le fais* parce que *je suis Afrikaner. Au nom de mon appartenance au peuple afrikaner, je dois essayer de racheter quelque chose avant qu'il soit trop tard.* Tu te souviens ?)

Ils continuèrent à flâner. Des fossiles. Des reptiles. Des reconstitutions d'animaux préhistoriques. L'étrange et délicat squelette d'un petit dinosaure, trouvé dans l'Etat libre d'Orange, vieux de deux cents millions d'années d'après la notice qui l'accompagnait. Tandis qu'ils regardaient, quelque chose bougea sur les vertèbres du massospondylus.

« Regarde, dit Nina, avec un petit rire étouffé. Un cafard ! Ce culot ! Est-ce qu'ils ne sont pas plus vieux que les dinosaures ? Et ils sont toujours là. Tu te souviens de l'article que nous avons lu ? Longtemps après que la vie humaine aura été détruite, les cafards hériteront peut-être de la terre.

– Demain, il y aura un cafard de moins dans le monde !

– Nous mourrons peut-être avec lui. »

Il posa son doigt sur la bouche de Nina. « Nous avons promis, tu te rappelles ? Ne plus en parler.

– Tu ne m'as pas compris, Thomas. Je n'ai pas peur de mourir.

– Il ne faut pas non plus *vouloir* mourir, dit-il. Nous avons eu suffisamment de martyrs comme ça.

– Pas besoin de me le dire. » Elle fit un geste de colère. « Il n'y a pas assez d'air ici. Et trop de morts. Allons-nous-en.

– Pour aller où ?

– Puisque nous sommes des touristes, aujourd'hui, pourquoi ne pas monter sur la montagne avec le téléphérique ? Pour voir à quoi ressemble la terre promise de là-haut ? »

Quand ils ressortirent au soleil, la lumière les aveugla pendant quelques instants. Ce qu'il vit tout d'abord, ce fut une vague de fleurs pourpres – des vygies ? – au loin : le violet des bougainvillées. Cela lui fit un choc. Il lui saisit la main. Parce que brusquement il était à nouveau dans cette journée lointaine – ce jour merveilleux et fatal – avec Sipho et Noni, à Lusaka.

Aujourd'hui, rien n'était simple. Chaque instant portait les cicatrices et les signes d'autres observations, d'autres expériences, d'autres pensées. Etait-ce, se demanda-t-il, une variante de la vieille croyance selon laquelle on voyait sa propre vie défiler devant ses yeux avant de mourir ?

4

Comment entreprend-on d'éliminer le président de la République ? Si, pour l'instant, on laisse de côté les questions philosophiques, morales et même politiques qui sont impliquées – en supposant qu'elles ont été résolues au début dans des analyses et des examens de conscience pressants qui ont pu prendre des jours, des semaines, des mois –, ce qui reste, c'est la logistique. C'est-à-dire, une fois que la décision a été prise et après que cette possibilité a été confrontée à un très grand nombre d'autres ; après qu'on l'a soumise à l'Organisation qui, à son tour, l'a fait passer à travers tous les stades successifs d'évaluation avant de répondre, enfin, par la directive suivante : d'accord, allez-y. Après qu'on a vérifié toutes les objections, les doutes collectifs et personnels et qu'on a sélectionné un groupe central – pas plus de cinq ou six personnes, pour des raisons de sécurité – sur qui l'on peut compter à tous les points de vue et en toute circonstance. Quand on en arrive à la conception, au projet en tant que tel, que se passe-t-il ?

Il est ironique, et même curieusement rassurant, de savoir dès le début qu'il n'est même pas nécessaire de réussir en termes concrets. Evidemment, le succès est toujours préférable et tout a été fait pour l'assurer ; mais si quelque chose d'imprévu devait se produire, l'impact d'une tentative est en soi assez puissant et assez troublant pour entraîner des ruptures destructrices dans la situation politique. Le simple fait de savoir, dans la conscience du chef de l'Etat et de ses sujets, qu'un attentat *était* organisé, que l'impensable est devenu manifeste dans le domaine du possible, qu'il a bien failli sauter avec la bombe, qu'à l'avenir il ne pourra plus, où qu'il puisse se trouver, se sentir tout à fait en sécurité, et que son entourage doit tenir compte du fait que cela peut se produire à nouveau, que son régime s'est montré vulnérable, cela peut agir comme un virus destructeur dans tout le système. Car voici ce qui se trouve au centre d'un régime totalitaire : le despote oublie, ignore même, sa propre condition mortelle. Et la simple confrontation avec cette vérité la plus fondamentale de toutes – le fait qu'il est mortel – marque le début de la fin du dictateur.

Le président et ses hommes (il n'y a que des hommes) peuvent faire face avec haine, c'est dans la nature même de la situation : au fur et à mesure que le temps passe, la haine envers les masses opprimées devient même le prétexte nécessaire aux moyens employés pour maintenir le régime en place. Mais un attentat, une simple tentative d'attentat, implique le passage d'une attitude ou d'un sentiment à une réalité politique, de l'intouchabilité à la vulnérabilité. Et même si, au moins temporairement, cela devait conduire à un renforcement de l'oppression, ce qui serait la réaction psychologique naturelle, cependant, le principe de la défaite, le germe de la mort, a été introduit dans la texture du régime. Il y a des dictateurs qui échappent à toute une suite d'attentats, qui prétendent même que cela leur réussit : mais, historiquement, on peut faire remonter leur déclin et leur chute à cette première tentative, cette première découverte des limites du corps dans le temps.

Par conséquent, le « succès » – ou ce qui dans ces circonstances peut être défini comme un succès – est garanti d'avance. Même ainsi, le but reste de réussir en termes concrets et réels plutôt qu'en termes virtuels. Ce qui signifie qu'on exige l'action la plus professionnelle : dans une lutte qui dure depuis tant d'années, il est souvent inévitable que l'initiative des attentats soit déléguée à de petits groupes sur le terrain, et même à des hommes de confiance qui peuvent agir dans des circonstances difficiles avec un minimum d'aide et d'équipement : dans de telles circonstances, ce qui compte, c'est le simple fait statistique de l'action. Dans la plupart des cas, les victimes et même les explosions réelles ne sont pas impératives : c'est la découverte même d'un attentat *organisé,* d'une bombe *déposée,* qui accroît le climat général de malaise. Mais le projet actuel est trop audacieux, trop de choses sont en jeu pour ne pas s'appuyer sur le professionnalisme. On ne peut pas le confier à des amateurs. Dès le début, cela détermine la sélection des membres du groupe central. Il ne peut y avoir de chaînon faible. Ce qui signifie des délibérations, des essais et un entraînement patients et assidus. Ce n'est que lorsque tout cela a été réglé à la satisfaction des membres chargés du contrôle que l'opération peut se poursuivre : et, ici aussi, l'attention la plus grande, les calculs les plus précis, les précautions les plus élaborées sont nécessaires. Cela peut prendre des semaines, des mois. (Ce fut dans ce but que le groupe loua à l'origine la ferme ancienne de style hollandais près de Paarl : éloignée de la route, isolée, idéale pour des allées et venues discrètes, et même pour des essais.)

La première tâche – après une reconnaissance approfondie et la consultation de tous les informateurs mais sans éveiller de soupçon ni même de curiosité – consiste à dresser la liste des méthodes possibles.

La résidence officielle du président est une cible évidente : frapper le cafard là où il habite : la résidence, Westbrooke ; les bureaux, Tuynhuys. Une voiture piégée ou une mine ventouse à l'entrée principale, par exemple. On peut venir à bout du problème de la surveillance permanente grâce à un chronométrage précis, mais dans l'idéal un attentat de ce genre exige une stratégie de kamikaze. Et cela est peu judicieux. L'organisation n'a pas envie de sacrifier inutilement la vie de ses membres ; il y a eu assez de victimes comme ça. En cas d'utilisation d'armes automatiques ou de grenades à main, la scène doit être transférée au Parlement. L'impact le plus spectaculaire est garanti ; mais les strictes mesures de sécurité appliquées vingt-quatre heures sur vingt-quatre créent, une fois encore, un trop grand risque. En outre, le président apparaît rarement à l'extérieur des bâtiments.

Aussi doit-on étudier d'autres stratégies. Une grande fête à Parow ou à Bellville ou ailleurs dans la péninsule ? Le salon de l'Agriculture de Goodwood qui, cette année, doit être inauguré par Sa Majesté en personne ? (Deux camarades en uniforme de la police, arrivant quelques minutes avant la cérémonie d'inauguration avec des instructions écrites pour enlever le pupitre de l'orateur, déclaré « dangereux », et pour en installer un autre avec une bombe à l'intérieur. Encore plus audacieux – Rashid aime beaucoup cette solution –, on peut dissimuler la bombe dans le micro installé par une personne munie d'un laissez-passer de la SABC *.) Une autre possibilité : un des nombreux défilés de l'armée ou de la police auxquels assiste le grand homme qui est fou d'uniformes. Ou un match de rugby à Newlands *, pour frapper au cœur même du volk ?

Ce qu'on retient en fin de compte, à partir d'informations venant de l'armée (l'Organisation est présente partout, dans presque tous les camps d'entraînement et les régiments), c'est un défilé militaire devant le Château. L'importance symbolique du lieu – la première forteresse blanche à la pointe la plus australe du continent, son caractère imprenable, son arrogance – est décisive. En outre, il est situé de façon plus commode que Tuynhuys ou la résidence officielle, très bien protégés : directement sur la place avec sa foule, sa circulation, son accès facile.

Voici, dans les grandes lignes, le scénario vraisemblable.

Un acte de terreur

A dix heures quarante-cinq exactement, ce mardi matin, le président et son escorte sont attendus à l'entrée du Château, sur le côté est de la place. L'avantage de la précision bureaucratique, c'est qu'elle permet aussi à l'opposition d'organiser tout avec exactitude, jusqu'à la dernière seconde. A, disons, dix heures quarante, une personne susceptible de ne pas attirer l'attention, une petite dame âgée par exemple, arrive dans une voiture discrète très vieille, avec des plaques d'immatriculation d'un petit dorp* de l'intérieur : il y aura évidemment des barrages routiers, mais n'ayant pas l'expérience de ce genre de choses, elle continue allégrement avec la confiance inébranlable d'une habitante de Garies, de Darling ou de Dieu sait où. Au dernier moment, déroutée par la confusion qu'elle a créée, par le bruit, les flics, elle freine brusquement et la petite voiture cale juste en face de l'entrée du Château. D'un mouvement rapide, que personne ne remarque à l'extérieur, elle appuie sur un petit bouton dissimulé sous le tableau de bord qui coupe le démarreur. Maintenant, on ne peut plus dégager la voiture. Plus important, ce bouton met aussi en route la minuterie de la bombe, laissant cinq (ou encore, selon les circonstances, dix) minutes avant qu'elle explose dans le coffre parfaitement bloqué. (On a naturellement envisagé d'abord une mise à feu à distance, d'une voiture stationnée longtemps à l'avance dans un périmètre de sécurité, près de la mairie par exemple. Mais ce genre de voiture peut éveiller les soupçons ; elle peut être emmenée en remorque ou embarquée par la police ; en outre, après une reconnaissance attentive, il apparaît évident que la visibilité pose un problème.)

Notre petite dame descend de voiture, ouvre le capot du véhicule récalcitrant et commence à tirer sur les fils. Des gardes, des flics de la circulation et d'autres foncent sur elle, certains pour la réprimander et rouspéter, d'autres pour lui offrir de l'aide. L'atmosphère est tendue, tout le monde est nerveux, inquiet, pressé. Seule la vieille tortue de Garies reste impassible. On trouve des petites dames semblables dans le monde entier : au beau milieu d'un tremblement de terre, elles époussettent leurs vêtements collet monté ou elles se préparent une tasse de thé parmi les gravats.

Dans toute cette confusion, un flic en uniforme arrive à moto. Il commence à crier contre la vieille dame. Elle s'approche, sans doute pour lui faire des remontrances et peut-être pour le frapper avec son sac à main (le toupet des jeunes d'aujourd'hui : comment osent-ils parler sur ce ton à une dame âgée ?). Dans la panique et la consternation générales, sans qu'on s'y attende, elle saute sur le siège arrière de la moto et les voilà partis. Les personnes présentes restent éberluées à côté de la voiture en panne. Quelques instants plus tard, à la seconde prévue, le cortège du président arrive.

Le reste de l'entreprise a été mis au point avec la même précision : après tout, assurer la fuite est aussi important que d'organiser l'attentat. C'est la marque du professionnalisme. Cela détermine l'efficacité ultime de l'Organisation. Rapidement, le policier dépose sa passagère dans Adderley Street, devant une entrée du centre commercial souterrain dans le Golden Acre. Dans les toilettes pour dames, elle entreprend une métamorphose spectaculaire. La perruque saute, elle enlève la robe modeste, les chaussures et les bas – sous ces vêtements elle porte un tee-shirt et un short qui lui donnent l'air d'avoir dix-sept ans. Du sac à main de la vieille dame, elle extrait des tongs, des lunettes noires, du chewing-gum et un walkman. Les vêtements inutiles sont roulés dans un sac en plastique des magasins Garlicks, lui aussi sorti du sac à main. Quelques minutes plus tard, l'adolescente maigrichonne monte un escalator et ressort dans George's Street, en se balançant au rythme de sa musique inaudible.

Pendant ce temps, le motard est allé jusqu'à Long Street où il s'arrête près d'une voiture en stationnement et il descend de sa moto. Il semble discuter avec le conducteur de la voiture, assis au volant, de l'état de ses pneus, d'un feu arrière cassé, et peut-être d'une plaque minéralogique mal fixée. L'homme se penche pour ouvrir la portière du passager. Le flic monte dans la voiture. Quelques secondes plus tard, ils sont partis. Ils passent peut-être par George's Street pour prendre l'adolescente ; ou alors, une des autres voitures en stationnement peut déjà l'avoir emmenée. A chaque étape du scénario, il y a deux ou trois possibilités ; on doit tenir compte de tous les imprévus.

Vingt minutes plus tard, ils arrivent à l'adresse dans le quartier de l'Observatoire où le groupe a emménagé deux mois plus tôt, en février (après le contretemps inattendu de Paarl). A ce moment-là, ayant retiré son casque, ses lunettes, ses moustaches et ayant enlevé son uniforme, l'agent de la circulation n'est plus reconnaissable. Tandis que tous les deux entreprennent une nouvelle transformation, leurs anciens costumes sont expédiés de la maison jusqu'à certains endroits à Athlone ou à Manenburg d'où, pièce par pièce, on les éparpillera par des filières de confiance avec l'aide de gens qui n'auront aucune idée de l'origine des vêtements (l'Organisation dirige un réseau d'entreprises et d'individus spécialisés dans tout le pays : depuis des carrossiers, des peintres au pistolet jusqu'à des photographes, des fabricants de documents, des prêteurs sur gages et des revendeurs de drogue, tout ce qu'on peut imaginer ; et c'est dans leur intérêt commun que chacun joue son rôle sans connaître les autres ni même se renseigner sur eux) ; et ainsi, en temps voulu, si pour une raison quelconque on n'a pas pu se débarrasser des vêtements en les brûlant, ils finiront dans des poubelles ou dans des boutiques d'occasion réparties sur toute la péninsule et même jusqu'à Port Elizabeth ou Johannesburg ; un vêtement comme l'uniforme peut finir au fond de la mer, jeté depuis un chalutier.

Moins d'une heure après l'explosion, deux passagers arriveront dans des voitures différentes dans deux halls de départ différents de l'aéroport – une jeune femme studieuse avec des lunettes carrées et une frange brune ; un jeune type nonchalant aux cheveux en brousaille, sans doute étudiant, vêtu d'un jean et d'un tee-shirt jaune – pour se faire enregistrer sur leurs vols respectifs : lui, le vol direct pour Johannesburg (SA 322), elle, pour Port Elizabeth (SA 608). A son arrivée à Port Elizabeth, elle retrouvera une amie dans une Volkswagen gonflée ; quarante minutes plus tard (c'est vraiment très précis !), un homme dans une Opel neuve déposera une jeune fille aux cheveux courts, vêtue d'une robe légère de chez Foschini, devant le bâtiment des départs, à l'heure du vol SA 412 pour Johannesburg. Pendant ce temps, le jeune homme aux cheveux longs, à son arrivée à l'aéroport Jan Smuts, s'est rendu à l'Holiday Inn où il s'est transformé en jeune cadre dynamique avec des cheveux bruns courts, des lunettes, une serviette et une valise en cuir. Dans sa chambre d'hôtel, il négocie une des dernières épreuves critiques de la journée quand, les mains légèrement moites, il compose le numéro appris par cœur pour être sûr que tout se passe comme prévu, qu'on lui donne le feu vert pour la dernière manœuvre. Une personne qu'il connaît arrive pour le conduire à l'aéroport aux départs internationaux. (Le lendemain matin, cette même personne, ayant passé la nuit dans la chambre réservée, quittera l'Holiday Inn après avoir payé la note et rendu la clef.) Et, juste à l'heure pour le vol BA 054 pour Londres, il passe le contrôle des passeports et la douane. En descendant l'escalator qui conduit à la salle des départs, il remarque peut-être des passagers frappés de stupeur qui se pressent pour acheter l'édition spéciale de fin d'après-midi des journaux.

La première page du *Star* est bordée de noir, et le titre en énormes caractères annonce sur toute la largeur :

LE PRÉSIDENT TUÉ DANS UN ATTENTAT

Peut-être remarque-t-il, un peu plus loin, cette jeune fille sémillante en train d'attendre l'embarquement sur le vol LH 571 pour Francfort, qui décolle vingt minutes avant le sien ; mais ni l'un ni l'autre ne fait un signe de reconnaissance.

On peut imaginer que, des mois ou des années plus tard, ils reviennent dans leur pays. Pendant leur absence, les autres membres de leur cellule se seront regroupés, ils se seront déplacés vers d'autres zones opérationnelles en poursuivant, de leur façon professionnelle et déterminée, la préparation et l'exécution d'autres attentats. Car cela ne peut jamais finir. Il ne faut jamais relâcher la pression. Pour rester efficace, les échecs isolés doivent être suivis aussi rapidement que possible par de nouveaux succès ; et des succès par des entreprises toujours plus spectaculaires.

5

Ils laissèrent la Mini de couleur bleue, qu'ils avaient sortie du garage de Sean pendant son absence à l'étranger, à l'ombre des pins dans le parking près de la station du téléphérique. Comme c'était un jour de semaine, il y avait peu de visiteurs et la cabine qui montait au sommet de la montagne était vide. Ils se tenaient, lui derrière elle, près de la fenêtre arrière et ils regardaient le paysage s'éloigner en dessous d'eux : la ville et la Tête du Lion, le port, les townships des Cape Flats recouvertes de fumée, les montagnes bleutées de la chaîne des Hottentot's Holland. Tout devenait plus petit, plus nettement défini, et reculait non seulement dans l'espace mais aussi dans le temps.

« C'est comme si on volait », dit Nina à voix basse pour que le jeune garçon pâle au visage couvert d'acné, qui manœuvrait la porte, n'entende pas. « Oublie la cabine et le câble. Tous mes rêves les plus intimes sont des rêves de vol. Chaque fois qu'on franchit une crête, une nouvelle vallée s'ouvre en dessous de soi. C'est effroyable, une sensation de vide dans l'estomac, mais en même temps c'est fascinant – comme quand j'étais petite et que mon père me poussait sur la balançoire. C'est une sensation très physique, presque sexuelle. Une nuit, j'ai été réveillée par un orgasme dans un rêve comme ça. » Puis elle ajouta, en sautant du coq à l'âne : « Est-ce qu'on peut faire l'amour sur la Montagne ? J'ai envie. »

Thomas jeta un coup d'œil au jeune conducteur, mais il était penché sur le garde-fou et ne faisait absolument pas attention à eux. « Pourquoi est-ce que tu veux toujours faire l'amour dans des endroits impossibles ?, lui demanda-t-il, tout contre sa joue.

– Sinon, ça devient ennuyeux. Je ne peux pas supporter l'idée d'une vie bourgeoise sans surprise comme celle de mes parents.

– Peu de risques que ça t'arrive. »

Un autre changement brusque et déconcertant : « S'ils nous prennent demain, est-ce que tu crois qu'ils iront chercher mon père pour nous juger ?

– Bien sûr que non. Tu devrais pourtant le savoir.

– Oui, je le sais. Pourtant, c'est dommage. Cela aurait donné une justice poétique. Et j'aurais enfin su comment fonctionne son esprit. Ce que signifie pour lui la justice. "Un juge condamne sa fille à mort." Ça sonne bien, tu ne trouves pas ?

– Non. Parce qu'ils ne vont pas nous attraper.
– Je sais. » Elle se pencha à la fenêtre pour mieux voir Le Cap en dessous, puis elle colla de nouveau sa bouche contre son oreille : « Tu te rappelles comment mon père s'est défilé la dernière fois que le ministre a essayé de lui coller un procès de "terrorisme" ? Il a dit qu'il était inquiet à cause de sa famille. Imagine que les camarades des accusés soient venus faire sauter la maison ou quelque chose comme ça. Tu sais » – ses yeux verts regardaient intensément ceux de Thomas –, « j'aimerais avoir une raison de le respecter, ne serait-ce que comme juriste.
– C'est vraiment important ? »
Elle ne lui répondit pas directement. « Parfois, dit-elle, parfois j'aimerais avoir grandi dans une famille ordinaire, à Bellville ou quelque part, avec des meubles en contreplaqué, du lino par terre, un carrelage en ciment autour de la piscine Sundance dans le jardin derrière la maison, une caravane sur le dallage devant, et des hommes venant le dimanche pour le barbecue, discutant du demi d'ouverture de l'équipe de la province ou de moteurs à injection, pendant que dans la cuisine les femmes parlent de fausses couches, de recettes absolument sûres : et m'être sentie fière de mon père. »

Fière ? Ce samedi-là, dans le jardin derrière la maison. De la cuisine, où je mélangeais du concentré d'orange au-dessus de l'évier, j'entendis des cris de colère à l'extérieur et je me précipitai à la porte. Papa avait surpris le jardinier, Solomon, en train de cueillir une orange, et il hurlait à tue-tête comme s'il avait été le Dieu tout-puissant venant de surprendre Adam et Eve devant l'Arbre de la Connaissance. « Repose cette orange immédiatement ! » Honnêtement, c'est ce qu'il a dit. Et le pauvre jardiner, un homme misérable et gentil, qui faisait son travail pour trois fois rien, simplement pour pouvoir être avec sa femme Sabien, la « domestique » qui travaillait à la cuisine, il restait là, l'air ahuri, regardant mon père et l'orange dans la main, sans savoir quoi faire. Puis Sabien est apparue, sortant de la chambre du personnel pour voir pourquoi on criait comme ça. Cela dut être le plus pénible pour l'homme, qu'on l'humilie devant sa femme. Il essaya d'expliquer : ce n'était qu'une orange, baas, l'arbre en était surchargé. Cela mit papa hors de lui. « Je t'interdis de me répondre ! Espèce de salaud de propre à rien de parasite ! Tu crois peut-être que tu peux gober la moindre connerie que tu vois ? » Et cela continua sur le même ton. Je n'avais jamais pensé qu'il connaissait de tels mots. Brusquement, pris d'une sorte de rage, papa tendit le bras et arracha l'orange de la main du pauvre homme et il la jeta sur lui. Elle l'atteignit à l'épaule. Complètement ridicule. Mais pour Solomon ce fut la goutte d'eau qui fit déborder le vase. Il se pencha et, brusquement, il avait une brique à la main. J'étais pétrifiée sur le pas de la porte. Sabien aussi, au coin de la maison.

Solomon fit un pas et leva la brique au-dessus de sa tête. On pouvait lire le meurtre dans ses yeux. Je voyais le blanc de la cornée injecté de sang. Et, tout à coup, papa se mit à le supplier, en reculant prudemment et en gémissant : « Allons, Solomon, ce n'est pas bien grave, hein ? Tu peux prendre toutes les oranges que tu veux, d'accord ? »

Solomon fit encore un pas. « Je vais te donner une augmentation, Solomon. Tu entends ? Tu as toujours été un bon employé. Mais maintenant, pose cette brique. Je ne suis plus en colère contre toi. Je t'achèterai une nouvelle salopette aussi. Ecoute-moi, s'il te plaît. »

Brusquement, Solomon en eut assez. Il jeta la brique par terre, fit demi-tour, passa devant Sabien et entra dans la chambre des domestiques avant de refermer la porte sur lui.

Cette même porte, les policiers l'enfonçèrent un peu plus tard dans l'après-midi, quand ils vinrent le chercher. Je les regardai, les yeux écarquillés, le jeter à l'arrière de leur véhicule comme un sac de pommes de terre. Et, avant la nuit, Sabien elle aussi était partie, après avoir rangé ses affaires dans un grand carton – tout ce qu'elle et son mari possédaient dans une seule caisse –, elle s'en alla sans même demander son salaire. Ce jour-là, je sus que j'avais perdu mon père. Je ne pourrais jamais plus respecter une personne comme ça.

« Ni ton père ni le mien n'ont beaucoup de raisons d'être fiers de nous, lui dit Thomas avec un sourire forcé. Et après ce qui se passera demain, si jamais ils l'apprennent...

– Tu imagines les journaux ? *Qu'a-t-il pris à deux jeunes Afrikaners de talent, issus d'un bon milieu, de trahir ce que les leurs ont de plus cher ?*

– Ils trouveront bien des raisons. Ils sont obligés, leur statut en dépend. Ils prouveront que nous sommes des aberrations, que nous avions quelque chose qui ne tournait pas rond : que nous avons essayé de remplir un vide psychologique, de compenser un sentiment de culpabilité ou de peur ou de je ne sais quoi, qu'après avoir foutu en l'air les relations ordinaires, nous étions obligés de nous tourner vers autre chose. Deux paranoïdes, deux parias dénaturés incapables d'amour, qui ont rejoint l'ennemi pour cacher leurs propres insuffisances. » Il réfléchit quelques instants. Quand il parla de nouveau, il contenait sa voix : « Est-ce que tu crois que quelqu'un parmi eux, n'importe qui, même s'il est le seul, pensera un jour qu'un Afrikaner convenable et ordinaire peut être conduit au point où il *doit* faire quelque chose comme ça, simplement parce qu'il n'en peut plus ?

– Est-ce important ce qu'ils comprennent ou non ? demanda-t-elle. Nous savons que nous y avons réfléchi et qu'il n'y a rien d'autre à faire.

– Pourtant, les choses seraient plus simples si nous savions qu'au dehors *quelqu'un* comprenait.

– Nous avons toujours su que ce ne serait pas facile, Thomas.

– Bien sûr. C'est seulement... tout à coup on se sent... je ne sais même pas ce que je sens... on est bougrement seul. »

Impulsivement, elle pressa son visage contre sa poitrine. Il lui prit la tête et sentit dans ses mains la douceur de ses cheveux coupés inégalement, les cheveux plus courts et piquants dans son cou, la fermeté de ses épaules. Il sentit son corps contre le sien, la pression de sa cage thoracique et de ses hanches. Et, sous eux, le monde s'enfuyait : ce devait être ainsi que le voyaient les astronautes. Etre emporté, entouré par rien, par l'espace, et rien à quoi se rattacher, sur quoi compter que soi-même, ce besoin minuscule et violent de vivre, cette foi coléreuse et irrationnelle que l'on fait ce que l'on doit faire, que l'on doit faire ce que l'on fait. Demain, se dit-il, demain soir, ils seraient encore plus seuls que maintenant, chacun dans un avion volant vers des destinations différentes, entourés par la nuit, sans même le contact d'une main, sans le souffle de quelqu'un dans son oreille, la caresse d'une joue. Tout bien considéré, ils étaient beaucoup mieux maintenant. Et il eut presque honte. Comment pouvait-il penser à cela comme à une solitude ? Ils étaient toujours ensemble, elle et lui, renfermant en eux tout ce qu'ils avaient toujours été, la longue route qu'ils avaient parcourue ensemble depuis ce premier jour balayé par le vent à Crossroads, cette première nuit dans son appartement : mais depuis plus loin encore, infiniment plus loin, au-delà des générations et des époques sur cette terre tragique. Quel était le sens du mot « commencement » ? Où se trouvaient les racines de ce qui allait se passer demain matin à dix heures quarante-cinq ? Etaient-elles déjà là, obscures, lors de l'arrivée du tout premier Landman, du tout premier Jordaan, à ce Cap des Tempêtes ?

Ou est-ce, se demanda-t-il angoissé, la plus terrible des solitudes, cette confrontation solitaire avec sa propre histoire, avec tout ce qui vous a fait ce que vous êtes, qui vous a amené là où vous êtes ? En sachant que le présent est envahi par hier et avant-hier ; et qu'aujourd'hui a, à l'avance, les couleurs de la solitude de demain ? La solitude de Caïn au pays de Nod.

Il continua à serrer les paupières jusqu'à ce que la cabine – ce fragile substitut de vaisseau spatial – arrive, en se balançant et en heurtant le rocher, à la station supérieure, et que le jeune homme apathique ouvre la porte pour laisser descendre ses deux passagers.

Main dans la main, ils gravirent le chemin inégal jusqu'au sommet. Il faisait froid là-haut. Un peu de vent. Comme si, aussi haut, on se trouvait plus près d'un automne que le monde en bas ne soupçonnait pas encore ; exposé à un plus grand vide. Des marmottes d'Afrique s'enfuirent à contrecœur, s'éloignant de quelques mètres sur les rochers gris tachés de lichen. En bas, vers le sud, s'étendait la colonne vertébrale de la péninsule, un Adamastor coléreux, un immense squelette préhistorique poussé violemment dans l'océan d'un bleu d'encre : plus loin, invisible au-delà de l'horizon, l'Antarctique étendait ses caps de glace, le plus grand de tous les continents, inhospitalier, inhumain, d'une beauté désolée. Leurs yeux revinrent au paysage familier : le croissant de False Bay d'un côté, la baie de la Table de l'autre. Le mouvement presque imperceptible de la crête blanche des vagues qui se brisaient. Ici et là, les coques des navires engloutis : combien de vies avaient été sacrifiées au cours des siècles avant que les Européens prennent pied sur ce continent sévère et sachent s'y adapter ? Quelle impudence de semer, planter et bâtir dans ce lieu, puis de vouloir dominer les autres en prétendant que ce pays nous appartient, contre tout bon sens et toute raison.

Et pourtant, dans le même temps, comment ne pas s'y accrocher, maintenant que nous sommes ici ? Quand on a pris racine en Afrique, il est impossible de s'acclimater ailleurs. Souviens-toi de Sipho et de Noni et de tous les autres qui dépérissent en exil, comme des épineux ou des baobabs transplantés dans un climat froid.

Plus tôt, quand ils avaient encore le temps, ce luxe, de se permettre de tels jeux, ils avaient parlé des tentatives obstinées des Européens à travers les âges de pénétrer dans les interstices du continent, attirés par Prester John ou les fabuleuses richesses du Monomotapa (*Hic sunt leones,* sur les cartes anciennes), ou poussés par la simple nécessité de trouver un abri au cours du long voyage vers l'est : ils avaient parlé du viol, de la dévastation et de la destruction du continent – commençant ici même, dans cette mer bleue et courroucée –, et comment les Européens n'avaient jamais vraiment réussi. L'Afrique restait toujours l'Afrique, elle n'était plus ni vierge ni romantique, mais un subconscient sauvage dans l'esprit du monde. Parfois, sur les cartes des XVIe et XVIIe siècles (lui, en particulier, les trouvait fascinantes), ils suivaient du doigt l'avancée des caravelles portugaises, millimètre après millimètre, le long de la côte et en contournant le Cap des Tempêtes. Une fois, il lui avait apporté *Les Lusiades,* dans une traduction en prose charmante et démodée (d'après le tampon de la bibliothèque, on n'avait pas emprunté le livre depuis vingt et un ans) ; amusés bien qu'en même temps curieusement émus, ils avaient lu les prophéties que, dans le cinquième chant, Camoens attribue au géant Adamastor, prévenant les générations futures de ne jamais espérer survivre en cet endroit : Adamastor lui-même, le pays lui-même, y veilleraient, un noir destin enfoui dans la montagne et dans le rocher :

« Ecoutez-moi maintenant et sachez quels périls ont été réservés contre un tel excès d'orgueil, quelles peines vous attendent sur la vaste étendue de l'océan et de la terre que vous finirez par soumettre dans les batailles... Ici, si je ne me trompe, je compte donner libre cours à ma vengeance sur celui qui me découvrira... »

Evidemment, Nina s'était montrée cynique ; mais elle aussi avait été touchée par la vision apocalyptique des explorateurs succombant tour à tour dans le pays, qui culminait dans le couple emblématique, homme et femme, brûlé sur cette eau-forte, l'Afrique.

« Un autre viendra aussi, noble, libéral, tenu en haute estime, et amoureux, et avec lui la dame très belle dont il aura eu le rare bonheur de gagner l'affection. Triste est leur sort et noir le destin qui les conduit dans mon royaume ; car, en courroux contre eux, il ne leur permettra de survivre à un cruel naufrage que pour les accabler de souffrances encore plus douloureuses.

« Ils verront leurs enfants, le fruit de tant d'amour, mourir de faim ; des Cafres grossiers et avides dépouilleront la gracieuse dame de ses vêtements après une longue et douloureuse marche dans les sables brûlants, exposant ses membres de cristal aux rigueurs des éléments. Et ses compagnons, ayant survécu à tant de misère, connaîtront encore pire : ils verront les amants infortunés tomber victimes de la chaleur implacable de la brousse où les larmes, à cause de la douleur qui les habite, feront fondre même les pierres, jusqu'à ce qu'enfin, après une dernière étreinte, leur âme quitte leur corps devenu plus misérable qu'il n'avait été beau. »

Mais, une fois, elle ne put s'empêcher de dire : « Il n'y a qu'un Européen pour avoir eu une telle vision. Nous savons que c'est faux, n'est-ce pas ? » Et, comme il ne répondait pas immédiatement, elle insista avec plus de force : « Tu n'es pas d'accord, Thomas ? On ne peut concevoir Adamastor que comme la fatalité si on le traite en ennemi. Mais si, à la place, on lui montre du respect et si on s'en remet à sa miséricorde ? Je préfère nous considérer comme les enfants d'Adamastor, Thomas, pas ses victimes.

– Je crois que c'est à lui de décider s'il veut nous accepter ou non.

– Touché », dit-elle en riant.

Aujourd'hui, pensait-il, aujourd'hui ils avaient atteint l'extrémité : un cap moral aussi ultime que cette corne que l'Afrique tend dans les mers du Sud. Et demain déciderait si, et comment, ils seraient acceptés. Si on les jugeait dignes.

De façon machinale, plus par habitude qu'à cause d'une décision consciente, il prit quelques photos d'Adamastor, bleu sur bleu.

« Que vas-tu en faire ? lui demanda Nina.

– Des souvenirs pour nous rafraîchir la mémoire. Il peut se passer des années avant que nous ne revenions.

– Mais nous reviendrons. »

Brusquement, il y avait tant de choses à dire ! Qu'importait le nombre de fois dont ils en avaient parlé ensemble et avec les autres au cours des derniers mois. Une chance ultime d'atteindre une certitude ultime ? Il fit un geste de la tête en direction de la ville lointaine et, sans la regarder, il dit : « Nous aurions pu nous trouver en bas avec les autres aujourd'hui, à faire des courses ou à rester allongés sur une plage. Alors qu'est-ce qui nous rend différents d'eux ? Comment en sommes-nous arrivés ici ? Tu crois que nous sommes devenus fous ?

– Si c'était le monde qui était devenu fou, et pas nous, dit-elle, alors tout deviendrait son propre contraire, non ? Etre ordinaire, normal, signifierait être fou.

– Il ne semble pas que nous ayons le choix, en fin de compte.

– Nous sommes ici précisément parce que nous avons le choix.

– Je sais. » Un sourire contraint. « Je me fais seulement l'avocat du diable. Pour être doublement sûr. Tant de choses sont en jeu. »

Elle s'éloigna de quelques pas et, pour avoir une vue complète, elle sauta sur un rocher plat, posé en équilibre précaire au-dessus du précipice, que le lichen tachait d'un rouge couleur de rouille, de vert terne et de jaune. Sans se retourner, elle dit : « Tu sais ce qui m'effraie vraiment ? C'est la pensée que ce jour de défilés ne marquera pas la fin de l'injustice, de l'horreur et du reste.

– Bien sûr que ce ne sera pas la fin, dit-il avec une angoisse soudaine. Tant que les gens vivront – mon Dieu, tu le sais aussi bien que moi –, le monde sera un immense gâchis. C'est la seule chose dont on peut être sûr. La vie ne sera jamais bonne, ni raisonnable, ni belle. Mais cela ne veut pas dire qu'elle ne peut pas être mieux qu'elle n'est. Tant que cette possibilité existe, cela vaut la peine de tout risquer, de faire ce que nous faisons.

– Je sais que tu as raison, répondit-elle calmement. Mais alors nous sommes vraiment fous. Tout risquer pour une simple possibilité. »

Il s'approcha, passa un bras autour d'elle, en glissant la main sous la bavette de sa salopette, contre ses seins, non un geste de possession, même pas de protection, simplement d'affirmation. « Tu n'as pas de doutes, n'est-ce pas ? lui demanda-t-il doucement. Je ne le crois pas. C'est toi, toi plus que tout dans ma vie, qui m'a aidé à croire en notre cause.

– Ne t'inquiète pas, dit-elle, quand ce jour viendra, je serai là, avec toi. Et avec Justin, Rashid et David. Et tous les autres.

– Tu imagines ? Tous les fugitifs, tous les exilés, revenant de tous les coins du monde. Et toutes les prisons ouvrant leurs portes pour laisser sortir leurs prisonniers. Et de l'île, là-bas... » Ils se levèrent et regardèrent avec crainte l'étroite bande d'azur séparant le continent de Robben Island qui, de là-haut, de façon déconcertante, semblait petite et plate, une tache grisâtre sur la mer. Si proche de la plage. Mais à des années-lumière pour ceux qui regardaient de là-bas. Thomas entendait dans ses oreilles la voix de Henry parlant des années qu'il avait passées là-bas ; et celle de Sipho ; les voix innombrables au cours des années, dans des chambres pauvres remplies de fumée bleue à Soweto, à Alexandra, à New Brighton ou à Langa, dans des appartements en sous-sol à Londres, une pièce avec un haut plafond peint à Prague, une chambre d'hôtel dans les faubourgs de Moscou, une cuisine dans un immeuble bleu à l'abandon, à Lusaka, des variations de la même expérience ; des voix toutes identiques – un bruit unique et irrépressible, une trompette éternelle sonnant sous les murailles de Jéricho qui s'effondrent, comme le cri collectif que l'on peut imaginer jaillissant de la maison des esclaves aux murs ocre dans l'île de Gorée, au large du Sénégal, courant sur l'océan, le cri des esclaves embarqués là pendant plus de trois siècles : Gorée d'où venait sa propre ancêtre Catharijn. Lors de ce jour éblouissant à venir, toute l'histoire et la préhistoire de l'Afrique convergeraient, des rayons de lumière courbés qui traversent une loupe et se dirigent vers un seul point où ils explosent en une flamme.

Comme cette vision semblait irréelle en cet instant, un mirage, une hallucination au-dessus de la réalité fumante du Cap en dessous d'eux : et pourtant on pouvait l'imaginer, non comme un miracle, mais comme l'aboutissement d'actions, de sacrifices et de privations innombrables, infimes et ordinaires, accomplis tout au long du chemin. Et demain serait pour eux l'épreuve de vérité.

« Viens. »

Au restaurant, ils commandèrent du thé. Des protéas * séchés étaient disposés contre le mur de pierre : même cela semblait emblématique. Ensuite, ils flânèrent sur le sommet accidenté de la Montagne, loin des groupes de touristes qui restaient près du restaurant.

Nina montra du doigt la ville et ses nombreux tentacules qui grimpaient à l'aveuglette au pied de la montagne, la suite des villes côtières qui s'étendaient en suivant la courbe de False Bay. « C'est ce qui me fascinait en Australie quand j'y étais », dit-elle – l'année du bac elle était allée en Australie dans le cadre d'un échange du Rotary, un geste qui répondait aux attentes que son père fondait sur elle (sauf que rien ne se passa comme il l'avait espéré !), « la façon presque désespérée dont leurs villes s'accrochent à la côte, tout autour du continent : et l'immensité vide de l'intérieur. Comme si les gens avaient eu peur de s'aventurer trop loin et comme s'ils avaient préféré rester le plus près possible de la mer qui les avait rejetés là. C'est peut-être un ancien désir colonial, seulement plus prononcé là-bas. Mais ici, c'est différent. Tu te souviens de la matinée à Kirstenbosch ? La haie d'amandiers sauvages du commandant Van Riebeeck, plantée il y a trois siècles, la première tentative pathétique pour maintenir l'Afrique hors du premier établissement européen. Mais ça n'a jamais marché. Pas ici. Ici, les gens, même les Européens, ont commencé à s'éloigner de la mer dès qu'ils l'ont pu, pour s'enfoncer dans l'intérieur.

– Je suis sûr que Freud aurait eu quelque chose à dire là-dessus, répondit Thomas. L'Afrikaner tournant le dos à la mer, la mère, et se dirigeant vers l'intérieur mâle et dénudé. Ou, en fin de compte, est-ce quelque chose en notre faveur, quelque chose que nous avons emprunté aux Africains eux-mêmes ? » Le souvenir le fit pouffer de rire. « Le signe le plus fou que j'en ai vu, c'était une unité de la marine en plein désert, à Oshakati, en Namibie, quand j'ai fait mon service militaire. Leur petit bar lugubre avait un parachute comme toit et, à l'intérieur, les murs étaient recouverts de peintures représentant la mer bleue et des palmiers. » (Mais était-ce plus fou, se demanda-t-il, que son propre ancêtre, Fransoois Lodewickus, qui avait voyagé dans le désert sur un bateau, une arche ? Ou son arrière-grand-père qui avait séduit une femme avec des palmiers sur le mur de sa chambre ?)

« Tu vois, dit-elle. On ne peut nier quelque chose en soi et ne pas s'attendre à être puni. Toi en particulier, tu devrais le savoir : tu es Cancer. La mer doit se cacher quelque part au plus profond de ton être, tu ne peux la trahir. »

Ils avaient franchi la crête de la Montagne ; il n'y avait personne en vue. Ils se trouvaient au-dessus de l'Afrique avec, à leurs pieds, les falaises tombant presque à pic très loin en bas où le vent laissait des empreintes sur la chair de poule de la mer. Une mouette solitaire passa près d'eux, les ailes immobiles, portée par des courants invisibles auxquels elle s'abandonnait aveuglément. De temps en temps, elle poussait un cri rauque, une plainte grise et désespérée perdue dans le temps. Nina s'assit sur un énorme rocher et se renversa en s'appuyant sur les mains, le visage levé vers le soleil. Au bout de quelques minutes, elle se releva avec impatience, ouvrit les épingles à nourrice qui tenaient ses bretelles, enleva sa salopette bleue et rejeta sa culotte d'un geste du pied, puis elle retira son tee-shirt. Elle reprit la même position ; sous la caresse du vent frais, la pointe de ses seins se durcit. La mouette repassa au-dessus d'eux.

« Et si quelqu'un arrivait ? demanda-t-il.

– Personne ne s'aventurera aussi loin. Viens t'asseoir près de moi. »

Il regarda tout autour, puis s'accroupit à côté d'elle sur

le rocher rugueux et, de l'ongle, il souleva une petite plaque de lichen ; puis sa main caressa presque distraitement les épaules et les seins de Nina. Comme c'était étrange, pensa-t-il, de se retrouver si loin du monde, comme s'ils étaient sortis du temps. Elle s'allongea sur le rocher raboteux et releva les genoux.

« Nous devons nous imprégner de soleil, dit-elle. C'est notre dernière chance pour Dieu seul sait combien de temps. Après-demain, nous basculerons dans l'hiver. Tu as lu les journaux ? Des tempêtes de neige sur toute l'Europe juste au moment où ils pensaient que le printemps était arrivé. Pas étonnant que nos ancêtres se soient enfuis. »

La mouette silencieuse passa de nouveau au-dessus d'eux, puis le cri triste et solitaire.

« Je veux prendre une photo de toi », dit-il brusquement et il se releva, il recula à droite et à gauche, il s'accroupit, grimpa sur des rochers, à la recherche du meilleur angle. Il ouvrit le diaphragme au maximum, régla au millième et mit au point sur son corps – couvert de taches de rousseur, pâle et menu sur le rocher piqueté de lichen, avec en arrière-plan un flou bleu – et il appuya sur le déclencheur. Il se redressa un instant et se réinstalla pour prendre une autre photo – il était étonnant de voir à quel point les relations dans l'espace changeaient au moindre pas à droite et à gauche – en la réduisant à un simple point dans le paysage. Il s'arrêta pour imaginer comment ce serait de plus haut, de ce rocher là-bas, en la regardant en bas, hiératique, étendue sur le rocher.

« Reviens près de moi », cria-t-elle les paupières toujours baissées.

Il referma l'étui de son appareil photo, revint sur ses pas et s'assit à côté d'elle. Elle lui prit la main et la posa entre ses seins, et il sentit contre sa paume le léger battement de son cœur.

« Quoi qu'il puisse arriver après », dit-elle calmement,

les yeux maintenant grands ouverts, fixant intensément le ciel bleu comme si elle pouvait distinguer d'invisibles constellations dans la lumière aveuglante, « soit demain, soit ensuite, ou n'importe quand : si jamais nous sommes tentés par le doute à propos de ce qui s'est passé, alors essaie de te souvenir, Thomas, essaie de te souvenir que ça en valait la peine. Tout. Promis ? »

Ses doigts descendirent vers son ventre, sur la pointe aiguë de ses hanches. Sa paume enveloppa le petit promontoire entre ses cuisses (sous la douceur, la solidité de l'os) et son majeur caressa la fente de son sexe.

Mais, à ce moment-là, il entendit des voix portées par le vent ; il leva les yeux et vit au loin des touristes qui s'approchaient entre les rochers, un groupe de dix ou douze, apparemment des étrangers, des hommes et des femmes âgés, avec des chapeaux et les lunettes de soleil, des chemises criardes, des bermudas ou des pantalons trop larges, le cou tendu sous le poids des appareils photo et des jumelles.

« Oh non ! » Thomas se pencha rapidement pour ramasser les vêtements de Nina.

« Qu'est-ce qui se passe ? » demanda-t-elle, irritée.

Il fit un geste. « Des gens. Ils viennent par ici.

– Qu'ils viennent. »

Comme elle n'essayait même pas de remettre son tee-shirt, il se plaça, mécontent, entre elle et eux.

Le groupe s'approcha en parlant très fort. Ils ne se trouvaient qu'à quelques mètres quand une des femmes les aperçut. « Oh ! mon Dieu !... » « Oh ! Pour l'amour du ciel... » « Viens, Henry... »

Nina se leva en s'étirant avec le plaisir sensuel d'une chatte, puis elle posa les mains sur ses hanches et menaça du regard les étrangers stupéfaits comme si c'était à eux d'expliquer leur présence. Les femmes poussèrent encore quelques exclamations avant d'attraper leur mari (un ou deux avaient commencé à sortir leurs appareils photo) pour les entraîner, certains à contrecoeur, d'autres myopes et soumis.

Thomas poussa le paquet de vêtements contre Nina. « Il vaut mieux t'habiller, Nina. »

Irritée, elle retourna à l'endroit les manches courtes de son tee-shirt.

« Quelle importance ? Aucun d'eux ne nous reverra jamais.

– Mais ils vont se souvenir de nous, merde. Et personne ne doit se souvenir de nous. »

Ruminant toujours sa contrariété, elle s'installa avec un air de défi, les jambes écartées, sur le plus haut rocher, puis elle fit passer son tee-shirt par dessus sa tête, enfila sa salopette (elle enfonça sa culotte dans une de ses poches pour affirmer son indépendance) et referma les épingles à nourrice ; puis elle regarda dans la direction où les derniers touristes se pressaient entre les rochers gris ; un homme corpulent se retourna pour jeter un dernier coup d'œil, mais il glissa sur un caillou et tomba les quatre fers en l'air. Nina s'assit sur le rocher.

« Tu comprends bien, n'est-ce pas ? » Il se tenait debout, en dessous de Nina et, pendant un instant, en levant les yeux, il fut aveuglé par le soleil qui se trouvait derrière elle.

« Bien sûr, mon amour. » D'un mouvement violent, elle pressa la tête contre ses genoux. « C'est seulement... Quel dommage ! Il nous reste si peu de temps. »

En prenant un chemin différent – pour éviter les touristes et faire durer ce moment le plus longtemps possible –, ils revinrent vers le téléphérique. Ils avaient d'autres rendez-vous en ville.

6

Le sable, près de l'étroite pelouse sous les palmiers, était chaud à leurs pieds nus (ceux de Thomas plus sensibles que ceux de Nina : elle marchait nu-pieds à chaque fois qu'elle le pouvait). Ils avaient laissé leurs chaussures dans la voiture après avoir mangé les hamburgers et les frites graisseuses qu'il avait achetés dans un café – un repas pris avec un sentiment de culpabilité parce que, à quelques mètres d'eux, une vieille mendiante misérable fouillait dans une poubelle. La question brutale : demain, après la bombe – ou le jour suivant – ou dans un mois – ou après une révolution –, quelque chose changerait-il dans la vie de cette malheureuse femme ? Ou reviendrait-elle ici chercher ce que jettent les riches ? S'il devait en être ainsi, à quoi tout cela aurait-il servi, tous leurs sacrifices et leurs souffrances, l'angoisse, les nuits sans sommeil, les calculs, le danger, la violence ? Comme la journée qui les attendait allait devenir troublante, sous la surface lisse de l'eau, avec toutes ces questions qui revenaient, des questions auxquelles ils avaient réfléchi et qu'ils croyaient avoir résolues depuis longtemps, comme des bulles de poison libérées par des herbes prises dans la boue du fond.

Nina courut vers la mer, après avoir donné presque tout son repas à la vieille mendiante. Elle frappa du pied l'eau peu profonde en riant de voir l'humidité, une tache sombre, monter sur les jambes de son pantalon ; dans l'eau jusqu'aux genoux, elle se retourna pour l'attendre. Derrière Thomas, les maisons de Camp's Bay atteignaient le haut de la pente au milieu de jardins luxuriants ; au loin se dressait la montagne des Douze Apôtres. Thomas se pencha pour rouler les jambes de son jean au-dessus de ses mollets.

« Elle est froide ? demanda-t-il inutilement.
– Terrible. »

Quand il pénétra dans l'eau, le froid le transperça jusqu'aux os comme des cristaux de glace. Il hésita, avança encore de quelques pas, puis renonça, fit demi-tour et, le souffle coupé, revint en courant sur la plage où il s'accroupit pour frotter ses chevilles douloureuses.

Quelques minutes plus tard, il leva les yeux et la vit toujours debout, les jambes écartées, avec une détermination farouche, dans l'eau froide, les jambes de sa salopette trempées jusqu'aux cuisses. Elle claquait des dents mais ne sortait pas.

« Tu es complètement folle, cria-t-il. Tu vas attraper la mort. »

De petites vagues se brisaient contre elle. Elle essaya de rire mais ne réussit qu'à faire une grimace.

« Nina, qu'est-ce que tu essaies de prouver ?
– Que je suis plus forte que toi. »

Quand il l'eut persuadée de revenir sur le sable brûlant où elle enfonça ses jambes pour les réchauffer, alors seulement elle continua : « J'essayais de m'imaginer que c'était la Special Branch qui me torturait ; je voulais voir combien de temps je pouvais tenir. »

Une idée folle ? Non, beaucoup plus. Une sorte de passion. Il le savait trop bien. Cela n'avait rien d'un caprice, d'une volonté de rébellion, d'un refus d'ordre émotionnel. Il avait dû en convaincre l'Organisation la première fois qu'il avait proposé qu'elle fasse partie du groupe central : les exaltés ne les intéressaient pas, ils n'avaient que faire des gens avec des problèmes personnels, des révoltés romantiques. Il en avait d'abord longuement discuté avec Justin. Puis on avait fait des enquêtes, passé chaque recoin de sa vie au peigne fin. Cet épisode en Australie quand on l'avait expulsée ? Après l'enquête, une image différente d'elle apparut. Cette année de bohème à Stellenbosch ? Un point d'interrogation en marge mais, jugé dans son contexte, cela ne semblait plus aussi scandaleux. Puis l'impressionnant dossier à l'UCT* : d'excellents résultats universitaires avec, en parallèle, un travail difficile et délicat dans différentes organisations : le SRC*, l'ECC*, le Black Shash, l'UDF*, le NUSAS* (membre du bureau national la dernière année). La capacité de travailler avec d'autres sur un projet, pendant des jours et des nuits, des semaines, des mois – organiser, réunir des renseignements et les interpréter, distribuer de la nourriture aux réfugiés des bidonvilles rasés par la police, réaliser des interviews dans les townships assiégées, obtenir le témoignage d'employés de maison ou d'ouvriers licenciés injustement, ou de victimes de persécution ou d'exploitation, rechercher des informations, négocier avec les officiers de police à propos de la situation particulière de certains détenus ou de leurs conditions de détention, établir un lien avec les familles des prisonniers. Dormir à peine pendant près d'une semaine, se passer presque de nourriture : elle était prête à de telles choses si le bien-être ou la liberté des autres en dépendait. Des manifestations ? Oh ! Tout le temps. Mais cela n'avait jamais été aussi important que son travail à l'aide légale, dans un cabinet d'avocats ou parmi les gens des townships. D'accord, les gestes symboliques ont parfois de la valeur, on est parfois obligé d'en tenir compte ; mais son problème, c'était que quelque chose soit *fait.* (« Ça ne sert à rien de parler d'injustice : nous devons changer les choses. Et, pour cela, nous devons savoir comment ça fonctionne, comment c'est structuré, ce qui fait marcher la machine. ») Sa passion se manifestait dans son impatience à l'égard de ce qui était secondaire ou vague, ce qui faisait perdre du temps, qui retardait les résultats. L'Organisation avait trouvé qu'elle aurait pu montrer plus de retenue. Mais elle avait le dévouement, le talent et la capacité, aucun doute là-dessus ; elle avait aussi l'expérience du travail en commun, elle savait s'adapter aux situations changeantes, obéir aux ordres. Même alors, il avait fallu la mettre à l'épreuve, pendant ces premiers mois à Paarl – pour s'assurer qu'elle n'était pas seulement capable d'initiative, mais qu'elle pouvait aussi accepter la discipline ; qu'elle pouvait non seulement se montrer créative mais aussi obéissante ; qu'elle était prête à faire preuve d'inspiration, mais qu'elle pouvait également assurer un travail pénible et ennuyeux. Lui aussi avait subi les mêmes épreuves. Comme Christine. Comme Justin, David et Rashid longtemps avant eux. Et ils avaient travaillé ensemble sur d'autres projets. Et c'était ainsi qu'ils se retrouvaient ici : elle et lui, aujourd'hui, pendant ces vacances inattendues, sur le sable brûlant près de la mer indigo et glacée.

Nina roula sur le ventre en secouant ses pieds couverts de sable et leva les yeux vers la montagne des Douze Apôtres.

« Lequel de ces pics est Judas, à ton avis ?

– Pourquoi est-ce que tu poses une pareille question ?

– Ce sont les douze apôtres, l'un d'eux doit bien être Judas.

– Je ne crois pas que personne ait jamais pensé à les nommer séparément. C'est un nom collectif. Et je ne suis même pas sûr qu'il y en a douze. »

Pendant quelque temps, elle resta à contempler les pics déchiquetés, comme pour les compter, se perdant et recommençant.

« J'aimerais escalader Judas si je savais lequel c'est, dit-elle, songeuse. Tu ne trouves pas qu'il a tiré le mauvais numéro ?

– On ne pardonne jamais à un traître.

– Même pas à un traître de son genre ? Pense à ce qu'il

devait espérer de Jésus : la fin du joug romain, la fin de l'oppression, la liberté des Juifs dans leur pays. Mais, au moment crucial, l'autre s'est dégonflé en disant qu'il avait parlé d'un royaume mirifique qui n'était pas de ce monde. Il ne cessait de gémir en disant qu'il fallait tendre l'autre joue et que les humbles hériteraient de la terre : tous ces trucs à l'eau de rose et sans espoir auxquels toi et moi avons cru. D'après moi, et je sais que ce n'est pas original mais au moins ça a un sens, d'après moi, Judas a calculé que, s'il pouvait lui forcer la main, l'amener dans une position où il serait obligé de choisir entre aller en prison et *faire* quelque chose, il choisirait – enfin – d'agir. Mais, à la place de ça, tous ses espoirs sont tombés à l'eau.

– Jésus était son ami. Il avait confiance en Judas.

– Et pas l'inverse ? Tu dois te rappeler que tout ce que nous avons, c'est la version officielle. Qui a jamais essayé de voir Jésus du point de vue de Judas ? Si tu veux mon avis, ce n'est pas seulement un sentiment personnel qui le préoccupait. C'était la nation entière, toute la société, chaque homme opprimé par les Romains.

– C'est à ton tour de te faire l'avocat du diable ?

– Tu as dit qu'on ne pardonnait jamais à un traître ?

– Evidemment. Tu n'es pas d'accord ?

– Tout d'abord, il va falloir que tu définisses très précisément le mot " traître ", Thomas, dit-elle calmement. Comment crois-tu que les gens vont qualifier ce que nous faisons ? Pour eux, nous ne sommes qu'un ramassis de Judas. Et dans notre cas aussi, on n'enverra au monde que la version officielle.

– Non. Nous savons que ce que nous faisons est la chose juste. La seule chose. La chose inévitable et nécessaire. C'est le seul choix moral possible.

– Je suis sûre que c'est exactement ce que soutenait Judas. Ou est-ce que tu penses que ça dépend seulement du camp qui gagne à la fin ? Il n'est pas possible que la morale soit aussi provisoire. »

Il leva les yeux vers l'apôtre le plus proche. « Votre Honneur, dit-il, l'avocat de la défense dépose des conclusions non fondées sur les faits.

– Votre Honneur, répondit-elle, mon très savant ami déforme les faits pour qu'ils s'adaptent à sa thèse erronée. »

Le pic, qui pouvait être n'importe lequel des apôtres, avait les yeux fixés imperturbablement au loin, aussi implacable qu'Adamastor lui-même.

« Quand je pense que j'ai élevé un Judas sous mon propre toit, a dit mon père. Et que ça devait être toi. »

Pour l'amour du ciel, ai-je pensé, ne recommence pas. Je connais ça par cœur. Toute ta vie tu as voulu une fille (le vœu ultime d'un mâle chauvin ? – avoir une femme fabriquée par lui-même pour accomplir son moindre désir et avec qui, à part l'inceste, il peut faire tout ce qu'il veut). En outre, la déception de voir qu'aucun de tes quatre fils ne s'intéressait au droit. Personne pour suivre tes pas. (Peut-être, mon pauvre papa, n'as-tu jamais laissé d'empreintes de pas visibles pour qu'on puisse les suivre ?) Et enfin moi. Non que le droit m'intéressât « naturellement ». Mais c'était une base de négociations. Parce que tu étais intransigeant sur un point : que j'aille à Stellenbosch, « ton » université, le berceau de l'intelligentsia afrikaner. Je me suis montrée aussi intransigeante : j'ai voulu aller à l'UCT. Pour une fois, tu as pensé que tu pouvais imposer ton point de vue. Mais, la première année à Stellenbosch, j'ai foutu une merde complète (le déshonneur ! La brillante Nina Jordaan, première au lycée de jeunes filles de Bloemhof, une des vingt premières de la province, finaliste des Olympiades britanniques, tout) et tu as découvert que j'avais rejoint les groupes « alternatifs », les beuveries, le dagga*, la baise, l'opposition politique, l'échec à tous les examens de fin d'année, alors tu es revenu sur ta décision et j'ai promis de me reprendre. J'ai même accepté de potasser le droit, à condition que j'aille à l'UCT, sinon tu pouvais te le mettre où je pense.

Et, à la fin de ma quatrième année, cette confrontation. Je me souviens de chaque mot...

« Nina, je te parle.

– Tu ne me laisses pas beaucoup de temps pour en placer une.

– Même pas pour dire que tu regrettes ?

– Je ne regrette pas. » Et j'ajoute délibérément (qu'y a-t-il en toi, entre nous, qui me provoque continuellement ? qui ranime à chaque fois ma honte devant ta faiblesse parce que c'est la seule chose que je ne veux pas savoir ?) : « Je regrette de te dire que je ne regrette absolument pas.

– Est-ce que tu te rends compte de ce que tu as fait ?

– Je n'ai presque rien fait. J'étais une personne dans une foule.

– Une foule de *manifestants.*

– Personne n'a demandé à la police d'attaquer le campus. Nous ne dérangions personne. Ce sont les policiers qui se sont conduits comme des sauvages. Tu ne m'as jamais demandé ma version des faits. Qu'en est-il d'*audi alterem partem* et de tout ça ? Et tu es censé être juge ?

– Je ne sais que trop bien ce qui s'est passé. J'ai parlé personnellement au colonel Bester.

– Est-ce qu'il t'a dit comment ils ont foncé en premier sur les femmes ? Comment ils ont visé délibérément nos visages et nos roberts avec leurs sjamboks ? Comment ils ont lancé leurs chiens sur des badauds qui s'étaient rassemblés pour voir ce qui se passait ? Est-ce qu'il t'a dit que le vice-président s'était mis d'accord avec nous pour qu'on se disperse à trois heures ? Et qu'ils ont chargé à exactement trois heures moins cinq alors que la plupart des étudiants avaient commencé à s'éloigner ?

– Le colonel Bester n'avait aucune raison de me mentir, Nina. Je le connais depuis des années.

– Tu crois que, *moi,* j'ai des raisons de mentir ? Je suis ta fille, papa. Ou est-ce que, parce que tu m'as faite, tu n'as pas confiance en moi ? »

Cette expression familière de douleur sur ton visage. Ce ton d'indulgence. « Nina, tu dois reconnaître que tu as tendance à réagir de façon émotive.

– Une faiblesse chez un juriste.

– Je sais que tu n'y peux rien, tu es une fille. Mais au moins tu devrais admettre de toi-même tes propres faiblesses.

– Tu aurais dû me laisser au poste comme les autres. La presse ne serait pas venue me trouver.

– Tout ce que j'attendais de toi, c'était un sens de la responsabilité. Cet incident déplorable peut affecter toute ta carrière. Nina, je veux une fille dont je puisse être fier. Tu peux être admise au barreau dès l'an prochain ! »

Je voulais te demander : est-ce que tu ne te rends pas compte à quel point j'ai envie d'être fière de *toi ?* Non parce que tu serais juge, mais parce que tu serais juste. Non parce que tu serais un homme respectable, mais parce que tu serais respecté ? Je voulais te dire : je sais pourquoi tu te sens menacé. C'est parce qu'ils t'ont nommé juge après que tu as fait le sale boulot du Parti dans l'énorme affaire contre la presse de langue anglaise. Ce n'est pas le bien ou le mal qui te soucie. Tout ce qui t'importe, c'est la contrepartie. Tes amis. Tes contacts. Et le pouvoir auquel ils te permettent d'accéder. Et cela, je le jure devant Dieu, je ne peux te le pardonner.

Que s'était-il passé de si terrible ? Décisif, oui – quand j'y repense maintenant, je sais que c'était un tournant comme le « scandale » en Australie, six ans plus tôt – mais « terrible » ? Tout commença avec le meeting dispersé par la police : nous avions manifesté contre la mort des enfants tués à Athlone la veille.

Une marche de protestation a été organisée pour le lendemain. Mais une poignée d'entre nous, du SRC, ont réussi à persuader les étudiants de ne pas se montrer trop provocateurs, de ne pas faire le jeu des autorités : une manifestation de ce genre était exactement ce qu'attendaient les Boere*. En plus, cela pouvait nous mettre les modérés du campus à dos. Aussi, nous les avons poussés à accepter la proposition du vice-président de se réunir sur les marches de Jameson, sans sortir du campus ; une manifestation pacifique, en costumes universitaires, avec des affiches. Pendant une heure, en silence et dans une manifestation digne – cela avant tout –, nous aurions exposé nos doléances sans provoquer personne. Mais tout s'est déroulé différemment. Et, quand ils en ont eu assez de nous tabasser, ils ont embarqué tous ceux sur qui ils ont pu mettre la main. C'est ainsi que je me suis retrouvée en prison.

Jusqu'à une heure avancée de la nuit, ils nous ont « interrogés ». Pendant tout ce temps, nous n'avons pas eu le droit de nous asseoir ; on ne nous a rien donné à manger ni à boire. (Mon amie Patsy a passé un mauvais moment : elle était malade depuis plusieurs jours et nous avions peur qu'elle s'évanouisse ; quand un policier a enfin répondu à nos demandes et nous a donné une bouteille, nous nous sommes aperçus qu'elle était pleine d'essence.) L'université avait nommé une équipe d'avocats pour accélérer les choses, ils voulaient plaider coupable mais la police a refusé la procédure. On nous informa que nous avions menacé la sécurité de l'Etat. Et on nous transféra à la Special Branch. Vingt-quatre heures après notre arrestation, papa apprit que j'étais parmi les détenus. Une heure plus tard, on m'appelait : je pouvais partir, on avait retiré toutes les charges qui pesaient contre moi.

« Je ne partirai que si les autres sont libérés eux aussi, ai-je dit à l'officier qui venait me chercher.

– Effrontée, hein ? a-t-il répondu. Dans ce cas-là, je m'en fous que tu restes ici. » Il m'a repoussée dans la cellule bondée et il a refermé la porte.

Quelques heures plus tard, quatre hommes menaçants nous ont raccompagnés à la police ordinaire. Un vieux, avec une large poitrine couverte de décorations, nous a dit dans un anglais épouvantable que, cette fois, nous pouvions partir, « mais que ça vous serve de leçon, hein ? ». Un petit greffier obséquieux du cabinet de mon père m'attendait pour me raccompagner à la maison dans sa voiture. Maman était évidemment au lit, toutes portes fermées, avec la migraine. Papa, sévère et tendu, me dit sèchement : « Tout ce que je te demande c'est que personne ne sache que tu te trouvais dans ce ramassis. » Puis on me renvoya dans ma résidence sur le campus. (Le pauvre jeune greffier, patient comme une image, ne dit pas un mot.) De là, je téléphonai à *l'Argus* pour leur demander si une interview les intéressait.

Papa, je te le jure : je n'ai pas fait ça de propos délibéré. Qu'importe le nombre de fois où nous nous sommes disputés dans le passé, cela est toujours resté entre nous. Je ne me suis jamais opposée à toi en public et je n'ai jamais rien fait pour te gêner. Mais tu ne comprends pas ? Quoi que j'aie vu se produire, j'ai toujours été persuadée que tôt ou tard, d'une façon ou d'une autre, la justice finirait par triompher. Je m'obligeais à croire que tu te trouvais du côté de la justice. C'était ce que je *voulais* croire. J'avais besoin de croire en quelque chose, papa. En quelque chose ou en quelqu'un. Mais, cet après-midi-là, le monde dans lequel je croyais s'est brisé. Et les derniers morceaux, c'est toi qui les as détruits de tes propres mains : quand tu as usé de ton influence pour me faire libérer – pas parce que tu croyais en mon innocence ou parce que tu pensais qu'une injustice avait été commise, mais parce que tu voulais protéger ta réputation, le nom des Jordaan. En serais-je arrivée là de toute façon, un jour ou l'autre ? Peut-être. J'avançais dans cette direction depuis longtemps. Mais la façon brutale dont cela s'est produit a rendu la destruction plus complète, irrévocable. Il est peut-être nécessaire de vivre une chose comme ça soi-même, physiquement, avant de le reconnaître vraiment. Pourtant, j'aurais voulu qu'il y ait une autre voie. Je ne voulais pas que *cela* se passe entre nous. Si seulement j'avais pu te convaincre. Est-ce que tu ne sais pas, est-ce que tu ne vois pas, avec quel désespoir je t'aime, papa ?

7

En revenant de Camp's Bay, ils passèrent près de la maison qu'elle louait à Green Point, une bâtisse étroite de style victorien avec des fenêtres en saillie, des murs blancs et des huisseries à la peinture verte écaillée, recouverte de glycine mauve. Ils se rappelèrent avec nostalgie : l'appartement n'était guère confortable ni agréablement meublé, mais c'était « chez elle », un endroit plein de souvenirs de jours et de nuits de travail, à trier ses notes et ses rapports à elle ou ses photos à lui ; de conversations sans fin ; de rêves sur l'avenir ; en buvant de grands pots de café ; en prenant des douches ensemble, après avoir joué au squash ; en faisant l'amour, souvent, interminablement, passionnément.

Un souvenir d'espace plutôt que de confort. De hauts plafonds moulés victoriens, des murs nus, des parquets de pin sans un seul tapis.

Dans une chambre, une collection de matelas, de sacs de couchage et de literie ; les hôtes de passage (il y en avait de toutes les sortes : des collègues venus travailler sur un projet, des amis débarqués à l'improviste, des gens venus des townships pour échapper à la police, des inconnus envoyés par des amis d'amis) pouvaient utiliser ce dont ils avaient besoin. A condition qu'ils nettoient ensuite : elle était très stricte sur ce point.

Une impression de temporaire, de provisoire, une existence en transit qui pouvait s'arrêter à tout moment. Pourtant, cette impression était trompeuse, parce que, quand Thomas vint pour la première fois, elle habitait là depuis plus de deux ans, depuis la fin de ses études de droit ; et c'était le seul endroit où elle s'était jamais sentie chez elle. Officiellement, elle était toujours locataire et le loyer était payé chaque mois par virement ; mais son amie assistante sociale qui avait partagé l'appartement avec elle, Gerda, l'occupait maintenant. Six mois plus tôt, Nina avait annoncé qu'elle allait s'installer avec un amant à Johannesburg et qu'elle reviendrait peut-être plus tard prendre des affaires, sans dire quand exactement. Et de temps en temps, elle passait effectivement à l'improviste avec une valise ou un carton pour prendre des vêtements ou des livres, elle restait un petit moment pour bavarder (mais sans dire où elle vivait ni ce qu'elle faisait ; et, bien sûr, personne n'était au courant de la ferme de Paarl), puis elle avait téléphoné une fois ou deux, en faisant semblant d'être à Johannesburg, pour garder le contact. Tous ceux qui la connaissaient la croyaient sans hésiter.

Et maintenant, la Mini garée dans Shortmarket Street (où à ce moment précis on lui mettait une contravention parce que le temps était expiré au parcmètre), ils se promenaient dans le quartier malais. Derrière un portail noir au milieu d'un mur blanc qui fermait une petite cour – à peine assez grande pour le figuier qui y poussait, avec une balançoire fixée sur une branche horizontale et une petite fille avec des nattes qui lançait des cris aigus en se balançant –, un chien aboya. « Tanguieul ! » cria l'enfant. Ses nattes, que l'on pouvait voir quand elle montait au-dessus du mur, étaient attachées par deux rubans rouge vif, comme des géraniums.

« Il faudra qu'on en ait une comme ça un jour.

– Il y a trop de pagaille dans ce pays pour penser aux enfants. » Mais elle se reprit : « Plus tard, peut-être. Quand la paix sera revenue.

– Et un chien ?

– Tu sais bien que je ne supporte pas les animaux. Ils sont trop serviles, trop dépendants. »

Ils tournèrent à un coin. Un peu plus loin, un enterrement descendait la rue – des femmes voilées, des hommes graves portant des keffieh – vers un corbillard qui attendait. Un léger frissonnement traversa l'air. L'automne approchait. Des ombres déjà obscures envahissaient la pente en dessous d'eux. Les maisons blanchies à la chaux avaient quelque chose de funeste.

« Christine... », commença Nina, puis elle se reprit, gênée.

« Qu'est-ce qui te fait penser à elle ? » demanda-t-il, sur un ton de reproche, connaissant déjà la réponse ; puis, beaucoup trop vite : « Je suis sûr qu'elle est hors de danger maintenant.

– Elle ne méritait pas ce qui est arrivé. C'était tellement inutile. Elle aurait dû être avec nous demain.

– Elle aura une autre occasion, j'en suis sûr.

– Même si elle va bien, ils ne la relâcheront pas aussi facilement.

– Ils n'ont aucune preuve. Tôt ou tard, ils seront bien obligés de la relâcher. »

Ça leur était tombé dessus sans prévenir. Le jour, à Paarl, où ils avaient dû filer en catastrophe, chargeant ce qu'ils pouvaient dans les voitures. (Sauf les armes. Ils n'avaient pas le temps de monter et de redescendre l'échelle du grenier. Et ils ne pouvaient pas prendre le risque de se faire arrêter sur la route avec le chargement. Il ne leur restait qu'à espérer que personne n'aurait l'idée de fouiller le grenier avant qu'ils puissent revenir pendant la nuit pour tout débarrasser.) Il fallait s'occuper de Christine. Ce matin-là, elle était partie en ville comme d'habitude, à son travail au Centre des arts du spectacle (l'accès qu'elle avait dans les ateliers et les magasins de costumes n'avait pas de prix) ; elle ne serait pas de retour avant le soir – avec des perruques, du maquillage et des costumes sur lesquels elle travaillait. Sous la petite boîte aux lettres près du sentier poussiéreux qui conduisait à la grand-route, ils avaient placé le journal, tenu par deux briques. C'était le signal. Quand elle le verrait, elle ferait demi-tour et s'en irait le plus vite possible.

Comment auraient-ils pu savoir que les gosses qui rentraient de l'école prendraient le journal ? En tout cas, c'était ce qu'ils avaient déduit par la suite, en essayant de reconstituer ce qui avait raté : car la police n'avait rien dit de l'affaire, pas un mot dans les journaux. Jusqu'aujourd'hui, pas une seule personne à l'extérieur – même pas sa famille à Upington – ne savait que pendant les six dernières semaines Christine avait été dans le service de soins intensifs du Tygerberg Hospital, une balle dans la tête, gardée par des hommes en armes. Seule Judy, l'infirmière qui travaillait pour l'Organisation, réussissait de temps en temps à faire passer un message sur son état. Ce contretemps avait failli leur faire abandonner le projet. Justin en particulier voulait le reporter, au moins jusqu'à ce qu'ils aient appris ce que savait la Special Branch. Il fallait s'attendre que maintenant ils aient trouvé les armes dans le grenier. Quelle ironie : comme le matériel n'était même pas à eux, ils l'avaient à peine caché le temps que Justin reçoive le feu vert pour le passer au groupe de Mabusa à Langa. Mais même cette découverte n'était pas obligatoirement fatale car il n'y avait aucune preuve permettant de les relier tous les six – cinq maintenant – à la cache. Personne ne connaissait leur véritable identité. Ce qui les inquiétait, c'était le nouvel explosif, le semtex, caché sous une chaise du séjour. Tout en dépendait.

Mais il n'y avait eu aucune nouvelle, pas la moindre indication disant qu'ils avaient trouvé le semtex. (C'est vrai, la présence d'un homme armé à côté de Christine avait quelque chose d'inquiétant, mais il s'agissait peut-être d'une simple précaution, rien de plus.) Après quelques semaines d'attente, de réflexion, d'interrogation et de contacts urgents avec Lusaka, Justin se détendit. Heureusement, il y avait l'autre planque à l'Observatoire, destinée à être la base de départ pour le prochain attentat ; pour l'instant, ils pouvaient s'y installer. Il était important de ne pas laisser passer une occasion comme celle-ci. Tout était prêt. Rashid avait soumis le semtex à un très grand nombre d'essais dans des endroits éloignés – même dans le Karoo, la nuit –, ce nouvel explosif remarquable fabriqué en Tchécoslovaquie, sans couleur, sans odeur, qu'on avait été chercher à Londres : infaillible, indétectable même aux rayons X ou par toute autre méthode conventionnelle. Une fine couche entre le couvercle et la doublure de sa valise. Non, ils devaient simplement continuer. Et demain...

On chargeait le cercueil dans le corbillard, et lentement le cortège descendit la rue étroite et pavée.

Tellement d'enterrements : un défilé sans fin qui traversait la mémoire de Thomas. Quand aucun rassemblement normal, aucun meeting, aucune manifestation n'étaient autorisés, les enterrements étaient devenus les seules occasions où la communauté pouvait se retrouver pour donner libre cours aux passions contenues : plus que des rituels pour enterrer les morts, les funérailles donnaient la possibilité de manifester contre l'oppression, de rassembler les forces, de fêter la prochaine liberté. Des foules, des défilés, des drapeaux ; des chants, des slogans, *Vivat ! Vivat ! Vivat !* Des cordons de police, des cars, des camions, des Casspirs. Des nuages de gaz lacrymogènes. Des fuites précipitées. Des gens offrant de la vaseline, du jus de citron ou du bicarbonate pour soigner les yeux enflammés. Soweto, Cradock, New Brighton, Langa, Guguletu. Et puis *le* jour : les rangées de cercueils à Lusaka, les couronnes de fleurs, les drapeaux noir, vert et or, les bougainvillées, l'immense vague douloureuse du *Nkosi Sikelel'iAfrika**. Suivie du grondement de tonnerre venu du fond des mers, des chaînes des montagnes éternelles, des plaines désolées d'Afrique, Africa.

«*Amandla ! Ngawethu* !* »

« Partons », dit Nina près de lui. Elle avait la main moite de sueur ; elle aussi avait peut-être entendu le cri.

La descente, à nouveau Green Market Square. Thomas vit la contravention sur le pare-brise et fut irrité pendant quelques instants, puis il haussa les épaules. Il arrangerait ça plus tard, avec Sean.

Ils passèrent quelque temps entre les étals du marché – des vêtements, des bijoux bon marché de fabrication artisanale, des bouteilles anciennes, des chaussures –, la musique bruyante les empêchait de se concentrer. Un groupe de danseurs (sans doute) zoulous soulevait des nuages de poussière sans grand enthousiasme – il faisait chaud, il était tard – sur une petite estrade. Évidemment, quelques touristes trouvaient cela amusant, ils encourageaient les danseurs, prenaient des photos. Était-ce le symptôme du vieillissement de la civilisation, se demanda Thomas, cet *Über Alles* ethnique ? Sur la terrasse de l'hôtel, des gens à demi nus étaient affalés devant des bières ou des boissons fraîches. De la rue montaient des bouffées d'air sentant le renfermé et la sueur.

Ils continuèrent machinalement et traversèrent l'animation du centre jusqu'à la Parade. Demain, toute cette zone, aujourd'hui envahie par les voitures, serait interdite par la police pour le passage du président. Dans ce quartier moderne, les murs bas et épais du Château ne semblaient pas très impressionnants. Et pourtant, à son époque, cela avait été une formidable forteresse. Après la première haie d'amandiers sauvages de Van Riebeeck, et le premier mur qui entourait une petite forteresse temporaire, cette construction très solide devait avoir inspiré une sorte de terreur. Thomas se dit que c'était ici, dans le Trou noir, qu'on avait enchaîné les premiers rebelles contre le premier despote. Adam Tas, Henning Husing. Et Carel Guillaume Landman, son propre ancêtre. C'était dans cette même bataille contre le gouverneur Willem Adriaen Van der Stel qu'un jeune ivrogne, Bibault, avait résisté aux soldats du commandant de district, le Landdrost, par bravade et tout à fait en vain : « Je ne partirai pas. Je suis un Afrikaner et même si le Landdrost me bat à mort ou me jette en prison, je ne la fermerai pas. »

Je suis un Afrikaner.

Quel mot astucieux, incertain, impossible à utiliser. Un anachronisme et une injure lancée au monde. Mais était-ce vraiment inévitable ? Ne pouvait-il être ciselé ou martelé dans d'autres significations ? Afrikaner : originaire d'Afrique. Était-ce vraiment une illusion ou un prétexte ?

Demain changerait-il quelque chose à la façon dont on le définirait dans l'avenir ? Il y en avait eu d'autres avant lui – Bram Fischer, Jan Hendrik Hofmeyr, Beyers Naudé. Pas beaucoup, mais quelques-uns. Et ils n'étaient pas tombés du ciel : ils avaient été là, à chaque génération de ce long passé. Ce n'étaient pas de simples exceptions, des déviants. Ses propres espoirs étaient-ils irréalistes ? – qu'un jour, quand on écrirait enfin l'histoire de son pays, y compris les événements de ce dernier jour d'avril, demain matin, son nom figurerait parmi ceux des participants ? *Je suis un Afrikaner.*

« La violence ? Allons donc. C'est simplement la façon la plus facile de s'en sortir. Et la plus stupide. » Est-ce que j'ai vraiment dit ça au cours d'une de nos discussions sans fin, à une époque où de telles questions étaient encore pour moi « académiques » ?

Et, bien sûr, Sipho : « L'Organisation n'a pas choisi la violence pour des raisons éthiques ou humanistes, mais parce que, après cinquante ans de protestations pacifiques, nous n'avions pas d'autres choix. Et parce que c'était efficace. »

De la colline de la honte qui avait été le District Six (le vent soufflait à nouveau, il n'était plus chaud, un nuage commençait à recouvrir le sommet de la montagne de la Table), près d'une mosquée verte et vide, ils regardèrent un convoi dans De Waal Drive, qui allait vers le centre ville. Des voitures de police, des camions militaires, s'avançant dans un silence irréel – peut-être à cause du vent ? – et lentement, une lenteur délibérée qui exigeait qu'on la voie, comme un film au ralenti, le temps suspendu ou hors de propos. Ils revenaient sans aucun doute des townships noires des Cape Flats, Langa ou Guguletu, ou de plus loin, Crossroads, Mitchell's Plain, Khayelitsha, après avoir encore fait un sale boulot au nom de la loi et de l'ordre. (A moins qu'à la suite d'informations sur l'attentat prévu on amène des renforts pour demain ?)

Depuis vingt ans, tout ce quartier était un terrain vague, dévasté et vide ; les rues grouillantes et les bâtisses les plus pittoresques du Cap, le quartier le plus humain, n'étaient plus aujourd'hui qu'une image dans le souvenir ou la conscience, les gens chassés vers les plaines de sable sous les saules chétifs : et la blessure enlaidissante restait toujours visible, non soignée, impossible à guérir, comme la terre sur laquelle le diable a laissé son empreinte et où tout se dessèche et meurt, à jamais stérile. Tout ce qui restait, ici et là, c'était une église et une mosquée isolées, courageuses mais inutiles, des dents solitaires sur un squelette depuis longtemps blanchi par le vent et le soleil. En se penchant pour mieux voir, on pouvait encore trouver, recouverts par une herbe dure et courte, les restes presque obscènes d'un monde disparu : des tessons de porcelaine, des bouteilles cassées, la carcasse d'un vieux poêle ou d'un vieux frigo, un pot de bébé en plastique bleu délavé, le bras cassé d'une poupée.

Ils erraient au hasard, archéologues sans carte. Qu'est-ce qui les avait poussés à venir ici, aujourd'hui justement ? Il n'y avait rien ici. Que le vent.

L'aspect désolé de la colline – un couloir pour laisser passer le vent ; et, qui sait, la nuit, une brèche pour des fantômes venus d'un passé coupable – semblait les rendre plus sensibles à la ville qui les entourait, qui s'étendait implacablement vers la montagne et sur la plaine, comme une tumeur cancéreuse. Parfois, se dit Thomas, on peut être tenté de croire que l'humanité elle-même est devenue une maladie sur la terre, qui infecte et ravage tout endroit où elle va, et qui mérite d'être détruite à son tour, comme ses prédécesseurs qui eux aussi ont essayé de conquérir la terre, les dinosaures. Jusqu'à ce qu'à nouveau il ne reste que les cafards. Était-ce pour cela que, de temps en temps, il devenait nécessaire pour quelqu'un – une petite poignée d'individus alertés par le danger – d'éradiquer le mal, d'éliminer les cafards ? Même si cela exigeait qu'on y sacrifie sa propre vie ? Et même si, à bien des égards, on trouvait cela anormal, on le faisait à contrecœur. Pour démontrer que l'espèce entière n'était pas répugnante. Que l'humanité pouvait être différente.

Le vent semblait porter les mouettes dans le ciel clair. Elles passaient à toute vitesse comme des boules de papier froissé, impuissantes, prêtes à être écrasées par terre.

Mais c'était une illusion : à un moment donné, l'une d'elles, apparemment sans effort, remontait dans le ciel, à travers la traîtrise des courants, bien au-dessus du vent, où elle pouvait planer et filer à toute vitesse sur ses ailes immobiles en fixant d'un œil brillant tout ce qui bougeait en bas, un regard comme celui de Dieu, à travers les courants de l'histoire : peut-être sur cette colline dénudée et obscène voyaient-elles encore le quartier qui s'étendait ici il y avait très longtemps.

« Je me demande où habitait la famille de Justin, dit Nina.

– Je ne sais pas exactement, mais c'était près d'une église. Tu te souviens, son père était membre du Conseil de l'Église et il avait une mauvaise jambe, aussi il ne pouvait pas marcher loin. »

Justin, le plus âgé, un peu plus de quarante ans, le chef du groupe. Un homme d'expérience. Petit, presque malingre, avec quelques poils de barbe. Une voix douce, des mains délicates, des yeux tristes mais moqueurs. « Nous avons toujours habité là. Trois générations avant moi. Mon arrière-grand-père était maçon, il avait construit la maison de ses propres mains. Nous avons toujours été des manuels. Mon grand-père était pêcheur. Papa charpentier. Je me souviens encore de l'odeur âcre des copeaux de bois dans le petit hangar de la cour où il travaillait. J'ai été le premier de la famille à faire des études. Au début, mon père était contre, mais ma mère m'aidait.

– Pourquoi ?

– Elle était issue de la classe moyenne, un milieu un peu plus élevé que celui de papa. Sa famille était musulmane. Elle ne s'est convertie à l'Église de mon père qu'après leur mariage. Une vraie révolution dans sa famille. Quoi qu'il en soit, elle avait son bac et mon père n'était allé qu'en seconde, et c'est elle qui l'a emporté. Alors je suis allé au Hewatt College et quand le virus des études m'a pris, j'ai continué, principalement par correspondance. Souvent, je peux vous le dire, c'était terrible. Quand on nous a chassés du District Six, je m'en souviendrai jusqu'à ma mort, mon père m'a demandé d'écrire à des gens, au conseil municipal, au pasteur, à tout le monde. « Sinon, à quoi ça sert ton "inscruction", si tu n'es pas capable de leur dire qu'ils nous laissent dans notre maison ? » Mais, à la fin, nous avons dû partir même s'il est resté jusqu'au dernier jour, quand les bulldozers sont venus. Si je ne l'avais pas traîné dehors, je suis sûr qu'il ne serait pas sorti et il se serait fait écraser avec sa maison et le reste. La maison que son grand-père avait construite. Mais nous avons dû partir, je les ai aidés à s'installer dans une petite maison à Bishop Lavis. Il n'y avait rien, je vous assure. Juste la petite baraque de brique et la cour vide. Pas un arbre, pas un buisson. Ce qu'il y avait de pire pour lui, c'était qu'il ne pouvait plus aller à son église. Ça l'a tué. Six mois dans sa nouvelle maison, et il est mort.

– A ta place, il y a longtemps que j'aurais commencé à jeter des bombes », avait dit Nina, indignée, la première fois qu'elle avait entendu l'histoire. C'était tout à fait au début, quand le groupe venait de s'installer dans la ferme près de Paarl, quand l'Organisation l'avait finalement acceptée et avait approuvé le projet. Ils se trouvaient tous là, Justin, Thomas et Nina, Rashid, David et bien sûr Christine ; une chaude nuit d'été de décembre, des grenouilles et des criquets à l'extérieur, des insectes dans les moustiquaires des fenêtres ouvertes, des papillons de nuit tournant autour des lampes.

Avec calme comme d'habitude , Justin tourna vers elle son regard pénétrant : « On ne jette pas de bombes quand on est en colère, Nina. On le fait après y avoir réfléchi et avoir décidé que c'est la meilleure stratégie. On ne jette pas des bombes avec son cœur ou ses tripes, on les jette avec sa tête.

– Je sais. Il y a longtemps que tu m'en as convaincue. Tout ce que je voulais dire, c'est que tu avais mille fois plus de raisons qu'aucun de nous. Pourtant, ça t'a pris longtemps pour en arriver aux bombes. »

Il haussa ses épaules étroites. « Je suppose que je suis d'une nature pacifique. J'ai vu trop de gens se casser la tête contre un mur de brique. Quand on a une famille, c'est pire. On pense à eux. Tout seul, on peut affronter n'importe quelle espèce de danger. Mais qu'est-ce que tu fais si tes gosses sont petits ? Et j'en avais deux. Jusqu'en 1976. C'est alors que tout a changé pour moi. »

Brusquement, il n'eut plus envie de poursuivre. Ce ne fut que beaucoup plus tard qu'ils entendirent la suite : les élèves qui s'étaient mis en grève dans son école, comme partout dans la péninsule cette année-là ; la police qui embarquait chaque enfant qu'elle trouvait dans les rues (« Écoute, c'est normal, avait expliqué l'officier à Justin, venu se renseigner au commissariat, s'ils ne sont pas à l'école, ce sont sûrement des délinquants ») ; le groupe d'enfants qui jouaient au coin de la rue devant chez Justin quand le Casspir était arrivé : ils s'étaient dispersés dans toutes les directions ; les policiers avaient sauté et les avaient poursuivis, en tirant au hasard en courant. Le fils de Justin avait reçu une balle dans le poumon et ils l'avaient jeté dans le Casspir et emmené dans la township tandis qu'ils continuaient leurs rondes ; ce n'est que tard dans la soirée, fatigués et contents après une bonne journée de travail, qu'ils l'avaient déposé dans un hôpital mais, à cette heure-là, il était déjà mort. Il avait perdu sa première dent de lait le matin même. Elle était encore sous son oreiller et attendait la petite souris quand le message arriva de l'hôpital. « Ce soir-là, dit Justin, je me suis rendu compte que ça n'avait aucun sens de tendre l'autre joue avec des gens qui se battaient comme ça. Il fallait que je rende les coups. Je l'ai fait parce que je suis chrétien. Pour aider à vaincre les forces du mal dans le monde. C'est le seul moyen. »

La bombe de Caledon Square, quelques années plus tôt, avait été sa première action. Puis celle de l'aéroport D.F. Malan. Une autre devant la prison de Pollsmoor, un an plus tôt. A cette époque, Rashid et David avaient déjà rejoint son groupe. Mais tout cela n'avait été que des essais. Des démonstrations, des attentats ayant pour but l'intimidation. Cette fois, c'était sérieux.

Les longues discussions, les observations méticuleuses, précédèrent la mise au point véritable, après que Thomas fut rentré de son entraînement bref mais intensif en Angola et que Justin l'eut contacté. Tous deux étudièrent le projet, Justin motiva sa proposition et ils discutèrent de la possibilité de la réalisation ; puis ils le soumirent à l'Organisation. Des courriers, des messagers ; tout cela prenant du temps mais nécessaire. Car il ne s'agissait pas d'un coup d'audace ni d'une aventure ; il ne s'agissait même pas d'éliminer un individu haï ou dangereux. Ce qui les intéressait, c'était l'efficacité, l'absence d'émotion, l'estimation objective des résultats et des conséquences. La stratégie. Démontrer la vulnérabilité du système, c'est vrai ; mais cela allait plus loin. Même plus loin que les arguments de Rashid inspirés par Fanon : la polarisation de la conscience coloniale, la nécessité pour les damnés de la terre de se débarrasser eux-mêmes du colonisateur ; la nécessité de la violence cathartique et du châtiment. Il s'agissait plutôt (thèse de Justin) d'utiliser comme point de départ la situation des Blancs du pays, la classe des propriétaires, des dirigeants, à l'abri dans leur existence prospère et sûre – BMW, barbecues, parties de chasse, opéra, hôtels cinq étoiles, parvenus – et qui par conséquent soutenaient le système qui leur offrait des

bénéfices matériels ; la nécessité de créer un choc qui les sorte de ce syndrome de la « belle vie », et de leur ouvrir les yeux, sinon sur son injustice, du moins sur sa précarité. Pour atteindre ce but, toute cible facile ferait l'affaire, toute rupture dans le confort douillet de banlieue huppée, toute extension de la lutte armée – un attentat contre n'importe quel personnage public, mais rien ne pouvait être aussi spectaculaire qu'un attentat contre la personne qui symbolisait tout le système. Un attentat contre le président – non parce qu'il est autoritaire, ou irascible, ou malfaisant, mais parce qu'il est *le président* – et une onde de choc sismique traverserait toute la société, déstabiliserait tout le système.

Et les autres conséquences ? Un virage à droite parmi les Blancs ? Un écœurement même parmi les Noirs ? Une condamnation des alliés à l'étranger ? Des représailles à grande échelle, sur d'innombrables organisations et mouvements, sur des militants, même sur des personnes innocentes ? Tous les pour et les contre devaient être pesés encore et encore, discutés, revus. D'autres messagers aller et retour à l'étranger. Alors seulement l'approbation finale. A condition que Justin soit responsable : il avait déjà prouvé son courage, il avait de l'expérience, on pouvait lui faire confiance, entièrement. Avec David Blumer comme bras droit. Et Rashid : jeune et enflammé, mais très grand technicien. Et Thomas Landman : ce serait son baptême du feu, après avoir déjà reçu l'approbation de quelqu'un comme Sipho Mdana et fait une grosse impression au cours de son entraînement. Ce fut Justin lui-même qui recommanda Christine : David – quelle ironie – avait été le seul à soulever une objection, prétendant qu'elle était trop inexpérimentée ; mais Justin garantissait qu'elle était sûre, intègre et par-dessus tout d'une grande valeur pratique – après les premières semaines passées à Paarl, ce fut David qui s'attacha le plus à elle. En dernier, après des enquêtes et des recherches fouillées, on accepta Nina.

Ce fut alors, au début décembre, que, comme un conclave médiéval de dévots, ils se retirèrent du monde, le Jardin des Délices, et s'installèrent dans la vieille ferme de style hollandais que Thomas avait découverte à quelques kilomètres de Paarl.

Maintenant, cinq mois plus tard, ils se trouvaient ici. Et demain était le jour J. Pour tous en tant que membres d'un groupe, d'une organisation. Mais, pour lui, il s'agissait aussi d'un défi personnel.

Thomas regarda sa montre. Il prit Nina par le bras. Il était l'heure de rentrer. David passerait dans la soirée. Il y avait encore tant de choses à éclaircir, à régler, à préparer.

8

Les bougainvillées, la couleur de ce jour. Des cascades violettes, entremêlées d'orange violent et d'écarlate. Les msasas en fleurs. D'immenses flamboyants répandant leur ombre avec de longues cosses comme des pénis d'âne ; certaines déjà ouvertes avec leurs graines noires et rouges éparpillées sur le sol sableux. Il y a des jours qu'on associe à des odeurs, à des sons particuliers. Mais, de cette journée à Lusaka, c'est la couleur qui brûlera à jamais dans ma mémoire. Bien avant le lever du jour, dans ma chambre d'hôtel, oppressé par la chaleur, je me dépêtre de la moustiquaire et je me dirige en titubant vers la douche tiède, puis je commence péniblement la journée. Le chatoiement verdâtre du ciel quand les étoiles commencent à pâlir. Puis il vire à l'opale, le lustre d'une perle, un soupçon de mauve dans un rouge plus sombre, en bas. Comme les bonbons ronds de mon enfance que nous appelions, de façon scandaleuse, des « couilles-de-nègre », on pouvait en sucer successivement différentes couches de couleur et les tenir devant la lumière pour les inspecter. (Le jour où Frans et moi sucions un bonbon chacun notre tour, jusqu'à ce que, par pure méchanceté, il avale le bonbon entier avant qu'il soit devenu violet.) Les silhouettes noires et rigides des acacias dans les faubourgs de la ville. Puis le soleil, comme un cri dans le ciel. Des mouches qui commencent à bourdonner, des gens qui déballent leurs marchandises sous les arbres (des motas), et sur les longues tables à tréteaux de Kamwala Market. Le bourdonnement des machines à coudre Singer. Un barbier qui range des boîtes sous un abri au toit de chaume et qui trie ses ciseaux, ses peignes et d'anciens cuirs pour affiler les rasoirs. Une vieille femme qui se met des petites tomates une par une dans la bouche d'où elles ressortent d'un rouge luisant, prêtes à être empilées en pyramide. Des tas de vers mopani ratatinés ou de termites. Du poisson séché. Des mangues. Des régimes de bananes, jaune strident, vert criard. De petites papayes comme des seins à peine nubiles. Tout débordant d'une vie excessive. L'horizon anachronique de la ville, au loin, à l'ouest ; la tour de la poste, la haute ziggourat de la ZNBS ; comme si l'on existait simultanément en deux dimensions, l'une occidentale, l'autre africaine. Deux dimensions du temps. Un désir léthargique qui remue le sang. De la sueur sous les aisselles, le picotement de la poussière dans les yeux et les narines. Même la chaleur acquiert sa propre couleur dans ce lieu, une précipitation gris-brun dans le cerveau. L'Afrique. Aucun autre endroit, aucune autre chose n'est tout à fait semblable, sans début ni fin, l'Afrique.

Le genre de journée au cours de laquelle, depuis le moment où vous posez le pied par terre, vous savez que quelque chose va arriver, quelque chose d'important, quelque chose de particulier. Une mariée a peut-être ce pressentiment le matin de ses noces ou une femme enceinte qui se lève un jour en sachant sereinement, secrètement, que le moment est venu. A-t-on aussi ce genre de connaissance le jour de sa mort, une connaissance qui n'a rien à voir avec la conscience ? Cette journée à Lusaka semble différente des autres. Comme si la couleur des bougainvillées avait commencé à se répandre sur une feuille de papier perméable, en tachant tout. Depuis ma plus tendre enfance, maman m'a appris à ranger mes crayons violets à l'écart : ils bavent, disait-elle, ils font des taches qu'on ne peut pas enlever. Une fois, en ouvrant furtivement un paquet de cristaux de permanganate dans la salle de bains, ce que maman m'avait expressément interdit de faire, je l'ai maladroitement laissé tomber dans la baignoire pleine d'eau : pour moi c'était le péché le plus grave que j'avais jamais commis simplement parce que c'était visible de façon effrayante. Chaque fois que j'entendais parler du péché impardonnable envers le Saint-Esprit, je l'associais à la couleur violette. Pour moi, il s'est toujours agi de la couleur originelle d'où découlent toutes les autres. Dieu lui-même devait être violet.

Quand je rentre du marché, Sipho m'attend déjà. Je dois l'accompagner à l'aéroport pour retrouver Noni.

Je proteste : « Je suis sûr que tu veux être seul avec elle. Tu ne l'as pas vue depuis trois mois.

– Noni sera contente de te revoir. Et tu pourras m'aider en voiture avec Govan.

– Govan n'est plus un nouveau-né. Il a quatre ans. »

C'est aussi l'enfant le plus indépendant que j'aie jamais vu. Ainsi qu'un des plus beaux.

« Allez, viens », insiste Sipho. Et voilà ! C'est grâce à cette fermeté, cette obstination parfois, qu'il est parvenu à une position clef dans l'Organisation, à un âge où la plupart des autres sont encore en train de se mettre au courant. Pas gros, mais bien bâti, comme un pilier de rugby. Il impressionne plus par sa présence que par son allure (même si personne ne peut ignorer ni oublier ses yeux noirs et perçants) : une présence qui fait que les gens se taisent quand il entre dans une pièce. Il est toujours pleinement *là*. Pourtant, il s'agit d'une présence calme – sa pipe renforce sans aucun doute cette impression, toujours la pipe plantée dans la bouche, une vraie pipe en racine de calebassier du Petit Karoo –, mais le calme d'un chat ; on a conscience qu'il est prêt à réagir à tout ce qui se passe autour de lui : rien ne peut le prendre à l'improviste. (Rien ?) Il y a quelque chose dans sa voix qui participe à sa présence. Pas une voix très forte, ce n'est pas un grand orateur au sens habituel du terme ; mais sa voix a un timbre qui inspire la confiance, comme s'il n'était pas produit par sa gorge, mais par la totalité de son corps. Et, pour moi, son corps dit « Afrique ». Je suis partial, évidemment ; c'est le meilleur ami que j'aie jamais eu. Pourtant, quand je suis avec lui, j'ai l'impression de connaître l'Afrique, comme on la ressent dans un aloès, un bloc de silex, de l'épine-de-chameau, une immense fourmilière. Pourtant, l'image semble mal choisie car, la première fois qu'on rencontre Sipho, ce qui frappe en lui c'est son air « occidental ». Le résultat sans aucun doute de ses années d'études à la London School of Economics puis à Oxford et, plus tard, à Harvard. Il est toujours habillé – même ce matin-là pour faire les quinze kilomètres jusqu'à l'aéroport, une journée de congé pour lui – comme s'il allait à une importante conférence. (Ce qui en général est le cas.) Tout à fait déplacé dans la chaleur d'Afrique. Il semble pourtant toujours détendu, à l'aise, les vêtements jamais froissés, et jamais couvert de sueur comme nous.

Puis Noni. Je la reconnais immédiatement dès qu'elle descend de l'avion et pourtant je ne l'ai pas vue depuis un an. Grande et belle dans une robe ample de l'ouest de l'Afrique qui lui descend jusqu'aux pieds, les cheveux tressés en nattes minuscules. Quand elle marche – d'un pas tranquille ou rapidement –, on pense à un navire, un grand yacht, la voile gonflée au vent. Même quand il n'y a pas un souffle d'air comme lors de cette journée étouffante et aveuglante – de temps en temps le cri strident d'un oiseau inconnu dans les buissons, juste pour confirmer la chaleur –, elle fait penser au vent. Je reste en retrait quand elle soulève le petit Govan et qu'elle le serre contre elle dans la bousculade (la plupart des gens sont venus à l'aéroport simplement pour l'aventure), en faisant quelques pas de danse. Puis, en tenant toujours Govan sur un bras, elle embrasse Sipho. Tous trois ont quelque chose d'emblématique : l'homme, la femme, l'enfant, une statue d'un seul morceau, taillée dans un bloc de bois brillant et noir, comme celle du foyer de l'hôtel, quelque chose d'archaïque, de symbolique, d'éternel, de beau.

Puis elle m'aperçoit. « Thomas ! » Et elle me trouve une place dans son immense étreinte avec Govan et Sipho. « Quelle merveilleuse surprise !

– Je devais prendre l'avion avant-hier mais je n'ai pas voulu te rater. Je m'en vais demain matin.

– Mais il faut que tu restes pour la conférence !

– J'aurais bien voulu, mais je ne peux pas. Il faut que je sois à Londres demain soir.

– Alors il ne faut pas qu'on perde une minute aujourd'hui. J'ai tellement de choses à te dire.

– Comment ça s'est passé ? »

Elle vient d'enseigner à Princeton. Comme j'envie ses étudiants : j'ai déjà entendu des conférences de Noni – elle est spécialiste de la littérature du tiers monde – et j'en connais peu qui peuvent se comparer à elle.

« Je crois que tout a bien marché, dit-elle pour répondre à ma question. Mais, tu sais, les Américains sont des gens étranges. Ils débordent d'enthousiasme pour toute noble cause qui est géographiquement assez loin afin qu'on ne puisse rien exiger d'eux. Mais, dis-moi, quelles sont les nouvelles du pays ? »

Nous réussissons à nous frayer un passage au milieu de la foule qui se presse et se bouscule – grâce à Sipho, qui a pris des dispositions auparavant, ses bagages passent très vite à la douane –, et nous repartons dans la vieille Austin de Sipho. Sur le chemin du retour, tandis que nous parlons tous à peu près en même temps, Govan reste collé à sa mère, raide comme un meerkat*, sans lui lâcher la main un seul instant. Seuls ses grands yeux trahissent sa joie.

Plus tard, quand l'enfant est parti jouer (mais il revient toutes les cinq minutes pour s'assurer que sa mère est toujours là), je lui demande : « Tu ne trouves pas ça terrible d'être séparé de lui si souvent ?

– Evidemment. C'est insupportable. Mais Sipho et moi devons tellement voyager, nous ne pouvons le faire que chacun notre tour. » Ses yeux s'assombrissent brièvement, ce que je n'aurais même pas remarqué si je ne la connaissais pas si bien. « A long terme, pour lui, c'est mieux ainsi, tu sais. Il faut qu'il apprenne à être indépendant, à se passer de nous. On ne sait jamais ce qui peut arriver – et il faut qu'il soit capable de se débrouiller tout seul.

– Noni, il n'a que quatre ans.

– Je sais. Mais avec notre genre de vie... »

Contre toute raison, je persiste : « Tu as à peine trente ans.

– Dans ce genre de travail, il n'y en a pas beaucoup qui deviennent vieux, Thomas. Tu le sais bien, j'ai souvent pensé que les seuls qui survivent sont en prison. »

Une journée embrouillée, impossible à démêler par la suite. Un flot d'impressions : des gens, des conversations, de petits moments précieux de brusques découvertes, d'explosions de rires, de verres de bière sur laquelle la mousse s'affaisse lentement, puis encore d'autres gens. Ils viennent de partout pour la grande conférence qui doit commencer demain : Harare, Maputo, Luanda, Nairobi, Dar es-Salaam, Accra, Dakar, Abidjan, Londres,

Washington, Melbourne, Amsterdam, Stockholm, Oslo, Paris, Prague, Berlin, Moscou. De vieux amis, dont certains ne se sont pas vus depuis des années. Des collègues. Des rivaux. Des hommes et des femmes, des Noirs, des Blancs, des Asiatiques, des Juifs, des musulmans, des vieux, des jeunes, des moins jeunes. Tous échangent des souvenirs, discutent de projets, comparent des scénarios, se racontent des blagues. Ce qui me prend toujours par surprise, comme si souvent au cours de ces dernières années, c'est la façon dont ces gens, bien que dispersés aux quatre coins du monde, sont toujours en accord avec la même réalité géographique. « D'où tu viens ? » demande un inconnu qu'on a rencontré quelques minutes plus tôt. « Oh ! Je suis né dans l'ouest du Transvaal, dit-il. Schweizer-Reneke. » Ou : Kimberley. Boksburg. Le Cap. Port Elizabeth. Vitenhage. Nigel. Durban. Kroonstad. Ou le village en dehors de Cape West Coast, d'où Sipho et moi sommes originaires. Nous sommes ici : à trois mille kilomètres, et pourtant nous sommes tous de *là-bas.* Aucune importance qu'on soit en poste à Paris, à Addis-Abeba ou à Leningrad ; quand nous parlons de chez nous, nous pensons tous au même endroit. A travers tout ce qui s'est passé, le danger, la solitude, la souffrance, l'échec, le succès, la trahison et l'amour, ce « chez nous » est toujours là-bas et nous attend.

En fin d'après-midi, l'arrivée de tout un contingent de jeunes est particulièrement émouvante – pas un n'a plus de vingt-cinq ans, certains en ont à peine seize –, tous se sont enfuis d'Afrique du Sud au cours de l'année pour le Mozambique, la Tanzanie, le Zimbabwe, la Zambie, l'Angola : quand ils apprennent que j'étais à Johannesburg il y a un mois ou deux, ils se précipitent tous vers moi l'un après l'autre, ils me serrent dans leurs bras, me donnent la triple poignée de main africaine et explosent en questions : « Alors, comment ça se passe chez nous ? Tu connais

Untel ? Est-ce que machin est toujours à Pollsmoor ? Ou à Central ? Au fort ? Sur l'île ? » Comme des parents séparés depuis longtemps, nous parlons du pays bien-aimé, nous rions, nous pleurons, nous rions à nouveau. (Parce qu'un jour comme aujourd'hui, tout brusquement semble drôle : des événements, qui dans d'autres circonstances vous auraient coupé le souffle d'indignation ou de colère, semblent maintenant si drôles que vous êtes plié en deux de rire, à en avoir mal au ventre.)

Au cours de cette longue journée, je n'en rencontre qu'un qui est ouvertement découragé. Je ne réussis pas à entendre son nom. Ce n'est pas un délégué, il est arrivé là, c'est tout, un de ces types à la dérive, pas tellement âgé malgré sa décrépitude, perdu d'alcool, racontant à qui veut l'entendre l'histoire de sa fille tuée un mois plus tôt, dit-il, à Boksburg : personne ne sait si c'est vrai, mais c'est ce qu'il dit, et à tout bout de champ, il éclate en sanglots et maudit le gouvernement sud-africain, le système entier et tout ce qui est blanc. A la fin, c'est Sipho qui, la pipe à la bouche, lui pose le bras sur les épaules et se met à le consoler de sa voix apaisante : « Allez, vieux, allez, reprends-toi. Elle est morte. Alors plus rien ne peut lui faire de mal, pas vrai ? Elle est mieux là-bas que la plupart d'entre nous. Demain, nous allons tous rentrer chez nous, toi aussi, et nous irons mettre des fleurs sur sa tombe. D'accord ? Qui viendra avec nous ? »

Tout un chœur lui répond.

Alors Sipho crie : « *Amandla !* »

Et nous tous, le salon entier, au-delà des treillis de bois qui servent de cloisons, par les portes ouvertes jusqu'aux terrasses pavées sous les feuillages des toonas, nous répondons d'une seule voix : « *Ngawethu !* »

Plus tard, jaillissent des chants de liberté qui commencent avec un son grave, palpitant, provocateur, des chants sans fin, chacun plus intense que les autres – et certains, dont Noni, se lèvent brusquement et se mettent à danser parce que, à cause de la musique, il est impossible de rester en place. Je suis stupéfait du changement qui s'opère dans une femme comme elle au moment où son corps s'accorde à la musique : une belle femme élégante, professeur de littérature, citoyenne du monde, avec une aura qui la rend intouchable (ces hautes pommettes, les yeux légèrement obliques, la peau délicate, un bois sculpté de Bamako), transformée en un instant en une déesse mère sensuelle, qui se balance et qui danse comme quelque chose jailli de la terre et bougeant dans les courants invisibles de l'air, un mouvement élémentaire aussi ancien que la terre. Et, à partir de là, alors que les chants deviennent plus bruyants, plus extravagants dans la satire et l'affirmation, elle se métamorphose à nouveau, peut-être en une reine de shebeen*, bruyante, vulgaire, voluptueuse, jetant son corps par ici et par là dans un abandon total. Au cours de cette danse toute conversation s'arrête. Tout ce qui a pu être rationnel, prémédité ou calculé auparavant se décante dans une nouvelle dimension faite d'émotion pure et de foi irrationnelle : demain, demain, nous rentrons chez nous, demain nous rentrons dans le pays qui est le nôtre, le pays auquel nous appartenons comme les feuilles, les fruits et les fleurs appartiennent à l'arbre, demain les portes s'ouvriront – Nkosi Sikelel' iAfrica : Maluphakamis' uphondo Iwayo, Yiwa imithandazo yethu, Nkosi sikelela Thina Iusapho Iwayo – et, sous la surface exubérante, une tristesse aussi profonde que la mer, car l'Afrique est vraiment un continent ancien, et la patience et la souffrance appartiennent à sa nature.

A aucun moment, on ne me fait sentir que je suis un imposteur. Je suis là, c'est tout, l'ami de Sipho, l'un d'eux, absorbé par leur foule.

A un moment, pendant le long après-midi, tandis que des groupes se réunissent dans le salon de l'hôtel où l'air conditionné est tombé en panne, ou sur l'immense terrasse où la chaleur semble sommeiller, dans les vestibules, les couloirs et dans des chambres vert pâle aux couvre-lits défraîchis et aux tapis usés, je remarque – tandis que je me dirige vers la terrasse, les bras chargés de bière chaude (il n'y a plus de glace) – Noni assise sur l'herbe sous un acacia, qui parle avec son enfant : je le vois agiter ses petits bras, j'entends l'éclat de son rire, je la vois le prendre dans ses bras et le soulever au-dessus de sa tête puis le serrer à nouveau contre elle et lui embrasser son ventre nu.

Il fait déjà sombre – le brusque crépuscule africain qui tombe comme une immense chauve-souris dès que le soleil s'est éteint sous l'horizon – quand nous nous retrouvons avec Sipho, Noni et Govan tombant de sommeil, mais qui résiste encore bravement, dans l'Austin délabrée, et que nous revenons à leur appartement dans un immeuble à la peinture bleue écaillée, aux balcons tendus de lessives multicolores, de l'autre côté de Kamwala Market. Tandis que nous nous garons, une autre vision soudaine, dans la lumière des phares, juste avant que Sipho les éteigne, une énorme vague de bougainvillées.

Je demande : « Vous êtes sûrs que vous ne voulez pas retourner avec les autres ? Je peux être votre baby-sitter...

– On les verra suffisamment demain, et tu t'en vas. Ce soir, nous voulons rester avec toi. »

Noni prépare à manger dans la cuisine pendant que, Sipho et moi, nous nous installons dans le petit salon, Govan couché sur mes genoux où il sombre lentement dans le sommeil. Je sais, au moment où je les regarde, que je n'oublierai jamais les peintures et les lithographies accrochées aux murs, essentiellement d'artistes du tiers monde ; et la *Troisième* de Beethoven dans le lecteur de cassettes. Ensuite, Sipho se lève pour mettre la table et aller chercher de la bière. Pendant tout le repas la conversation coule naturellement, détendue, à bâtons rompus.

Une fois, peut-être un peu ivre de chaleur et de bière, je demande : « Sipho, tu es vraiment sûr que je peux être utile à l'Organisation ?

– Tu as encore des doutes ? » Il rit doucement.

« Quand tout aura été dit et fait, je serai encore blanc.

– Tu as vu les gens aujourd'hui ? Toutes les couleurs de l'arc-en-ciel. La seule chose qui compte, c'est de savoir si, *toi,* tu es réellement décidé.

– Je ne suis que photographe.

– Nous avons besoin de toute sorte de gens, Thomas. Et un bon photographe nous est plus utile qu'un mauvais soldat.

– Même si ce photographe est afrikaner ?

– Pourquoi pas ? dit Noni. Tu n'es pas africain ? » Avec un sourire timide : « Tu as oublié, alors ? Il y a un siècle, vous les Boers, vous vous êtes joints à notre peuple pour chasser les Anglais : à l'époque, c'étaient *eux* les oppresseurs étrangers. Nous avons fait un long chemin ensemble. Nous avons tous l'Afrique dans le sang.

– Comme tu as raison. » Je secoue la tête. « Est-ce que tu peux me dire comment une chose semblable est possible ? En étant assis, ici, ce soir avec vous, je me sens plus chez moi que dans la maison de mes parents ?

– Dans ce nid de terroristes ? » Sipho éclate de rire. « La prochaine fois que tu viendras, amène quelques amis avec toi. Sinon, ils ne te croiront jamais.

– C'est ça le pire : je ne peux même pas leur dire que je suis venu ici. Demain, à Londres, je dois laisser à Cédric le passeport britannique que vous m'avez fabriqué et rentrer à Johburg avec mon passeport sud-africain.

– Ce n'est que temporaire. Bientôt... »

Je pense : comme les Juifs quand ils se rencontrent dans le monde : « L'année prochaine à Jérusalem. » Jusqu'où notre triste diaspora s'est-elle éparpillée à la surface de la terre ? Mais un jour les forces centripètes deviendront supérieures aux forces centrifuges qui nous ont dispersés.

Vers dix heures, je me lève pour partir. Ils ne veulent rien entendre : je dois rester pour la nuit. Ils ont encore tant de questions à me poser, tant de choses à dire...

Mais je suis inflexible. « Noni a été absente pendant plusieurs mois, vous avez des tas de choses à rattraper. Et demain vous serez pris par la conférence.

– Tu crois que j'ai envie de rester seule avec ce type ? » demande Noni en riant et en attirant la tête de Sipho pour l'embrasser.

Govan dort profondément, étalé dans un fauteuil. Je me penche pour l'embrasser sur le front.

« Dors bien, Noni.

– *Hamba kahle**, Thomas. »

Malgré mes protestations, Sipho insiste pour me raccompagner à l'hôtel, par une route différente de celle par laquelle nous sommes venus, par l'hôpital Kalingalinga (un présage ?). Dehors, la nuit est immense et paisible. Des insectes dans l'obscurité, de temps en temps un oiseau nocturne insère un cri dans l'espace illimité. En haut, quand je sors, les étoiles. Orion qui s'en va. Les Pléiades. La Croix du Sud. Familières, rassurantes, les étoiles de chez moi. Tout est bien. Tout ira bien.

« Bonne nuit, Thomas.

– Bonne nuit, Sipho. »

Tout d'abord la triple poignée de main, puis l'étreinte, nos corps serrés l'un contre l'autre. (Je me dis : comme c'est triste, comme c'est anglo-saxon que nous, les Blancs, nous ayons abandonné la simplicité du contact des corps, cette affirmation de fraternité.)

Au cœur de la nuit, j'entends le sourd grondement au loin, mais dans la confusion du sommeil je le prends pour un roulement de tonnerre. Le lendemain matin seulement, quand j'entre dans le hall de l'hôtel avant d'aller à l'aéroport, je trouve l'endroit plein de gens excités, et je me rends compte qu'il a dû se passer quelque chose. Une femme qui sanglote me raconte l'histoire : un commando de l'armée sud-africaine, profitant sans aucun doute de l'important rassemblement de délégués venus pour la conférence, a lancé une attaque au mortier sur des « bases terroristes » en ville. On ne connaît pas encore l'étendue des dégâts, mais il y a certainement des blessés.

Quelque chose en vous vous fait prendre immédiatement conscience qu'un événement vous concerne. Oubliant mon avion pour Londres, je cherche quelqu'un qui peut me conduire chez Sipho. (Il n'a pas le téléphone.) C'est presque impossible. Mais quand enfin, frénétique, je réussis à persuader un des délégués de Nairobi, un type trapu à lunettes, de me conduire, c'est inutile. On ne nous permet pas de nous approcher de l'immeuble bleu. Toutes les rues sont barrées par la police. Après ce qui semble des heures, quelqu'un nous suggère d'aller à la morgue mais, là aussi, on nous renvoie. Puis, par des chemins obscurs et détournés, un signal arrive. Nous devons aller à la morgue de Chachacha Road, en face du marché central. (Quel endroit invraisemblable, un immeuble de brique peu engageant en face de la grande place où de longues files de gens patients font la queue pour des bus surchargés, exposés aux stratégies agressives du marché noir des Mashangu*.) Là, à midi sept, j'apprends la nouvelle. Il y a eu dix-huit blessés et six morts. Un homme couvert de sueur, portant une chemise bleue et une cravate aux couleurs criardes, lit les noms. Parmi eux : Sipho, Noni et Govan Mdana. Je ne connais pas les autres. Une dactylo zambienne, un adolescent, un touriste allemand, apprenons-nous plus tard.

Un bon photographe, avait dit Sipho, est plus important pour nous qu'un mauvais soldat. Mais dans la lumière aveuglante de midi, devant la morgue, près du « Salon de coiffure pour dames, Liberté » et du « Tailleur, meilleur travail, meilleurs délais », je prends ma décision. Je vais m'entraîner ; je vais apprendre. Je serai patient, je travaillerai avec attention et j'assimilerai tout ce qui est nécessaire pour devenir un bon soldat.

9

Ils venaient à peine d'entrer dans la maison modeste de l'Observatoire, qui leur avait servi de base pendant les six semaines précédentes – le seul signe d'extravagance, un pot de géraniums rouges sur la véranda que Thomas avait acheté à Nina trois semaines plus tôt, pour son anniversaire –, quand on frappa violemment à la porte d'entrée. Stupéfaits, ils se regardèrent dans la petite cuisine pauvrement équipée. Il était beaucoup trop tôt pour David ; Justin et Rashid ne devaient pas arriver avant le lendemain matin. (« Pendant la dernière semaine, il devra y avoir le moins d'allées et venues possible, nous ne voulons pas éveiller les soupçons des voisins ») – et qui d'autre savait qu'ils se trouvaient là ? Même la Mini de Sean était rangée quelques rues plus loin.

« Ne fais pas de bruit, chuchota Thomas. Ils vont peut-être s'en aller. »

D'autres coups retentissants sur la porte. Ce ne pouvait être que la Special Branch. Christine avait peut-être repris conscience et dit quelque chose ? Sûrement pas !

« Il faut ouvrir avant que les voisins se posent des questions. »

Nina prit une grande respiration et se prépara à aller ouvrir.

« Si ce sont eux... », commença-t-il.

Elle fit un signe de tête impatient. Elle savait ce qu'elle avait à faire.

On frappa à nouveau, cette fois de façon assourdissante. Sur la véranda, quand elle ouvrit, il y avait un jeune homme vêtu d'un costume brun et une femme effacée, les cheveux tirés dans un petit chignon ; chacun tenait un porte-documents ; le jeune homme avait une bible à la main.

« Paix ! dit le jeune homme avec un grand sourire. Nous sommes venus vous poser une question très importante. »

Nina les regarda bouche bée pendant quelques instants, trop effarée pour répondre.

« Avez-vous trouvé le Seigneur ? » demanda la femme.

Nina se mit immédiatement en colère ; en même temps, elle était tellement soulagée qu'elle aurait pu éclater de rire.

« Non, je ne l'ai pas trouvé, répondit-elle sèchement. Mais je vais continuer à chercher. »

Pendant un moment l'homme et la femme restèrent embarrassés. Puis l'homme commença à se glisser près de Nina pour franchir le seuil.

« Qu'est-ce que vous faites ? demanda Nina en lui barrant le passage.

– Madame. » Du regard, il évalua la distance entre elle et le chambranle de la porte. « Il s'agit de quelque chose de grave. Cela concerne le salut de votre âme immortelle.

– Je m'en charge. » Elle voulut refermer la porte mais il l'arrêta avec le pied.

« Est-ce que vous vous rendez compte ? demanda la femme. On ne peut pas reporter une chose comme ça. Et s'il vous arrivait quelque chose ce soir ?

– Pas ce soir, dit Nina. Demain peut-être, mais certainement pas ce soir.

– Est-ce que nous ne pouvons pas lire quelques versets avec vous et dire une prière ? proposa l'homme.

– Pourquoi est-ce que vous ne revenez pas demain soir ? dit Nina soudain pleine de bonne volonté. A la même heure. Nous pourrons prier toute la nuit.

– Notre message est trop urgent pour attendre, dit la petite femme d'une voix claire.

– Allez vous faire foutre ! » dit Nina en levant sa chaussure et en écrasant le pied de l'homme d'un coup de talon.

Il poussa un cri de douleur et s'éloigna en sautant sur un pied.

« Même si vos péchés sont rouges, dit la femme en redescendant les marches avec précaution, ils deviendront blancs comme la neige. »

Thomas, qui devait avoir écouté dans l'angle du couloir, apparut derrière Nina. « Qu'est-ce qui se passe ? »

L'homme hésita près du portail en prenant bien soin de ne pas poser son pied douloureux. « Et vous, monsieur, demanda-t-il, plein d'espoir mais en restant prudemment hors de portée, êtes-vous prêt à consacrer cinq minutes à votre âme ? C'est une question de vie ou de mort, de ciel ou d'enfer.

– Nous avons déjà choisi l'enfer », l'informa Nina.

Les deux visiteurs échangèrent un regard outré et l'homme fit, sans y croire, un dernier geste dans leur direction, mais il fut difficile de savoir s'il s'agissait d'une bénédiction ou d'une malédiction. Puis ils disparurent dans la rue et se dirigèrent – l'homme en boitant – vers la maison suivante.

Ils s'apprêtaient à refermer quand quelque chose bougea près du portail. Ils restèrent figés un instant, puis ils aperçurent un petit garçon aux jambes maigres qui chancelait sous le poids d'un énorme panier.

« M'am' ! cria-t-il anxieusement quand ils furent sur le point de lui fermer la porte au nez. Maît' ! Un p'tit homard ?

– Où est-ce que tu les as eus ? lui demanda Thomas soupçonneux. Tu as une autorisation pour en attraper ?

– Pas besoin d'autorisation, maît'. C'est p'pa qui m'les a donnés. » Et, en voyant l'occasion lui passer sous le nez, il ajouta aussitôt : « Maît', il faut m'en prend' un peu, p'pa, i'va m'tuer ce soir.

– Je suis sûr qu'ils sont déjà morts, dit Thomas en hésitant.

– Non, r'garde. I'sont vivants, i'bougent. » Il posa le panier à leurs pieds et enleva le sac de toile qui le recouvrait. A l'intérieur, plusieurs homards glissaient, rampaient, tous d'une taille nettement inférieure à celle autorisée.

« Nina ?

– Dis-lui de dire oui, m'am'. C'est bon pour l'amour, c'est du homard. Si le maît' mange ça, m'am' va pas dormir d'la nuit.

– C'est combien ? demanda Nina, en s'efforçant de ne pas pouffer de rire.

– Jus'cinq rands pièce, pass' qu'il est tard.

– Tu as de l'argent ? demanda-t-elle à Thomas.

– Je vais en chercher. » Il revint avec de l'argent et une bassine en plastique.

« Que le Seigneu' bénisse le maît'.

– Je ne suis pas ton maître », dit Thomas mécontent. L'enfant le regarda prudemment, décida de ne pas répliquer et disparut dans la nuit aussi silencieusement qu'il était arrivé.

« Qu'est-ce qu'on va en faire ? demanda Thomas après avoir refermé la porte.

– Je vais les faire cuire. Il y en aura aussi pour David. On va se faire un vrai festin. » Une pause. « En général, ceux qui sont condamnés à mort ont le droit de choisir leur dernier repas, non ?

– Tu deviens morbide. De toute façon, on leur donne du poulet.

– Je ne voulais pas, Thomas. C'est vrai. » Elle l'embrassa rapidement en tenant entre eux le plat, avec les formes sombres et angulaires des homards. « Tu m'aides ? »

Il la suivit. Quand l'eau salée commença à bouillir, elle y jeta les homards qui se mirent à griffer frénétiquement les parois du faitout en aluminium, alors il s'éloigna précipitamment.

« Qu'est-ce qu'il y a ? demanda-t-elle.

– Excuse-moi, mais je ne supporte pas. Ça me rend malade. C'est trop humain. »

Elle retira calmement les pinces des homards du bord du faitout et mit le couvercle pour les obliger à descendre. Était-ce son imagination mais, quand il se retourna pour la regarder de la porte, il lui sembla qu'elle tremblait légèrement. Droite et raide, elle lui tournait le dos.

« Tu ne devrais pas te laisser troubler par une petite chose comme ça, Thomas, dit-elle d'une voix calme, comme si elle se parlait à elle-même. Demain, c'est un homme que nous allons tuer, pas un homard.

– Je ne veux pas que tu dises des choses pareilles. » Il revint rapidement vers elle et la prit par les épaules. « Nina, tu m'entends ?

– Je t'entends. » Elle échappa à son étreinte d'un mouvement presque coléreux et se retourna pour lui faire face. Les ombres de la nuit remplissaient ses yeux d'un vert profond. « Mais j'ai *besoin* de les dire. Tu comprends ? Nous devons nous y préparer. Ça ne sert à rien de toujours parler de la cause, la cause, des raisons que nous avons de le faire, du système qu'il représente, du monstre qu'il est. Quand la bombe explosera demain, ce sera un être humain qui éclatera en morceaux. Peut-être plusieurs. Pas une idée, un concept, un système, une abstraction, mais des gens. Des gens exactement comme nous. Si nous voulons être sûrs, absolument sûrs, de passer à travers tout ça, nous devons accepter à l'avance que ce sont des *gens* que nous allons tuer. Nous devons être préparés pour chaque goutte de cervelle, de sang et de merde. Et en prendre la responsabilité. Sinon, nous nous tuons nous-mêmes. »

Il hocha lentement la tête. Tant d'autres voix criaient avec la sienne à ses oreilles : les instructeurs et les commissaires politiques à Luanda, Sipho, Justin. Derrière elle, les bruits sur le poêle avaient cessé.

« Si tu ne peux affronter ces homards, insista Nina, comment vas-tu vivre le reste de ta vie avec les hurlements de demain dans les oreilles ?

– Je peux les affronter, dit-il lentement.

– C'est un meurtre, Thomas, continua-t-elle très calmement. D'accord, nous savons pourquoi nous le commettons, pourquoi nous pensons qu'il est absolument nécessaire, inévitable. Nous en avons discuté un millier de fois. Mais quand on a tout enlevé, il ne reste que le noyau. Et ce noyau, c'est un meurtre. Peut-être que, Dieu seul le sait, peut-être que de commettre un meurtre est une expérience aussi solitaire que la mort elle-même. Je veux dire, si on le fait comme nous ; pas par colère, par passion ou sous le coup de l'émotion, mais en calculant, l'esprit clair, à froid. En sachant exactement ce qui est en jeu. » Elle continua à le regarder fixement. Mais au bout de quelques instants, elle laissa tomber la tête et appuya son front contre lui. « Prends-moi dans tes bras, Thomas, murmura-t-elle. Ne me laisse pas. Serre-moi très fort toute la nuit.

– Tu as peur ? »

Elle secoua la tête avec irritation. « Non. Non, bien sûr, je n'ai pas peur. C'est seulement – ce que tu as dis sur la montagne aujourd'hui, tu te rappelles ? –, c'est une solitude terrible.

– Nous ne sommes pas seuls. » Il la serra contre lui. « Nous sommes ensemble. Et si tu y penses, ils seront des milliers, des millions avec nous ce soir, demain. » Il s'arrêta un instant. « S'en souvenir peut aider. »

Elle bougea la tête contre sa poitrine, mais il ne put savoir si cela voulait dire oui ou non.

Au bout d'un moment, il ouvrit les bras, puis il alla

chercher des couverts dans le tiroir et commença à mettre la table. L'activité le calma.

« Si tu veux de la mayonnaise avec les homards, nous pouvons les laisser refroidir. En attendant, nous pouvons manger avant que David arrive. »

La maison était presque vide. Après la fuite en catastrophe de Paarl, ils y avaient trouvé l'essentiel : quelques meubles impersonnels, de la literie, des couverts, de la vaisselle et des ustensiles de cuisine, achetés pour la plupart dans des ventes ou dans des brocantes pour être sûr d'un anonymat parfait en cas de descente de police. Les quelques objets personnels qu'ils avaient apportés avec eux devaient disparaître ce soir. Les vêtements, y compris ceux qu'ils avaient portés aujourd'hui ; les quelques livres et en particulier les carnets de notes de Thomas ; les derniers éléments de son matériel photo ; tout un ensemble de lettres et de photos qu'il avait apportées avec lui, comme des graterons ou des puces dont il n'aurait pu se débarrasser. Même maintenant, il ne s'en séparait qu'à contrecœur. Ses péchés secrets.

Elle enleva sa salopette et son tee-shirt et parut plus petite. Elle fourra tous ses vêtements dans un sac. Dans la commode, il ne restait que le short et la chemise avec lesquels elle partirait demain matin, et reviendrait plus tard. Et la tenue très sobre qu'elle mettrait pour aller à l'aéroport.

« Ma robe de voyages de noces », dit-elle devant la commode ouverte.

Il feuilletait son carnet de notes et ne leva pas les yeux.

« Il faudra que tu te débarrasses de ça, lui dit-elle. C'est une pièce à conviction.

– Il n'y a aucun nom à l'intérieur. Et les notes sont tellement sibyllines qu'à part moi personne ne peut rien y comprendre. David pourra me les garder. Un jour, je reviendrai les chercher. Quand tout cela sera derrière nous et appartiendra à l'histoire. » Quelque chose de plus lourd se cachait derrière la légèreté de ses paroles. Abandonner comme ça des notes, des papiers, des photos, signifiait abandonner une part de lui-même. Des bribes de l'histoire de sa famille, treize générations de Landman – des rêveurs, des vaincus, des prophètes, des sauvages, des débauchés, des traîtres, des escrocs, des bâtisseurs, des trekkers, des guerriers, des ouvriers –, et sans leur compagnie il allait se sentir nu, vulnérable. Au cours des années, il avait travaillé à la compilation de cette chronique, presque contraint et forcé ; même quand il avait dû supprimer les noms pour empêcher toute identification au cas où ses carnets seraient tombés dans des mains inconnues, il s'était senti soutenu par leur présence, rassuré, en paix avec lui-même. Il allait devoir s'accommoder d'une nouvelle sorte de nudité.

Nina s'agenouilla dans un coin pour fouiller une pile de magazines et de journaux, à la recherche de toute chose personnelle qui aurait pu s'y égarer. Il continua de son côté. D'un carnet aux pages d'un vert passé tomba une photo. Il la ramassa. Pas très nette, un coin jauni là où elle avait été mal fixée, mais il la reconnut immédiatement : il l'avait prise avec son tout premier appareil photo, qu'on lui avait offert pour son treizième anniversaire, en juin. Il avait photographié tous les sujets imaginables qu'il avait vus. Cette photo avait été prise lors d'une occasion particulière : leur arrivée dans une nouvelle maison, dans le village du Petit Karoo. (Ils n'étaient restés qu'un an à l'est du Transvaal. Trop luxuriant, trop fertile à leur goût ; ils s'étaient sentis littéralement menacés par une telle exubérance naturelle, après les régions plus pauvres, le soleil plus pâle qui les avait formés auparavant. Son père avait eu quantité de problèmes avec les programmes scolaires du Transvaal. En fait, cela avait été une entreprise irréfléchie depuis le début, mais son père s'était mis en tête qu'il n'y avait pas de meilleure façon de connaître le pays; Thomas soupçonnait que sa véritable raison était de retrouver les pas de leurs ancêtres, poussé par un romantisme atavique. Mais ils étaient revenus dans la province du Cap.)

Cinq jours de voyage épique dans la vieille Chevrolet de 1959 – son père n'avait jamais gardé une voiture moins de quinze ans, et en traversant l'État Libre d'Orange, la vieille guimbarde délabrée était tombée deux fois en panne – les avaient conduits jusqu'au Petit Karoo. Il prit une photo une minute après leur arrivée devant la maison que son père avait achetée imprudemment tout seul quand il était venu pour un entretien avant d'être engagé, trois mois plus tôt.

A l'arrière-plan de la photo un peu passée, on distingue la maison grise, banale, datant des années trente, avec le toit pointu et les hautes cheminées, une véranda sombre soutenue par des piliers épais, des eucalyptus, une boîte aux lettres métallique près de la porte, deux cyprès. A côté du portail, sur le chemin poussiéreux, la Chevrolet triomphante et, alignés devant, quatre des cinq voyageurs, épuisés et de mauvaise humeur.

Son père, préfet des études, avec veste et cravate (il avait conduit en manches de chemise mais avait voulu être « convenable » pour la photo) : la ride d'irritation entre les yeux, les cheveux qui s'éclaircissent coiffés sévèrement en arrière, coupés court dans le cou et sur les côtés, les épaules tombantes, une moustache grise et malheureuse sous le nez, le menton dressé d'un air de défi pour affirmer son autorité, la main gauche à la Napoléon tenant ensemble les deux revers de la veste – une main étonnamment lourde, une main de fermier, évoquant une jeunesse difficile.

Sa mère, petite et étroite, mais avec une généreuse poitrine nourricière ; la lumière se reflète sur les verres de ses lunettes si bien qu'on ne voit pas ses yeux. Les cheveux prématurément gris, manifestement coiffés avant le voyage mais maintenant quelque peu défaits, posés sur sa tête comme une poule qui couve les ailes écartées. Le genre d'allure qui faisait penser : elle a dû être une jeune fille séduisante.

Maria. Quel âge avait-elle à ce moment-là ? Sept ans de plus que lui ; dans les vingt ans. Sans doute sa dernière année à l'université. Pas jolie au sens conventionnel, mais séduisante à sa manière, solide, autoritaire et même un peu provocante.

Frans. Le fils de son père. Les cheveux coupés très court, l'ombre d'une fine moustache. Son attitude laissait penser qu'il aurait été aussi à l'aise avec une bible à la main qu'avec un fusil. Une pointe d'arrogance : l'air d'un illuminé qui sait avoir le droit de son côté.

Thomas déchira la photo et en jeta les morceaux sur le tas de papiers à brûler. Un document à peine accusateur ; mais il ne devait rien rester qui puisse d'une façon ou d'une autre permettre de remonter jusqu'à eux. Il liquidait une phase, une période, un moment de vie. Quelque chose d'eux qui cesserait d'exister. (Justin : « Ils m'ont pris mon enfance, toute mon histoire. ») C'était la phase finale de dépouillement et de nettoyage qui avait commencé plusieurs mois plus tôt quand ils s'étaient mis à travailler sur le projet. Lui abandonnant son appartement de Vredehoek, elle quittant sa maison de Green Point pour recommencer une existence temporaire ailleurs, une vie sans traces. Pas seulement la perte d'une vieille peau, comme un reptile qui mue, mais la réinvention d'un moi ; se débarrasser de tout ce qu'on a été. En même temps, c'était une légèreté trompeuse. On ne peut jamais, vraiment, repartir de zéro, on ne peut jamais effacer entièrement l'ardoise. Parce qu'il est impossible de se sauver ; on traîne avec soi son histoire, la sienne et celle de ceux qu'on aime, la trace d'un escargot à travers le temps, souvent invisible, jamais absente.

« Fini », dit Nina, en retournant le dernier magazine de la pile. Les objets qu'elle avait trouvés – un bloc de papier, quelques feuilles de notes manuscrites et de croquis, et même un petit mouchoir froissé qui avait réussi à survivre à sa vie précédente –, elle les ajouta au tas destiné au feu. « David est en retard. Je crois qu'on ferait mieux de manger. »

Leur réserve de nourriture s'épuisait, mais elle réussit à gratter un reste de mayonnaise au fond d'un pot pour accompagner les homards ; il y avait quelques citrons dans un panier posé sur le petit frigo ; la moitié d'une miche de pain dans la corbeille.

Ils mangèrent en silence avec la solennité du dernier repas.

« J'aurais aimé qu'on passe tous la nuit ensemble, dit Thomas. David. Christine. Rashid. Justin. Surtout Justin. Il sait mettre les gens à l'aise. Et toutes ses petites plaisanteries. »

Elle le regarda en le questionnant des yeux.

« Ils me manquent. Nous sommes restés si longtemps ensemble.

– Ils seront là demain.

– Ce n'est pas pareil. »

Quelques instants plus tard, elle se leva. « Je vais faire la vaisselle. Pourquoi est-ce que tu ne commences pas ton feu de joie ? »

Il l'alluma dans le petit barbecue derrière la maison et entreprit de brûler systématiquement tout ce qu'ils avaient mis de côté. Avec un long tisonnier, il secoua ce qui se consumait jusqu'à ce que tout soit réduit en cendres. Alors qu'il éteignait le charbon avec un bidon d'eau, Nina vint l'avertir que celui qu'ils attendaient était arrivé. Elle avait enfilé une longue veste d'homme, un vêtement qu'ils avaient trouvé dans la maison ; elle lui descendait jusqu'aux genoux.

David était déjà assis devant la table de la cuisine et cassait méthodiquement les deux petits homards qu'ils lui avaient gardés, quand Thomas entra. Pâle, sauf les deux taches fiévreuses sur ses joues presque transparentes, sur le nez une paire de lunettes à monture épaisse derrière lesquelles ses yeux lançaient un regard timide de poisson ; il était assis sous l'ampoule nue qui pendait du plafond, un morceau rouge de carapace de homard accroché dans le croissant de barbe rare qui recouvrait ses joues comme une moisissure. Il avait un air ascétique et monacal et faisait plus que ses quarante et quelques années, avec ses cheveux gris et clairsemés.

« Alors, les amis, on termine en beauté, je vois. » Il suça ses longs doigts blancs.

« Autrefois, c'était de la nourriture pour les pauvres, lui rappela Thomas que l'idée amusait.

– Alors les Afrikaners ont suivi le même chemin, dit Nina. Rejetés au début et maintenant aux places d'honneur.

– Tu as encore de l'espoir, lui dit David, l'œil moqueur.

– Pas du tout, dit Nina. Je ne suis pas afrikaner.

– Et moi, je ne suis pas juif, dit David. *Eppur si muove.*

– Est-ce que tu as vu Justin ? demanda-t-elle irritée, en changeant brusquement de sujet.

– Tout va bien. J'ai vu Rashid aussi. Il est complètement absorbé par son jouet, comme un gosse à Noël. Il revérifie tout cette nuit, y compris la voiture. Ensuite, il soudera le coffre. Il ne mettra les plaques minéralogiques que demain matin. Jolie petite voiture, tout le monde va penser que c'est vraiment tante Sannie qui est venue de sa ferme faire ses courses en ville.

– Mes vêtements, ça va ? Tu te souviens, la perruque était trop serrée quand je l'ai essayée la dernière fois.

– On l'a agrandie. » Pendant quelques instants il sembla inquiet, découragé. « On aurait eu besoin de Christine pour ça.

– C'est dur pour toi, dit Nina chaleureusement. Vous formiez un beau couple.

– Formiez ? » dit David mécontent ; puis il soupira et fit un sourire triste. « Ce n'est rien. Je ne voulais pas. C'est seulement... Oui, c'est vachement dur. Pendant des années et des années, on s'en tient à la résolution de ne jamais retomber amoureux, de tout consacrer à la lutte ; puis une fille comme elle arrive, et elle disparaît aussi brusquement. »

C'est étrange, se dit Nina. D'une certaine façon les membres de leur petit groupe se connaissaient mieux que ceux d'une famille ; et pourtant, il y avait en chacun d'eux des paysages que les autres n'avaient jamais vus. Que savait-elle de la vie familiale de Justin, de sa femme, de l'enfant qui lui restait, de son enseignement ? Ou, à propos de Rashid, qui pouvait se montrer si mordant sur « ces cons d'intellectuels », et qui derrière ses paupières mi-closes entretenait quelque chose qui ressemblait à du mépris à l'égard des Blancs du groupe : pourquoi ne parlait-il jamais des autres personnes de sa vie – un père, une mère, des frères et des sœurs, des maîtresses, des amis ? Et David : après l'arrestation de Christine, il venait souvent trouver Nina, quand les autres n'étaient pas là, c'était lui qu'elle connaissait le mieux ; elle savait qu'il avait été marié, pas très longtemps ; qu'il avait eu une fille ; qu'à un moment, sa femme était partie avec leur enfant ; elle savait que ses parents avaient survécu à Auschwitz et que pour des raisons mystérieuses ils étaient venus d'Allemagne en Afrique du Sud. Mais en dehors de ces quelques « faits » ? Que savait-elle de sa vie, de l'homme David Blumer, caché derrière les verres épais de ses lunettes ? C'est vrai, elle avait au moins Thomas. Et pourtant, même lui, aujourd'hui encore, elle avait découvert en lui des choses qu'elle ignorait jusque-là : des moments de doute, des impulsions, des résistances, des acceptations. Un pays dont elle connaissait le rivage mais pas l'intérieur obscur.

« Je viendrai vous prendre demain matin à huit heures », dit David. Le moment de mélancolie était passé ; il avait repris l'allure d'homme d'affaires qu'elle lui avait toujours connue.

« Si tôt ?

– Il vaut mieux avoir une marge de sécurité. Je ne veux pas prendre de risque avec la circulation. » Il regarda Thomas. « Et à la demi tu conduiras la Mini chez Sean, d'accord ? Tu la rangeras dans le garage.

– Et Justin me retrouvera ici ?

– Il arrivera à neuf heures, avec la moto. A ce moment-là, il faudra que tu sois habillé et prêt. La tenue t'attendra dans la commode de Sean. Justin vérifiera tout avec toi. Je passerai le prendre ensuite avec la voiture louée chez Avis et je le laisserai avec cette même voiture dans Loop Street. De là, j'irai à pied au parking Stalplein où les autres voitures attendront, et je te prendrai si quelque chose ne se passe pas comme prévu. Rashid surveillera la scène devant le théâtre Nico Malan au cas où tu devrais changer de direction et aller par là. Quand ce sera fait, nous revenons tous ici dare-dare. Jusque-là, tu es tout seul. »

Brusquement, Thomas sentit les doigts de la peur glisser sur sa peau, une caresse glaciale : depuis son crâne, le long de sa colonne vertébrale, jusqu'à son scrotum.

« Voilà, c'est comme ça », ajouta David comme pour provoquer une réponse. Il cassa une autre patte de homard mais la reposa sans essayer d'en enlever la chair blanche et succulente.

« Je n'arrive pas à croire que nous sommes allés si loin, dit Nina. Toute une vie sans se rendre compte qu'on ne cesse de s'approcher de ce moment. Et pourtant, ça semble si loin, si irrationnel. Et tout à coup, un soir ordinaire comme aujourd'hui, autour d'une table dans une cuisine ordinaire, on sait qu'on y est. Le moment est arrivé.

– Tu peux toujours changer d'avis », dit David. Son regard noir la pénétrait.

Elle serra sa veste. « Tu crois que je vais me dégonfler ?

– Je voulais simplement te le rappeler. Parfois, ça aide de savoir qu'on a le choix.

– Il y a longtemps que j'ai fait mon choix », répondit-elle. Puis, sans prévenir, elle s'agenouilla sur sa chaise, posa les coudes sur la table, se pencha en avant et dit : « C'est à ton sujet que je me pose parfois des questions, David. » Elle lui fit signe de se taire. « Voici ce que je veux dire : Thomas, moi, Rashid, Justin – nos familles vivent ici depuis des générations. Nous n'avons nulle part où aller. Nous n'avons pas d'autre choix que de faire de ce pays un endroit où l'on puisse vivre. Mais toi – comprends-moi bien, je sais que tu es entièrement dévoué –, mais si on en arrivait vraiment à se faire mettre dehors, tu pourrais aller quelque part, n'est-ce pas ?

– Tu veux parler d'Israël ? » Il la regardait fixement à travers ses épaisses lunettes : il doit regarder ses malades comme ça, pensa-t-elle, il examine les symptômes d'une maladie étrange.

« Oui, tu as peut-être raison, dit-il avec une candeur désarmante. Même si je ne suis pas content de ce qui se passe dans les territoires occupés. Mais je ne *veux* pas m'en aller. Tu comprends ? Pendant la guerre, mes parents ont dû fuir l'Allemagne pour venir ici. Pourquoi est-ce que je devrais partir, moi aussi ? Il doit bien y avoir une place pour moi quelque part dans le monde. Mes parents comparent ce pays au Troisième Reich qu'ils ont connu, et ils découvrent chaque jour des similitudes. Pendant des années ils ont prédit chaque nouvelle étape. Mais c'est précisément ce que je veux empêcher, avant qu'il soit trop tard. On ne peut pas laisser ça recommencer. Jamais. A un certain moment, on doit rompre avec sa propre histoire. » Il se leva tout d'un coup, comme si la conversation devenait trop intime. La lumière nue se réfléchissait sur ses lunettes. « Il faut que j'y aille. Dans un an ou deux, on aura le temps de bavarder. Pas ce soir. »

Ils le raccompagnèrent jusqu'à la porte où Nina lui tendit les sacs qui contenaient ce qu'ils avaient sauvé.

« Tu en prends bien soin, dit Thomas. Tu emportes deux existences entières. »

Nina fit une grimace. « En réalité, c'est un soulagement d'en être débarrassé. On devient claustrophobe avec trop de choses qui encombrent la vie. »

Ils n'allumèrent pas à l'extérieur quand David s'en alla. Ils le regardèrent s'éloigner dans l'obscurité. La rue était déserte. Une feuille de journal coincée dans une haie battait au vent, et une boîte de Coca-Cola dévala la pente avec un bruit de ferraille.

Quand, enfin, ils se retrouvèrent côte à côte sur le grand matelas dans l'angle de la chambre vide, ils se sentirent curieusement timides l'un envers l'autre, plus timides encore qu'au cours de cette première nuit lointaine dans son appartement de Vredehoek, après les violences de Crossroads. Ils ne pouvaient pas dormir. Il n'y avait plus rien à dire. A la fin, ce fut elle qui lui prit silencieusement la main et qui la plaça entre ses jambes.

« Tu as envie ? » Etrangement, il se sentait presque effrayé.

Sa réponse le prit par surprise. « Fais-moi un enfant, Thomas. Thomas, je veux un enfant de toi.

– Mais tu as toujours dit... cet après-midi même...

– Je veux ton enfant ! Thomas, je veux emporter avec moi quelque chose de toi. »

On entendait toujours le vent à l'extérieur, la présence importune des rafales, maintenant qu'ils avaient éteint. Par la fenêtre, ils pouvaient voir le ciel nocturne, mais les étoiles devaient être là, le ciel de la fin d'été, la Voie lactée et Orion tout en haut, l'obscurité absolue du Sac à charbon, d'anciennes étoiles éteintes, en couches successives, l'une après l'autre, une dimension après l'autre, un monde sans fin; mais ici, il n'y avait qu'eux deux sous la pâle lueur de la nuit qui s'infiltrait dans leur obscurité, corps contre corps, homme et femme, tristes et sans espoir, ici, dans cet ici terrifiant – et à la périphérie de leur conscience, immense comme un soleil, une étoile qui explose, la certitude de la mort et de la violence auxquelles ils s'étaient donnés en confiance, un avenir auquel ils ne pouvaient pas plus échapper qu'au passé.

Provisoirement, eux, ici. Mais demain – mon Dieu, quoi ?

2

1

En cet instant : l'explosion de la bombe. L'évidence les brûlant comme une flamme : *c'est arrivé.* La force de l'explosion, comme une main immense les attrapant et les lançant dans l'espace, vers l'avenir. Et savoir que, même s'ils pouvaient se retourner maintenant et revenir en arrière, luttant contre leur vitesse acquise, vers l'endroit d'où ils étaient partis, rien ne serait plus jamais pareil. Elle avait explosé là, juste devant eux, et faire demi-tour était impossible ; parce que tout ce qui avait existé auparavant était maintenant relégué dans une autre dimension : le seul point de contact, fragile et fébrile, était cet instant.

Pourtant l'expérience ne comportait aucune exaltation, aucune exubérance. Une longue et lente relation d'amour s'était méticuleusement déployée pour déboucher sur cela, et l'orgasme tant désiré, nécessaire, ne s'était simplement pas produit.

En fin de compte, ils avaient rencontré un obstacle.

Ils s'étaient préparés même à l'improbable, avec David stationné tout près, juste à l'angle de Plain Street, pour que, si la bombe explosait trop tôt, avant qu'ils aient pu s'enfuir, ils puissent se précipiter vers le Château et offrir son aide en tant que médecin ; avec Justin dans Loop Street et Rashid devant le théâtre Nico Malan, prêts à les prendre quelle que soit la direction dans laquelle ils s'enfuiraient ; avec la radio pour rester en contact.

Le seul élément stupide qu'ils n'avaient pas envisagé était l'irascible policier de la circulation dans la voiture de patrouille blanche qui voulut donner une contravention à Nina à cause de son tuyau d'échappement qui fumait, et cela avant même qu'elle ait quitté Strand Street pour tourner vers la place de la Parade. Et qui s'était mis en rogne quand elle avait refusé de s'arrêter et lui avait fait une queue de poisson pour la coincer à même pas une rue de leur cible, le Château. Ils avaient prévu que, si elle était bloquée, elle sortait immédiatement de la voiture et se mettait à discuter avec celui qui l'avait arrêtée : alors Thomas intervenait dans son uniforme de flic de la circulation et conduisait lui-même la voiture à l'endroit prévu, tandis qu'elle le suivait à moto. Mais quand la voiture blanche de la police se mit brusquement en travers de sa route, elle fut obligée de freiner violemment, le moteur cala et elle ne réussit pas à le remettre en marche. Le carburateur était noyé et, pour que rien d'autre ne tourne mal, avant que le policier arrive à la hauteur de sa vitre, elle appuya sur le bouton placé sous le tableau de bord ; l'homme se tenait si près d'elle, suant et gesticulant, qu'elle ne pouvait pas ouvrir sa portière pour sortir.

Thomas s'arrêta près d'eux pour demander d'un ton calme et professionnel : « Besoin d'aide ?

– C'est cette satanée vieille dame qui... » Le policier fronça les sourcils. « Mais vous êtes qui, *vous,* nom de Dieu ?

– Germishuys, répondit Thomas sans hésiter. Du commissariat de Wineberg. Vous voulez que je dégage sa voiture ? Elle gêne la circulation.

– Vous ne voyez pas que je m'en occupe ? Qu'est-ce que vous faites ici si vous êtes de Wineberg ?

– On nous a envoyés pour donner un coup de main à la cérémonie du Château. »

Nina essaya une nouvelle fois de sortir, mais le policier se tenait si près de la petite voiture délabrée qu'elle ne réussit pas à bouger. Et elle avait conscience du temps qui s'écoulait et de la nécessité de faire savoir à Thomas qu'elle avait mis le mécanisme en route.

« Excusez-moi monsieur, dit-elle d'une voix tremblotante qui n'était pas seulement du théâtre, mais je suis sûre qu'il y a quelque chose qui ne tourne pas rond, il y a un bruit de tic-tac dans le moteur. Est-ce que vous pouvez m'aider ?

– Ce n'est pas un bruit de tic-tac à l'avant qui fait une pareille fumée à l'arrière, répondit sèchement le policier. Pourquoi est-ce que vous ne vous êtes pas arrêtée dès que je vous ai fait signe ?

– Je suis une femme seule, monsieur. Je ne vais quand même pas m'arrêter dès qu'un homme essaie de m'obliger à quitter la route.

– Laissez-moi regarder », dit Thomas. Et s'adressant à Nina : « Madame, pouvez-vous m'aider à ouvrir le coffre ? »

Le policier perdit tout à fait son sang-froid. « Je vous ai dit que je m'en occupais. Restez en dehors de ça. Pourquoi est-ce que vous n'allez pas faire votre travail là-bas ? » Il regarda sa montre digne de l'ère spatiale. « Le président va arriver d'un instant à l'autre. »

Mon Dieu, se dit Thomas, *il y a un bruit de tic-tac dans le moteur !* Il ne leur restait que cinq minutes à partir du moment où elle avait mis le contact. Et est-ce que ce n'étaient pas les sirènes du cortège officiel qui s'approchaient ?

Il regarda autour de lui d'un air anxieux. Il n'y avait

qu'un moyen. Sans explication, il mit la moto qui tournait au ralenti sur la béquille et courut vers la voiture de police dont la portière du conducteur était restée entrouverte.

« Mais qu'est-ce que vous faites ? » hurla le policier.

Oui, c'étaient bien les sirènes. Combien leur restait-il de temps ? Une question de secondes.

Le policier se précipita derrière lui. Nina put enfin sortir. Dans la bousculade qui eut lieu entre eux trois, elle frappa le policier au visage avec son sac à main. Il recula en chancelant, légèrement étourdi. Thomas et Nina sautèrent sur la moto et filèrent dans un bruit de tonnerre. Mais quelques instants plus tard, le policier hors de lui s'était lancé à leur poursuite dans la voiture blanche, la sirène hurlante et le gyrophare bleu allumé.

Et alors l'explosion, à une si courte distance derrière eux que le choc frappa la moto comme une brusque rafale de vent, un souffle puissant qui les fit vaciller dangereusement à droite et à gauche, la moto échappant momentanément à tout contrôle. Mais ils tournèrent le coin de la rue, remontèrent Plain Street et passèrent devant la voiture de David qui attendait, le moteur au ralenti.

La voiture de police les talonnait, rue après rue.

Devant eux, à l'angle de Roeland Street, un camion de déménagement s'arrêtait au feu rouge. Thomas fit un écart à droite et s'apprêta à traverser malgré le feu ; mais la voiture blanche accéléra brusquement et remonta à leur hauteur.

« Il va te renverser ! hurla Nina à son oreille.

– Accroche-toi ! On fait demi-tour. »

A toute vitesse, il fonça sur l'arrière du camion arrêté, puis il se dressa sur le frein, lança tout son poids d'un côté et fit virer la moto. Mais la roue avant heurta la bordure du trottoir. Ils tombèrent. Thomas se remit immédiatement sur ses pieds. Le policier sortait déjà de sa voiture. Thomas d'un coup de pied lui coinça la tête dans la portière, puis il se retourna pour aider Nina. Une des poignées du guidon de la moto lui avait coincé la main contre l'arête du trottoir et elle saignait abondamment mais ne s'en rendait même pas compte. La seule chose qui la préoccupait, c'était que dans la chute sa perruque et son petit chapeau veillot étaient tombés. Ils se trouvaient à une bonne dizaine de mètres d'elle, contre le pied d'un compteur de parcmètre, comme le cadavre d'un chat gris tué par un conducteur qui ne s'est pas arrêté. Réagissant de façon instinctive, elle se précipita à quatre pattes pour aller les chercher. Le policier, se tenant la tête, était déjà derrière elle.

« Nina ! hurla Thomas. Laisse-ça ! Viens ! »

Il remonta sur la moto, emballa le moteur et fonça sur l'homme qui réussit à s'écarter. Thomas saisit Nina par le bras. « Monte ! » Elle obéit, à demi étourdie. Ils repartirent par où ils étaient venus, puis remontèrent la voie étroite de Barrack Street, dans le sens inverse de la circulation (par bonheur, il n'y avait pas beaucoup de voitures et aucune n'allait vite), ils traversèrent Church Square en zigzaguant et foncèrent dans Buro Street, le long de Groote Kerk, et revinrent dans Adderley. Aucun signe de la voiture de police derrière eux.

Ils purent ralentir pour ne pas attirer l'attention. Près de chez Garlicks, devant un escalier mécanique qui descendait dans le centre commercial de Golden Acre, il s'arrêta un instant pour la laisser partir. Drôle à voir avec ses cheveux coupés court et ses vêtements de vieille femme, elle fonça dans la foule. Quelques passants la regardèrent, étonnés, certains ricanaient.

La suite se déroula précisément selon le plan prévu. Plus haut, dans Loop Street, Justin attendait. Thomas s'assit à côté de lui.

Justin lui posa la main sur l'épaule un instant. « Du bon travail.

– N'en sois pas si sûr. » Maintenant que le pire semblait derrière eux, il devait lutter pour contenir une réaction d'hystérie. « Nina a perdu sa perruque. » Quand Justin tourna la clef de contact, Thomas se mit à se débarrasser rapidement de sa tenue de policier : le casque, les lunettes de soleil, la moustache, la veste d'uniforme. « Tu as appris quelque chose ? On l'a eu ? Un con de flic l'a arrêtée avant qu'elle ait pu...

– La bombe était assez puissante. Avec un peu de chance...

– Ce n'était pas comme ça que ça devait se passer.

– Il y a toujours quelque chose qu'on ne peut pas prévoir. Ne t'inquiète pas ; Tu t'en es très bien tiré. Détends-toi maintenant, Thomas. »

Dans Saint-George Street, Nina attendait à l'une des sorties du Golden Acre, la main droite enfoncée dans le sac de chez Garlicks qui contenait les vêtements de la vieille femme. Quand elle monta, ils découvrirent que c'était pour dissimuler le sang.

Elle se mit à pleurer dès qu'elle eut fermé la porte et que la voiture démarra. « Oh ! Mon Dieu, tout a merdé !

– C'est ton imagination, dit Justin. Tu as réussi, petite. » Aussi vite que possible, il fonça dans Wale Street, puis dans Long Street, il tourna autour de Synod Hall et prit Orange ; quelques minutes plus tard, ils roulaient dans De Waal Drive. « Tu vois quelque chose en bas ? »

Non. Mais toutes les sirènes de la ville hurlaient. La police, les ambulances, les pompiers. Depuis Kloof Nek jusqu'au port.

« Tout est de ma faute, dit Nina en sanglotant. J'ai paniqué et j'ai appuyé sur le bouton. Puis je suis partie et j'ai perdu ma perruque.

– Fais voir ta main », lui demanda Thomas en se penchant vers le siège arrière.

Le sang coulait toujours beaucoup. Il essaya de l'éponger avec son mouchoir en efforçant de ne pas montrer sa peur.

« Qu'est-ce qu'on va faire si elle... ?

– Elle va bien, dit Justin d'une voix calme et rassurante. Il n'y a pas de quoi s'inquiéter. » Il prit le micro de la CB et appela le nom de code de David. « Doc ? » Il parlait très calmement. « Ici le vieux. Je crois que tu devrais venir à la clinique, tu as un patient. » Il reposa le micro, se faufilant adroitement dans la circulation, lança un regard rassurant à Nina et lui fit un geste de la main en levant le pouce. « Calme-toi, petite. Nous serons à la maison dans quelques instants et David pourra s'occuper de toi. »

A Groote Schuur, ils tournèrent et redescendirent vers la route nationale et, deux rues plus loin, ils tournèrent de nouveau dans une petite allée coincée entre deux rangées de pavillons de banlieue très tranquilles. Justin s'arrêta tout près de leur maison.

« Ça va aller d'ici ? demanda-t-il à Nina. Allez, arrête de pleurer. Garde la main dans le sac, il ne faut pas que quelqu'un la voie. »

Elle fit un effort, ravala ses larmes, se moucha, sortit de la voiture et marcha résolument. Justin conduisit la voiture un peu plus loin dans la rue, pour la ranger au-delà de la maison. De là, Thomas et lui marchèrent nonchalamment en bavardant et en prenant leur temps. Rashid leur ouvrit dès qu'ils frappèrent.

Il avait l'air inquiet, comme s'il avait arpenté le couloir de long en large pendant longtemps ; maigrichon comme un gamin, la peau sombre, de longues mèches noires dans les yeux, il ne faisait pas ses vingt-deux ans.

« Qu'est-ce qui est arrivé à Nina ? demanda-t-il, furieux. Elle est passée à côté de moi comme une folle.

– Elle s'est blessée à la main, dit sèchement Thomas. Où est-elle ?

– Dans la salle de bains. »

Thomas courut dans le couloir.

« Mais on a réussi, n'est-ce pas ? demanda Rashid avec insistance. Mieux que Guy Fawkes [1]. Pas vrai, Justin ? Ce salaud a sauté en petits morceaux.

– Ton semtex a fait son travail, dit Justin. Pour le reste, on ne sait pas encore. Espérons que tout s'est passé pour le mieux. » Il suivit rapidement Thomas. Rashid lui emboîta le pas plus lentement.

Derrière la porte fermée, ils entendirent de l'eau qui coulait. Thomas frappa, la tête posée contre la porte. Ils attendirent. Puis ils entendirent la chasse d'eau. La voix de Nina dit quelque chose et il entra. Elle était penchée au-dessus de la baignoire, un petit oiseau ébouriffé avec une aile blessée.

« Je n'arrive pas à arrêter le sang », dit-elle. Mais sa voix était plus calme. Elle avait enveloppée sa main qui saignait dans une serviette de toilette.

« Il y a une goutte de cognac dans le buffet, dit Thomas. Je vais la chercher. »

Il la versait dans un verre quand David arriva ; il avait dû conduire comme un fou.

Comme s'il savait instinctivement où aller, il s'engagea dans le couloir, passa devant Rashid, entra dans la salle de bains ; il donna une tape professionnelle sur l'épaule de Nina, enleva la serviette d'autour de sa main et ouvrit son sac.

« Du beau travail, ma petite.

– Tout a merdé, dit-elle de nouveau mais calmement. Je le sais. Et c'est entièrement de ma faute.

– Ne sois pas bête. » Il examinait sa main, rapidement, en expert. Des gouttes de sang coulèrent entre ses doigts et tombèrent par terre.

« Tu as vu quelque chose ? demanda Justin.

1. Conspirateur anglais, exécuté pour avoir participé à la conspiration des Poudres en 1605. *(N.d.T.)*.

– Non, c'était le chaos. J'attendais que vous me donniez des nouvelles.

– Est-ce qu'on l'a eu ? demanda Thomas.

– En tout cas, il s'est passé *quelque chose.* C'était l'enfer. » David désinfectait la blessure, rapidement et doucement.

« C'est comment ? demanda Justin.

– Pas très beau, j'en ai peur. » Il mit la main de Nina sur le bord de la baignoire et commença à la badigeonner de mercurochrome. « Une grosse contusion. Il y a peut-être une fracture. Et l'entaille est vilaine. Je vais lui mettre des points de suture. » Il regarda Nina. « Tu veux un anesthésique ou tu tiendras le coup ?

– Évidemment, je peux tenir le coup. De toute façon, on n'a pas de temps à perdre avec des caprices.

– D'accord. On y va. »

Elle serra les dents quand il enfonça l'aiguille dans la chair sensible de la paume, qu'il tira sur le fil pour le faire passer, qu'il l'attacha et qu'il en coupa les extrémités. Une deuxième fois. Puis une troisième. Elle avait le visage très pâle, et des gouttes de sueur perlaient sur son front et sur sa lèvre supérieure. Thomas la tenait énergiquement par les épaules et insista pour qu'elle avale quelques gorgées de cognac.

David sortit une bande de son sac. « On va te bander la main aussi serré que possible, dit-il. Quand tu te changeras à Port Elizabeth, tu pourras enlever la bande et mettre des gants. Nous allons leur envoyer un message. Tout se passe bien. Je vais te faire une piqûre antitétanique, simplement pour ne pas prendre de risque. Je vais aussi te donner des cachets contre la douleur que tu prendras pendant le vol de nuit. Mais je veux que tu ailles voir un médecin demain à Francfort ou à Londres, d'accord ?

– Si vous m'aviez confié le travail comme je l'ai demandé depuis le début, ça ne serait pas arrivé, dit soudain Rashid de la porte. Je vous l'avais dit. On ne pouvait pas laisser une chose pareille à deux novices. »

Justin intervint aussitôt. « Dans cette organisation, nous sommes tous égaux et nous avons tous une chance. La bombe a bien explosé. Et, d'après ce qu'on sait, ça a été un succès.

– Mais regarde-la. Nous ne pouvons pas prendre des risques comme ça. » Méchamment : « Nous aurions pu être de sacrés héros.

– Il n'y a pas de place ici pour les héros, Rashid, lui répondit sèchement Justin. Nous sommes des gens tout à fait ordinaires qui font leur travail. Et ce travail est loin d'être terminé. »

Pendant un instant, les yeux de Rashid continuèrent à briller. Puis il hocha la tête. « Excusez-moi, les copains. Je crois que moi aussi j'ai eu peur quand elle est rentrée en perdant son sang comme ça. Je sais que nous sommes tous dans le même bateau. Simplement, je ne veux pas que quelqu'un soit blessé inutilement, nous avons besoin de tout le monde. » Il s'approcha de Nina. « Tu ne m'en veux pas ? » Il lui posa la main sur l'épaule.

Sachant à quel point il redoutait toute espèce de contact physique, elle lui fit un petit signe de tête et lui adressa un sourire tendu.

« Tiens, prends-en encore un peu, dit David en lui montrant le verre de cognac. Nous n'avons pas de temps à perdre. Nous devons te conduire à l'aéroport.

– Je crois que tu ferais mieux de la conduire toi-même, proposa Justin. Elle peut avoir besoin qu'on s'occupe d'elle en route.

– D'accord. Mais comment allons-nous avoir des nouvelles ? » Il avait été prévu qu'il resterait en ville ou qu'il y retournerait le plus vite possible pour offrir son aide afin de rapporter des nouvelles de première main.

« On saura plus tard. Il est plus important de s'assurer

que Nina va bien. » Il regarda Thomas qui se tenait toujours derrière les autres, inquiet, voulant aider, préoccupé. « Reprends-toi, vieux. Va t'habiller et mettre ta perruque. Je vais vous conduire à l'aéroport.

– Très bien. » Il secoua la tête. « Tu sais, je n'arrive toujours pas à y croire. » Il avait l'air embarrassé et il commença à déboutonner sa chemise. « Je suppose que pour vous c'est une journée comme les autres, vous avez déjà connu ça...

– On ne s'y habitue jamais, Thomas », dit calmement Justin, et son émotion contenue rendait ses yeux encore plus brillants. « Chaque fois, c'est la première fois. » Un silence. Puis il ajouta, presque à contrecœur : « Et chaque fois on perd quelque chose en chemin. » Puis il reprit sur un ton plus quotidien : « Alors, les mecs, magnez-vous le cul.

– Si seulement on pouvait être sûrs. » Nina remit de l'ordre dans ses pensées puis se leva. « Je suis vraiment désolée, Justin. Je n'ai pas été à la hauteur de ce qu'attendait l'Organisation.

– Mais qu'est-ce qui vous fait penser qu'on a tout bousillé ? demanda-t-il. Tout le monde a fait son travail. Maintenant, c'est l'heure de l'étape suivante. D'accord ? Ce n'est jamais ce qu'on a fait qui est important : ce qui compte c'est ce qu'on va faire ensuite. Rappelez-vous de ça. Rashid, où sont les vêtements ? »

Thomas et Nina restèrent seuls dans la salle de bains. Elle se changea en secrétaire modeste et mit la perruque avec la frange, tandis que Thomas ajustait rapidement la perruque brune ébouriffée qu'ils lui avaient choisie.

« Si Christine avait encore été avec nous, cette fichue perruque ne serait pas tombée, dit-elle dans un nouvel accès de colère. Maintenant, tout le monde m'a vue. Tu n'imaginerais jamais les regards dans le Golden Acre. » Machinalement, elle prit un peigne sur l'étagère devant la glace et se le passa dans les cheveux. « J'aurais aimé qu'on aille à l'aéroport ensemble. J'ai peur, Thomas.

– Il ne faut pas. » Il lui prit les bras. « Tu m'entends ? Nina, depuis le tout début, c'est toi qui nous as permis de continuer. Même Justin voulait laisser tomber quand ils ont arrêté Christine. Maintenant, nous l'avons fait. Ça en valait la peine. Hier, c'était toi qui le disais et aujourd'hui je veux que tu t'en souviennes : *ça en valait la peine.* Nina, tu m'entends ? »

Elle le regarda dans les yeux pendant un long moment et approuva d'un geste de la tête. « Excuse-moi, Thomas. Je ne voulais pas m'effondrer. Ça va maintenant. Tu veux tirer ma fermeture Eclair dans le dos ? J'ai peur que cette main ne me soit pas très utile en ce moment.

– Ça ira mieux bientôt.

– Je sais. »

Il l'aida, puis enfila sa tenue de sport. Un sentiment étrange, brusquement, comme si – temporairement – il prenait congé de lui-même. Avec sa main gauche valide, Nina lui arrangea les cheveux pour la dernière fois. « Tu as vraiment l'air d'un inconnu, dit-elle. Plutôt sexy. »

Il donna le paquet de vêtements qu'ils venaient d'enlever à Rashid qui avait déjà mis l'uniforme du flic dans un sac à dos.

Nina s'adressa tout à coup à Thomas : « Tu n'as pas faim ? Tu n'as pas pris non plus de petit déjeuner.

– Vous pourrez manger un morceau à l'aéroport, dit Justin. Ou dans l'avion. On ne peut pas s'attarder ici plus longtemps. David, tu pars le premier. Je te laisse dix minutes.

– Demain, à la même heure, je t'aurai déjà rejoint à Londres depuis Francfort », dit Nina à Thomas. Elle regarda Justin. « Tu es sûr que tout a été vérifié deux fois ?

– Évidemment. Voici ton billet pour Port Elizabeth.

Pendant les deux heures qui viennent, tu seras Anna Esterhuysen. Puis tu deviendras Elaine Munroe, avec de nouveaux bagages. Susy te retrouvera à l'aéroport avec ton passeport et les nouveaux billets. Vérifie que ta valise est bien enregistrée pour Francfort, tu n'auras pas beaucoup de temps à Jan Smuts. Tu devras courir des arrivées jusqu'aux départs internationaux. A Francfort, nos amis t'attendront et t'aideront à passer à Londres. » Elle savait tout ça par cœur mais c'était rassurant de l'entendre répéter. Il lui prit doucement le coude et l'embrassa. « Tu es une fille formidable, dit-il, ému pendant un instant. Tu vas nous manquer, tu sais.

– Dans la mesure où tout cela n'a pas été en vain.

– Combien de fois je te l'ai dit ? Il vaut mieux allumer une chandelle que de maudire l'obscurité. Non ? Et ta petite chandelle va brûler pendant un sacré bout de temps, je te le promets. »

Il ouvrit la porte. La violente lumière du jour pénétra à l'intérieur. David sortit, inspecta la rue du regard, se retourna pour serrer la main de Thomas qu'il garda dans la sienne pendant un moment, puis il descendit les marches jusqu'au portail.

Justin, avec tact, recula quelques instants.

Et ils se retouvèrent seuls, sous la véranda. Lui, elle. Plus tard, il penserait ou se souviendrait : ce n'est que dans des moments semblables qu'on se sent vraiment vivant, qu'on est ce que l'on est, où l'on est, des moments comme celui où la bombe a explosé, ou celui où nous nous tenions sous la véranda dans la lumière agressive ; des moments dans lesquels tous les temps convergent comme les rayons de lumière dans une lentille, quand on existe dans une sorte de conscience absolue, quand on sait où l'on se trouve, entièrement présent dans ce savoir. Une intensité presque insupportable. Ce qui explique pourquoi ces moments sont si rares.

Il aurait aimé lui dire tout cela. Mais comment prononcer de tels mots ? Il aurait pu au moins la prendre dans ses bras et la serrer contre lui. Mais presque brutalement, d'un ton qui convenait à son air d'oiseau secrétaire, elle dit : « Thomas, je ne vais pas te dire au revoir. Ce n'est que jusqu'à demain. Tu sais que je déteste les au revoir. C'est trop bête. »

Avant qu'il ait pu répondre, le bras toujours levé comme pour la retenir, elle lui envoya un baiser rapide avec sa main enveloppée dans la bande blanche et dévala les marches vers David qui tenait la porte de la voiture ouverte.

2

Dans le bourdonnement régulier de l'avion, tout fut à nouveau suspendu mais d'une façon différente. Hier, l'existence avait été suspendue dans le moment qui précède l'action, maintenant il y avait ce temps paralysant de l'ignorance, l'isolement dans ce tube qui excluait tout contact avec l'espace environnant et dans lequel le flot du temps compris entre le départ et l'arrivée s'était arrêté. Jusqu'à ce qu'il *sache* ce qui s'était passé, comment l'attentat s'était terminé, son existence restait virtuelle et non réelle. Le président était peut-être mort, une nation plongée dans le désarroi, versant des larmes de crocodile ; des violences avaient peut-être éclaté dans les townships noires du pays ; des représailles massives étaient peut-être en cours ; le pays en bas était peut-être en feu, mais aussi longtemps qu'il ne le saurait pas, fonçant à travers l'espace dans un isolement splendide à une vitesse vertigineuse, à des kilomètres du sol, dans une température de dizaines de degrés en dessous de zéro, il n'était pas impliqué, tout cela ne s'était pas encore produit. Comme pour un corps conservé dans de la glace, destiné à une époque future quand les scientifiques sauraient (espérons-le) comment le ressusciter, toute existence réelle et consciente était exclue. Ce ne serait que lorsqu'il ressortirait à l'aéroport Jan Smuts pour apprendre les nouvelles, quelles qu'elles puissent être, que la vie recommencerait.

C'est peut-être pour cela qu'il se comporta avec plus d'empressement que de méfiance ou d'amusement envers la jeune femme assise près de lui. Car c'était une façon de se tenir occupé, ou de refréner les pensées qui lui tournaient dans la tête, de suspendre toute mémoire ou toute attente, et même de supprimer son inquiétude à propos de Nina. En temps ordinaire, il aurait à peine remarqué cette fille – pas séduisante, même banale, avec des cheveux noirs et raides (cent coups de brosse, au moins, chaque soir ?) qui formaient une frange sur le front et qui se balançaient à l'arrière en queue de cheval ; un petit nez pointu, avec l'extrémité retroussée de façon inattendue, et une grande bouche, une bouche généreuse et déterminée, une bouche à la Carlie Simon (sa mère aurait dit sa désapprobation : « Les filles avec de grandes bouches... » en taisant pudiquement le reste), des yeux hardis : une suffragette, aurait-on pu croire, sans aucun maquillage, une longue robe indienne en coton, plus tellement à la mode sauf ici et là dans quelques communautés, avec des sandales à lanières de fabrication artisanale dont elle retira vite ses pieds étroits (il remarqua les deux rangées de perles autour d'une cheville) – mais il ne put pas ne pas la voir dès qu'elle entra dans l'avion. Le steward s'apprêtait déjà à fermer la porte quand elle monta la passerelle en trébuchant, essoufflée, le visage rouge, en traînant un énorme sac de coton (elle était arrivée trop tard pour le faire enregistrer aux bagages, expliqua-t-elle ensuite, spontanément, et on ne voulait pas la laisser passer si elle ne le prenait pas avec elle) ; quand elle essaya de le faire entrer de force dans le casier à bagages au-dessus de Thomas, une vis se cassa et une pluie d'objets lui tomba dessus : des chemises pliées ou roulées, des chaussettes, une paire de chaussures blanches, un collant, trois minuscules culottes aux couleurs vives, un soutien-gorge blanc, un gros bouquin noir qui, s'il lui était tombé sur la tête, l'aurait assommé raide, une brosse à dents, un tube de dentifrice terriblement déformé et même une petite boîte rose qui semait ses tampons périodiques comme une cosse qui s'ouvre sème ses graines.

Une vague de ricanements parcourut la rangée tandis qu'il l'aidait à ramasser ses objets et à les remettre dans le sac de toile bleue. (Il découvrit que le livre mortel était le *I Ching.*) Rougissait-elle ou était-ce l'effort nécessaire pour monter son bagage dans l'avion qui lui avait empourpré les joues ?

« C'est parce que je n'ai pu faire mon sac qu'à la dernière minute. » Elle passa devant lui pour s'asseoir près du hublot ; le siège entre eux resta vide. « Merci tout plein. Je n'aurais jamais cru que j'y arriverais. Je suppose que c'est ma punition parce que je me sauve en week-end. » Il y avait quelque chose de forcé dans sa façon de parler ; le torrent des mots le submergeait, et le remous repartait en tourbillonnant dans le reste de l'avion, comme si l'incident du sac continuait sur un mode différent. Elle avait une voix rauque, comme du papier de verre qui lui aurait gratté la gorge, quelque chose d'inhabituel qui attirait l'attention pas seulement sur ce qu'elle disait, mais sur la voix elle-même. « Jusqu'au tout dernier moment, j'étais sûre que le vieux Siebert allait envoyer quelqu'un pour m'empêcher de partir. C'est le directeur de l'école. Un vrai con. J'ai dû laisser ma voiture sur le parking public, pas le temps de descendre dans les boxes. Vous croyez que je vais casquer une fortune pour un week-end ? Ça me coûtera peut-être moins cher de leur dire lundi que j'ai perdu mon ticket ? Mon père en aurait une attaque s'il savait ça. Comment expliquer ce genre de chose à un dominee* ? » C'est à ce moment qu'elle se débarrassa de ses sandales d'un coup de pied. Elle le regarda en coin, avec un air un peu coupable : « Excusez-moi, je suppose que vous n'avez pas envie qu'on vous parle. Pourquoi est-ce que dans les avions les gens se sentent toujours menacés quand on leur adresse la parole ? » Une brève hésitation : « Vous voulez que je la ferme ?

– Oh non ! Continuez, continuez. »

Elle reprit sans attendre de réponse : « Vous comprenez, pendant toute la semaine je n'ai pas pu dire un mot, et je commençais à croire que j'allais exploser si je ne trouvais pas quelqu'un qui veuille m'écouter. C'est pas juste, si vous voulez savoir, je veux dire, il faut que je sois à leur disposition vingt-quatre heures sur vingt-quatre s'ils veulent me parler, mais au moment où j'ai quelque chose à leur dire...

– Qui vous oblige à les écouter ? C'est qui, “ eux ”, de toute façon ?

– Oh ! » (Pour la première fois, elle eut l'air de se rendre compte qu'il n'avait aucune idée de ce dont elle parlait.) « Je suis psychologue scolaire, vous comprenez. C'est une école disciplinaire, vous vous rendez compte ! Vous savez ce que c'est ?

– Pas très bien.

– Ne vous inquiétez pas. Moi non plus. Sinon, je n'aurais jamais atterri là-bas. Eh bien, c'est pas tout à fait une maison de correction, mais presque. Parmi les filles qui échouent là certaines sont envoyées par le tribunal. De petits vols, de la prostitution, ce genre de trucs. Les autres sont simplement des enfants qui ont des problèmes. Ce ne sont pas des criminelles, juste des gosses ordinaires. Difficiles, mais ordinaires. Tout ce dont elles ont besoin, c'est un peu d'amour. Ce n'est pas comme ça que l'équipe de Siebert voit les choses. Oh non ! Pour eux c'est une question de discipline. D'autorité. D'honnêteté. Merde, est-ce que vous avez déjà pensé à tout ce qu'on fait au nom de l'honnêteté ? Fondamentalement, il n'y a qu'une solution : les gosses doivent être dressés. Comme des chevaux ou des chiens. A coups de trique. Ou par l'isolement. Un faux pas – qu'importe que ce soit complètement ridicule, et je peux vous dire qu'il y a des milliers de règles –, et on enferme la fille dans une cellule pendant une semaine. Même pas un bain. Elle reste là toute nue, les vêtements sont interdits, il n'y a pas de miroir, rien. Un w-c et une cuvette, c'est tout. Et vous savez ce qu'il y a de pire ? Certaines filles enfreignent délibérément les règles pour qu'on les envoie en isolement. Tellement c'est épouvantable à l'extérieur. Je vous assure, je n'en peux plus. J'ai commencé en janvier dernier, je voyais tout en rose, comme quelqu'un qui commence dans un nouveau travail. Mais avant la fin de la première semaine, j'avais déjà des problèmes avec Siebert. Est-ce que vous vous rendez compte qu'un jour il m'a convoquée parce que je mâchais du chewing-gum ? Une influence pernicieuse sur nos enfants, mademoiselle Lombard. Un mauvais exemple. Cela encourage le libéralisme. Vous comprenez pourquoi je n'en peux plus ? Si vous me trouvez un peu à côté de mes pompes, vous avez tout à fait raison. Aucun être humain ne peut survivre dans un endroit pareil.

– Pourquoi est-ce que vous ne partez pas si c'est vraiment aussi terrible ?

– Pour admettre que j'ai échoué ? C'est peut-être le cas. Mais ce n'est pas plus facile à accepter pour autant. Le pire, c'est que je n'arrête pas de penser aux gosses. D'accord, je sais que je ne peux presque rien faire pour elles, que je suis coincée de tous les côtés. Pourtant, je peux quand même leur offrir *quelque chose,* peut-être seulement parce que je ne suis pas beaucoup plus âgée qu'elles. Et parce que je n'ai pas encore trahi. Et qu'est-ce qu'elles vont devenir si je m'en vais ?

– C'est vraiment si dur ?

– C'est pire. A votre avis, qui sont les vrais malades, les vrais criminels ? » Elle sortit un mouchoir en papier du corsage de sa robe et se moucha. Elle fit un sourire forcé qui lui plissa le nez. « J'espère que vous n'êtes pas psychiatre. Sinon, on va m'enfermer.

– Non, je suis inoffensif. Étudiant.

– Vous avez l'air trop vieux pour ça. »

Il eut un instant d'effroi mais il essaya de se reprendre. « Troisième cycle. Je fais un doctorat de philo.

– Et qu'est-ce que vous allez faire à Johburg ?

– C'est là que j'habite, répondit-il sans broncher. Je suis simplement descendu au Cap pour régler un certain nombre de problèmes avec mon prof.

– Vous avez l'air de mener une vie sympa. » Il n'arriva pas à savoir si elle se moquait de lui. « Autour de vous le monde est en feu et vous continuez à potasser. C'est quoi, votre spécialité ?

– La philosophie.

– Naturellement. Votre famille doit être salement riche. Ou est-ce que vous êtes le type brillant avec des allocations et des bourses ?

– Non, je travaille comme un damné pour payer mes études.

– Quel genre de travail ? »

Petite emmerdeuse, se dit-il, non sans s'amuser. « Je vide des pots de chambre dans un bordel de Hillbrow », répondit-il.

Elle éclata d'un rire si bruyant que l'hôtesse derrière son chariot, dans l'allée, deux sièges avant eux, renversa du thé sur l'épaule de l'homme qu'elle servait ; plusieurs passagers se retournèrent.

Avec un grand mouvement de sa robe très colorée, la fille ramena ses pieds sous elle et s'assit les jambes croisées sur son siège. Elle appuya sa tête brune contre le hublot – sa respiration créa une petite tache de buée sur la vitre intérieure – et regarda au-dehors avec beaucoup de concentration. Thomas se pencha pour voir par-dessus elle. La terre désolée et brune se déroulait tout en bas, sous les ombres furtives des nuages, les motifs géométriques des collines et des plaines, les traces anciennes d'une mer intérieure. De place en place la tache double d'une ville : des maisons au milieu de grands terrains carrés dans un réseau de larges rues ; et, de l'autre côté, les maisons toutes identiques comme des boîtes d'allumettes, ou bien l'entassement des baraques et des cabanes où vivaient les Noirs. Comme l'anatomie de l'apartheid était claire et évidente, se dit-il, le squelette d'un animal nettoyé par des vautours. Visible même de dix mille mètres : nous ici, vous là-bas. Et en dessous, défiguré par les dessins des villes et des villages qui vus d'ici semblaient aussi temporaires et accidentels qu'une maladie de peau, taches sur la croûte brune de la terre, s'étalait le corps antique de l'Afrique, qui portait les cicatrices des agressions du soleil et des vents, des inondations occasionnelles, mais intact dans son essence, inaccessible, éternel.

« Et qu'est-ce que vous faites pour ne pas devenir fou ? » demanda-t-elle.

Il haussa les épaules. La conversation abordait un territoire plus incertain ; il devait esquiver les questions, refuser les réponses, ne pas s'impliquer.

« Ou est-ce que vous avez déjà renoncé ? » insista-t-elle. Ajoutant presque ausssitôt : « Qui suis-je pour le demander ? C'est peut-être ce qu'il y a de pire dans la façon dont nous sommes devenus adultes. » (Le « nous » l'amusa, mais il ne réagit pas.) « Je veux dire, depuis le tout début on est obligé d'imaginer des façons de s'évader, même si ce n'est que pour les choquer. Puis un jour, on découvre que le pire auquel on puisse penser, c'est de péter dans une église. C'est une façon de parler. Déjà au lycée, je me demandais ce que je pourrais bien faire pour les ébranler dans leurs fondations, simplement pour prouver que j'étais *moi,* que je ne faisais pas partie d'eux. Tomber enceinte ? Donner un coup de pied dans les couilles du directeur ? Quoi d'autre ? Est-ce que quelqu'un a le cran d'en faire plus ? On devrait sûrement pouvoir faire quelque chose de terrible. Comme de brûler l'école. Ou faire subir le supplice du collier à Siebert. Ou faire sauter le président avec une bombe. Quelque chose comme ça. »

Il sentit que son sang se retirait de son visage.

Elle lui demanda : « Pourquoi est-ce que vous avez l'air aussi sérieux tout à coup ?

– Sans doute parce que je me pose exactement les mêmes questions depuis très longtemps.

– Et ?

– C'est très confidentiel. Vous me promettez de ne le répéter à personne ?

– D'accord. C'est tellement important ?

– Oui. Vous voyez, j'organise une grève nationale des putains. C'est en fait la raison pour laquelle je suis allé au Cap. »

Elle pouffa de rire. « Vous croyez que ça va résoudre nos problèmes ?

– Absolument. Est-ce que vous pouvez imaginer ce que vont devenir les trois chambres du Parlement ou le gouvernement, tout le bazar, si les prostituées ferment boutique ? »

Elle le regarda avec une soudaine intensité. « C'est tout ce que vous savez faire ? demanda-t-elle. Des plaisanteries ?

– Je ne plaisante pas. C'est sérieux. Si l'on considère que nous sommes tous des putains vivant du système. »

Ses yeux – des yeux inhabituels, mais qu'avaient-ils qui l'intriguait tant ? – se rétrécirent. « Vous êtes peut-être plus profond que je ne le pensais, en fin de compte.

– Je vous ai dit que j'étais philosophe. »

Elle secoua la tête ; ses cheveux se balancèrent. « Et qu'est-ce que je devrais faire, d'après vous ?

– Je ne peux pas répondre pour vous. Mais, d'après moi, c'est arriver à ce que la chose qu'on *veut* faire coïncide avec ce qu'on *doit* faire, avec ce que sa part d'histoire exige de soi. »

Elle le considérait, les yeux mi-clos, en silence.

« Que pourriez-vous vous conseiller à vous-même ? » lui demanda-t-il, en se rendant compte qu'il lui était nécessaire de conserver l'initiative. « Quoi, à condition que ce ne soit pas impossible ?

– On doit partir de l'impossible, répondit-elle sèchement. Qu'allons-nous devenir s'il ne nous reste rien d'impossible à tenter ? » Elle aspira bruyamment les dernières gouttes de jus d'orange avec sa paille. Il pensa qu'elle avait des yeux d'une couleur remarquable : pas bleus, plutôt d'un gris fumé assez sombre, comme une pierre fine. « Vous ne voyez pas ? poursuivit-elle. C'est pour cela que l'école me rend folle. Des gens comme Siebert ne peuvent pas affronter ce qui est irrationnel. Tout s'est réduit à une taille qu'ils peuvent manipuler. Et cela devient de la tyrannie. Un jeu de pouvoir. Je le vois à l'œuvre chaque jour. Et ce qui se passe là-bas se passe partout. Est-ce que vous avez déjà pensé à ce que *signifie* la tyrannie ? Quel pouvoir en découle quand on l'analyse ? C'est très simple, vraiment. C'est le pouvoir de tuer. C'est la signification ultime du pouvoir. Le pouvoir de tuer. A travers vos armées, votre police, vos potences. Mais ça peut aussi agir par un million d'autres voies : à travers un système éducatif, une Eglise, à travers des gens comme Siebert. Mater l'esprit d'un enfant, c'est aussi une façon de tuer. Et qu'est-ce que vous faites pour arrêter ça ? Qu'est-ce qu'on *peut* faire ? Quand on en arrive là, on a tous peur de mourir.

– Mais si vous n'essayez pas de l'arrêter...

– Exactement. C'est ce qui m'emmerde. Me voici, j'ai vingt-cinq ans : c'est comme si le monde entier glissait devant moi et que je ne puisse rien faire pour l'arrêter. C'est comme une voiture, j'ai quatre pistons, ou un truc comme ça, mais je marche avec un seul.

– Honnêtement, je n'ai pas l'impression que vous marchiez avec un seul, dit-il en souriant.

– Qu'est-ce que vous savez de moi ? demanda-t-elle sur un ton agressif. Vous croyez que, parce que je vous ai renversé mes affaires sur la tête... » Elle le regarda, puis se tourna et appuya le front sur le hublot. Après quelques instants, un peu plus calme, elle dit : « J'ai les nerfs à bout. Vous voyez, ma meilleure amie se marie demain à Pretoria. Il faut que je sois avec elle ce soir. J'ai demandé à Siebert de me donner ma journée. Il m'a à peine écoutée, il m'a simplement dit non, c'était impossible, contraire à ces conneries de règles. Alors, je me suis sauvée. Je suis sûre qu'il va m'engueuler lundi. » Elle haussa les épaules. « Enfin, on verra ça la semaine prochaine. Je vais d'abord faire la fête pendant le week-end. Où est-ce que vous habitez à Johburg ?

– Je partage un appartement à Hillbrow.

– Avec une fille ?

– Oui, dit-il doucement.

– Hum. Tous les deux, vous pourrez peut-être me faire visiter la ville si je reviens un jour.

– Et vous ? » lui demanda-t-il. Il valait mieux qu'elle continue à parler. « Où est-ce que vous habitez au Cap ?

– Vous connaissez Le Cap ?

– Pas très bien. J'y vais très rarement.

– Fransie et moi, nous partagions une petite maison à

Claremont, dit-elle. Fransie, c'est celle qui se marie demain. Maintenant, j'y habite toute seule. Ecoutez, la prochaine fois, vous pourrez venir chez moi si vous voulez. A condition que vous ne soyez pas maniaque. Je pourrai vous faire visiter Le Cap. Vous avez quelque chose pour écrire ? Je vais vous donner mon adresse.

– Dites-la-moi, je m'en souviendrai.

– Je vois, dit-elle d'un ton accusateur. Ça ne vous intéresse pas.

– Si. Je vous jure. Mais je n'ai rien pour écrire. »

Elle tendit le bras et appuya sur le bouton pour appeler l'hôtesse et, sur un ton condescendant, demanda du papier et un stylo à celle qu'elle avait irritée tout à l'heure. Puis elle nota les renseignements (sans mettre de majuscules, remarqua-t-il) : « lisa lombard », suivi d'un numéro de téléphone et d'une adresse. Elle plia la feuille de papier, la déchira en deux, et lui donna la moitié écrite.

Il étudia le papier comme pour l'apprendre par cœur.

« Et vous ?

– Quoi, moi ?

– Votre adresse. Ou est-ce que vous ne la donnez pas à des inconnues ?

– En général, je ne la donne pas. La tenancière de mon hôtel est très stricte à ce sujet. Mais je vais faire une exception pour vous. » Il écrivit le nom qui se trouvait sur son billet d'avion « Anton Swanepoel » puis, avec un peu de perversité, il imagina une adresse : « President Flats », dans Pretoria Street, et il souligna. « Nous n'avons pas encore le téléphone, nous n'habitons pas là depuis longtemps. »

Il se disait : Quelle tristesse. J'aurais bien aimé la revoir ; elle aurait plu à Nina. Mais maintenant c'était fini, il ne la reverrait jamais, des trains qui se croisent dans la nuit. Ils seraient restés assis côte à côte pendant une heure et cinquante minutes et ce serait terminé. Pour toujours. Dans quelques heures, il serait en route pour Londres. Lundi quand elle – comment s'appelait-elle déjà ? Il regarda le morceau de papier avec les grandes lettres penchées, « lisa lombard » –, lundi, quand elle retournerait au Cap voir son M. Siebert, il serait à dix mille kilomètres de là.

« Veuillez attacher vos ceintures », annonça l'hôtesse, parmi d'autres renseignements, en deux langues qu'elle écorchait toutes les deux.

La jeune femme à côté de lui se pencha pour remettre ses sandales. Les fines rangées de perles de couleur sur la peau tannée de sa cheville étroite. De jolis pieds menus, se dit-il ; des orteils adorables.

L'avion atterrit ; Thomas se leva pour lui descendre son sac bleu du casier à bagages.

« Faites attention maintenant », dit-il d'une voix paternelle.

Elle lui tira la langue.

(De nouveau, sa mère : « Les filles bien élevées ne font jamais ça. »)

Sur le chemin du bus, où la foule pressée des passagers les sépara, elle cria : « On se revoit au Cap, Anton. Un de ces jours.

– D'accord. »

Dans les bâtiments de l'aéroport, on appliquait des mesures extraordinaires de sécurité. Tout un groupe de policiers entourait l'arrivée des bagages ; ils fouillaient chaque valise, vérifiaient chaque ticket. Il mit presque une demi-heure avant de pouvoir atteindre un kiosque et acheter un journal.

« Attentat au Cap, quatre morts », disait le titre de première page. Et en dessous : « Le président échappe de peu à l'explosion. »

Voilà, c'est arrivé, se dit-il. Maintenant, seulement maintenant que nous avons échoué, c'est arrivé.

3

Ma main a recommencé à saigner. Je suis allée deux fois aux toilettes, mais je ne peux pas arrêter le sang. Je ne veux pas attirer l'attention. Heureusement, il n'y a personne à côté de moi. Aussi j'essaie de garder la main cachée sous le journal, dans le sac pour les nausées. Je remettrai le gant quand nous arriverons à Jan Smuts.

J'aurais aimé pourvoir disposer de cette heure, sans être interrompue ni distraite, pour me reprendre. Je pense que j'aurai tout le temps dans le vol de nuit pour Francfort. Mais c'est maintenant que j'en ai besoin. Pour t'écrire une lettre en esprit. Une sorte d'inventaire, peut-être. Pas sentimentale, mais pas indifférente.

Thomas chéri – mais après ?

Jusqu'à Port Elizabeth tout s'est passé sans problèmes. J'ai dû être dans une espèce de torpeur, sans bien avoir conscience de ce qui se passait autour de moi. Même pas de ma main. Le vide. A Port Elizabeth, la femme du nom de Susan m'attendait et elle m'a conduite dans un appartement de Summerstrand. Là, je me suis changée. Toujours dans le brouillard. L'homme, Stanley, m'a raccompagnée à l'aéroport dans une autre voiture. A ce moment-là, j'avais déjà appris la nouvelle. Ils me l'ont dit dans l'appartement. La voiture du président, sans doute avertie par les hommes de la sécurité dans le Château, avait fait demi-tour à l'angle de Darling Street et avait filé. Mais quatre personnes avaient été tuées dans l'explosion. Deux soldats du contingent. Une jeune femme blanche. Un bébé. On ne savait pas le nombre de blessés, certains grièvement.

Tous les préparatifs. Tant de mois. Pour ça.

D'accord, nous avons toujours su qu'il pouvait y avoir, qu'il devait y avoir, d'autres victimes. Pris sous le feu pendant une guerre civile. On pèse les gains et les pertes.

Quatre vies sur notre conscience. Pas des abstractions, des statistiques, Thomas. Nous en avions parlé hier soir. *Des gens.* Des gens comme toi et moi. De chair, d'os et de sang. Une étonnante quantité de sang. Regarde ma main dans ce sac pour mal de l'air. Imbibée de sang. Le mien. Mais ce n'est que la partie visible. Le sang de ces quatre personnes la tache aussi de façon invisible. Un enfant parmi les quatre morts. Je ne peux absolument pas en nier l'horreur. Mais, Thomas, j'ai aussi vu le corps des enfants tués d'une balle à Crossroads, à Langa, à Guguletu, à Athlone. Je sais que je devais être impliquée dans ce qui s'est passé. Même si nous avons raté notre premier objectif. Beaucoup plus de choses sont en jeu. Tuer : pour qu'on arrête de tuer. Voilà pourquoi. Comment Nelson Mandela a-t-il dit cela, il y a si longtemps ? « J'espère vivre assez longtemps pour atteindre cet idéal. Mais, si cela est nécessaire, c'est un idéal pour lequel je suis prêt à mourir. » C'est ce qui me soutient. Cette connaissance au plus profond de moi. Que je n'envoie pas, de sang-froid, d'autres personnes – des « innocents », ce mot lourd de sens – à leur mort, mais que je suis prête, s'il le faut, à donner ma propre vie.

Je suis vraiment soulagée, tu le sais, Thomas – excuse-moi, s'il te plaît –, d'avoir pu me retrouver seule, sans toi, pendant ce voyage. Parfois, on a besoin d'être seule. J'en avais besoin. Maintenant je suis prête à tout ce qui pourra advenir. Et je ne regrette rien.

Il faut que j'attache ma ceinture. Pas facile avec ma main. Mais ça ne saigne plus beaucoup maintenant.

Je te verrai peut-être, même de loin, dans un des halls de départ, avant le décollage.

Hamba kahle, Thomas.

Amandla ngawethu, Thomas.

4

Le temps, qui était suspendu, a repris son cours. Il ne devait pas quitter sa chambre de l'Holiday Inn pendant le temps qui restait – chaque minute plus épouvantable que la précédente, faisant remonter interminablement le passé – et pourtant c'était différent de l'avion. L'homme qui l'attendait à l'aéroport (il avait failli ne pas voir le papier sur lequel était écrit son nouveau nom, « Anton Swanepoel ») était un jeune Indien grave et silencieux, avec de longs cheveux noirs et lisses coiffés en arrière. Avec un comportement excessif et tout à fait inutile d'agent secret, il avait d'abord pris la direction de Pretoria, puis il avait quitté l'autoroute et fait une grande boucle pour revenir à l'Holiday Inn.

« Tu en sais plus que ce que disent les journaux ? lui demanda Thomas en route.

– C'est l'enfer.

– Est-ce que Nina et moi pourrons partir ce soir ?

– On va y aller au pifomètre. Tu as le numéro que tu dois appeler à six heures ?

– Oui, je le sais par cœur.

– Souviens-toi d'en dire le minimum.

– Evidemment. » Il essaya de contenir son angoisse. « Mais à propos de Nina ? Moi, j'ai le temps de me changer, mais elle, il va falloir qu'elle coure d'un avion dans l'autre.

– Elle a une bonne chance. Rappelle-toi, d'après les listes de la SAA, c'est une nouvelle passagère qui n'a embarqué qu'à Port Elizabeth. »

Ils se rangèrent dans le parking de l'hôtel. L'homme sortit une feuille de papier de la poche intérieure de son costume immaculé. « Voici un autre numéro de téléphone, au cas où ce serait vraiment la merde. » Le numéro était écrit sur deux lignes, comme une addition. « Tu commences à la deuxième ligne, d'accord ? De droite à gauche, en sautant chaque deuxième chiffre. Sur la ligne du haut, tu sautes le premier chiffre et tu lis de gauche à droite.

– Je sais. »

L'homme lui tendit une longue enveloppe blanche. « Passeport, traveller's cheques, billet d'avion pour Londres. Quand tu retourneras à l'aéroport, tu t'appelleras Dennis Johnstone. Ici, à l'hôtel, tu es Peter Ward. Voici la clef et la carte de la chambre. Quelqu'un a fait la réservation pour toi ce matin. Dans la chambre, il y a une valise avec des vêtements et des affaires. A l'intérieur, tu trouveras un grand sac en papier pour les vêtements que tu portes en ce moment et tout ce dont tu veux te débarrasser. Rappelle-toi de tout donner, avec la clef, à l'homme qui viendra te chercher à six heures et demie. »

Puis il se retrouva seul.

Comme un automate, il accomplit tout ce qu'il avait déjà fait si souvent. Se promener devant les vitrines du rez-de-chaussée, en faisant semblant de s'intéresser aux objets africains en ivoire et en bois, aux pierres fines et aux tee-shirts décorés d'animaux sauvages ; acheter quelque chose. Puis, après s'être assuré qu'il n'était pas suivi, il monta au troisième. Il bloqua la porte de sa chambre avec la chaîne de sécurité, il ouvrit la valise qui attendait sur le porte-bagage, choisit un costume pour le voyage et se fit couler un bain. Parmi les bouteilles et les tubes de la table de toilette, il y avait de la teinture noire pour cheveux.

Il était cinq heures dix-sept.

Il alluma la radio, puis se mit rapidement au travail, il se coupa les cheveux beaucoup plus court et les passa à la teinture. Le résultat fut un brun terne et sale. Pas très alléchant, mais plus pratique que la perruque.

A la radio, c'était la principale nouvelle du journal de cinq heures trente.

Le nombre de morts suite à l'explosion de la bombe de ce matin au Cap est passé à cinq après qu'un métis a succombé à ses blessures au Groote Schuur Hospital. Vingt-trois personnes sont rentrées chez elles après avoir reçu des soins à l'hôpital ; dix-huit s'y trouvent encore, dont sept dans un état grave. Le chef de la police a déclaré avoir retrouvé les traces d'une bombe d'origine russe dans l'épave de la voiture utilisée pour l'attentat. Elle est d'un genre souvent utilisé lors de précédents attentats dans la péninsule et la police suit plusieurs pistes. Des renseignements très importants sur les deux suspects, qui ont fui les lieux de l'attentat juste avant l'explosion, ont été fournis par M. Daniel Van Eck, le policier de la circulation qui a risqué sa vie en les poursuivant. Les criminels supposés ont tiré plusieurs coups de feu sur M. Van Eck, avec un pistolet Makaroff, avant de réussir à s'enfuir. Au cours de la poursuite, l'un des deux, une femme aux cheveux courts, a perdu sa perruque que la police examine en ce moment. On a établi des barrages routiers sur les principaux axes et on contrôle tous les passagers dans les gares du Cap et à l'aéroport D.F. Mallan, afin d'empêcher les terroristes de s'enfuir. On a demandé la collaboration du public. Dans l'intervalle, le ministre de la Justice...

Il ferma la radio et revint dans la salle de bains. Dans moins d'une demi-heure, il devrait appeler le numéro de téléphone – une cabine publique, quelque part, sans aucun doute – pour le dernier feu vert. Quinze minutes plus tard, le vol de Nina, SA 412, en provenance de Port Elizabeth, atterrirait. « Elle a une bonne chance », avait dit l'homme.

A six heures précises, il décrocha le téléphone et composa le numéro qu'il avait apris par cœur. Il avait les mains moites. La sonnerie retentit dans son oreille, encore et encore.

« Allez, merde. »

Enfin, la voix inconnue.

« Peter Ward, dit Thomas.

– Votre voyage à Pretoria a été annulé, dit la voix dans son oreille. Nous avons eu une panne. Désolés.

– Ecoutez..., dit Thomas.

– Transmettez le message, interrompit la voix. Si vous réussissez à passer. »

Un petit bruit. On avait raccroché.

Une sorte d'engourdissement se répandit dans son corps. Il s'assit en fixant le téléphone muet dans sa main. Il le reposa après un long moment. Il décrocha de nouveau et recomposa machinalement le numéro.

La sonnerie retentit à l'autre bout, mais personne ne répondit.

Ce n'était pas l'annulation qui le troublait le plus, mais l'ordre qui suivait. « Transmettez le message. » Cela signifiait qu'ils ne pouvaient pas contacter Nina. « Si vous réussissez à passer. » Si c'était possible ; s'il pensait pouvoir prendre le risque ; si cela ne mettait pas sa propre vie en danger.

Etait-ce important ?

Abandonnant tout dans la chambre – la luxueuse valise avec des vêtements inconnus, la serviette avec les rapports financiers, la trousse de toilette dans la salle de bains et même le portefeuille avec son passeport et son billet d'avion –, il sortit précipitamment et descendit dans le hall. Le minibus de l'hôtel s'apprêtait à partir, mais le chauffeur l'empêcha de monter.

« C'est réservé aux clients qui quittent l'hôtel, monsieur. »

Thomas lui glissa un billet de vingt rands dans la main. Il le vit hésiter, puis sourire. La porte coulissante du minibus claqua derrière lui.

Il descendit devant l'entrée des départs intérieurs, traversa le hall d'arrivée – il avait du mal à s'empêcher de courir –, et alla au bureau des renseignements. Le vol 412 avait atterri à l'heure, vingt minutes plus tôt. Il était maintenant sept heures vingt-cinq.

Il y avait partout des policiers en uniforme bleu, avec des chiens et des armes automatiques.

Un groupe barrait l'entrée supérieure vers les comptoirs des départs internationaux. Juste devant Thomas, un des policiers empêcha une femme de passer.

« Réservé aux passagers munis de billets, madame », lui dit l'officier responsable.

Thomas se glissa rapidement hors de la cohue. Avec une foule de gens venus attendre des amis ou des parents, il contourna le hall des départs pour aller de l'autre côté jusqu'aux cloisons vitrées, à travers lesquelles on pouvait voir les passagers franchir les contrôles de douane avant de passer devant les boutiques hors taxes et se diriger vers l'escalier mécanique qui descendait vers la livraison des bagages et les halls de départ.

Là aussi, il y avait des policiers partout.

Il savait que c'était sans espoir. Il ne pourrait pas l'arrêter. Essayer d'attirer son attention pouvait se révéler un désastre. Pour tous les deux.

Mais il devait garder son calme. Personne ne savait qu'elle s'appelait Nina Jordaan, personne ne savait qu'elle venait du Cap. On ne pouvait en aucune façon faire le lien entre elle et la secrétaire, Mlle Anna Esterhuysen, qui avait quitté l'aéroport D.F. Mallan du Cap, plus tôt dans la journée, par le vol SA 608 pour Port Elizabeth, parce qu'une Mme Elaine Munroe toute nouvelle était montée à bord de l'avion afin de prendre sa correspondance pour Francfort avec le billet qu'elle avait acheté un mois plus tôt à Port Elizabeth. Quand elle aurait passé le contrôle des passeports, le dernier obstacle serait franchi. Demain matin, elle arriverait à Francfort. Il resterait dans la clandestinité pendant quelque temps – c'était ce qu'impliquait le message – et au moment opportun il irait la retrouver à Londres. C'était agaçant, mais rien de sérieux.

Alors pourquoi n'arrêtait-il pas de transpirer ?

Elle devrait être passée maintenant. Elle devait être à l'abri.

Mais il resta devant la cloison de verre, parmi les membres d'une grande famille qui se pressaient autour de lui avec des paquets de chips, du chewing-gum et des boîtes de Coca et de Fanta, attendant manifestement quelqu'un dont l'arrivée semblait imminente.

Il gardait un œil distrait sur la pendule de l'aéroport. De dix-neuf heures treize, l'aiguille avait sauté directement à dix-neuf heures quatorze, puis dix-neuf heures quinze, dix-neuf heures seize et maintenant dix-neuf heures dix-sept. Il était étrange – cela le frappa – de voir que cette pendule, au premier abord très précise – l'infaillibilité de l'électronique – ignorait les secondes. Au moment précis où elle sautait d'une minute à l'autre, elle était absolument exacte. Mais à partir de là, alors que le temps continuait à s'écouler, elle restait immobile sur un chiffre qui n'était plus correct. Des bonds quantiques. Mais tout ce qui se trouvait dans l'intervalle était supprimé, toute la tension et toute l'énergie accumulées, toutes les forces qui rendaient le prochain saut possible. Le « temps officiel ». Mais la pendule n'était à l'heure qu'une seconde toutes les soixante secondes : pendant les cinquante-neuf secondes suivantes, en gros pendant quatre-vingt-dix-huit pour cent du temps, elle retardait. Et pourtant tout marchait sans à-coups, comme si cela ne faisait aucune différence ; les avions atterrissaient et décollaient, des millions de gens arrivaient et partaient, fermement persuadés de savoir où ils se trouvaient, dans quel cadre horaire ils existaient : mais tout était faux, une simple illusion. Il devrait s'en aller. Elle avait sans aucun doute déjà passé la douane et était descendue dans le hall de départ, libre.

Mais quelque chose le retenait tandis que la pendule décalée continuait sa marche trompeuse, dix-neuf heures dix-huit, dix-neuf heures dix-neuf.

Avec une sensation de désespoir, il regarda autour de lui. A travers les parois de verre qui donnaient sur les pistes, il pouvait voir les hauts nez des avions en stationnement, qui le regardaient fixement avec des yeux penchés et soupçonneux. Au-delà de ces vitres s'étendait toute la liberté du monde.

Il se retourna.

Il était dix-neuf heures vingt et une.

Et elle apparut.

Il dut contenir son envie de lui faire signe, de crier son nom. (Ou devrait-il tenter « Elaine ! » ?)

Tout se déroulait sous ses yeux comme dans un film. Un vieux film muet parce que la glace épaisse supprimait le son.

Il la vit s'arrêter quelques instants pour replacer son billet, ses papiers et son passeport dans sa main gauche. Il vit les taches sombres de sang sur le gant blanc. Il crut même la voir trembler. Puis elle s'arrêta pour ramasser le sac de voyage qu'elle avait posé par terre. Et elle s'avança vers l'escalier mécanique.

D'où sortirent-ils si brusquement ? Il y avait maintenant derrière elle deux hommes avec des vestes à carreaux et des pantalons de flanelle grise. Ils eurent l'air de lui adresser la parole. Elle tourna rapidement la tête, serra son sac d'un air décidé et se mit à marcher plus vite. Ils la rattrapèrent. Maintenant, ils lui avaient pris chacun un bras. L'un d'eux fit un geste. Appelait-il quelqu'un ? Quatre ou cinq hommes en uniforme s'approchaient sur le côté. Ils l'encerclaient et l'empêchaient de continuer. Il devint difficile de voir ce qui se passait. La famille à côté de Thomas se mit à pousser des hurlements et à faire de grands gestes. Une grosse femme en survêtement, qui avait passé la douane après Nina, leur répondit d'un grand geste. Personne n'avait l'air de remarquer l'agitation.

Thomas ne bougeait pas. La vitre était froide contre son front. Mais il avait du mal à voir à travers la buée que sa respiration formait sur le verre.

Peut-être vérifiaient-ils seulement une seconde fois son passeport et son billet. Tout irait bien. Personne ne pouvait faire la différence entre leurs documents et les vrais. Zeke était un maître, encore meilleur que Cedric à Londres. Dans quelques secondes (que la pendule ne marquait pas), une minute tout au plus, ils la laisseraient partir.

Il y eut soudain de l'agitation dans le groupe qui l'entourait. Elle en sortit en les bousculant. Un des policiers l'attrapa mais elle le frappa avec le sac de voyage et se mit à courir et pourtant il était évident qu'elle ne savait pas où aller. Elle courait droit devant elle comme un animal cerné, en direction des boutiques et du restaurant.

Il vit deux des policiers la viser avec leurs armes automatiques. (Mais, nom de Dieu, pourquoi ne lui couraient-ils pas après ? Elle ne pouvait absolument pas s'échapper.) Cette fois le bruit fut audible et trop familier. Une salve rapide, tacatacatac. A quelques centimètres de son visage, la vitre vola en éclats. Tout autour de lui, les gens hurlaient, certains tombaient, d'autres couraient vers la sortie dans une débandade générale. Un enfant s'étouffa avec des chips. Puis tout redevint calme.

Sa bouche forma un mot, mais lui non plus ne proféra aucun son : « Nina. »

A travers la vitre, comme à travers la paroi d'un aquarium, isolée, lointaine, improbable, il la vit frémir brièvement là où elle était tombée. Maintenant il n'y avait pas que sa main qui saignait.

3

1

Il était allongé sur le dos, les bras croisés sous la tête, sur le lit étroit aux longues colonnettes blanches et aux boules de plastique couleur cuivre, copie d'un modèle ancien. Le plafond blanc, les murs vert pâle ; un flokatis étalé sur la moquette beige qui recouvrait le sol. Au-dessus du lit était accroché un canevas encadré, une reproduction du *Garçon bleu* de Reynolds, faite par la mère de Belinda ; sur le mur opposé, une aquarelle d'un paysage marin et le calendrier d'un boucher avec la photo en couleur d'une petite fille et d'un gros chien à grands poils ; placardés de chaque côté de la table de toilette ancienne aux petits carreaux à fleurs, deux textes : *Si* de Kipling et, en afrikaans, la citation d'un Premier ministre d'autrefois : « Crois en Dieu, crois en ton peuple, crois en toi. » Le poème de Kipling était accroché dans la chambre de Frans quand ils étaient enfants, un cadeau de leur mère pour son quatorzième ou quinzième anniversaire (malgré les protestations de leur père à cause de la langue anglaise) ; aujourd'hui on l'avait relégué dans la chambre d'amis. A côté du lit, sur une petite étagère remplie de numéros du *Reader's Digest,* des magazines féminins et familiaux, des traductions en afrikaans de Konsalik, une bible, un *Grand Trek illustré,* des livres sur les armes, sur la guerre d'Angola, sur la guerre des Boers ; un peu inattendu, sans doute déniché par Belinda dans une vente de charité, *Les Signes du Soleil,* de Linda Goodman ; ainsi qu'un Morris West, deux petites collections de prières quotidiennes, *Les Oiseaux d'Afrique du Sud,* de Robinson, un guide touristique de Boston où Frans avait passé deux ans au MIT, une grammaire allemande du temps où Frans avait fait des recherches à l'institut Max-Planck de Munich.

Comment peut-on se sentir à ce point étranger dans la maison de son propre frère ? Je ne me souviens que d'une occasion où j'ai eu l'impression d'être si peu à ma place. Nous faisions notre visite annuelle à Ouma Muller, dans l'Eastern Cape, et, cet après-midi-là, papa m'avait emmené avec lui chez des gens, des inconnus, dans une ferme quelque part. Tandis que les adultes discutent de leurs affaires dans la salle de séjour, on me laisse seul dans le « coin des enfants », une pièce fermée sur la véranda, occupée par les fils de la famille, sans doute partis à ce moment-là à l'université. La journée est sombre et il pleut des cordes. En fouinant un peu partout à la recherche de quelque chose à faire, je tombe sur un vieux numéro de *Penthouse,* usé et déchiré, avec des taches accusatrices sur toutes les pages où il y a des filles nues. D'après les vantardises de Frans et de ses amis, je sais tout sur « ces choses » depuis longtemps, mais d'ardentes inspections de mes propres organes m'ont montré mes insuffisances décourageantes en comparaison des prétentions des plus grands. Cet après-midi-là encore, l'érection impatiente dans ma culotte courte (et, oh !, l'angoisse à la pensée que mon père puisse me voir dans cet état !) reste infructueuse. Cependant, en regardant les photos avec, pour la première fois de ma vie, toute la force de la révélation, je sais brusquement de quoi les autres parlaient. La découverte me laisse pantelant. Encore tremblant, je jette un coup d'œil à la porte pour être sûr que les adultes sont toujours occupés et, c'est ma première expérience d'un vrai péché, je déchire les pages provocatrices du magazine, je les glisse sous ma chemise (je porte un épais pull-over par dessus) et je remets le numéro de *Penthouse* dans sa cachette. La violence qui suit ma découverte palpite encore dans mon corps tandis que je reste assis sur le lit, une main fébrile dans ma poche, et que je regarde par la fenêtre les éclairs qui se dressent dans le ciel comme des arbres en feu.

Puis papa vient me chercher et, les jambes raides, je le suis dans la maison heureusement sombre, je traverse la cour sous la pluie et je saute dans la voiture à côté de lui. Nous devons rouler lentement car la route boueuse est comme un torrent : tout ce que nous pouvons voir dans la lumière des phares, c'est une eau rouge tourbillonnante. Puis nous atteignons la rivière, pas plus qu'un spruit* en réalité, mais sous cette pluie diluvienne le pont est submergé par une telle masse d'eau que le mur bas et blanc qui le borde est à peine visible. Mais papa descend la pente avec détermination, il hésite un instant près des eaux coléreuses – d'énormes branches entraînées par le flot balayent le pont – et il déclare que nous allons traverser si c'est la volonté de Dieu. Sans oser parler à voix haute, je me dis : « Si Dieu sait ce que j'ai caché sous ma chemise, et je suis sûr qu'il le sait, c'est la fin. »

Mais nous survivons. Traverser le flot est un vrai cauchemar – nous accrochons même le mur latéral une fois – pourtant grâce à la bonté insondable de Dieu ou à la détermination (ou tout simplement à l'entêtement stupide) de mon père, nous réussissons. Cependant, les bougies ont dû être mouillées car nous avons à peine atteint l'autre rive que le moteur tousse et s'arrête. Nous sortons. Nous sommes immédiatement trempés jusqu'aux os.

Nous pouvons nous estimer heureux. Par la suite, nous apprenons qu'une camionnette qui a essayé de traverser la rivière un peu plus tard a été emportée par le courant : on la découvrira quelques jours après à plusieurs kilomètres en aval, mais on n'a jamais retrouvé le fermier et sa femme.

Je suis papa au petit trot. Pour aller où ? Je n'en ai aucune idée. Et, d'après ce que je comprends, papa non plus. Rien que nous deux dans cette nuit d'eau noire, au-dessus de nous, en dessous, tout autour ; et dans ce déluge la lampe torche de papa est comme un pet à côté du tonnerre. Sans les éclairs terrifiants et incessants, nous pourrions nous perdre bel et bien. Enfin, quelque part au loin, à travers les trombes d'eau, miraculeusement, il y a une faible lueur. Tandis que nous nous rapprochons péniblement, nous voyons une petite maison carrée avec une véranda, une épicerie de campagne avec quelques pièces ajoutées à l'arrière où vit le commerçant. Depuis, je n'ai jamais revu une publicité de Joko sans repenser à cette nuit. Dans une des pièces à l'arrière, il y a de la lumière, une lumière orange et terne causée, comme je le découvre plus tard quand le patron ouvre sa porte à la suite des coups impatients de papa, par une simple lanterne. L'orage a coupé l'électricité. Voûté, hâlé, avec les grosses mains rudes d'un travailleur, l'inconnu se tient dans la lumière orange de l'entrée, les joues creuses et non rasées, les yeux larmoyants et cerclés de rouge, l'haleine chargée d'une lourde odeur de cognac. Il nous regarde, l'air hébété.

Une femme tout aussi décrépite, portant un tablier à fleurs – sale – par-dessus sa robe, apparaît à une porte intérieure, les cheveux s'échappant du chignon derrière la tête étroite au nez crochu.

« Qui c'est, Lewies ?

– Des gens.

– Alors, vas-tu te décider à leur demander d'entrer ? Ils doivent être trempés. Je te l'avais dit qu'il viendrait quelqu'un. »

Dégoulinants d'eau, nous entrons et nous nous arrêtons sur le linoléum usé où des flaques sombres se forment bientôt autour de nos pieds. Dans la lumière triste de la lanterne posée sur la table encombrée, dans un coin, on peut voir les formes lugubres des meubles tout autour ; la pièce sert évidemment à la fois de salle à manger et de salle de séjour ; mais dans l'angle le plus éloigné, il y a aussi un poêle et un évier ; deux cadres ovales entourent les visages rigides des aïeux, au regard féroce dans l'obscurité.

D'une autre pièce s'élève tout à coup un bruit : pas humain, plutôt le gémissement d'un animal.

« J'y vais », dit la femme et elle sort en se déplaçant dans un tel silence sur ses pieds chaussés de pantoufles qu'on ne peut plus être sûr qu'elle a été là.

L'homme fait un geste d'impuissance dans la direction où est partie sa femme, et il marmonne avec ses gencives édentées et enfoncées : « C'est ma belle-mère. Elle est toute rongée par le cancer. Mon Bakkie* est en panne, et on espérait que quelqu'un viendrait nous aider.

– Ma voiture est tombée en panne près de la rivière, explique papa.

– Vous n'êtes pas médecin, par hasard ?

– Non, je suis professeur.

– Ah bon, alors ce n'est pas la peine. Quand le Seigneur décide d'envoyer quelqu'un, ce n'est jamais le bon. Ça, vous pouvez en être sûr. » La remarque blasphématoire ressemble étrangement à de la résignation dans la bouche du vieil homme.

« On peut peut-être commencer par essayer de remettre ma voiture en route. Et on ira chercher du secours. »

La femme apparaît de nouveau dans la porte. « Est-ce que l'homme peut nous aider, Lewies ? Maman est très mal. »

La fin de la nuit restera une sorte de tache sombre dans ma mémoire, et seulement quelques instants se détachent avec précision. Papa s'en allant dans la nuit avec l'homme, me laissant, serré contre le mur, muet de terreur, trop effrayé pour m'asseoir. La vieille femme glissant sans bruit, de la salle de séjour à la chambre, comme un fantôme maigre et sombre. Les bruits de l'autre côté de la porte, ressemblant aux meuglements d'une vache, mais étouffés, comme s'ils venaient de très loin. L'odeur de cette maison obscure, une odeur que j'associerai pour toujours à la mort. Le visage des ancêtres dans les cadres ovales. Et l'idée obsédante des photos du péché collées contre mon corps sous mes vêtements, comme le renard dissimulé par l'enfant de Sparte.

A un moment, papa et l'homme reviennent, ruisselants d'eau noire, de leur course inutile.

« Vous ne voulez pas venir la voir quand même, monsieur ? demande tristement la femme.

– Mais, madame, je...

– Simplement pour lui dire quelque chose. »

Le groupe sombre des adultes passe dans la lumière de la lanterne et se dirige vers la porte de la chambre. Les vêtements des hommes dégouttent toujours. Sur le seuil, la femme se tourne vers moi : « Tu peux venir aussi, mon garçon. C'est toujours une bonne chose. »

(Bonne pour quoi ? Pour qui ? Je n'ai toujours pas la réponse.)

J'ai trop peur pour bouger, mais je ne peux pas refuser. Je suis trop intimidé par ces yeux méchants qui me regardent fixement sur les photos, en m'accusant, *en sachant.* Et, en dépit de tout, je dois avouer aussi une curiosité morbide. « Rongée par le cancer. » A quoi ça ressemble ?

Il n'y a pas grand-chose à voir. Près de l'énorme lit à baldaquin dans la chambre d'à côté, une petite bougie brûle sur une soucoupe, en vacillant dans un courant d'air invisible (venant de l'au-delà ?), et il est difficile de distinguer entre la réalité et l'imagination. Quelque chose qui ressemble à une forme humaine est perdu parmi les draps et les oreillers froissés : un petit crâne avec quelques mèches de cheveux collées dessus, un grand nez osseux et jaune comme le bec d'un oiseau exotique, des yeux rouges et noyés ; et deux immenses serres noueuses qui agrippent le bord de la couverture. Recouvrant tout comme un drap invisible, il y a l'odeur aigre et surnaturelle de la mort. Les pages toujours humides de mon péché me brûlent la peau. Des ombres monstrueuses sur les murs. La voix monotone et grave de papa – la seule chose rassurante dans cette nuit – interrompue régulièrement par le meuglement inhumain qui monte du squelette fragile sous le baldaquin.

Après la prière, alors que nous nous éloignons, un bruit différent monte du lit. La vieille créature essaie de parler. Sa fille se penche sur elle, elle colle l'oreille contre la bouche, elle prend dans ses mains les serres qui griffent les draps.

« Oui, maman. D'accord, maman. »

La femme glisse sur ses pieds silencieux vers moi et me pose la main sur l'épaule. Je recule, effrayé, en souhaitant devenir invisible, mais la main me tient très serré. « Mon garçon, ma mère veut te dire quelque chose. »

Mon heure est arrivée, je le sais. Cette vieille créature, déjà dans les griffes de la mort, dont les yeux m'ont repéré dans l'obscurité, qui me regarde fixement depuis les ombres de l'au-delà, elle *sait ;* elle a tout vu ; elle va le dire. Je cambre le dos. Je sais qu'à n'importe quel moment quelque chose en moi peut me trahir et que je m'enfuirai dans la nuit en hurlant. Mais je suis coincé. Toute fuite est impossible.

« Allez, Thomas, dit la voix profonde et étrange de papa. Tu as entendu ce qu'a dit la dame. »

Comment ai-je atteint le lit à baldaquin ? Tout ce dont je me souviendrai jusqu'à la fin de ma vie, c'est l'odeur aigre de cette bouche caverneuse et poilue. Elle chuchote si faiblement que je suis vraiment obligé de coller ma tête contre elle pour l'entendre.

« Fiston... » Un marmonnement confus. Le souffle froid de la mort dans mon oreille. Et j'arrive à comprendre : « Fiston... les... Kaffirs*... arrivent. »

Puis, je ne sais pas comment, nous sommes de nouveau dans la première pièce où la lanterne lugubre luit. Et enfin j'arrive à trouver le courage de murmurer : « Papa, je... il faut que j'aille faire pipi. »

Sortir dans cette nuit d'orage m'inspire une terreur absolue. Mais la peur que papa puisse me proposer de m'accompagner est encore plus forte. Je ne peux être que seul pour ce que j'ai à faire. J'ai un devoir à accomplir, à la fois exorcisme et sacrifice, persuader Dieu de retirer la mort de cette petite maison délabrée et de m'éloigner de l'atteinte du mal. Je n'ai pas d'autre issue : je *dois* le faire ; et sans délai.

En serrant la lampe-torche de papa, je me glisse dans la nuit, je traverse l'espace redoutable et hurlant, qui doit être la cour, jusqu'aux cabinets sales. Là, je sors les photos de sous ma chemise, je les défroisse avec d'infinies précautions – je risque un dernier regard haletant, nécessaire, terrifié, sur leur sexualité criarde, mais maintenant lointaine et irréelle dans cette lumière incertaine –, et je les laisse tomber une par une dans la fosse. Des araignées tremblotent silencieusement sur les murs.

Je reviens en trébuchant sous la pluie ; des démons me

saisissent aux talons tandis que je cours et que je me précipite dans la maison avec quelque chose comme un sanglot dans la poitrine.

Un peu plus tard – mais je ne peux pas dire s'il s'agit de minutes ou d'heures –, papa et moi nous suivons notre hôte à travers la maison jusqu'à l'épicerie où, à la lumière d'une bougie fixée dans sa propre cire sur un comptoir de bois sombre, nous mangeons des sardines à la sauce tomate que chacun notre tour nous prenons dans une boîte avec un couteau de poche, tandis que l'homme, affalé au bout du comptoir, sort une bouteille plate, se sert du cognac dans un gobelet en métal et l'avale d'un trait.

Ensuite, l'homme apporte un matelas rempli de feuilles de maïs qu'il jette dans un coin et un kaross* en peau de chacal pour nous couvrir, une chose à l'odeur infecte qui manifestement n'a pas été correctement tannée.

C'est sans doute à cause de la fatigue que je finis par m'endormir derrière le dos de papa, sur ce matelas bruissant et qui gratte, et sous le kaross qui pue ; mais c'est un sommeil troublé par un mélange de cauchemars et de rêves de désirs.

Au petit matin, il ne fait pas encore jour, nous sommes réveillés par l'inconnu vêtu maintenant d'une chemise de nuit d'autrefois, en flanelle à rayures, qui couvre à peine ses jambes poilues jusqu'aux genoux – je trouve qu'il ressemble à un babouin, sans être sûr d'être éveillé ou encore empêtré dans mes rêves –, qui porte toujours (ou de nouveau) la bougie dont la lumière fait ressembler ses orbites à ceux d'une tête de mort. « Monsieur, dit-il avec une sorte de crainte, la vieille grand-mère s'est éteinte. » Et il ajoute après coup : « Le Seigneur l'a voulu. » La boîte de sardines est toujours sur le comptoir. Et l'odeur de la mort, que rien ne peut plus écarter, envahit toute la maison.

C'est cette même sensation d'avoir perdu toutes mes amarres, tout ce qui m'était familier, qui me hante cette nuit – voyageur qui n'a pour le guider qu'une carte sur laquelle est écrit : « Ici sont les monstres » – dans la banlieue de Pretoria, à Hatfield, dans la maison de mon frère. –

Quand enfin, il sortit de l'aéroport avec la foule, poussée comme un troupeau par la police, Thomas ne prit pas le bus de l'Holiday Inn et monta dans celui de Southern Sun. Il secoua la tête d'un air absent quand le chauffeur lui demanda s'il avait des bagages et, dix minutes plus tard, à l'un des téléphones publics du hall de l'hôtel, il composait le numéro que le jeune Indien lui avait donné pour les cas d'urgence.

« Peter Ward », dit-il rapidement en protégeant sa bouche de la main. (Pendant quelques instants, il se demanda avec angoisse s'il n'aurait pas dû dire « Dennis Johnstone ».)

Un silence. Puis une voix d'homme inconnue répondit : « Où êtes-vous ? Quelqu'un est allé vous chercher, mais il a téléphoné pour dire qu'il ne vous avait pas trouvé.

– J'ai dû sortir. Il s'est passé quelque chose.

– Où êtes-vous maintenant ?

– A l'appartement. » Etrange comment tout lui revenait, s'enchaînait, tous les codes appris auparavant, que la dernière demi-heure n'avait pas altérés. « Restez où vous êtes. Donnez-nous quarante-cinq minutes, une heure. Patrick va venir vous chercher. Attendez près de la piscine. »

L'immeuble de style espagnol entourait un rectangle d'eau d'un bleu turquoise lumineux. Des parasols très colorés s'épanouissaient sur la pelouse comme d'immenses fleurs tropicales ; des gens, assis à l'ombre, buvaient ou parlaient tandis que les enfants s'éclaboussaient et sautaient dans l'eau. Des serviteurs noirs, couverts de sueur, immaculés et exotiques comme des pingouins, allaient et venaient en faisant des numéros d'équilibre avec leurs plateaux (le tintement des cubes de glace contre les hauts verres, les minuscules parasols de papier), en enjambant adroitement des corps étalés, à demi nus : des hommes à la poitrine velue, des hommes à la chemise blanche déboutonnée et aux chaînes en or, des hommes avec un petit ventre, des mères à la silhouette alourdie, des nymphettes blondes ou aux cheveux noirs et raides, portant des tangas*, avec de longues jambes bronzées, des nombrils parfaits, des seins presque nus, des fesses douces aux muscles vibrants, une peau de satin huilée. Pour eux, c'était la fin d'une excellente journée, parfumée à l'huile de coprah, sous la caresse voluptueuse du dernier soleil, sur une pelouse vert émeraude, parmi les palmiers : une publicité pour une vie de rêve, venez vous détendre en Afrique. Thomas était le seul à rester assis le dos voûté, contracté comme s'il avait eu une crampe, devant sa table sous un parasol jaune et bleu, en faisant tourner sans fin son jus d'orange. Ce n'était pas possible : découvrir simplement que la vie continuait comme si rien ne s'était passé. Ça n'aurait pas dû être possible. A seulement un ou deux kilomètres d'ici – et pourtant il avait été là-bas ; et maintenant il était ici. Incrédule, absent, pétrifié, il regardait fixement son verre.

Un homme entre deux âges, courtaud et chauve, avec une chemise jaune citron déboutonnée à manches longues (les initiales d'Yves Saint Laurent sur la poche), franchit finalement la porte battante, et il resta sur le bord de la pelouse en regardant à droite et à gauche, les lunettes de soleil remontées sur le front. Ç'aurait pu être n'importe qui, mais quand Thomas s'approcha de lui d'un air indifférent et lui demanda : « Patrick ? », il réagit immédiatement. Ils retournèrent prendre un verre à la table blanche sous le parasol – Thomas était prêt à étouffer à cause de la tension, mais il se rendait compte qu'ils devaient continuer à jouer la nonchalance – avant que Patrick l'emmène jusqu'à une petite Mazda blanche garée sur le parking. Il ouvrit la portière, se pencha pour ouvrir celle de Thomas de l'intérieur et demanda rapidement tandis qu'ils démarraient : « Qu'est-ce qui s'est passé ?

– Ils ont tué Nina. » Même en s'entendant le dire, il n'y crut pas.

« Merde. » Le visage bronzé pâlit. « Tu es sûr ?

– Ça s'est passé sous mes yeux. » Il regardait fixement devant lui. « Je voulais la prévenir, mais c'était trop tard.

« Vic est allé te chercher à l'Holiday Inn. Tu es absolument sûr qu'ils ne t'ont pas repéré ?

– Tu crois que je serais là s'ils m'avaient repéré ? »

Patrick enleva ses lunettes de soleil et essuya les verres avec son mouchoir en tenant le volant des coudes. Puis il s'épongea le front. De façon lente et méticuleuse comme s'il tentait de mettre de l'ordre dans ses pensées. Ses yeux semblaient plus jeunes qu'à travers les verres sombres de ses lunettes, inquiets. Puis il dit de nouveau : « Merde.

– Qu'est-ce qu'on fait maintenant ?

– D'abord il va falloir qu'on te trouve une planque. »

Thomas dit spontanément : « J'ai de bons amis à Soweto. Je suppose que tu les connais ? Jakes et Zeke.

– Tu es cinglé ? On ne va voir que toi, comme les couilles au cul d'un chien. Tu veux attirer des problèmes à tout le monde ? Non, il vaut mieux que tu viennes avec moi. Je vais essayer de te trouver quelque chose. »

C'est alors qu'il eut l'idée : « J'ai un frère à Pretoria. Personne n'ira me chercher là-bas. Il travaille à l'Armscor*.

– C'est pas vrai. » Il regarda brusquement Thomas et éclata de rire en secouant la tête. « C'est obscène. Il va accepter que tu viennes chez lui ?

– On ne s'est jamais bien entendus. Mais c'est la famille.

– Ah ! Vous, les Boers ! » Il secoua de nouveau la tête. « Tu connais un endroit plus sûr ? Personne ne soupçonnera que je suis dans le coup.

– Et si ton frère n'est pas chez lui ? Ou que quelque chose tourne mal ?

– Alors je retéléphonerai. J'ai le numéro.

– Non. Ne rappelle pas à ce numéro. Tiens. »

De la poche de sa chemise, il sortit un petit carnet vert et un stylo à bille doré et, en ralentissant, il écrivit un numéro, de nouveau sur deux lignes. Puis il hésita. « Je ne sais pas si tu devrais rester seul dès maintenant, tu sais.

– S'il te plaît, Patrick.

– Bon, d'accord. Mais téléphone dès que tu as besoin de quelque chose. D'une cabine publique.

– Evidemment. » Il hésita. « Mes affaires sont toujours à l'Holiday Inn.

– On peut s'y arrêter. J'irai te les chercher. Tu restes dans la voiture. Je suis sûr que personne ne te soupçonne, mais nous ne voulons pas prendre de risques.

– Comment crois-tu qu'ils ont trouvé la piste de Nina ? lui demanda-t-il entre ses dents.

– Qui sait ?

– Elle a changé de déguisement à Port Elizabeth.

– Sans doute à cause de sa main blessée. Et j'ai entendu dire qu'elle avait perdu sa perruque au Cap quand vous avez filé.

– Oui. Ça ne serait pas arrivé si Christine avait encore été avec nous. C'était peut-être un signe. On aurait dû savoir qu'il ne fallait pas continuer.

– Ça suffit ! lui dit sèchement Patrick. Ce qui est arrivé est arrivé. Maintenant on pense à l'avenir.

– C'est facile, pour toi.

– Qu'est-ce que tu sais de moi ? » Patrick regardait fixement le pare-brise en attendant que le feu passe au vert, puis il s'engagea dans la bretelle qui conduisait à l'Holiday Inn. Le soleil avait disparu. Un immense panache de fumée sombre s'étalait à l'horizon. Un avion qui décollait traçait un trait presque vertical dans le ciel obscur. En route pour quelque part, très loin, libre.

« Excuse-moi, Patrick.

– Ce n'est rien. »

Ils s'arrêtèrent en face de l'hôtel d'où, deux heures plus tôt, Thomas était parti pour l'aéroport dans le minibus pour prévenir Nina.

« Voici un journal, lui dit Patrick. Tiens-le devant ton visage. Donne-moi la clef de la chambre. »

Moins de dix minutes plus tard, ils étaient repartis.

« Je vais descendre à Sandton, dit Patrick. Tu peux garder la voiture, elle est louée chez Avis. » Il tendit les jambes pour glisser la main dans la poche de son pantalon. « Voici quelques billets. Ne prolonge pas trop ton séjour. Le week-end au maximum. »

En route vers Pretoria – de nouveau, comme sur la pendule de l'aéroport, le temps eut le hoquet ; Patrick l'avait quitté à Sandton et ils avaient décidé de se retrouver le lendemain à dix heures au pied de la statue de Kruger sur Church Square – il se demanda s'il ne valait pas mieux téléphoner à son frère avant. Mais il était trop tard. Et si Frans ne se trouvait pas chez lui, il prendrait simplement une chambre à l'hôtel. C'était peut-être ce qu'il devrait faire de toute façon ? Il ne se sentait pas vraiment de taille à affronter des gens ce soir, il avait besoin de se cacher, de se tapir quelque part à l'abri des regards, pour laisser cette douleur insupportable s'apaiser, pour essayer d'y comprendre quelque chose. (Pour l'instant, il ne pouvait que répéter obstinément son prénom – Nina, Nina, Nina – mais c'était comme le titre d'un poème dont il aurait oublié le texte.) D'un autre côté, l'idée de la famille lui offrait une sorte de consolation ; cela pouvait atténuer son angoisse. Même s'il s'agissait de Frans.

Rien n'a jamais comblé les six ans qui nous séparent. A tes yeux, j'ai toujours été le petit frère ennuyeux, toujours accroché à vos basques, à toi et à tes amis, un enfant gâté, un tardillon dans une famille parfaitement équilibrée puisque Maria et toi étiez les deux seuls enfants, une petite peste toujours en train de geindre. Pour moi, tu as été le grand frère difficile et ambigu : le héros et le modèle, mais en même temps le tyran brutal et mesquin, dont les résultats scolaires – application, zèle, propreté, obéissance, en rugby ou en préparation militaire, ou dans des matières impossibles comme les math et les sciences – m'étaient donnés en exemple de « ce qu'il faut faire » par les parents et les professeurs. Bien que garçon et fille, Maria et toi, vous étiez très proches parce que vous n'avez qu'un an de différence ; et en classe, elle était aussi brillante que toi. Tandis que moi... (J'ai entendu de mes propres oreilles le maître d'école dire à maman : « Oh ! madame Landman... et pourtant, il ne manque pas de dons, son QI est un des plus élevés de la classe, mais il peut avoir un tel esprit de contradiction. ») Pour un devoir que j'aimais – histoire, géographie, art – j'obtenais facilement les meilleures notes de la classe. Mais, dans les compositions ou les examens, j'avais toujours des problèmes. Même aux examens de fin d'année, je ne rédigeais ma copie que jusqu'à ce que, d'après mes calculs, j'aie assez de points pour passer – puis je me levais et je m'en allais. (« Pourquoi perdre mon temps et celui de l'examinateur ? Je sais que je peux le faire. Alors qu'est-ce que je dois prouver ? Qu'est-ce qu'il y a dans un symbole ? ») Tu étais chef de classe à ton époque, Maria aussi. Tout le monde s'attendait que je suive vos traces. Mais je ne l'ai pas fait. (« Ce n'est pas facile de vous dire cela, madame Landman, mais on ne peut pas vraiment compter sur

Thomas. Il est tellement réfractaire. L'autre jour, il est resté les mains dans les poches pendant qu'on chantait l'hymne national. ») Tu m'as engueulé comme du poisson pourri, Frans. (A cette époque, tu avais déjà terminé l'université et trouvé un travail prestigieux au CISR*.) « Thomas, est-ce que tu te rends compte à quel point tu as déçu papa et maman ? Ils pensaient que tu allais être chef de classe. Je me demande vraiment ce que tu vas devenir. Tu es vraiment irresponsable. » Je fus plus amusé que surpris. « La belle affaire d'être chef de classe, Frans ! Ce sont tous des emmerdeurs. » Toi : « Qu'est-ce que tu crois qu'il se passerait si nous adoptions tous une telle attitude ? » Moi : « C'est qui "nous" ? » Tu commençais à t'énerver : « Nous, les Afrikaners, évidemment. Comment crois-tu que nous avons réussi à arriver au sommet, alors que nous ne sommes qu'une poignée, contre une masse immense d'Anglais et de Noirs ? Il n'y avait qu'un moyen : en étant les meilleurs. Dans tout. Nous ne pouvons pas nous permettre de nous relâcher. Si nous leur laissons la moindre chance, ils vont nous marcher dessus. » J'ai bâillé. « Ah ! Ce que tu es casse-pieds, vieux. La vie vaut mieux que ça. » Toi, d'un ton condescendant : « Tu es vraiment trop désinvolte. » Je t'ai lancé un magazine en riant : « Ne prends pas cette tête de saint. La fille sur la plage, c'est de l'avenir du peuple afrikaner dont vous parliez tous les deux le soir, quand vous alliez dans les dunes avec la voiture de papa ? Une fois, elle a même perdu son soutien-gorge sous le siège. » Tu étais furieux : « Thomas, tu dis des stupidités ! » Je me suis roulé sur le dos en riant. « Au lieu de me débiter un sermon, tu ferais mieux de remercier ta bonne étoile parce que c'est moi qui l'ai trouvé. Tu imagines ce que papa aurait dit ? » Et ainsi de suite. Pendant toutes ces années...

Frans en personne ouvrit la porte de la maison, au bout d'une allée où les réverbères avaient une lumière verte à travers le feuillage dense des jacarandas. Il était plus petit que Thomas, plus fort, plus bronzé et portait un costume safari vert pâle. Pendant quelques instants, embarrassé, incrédule, il regarda son visiteur avec de grands yeux.

« Frans ? Tu ne me reconnais pas ?

– Mon Dieu ! Thomas ! » Puis il s'arrêta, manifestement partagé sur le sens de la visite. Peut-être pour gagner du temps, il demanda avec précaution : « Qu'est-ce qui te ramène vers la civilisation ?

– Je suis à Johburg depuis quinze jours et brusquement mon week-end s'est libéré...

– Tu aurais pu téléphoner.

– Oh ! Si je te dérange, je peux toujours... » Tout à coup, il regretta d'être venu. Il aurait mieux fait d'aller se terrer dans une chambre d'hôtel anonyme. (Nina, Nina... !)

« Qu'est-ce que tu as fait à tes cheveux ? lui demanda Frans d'un air désapprobateur. Pendant un instant, je ne t'ai pas reconnu. Et ce costume et cette cravate ? Je ne te connaissais pas comme ça. » Une pause. « Tu n'es pas devenu pédé ?

– Non. » Il sourit, gêné. « J'ai simplement pensé qu'il était grand temps de faire quelque chose pour modifier mon image. »

Belinda, la femme de Frans, apparut à la porte du grand hall d'entrée, portant un bébé sur la hanche et traînant derrière elle deux petits garçons aux cheveux coupés en brosse, le plus jeune exhibant fièrement des gencives où manquaient des dents. « Frans ? Qui est-ce ?

– Devine. » Frans s'écarta. « L'enfant prodigue. Sans un mot pour prévenir.

– Mon Dieu, Thomas. » Belinda semblait fatiguée, usée, ses longs cheveux pas coiffés, sans maquillage ; mais, quand elle le reconnut, elle commença à s'épanouir. « Pourquoi restes-tu à la porte ? »

L'entrée était impressionnante, presque écrasante (à l'instant où il y pénétra, il se souvint : comment aurait-il pu oublier ?) : haute de deux niveaux, les quatre murs entièrement recouverts de trophées de chasse, des têtes de koudou, de buffle, de myalas, d'oryx, d'élands, de phacochères, de gnous, celle d'un rhinocéros noir, tout le cou d'une girafe ; et sur le sol – des dalles polies de différentes couleurs – il y avait deux peaux de léopard et une peau de lion, la grande tête à crinière d'un mâle naturalisée avec un réalisme effrayant, la gueule ouverte et les yeux flamboyants. La porte intérieure, découpée en forme d'arche, était flanquée de deux défenses d'éléphant qui épousaient la courbe de l'ouverture. Et, dans un coin, une trompe d'éléphant montée en lampadaire.

Frans, avec un empressement enfantin : « Tu t'en souviens ? Regarde, il y en a quelques-uns, je suis sûr que tu ne les avais pas vus avant. La semaine prochaine, je vais avoir un autre lion. Je l'ai tué au Botswana l'année dernière. »

Et les petits garçons (six et huit ans ? cinq et sept ?) enchaînèrent à contre-temps : « Oncle Thomas, tu as vu celui-là... ? » « Tu sais ce que c'est ? » « Oncle, oncle, papa dit que l'année prochaine... » « Oncle Thomas, je peux te montrer... ? »

Les yeux de chat de Belinda brillaient quand elle demanda : « Tu restes cette nuit, Thomas ? Ça fait si longtemps... »

Le bébé sur sa hanche fit un rot et vomit du lait sur le devant de sa robe.

« Tu ne connais pas celle-là, dit Frans en désignant le bébé. Maria junior. Nous croissons et multiplions. Tant que la silhouette de Belinda tiendra le coup. » (Mais déjà sa taille s'élargissait, se relâchait, s'arrondissait autour des hanches.)

« Arrête, Frans », protesta-t-elle en rougissant mais sans quitter Thomas des yeux, comme pour soutirer une approbation.

« Dans ce cas-là, vous pouvez en avoir une douzaine, dit-il galamment, effrontément, on lui donnerait toujours vingt ans.

– Oncle Thomas, oncle, oncle... ! » Les garçons le tiraient par les bras.

« Allez, Belinda, dit Frans d'un ton sévère, enlève-nous les garçons du chemin. Sophie va s'occuper d'eux. Et demande à Agnès de nous préparer quelque chose à souper.

– Je crois que Sophie et les autres sont déjà partis se coucher, Frans. Ils ont eu une longue journée.

– Alors, réveille-les. Ils commencent à en prendre à leur aise dans cette maison. »

Sophie, il l'apprit quand Belinda eut emmené les deux garçons qui protestaient et le bébé qui avait le hoquet, était une vraie perle. Thomas ne le savait sans doute pas mais Frans s'était acheté une petite ferme dans le Bushveld près de Warmbaths – « Très primitive, l'Afrique à l'état pur, juste deux huttes rondes et un lapa* » – et la famille du contremaître s'était tellement étendue qu'il avait fallu faire quelque chose pour mieux utiliser les gens. En conséquence, on avait amené ici la jeune Sophie, son frère aîné, Filemon, et leur mère pour s'occuper de la maison : la vieille femme comme bonne, Sophie comme nounou et Filemon comme jardinier.

« Le bon vieux système ? » ne put s'empêcher de demander Thomas. (Il se contrôla immédiatement : attention, qu'importe ce qui se passait, cette fois il devait rester calme.)

Pendant un instant, Frans le regarda durement, en plissant les paupières ; puis – heureusement – il décida de le prendre comme une plaisanterie. « Toujours le libéral bon teint ? » dit-il avec indulgence, très conscient de s'adresser à son jeune frère. « De toute façon, qu'est-ce que vous comprenez à ça ? Je te le dis, à la ferme, ils se reproduisent comme des lapins et il n'y a pas assez pour les nourrir tous. Alors qu'ici... » Il se frotta les mains avec satisfaction. « Tu peux les interroger toi-même. Ils font pratiquement partie de la famille. Ils ont tout ce dont ils ont besoin ; Sophie nous accompagne partout où nous allons – le mois dernier, elle est même venue en avion à Durban avec nous, elle a logé dans notre hôtel, dans sa chambre, une chambre de service, tout – et Filemon a gardé la maison. Nous n'avons même pas besoin de chien, c'est quelqu'un de confiance. Tu vois, ce qu'il y a de bien avec eux, c'est qu'ils sont encore le sel de la terre, pas contaminés, rien. Mais viens » – il passa la porte en forme d'arche, suivi de Thomas, s'avança jusqu'au bar, fabriqué avec un ancien tonneau, habilement découpé et verni, dans un angle de la salle de séjour –, « tu veux boire quelque chose ?

– Tu as du vin rouge ?

– Vous, les gens du Cap ! » Il se servit un cognac, ajouta de l'eau et plongea derrière le bar à la recherche de vin.

Thomas inspecta la pièce : des chaises trapues avec des dossiers et des pieds en acajou, une peau de zèbre parmi les tapis, une énorme chaîne hi-fi contre le mur du fond, un livre d'art avec des reproductions en couleur (venant de la bibliothèque comme il le découvrit en l'ouvrant) sur la table basse au plateau de verre ; sur les murs quelques reproductions (la jeune fille au turban bleu de Vermeer, un paysage d'Erich Mayer) et trois peintures à l'huile originales – une scène du veld avec un springbok et un gnou de Gordon Vorster ; un nu, une jeune métisse, par le père Claerhout de l'État libre d'Orange ; et un portrait, acheté en Europe, d'un petit mendiant avec d'immenses yeux espagnols remplis de larmes – ainsi que quelques aquarelles de Belinda, pour la plupart des marines aux limites de l'abstraction. Sur le sol et dans les grands espaces libres des étagères qui entouraient le poste de télévision et le magnétoscope, il y avait d'autres objets, essentiellement « ethniques » : des bois gravés, des sculptures en pierre de savon, des bouteilles remplies de couches de sable de différentes couleurs ou recouvertes de perles ndebele, des pots de terre crue où poussaient de hautes plantes garnies de plumets.

« Allez ! Cul sec ! » Frans s'assit en face de lui sur le canapé, il but une grande gorgée et fit une grimace de plaisir. « Oui, oui, oui. Alors qu'est-ce qui t'amène ? Tu dis que tu es à Johburg depuis quelque temps ?

– Quelques semaines, oui. Un projet pour le *National Geographic*.

– Pour traîner encore le pays dans la boue ?

– C'est un dossier sur nos richesses minérales. Je fais les photos dans les mines d'or.

– Evidemment, tu vas parler de tous ces pauvres Noirs exploités du Lesotho, du Mozambique et du Zimbabwe qui n'arrêtent pas de venir chez nous parce qu'ils ne trouvent pas de travail correct dans leur pays ?

– Non, Frans », dit-il patiemment, et il continua d'improviser : « Ça concerne l'or lui-même, les techniques d'extraction, de lavage et de fonte, et ainsi de suite.

– Comment est-ce que tu es devenu aussi résigné et aussi calme ? » Frans l'observait par-dessus le bord de son verre. « Ou est-ce que tu as fini par avoir un peu de plomb dans la cervelle ?

– Je suppose que nous vieillissons tous.

– Hum. » Frans vida son verre et le remplit de nouveau. « Je n'ai toujours pas compris ce qui t'avais pris de faire cette exposition à l'étranger. Une putain de honte. Je veux dire, comment est-ce qu'on peut poignarder son propre peuple dans le dos comme ça ?

– Ne recommençons pas. Tu te souviens de tout ce grabuge que ça a causé à la maison. Devant papa et maman, et un jour de Noël, en plus.

– La faute à qui ? Tu étais responsable, merde, Thomas. Qu'importe ce qu'on t'a payé pour faire ça.

– Tu sais très bien que je ne l'ai pas fait pour de l'argent.

– Je suis sûr que c'est aussi ce qu'a dit Judas. »

(La violence du souvenir, une vague qui se brise sur lui : hier, ce n'était qu'hier, Nina, sur le sable de Camp's Bay, sous les Douze Apôtres.)

« Tu as regardé le journal de vingt heures ? demanda-t-il brusquement.

– Oui. Pourquoi ? » Frans se rassit, en se penchant en arrière.

Il essaya de parler d'un air détaché : « Avant que je quitte Johburg, quelqu'un m'a dit qu'il avait entendu parler d'un – il n'était pas très sûr – d'une explosion ou d'un échange de coups de feu à l'aéroport ou quelque part. Est-ce qu'ils en ont parlé ?

– Je ne m'en souviens pas. Presque tout le journal était consacré à l'attentat de ce matin au Cap. Horrible. » Il but de nouveau une grande gorgée. « Mais cette fois, je te le dis, ces terroristes sont allés trop loin. Ce culot. Ils ont failli avoir le président. Juste devant le Château. Tu te rends compte !

– Qu'est-ce que tu sais des terroristes, Frans ? » demanda-t-il, irrité. (Attention, nom de Dieu !)

Frans s'installa plus confortablement dans les coussins. « J'en sais suffisamment, dit-il, piqué au vif. En tout cas, je suis sûr d'en savoir plus que toi sur toutes tes jolies petites histoires des townships. Dès qu'ils voient un photographe ou un journaliste se pointer à l'horizon, ils arrivent en courant. Et la putain de presse internationale est trop contente de crier ça sur les toits. » Il avala une nouvelle gorgée et faillit s'étrangler.

« Un appareil photo ne ment pas, Frans.

– Qui a dit ça ? Moi, je te dis qu'il n'y a rien de pire qu'un appareil photo quand il se met à mentir. Tu devrais le savoir. Tu photographies ce qui se passe sur un mètre carré et tu ignores les kilomètres qui sont autour. T'appelles pas ça des mensonges ?

– Tu préfères affirmer, comme le gouvernement, qu'il ne se passe rien ? » (Thomas, tu cherches les ennuis. Arrête.)

« Écoute. » Frans s'assit sur le bord du canapé en se penchant le plus possible en avant, les genoux touchant presque le sol. « Personne ne dit que tout ce qui se passe est bien. Mais le gouvernement fait ce qu'il peut pour mettre de l'ordre. Ça va déjà beaucoup mieux que l'an dernier. Grâce à l'état d'urgence. Et même s'ils exagèrent de temps en temps – merde, mon vieux, tu sais dans quelle tension et dans quelle provocation travaillent les forces de l'ordre ?

– Tu crois que leurs adversaires ne travaillent pas dans la tension et la provocation ?

– Thomas. » Frans se leva. « Écoute, je ne tolérerai pas... » Il réussit à se contenir, mais non sans effort ; il se rassit. « Ne me dis pas que maintenant tu excuses ce que cette bande de terroristes a fait ce matin ? »

Thomas haussa les épaules et s'absorba dans la contemplation de son verre de vin. Au plus profond du liquide rouge vibrait le reflet de la lumière.

« Allez, insista Frans. Dis ce que tu as sur le cœur. Je veux savoir exactement où tu te situes. J'ai le droit de le savoir. Je suis ton frère.

– Tout ce que j'essaie de dire, c'est qu'on ne devrait pas juger trop vite. Même ceux qui sont responsables de ce qui s'est passé ce matin : tu ne crois pas que ce sont des gens comme toi et moi ?

– Je t'en fous, oui ! » Son frère se dressa, fit un grand

cercle dans la pièce pour se calmer, puis il remplit de nouveau son verre qui n'était pas tout à fait vide. Il posa les coudes sur le bar. « Des êtres comme ça ne sont pas humains, mon vieux. Je refuse de te croire. Les cinq personnes qui ont été tuées... deux soldats du contingent, une jeune femme, un bébé, un vieil homme... des innocents... en morceaux... ils ont dit qu'on avait ramassé les restes dans des sacs en plastique... et tous les autres qui ont été blessés, qui ont perdu des bras, des jambes, des yeux ou Dieu sait quoi, obligés de rester sur une chaise roulante pour le reste de leur vie... eux aussi ce sont des *gens !* Alors que les animaux qui les ont fait sauter... Comment est-ce que tu peux parler d'êtres humains ? T'es complètement baisé dans ta tête, vieux. Mais je vais te dire une chose : ils vont les traquer, ces terroristes. Et quand ils les auront attrapés, merde... je peux te le dire, la peine de mort ne sera pas suffisante pour eux. On devrait les tuer lentement, comme on faisait au Moyen Age.

– Et tu crois que c'est civilisé, Frans ? » Il lui était difficile de contrôler sa voix. Il avait des yeux ardents.

« Qui a dit que c'était civilisé ? Ces... ces choses que tu appelles des êtres humains, tu crois qu'ils sont civilisés *eux ?*

– Est-ce que tout cela ne montre pas simplement jusqu'où sont allées les choses, Frans ? Que nous sommes arrivés au bord de l'abîme ? Je veux dire, le fait même que des gens peuvent être conduits à des choses comme ça...

– Qui conduit qui ? Et tout ce qui a changé ces dernières années, toutes les réformes que nous avons eues, tout ce qui est en train de changer... ? Et tout ce qu'on obtient, c'est une ingratitude dégueulasse. Pourquoi ? Parfois, je me demande si c'est vraiment exagéré de penser qu'il y a des différences fondamentales entre les races. Je veux dire, en ce qui concerne l'intelligence, la capacité mentale, appelle ça comme tu veux. Il doit y avoir quelque chose d'organique, de génétique. Mais, même si c'est seulement une différence de culture, ils n'en ont pas moins cinq cents ans à rattraper... et je suis généreux.

– Je croyais que tu étais un scientifique, Frans ?

– J'essaie au moins d'être réaliste. Merde, je ne suis pas raciste ou quelque chose comme ça. J'essaie seulement d'être un chrétien honnête et ordinaire. Mais il faut tenir compte des *faits,* les faits que tu as tendance à oublier dans tes jolis raisonnements humanistes. Et ces faits me disent simplement que les Noirs sont parfaitement incapables d'employer les choses qu'ils réclament. C'est pour cela qu'ils réagissent comme des sauvages quand ils sont frustrés.

– Sans parler du reste, tu considères comme allant de soi que ceux qui ont jeté la bombe ce matin sont nécessairement noirs ? demanda-t-il, les dents serrées.

– Qui d'autre ? Mon Dieu, tu ne penses quand même pas que des *Blancs* peuvent faire une chose pareille ?

– Des Blancs l'ont déjà fait auparavant.

– Des étrangers peut-être, des Irlandais. Des Juifs. Des Arabes... Mais, de toute façon, ceux-là ne sont pas vraiment blancs, hein ?

– Tu ne crois pas ce que tu dis, Frans.

– Et toi, tu dis des conneries. »

Frans sortit de derrière le bar, sans son verre, le visage blême, les poings serrés. Combien de fois dans le passé en étaient-ils arrivés là ? Mais, à ce moment-là, Belinda descendit l'escalier.

« Ah non, Frans ! cria-t-elle. Ne me dis pas que vous recommencez, tous les deux ! »

Elle avait mis une jupe d'été bleu pâle et un chemisier blanc dont les deux premiers boutons étaient défaits, et elle portait des sandales blanches. Ses cheveux teints en blond étaient dénoués sur ses épaules ; manifestement, elle avait pris grand soin de son maquillage, en particulier des yeux, et un nuage invisible de parfum de chez Anneline Kriel la précédait.

« Merde ! dit Frans. Si tu étais comme ça tous les soirs, nous aurions déjà une douzaine d'enfants. »

Elle rougit de nouveau sous son maquillage un peu trop épais. « Tu ne m'offres rien à boire ? » Avec une aisance déroutante, elle éleva la voix pour crier en direction de la cuisine : « Agnès ! » Puis, s'adressant à Frans, elle lui demanda avec des modulations musicales : « Un rhum vanille soda, s'il te plaît. Je me sens téméraire, ce soir. » Puis un autre cri à vous arracher les oreilles en direction de la cuisine.

Mais rien ne bougea et Belinda dut s'excuser quelques instants. Elle revint, très calme. « Le repas est presque prêt. » Elle prit son verre et sourit à Thomas. « Tu sais pourquoi elle n'a pas répondu quand je l'ai appelée ? Elle n'est pas d'accord pour le prénom, tu te rends compte ? Et c'est elle qui l'a choisi.

– Qu'est-ce que tu veux dire ? demanda-t-il en tendant son verre à Frans pour qu'il le resserve.

– Elle s'appelait Mary, tu vois. Mais quand on a eu la petite et qu'on l'a baptisée Maria, c'était un peu gênant, alors nous lui avons demandé de choisir un autre prénom. C'est comme ça qu'elle est devenue Agnès. » Elle leva son verre de couleur verdâtre. « A la vôtre. Et bienvenue, Thomas. » Elle croisa les jambes et, comme il était assis en face d'elle, elle lui offrit la vision généreuse de ses longues cuisses bronzées et d'une petite culotte blanche. « Est-ce que tu es venu dans le Nord pour prendre toute sorte de photos sexy de femmes nues ?

– J'imagine que tu regrettes qu'il ne t'ait pas demandé ? » lui dit Frans, avec un peu d'agressivité dans la voix, une pointe de méchanceté qui n'avait rien à voir avec la mauvaise humeur de tout à l'heure.

« J'ai peur qu'il ait attendu trop longtemps, dit Belinda,

avec une moue boudeuse et en fixant ardemment Thomas. J'ai perdu ma silhouette.

– Je trouve que tu es très belle, répondit Thomas, avec toute la galanterie qu'on attendait de lui. Tu n'as qu'à me dire quand.

– Ne dépasse pas les bornes, s'il te plaît. » Manifestement, Frans n'appréciait pas la tournure que prenait la conversation. « Tu es mère de trois enfants. De toute façon, Thomas travaille sur les mines.

– Pas de chance », dit Belinda. Elle jeta à Thomas un regard qui était presque une invite. « Tu ne fais jamais la même chose deux jours de suite, n'est-ce pas ? Et tu voyages tout le temps. » Elle hocha la tête en direction de Frans. « Frans aussi, bien sûr, avec ses voyages de chasse chaque année. Mais il ne m'emmène jamais. J'aimerais que tu lui en parles, Thomas.

– On ne peut pas emmener tout un minibus d'enfants avec nous, dit sèchement Frans. Peut-être quand ils seront un peu plus grands.

– Et quand vas-tu te caser ? demanda-t-elle à Thomas. Tu dois avoir bientôt trente ans ?

– J'en aurai vingt-neuf en juin.

– Toujours pas de projets de mariage ? Tu dois avoir une fille dans chaque ville ? » Et comme il ne répondait pas : « Alors ?

– Non, dit-il calmement. Il n'y a personne actuellement.

– Allez, je ne te crois pas. »

Il ferma les yeux une seconde, conscient que la peau de son crâne se tendait, puis il la regarda de nouveau. « Non, c'est vrai.

– Pas du tout de fille ? »

Il secoua la tête et, avec une violente concentration, il but son verre de vin.

« Vous, les hommes, vraiment. Ce que vous pouvez être

cachottiers. Je commence à me demander si je ne devrais pas me prendre un skelm* en cachette. » Elle fit un clin d'œil à Frans. L'alcool, qu'elle avait bu à une vitesse étonnante, avait ranimé la rougeur de ses joues.

« Je ne trouve pas ça très drôle, dit Frans. Tu devrais aller voir ce que fait Mary-je-ne-sais-plus-comment-Agnès. »

Elle lui jeta un regard irrité, décroisa les jambes – encore un ample mouvement qui montra à Thomas des vérités cachées – et elle partit vers la cuisine d'un pas indécis.

Frans soupira, mécontent. « Il faut lui pardonner. Depuis la naissance de la petite, elle a beaucoup changé. Maussade. Plus aussi coquette qu'avant. Tu sais, ce soir c'est la première fois depuis je ne sais plus combien de temps qu'elle s'est un peu maquillée. Entre nous, entre frères : chaque soir, elle trouve une nouvelle excuse. Si parfois, je ne faisais pas preuve d'autorité... Et je veux dire, elle n'a pas encore trente-cinq ans. Ce n'est pas une vie pour un homme.

– Pour elle non plus, j'imagine », remarqua Thomas.

Frans se releva si vite qu'il renversa le reste de son verre par terre. « Pourquoi est-ce que vous vous liguez tous contre moi ?

– Allez, Frans, ce n'est pas grave. »

Blessé, méfiant, Frans le regarda d'un œil furibond pendant quelques instants, puis il alla au bar se verser un autre verre. Une Noire un peu épaisse, le visage marqué de profondes rides de lassitude, apparut à la porte. « Baas, Madame, elle dit que c'est prêt.

– Merci, Agnès. » Il prit la bouteille de vin rouge qu'il avait ouverte pour Thomas.

« Et les enfants ? Est-ce que Sophie les a mis au lit ?

– Je crois, baas.

– Alors, tu peux aussi aller te coucher. Tu n'as pas

besoin d'attendre. Madame débarrassera quand nous aurons fini.

– Merci, baas. » Elle leur fit un petit signe de tête chacun leur tour : « Bonne nuit, baas. Bonne nuit, baas.

– Bonne nuit, Agnès.

– Bonne nuit, Mary », dit Thomas.

Elle eut l'air étonné, lança un regard inquiet à Frans et sortit rapidement.

A table, Frans versa le vin, un demi-verre seulement à Belinda.

« Tu peux le remplir », dit-elle d'un ton sans réplique.

Il hésita, peu disposé à obéir, incrédule, mais elle tendait son verre en le regardant droit dans les yeux. Un petit muscle vibra sur la joue de Frans quand il remplit le verre à ras bord à tel point qu'elle ne put éviter d'en renverser quelques gouttes en bougeant la main. Personne ne fit de remarque.

« Je dis le bénédicité. » Frans prit la main de Belinda sur la table. Elle hésita un instant, puis elle ouvrit son autre main et la posa sur celle de Thomas. « Soyons reconnaissants au Seigneur de ce que nous allons recevoir. Non parce que nous le méritons, mais grâce à son infinie bonté. Amen.

– C'était la prière de papa, dit Thomas.

– Bien sûr. » Frans le regardait comme s'il attendait une explication, puis il tendit son assiette à Belinda pour qu'elle le serve.

Les macaronis au fromage étaient délicieux, mais aucun ne mangea beaucoup. Frans, comme on l'apprit en passant, avait mangé du biltong* dans l'après-midi ; Belinda était fatiguée et un peu pompette. Et, dans ce brusque moment de calme apporté par le repas, Thomas se sentit tellement accablé par tous les événements de la journée qu'il n'eut plus d'appétit. Les aliments semblaient se figer dans sa bouche ; il ne vida son assiette que par pure politesse. Était-ce seulement ce matin qu'ils avaient quitté la petite maison de l'Observatoire pour préparer ce qui, alors, était encore devant eux ? Et, cet après-midi, cette scène derrière la vitre. La pantomime silencieuse dans laquelle il n'avait pu intervenir, comme s'il s'était agi d'un film déja prédéterminé, la fin arrêtée, la brusque explosion de bruit, la boîte de coca roulant à côté de ses pieds, Nina tombant, essayant de marcher sur les mains et sur les genoux, puis s'écroulant et la mare de sang qui s'agrandissait lentement tandis qu'il regardait fixement.

Belinda, d'une voix chaude et suggestive : « Dans quelles pensées es-tu plongé ainsi, Thomas ?

– Excusez-moi. J'ai eu une journée chargée.

– Qui n'en a pas ? » Elle se raidit brusquement. « C'est Maria qui pleure ? »

Ils tendirent tous l'oreille, mais il n'y avait aucun bruit.

« Tu imagines des choses, lui dit Frans.

– Quel âge a la petite ? demanda Thomas.

– Dix mois. Elle est née en juin dernier, quand Frans était au Botswana.

– Je n'ai pas fini d'en entendre parler, dit Frans. Mais qu'est-ce que je pouvais faire ? C'était une occasion unique. Et elle est née avec trois semaines d'avance, tu dois le reconnaître.

– C'est là que tu as tué le dernier lion ? lui demanda Thomas.

– *Ja.* Il faudra que je te raconte. » Avec sa fourchette, il enleva un morceau de tomate coincé entre ses dents de devant. Puis il gloussa avec une joie tout à fait inattendue. « Il faudra que tu viennes avec moi un jour, je te montrerai à quoi ressemble vraiment l'Afrique. Tu savais que j'étais allé en Ouganda ? L'année prochaine, j'espère organiser un voyage au Zaïre. Il faut que j'aie une tête d'okapi sur mon mur. C'est quelque chose qu'on ne voit pas tous les jours. Je veux aussi retourner en Angola. Même au pire moment de la guerre, on pouvait toujours y aller chasser. C'était organisé par des copains de l'armée. On allait tuer des éléphants pour les gars de Savimbi. Je peux te le dire, il y avait des jours, c'était comme Samson et les philistins. Des cadavres partout. Et les défenses... ! Non, mon vieux, je t'assure, vous les mecs, vous allez traîner votre cul en Europe, en Amérique et Dieu sait où, et vous parlez de l'Afrique. Mais est-ce que l'un de vous a déjà mis le pied de l'autre côté du Limpopo ?

– Je suis allé dans plusieurs endroits, dit prudemment Thomas.

– Comme le Malawi, je suppose ? Ou le Zimbabwe ?

– Par exemple.

– Ça n'a pas l'air de bien marcher au Zimbabwe, hein ? Tu aurais dû voir ça quand c'était encore la Rhodésie. On ne peut pas imaginer qu'un pays puisse aller à vau-l'eau aussi vite. Je me souviens d'une des choses les plus tristes que j'ai vues de ma vie, c'était l'an dernier quand nous l'avons traversé pour aller au Botswana. Il y avait une ferme, pas loin de Wankie – ça porte un autre nom aujourd'hui mais je ne m'en souviens plus –, à l'évidence les gens étaients partis à toute vitesse. Des hangars pleins d'oranges. Et le sol des vergers en était entièrement couvert, tout était tombé et pourrissait par terre. Vert de moisissure. Et l'odeur : je te jure que je ne l'oublierai jamais. L'odeur pourrie d'un monde détruit, d'une civilisation disparue. Pour moi, c'est l'odeur de l'Afrique. Quand l'homme blanc est parti et que tout ce qu'il a bâti s'effondre.

– J'ai lu quelque chose quelque part, dit Thomas calmement. Nous avons peur de l'Afrique parce que, si nous la laissons tranquille, ça marche.

– Tu as lu, grogna Frans. Je te parle de la réalité. De ce que j'ai vu, de mes yeux vu. Je ne suis pas comme vous, les libéraux, qui tirez tout des livres.

– Ah ! Frans, dit Belinda, tout le monde n'a pas les mêmes occasions que toi.

– Alors il ne devrait pas faire semblant de tout savoir. » Sa voix avait un ton curieusement satisfait.

« Du café ? » demanda-t-elle avec un petit soupir. Sans attendre, elle ramassa les assiettes et les emporta dans la cuisine.

« Je vais t'aider, dit Thomas en repoussant sa chaise.

– Assieds-toi ! » lui ordonna Frans.

Belinda repoussa une mèche de cheveux de sa joue. La forte chaleur avait fait couler son maquillage. Son visage semblait graisseux, le fard à paupières s'était étalé. Autour des lampes, des insectes tournaient, tournaient. Après quelques instants, Frans lui demanda : « Tu fumes ? » et il se leva pour prendre son paquet de Winston sur la desserte.

« Non, merci.

– Vertueux ? » Frans alluma sa cigarette et il laissa l'allumette se consumer lentement, en la regardant intensément, avant de souffler dessus. L'odeur acide du soufre resta autour d'eux. « Tu n'as pas de péchés ?

– Je veux être sûr d'aller en enfer, alors je ne m'intéresse qu'aux très gros. Les petits ne valent pas la peine.

– Ne viens pas me trouver quand ce sera ton tour. »

Belinda entra avec le café. Un moment plus tard, Frans repoussa sa chaise et se leva.

« Viens, il y a quelque chose que je veux te faire voir. » Il alla jusqu'à une porte fermée à côté de celle par laquelle ils étaient entrés, il l'ouvrit et alluma. La lumière révéla un escalier qui descendait.

« Je peux venir avec vous ? demanda Belinda.

– Laisse ça aux hommes », lui répondit-il sèchement. Puis s'adoucissant, il lui fit un clin d'œil : « Pourquoi est-ce que tu ne vas pas m'attendre au lit ?

– Où est-ce qu'on va ? lui demanda Thomas. Ne me dis pas que tu as ajouté une cave.

– Mieux qu'une cave. » En bas de l'escalier il sortit une clef de sa poche et ouvrit une lourde porte métallique, puis il s'écarta pour laisser passer Thomas. « Alors, qu'est-ce que tu dis de ça ? »

C'était une pièce assez petite, une chambre forte, avec une impressionnante collection de fusils et de carabines posés sur des crochets fixés aux murs, tous manifestement neufs. Même un profane comme Thomas pouvait dire que c'était ce qu'il y avait de mieux ; sans doute de plus cher également et chaque crosse était si lisse et si brillante qu'on pouvait s'y voir comme dans un miroir ; il y avait aussi des lunettes et les accessoires dernier cri.

Frans souleva un fusil de ses crochets et le tendit à Thomas presque avec respect. « Prends ça. Sens-le. Regarde dans la lunette. » Ses yeux étincelaient d'un feu glacé. « C'est pas une merveille ? Ça coûte quinze mille dans le commerce, c'est-à-dire si tu peux en trouver. Je t'assure, il n'y a pas un éléphant qui a une chance. Et celui-là... » Il continua ainsi.

« Mais ça représente une vraie fortune, Frans, dit enfin Thomas d'une voix prudente.

– Tu l'as dit. Je les ai eus par mon travail, évidemment.

– Tu peux faire une révolution à toi tout seul.

– Je peux empêcher une putain de révolution à moi tout seul. » Ses yeux brillaient d'enthousiasme, comme un enfant un matin de Noël.

« Viens, on s'en va, dit Thomas. On étouffe ici.

– On étouffe, mon cul. J'ai fait installer l'air conditionné, vieux. Nuit et jour. » A contrecœur, il rangea les fusils et ferma derrière lui ; Thomas l'attendait déjà dans l'escalier.

« Tu veux que je te donne un coup de main pour tes bagages ? lui demanda Frans quand ils se retrouvèrent en haut.

– Ce n'est pas la peine.

– Allez. »

Quand Thomas sortit sa valise du coffre – la valise coûteuse et élégante en cuir, qui l'avait attendu dans la chambre d'hôtel – son sang se glaça : l'étiquette dans un étui de cuir portant le nom : Dennis Johnstone était toujours attachée à la poignée. Il essaya de la cacher à Frans mais son frère le repoussa.

« Je vais la prendre. » Puis il fronça les sourcils et regarda Thomas avec méfiance. « Qu'est-ce que c'est que ça ? Tu t'es trompé de valise ? Qui c'est Dennis Johnstone ?

– Je l'ai empruntée pour le week-end, dit rapidement Thomas. Dennis travaille avec moi sur le livre de photos. Il fait le texte. »

(Combien de personnes différentes avait-il été au cours de cette seule journée ? Thomas Landman. Un flic de la circulation. Anton Swanepoel. Peter Ward. Dennis Johnstone. Et combien y en aurait-il d'autres ? Retrouverait-il son chemin parmi tant de moi différents ?)

Il transpirait quand ils arrivèrent dans la chambre qu'on lui avait préparée ; des serviettes blanches étaient posées sur le lit. De légères traces du parfum de Belinda flottaient encore dans l'air.

« Tu as tout ce que tu veux ?

– Oui, merci. Bonne nuit, Frans. »

Dieu merci, il était enfin seul.

Il prit un bain. Il se glissa entre les draps. Mais il faisait trop chaud pour dormir. Trop de choses tournaient dans sa tête. Trop de choses s'étaient passées. Toute une vie en une journée.

Nina. Nina. Nina.

C'est seulement quand un bruit venant de la chambre voisine pénétra dans sa conscience qu'il retrouva le décor qui l'entourait. Il se redressa en s'appuyant sur un coude pour écouter. Est-ce que quelqu'un pleurait ? Ce n'était pas le bébé. Belinda ? Ce ne pouvait être qu'elle. Un étrange gémissement rythmé. Comme une plainte arrachée. Il ne comprit ce qui se passait qu'après quelques instants. Il ne voulut pas entendre. Il se serait enfoncé la tête sous l'oreiller, mais il faisait trop chaud.

La nuit pesait lourdement sur le monde.

Puis la maison retomba dans le silence. Pleurait-elle toujours silencieusement ? Il voulait et ne voulait pas l'entendre. Mais aucun bruit ne traversait les murs, et pourtant il croyait en saisir un.

Il était trop fatigué pour se rendormir.

Enervé, il se mit à feuilleter des livres et des magazines qu'il prenait sur l'étagère à côté du lit, mais il n'arrivait pas à fixer son attention. Comme pour se faire délibérement souffrir, il prit *Les Signes du Soleil*. Sans le vouloir – mais, il s'en rendit compte plus tard, c'était inévitable – il l'ouvrit au chapitre du « Bélier ». Le signe de Nina. (Dans cette nuit lointaine quand elle avait dit avec énergie : « Je suis née sous le signe du néon ». La femme Bélier. Sceptique, il commença à lire, en découvrant bientôt qu'effectivement il se faisait mal. Une citation de Lewis Carroll : « Mais tu ne vas pas courir pour l'aider ? lui demanda Alice... Inutile, inutile ! dit le roi. Elle court si horriblement vite, autant essayer d'attraper un Bandersnatch ! »

Il voulut poser le livre, mais il ne put le faire.

« La femme Bélier est capable de passion profonde et d'idéalisme mystique, qui s'entrelacent pour former d'étranges motifs... Il y a quelque chose de pur et de frais dans la simplicité absolue de ses émotions, mais, même ainsi, elle se laisse souvent entraîner dans des situations dont elle ne peut plus sortir. »

Il tourna rapidement les pages, en essayant de s'obliger

à refermer le livre – c'était une lecture destructrice – mais il lut une dernière phrase malgré lui : « N'oubliez pas qu'on peut la blesser facilement malgré son sourire lumineux et courageux. »

Troublé, il jeta le livre sur l'étagère. Il essaya de penser à quelque chose, à n'importe quoi d'autre. Cela le hantait.

Mais tu ne vas pas courir à son secours ? Inutile, inutile !

Son sourire lumineux et courageux.

Il s'assit pour écouter s'il entendait encore des bruits, même étouffés, venant de la chambre d'à côté. La maison était tout à fait silencieuse.

Il éteignit. La chaude nuit l'oppressa. Il reprit le cours des événements de la journée : il avait le sentiment que quelque chose lui échappait, quelque chose qu'il *devait* découvrir, une clef, un renseignement, une chose sans laquelle il ne pourrait plus jamais être en paix avec lui-même.

Épuisé, déprimé, il se remémora ses gestes de la journée, un détective à la recherche d'indices. De la masse confuse de ses souvenirs sortit le moment de leur chute à moto. Il vit la perruque qui quittait la tête de Nina. Il la vit marcher à quatre pattes pour la récupérer, il vit sa main qui saignait. Il entendit sa propre voix qui résonnait dans ses oreilles :

« Nina ! »

Et brusquement il sut que c'était ainsi que tout avait mal tourné. C'était ainsi qu'ils avaient réussi à retrouver sa trace, à l'attendre à l'aéroport Jan Smuts. Ils savaient qui elle était. Malgré tous les déguisements, toutes les protections mises au point. Ils avaient entendu son prénom. Et c'était lui qui le leur avait crié.

2

Justin : « Ce n'est jamais ce que tu as fait qui est important : ce qui compte, c'est ce que tu fais ensuite. »

3

Le lendemain matin, la nouvelle se trouvait en première page du journal. Thomas, allongé dans une chaise longue sous un parasol rouge, lisait près de la piscine. Frans était parti de bonne heure car, bien qu'on fût un samedi, il avait expliqué qu'il avait du travail à rattraper. Belinda s'occupait du bébé quelque part dans la maison. Les garçons jouaient dans l'eau avec un groupe de petits camarades qui se ressemblaient tous.

« Hier soir, la police a tué une jeune terroriste dans le hall des départs internationaux de l'aéroport Jan Smuts. Selon le porte-parole de la police, on a trouvé sur elle une grenade à main et, sans l'intervention efficace des forces de sécurité, qui ont agi en état de légitime défense, il aurait pu en résulter un massacre important dans le hall plein de passagers ou même dans un avion d'un vol international. Le ministre de la Justice a exprimé ses félicitations aux policiers dont la vigilance a permis d'éviter une catastrophe. Cinq personnes ont été transportées à l'hôpital pour des contusions, mais il n'y a pas eu de blessés graves. Jusqu'ici, les autorités n'ont pas divulgué l'identité de la terroriste et elles n'ont donné aucune information supplémentaire.

« D'après nos propres informations, le général Kat Bester, des services de sécurité du Cap, est venu à Johannesburg tard dans la nuit pour s'entretenir avec ses collègues du Nord. La possibilité d'un lien entre la mort de la terroriste de l'aéroport Jan Smuts et l'horrible attentat à la bombe d'hier matin au Cap, au cours duquel le président a miraculeusement échappé à la mort, n'est pas exclue.

« Dans le même temps, le nombre de morts de l'attentat du Cap est passé à six dans la nuit. Un garçon de douze ans, Renier de Wit, a en effet succombé à ses blessures au Tygerberg Hospital. Les autres blessés... »

Il voulait poser le journal mais cette lecture l'hypnotisait. « Dans une interview, le préfet de police a confirmé qu'on avait réuni d'importantes informations et qu'on s'attendait que l'enquête fasse un bond spectaculaire très bientôt, peut-être même pendant le week-end. Malgré certains renseignements selon lesquels le chef du groupe terroriste, agissant vraisemblablement sur instructions de l'étranger, a réussi à passer la frontière, sans doute du Swaziland, le filet se resserre rapidement autour des autres assassins. Le président qui est tenu informé en permanence des développements de l'affaire, a personnellement donné comme instruction... »

Quand nous étions petits, tu t'en souviens, Frans, nous jouions souvent à ce jeu ancien dans lequel les enfants se mettent sur une ligne et le premier chuchote à l'oreille de son voisin une phrase qu'il a inventée et on transmet ainsi le message d'un bout à l'autre de la colonne. L'enfant qui est à la fin doit répéter à haute voix ce qu'il a entendu. Et nous hurlions de rire en entendant de quelle façon le message original avait été déformé avant d'arriver à destination. « Deux oiseaux sur la branche » pouvait se transformer en quelque chose comme « La rose est blanche ». Je commence à croire que les journaux fonctionnent de la même façon. Et pas seulement les journaux. Cela est peut-être vrai aussi de toutes nos tentatives pour raconter notre histoire ou notre époque. La reconstitution que j'ai faite de toutes les générations des Landman dont je suis issu. Comment peut-on être sûr que ça s'est « vraiment » passé ? (Et cela s'accompagne d'une autre angoisse : si le début était aussi incompréhensible, avait aussi peu de signification que la fin ? S'il n'y avait pas de début ? Sur quelle base solide s'appuyer ?)

Cela n'est-il pas aussi la substance de la vie publique ? L'organisation même de la société, du gouvernement, rend possible – inévitable – que toutes les décisions soient prises de loin, que toute information passe par de nombreux filtres. Personne n'est jamais plus impliqué directement. Personne ne se sent plus coupable ni responsable. Autrefois, les gens devaient faire leurs guerres dans des engagements physiques ; le chasseur devait saigner sa proie ou lui trancher la gorge de sa propre main. Aujourd'hui, nous vivons dans un temps où la distance, l'espace s'accroissent entre celui qui agit et son action. Même tes exploits de chasseur, Frans, tes fusils et tes lunettes et je ne sais quoi d'autre : ce n'est plus une relation simple et directe entre toi et un animal. Toute une science s'est interposée entre vous. Tout est devenu abstrait, désincarné. Ce qui était immédiat et original perd sa signification avec la distance et l'imprécision. Si je chuchote : « Deux oiseaux sur la branche » à l'oreille de quelqu'un, je ne suis pas responsable qu'à l'autre bout il ressorte : « La rose est blanche. » Nous nous attendons qu'il en soit ainsi. Nous *misons* sur la désincarnation et l'abstraction. Le doigt même qui appuie sur le bouton dans une guerre ultime a été à l'avance absous de toute responsabilité, comme si tout ce qu'il faisait consistait seulement à exécuter une décision ou une instruction quelconque, à déclencher une guerre qui se déroule au loin. Les victimes sont tout à fait réelles ; mais la chaîne des événements qui aboutit à leur destruction s'arrête à une certaine distance. Ce qui rend possible et même, ironiquement, indispensable une violence sans cesse croissante, comme une sorte de cri *contre* l'abstraction et l'éloignement. Personne n'est plus *présent*. Aucun message n'est plus direct, immédiat, innocent.

Si tu découvres ce que j'ai fait, je me demande si tu comprendras jamais, Frans ? Que c'était ça la raison, l'explication de mon engagement ? Il fallait que je sois présent, je devais être *là*. (Et même ça n'a pas marché ; nous étions déjà hors de portée au moment de l'explosion ; nous n'étions *pas* là, sur les lieux. Quelque chose, j'en ai peur, restera incomplet pour toujours.)

4

Il n'a jamais joué au rugby. Évidemment, ça n'explique pas tout ! Mais cela aurait dû nous servir d'avertissement. Et quand on comprend ce genre de choses, alors on découvre des quantités d'autres signes. Si seulement on les avait remarqués à temps. Mais on a toujours tendance à trouver des excuses à quelqu'un de sa famille. Je veux dire, c'est mon frère. D'accord, nous ne nous sommes jamais bien entendus, il y avait trop de différence d'âge entre nous. Mais c'était mon frère.

Même ce week-end, quand il est arrivé à la maison sans prévenir, je ne me suis douté de rien. Maintenant, je m'aperçois qu'il était évident que quelque chose ne tournait pas rond. Après coup, c'est facile d'être plus malin que les autres. Mais quand on est confronté à ça tout d'un coup, on est aveugle. Évidemment, il y avait beaucoup de choses en lui qui m'agaçaient. Les avances que lui faisait Belinda et la façon détournée dont il l'encourageait en lui proposant qu'elle pose pour lui. Je veux dire : honnêtement. Et la façon dont il a essayé de trouver des excuses à l'attentat, aux terroristes, des choses comme ça. Même dans ces conditions, je ne l'ai pas soupçonné. Et, aussi, je n'avais pas envie de me quereller avec lui. J'étais vraiment très content qu'il ait décidé de venir nous voir. Ça ne lui était presque jamais arrivé. Maintenant, la raison pour laquelle il est venu est évidente. Pour se servir de nous cyniquement. Mais à ce moment-là, je voulais encore croire que les liens familiaux comptaient pour lui. C'est quelque chose que j'ai toujours considéré comme important.

Quand je pense que nous avons changé nos habitudes pour qu'il se sente à l'aise. On a même organisé un barbecue le dimanche. Il ne connaissait pas notre pap* du Transvaal et j'ai voulu lui faire plaisir. Avec quelques amis que j'avais spécialement invités pour qu'il puisse rencontrer le genre de personnes qu'il ne semblait plus fréquenter. Je voulais qu'il redécouvre les gens authentiques et généreux qui existent chez nous, les Afrikaners. Il avait quitté le bercail depuis si longtemps. Toujours prêt à agresser les siens, mais qu'est-ce qu'il en savait vraiment ? Depuis qu'il fréquentait des journalistes et des agitateurs, il avait commencé à oublier ses racines.

Cela fut absolument évident le dimanche, quand il se disputa délibérément avec tous mes amis. J'ai eu du mal à supporter son intolérance. Ce n'est pas comme ça que papa et maman nous avaient élevés. Mais, à ce moment-là, c'était déjà trop tard pour lui, j'en ai peur, il avait franchi le point de non-retour depuis longtemps. Évidemment, j'ai fait de mon mieux pour jouer les médiateurs entre lui et mes autres invités, mais ça n'a pas été facile. Ensuite il s'est complètement retiré. Exactement comme il avait fait le samedi, j'y pense maintenant, quand j'ai dû aller au travail et que Belinda lui a proposé de l'emmener en ville car il venait rarement à Pretoria. C'était vraiment un sacrifice pour elle de quitter la maison, les enfants et le reste, comme ça pour lui montrer la ville. Mais qu'est-ce qu'il a fait ? Il lui a déclaré avec arrogance qu'il voulait y aller tout seul.

Et quand il est rentré à la maison, en retard pour le dîner, qu'est-ce qu'il a rapporté avec lui ? Le *Weekly Mail*. Ce qui n'est pas le genre de journal que j'aime voir dans ma maison. Mais de nouveau, pour la paix et la tranquillité de ma famille, je n'ai pas dit un mot. J'ai simplement jeté ce torchon quand il a eu fini de le lire. Les enfants sont encore petits, mais je ne veux pas que l'un d'eux regarde ce genre de saleté.

Le seul moment où il a manifesté un peu d'enthousiasme pendant tout le week-end, et c'était absolument évident, c'est quand je lui ai montré ma collection d'armes. Je dois avouer que je n'y ai rien trouvé à redire puisque je ne soupçonnais pas qu'il avait du sang sur les mains. Maintenant seulement je me rends compte du caractère malsain et excessif de sa réaction. Il n'en avait jamais assez de manipuler les fusils. En fait, le dimanche, vous imaginez cette audace, le dimanche donc, il a absolument voulu revoir les armes. Moi, pensant que ça l'intéressait vraiment et que nous avions enfin trouvé un terrain d'entente pour des relations futures, je l'ai de nouveau accompagné en toute confiance à la chambre forte. Et, même quand il a commencé à prendre des photos, je ne me suis douté de rien. Évidemment, quand j'y repense, je vois clairement ses motifs, mais ce dimanche matin-là, je l'ai laissé faire ce qu'il voulait et je l'ai même encouragé, trop content pour une fois de le voir s'intéresser à quelque chose d'important pour moi. Grâce à Dieu, il n'a pas réussi à atteindre ses buts diaboliques avec ces photos. Je n'en ai jamais soufflé mot à papa et à maman, ils ont bien assez souffert depuis que la nouvelle a éclaté.

Aujourd'hui, quand j'y repense, je ne peux que m'accuser de ne pas avoir senti que quelque chose clochait dans son comportement. Mais, même dans mes rêves les plus violents, comment aurais-je pu imaginer ce qui se passait ? Il avait toujours prétendu être pacifiste. Ça prouve seulement à quel point on peut se tromper même sur ceux qui vous sont les plus proches. J'ai déjà dit qu'il n'avait jamais joué au rugby à l'école. Déjà à cette époque-là on le considérait un peu comme une poule mouillée. Une seule fois, quand il avait neuf ou dix ans, on a finalement réussi à le persuader de venir avec nous à la chasse. Le pauvre gosse, il avait tellement envie de faire des choses avec nous, les grands. Et, de notre point de vue, on ne pouvait pas le laisser rester une femmelette toute sa vie. Nous avons passé un week-end sur la ferme d'un ami, Hendrik. Son père, Oom Kerneels, était un homme sévère qui n'aurait pas hésité à vous tomber dessus avec son sjambok s'il vous arrivait de blesser un animal. Et il ne permettait jamais aux enfants d'aller à la chasse tout seuls, sans adulte pour les accompagner. Sauf ce samedi-là où, pour une raison quelconque, il se laissa attendrir. Ce qui arriva me donne encore des cauchemars. Nous étions en plein cœur du veld quand quelque chose a bougé dans un fourré devant nous. Immédiatement, nous nous sommes mis à quatre pattes pour nous approcher. Moi, mon ami Hendrik et Thomas. Dans de telles circonstances, on attend d'être assez près, et contre le vent. Il faut voir clairement sa cible avant de tirer. Mais Thomas a sans doute voulu nous impressionner, ou peut-être n'a-t-il pas pu contenir son excitation. Quoi qu'il en soit, alors que Hendrik et moi étions toujours en train de ramper entre les buissons, nous avons entendu Thomas qui tirait juste à côté de nous, en visant au jugé sur l'animal invisible dans les broussailles. Au début, nous avons pensé qu'il y avait vraiment quelque chose parce que nous avons aperçu un grand truc noir qui tombait sur place. Mais quand nous nous sommes approchés, nous avons vu que c'était une des vaches de concours du fermier.

Ensuite, nous avons fait ce que nous avons pu pour expliquer, je veux dire, que Thomas n'était qu'un enfant, mais le vieil homme nous a écartés et, avec un fouet redoutable, en cuir d'hippopotame, il a donné à Thomas la raclée de sa vie. Et quand nous sommes rentrés à la maison, papa, prévenu par téléphone de ce qui s'était passé, a enlevé sa ceinture et l'a encore battu. Honnêtement, j'ai pensé qu'ils allaient tuer mon petit frère. J'ai couru dans ma chambre et je me suis enfoui la tête sous mon oreiller pour ne plus rien entendre. Mais, d'un autre côté, je pense que c'était vraiment le seul moyen pour qu'il retienne la leçon. Pourtant, aujourd'hui, je n'en suis plus si sûr. Thomas n'est jamais retourné à la chasse. Mais regardez ce qu'il est devenu. Il a peut-être gardé tout ça rentré en lui, comme quand les vieux disaient qu'on avait attrapé froid alors qu'on avait la rougeole. C'est la seule explication.

Cet incident a sans doute augmenté le fossé qui nous séparait car, pour une raison ou une autre, Thomas semblait m'accuser de ce qui était arrivé. Mais je ne crois pas que nous aurions pu être proches de toute façon, même si ça me fait beaucoup de peine de le reconnaître. Pas seulement une question de différence d'âge, mais aussi de caractère.

J'ai toujours eu l'impression que Maria le comprenait mieux que moi. Mais c'était l'aînée, ce qui signifiait qu'elle et moi, nous avions plus de choses en commun. Dans l'ensemble, nous avons toujours été une famille étroitement soudée.

Je regrette souvent ce que je ne peux décrire que comme l'innocence de cette époque. Une enfance heureuse qui m'a préparé à devenir un bon père pour mes propres enfants.

J'espère que nous n'attendrons pas longtemps pour avoir le quatrième. Ça ne me dérangerait pas d'en avoir une douzaine. Je trouve qu'un des phénomènes les plus lamentables de notre propre pays, c'est la baisse alarmante du taux de natalité des Blancs alors que les Noirs continuent à se multiplier comme de la vermine. Traditionnellement, nous, les Afrikaners, nous avons toujours eu de grandes familles. Mais l'urbanisation a changé tout ça. Quel est ce responsable plein de sagesse qui a dit que nous avions été capables de vaincre toutes les tentations, sauf celles de la prospérité ? C'est dans les époques de souffrance que nous avons toujours été les meilleurs. Cela nous ramenait vers la famille, comme un bastion de la société prise comme un tout. Si seulement nous pouvions revenir à ces pratiques, consacrées par le temps, d'avoir de grandes familles, je sais que nous serions capables d'affronter l'avenir avec une plus grande confiance. En particulier, si l'on accompagnait ça d'une campagne de contrôle des naissances chez les Noirs. On ne peut quand même pas les laisser se reproduire comme ils le veulent. Ce serait dans leur intérêt de leur couper les jarrets, si l'on peut dire.

Et aujourd'hui, nous voici, presque seuls contre le monde entier et contre les masses noires envahissantes dans notre pays. Avec l'isolement, il nous a été de plus en plus difficile de rester au même niveau que le reste du monde, mais cela nous a aussi renforcés. L'Armscor en est un exemple parfait. Brillant même. Aujourd'hui, grâce aux sanctions internationales, nous sommes devenus indépendants en matière d'armement. Nous exportons même dans d'autres pays, y compris des États africains. Je suis fier de participer à ce succès. Il y a deux mois seulement, je suis allé à Tel-Aviv pour cette mission hautement confidentielle. Qu'aurait dit Thomas, s'il avait été au courant de notre collaboration avec Israël pour les armes nucléaires ? (En retour, les Israéliens ne savent pas que nous vendons aussi des armes, développées grâce à leur technologie, aux pays arabes.) Mais, bien sûr, il aurait été aveuglé uniquement par les faits superficiels. Si seulement il avait compris les véritables besoins de notre peuple, il ne se serait jamais rangé du côté de nos ennemis. Toutes les discussions que nous avons eues pendant le week-end...

Il faudrait peut-être que je mette les points sur les i. Je ne suis pas raciste. Fondamentalement, je suis modéré et très pondéré. Je ne veux absolument pas que quelqu'un souffre d'injustice. Mais les autres doivent aussi respecter *mon* droit à survivre. Et celui des miens. Même si l'on est humain et libéral, les intérêts des siens doivent toujours passer en premier. Il en a toujours été ainsi. L'animal le plus humble obéit à l'instinct qui lui commande de protéger les siens. L'impératif territorial. C'est une question de survie, rien de moins. Et personne ne peut s'attendre que je regarde passivement alors que nous sommes ensevelis dans la terre que *nous* avons domptée et civilisée. Que serait-il advenu des Noirs sans nous ? Où seraient-ils aujourd'hui ? Ce continent est la honte de l'humanité. Donner à chacun sa chance, ça me va parfaitement. Mais seulement quand chacun a prouvé qu'il est capable d'assumer ses responsabilités.

Papa m'a appris quelque chose alors que j'étais encore tout petit. Regarde notre histoire, disait-il. Mais il ne s'agit pas de répéter comme un perroquet ce qu'il m'a dit. Je sais exactement de quoi je parle. Je sais à quoi ressemble la mort de tout près. Si Thomas en avait vu autant que moi avant de s'engager avec ces terroristes, il y aurait réfléchi à deux fois. Je suis allé en Angola en 75. Rappelé comme réserviste pour trois mois sur la frontière. Un moment difficile dans mon travail. Certains demandaient une dispense en prétextant ceci ou cela, et ils l'obtenaient. Je n'aurais pas eu de mal à montrer que j'avais un travail indispensable, qu'on ne pouvait pas se passer de mes services, que je servais déjà dans l'armée à ma façon : mais est-ce que je l'ai fait ? Non. J'ai pensé que j'avais un devoir à remplir. J'ai fait partie de la longue expédition jusqu'aux faubourgs de Luanda, sans que personne chez moi en sache rien. Par la suite, on nous a critiqués de toute sorte de façons. Mais je savais ce que je faisais là-bas. C'était un combat pour la civilisation, pour la chrétienté, pour des valeurs. C'était *ça* qu'on défendait là-haut en Angola, avant que ces salauds d'Américains se dégonflent et nous laissent avec le sale boulot sur les bras.

Je ne hais pas les Kaffirs. Mais j'ai vu de mes propres yeux ce qui se passe quand les sauvages prennent le pouvoir. Regardez le Mozambique aujourd'hui. Le Zimbabwe. L'Angola. Des colonies prospères autrefois. Et aujourd'hui ? Est-ce que quelqu'un de sensé peut s'attendre que je laisse la même chose se passer en Afrique du Sud ? Jamais. C'est ce que j'ai dit à Thomas quand il s'est mis à parler de « négociations », de « partage » et de « respect mutuel ».

J'aurais aimé que le week-end soit plus long pour le conduire dans ma ferme à Warmbaths. J'aurais aimé qu'il voie ça. Cela aurait pu l'aider à comprendre. Pouvoir dire qu'une petite étendue d'Afrique est à soi. La posséder. Ses arbres. Ses rochers. Ses troupeaux de gazelles, de zèbres et de girafes. Ça vous fait quelque chose. Ça vous fait battre le cœur avec celui de l'Afrique. Ça vous montre ce que signifie être d'*ici* et refuser d'être de quelque part ailleurs dans le monde.

Il y aurait rencontré les Noirs qui travaillent pour moi, qui dépendent de moi. Des gens qui seraient morts comme des mouches si je ne les avais pas aidés. Qu'est-ce que

Thomas a jamais compris à de telles relations ? Est-ce qu'il a jamais vu la reconnaissance dans les yeux d'un homme qui sait qu'il vous doit sa nourriture, ses vêtements, tout ce qu'il a et tout ce qu'il est ? Evidemment, l'ironie, c'est que beaucoup parmi eux ne l'apprécient même pas comme il faut. Prenez un garçon comme Filemon que j'ai ramené de la ferme pour travailler ici au jardin. J'ai remarqué que, depuis peu, il n'est plus le garçon humble et reconnaissant qu'il était. Il a commencé à m'appeler « monsieur » au lieu de « baas ». Un de ces jours, s'il continue comme ça, je devrai le laisser partir. Et qu'est-ce qu'il deviendra ?

Dieu sait que j'essaie de faire tout mon possible pour rester loyal envers un homme qui par suite d'un accident de naissance est devenu mon frère. Exactement comme j'ai essayé au cours de ce week-end, avec beaucoup de sincérité et de bonne volonté. J'aurais dû me rendre compte que quelque chose ne tournait pas rond quand j'ai vu ce nom étrange, Dennis Johnstone, sur sa valise. Il y avait peut-être même des bombes dedans. Et je l'ai portée moi-même dans sa chambre ! Quand je pense à ce qui aurait pu se passer... Mais ce n'est même pas nécessaire. Je n'ai qu'à regarder ce qui s'est réellement passé. Cette tache sur le nom de notre famille. Un nom honnête et honorable comme celui des Landman. Je vais peut-être même être obligé d'abandonner mon travail à l'Armscor. Du point de vue de la direction, garder sur leurs registres le frère d'un terroriste peut mettre en danger la sécurité. Comment est-ce que je pourrai de nouveau regarder mes amis, mes relations et mes supérieurs dans les yeux ? J'ai peur de ne plus pouvoir lever la tête dans ce pays. Je n'ai plus qu'à m'en remettre à l'infinie miséricorde du Seigneur. La vengeance lui appartient, pas à moi. Et, je le sais, il veillera à ce qu'il gémisse et grince des dents dans le lac de feu et de soufre, pour toujours et à jamais, amen...

5

Dimanche matin, Thomas resta très tard au lit, hésitant, après une mauvaise nuit de plus, à affronter une nouvelle journée et d'autres gens. Il avait prévu de se coucher de bonne heure la veille au soir – il avait eu une journée particulièrement chargée, surtout après être rentré de son rendez-vous en ville –, mais cela s'était passé autrement. Pendant la soirée, il était resté avec les enfants – Frans et Belinda l'avaient l'invité au théâtre, mais il avait avancé comme prétexte la nécessité de mettre un peu d'ordre dans ses notes pour ses photos du *National Geographic.* Dès que leurs parents avaient fermé la porte, les enfants l'avaient assailli pour lui faire le récit haletant de leurs exploits de la journée ; et, après une heure ou deux de jeux énergiques et de bagarre sur le sol de la salle de séjour, ils réussirent à le convaincre de leur raconter des histoires. On avait couché le bébé des heures plus tôt, mais on avait donné comme instruction à une Sophie fatiguée de rester éveillée et de surveiller les garçons, et elle resta assise bien droite, courageusement, même quand Thomas tenta de la persuader qu'il allait la remplacer. (« Vous êtes fatiguée, Sophie. Pourquoi est-ce que vous n'allez pas vous coucher ? Je vais les surveiller. – Non, baas, Madame sera en colère. – Ne m'appelez pas “ baas ”, s'il vous plaît. – Oui, baas. » Il fut de nouveau frappé par la beauté des yeux de la jeune fille.)

Ce n'est que très tard que le joyeux tandem, trop fatigué pour écouter de nouvelles histoires, s'assoupit, et Thomas alla dans la cuisine où il fit bouillir de l'eau et se prépara du café instantané. Il en apporta aussi une tasse pour Sophie ; elle était toujours assise par terre dans le salon. Au début, elle ne sut pas comment s'y prendre ; après quelques instants, elle rapporta la tasse dans la cuisine où elle la versa dans un pot en métal émaillé réservé aux domestiques, et elle reprit son poste. Il monta dans sa chambre mais, de nouveau, il lui fut impossible de dormir ; et son mal de tête, résultat de la querelle familiale de l'après-midi, lui interdisait toute lecture. Il ne put qu'éteindre la lumière et rester allongé dans l'obscurité, bien après avoir entendu Frans et Belinda rentrer.

Il repensa à la querelle. Il avait été retardé en revenant du centre ville où il avait rencontré Patrick devant le monument de Kruger sur Church Square – une discussion rapide et grave sous le fusil de bronze, vert à cause de l'âge, d'un des premiers combattants boer pour la liberté, et sous la masse lourde du vieux président austère – et en arrivant en retard pour dîner, ce qui devait avoir contrarié Belinda, il avait posé le *Weekly Mail* sur la table avant de tirer sa chaise pour s'asseoir.

« Qu'est-ce que c'est que ça ? demanda Frans avec une voix presque menaçante.

– J'ai acheté un journal.

– Ce n'est pas un journal. C'est une saleté communiste et subversive.

– S'il te plaît, Frans, dit Belinda.

– Ne te mêle pas de ça. Je ne permettrai pas que ma famille ou moi soyons contaminés par une chose comme ça. » Frans, de moins en moins maître de lui, bondit brusquement pour essayer d'attraper le journal ; Thomas voulut l'en empêcher. Il y eut une bousculade. Les enfants les regardaient avec de grands yeux. Belinda était debout et tenait une louche avec laquelle elle faisait des gestes impuissants.

Et maintenant, dimanche matin, pour la première fois, il reprit le journal froissé et commença à le feuilleter sans ordre, en saisissant n'importe quel prétexte pour retarder le plus possible son immersion dans le nouveau jour. Au moment où il quittait sa chambre, il sentit qu'au dehors Nina reviendrait avec toute la force de ce qui s'était passé. Il ne pouvait affronter le sensationnalisme prévisible des journaux dominicaux (une photo en couleur, du sang et des membres brisés, sur toute la une de *Rapport ?* Une indignation libérale et respectable, un relent de colonialisme de droite, dans l'éditorial du *Sunday Times ?*). Les conversations. Le monde terrifiant dans lequel elle était passée. Au moins ici, dans cette chambre d'amis inconnue, il pouvait s'isoler, de lui-même aussi bien.

Mais avant qu'il en fût à la moitié de son *Weekly Mail* froissé, alors que la maison venait de retomber dans le silence après le départ de Belinda et des enfants pour l'église ou le catéchisme, le premier esclandre de la journée éclata : de nouveau le hurlement soudain des voix de Belinda, des garçons, de Frans, criant tous en même temps. Il essaya de les ignorer, mais son ultime paix avait été détruite. Après avoir passé un long moment dans le bain, puis à se raser et à s'habiller, il sortit finalement de sa chambre pour affronter la journée, plus résigné que remis en forme.

Ce qui était arrivé, racontèrent Frans et Belinda d'une voix saccadée, c'était qu'un des garçons leur avait fait honte sur le chemin de l'église, en sautant de la voiture à un stop et en se sauvant. L'enfant avait refusé catégoriquement de remonter en voiture si sa mère ne lui promettait pas de ne plus l'obliger à retourner à l'église. Comme il était trop tard pour l'office, elle était revenue à la maison où elle avait déchargé sa bile sur Frans, en lui disant qu'il n'était pas question qu'elle emmène les garçons à l'église si leur père ne les accompagnait pas ; et il expliqua qu'il avait bien le droit de passer son seul jour de congé chez lui à lire tranquillement ses journaux. Mais tout d'abord, déclara-t-il, le garçon devait recevoir la raclée qu'il méritait ; là-dessus, Belinda intervint en disant qu'il n'avait pas le droit de punir l'enfant si lui-même restait à la maison.

La seconde crise domestique épargna à Thomas la gêne d'être obligé de choisir un camp – cette fois, c'était un serpent découvert dans la cuisine plus ou moins en même temps par Sophie, la mère et les garçons. Le désordre fut si indescriptible que Frans crut que quelqu'un avait été mordu ; mais comme, dans le bruit et la fureur, le serpent s'apprêtait à se faufiler tranquillement hors de vue, on dut suspendre temporairement l'inspection angoissée des garçons pendant que Frans allait chercher un fusil ou un pistolet dans sa chambre forte et que Filemon et la famille se dispersaient dans la cour à la recherche de pioches, de bêches, de fourches et autres armes, en laissant Belinda (qui serrait le bébé hurlant sur sa poitrine affaissée) surveiller les garçons et garder un œil vigilant sur le reptile. Thomas essaya en vain de savoir si le serpent était venimeux ou non ; dans la confusion, personne ne lui prêta attention.

Quand les autres revinrent avec leurs armes variées, Thomas essaya d'intervenir une dernière fois – « Tu es sûr que c'est nécessaire, Frans ? Et s'il est inoffensif ? » Frans : « Tu parles d'un serpent, mon vieux. Inoffensif ou non, où est la différence ? Il ne mérite pas de vivre » – avant de s'éclipser pour sa propre sécurité. Toute autre tentative d'intervention aurait été à l'évidence périlleuse. Tous les deux, Frans avec son pistolet – heureusement, il n'avait pas pris le fusil pour les éléphants – et Filemon avec un manche de pioche tirèrent, cognèrent et tuèrent le serpent, en lui écrasant bibliquement la tête : un reptile assez décevant qui ressemblait à une lanière, et impossible de dire s'il s'agissait d'une vipère venimeuse ou d'un serpent domestique tout à fait inoffensif : avec son manche de pioche Filemon avait cassé plusieurs ustensiles de cuisine et, en tirant quatre ou cinq coups de pistolet, Frans avait descellé plusieurs pavés. Tandis que Belinda inspectait une dernière fois les enfants à la recherche d'une morsure, Thomas détourna la tête avec une légère nausée.

Ensuite, Frans prit le serpent par la queue, le mesura du regard et le donna à Filemon pour qu'il l'enterre dans le jardin.

« Quelle saloperie, dit Frans en se frottant les mains avec une lueur effrayante dans les yeux. Qui se serait attendu à ça un dimanche matin paisible ?

– Ce qui prouve qu'on doit toujours rester sur ses gardes, dit Thomas avec une ironie que personne ne remarqua. C'est ça l'Afrique.

– Pas dans ma maison », répondit Frans, indigné.

La crise suivante ne tarda pas à éclater : les garçons plongèrent dans la piscine malgré l'interdiction des baignades le dimanche. Cette fois, Belinda elle-même n'essaya pas d'empêcher la punition méritée. Et ce troisième drame se terminait à peine quand les invités arrivèrent dans leurs BMW (un seul vint dans la Volkswagen délabrée de sa femme) et on commença à préparer le barbecue.

Thomas aurait aimé y échapper, mais il ne pouvait pas offenser son frère aussi ouvertement, surtout quand les relations dans la famille étaient déjà tellement tendues. Il y avait quatre ou cinq couples, la plupart avec des enfants ; et il apparut très vite qu'il s'agissait d'une coutume dominicale bien établie, chaque semaine dans une maison différente, soit pour un vrai braai* boer, ou pour un barbecue chinois, ou encore pour les délices douteuses d'un potjiekos*, un ragoût dans une marmite en fer. Des maris s'appelant Dolf, Daan, Marius ou Quintus ; des épouses aux prénoms faisant penser à des poudres à laver ou à des insecticides ; des hommes portant des montres

Rolex (parfois deux au même poignet, une indiquant l'heure d'Afrique du Sud et l'autre de New York ou de Tokyo), et vêtus de shorts ou de pantalons blancs, avec des chemises Lacoste ou Pierre Cardin ; des femmes buvant du Perrier ou du cognac-Coca, avec de gros bijoux africains étincelants autour du cou ou des bras. Parmi eux (ensuite Thomas fut incapable de faire coïncider les noms et l'activité professionnelle) il y avait, autant qu'il pouvait s'en souvenir, un économiste, un haut responsable de la radio, un avocat, le P-DG d'une société de publicité et quelqu'un du Conseil pour la recherche scientifique et industrielle.

Pour maintenir la paix (apparemment, il s'agissait aussi d'une coutume généralement acceptée), on leva l'interdiction des baignades dominicales et on autorisa les enfants Landman à rejoindre leurs amis dans la piscine bruyante, dans l'eau qui leur était interdite une heure plus tôt. De temps en temps, plus par habitude que par conviction, un des pères lançait en rugissant une menace ou un avertissement effrayant dans leur direction, mais sans effet notable sur le vacarme. De toute façon, les adultes étaient bien trop occupés par leurs propres affaires : les hommes réunis en cercle autour du barbecue, tenant des boîtes de bière ou des verres à whisky en cristal, certains portant de petits chapeaux de toile pour se protéger du soleil ; les femmes, au début à l'intérieur, préparant des salades ou mettant des bébés au lit, accompagnant Belinda dans des visites guidées et secrètes dans les recoins cachés des chambres ou des salles de bains, avant de sortir pour s'étaler, comme des montres de Dali, sur des chaises longues à l'autre bout de la piscine, entre les branches des cycas. Métamorphosées en tenues bain-de-soleil à fleurs ou en bikinis aux couleurs vives, luisantes d'ambre solaire importée, elles s'absorbaient dans des conversations animées sur les liposuccions et les régimes amaigrissants, la bonne volonté des domestiques, les organisations féminines progressistes, les résultats scolaires de leur progéniture, et différentes tentatives en danse, en diction, en théâtre, en athlétisme, l'entretien des jardins plantés exclusivement d'arbres et d'arbustes indigènes très rares, les fermiers portugais installés à la périphérie de la ville sur qui on pouvait compter pour trouver certains produits à certains moments précis, les couturières particulières et les nouvelles boutiques, une exposition de l'Art Gallery, l'augmentation du salaire des domestiques, un viol incroyable à Lynnwood, la toute dernière information sur qui avait été engagé ou licencié de la SABC, les voyages à Taiwan, en Thaïlande, au Chili ou au Népal, l'allaitement au sein, les coucheries au gouvernement, le sida en Afrique, les recettes pour fours à micro-ondes, les cours de poterie, de français, de tir sur cible.

Voulant absolument trouver une raison pour ne pas se laisser entraîner dans un des deux groupes, Thomas alla chercher son appareil et (au milieu des protestations énergiques des dames) il commença à se promener au hasard en prenant des photos. Mais, de temps en temps, il n'avait pas d'autre choix que de rejoindre les hommes. Combien de fois avait-il entendu ce genre de conversations ? C'était peut-être, se dit-il, ce qu'il y avait de pire : un pays qui s'étouffe avec ses propres idées reçues, un pays qui n'est plus capable d'exprimer ses réalités que par des slogans.

La saison de rugby. Le dernier potin sur le président. Vous connaissez celle-là... ? Parlez moins fort, les filles écoutent. Et Dalremé est méfiante comme tout en ce moment, à cause de la petite secrétaire que je viens d'engager, j'ai déjà dû vous en parler, je me la suis tapée mercredi dernier, Dalremé a cru que je jouais au golf, mais merde, qu'est-ce qu'elle y peut ? Elle a une façon de tortiller le cul, je te tourne et je te balance, elle vous fait voir des étoiles en plein jour. Ça me rappelle : vous connaissez celle de Van der Merwe qui se marie avec une putain... ? Suit alors toute une série d'histoires jusqu'à ce que, comme prévu, la conversation passe du sexe aux affaires. Les dernières nouvelles de la Bourse. Les propriétés. L'investissement dans l'uranium. Le platine. L'or. Et au cas où tu décides de sortir ton argent du pays, si tu es prêt à jouer le jeu, tu peux obtenir de l'aide à l'intérieur du gouvernement. Actuellement, c'est le moment d'augmenter ses bénéfices. Et de se prémunir pour des pertes futures, au cas où l'explosion nous toucherait. Il faut se servir de sa tête. De ses relations. De son influence. A la fin de la partie, c'est le mec qui a du pognon dans sa poche qui survit. Si on joue bien le coup, pas la peine d'avoir peur d'une bombe.

Est-ce que je jette une autre bombe parmi vous ? Est-ce que je vous raconte ma rencontre avec Patrick au pied de la statue de Kruger, hier matin ? Est-ce que je vous dis le nom de l'organisation qu'il représente ? Est-ce que je vous donne des informations sur notre discussion ? Tout ça semble appartenir à un autre pays, à une planète pas encore découverte.

La conversation poursuivit son cours inexorable en passant des affaires à la politique.

« On a eu cet Américain hier... » (Qui parlait ? Sans doute l'économiste ; ou peut-être le type de la SABC : au bout d'un moment, ils devenaient interchangeables.) « Une belle indignation à propos de la façon dont nous opprimons nos Noirs. Alors je lui ai demandé : vous n'avez jamais voyagé dans le monde ? Vous ne voyez rien ? Où que vous alliez, je lui ai dit, il y a des catholiques qui font sauter des protestants ou des protestants qui font sauter des catholiques, des Juifs qui oppriment des Arabes ou des Arabes qui tuent des Juifs, des musulmans et des hindous qui essaient de s'exterminer mutuellement, des Australiens qui traitent les aborigènes comme des animaux, ou les Norvégiens qui dominent les Lapons, les Canadiens qui dominent les Indiens, des Sikhs qui en font brûler d'autres quand ce ne sont pas eux qui brûlent, des indigènes qu'on chasse en hélicoptère comme du gibier, des femmes vendues comme esclaves, tout ce qu'on veut. Alors, pourquoi nous ? C'est parce que nous sommes trop honnêtes et que nous ne mentons pas, je lui ai dit. Pour résoudre de la façon la plus simple et la moins coûteuse les problèmes du pays, il n'y a qu'à mentir comme le reste du monde. »

Patrick avait reçu une confirmation du Cap. « Justin, David et Rashid sont à l'abri, inutile de s'inquiéter pour eux. Et d'après ce que nous savons, Christine est toujours dans le coma. Elle n'a donc rien dit. Et elle ne dira rien même si elle reprend conscience. Ce qui signifie qu'il n'y a aucune raison pour qu'ils nous découvrent jamais. Il faut rester calme. La seule nouvelle alarmante, c'est que le général Bester part pour Johannesburg. C'est un vrai salaud. Si jamais il trouve la piste... » Je le sais, je ne le sais que trop bien : je l'ai déjà rencontré. Et, si Nina n'avait pas fait intervenir son père, quand ils m'ont embarqué ce matin-là, très tôt, je ne sais pas ce qui serait arrivé. Je n'ai absolument pas envie de croiser de nouveau sa route.

Frans : « Tu aurais dû lui dire d'aller faire un voyage en Afrique. Nos Noirs vivent dans le luxe si on compare avec le reste du continent. On dit qu'en Tanzanie... »

Thomas l'interrompit : « Est-ce que vous avez envie d'échanger vos places ? »

Pendant un instant les mains, qui tenaient les boîtes de bière et les verres, se raidirent ; les yeux se tournèrent vers lui.

« Qu'est-ce que tu veux dire ?
– Simplement ce que j'ai dit. Quel que soit le luxe dans lequel " nos " Noirs sont supposés vivre, est-ce que vous avez envie d'échanger votre place avec n'importe lequel d'entre eux ?
– Est-ce que tu as vu certaines maisons à Soweto ? demanda Frans, en le défiant. De sacrés palaces, mon vieux.
– A quoi ça sert de vivre dans un palace si on ne peut même pas choisir l'endroit où on veut le construire ? Ou, quand on sort de chez soi, si on ne peut pas voter ?
– J'aimerais mieux avoir une belle maison et pas le droit de vote plutôt que le droit de vote et d'être obligé de mendier pour manger et m'habiller.
– Ça t'est facile de dire ça : tu as tout.
– Mais il y a eu une époque où nous, les Afrikaners, nous n'avions *pas* tout. La différence entre eux et nous, c'est qu'au lieu de nous mettre à plat ventre devant le monde et de nous lamenter sur la façon injuste dont la vie nous traitait, nous nous sommes mis au travail et nous sommes arrivés au sommet en nous battant. Non ? »

« En ce qui te concerne, avait dit Patrick, la meilleure nouvelle c'est que l'Organisation veut que tu retournes au Cap. Personne n'a le moindre soupçon sur toi. Mais, même s'ils savent, le dernier endroit où ils pensent te trouver maintenant, c'est Le Cap. Alors, tu vas aller te planquer là-bas. Garde la voiture Avis, nous allons prolonger la location et, au Cap, Rashid pourra la réviser. Simplement pour être tranquilles. »

« Et nous n'avons pas utilisé la violence pour en arriver là où on est, dit l'homme de la publicité (à moins que ce ne soit l'avocat). Souvenez-vous, quand Paul Kruger a essayé d'employer la méthode forte contre les Britanniques, il s'est fait écraser les couilles. C'est seulement quand les Boers ont abandonné la violence qu'ils ont commencé à aller quelque part. C'est ce que les Noirs peuvent apprendre de nous.

– Il y a une différence, lui rappela Thomas. Même si notre situation était misérable, nous avions toujours le droit de vote. La voie pacifique était un *choix*. Quelle chance à un Noir ?

– Vous êtes pour la violence ? » L'avocat (sans doute).

Patrick : « Mais il faut que tu te reprennes, Thomas. Tu ne peux pas continuer à penser à Nina. Même si c'est dur : c'est arrivé, c'est fini. Tu m'entends ? C'est fini. La lutte continue et nous avons besoin de toi. Toi, entièrement, et pas seulement d'une partie de toi. En particulier si Bester est sur le coup. Si c'est le cas, un faux pas et tu es fichu. Maintenant c'est à celui qui sera le plus malin. Et qui aura le plus de cran. C'est beaucoup plus difficile que de faire sauter une bombe. Ce n'est plus un jeu d'enfant. Tu me suis ? »

« Vous pouvez vous permettre de rejeter la violence, dit Thomas, parce que vous êtes de la bonne couleur. Vous êtes du bon côté de la barrière. Tout le pouvoir d'Etat est à votre disposition.

– Et vous ?

– J'essaie simplement d'imaginer comment quelqu'un qui n'a pas tout pour lui peut réfléchir. Quelqu'un qui doit survivre dans un système qui le remet continuellement " à sa place " avec toute la force nécessaire.

– La violence n'a pas de place dans l'esprit d'un être rationnel.

– Pour vous, la violence est un concept philosophique, dit Thomas. Ou moral. Si vous étiez noir, vous découvririez peut-être que c'est le seul moyen de rester en vie.

– C'est simplement parce qu'il leur reste beaucoup de choses à apprendre, dit Frans. Mais, merde, mon vieux, nous avons des milliers d'années de civilisation derrière nous.

– Tu trouves que c'est " civilisé " pour le gouvernement de lancer des véhicules blindés sur une foule d'enfants ou de passer toute une township au bulldozer ?

– Si vous voulez mon avis, le gouvernement a montré une retenue incroyable jusqu'ici, dit l'homme du Conseil de recherche scientifique et industrielle, ou peut-être l'économiste. Il n'a même pas encore commencé à se dégourdir les muscles.

– Et, de toute façon, comment voulez-vous faire avec une bande de sauvages ? Quelqu'un de la Société d'urbanisme me racontait l'autre jour qu'ils leur avaient construit des maisons, des maisons correctes, avec des cuisines et des salles de bains, tout. Et qu'est-ce qui s'est passé ? Ils ont entassé leur charbon dans la baignoire et ils ont fait leur cuisine sur un réchaud à gaz dans la cour. C'est à ces gens-là que vous voulez donner le droit de vote ? »

Puis vint le moment des anecdotes. L'homme de la SABC, à moins que ce ne soit l'avocat : « Si vous ne me croyez pas, demandez à Lindalène : sa mère qui habite là-haut, à Tzaneem, a engagé un nouvel employé pour la cuisine il n'y a pas longtemps. Le premier samedi qu'il était là, ils attendaient le dominee ou le principal du collège pour dîner, et elle a demandé au cuisinier s'il savait faire rôtir un cochon de lait. Il a répondu : Bien sûr, bien sûr. Et est-ce qu'il savait le présenter à table, avec du persil dans les oreilles et une pomme dans la bouche ? Sûr, Madame, sûr. Bon, à l'heure du dîner, c'est la vérité vraie, vous pouvez demander à Lindalène, cette cruche a apporté le cochon de lait sur un plateau, avec deux brins de persil dans ses oreilles à lui et une pomme dans la bouche. »

Quelqu'un d'autre : « Ça me rappelle...

– Non, attendez, attendez, écoutez celle-là d'abord. »

Enfin, quand la tempête de rires se calma, Frans s'adressa à Thomas et lui demanda : « Alors ? Qu'est-ce que tu as à dire maintenant ? Toujours en faveur du droit de vote général ?

– Je ne crois pas qu'ils soient dans ce pays pour nous faire rire, dit-il en réprimant sa colère. Ils y sont parce qu'il se trouve que c'est leur pays. Et s'ils décident un jour de nous autoriser à y rester, ce ne sera pas – quelle est la prière que tu dis à table ? – parce que nous le méritons, mais grâce à leur infinie bonté, amen.

– Va te faire foutre ! » cria Frans, si fort que les femmes de l'autre côté de la piscine se turent brusquement et que les enfants eux-mêmes interrompirent un instant leurs cris et leurs éclaboussements.

« C'est grâce à *notre* infinie bonté qu'ils sont là, dit l'un des autres. Aux Etats-Unis et en Australie, les colons ont eu assez de bon sens pour les liquider. Mais, simplement parce que nous avons choisi de nous conduire de façon honnête et chrétienne, on nous traite comme des lépreux ! »

Au beau milieu de la discussion, Thomas dit : « C'est curieux de ne pas voir des vautours voler en cercle au-dessus de nous. Ils peuvent sans doute sentir le cadavre en décomposition.

– Thomas, si tu crois que je vais te laisser insulter mes amis dans ma propre maison... »

Pendant un instant, la dispute faillit mal tourner. Puis l'un des invités, qui venait d'ouvrir une boîte de bière, rit d'un air dégagé.

« Ne t'inquiète pas, Frans. Quand les choses iront mal,

nous demanderons à ton frère de négocier avec les vautours.

– Thomas ? répondit Frans d'un ton railleur. N'y compte pas. Dès que les choses tourneront à l'aigre, il se sauvera. Il a toujours été comme ça.

– Eh bien, j'aimerais mieux me mettre à l'abri que mourir, répondit son ami. (L'économiste, vraisemblablement.) Je n'ai pas l'intention de me battre dans un pays détruit de fond en comble. Pour commencer, les politiciens ont tout bousillé, alors laissez-les trouver les solutions. Tant qu'ils me laissent en dehors, je suis content.

– Qu'est-ce qui te fait croire qu'ils vont te laisser en dehors ?

– Parce que sinon je m'en vais avant qu'ils aient pu me toucher. Je me suis déjà acheté quelque chose à Perth.

– C'est honteux, dit Frans. Personne ne me verra jamais vendre pour partir. Je suis ici pour y rester.

– Ça t'est facile de dire ça, le taquina un des invités. Tu as tes armes. »

Patrick : « Je t'assure, Thomas, dès que les choses se seront calmées, on t'aidera à passer la frontière. Sois patient. Tout ce qu'ils vont faire maintenant, ce sera d'arrêter des gens en masse. Ils ont déjà commencé. Ça va les occuper pendant un moment. Toi, tu fais le mort. Plus tard, tu sortiras. »

La discussion les avait enfin amenés là où Frans le voulait depuis le début. « Est-ce que je vous ai montré le bébé que je me suis payé cette semaine ? demanda-t-il, rayonnant. Il m'a coûté une caisse de whisky pour le type de la douane, mais, Dieu merci, j'ai ce contact. Venez, je vais vous le montrer. »

Les hommes, excités, se précipitèrent derrière lui ; Thomas s'éloigna seul et alla s'accroupir au bord de la piscine pour prendre des photos des enfants.

Mais Frans ressortit de la maison pour l'appeler : « Thomas, qu'est-ce que tu fais ? Tu es trop bien pour nous ? Allez, viens, mon vieux.

– Je les ai déjà vues.

– Pas toutes. »

Il le suivit à contrecœur. Plus par mauvaise humeur que par intérêt, il prit même quelques photos des hommes impatients qui maniaient les armes dans la chambre forte. (Même ici, remarqua-t-il sans plaisir, il y avait des cafards qui couraient le long des murs. Prêts à prendre la relève.)

« Deux choses seulement, d'accord ? Ne pense plus à Nina. Et fais attention au général. Le reste, on peut s'en occuper. »

Manifestement, Frans ne fut pas d'accord quand il vit Thomas à l'œuvre avec son appareil photo. « Tu aurais pu me demander, dit-il mécontent. Qu'est-ce que tu vas faire de ces photos ? »

Thomas haussa les épaules. « Je pense que je vais les envoyer directement à l'ennemi. »

Eclat de rire général. « Allez-y, allez-y, faites-le, dit l'un des hommes. Ils vont en chier dans leur froc.

– Ils y chient déjà, dit un autre qui avait apporté son whisky. Le plus grand ramassis de trouillards qu'on a jamais vu. C'est évident à leur façon de se battre. Quand ils peuvent tuer des femmes et des enfants avec des bombes, ce sont des héros. Mais n'allez pas imaginer qu'ils s'en prendront à quelqu'un de leur taille. Regardez ce qui s'est passé avant-hier au Cap. »

Quelqu'un gloussa. « Si seulement ils avaient mieux visé. On aurait tous applaudi.

– Ce n'est pas un sujet de plaisanterie, dit Frans sévèrement. Personne ne peut blairer ce saligaud, d'accord. Mais des gens ont été tués. Des gens absolument innocents.

– Qui peut encore se dire innocent dans ce pays ? demanda Thomas.

– Merde, les gars, c'est dimanche, on est venus ici pour oublier tout ça, se plaignit un des invités. Alors pourquoi est-ce que vous êtes aussi sinistres ? Merde, Frans, on a soif.

– Voilà ce qui s'appelle parler, dit Frans, à nouveau content. Allons voir le feu. Les braises doivent être bonnes. J'ai fait mariner la viande, vous m'en direz des nouvelles. »

4

– Les gens s'habituent à tout. C'est là-dessus que nous comptons à la Spécial Branch. Ça peut donner le meilleur et le pire. S'agit seulement de savoir s'en servir.

Ça peut être bougrement embêtant quand, dans un braai ordinaire ou un groupe d'hommes qui boivent une bière, on découvre que personne ne s'intéresse à ce qui se passe. Veulent pas qu'on les ennuie. Prenez par exemple les deux premières bombes qui ont explosé. Les premières mines sur des routes boueuses au nord du Transvaal. Un boucan à tout casser. Mais ils s'y sont habitués. Aujourd'hui, ils n'y pensent même plus, aux clôtures de sécurité autour de leurs fermes sur la frontière. Ou à leurs gosses qui vont à l'école dans des camions militaires. Ou aux femmes qui prennent leur fusil avec elles quand elles vont porter le café à leur mari dans les champs. Des choses comme ça. Une grande frayeur quand il se passe quelque chose. Mais donnez-leur un mois, et ils seront habitués. On n'arrête pas de leur dire : il faut faire attention. Vous devenez négligents. C'est ce que les communistes attendent. Ils nous guettent nuit et jour et ils rôdent comme des prédateurs. Attendant de pouvoir faire main basse sur notre pays. Vous croyez que ce ne sont que des paroles. C'est devenu mos* à la mode d'être libéral. Vous croyez qu'un léopard peut perdre ses taches ? Faut être prêts, à chaque instant. Alors, vous pourrez dormir tranquillement dans votre lit. On n'arrête pas de leur dire. Mais ils oublient. C'est pour ça que la bombe du Cap les a pris au dépourvu. Les gens ne sont plus en alerte. C'est le mauvais côté de s'habituer aux choses.

Mais il y a le bon côté. Ça donne une prise sur eux. Question de temps. On met quelque chose de nouveau en route et tout le monde se met à gueuler comme un perdu. Alors on attend. Une semaine, un mois et tout se calme. Ils se sont habitués. Regardez l'état d'urgence. Même dans le gouvernement, il y en a qui ont protesté. Qu'est-ce qu'ils y connaissaient, ces connards ? Nous sommes les seuls à savoir. Nous, les forces de sécurité. Nous prenons les décisions. Quoi qu'il en soit, ils ont poussé des gémissements. Sans parler des journaux. La presse de langue anglaise, mon Dieu. Ils ont crié jusqu'au ciel. Même la presse de langue afrikaans au début. Mais on attend. Ils se calment graduellement. Ils s'habituent. Alors on peut faire son boulot comme on l'entend.

Tout se ramène à ça. Supposez qu'on nous conduise quelqu'un pour un interrogatoire. Au début, il est sur la défensive, d'accord ! Impossible d'en tirer quelque chose. Un vrai mur. Question de patience. Question de méthode. Si on sait s'y prendre, il finira par craquer. Mais il faut d'abord attendre qu'il s'habitue. Qu'il commence à se détendre, qu'il pense savoir ce qui se passe, qu'on ne peut plus le prendre par surprise. Il baisse sa garde. Même un tout petit peu. Faut seulement bien reconnaître les signes. Comme un poisson qui s'habitue à l'appât. Alors, on ferre.

La façon dont je vois les choses, ça marche particulièrement bien avec les femmes. Ç'aurait été la même chose avec celle-là. Nina Jordaan. Celle qu'ils ont descendue à Jan Smuts. Pas eu l'occasion de lui mettre la main dessus. Manque de pot. Si seulement ils n'avaient pas eu la gâchette aussi facile. C'est bien de descendre sa proie s'il n'y a rien d'autre à faire. Ou si ça n'a plus d'importance. Ou s'il faut la faire taire. Mais pas quand elle est encore utile. Même le poisson, on ne se contente pas de le sortir de l'eau. D'abord, on joue avec, on le teste, on apprend à le connaître, on le met à sa main. Sinon, où est le plaisir ?

Si seulement ils ne l'avaient pas eue les premiers. On en saurait vachement plus aujourd'hui. Toute la bande arrêtée, aucun doute. Ce n'est pas de l'arrogance. Je connais mon boulot, c'est tout. J'aurais donné n'importe quoi pour l'arrêter, celle-là. Ça remonte à loin. On peut dire que je l'attendais. On finit par connaître son monde. Je voyais ça venir. Peut-être pas ça en particulier parce qu'il y a longtemps qu'elle était dans le coup. Mais quelque chose du même genre. Je connais trop bien les filles comme elle. Seulement, à cette époque-là, il n'y avait jamais de raison suffisante. Et il y avait aussi son père, bien sûr. Le juge.Il est intervenu bien trop tôt. Dommage. Mais il était clair comme de l'eau de roche que la mignonne avait du cran. Je les aime comme ça. Il ne faut jamais qu'un gibier soit trop facile. Donnez-moi un poisson qui sait se battre, n'importe quand. Un qui vous en donne pour votre argent. Il vous faut toute une journée pour le sortir. On sent que ça en vaut la peine.

Je l'ai reconnue tout de suite. Dès qu'ils ont ouvert le tiroir à la morgue. Nina Jordaan ? Ça fait un drôle d'effet quand les choses se passent exactement comme on s'y attendait. J'ai eu un pressentiment dès que le flic du Cap a mentionné le nom que le type a crié quand elle est tombée. Si seulement le flic avait été moins con. Il aurait pu les avoir tous les deux sur place. Mais on les aura, ne vous en faites pas. Je l'ai promis au président. Plus : je me le suis promis à moi-même. Devant Dieu. Parce que si ça marche, cette fois la route est libre. Chef de la sécurité : ça sonne bien. Préfet de police : encore mieux. La route est ouverte. C'est ce qui compte. Il y en a toujours eu pour dire que Kat Bester ne réussirait pas. Papa. J'aimerais qu'il soit encore vivant, même lui aurait dû ravaler ses paroles. Reconnaître que Kat Bester n'est pas un cas si désespéré, en fin de compte. Pour une fois, il aurait vu que son fils était digne de lui. J'ai dû attendre cinquante-sept ans pour ça. Maintenant, c'est l'occasion.

Quel dommage que papa ne soit plus là. Il était dur. Dur pour nous tous. Maman, Nakkie, Johanna, Bettie, Sissy et moi. Mais encore pire avec moi. Le seul fils. Un exemple pour les autres. Celui qui portait son nom. L'enfant de papa. Qui l'a déçu, qui n'a jamais pu faire ce qu'on attendait de lui. Comme mes bouquins. Il disait qu'il n'en avait rien à foutre d'une poule mouillée. Voulait faire de moi un homme. La seule méthode qu'il connaissait, la ceinture. La nuit, il surgissait dans ma chambre, à trois ou quatre heures du matin, soûl comme un Polonais, il me tirait du lit et commençait à taper. Pour le principe. C'était sa méthode. Pas un seul jour sans coups de ceinture. Sauf la période qu'il a passée dans un camp de concentration. Pendant la guerre. Pour le reste, c'était tout le temps l'enfer.

Mais on apprend à le supporter. Fort comme un bœuf. Un vrai sauvage. De toute façon, il n'y avait aucun moyen de lui faire plaisir. Mais on apprend. En tout cas, on essaie. J'ai décidé de lui montrer. J'ai appris à me contenir quand il me battait. J'ai supporté comme un homme. J'ai serré les dents jusqu'à ce que tout se mette à tourner. J'ai appris à compter les coups, une façon de se concentrer l'esprit. Ça aide. N'importe quoi : n'importe quoi pour ne pas pleurer. Alors il pourrait *voir* que son fils supportait ça, que son fils s'était endurci. Un homme véritable, D'une certaine façon, j'ai même commencé à attendre les raclées, l'occasion de lui montrer de quoi son fils était fabriqué. Mais, pour lui, ça n'a jamais fait de différence.

Si seulement il pouvait être encore vivant aujourd'hui. Pour une fois, il aurait été fier de son fils.

Parce que c'est ça la question. Ça a toujours été comme ça. Pas honte de le reconnaître : papa était mon héros. Tout le temps. Pendant la guerre il faisait partie de l'OB*. Au début, on ne le savait pas. Évidemment. C'était un secret. Question de vie ou de mort. Mais ils ont fait sauter le pont du chemin de fer à huit kilomètres de la ville. On a appris l'histoire seulement après. Papa savait exactement à quelle heure passait le train. Rempli d'hommes avec des écussons rouges en route vers Le Cap d'où il devaient s'embarquer pour le nord, combattre pour Jan Smuts. Mais, ce soir-là, le train avait cinq minutes de retard. S'il avait été à l'heure, le train et toute sa cargaison de volontaires auraient sauté, avec le pont et le reste. Mais il n'y a eu que le pont. Une semaine plus tard, ils sont venus chercher papa. Quelqu'un de son groupe avait dû le trahir. Vous imaginez ça ? Un Boer trahissant ses frères boers. Rien de plus méprisable sur terre.

Alors papa est allé au camp. Il y avait des personnages importants avec lui. Pour nous, derrière, c'était terrible. Heureusement, on était déjà en février 1945, pas loin de la fin de la guerre, et à ce moment-là ils l'ont libéré. Mais, bien sûr, il avait un dossier et il n'a pas pu retrouver de travail. Pas avant 1948 [1], quand on a réintégré les héros du peuple. Nous avons donc souffert pendant trois ans. A bouffer de la merde. Mais personne ne s'est plaint. Papa était un sacré héros. Destiné à en être un depuis le début. D'une certaine façon, sa vie entière a été marquée par les camps.

J'ai dû quitter l'école pour rapporter un peu d'argent à la maison. D'abord dans une boucherie. Puis la police. Maman a pleuré toutes les larmes de son corps. Elle avait toujours voulu que son fils fasse des études. Mais je lui ai

1. Arrivée au pouvoir du National Party. *(N.d.T.)*

donné ma parole d'honneur que je continuerais. Dans le plus grand secret, bien sûr. Et j'ai fait aussi des études. Par correspondance. Travaillé nuit et jour, et j'ai eu mon bac. Ensuite, les concours internes dans la police. Un par un. Général aujourd'hui. Même papa aurait eu des raisons d'être fier.

Dommage qu'il n'ait pas vécu assez longtemps pour voir. Le camp lui avait ruiné la santé. N'a plus jamais été le même par la suite. Il n'y avait que la bouteille pour le remonter. Je donnerais n'importe quoi pour qu'il soit là aujourd'hui. Il aurait dû voir ce que son fils est devenu. Proche du président. Il m'appelle Bester. Pas Général. Rien de formel. Bester. Et ce truc qui s'est passé au Cap, ça va être ma chance.

Je lui ai donné ma parole. « Laissez-moi l'affaire, monsieur le Président. Je prends tout sur mes épaules. Je travaille déjà sur des informations. Ils ne vont pas s'en tirer. »

De retour à Caledon Square, le message m'attendait. Une passagère avec un gros pansement à la main droite, vue sur le vol SA 608 pour Port Elizabeth. Là, ils ont perdu sa trace. Puis une autre femme a pris l'avion à Port Elizabeth, pour Johannesburg. Avec aussi un pansement à la main droite. Jamais cru qu'ils iraient si vite. Mais, quand c'est arrivé, on a embrayé aussitôt. Rien de plus agréable que la chasse. J'ai demandé à Pretoria de l'arrêter. Jamais dit de la descendre.

Cette Nina Jordaan. Un père juge, mais on a du respect pour un homme comme lui. Certains juges nous rendent la vie difficile. Ils n'ont pas conscience qu'en temps de guerre, il n'y a plus de règles. Question de survie. Eux ou nous. On ne peut pas discuter de points de droit délicats avec un terroriste. Mais le vieux Jordaan comprend dans quelles circonstances on travaille. Il sait quand il faut regarder ailleurs. On n'a qu'à lui chuchoter un mot à l'oreille. Quand il faut rendre visite à des détenus, faire signer des dépositions. Il me consulte toujours en premier. On s'entend bien tous les deux. Ça n'a coincé que quelques fois, quand sa fille était dans le coup.

Comme pour la manifestation. Des bandes d'étudiants comme ça, ça me fout hors de moi. Les hommes ont fait du bon boulot en les dispersant. Vous auriez dû les voir détaler quand nous sommes entrés. Ils chiaient dans leur froc. Et il y a ceux qui parlent de lutte armée. On leur en a foutu plein la gueule, ce jour-là. Mais la fille du vieux Jordaan se trouvait dans le lot. Pas eu beaucoup de temps pour lui parler. J'ai pourtant eu l'impression que la poupée avait du cran. Elle ne s'est pas effondrée comme d'autres. Puis son père a téléphoné, alors qu'est-ce qu'on pouvait faire ? Une main lave l'autre.

Encore une occasion. Mais ça concerne l'autre type. Le photographe. Thomas Landman. On l'a embarqué à Crossroads. J'avais déjà tout un dossier sur lui. Les photos qu'il avait envoyées aux journaux à l'étranger. Un coup de poignard dans le dos de son peuple. Une bonne famille, lui aussi. J'ai bavardé longtemps avec lui. Têtu comme une mule. J'ai dû appeler Swanepoel et sa bande pour qu'ils le calment. Il a fallu le travailler. Question de savoir un peu avant qu'il soit trop tard. Mais on a dû le laisser partir, lui aussi, avant que Swanie se soit échauffé comme il faut. On commençait seulement à le sentir, à prendre sa température, quand le vieux Jordaan a téléphoné. Seulement pour découvrir beaucoup plus tard par Swanie que c'était la fille qui était venue fourrer son nez là-dedans. Elle avait demandé à son père d'intervenir.

Comme deux larrons en foire, à l'époque, ces deux-là. Du même acabit.

Faudra que je regarde ça en rentrant au Cap. Que je déniche tous les contacts de la petite. Un sacré boulot. Je le sais d'expérience. Comme de démêler une perruque sur une ligne de pêche. Il y a plein de choses qui apparaissent.

Mais on a besoin de temps pour ça. Et ils sont tous à me pousser. Même pas eu le temps de débrouiller cette histoire de Mabusa. Maintenant, c'est la bombe. Juste au moment où tout semblait bien marcher. Parce que l'histoire de Mabusa était un truc drôlement marrant. Un grand coup de pied dans la fourmilière terroriste de Langa. Assez d'armes pour faire sauter le centre de la ville. Trois semaines de boulot acharné pour faire causer Mabusa. Un des plus durs qu'on a eus. C'est pas qu'il s'est mis à chanter, mais il en n'était pas loin. Je sentais ça dans les couilles. Du bon boulot, le petit Swanie, excellent.

Juste à ce moment-là, le ministre arrive. Le parti dans une mauvaise passe et une élection partielle en vue. Il fallait du solide pour distraire le public. Je lui ai dit qu'on voulait seulement un jour ou deux ; Mabusa était sur le point de craquer. Et, au lieu d'attendre, je vous le donne en mille, le ministre va à la télé le soir même et déclare que le procès des terroristes commencera dans une semaine, devant la Cour suprême du Cap, et qu'ils avaient un témoin à charge qui venait de chez l'ennemi. Qui, à part Mabusa ? Un long baratin sur toutes les « informations » de première main. Des problèmes dans les rangs de l'ennemi, des gens qui désertent, la direction qui éclate, des dissidents attrapés et torturés dans des camps en Angola.

Mabusa sorti de sa cellule et montré à la presse. Tous les correspondants étrangers appelés. Aucune question autorisée, évidemment. L'affaire n'était pas encore jugée. Mais la nation et le monde pouvaient voir de leurs propres yeux. Et après la conférence de presse, on m'a ramené Mabusa. Maintenant, ils attendaient que je leur livre la marchandise. Pour sauver le ministre. Et c'est à ce moment-là que Mabusa à décidé de jouer son atout. Qui aurait cru ça ? On aurait pu s'attendre qu'un salaud comme ça nous soit reconnaissant de la chance qu'on lui offrait. Témoin à charge au lieu d'accusé. Une indemnité. Devant le tribunal, il n'avait qu'à dire ce que les autres avaient fait. Mais il a changé d'avis et a dit non, il avait décidé du contraire. En fin de compte, il ne dirait rien. On pouvait le tuer, ça lui était égal, qu'il nous a dit.

Une vraie merde. Parce que le ministre attendait des résultats et la presse observait tous nos mouvements.

Qu'est-ce qu'on pouvait faire ? C'est là qu'il faut être un peu artiste. J'ai appris ça à la pêche. On doit savoir à quel moment il faut relâcher la pression et donner du fil au poisson. Alors on a relâché Mabusa. On s'est arrangé pour que la presse soit au courant. Mais ce que personne ne savait, c'est que Swanie le suivait jusque chez lui avec un petit groupe d'hommes triés sur le volet. Pas possible de prendre des risques, n'est-ce pas ? Et, la nuit, ils l'ont flingué. Chez lui. Des histoires extraordinaires dans les journaux sur des factions parmi les terroristes qui s'étaient vengés sur Mabusa passé à l'ennemi. Le ministre content comme tout. Si ça avait été un chien, il aurait remué la queue.

Très satisfait du jeune Swanie. L'ai remarqué le premier jour où il est arrivé à la Special Branch. Un petit gars élégant, blond, mince mais costaud, qui connaît son boulot. Orphelin, une enfance pauvre. Au premier regard, j'ai su immédiatement qu'il fallait que je l'aie à l'œil. J'ai un programme infaillible pour ce genre de truc. Vous lui faites confiance. Vous lui donnez deux ou trois boulots spéciaux. Une promotion ou deux. Puis vous le mettez dans une opération comme cette histoire de Mabusa et il vous est attaché pour la vie. Violent, dévoué, brûlant d'ambition. Et dans la merde jusqu'au cou. Il ne peut plus remuer le cul. Parce que après une exécution comme ça vous le tenez par les couilles. A partir de ce moment-là, vous pouvez l'utiliser pour n'importe quoi, parce qu'il ne peut plus refuser. Le mieux, c'est qu'il croit avoir choisi tout seul. Pas d'issue, Swanie est mon homme de confiance. Mon bras droit. Comme un fils, d'une certaine façon. A la place de Wynand. Et il me considère comme un père. Et ça marche impeccable, des deux côtés.

Le seul problème, c'était que l'affaire n'était pas close. On a reporté le procès des terroristes, bien sûr, et on avait perdu notre « témoin ». On a quand même gagné du temps. Et le parti a remporté l'élection partielle. Mais on a dû repartir de zéro sur les camarades de Mabusa. Et ces salauds avaient l'air de devenir de plus en plus durs. Si bien que nous avons les mains liées. Et maintenant, cette bombe.

On aurait besoin de journées de cinquante heures. La nuit, j'ai à peine le temps de fermer un œil. Et si je dors une heure ou deux, on ne peut pas vraiment appeler ça du repos. Des cauchemars. Jamais eu de problèmes d'insomnie avant. Seulement ces derniers mois. On ne peut pas supporter ça indéfiniment. Mais on ne montre pas beaucoup de compréhension. On fait pression pour avoir des résultats, des résultats, toujours plus vite. Facile pour eux de pousser. Facile pour lui de nous chier dessus. Mais à la fin de la journée, on n'est que des êtres humains.

Quand est-ce que j'ai eu de vraies vacances, la dernière fois ? Doit y avoir trois ans. Dur pour Anna. Mais attendez que j'aie terminé cette affaire. Alors au revoir et merci. Je révise la caravane, j'emprunte un bateau pour ski nautique, je prépare mon matériel de pêche, je mets Anna et Hendrina dans la voiture et en route, mauvaise troupe. Pour au moins un mois.

Réunion au quartier général, hier soir. Wachthuis*. Décidé de ne pas en parler maintenant au vieux Jordaan. Il va exploser. Et gentil avec la presse aussi. Mais ce n'était pas la seule raison. Le plus important, c'est de faire en sorte que *personne* ne sache qui elle était. De cette façon, nous gardons l'initiative. Faut agir vite maintenant.

Un acte de terreur

Retrouver chaque individu avec qui Nina Jordaan a été en contact ces dernières années. J'ai le pressentiment qu'ils se cachent tous quelque part au Cap. Il semble logique qu'il aient essayé de la faire sortir clandestinement, c'était la seule qu'on a identifiée sur les lieux de l'attentat. Son complice, le flic, était trop bien déguisé. Doivent toujours être là-bas lui et les autres. Ils pensent qu'on les cherche ailleurs. Au premier signe qu'ils donnent, on les descend, j'attends ce moment avec impatience. C'est mon affaire. L'affaire qui va m'ouvrir la route vers le sommet. Pour papa. Le principal, c'est de bien cacher son jeu. Et d'être patient. Laisser la presse divaguer et délirer. Patience. Leur donner le temps de se détendre. De baisser leur garde. Les apprivoiser. Alors ils deviennent négligents et font une bourde. Les gens s'habituent à tout.

5

1

A un kilomètre de Vereeniging, dans la première étape de son long voyage de retour vers Le Cap, Thomas s'arrêta pour prendre l'auto-stoppeur. Un type assez jeune, un peu plus de trente ans, se dit Thomas, très grand, dégingandé, portant une chemise qui avait dû être d'un rouge flamboyant mais qui avait perdu son premier éclat, un pantalon jaune pâle et les pieds nus dans des espadrilles. Il avait la tête rasée et son crâne brillait comme un œuf noir avec un visage sculpté dedans. Ce qui décida sans doute Thomas, ce fut son vieux carton délabré, attaché avec une courroie de cuir, un bagage si inattendu, si pathétique, à côté de ses vêtements très mode, qu'il ne put résister. Le type eut l'air surpris, presque interloqué quand il s'arrêta, et il resta prudemment au bord de la route jusqu'à ce que Thomas baisse sa vitre.

« Vous voulez monter ?

– Merci. S'il vous plaît. Je... » Il semblait toujours hésiter pour savoir s'il devait monter devant ou derrière, et il attendit que Thomas se penche pour ouvrir la portière du passager avant de bouger. Alors il montra de l'empressement et s'assit l'air très content, son carton en équilibre sur les genoux.

« Mettez-le derrière. Ce sera plus confortable.

– Merci, monsieur. » Il posa le carton sur le siège arrière et s'installa mieux, avec des jambes si longues que ses genoux lui remontaient presque à la hauteur des oreilles.

Thomas redémarra.

« Comment vous appelez-vous ? »

Un autre coup d'œil, rapide et méfiant, comme s'il ne savait pas très bien ce que Thomas attendait de lui. Puis d'une voix neutre : « Raymond, monsieur.

– Moi, c'est... » Une brève hésitation. Quel nom devait-il donner ? Il pouvait dire n'importe quoi. Ils ne se reverraient jamais. Entre eux, un prénom n'était pas un point de référence, simplement une coïncidence. Il fallait cependant rester prudent. Éviter tout risque. Mais cela signifiait qu'on ne pouvait rien livrer de soi ni rien attendre en échange. Avec un prénom, on s'expose. Il dit : « Thomas. »

Un sourire éclaira le visage tendu de l'homme. (Pourquoi ? Parce que Thomas, un Blanc, avait donné un prénom et pas un nom de famille, pas un « Monsieur » ?) Dans son visage très noir – originaire de l'Afrique de l'Ouest pas de l'Afrique australe –, ses gencives semblaient une tache de sang. Il leva la main. Thomas dut prendre le volant avec la main gauche et passer la main droite sous le bras gauche. Raymond le salua avec grand plaisir, la triple poignée de main africaine et un grand sourire.

« Oui, Thomas ! dit-il. Alors comment ça va ?

– Où est-ce que vous allez ? »

Raymond sourit, un peu gêné. L'instant de spontanéité était passé. Il y avait à nouveau un Blanc et un Noir. « C'est une longue histoire.

– Nous avons le temps. »

Il avait besoin de compagnie, de discussion. Il commençait à se sentir claustrophobe, enfermé en lui-même. Au début, après avoir quitté la maison de Frans, – Belinda à la porte d'entrée, le bébé sur la hanche, le jardinier en combinaison bleue se déplaçant entre les arbustes en fleur à l'arrière-plan –, il s'était senti soulagé de se retrouver seul. Mais c'était aussi déprimant, exigeant. Ce week-end avait éveillé en lui tant de souvenirs mystérieux, des choses qu'il croyait avoir oubliées, qui semblaient même hors de propos ; et, pourtant, il avait découvert qu'ils lui pesaient, qu'ils le perturbaient. Il se rappelait à quel point il avait grandi seul : et pourtant, il avait eu ce que la plupart des gens auraient appelé une « enfance heureuse » ; des années ordinaires, banales. Son père et lui avaient des différences, mais elles n'étaient certainement pas assez grandes pour créer cet abîme qui les séparait. Ils avaient des caractères dissemblables mais les mêmes origines. Alors, à quel moment ce gouffre avait-il commencé à se creuser ? Peut-être, se dit-il tout en conduisant, le défaut résidait-il dans l'aspect très « ordinaire », très confiant, de cette jeunesse heureuse, dans son apparence de normalité. Parce que, si l'on y repensait, qu'avait-elle de « normal » ? Toutes les images qui lui revenaient à la mémoire, tandis qu'il essayait de s'en souvenir, concernaient sa famille, ses quelques amis, un monde exclusivement habité par des Blancs. Comme si les autres n'avaient tout simplement pas existé. Des employés dans le jardin ou la cuisine. Sa mère s'entendait bien avec eux, elle gardait ses bonnes pendant des années, elle veillait sur les domestiques et les soignait quand ils tombaient malades, elle leur offrait des vêtements usagés pour leur famille, et parfois elle leur faisait cadeau de toute une fournée de sablés ou d'un gâteau qu'elle n'avait pas aussi bien réussi que d'habitude : pourtant, aujourd'hui, il devait faire un effort pour se demander : qui étaient-ils ? Qui *étaient*-ils ? Sous l'auvent du supermarché Checkers, au café grec, dans l'ombre des arbres sur les trottoirs, ils se réunissaient et se vantaient ; parfois, le soir, on pouvait les entendre chanter dans la « location [1] » : mais toujours à distance, au loin, là-bas. De l'autre côté de la cloison de bois au bureau de poste ; à l'extérieur, devant la fenêtre latérale de la boutique où l'on vendait des plats à emporter, jamais à l'intérieur ; les portes séparées à la boucherie. Qui *étaient*-ils ? Seul un effort particulier pouvait les faire apparaître dans ses souvenirs d'enfant : et, pourtant, ils avaient dû toujours être là, indispensables, omniprésents. Les oripeaux et les pièges d'une jeunesse « normale ».

Je suis né l'année de Sharpeville. Est-ce qu'on en reste marqué pour la vie entière ? Peut-être en est-on imprégné avec le lait de sa mère, comme une vitamine ou un germe dans le sang ; et cela suit son cours.

De façon imprévue, un incident solitaire et plus précis se détacha de la masse informe de ses souvenirs. Un après-midi (ce devait être une semaine ou deux avant Noël, parce que le lendemain ils partaient pour le voyage annuel dans la ferme de son grand-père, près de Kuruman), il accompagna chez elle la « cuisinière » de sa mère – mais qui *était*-elle ? Quel était son nom ? Après toutes ces années, il ne la connaissait toujours que sous le nom d'« Aia* », ce qui était la façon habituelle de s'adresser à toute femme noire âgée. Elle avait beaucoup de choses à porter parce que la mère de Thomas avait distribué tous les cadeaux de Noël – des choses « utiles », des combinaisons, des foulards, du sucre, du gruau de maïs, du café, de

1. Ghetto noir, surtout en province. *(N.d.T.)*

la farine, un paquet de bonbons au réglisse pour les enfants, de la viande hachée, du jarret de bœuf, de la confiture et une bouteille de concentré d'orange Oros pour préparer des boissons fraîches les jours de fête – et il lui avait proposé de l'aider à tout porter. C'était en fait un prétexte pour l'accompagner dans la location, ce monde mystérieux et interdit des Noirs, où aucun Blanc ne mettait jamais les pieds, où il se passait des choses terribles la nuit, où des tsotsis* jaillissaient de l'ombre pour vous trancher la gorge, un endroit avec de la fumée et des voix fortes, des enfants au cul nu, des femmes en kopdoeke*, des hommes assis par terre avec des cartons de bière, des rues creusées de rigoles et des mares d'eau sale, des places encombrées de carcasses de voitures rouillées, des poulets grattant la poussière, des chiens galeux, une planète étrange appartenant à une autre galaxie. Au début, la femme avait refusé, elle savait que sa mère serait en colère, mais elle ne réussit pas à le faire changer d'avis (sa mère prenait sans doute le thé avec des amies, son père devait travailler dans le garage, Frans et Maria jouaient quelque part, la maison était vide). Il se souvenait comment les enfants de la location s'arrêtèrent pour le regarder quand il passa avec la femme – elle tenait un grand carton en équilibre sur la tête, les bras chargés de paquets, et il chancelait sous le poids de deux énormes sacs de plastique – et comment il courba le dos, glacé de peur ; mais la femme avait crié quelque chose aux enfants et ils lui avaient répondu, avec un sourire épanoui sur le visage. Elle s'était retournée – la grâce de ce mouvement, la caisse en équilibre sur la tête – et elle lui avait dit : « Ils te saluent, kleinbaas*. » Il murmura un bonjour hésitant, et brusquement ils agitèrent la main et éclatèrent de rire en réponse, et tout un cortège leur emboîta le pas.

La femme le fit entrer chez elle – la porte délabrée resta ouverte et les enfants s'entassèrent sur le seuil dans la lumière violente, mais sans entrer – et elle lui versa un peu de son précieux Oros dans un gobelet en fer. Il s'assit devant la table recouverte d'une toile plastique à fleurs et avala goulûment le jus d'orange, en ne s'arrêtant que pour reprendre son souffle et demander de la glace, mais elle lui expliqua patiemment qu'il n'y avait pas d'électricité dans la location et que le gaz coûtait trop cher. Avec la mémoire d'un photographe, il se souvenait du papier journal découpé qui recouvrait les étagères du buffet de cuisine ; du transistor sur la table, l'antenne entièrement sortie ; de la vieille machine à coudre Singer sur un cageot contre le mur ; des photos découpées dans un magazine, du calendrier d'une boucherie ; du poêle à charbon avec, posées dessus, quelques marmites en aluminium bosselées qu'il croyait avoir vues dans la cuisine de sa mère ; du sol de ciment. La petite maison n'avait que deux pièces : la cuisine-salle de séjour où ils étaient assis et, à côté, une chambre, dans laquelle il pouvait apercevoir deux lits côte à côte et des couvertures pliées contre le mur du fond. L'odeur de la fumée imprégnait tout. Il n'y avait pas de plafond et il faisait une chaleur étouffante. De minces clous de lumière poignardaient l'intérieur obscur en traversant les minuscules trous des tôles ondulées.

Quand il eut terminé son Oros, sans s'arrêter de réfléchir, il lui en demanda encore. Hésita-t-elle avant de rouvrir la bouteille et de lui verser de nouveau une goutte du liquide brillant ? Puis elle s'aperçut qu'il n'y avait plus d'eau dans le seau près de la porte et elle lui demanda d'attendre quelques instants pendant qu'elle allait en chercher. Toujours assis à la table, il la regarda s'éloigner, mais ensuite il se leva et alla jusqu'à la porte d'où la troupe d'enfants était partie depuis longtemps, – passer devant les maisons et les cabanes rafistolées, dans le bain de lumière blanche et violente de l'été, en se dirigeant vers la fontaine publique qui n'avait pas de robinet et qui coulait nuit et jour, avec de la volaille, des enfants et même un cochon noir qui pataugeaient dans la boue : brusquement, il sentit son cœur se serrer ; et, quand elle revint, il lui dit brusquement que si ça ne la dérangeait pas il n'en reprendrait pas, qu'il n'avait plus soif. Et il rentra chez lui.

Pas étonnant qu'il se soit arrêté pour prendre l'autostoppeur. Il lui vint à l'esprit que cette jeune fille bavarde dans l'avion pour Johannesburg – comment s'appelait-elle déjà ? Lisa quelque chose, Lombard – avait dû ressentir la même chose quand elle l'avait coincé et obligé, bon gré, mal gré, à écouter ce qu'elle avait à dire : parce qu'elle ne pouvait plus se taire. Maintenant, c'était son tour. Sauf qu'il ne pourrait jamais être aussi franc qu'elle l'avait été. Ça n'avait peut-être pas d'importance. Ce n'était pas ce qu'il disait qui comptait : il avait seulement besoin d'être près d'une autre personne qui l'écoute, qui l'empêche de rester seul avec lui-même.

Mais, après avoir réagi très positivement lorsque Thomas avait dit son prénom, l'homme se rétracta de façon visible quand il lui demanda : « Où allez-vous ? » (Avait-il, lui aussi, quelque chose à cacher ? Un personnage à jouer ? Est-ce que personne dans ce pays n'était plus capable d'avoir une conversation normale ?)

« C'est une longue histoire.

– Nous avons le temps.

– Jusqu'où est-ce que vous allez ? »

Ce fut à son tour d'hésiter. « Bloemfontein.

– C'est là que vous habitez ?

– Mon Dieu, non. »

Raymond sourit. « C'est bien pour vous.

– Non, j'habite à Johannesburg », dit Thomas. (Nous sommes déjà séparés par des mensonges, pensa-t-il. Quelle garantie ai-je que tu me diras la vérité ?) « Et vous ?... » Il essayait à nouveau de ne pas se montrer insistant, mais d'entretenir la conversation.

« Port Elizabeth.

– J'y ai passé beaucoup de temps, dit Thomas. Juste après la déclaration de l'état d'urgence. C'était une sale époque.

– Le Port Elizabeth que vous connaissez n'est certainement pas le même que le mien », dit Raymond (si toutefois c'était bien son prénom). Il s'agissait d'une constatation, pas d'une accusation ni d'un reproche.

« Je parle des townships. New Brighton. Zwide. Soweto. » Sans avoir besoin de tourner la tête, il eut conscience du regard perçant de son passager dirigé vers lui. Il fit un geste vers le siège arrière où se trouvait son appareil photo.

« Je suis photographe, dit-il.

– Journaliste ?

– Des journaux américains. » Il laissa à sa phrase le temps de faire son effet. Puis il demanda : « Et où habitez-vous à Port Elizabeth ?

– New Brighton. » La voix était toujours prudente.

« J'y suis allé et je me souviens que, plusieurs fois, j'ai cru que j'étais fait », dit Thomas, le plus naturellement possible. Il regardait devant lui, comme si la route toute droite et la plaine morne, que ne tachaient que quelques arbres épineux, l'intriguaient. « Quand je passais la nuit chez des amis, on guettait l'arrivée des Boere. On peut reconnaître un Casspir à un kilomètre. Puis le bruit des soldats qui entraient dans la township. Gauche-droite, gauche-droite. Une fois, j'ai passé la nuit sous un lit, une maison dans D Street, avec deux petits enfants au-dessus de moi. »

Quelque chose qu'il avait dit, un mot de code secret dont il n'avait même pas conscience, devait avoir vaincu les défenses de Raymond. Il sembla moins sceptique.

« Oui, je rentre chez moi », dit Raymond, avec un peu de la joie qui avait illuminé son regard quand ils s'étaient saluées. « Les temps sont durs. Les gens ont commencé à se battre dans les mines, vous savez, les Xhosas et les Zoulous, ces types de l'Inkatha, alors ils ont fermé et ils nous ont renvoyés chez nous. Je suis chaudronnier, vous voyez, ils m'ont formé, ça fait sept ans que je travaille là-bas. Aujourd'hui, personne ne sait ce qui va se passer. Il va falloir que je vende mon bétail, je crois, quel dommage. Il est dans la ferme où mon père travaille, dans le district d'Alexandria. Le fermier est gentil. Mais, vous voyez, ce bétail c'est ma garantie, pour ma famille. Je ne sais pas ce qu'on va devenir si on n'a plus les bêtes. Et les prix ont baissé avec cette sécheresse. Qu'est-ce que je peux faire d'autre ? » Il sourit brusquement. « J'ai des jumeaux, vous savez. Ils ont un an. C'est ce qu'il y a de bien dans ce retour. Sipho et Siphiwo.

– Deux cadeaux ? » demanda Thomas en se référant à la signification des prénoms xhosa.

Raymond rit, heureux. « Vous savez ce que veulent dire ces prénoms ?

– Un de mes meilleurs amis s'appelait Sipho.

– S'appelait ?

– Oui. Il est mort.

– Tst, tst. » Il secoua la tête. « Tout le monde meurt à notre époque. » Il appuya son grand corps contre le dossier et tâta sous le siège pour le régler ; mais même après qu'il eut reculé aussi loin qu'il le pouvait, il n'y avait pas encore assez de place pour ses longues jambes. « Je vais vous dire, Thomas, j'ai très envie de revoir Sipho et Siphiwo. Et ma femme. Mais vous savez quoi, j'ai peur aussi de rentrer. Je ne sais pas comment je vais faire pour élever des enfants là-bas. La vie est dure. Vous avez des fils ?

– Non, je ne suis pas marié.

– Je ne sais pas si c'est bien ou mal.

– J'avais une petite amie, mais elle est morte, elle aussi.

– Oh ! C'est dur. »

Raymond posa la main sur le genou de Thomas et le serra un instant, comme s'il s'agissait du geste le plus naturel du monde.

« La dernière fois que je suis allé chez moi, dit Raymond, c'était l'an dernier, pour la naissance des petits. Ça allait vraiment mal dans la township, nom de Dieu. Les Boere s'amusaient bien avec nous. Vous savez, ils attendaient qu'il fasse nuit pour venir dans les rues avec les Casspirs. Et ils se mettaient à tirer, sur rien, à droite et à gauche. Alors les gens sortaient pour voir ce qui se passait. Et ils les embarquaient parce qu'ils n'avaient pas respecté le couvre-feu. Ça, quand ils avaient de la chance, parce que d'autres fois, ils continuaient à tirer. Pour foutre la merde, vous voyez. Un jour, on travaillait dans la cour. La maison appartient à la mère de ma femme et on construisait une baraque pour la louer, c'est un moyen de gagner un peu d'argent quand les temps sont durs. Alors, on est là, en train de travailler dans la cour, moi et mon buti*, mon frère, on installe un échafaudage et il y a du raffut dans la rue. C'est une Land Rover avec deux flics, deux jeunes types, pas plus de dix-huit ans à mon avis. Ils pourchassent des gosses noirs dans la rue, et ils sont écroulés de rire parce que les gosse chient dans leur froc de trouille de se faire heurter ou d'être écrasés, et ils font des zigzags. Après on m'a dit qu'un des gosses a eu tellement peur, et la haine aussi, bien sûr, qu'il s'est baissé et qu'il a ramassé une pierre. Merde, ils l'avaient cherché, non ? Je veux dire, c'est du terrorisme, tout, quoi. Les deux Boere sautent de la Land Rover et ils poursuivent les gosses avec leurs fusils. Et c'est à ce moment-là que les gosses entrent dans notre cour à toute vitesse, ils filent droit dans la maison avec les flics derrière eux. Mon frère et moi, on a tellement peur qu'on croit que c'est la fin. Mon buti, il laisse tout tomber, il s'arrête de travailler immédiatement, et il court derrière eux dans la maison pour voir ce qui se passe, je veux dire, il veut pas qu'on casse tout. Au moment où il entre par la porte de derrière, un des flics hurle : “C'est lui ! C'est lui”. Et ils lui tombent dessus à coups de crosse. Ils le traînent jusqu'à la Land Rover en lui donnant des coups de pied et en le frappant. Je leur crie : « Ho ! Qu'est-ce que vous faites ? C'est mon frère, il ne vous a rien fait ! » Un des flics me regarde par-dessus son épaule et me dit : « Ferme-la, Kaffir, ou on t'embarque toi aussi. » Alors je vais vous dire, Thomas, j'ai honte de vous le dire, mais je me suis arrêté et j'ai regardé ailleurs. A cause de mes enfants. Comment je pouvais faire pour les arrêter, même si c'était mon buti. Ils l'ont emmené. A partir de ce jour-là, on ne l'a jamais revu. C'était l'an dernier, en janvier. Et quand on est allé place Louis-le-Grange ou à la prison Saint-Alban, ils nous ont dit qu'ils ne le connaissaient pas, qu'il n'était pas dans leurs livres. C'est tout. Et maintenant, il n'est plus là, disparu, comme ça. Et j'ai honte, honte, honte. Mais qu'est-ce que je pouvais faire ? » Il secoua la tête. « Maintenant, je rentre à la maison. Ils auront peut-être des nouvelles cette fois.

– Pourquoi est-ce que vous travaillez si loin de chez vous ? demanda Thomas.

– Qu'est-ce que je peux faire d'autre ? C'est un bon travail, je vous le dis. Et il n'y a rien à Ibhayi. Depuis que l'usine de voitures a déménagé, il n'y a plus de travail. Les gens sont trop pauvres. Je suis parti pour envoyer quelque chose pour mes enfants. Mais, c'est sûr, ce n'est pas une vie pour un homme. Non, ce n'est pas une vie, je le jure devant Dieu.

– Au moins, vous avez quelque chose.

– C'est vrai. Mais ce n'est jamais sûr. Et maintenant, la mine me renvoie chez moi.

– Vous avez travaillé à la mine pendant sept ans ?

– Oui, sept ans. Un bon boulot, je vous le dis, mais difficile aussi. L'année dernière, vous savez, quand je suis rentré à la maison, ce n'était pas seulement à cause des jumeaux. La mine m'a *renvoyé.* Vous voyez, le gouvernement a brusquement décidé que j'étais citoyen du Ciskei. Ça ne fait aucune différence que je sois né à Alexandria, comme mon père et comme mon grand-père. Non, tout à coup, on était des citoyens du Ciskei. Et si je n'avais pas les bons papiers, la mine ne pouvait pas me garder. C'est la loi. Alors je suis allé chercher mes papiers du Ciskei. Mais vous voyez comme c'est risqué maintenant ? Ils peuvent arriver n'importe quand et dire : "Écoute, tu n'es pas sud-africain, retourne au Ciskei, tu es un travailleur immigré maintenant. Ils peuvent nous chasser de notre maison, tous. N'importe quand. Dès que j'ai un problème avec la loi, ou s'ils en ont marre pour une raison quelconque, ou si le gouvernement le leur dit. Et c'est aussi pour ça que j'ai fermé ma gueule à propos de mon buti, cette fois-là. Parce que maintenant je suis sur leurs livres, ils ont l'œil sur moi. Un homme doit faire attention où il marche, je vous assure. »

Malgré lui, Thomas dit : « Eh bien, ils ont promis qu'ils ne chasseraient pas les gens du homeland*.

– Qu'est-ce que vaut une promesse de Boer ? Tout ce qu'ils font, depuis le début, c'est de raconter des mensonges. Vous savez, à une époque, les miens disaient quelque chose sur un Boer : il vous baisera et vous traitera comme de la merde, mais il ne vous mentira jamais. Vous savez toujours à quoi vous en tenir avec lui. Mais, maintenant, c'est différent. Aujourd'hui, quand on dit "Boer", on veut dire "menteur". Ne me dites pas que vous ne le savez pas.

– Je ne le sais que trop », dit Thomas. Il tourna la tête pour regarder Raymond dans les yeux. « Parce que je suis un Boer, vous voyez.

– C'est pas vrai.

– Absolument. Et vous savez ce qu'il y a de pire ? C'est que j'ai honte d'avoir honte.

– Ne vous inquiétez pas. » Raymond éclata de rire et déplaça ses jambes maigres. « Vous survivrez. » Il donna une tape amicale sur l'épaule de Thomas. « *Nous* survivrons, qu'est-ce que vous en dites ?

– Ça s'arrose. » Ils avaient atteint les faubourg de Frankfort. Thomas tourna à la première sortie où il vit une enseigne d'hôtel et il s'arrêta devant les « ventes à emporter ». « Qu'est-ce que ce sera ? Une bière ?

– D'accord. »

Il passa la porte ouverte – l'intérieur sentait la bière rance et la vinasse – et acheta deux boîtes de Castle qu'il rapporta à la voiture. Il en tendit une à Raymond par la vitre ouverte.

« Tenez. A la vôtre.

– A la vôtre. »

Ils firent le plein à la station-service ; puis ils repartirent dans la plaine monotone couverte par l'herbe sèche de l'été. (Thomas se dit que son arrière-arrière-grand-père avait dû traverser ces espaces immenses avec les vagabonds intrépides du Grand Trek. Petrus, le prophète : tout d'abord enfant, après Blood River et l'annexion du Natal par les Britanniques, en se dirigeant vers le Transvaal et la douce illusion d'une Jérusalem ; et dans les derniers temps de sa vie, dans l'autre direction, à la recherche d'un commando d'apocalypse. Et lui, aujourd'hui, en route (vers où ? Les voyages de la famille Landman n'avaient pas de fin ?). Raymond baissa sa vitre, jeta sa boîte de bière vide, changea ses jambes de place et reprit la conversation – sur ses enfants, sa jeune femme, son père à la ferme, son travail à la mine, le temps passé dans le veld il y avait des années, quand il avait subi la circoncision et les rites d'initiation, New Brighton, tout ce qui lui venait à l'esprit. Thomas l'écoutait, en réagissant machinalement de temps en temps, en posant une question, en faisant un commentaire et, en même temps, ses pensées vagabondaient.

Y a-t-il un lien, indécis et souvent obscur, entre cette journée lointaine de décembre dans la location, quand j'ai pénétré cet autre monde pour la première fois (le choc dû autant à son étrangeté qu'à sa familiarité, son aspect ordinaire), et ce mois de juin, en plein hiver, juste avant mon seizième anniversaire, quand les ondes de choc de la révolte des enfants de Soweto se firent sentir dans tout le pays ?

La première chose qui me frappa – pas la nouvelle en tant que telle, la découverte que les enfants se révoltaient dans leurs écoles contre la langue afrikaans, mais le fait que la nouvelle pénétrait une couche de mon esprit où cela avait de l'importance, où cela toucha un nerf et resta à se consumer lentement comme une braise ardente sous la cendre –, ce fut cette photo. La photo aujourd'hui célèbre de Sam Nzima où l'on voit la petite fille portant le corps d'Hector Peterson dans une rue de Soweto. Certaines photos traversent un niveau de conscience comme un Mirage passe le mur du son.

Combien d'autres photos comme celle-ci ont marqué des tournants dans ma vie ? Chaque fois une autre barrière renversée. Des instants dans lesquels on est changé sans possibilités de retour, dans lesquels on traverse d'autres espaces à l'intérieur de soi. Le petit garçon avec la casquette noire dans le ghetto de Varsovie. La fillette nue, couverte de napalm en feu, courant sur une route entre des rizières au Vietnam. La photo d'un lion attrapant un gnou, dans un vieux numéro du *National Geographic* (la fureur dans l'œil du lion couleur d'ambre ; la conscience de la mort dans les yeux exorbités du gnou). Certaines des premières photos de Robert Magubane, prises dans les townships. Une autre de Robert Capa : des réfugiés espagnols de la guerre civile, entre Barcelone et la frontière, essentiellement des femmes et des enfants, chancelant sous le poids des paquets et des cartons. La plupart du temps, on ne se souvient même pas du nom du photographe : les photos deviennent des archétypes gravés dans la conscience universelle. Celle d'Hector Peterson est de celles-là, la première victime de Soweto, ce 16 juin 1976, qui ouvrit une nouvelle ère dans l'histoire de l'Afrique du Sud, une ère marquée par une longue suite d'images qui sont des jalons pour la mémoire : le corps de Biko, les visages de ses assassins ; le visage de ce ministre dont l'immortalité repose sur cette simple phrase : « Ça me laisse froid » ; des enfants jetant des pierres ; de jeunes policiers lançant des grenades lacrymogènes ou brandissant des sjamboks ; les corps de gens tués d'une balle dans le dos à Langa près de Uitenhage ; Alan Boesak et Desmond Tutu en tête d'une manifestation se dirigeant vers la prison de Pollsmoor ; un corps mutilé dans un pneu encore en feu, tordu comme un bois flotté sur une plage ; les visages aryens et radieux de nouveaux Hitlerjungend regardant par-dessus le flanc d'un Buffel ou d'un Casspir ; un jeune soldat blanc, posant devant le photographe avec son fusil, un pied sur le corps du « terroriste » qu'il vient d'abattre, comme un trophée de chasse. Même certaines de mes propres photos se sont frayé un chemin dans cette galerie. Mais ce fut ce jour d'hiver, ce fut cette photo d'une fillette en marche, impossible à arrêter, en pleurs, avec le cadavre d'un enfant dans les bras, qui m'amena à découvrir que mon pays n'était pas celui que j'avais cru connaître. Ce fut cette photo qui me fit comprendre ce que je voulais faire, ce qu'il fallait que je sois un jour : tout à coup, j'ai su ce que voulait dire « photographier » ; j'ai su que ce qui, auparavant, n'avait été qu'un passe-temps était devenu, en regardant une seule image, la passion essentielle de ma vie.

Bientôt je voulus essayer moi-même. Avec de l'argent

mis de côté pour quelque chose d'autre – je ne me souviens même plus pour quoi –, j'achetai des pellicules et du matériel pour une chambre noire. Notre pharmacien téléphona ma commande au Cap. Jusqu'ici, j'avais développé mes films, mais le pharmacien faisait les tirages ; dorénavant, je voulus les faire moi-même. Pendant les huit ou quinze jours qui précédèrent l'arrivée du matériel, je connus l'attente la plus impatiente de ma vie. (A l'époque, je ne connaissais pas, pas encore, l'attente qui précède l'explosion d'une bombe.) Dans l'intervalle, je constituai une collection de négatifs.

Evidemment, dans mon enthousiasme, je surestimai les possibilités de notre village du Petit Karoo. La tension qui régnait dans le pays avait même atteint notre région éloignée : un cordon de véhicules de la police et de l'armée entourait la location ; il y eut même une école qui brûla. Mais je n'avais accès à rien qui aurait pu attirer l'attention. La police – même l'officier qui commandait, mon propre Oom* Boet, le frère de maman, le brigadier local – ne me permit pas d'entrer dans la township. (La pellicule consacrée à l'école en flammes, des vues prises à un kilomètre de distance, ne montrait que quelques taches de lumière sur un arrière-plan tout noir.)

Photographiquement parlant, ce n'était pas un début prometteur. Mais cela ne me découragea pas. J'avais au moins appris à garder les yeux ouverts. C'est seulement des années plus tard, en retrouvant ces négatifs de débutant dans la boîte à biscuits où je les avais rangés, que je découvris que sur certaines photos, sans du tout m'en rendre compte, j'avais saisi quelque chose de ces jours troublés. La photo de femmes de la location s'avançant dans le coucher de soleil pour apporter à manger aux policiers en patrouille parce qu'elles pensaient qu'ils devaient avoir froid et faim. Une rangée de soldats regardant des enfants jouant avec des petites charrettes ingénieuses en fil de fer. Le visage de mon Oom Boet pris à quelques mètres (à cette époque, je n'avais ni téléobjectif ni zoom) : les rides formées par le rire sur le visage hâlé, les yeux réduits à deux fentes à cause du manque de sommeil, les rides de fatigue sur les joues, les petites croûtes de salive séchée à la commissure des lèvres. Je peux encore l'entendre dire, un soir à souper : « Ah ! Vous savez, parfois je suis désolé pour ces pauvres gens. Ils n'ont pas une vie facile. Et être gardé nuit et jour comme ça... » Papa : « C'est pour leur bien, Boet. » Mon oncle soupira : « Même dans ce cas-là. Est-ce que tu aurais aimé qu'on te surveille comme ça ? » La large ligne blanche sur la moitié supérieure de son front, là où sa casquette le protégeait du soleil ; les petits poils dans ses narines et dans ses oreilles qui me fascinaient quand j'étais enfant. « Et où est-ce que ça mène ? C'est bien assez moche comme ça. Parfois, je pense vraiment que nous avons mis la pagaille dans ce pays. »

J'eus aussi une autre conversation avec lui dans les jours qui suivirent l'incendie de l'école. Juste après que ses hommes se furent aventurés pour la première fois dans la township à la recherche des incendiaires ; et certains policiers avaient été blessés si gravement par des jets de pierre qu'on avait dû les conduire à l'hôpital. En conséquence, on amena des renforts. Oom Boet secoua sa grosse tête bourrue. « Demain, nos hommes vont y retourner pour se venger de ce qui s'est passé aujourd'hui. Je ne peux pas les arrêter. C'est humain. Et nous agissons sur ordre. Mais tu vois, Thomas, les Noirs vont de nouveau chercher à se venger. Et ça continue comme ça, toujours et encore, comme un chien qui court après sa queue. Est-ce qu'il y aura jamais une fin ? La violence ne résout jamais rien. Pour personne.

– Mais parfois les gens sont désespérés, Oom Boet.

– Bien sûr. Mais d'après moi, dès l'instant que tu utilises la violence pour changer le monde à ta convenance, tu es condamné à la violence pour le faire marcher. Et il n'y a plus de moyen de s'en sortir. »

Je ne me fais aucune illusion sur Oom Boet. Il avait une vision d'une étroitesse inquiétante. En dernière analyse, il croyait sincèrement à la loi et à l'ordre. Mais, derrière ce qui constituait son travail quotidien, il avait aperçu certains aspects de l'effrayante complexité de l'ensemble.

Moi aussi, je commençais à apprendre. Quelque chose s'était mis en route, et même si je ne savais pas encore moi-même de quoi il s'agissait, je me trouvais déjà sur la longue route qui m'a conduit jusqu'ici, aujourd'hui.

A Kroonstad, Thomas acheta des hamburgers, des chips et du Coca, au bord de la route ; et un peu plus loin, ils s'arrêtèrent sous les arbres poussiéreux d'une aire de pique-nique pour manger la nourriture tiède. Ils n'étaient plus loin de Bloemfontein maintenant. Il pouvait facilement tourner à droite vers Port Elizabeth pour déposer Raymond. Quelle importance qu'il arrive au Cap demain, ou dans trois jours, ou même la semaine prochaine ? Mais quelque chose en lui s'accrocha à l'idée de s'arrêter d'abord à Bloemfontein pour voir Maria. Un effort conscient pour se rattacher de nouveau à des lieux, à des personnes, maintenant qu'il avait perdu Nina ? Peut-être une tentative pour découvrir si la possibilité même de l'attachement existait encore, était encore concevable, après ce qui s'était passé vendredi dernier ? Ou simplement une façon de retarder l'inévitable arrivée au Cap, où il souhaitait ardemment revenir de nouveau tout en le redoutant. La raison n'avait pas d'importance. Il *devait* passer la nuit là-bas, c'était ainsi.

A la première sortie vers la ville, il quitta l'autoroute. « Il faut qu'on se dise au revoir, Raymond.

– Il y a une fin à tout, dit gaiement Raymond en ouvrant sa portière. Merci pour le brin de causette.

– J'espère que ça se passera bien. » Il essaya lui aussi d'être gai. « Il faut sourire et supporter. Vive la lutte !

– Merde à la lutte, répondit calmement Raymond. Vous comprenez ce que je veux dire ? Ils doivent laisser ma femme et mes enfants tranquilles pour qu'on puisse vivre en paix. C'est tout ce que je demande. » Il tendit un bras long et maigre et donna à Thomas la triple poignée de main. « Au revoir, Thomas, à la prochaine. »

2

En fin de compte, il ne se rendit pas directement chez Maria. Elle pouvait être partie quelque part avec les enfants, et l'idée d'être reçu par son mari Tertius, le maître de conférences, ne le ravissait pas ; leurs relations avaient toujours été, sinon tendues, du moins prudentes. Quelles que fussent leurs différences, qui n'étaient jamais apparues au grand jour – ils avaient maintenu un rapport d'extrême politesse à cause de Maria –, aucun des deux ne pouvait approuver ce que l'autre (à son avis) représentait. Ils étaient comme deux chiens qui se reniflent de loin sans vraiment prendre le risque de se rapprocher. Mais que pouvait-on faire, pendant tout un après-midi, à Bloemfontein ?

Ce fut ainsi qu'il atterrit au zoo. Il s'installa aussi confortablement qu'il le put sur un banc à l'ombre, devant la cage du lion, avec une boîte de jus d'orange qu'il avait achetée à la buvette. Il resta simplement assis, sans essayer de penser à quelque chose. Et, d'une certaine façon, c'était une façon de fuir, pour la première fois depuis le jeudi précédent, où ils étaient allés dans les Jardins, sur la Montagne, sur la plage. Quatre jours plus tôt seulement. C'était difficile à comprendre. Jeudi ne semblait pas plus appartenir au « passé » qu'à un espace différent, un autre genre d'existence. Avec un sourire sinistre, il se dit que c'était peut-être ce qu'avait ressenti Adam quand, s'arrêtant un instant à l'ombre pour essuyer la sueur de son front, il avait essayé de se souvenir à quoi ressemblait la vie dans le Jardin avant d'avoir cueilli le fruit. Vu d'ici, comme le vieil arbre chenu de la Connaissance semblait nu et dépouillé. Il n'en restait que l'arrière-goût ; il serait toujours là, âcre, âcre sur la langue.

Mais, d'une certaine façon, il était aussi le contraire d'Adam. Adam avait été chassé de l'endroit auquel il avait cru appartenir. Pour lui, Thomas, c'était différent. S'il devait reprendre maintenant la conversation qui durait depuis tant d'années, parmi tant de gens, sur la schizophrénie afrikaner, consistant à vivre avec un pied en Europe et l'autre en Afrique, sur le désir d'arriver et le refus obstiné d'y céder. L'impact de l'explosion de vendredi, ce moment de violence, avait marqué de façon étrange la reconnaissance de son arrivée définitive en Afrique. (Mais peut-on dire « je t'aime » avec une bombe ?) Et s'il s'était vraiment agi d'une arrivée, comment ce voyage avait-il pu exister, un voyage provisoirement sans destination, et sans terme prévisible ? On ne pouvait sans doute être exilé qu'au-dehors, dans un pays étranger ? Ou existe-t-il une autre sorte d'exil, dans le pays qu'on aime ?

Tout était calme au zoo, ce lundi après-midi, hors saison. Ici et là, des mères avec leurs enfants. Des groupes d'écoliers noirs ou métis en uniforme. Des jardiniers s'occupant tranquillement des massifs de fleurs ou taillant des haies. Et lui. Même les animaux étaient léthargiques. Les lions d'un brun doré dormaient sur des rochers plats ou sous des arbres rabougris, seule une femelle mangeait un morceau de viande crue, plus noire que rouge ; et de petits nuages de moucherons et de mouches bleues s'élevaient chaque fois qu'elle tirait dessus. Pauvre Afrique à demi apprivoisée. Un ersatz. Pourtant, il y avait dans les zoos quelque chose qui conservait pour lui une attraction atavique, depuis qu'il était enfant, quand une visite comme celle-ci, dans les rares occasions où ils allaient dans une grande ville, était un événement extraordinaire.

Cette matinée au zoo d'Amsterdam, à Artis : ses amis morts de rire devant « un Africain d'Afrique » insistant pour aller voir des animaux en Hollande. Leurs commentaires, dits sans méchanceté, allaient du « romantisme mal placé » jusqu'à la « démence ». Puis cela se transforma en une aventure tout à fait inattendue devant la cage des singes. Plus précisément, l'immense cage où se trouvaient les orangs-outangs, faite de hautes vitres qui, théoriquement, empêchaient toute évasion, et avec le haut ouvert. Mais les concepteurs de la cage n'avaient pas tenu compte de l'obstination d'un jeune mâle qui, par cette claire matinée de printemps, s'était mis en tête de s'évader : quelqu'un, à l'évidence, qui refusait de se conformer à ce qu'on « attendait » d'un primate.

Il y avait peu de visiteurs ce matin-là et, en plus de Thomas, cinq ou six personnes seulement regardaient le jeune orang-outang qui essayait patiemment, encore et encore, de monter en se tortillant contre les parois de verre dans l'angle le plus éloigné, en progressant d'un mètre ou deux supplémentaire, à chaque nouvelle tentative, pour retomber par terre avec un bruit sourd avant de recommencer. En comparaison, Sisyphe n'était qu'un amateur. Et, contrairement à Sisyphe, cet orang-outang réussit, malgré l'impossibilité apparente, à atteindre l'extrémité supérieure de la paroi de verre et il s'y installa pour contempler le paysage. La tête renversée, comme des gens qui observent une éclipse de lune ou de soleil, Thomas et les autres visiteurs regardaient l'orang-outang en équilibre sur la vitre. Dans la cage, les autres orangs-outangs avaient abandonné leurs occupations habituelles ; le plus gros et le plus âgé des mâles prit position au sommet de l'arbre sec du milieu de la cage (triste image de l'arbre du paradis !) pour surveiller le plus près possible ; les autres, serrés les uns contre les autres en bas, ne perdaient pas un mouvement.

Un moment exceptionnel arriva. Le jeune aventurier se dressa sur ses pattes arrière sur l'arête de la paroi, une main en visière au-dessus des yeux pour explorer l'horizon, comme un marin prêt à hurler : « Terre ! », puis il regarda de nouveau dans la cage : un pas en avant, puis un pas en arrière, puis un autre pas vers la liberté, puis un nouveau retour. Devant lui s'étendait la rangée de toits des abris des singes qui conduisait vers un haut parapet ; au-delà il y avait des arbres et la ville d'Amsterdam – la distance, l'espace, la liberté – tandis que de ce côté se trouvait la cage dans laquelle il était manifestement né, où il avait grandi et où tous les membres de sa famille passaient leur vie dans un emprisonnement satisfait et douillet.

A ce moment-là, par quelque système secret de communication, la nouvelle s'était répandue dans tout le zoo d'Artis. Ce fut peut-être l'événement le plus remarquable de toute la matinée, la seule chose dont il se souviendrait intensément : la façon dont les oiseaux et les animaux des enclos contigus se mirent à réagir à la tentative d'évasion du jeune orang-outang. Les oies, les canards et les autres oiseaux aquatiques, même les cygnes élégants suivaient, le cou tendu, la fuite sur les toits, centimètre après centimètre ; ils battaient des ailes comme pour lui dire de se dépêcher, en caquetant, en cacardant, en sifflant, en poussant des cris d'excitation ; les petits singes, accrochés au grillage de leurs cages, hurlaient, couinaient comme des possédés ; d'étranges antilopes africaines à longs poils, venant de toundras lointaines, des gazelles des savanes d'Afrique ou d'Amérique du Sud bêlaient ou blatéraient, le cou passé entre les grilles de leurs enclos ; même les lions et les tigres se mirent à rugir. Tout le zoo savait. Une vague de désir traversait l'endroit comme un vent immense qui aplatit l'herbe d'une prairie. Comme si – aussi absurde que cette idée puisse paraître – ce qui se passait sous leurs yeux n'était pas seulement la tentative d'évasion d'un jeune orang-outang, mais une aventure, un exploit accompli au nom de tous les animaux du zoo. Ils en avaient tous conscience ; ils regardaient ; ils faisaient avec lui chaque pas hésitant sur le chemin hasardeux ; brusquement, leur propre existence, leurs possibilités de survie, dans ce matin lumineux, étaient en jeu.

Thomas sentit son ventre se contracter. Tout son corps suppliait : s'il te plaît, s'il te plaît, vas-y, s'il te plaît, réussis, ne fais pas demi-tour, continue, continue ! Et, en même temps, il se rendait compte que c'était impossible, dangereux et stupide : qu'allait-il advenir d'un jeune orang-outang lâché dans les rues d'Amsterdam ? Mais la logique des conséquences avait été suspendue : la seule chose qui comptait, c'était que le singe réussisse dans son entreprise aberrante.

L'orang-outang s'éloignait lentement, pas à pas. Tout d'abord, de la paroi de la cage au bord du toit ; puis vers le haut de la pente du toit jusqu'à une portion de mur, en suivant une gouttière jusqu'au toit principal au-dessus, et plus loin vers le parapet triangulaire. Cela parut des heures. A chaque instant, le singe hésitait, s'arrêtait pour regarder dans une direction ou une autre, pour refaire quelques pas en arrière, en penchant la tête pour se demander ce qui se passait, ce qui l'attendait. Brusquement il rebroussa chemin et revint se percher au sommet de la paroi de sa cage comme si, finalement, son courage l'avait lâché. Il resta assis là pendant Dieu sait combien de temps, les mains sur les yeux. En dessous de lui, tout le zoo devint absolument silencieux. (Au plus profond de Thomas, une voix hurlait si fort qu'il pensa que le singe dut l'entendre : « Vas-y ! Vas-y ! Ne reviens pas ! Vas-y ! ») L'orang-outang se dressa de nouveau sur ses jambes comme s'il avait été la première créature à le faire. Il regarda tout autour. De nouveau le zoo explosa en cris, en ululements, en appels, en couinements, en rugissements, en grognements, en aboiements, tous les bruits dont est capable une créature vivante. Et, de nouveau, il suivit le long chemin solitaire, du toit au parapet, petite silhouette poilue se détachant sur le ciel. Cette fois, il s'en allait pour de bon. Il était libre.

Mais, évidemment, il ne s'agissait pas de sa première tentative. Les gardiens devaient connaître cette tendance de son comportement. Tandis que deux d'entre eux observaient la scène d'en bas en s'amusant, un autre monta sur le toit par une échelle, à l'arrière du bâtiment : et quand enfin l'orang-outang se dressa sur le toit supérieur, le gardien sortit de derrière une cheminée et agita les bras.

En bas, tout bruit cessa. Le singe se mit à pousser des cris et à gesticuler en direction de l'homme, en restant sur place pendant une minute ou deux, puis il perdit confiance et commença à reculer pas à pas. Il s'arrêta au sommet de la paroi de sa cage. Ce fut un dernier moment de défi. Il découvrit les dents dans une grimace tragique. Le gardien fit un autre geste pour le chasser. Alors, très, très lentement, centimètre après centimètre, l'évadé se mit à redescendre dans sa cage en glissant sur la paroi de verre. Un second gardien apparut dans leur abri et essaya de l'attirer en lui tendant une banane par une ouverture. Au début, le jeune mâle réagit avec rage, il tapa dans toutes les directions avec un bâton qui finit par se casser. Mais il ne put résister à la banane. Cinq minutes plus tard, il était retourné dans l'abri et la trappe se referma en claquant. Il passerait sans aucun doute le reste de la journée dans ce réduit obscur : pas tant en guise de punition que pour lui faire oublier ce qu'il avait tenté, ce qui avait failli arriver. Pour son bien. Avant tout. Pour son bien.

Un événement qui s'était presque transformé en miracle avait avorté. Les animaux du zoo retournèrent à leurs activités habituelles. Les visiteurs se dispersèrent entre les enclos. Mais Thomas resta devant la cage de l'orang-outang. Est-ce que quelque chose, se demanda-t-il, quelque très faible lueur, un soupçon de mémoire, continuerait à brûler doucement dans l'esprit de ce jeune animal audacieux et maintenant maté, la connaissance – même pas la connaissance, le vague soupçon – que les limites de sa cage n'étaient pas les limites de son univers, que quelque part au-delà un autre monde s'étendait indistinctement, quelque chose d'immense et de merveilleux, quelque chose de hasardeux peut-être, quelque chose qui n'avait aucune limite et qu'il avait presque atteint ? Et s'il devait effectivement s'en souvenir, cette conscience, dont aucun de ses semblables n'avait la moindre idée, le rendrait-elle heureux ? Ou cela le hanterait-il et le tourmenterait-il, une blessure dans son esprit, irritante, cuisante, douloureuse, qui ne guérirait jamais ?

Toujours assis sur son banc, dans le zoo de Bloemfontein, Thomas ferma les yeux un instant ; puis il se leva. Les lions étaient toujours étalés dans leur enclos, comme des peaux dorées sur lesquelles on aurait fixé des têtes. Sur la terre nue, au-delà du fossé profond qui séparait les fauves et leur univers de celui des spectateurs humains, brillait le dernier soleil de l'après-midi, poisseux et lourd comme un sirop d'or, la douceur venant de la force. Il était temps de partir. Maria devait être chez elle.

« Boetie* ! Quelle surprise ! » Suivi inévitablement de la question : « Qu'est-ce que tu as fait à tes cheveux ?

– J'ai essayé de retrouver ma jeunesse perdue, dit-il en souriant. Malheureusement, ça n'a pas marché.

– Ta jeunesse perdue ? Tu n'as même pas trente ans. Laisse-moi ce genre de désespoir.

– Tu as l'air d'aller très bien. » Il la regarda attentivement. « Fatiguée. Mais bien.

– Je prends du poids.

– Pas d'autre bébé, j'espère ? Tu en as déjà tellement.

– Oh ! Allez. Seulement quatre. C'est encore convenable. » Elle lui fit une grimace, et sur son nez apparurent des drôles de petites rides qu'il connaissait depuis leur enfance. « De toute façon, qui es-tu pour parler de ça ? Tu es toujours célibataire. A moins que... ?

– Non, j'avance toujours prudemment. Maman et papa ont assez de petits-enfants comme ça.

– Tu devrais avoir honte, Boetie. » Elle appela dans la maison. Des enfants arrivèrent en courant pour l'aider à porter sa valise. Deux labradors blancs et joueurs rendirent les choses difficiles.

« Et où est Tertius ? demanda-t-il avec précaution.

– A Pretoria. Il fait partie d'un comité directeur quelconque qui organise l'histoire du Grand Trek. Des réunions à n'en plus finir. Le patriotisme effréné. »

Il eut du mal à dissimuler son soulagement. Mais il n'en laissa rien paraître. « Je croyais que tu étais devenue patriote toi aussi en l'épousant ? »

Sans lui répondre, elle le précéda à l'intérieur, jusqu'à une chambre qui donnait dans le couloir, en écartant les enfants. « Tommie, veux-tu t'installer avec Vicky pendant qu'oncle Thomas restera ici ? Il va dormir dans ta chambre. » D'un regard sévère elle étouffa immédiatement toute protestation. « Allez, c'est à cause de lui qu'on t'a donné ce prénom. Il n'est pas mal, hein ? » A Thomas : « Tu restes longtemps ?

– Seulement cette nuit. Je suis sur le chemin du retour.

– J'ai l'impression que Bloemfontein n'est bon qu'à ça. Une étape à mi-chemin pour les gens de passage.

– Je ne me suis pas arrêté à cause de ça.

– Je sais. Mais, parfois, j'aimerais que tu ne rejettes pas cette ville tout de suite. Ce n'est pas si mal quand on y vit.

– Qui essaies-tu de convaincre ? »

Elle ne répondit pas. En quelques gestes efficaces, elle enleva les draps du lit et les emporta dans une autre pièce, suivie des enfants ; puis elle revint les bras chargés de draps et de serviettes de toilette propres, et elle s'apprêta à refaire le lit.

« Laisse-moi t'aider.

– Assieds-toi là-bas, dit-elle. Que connais-tu au travail de la maison, de toute façon ?

– J'ai l'habitude de le faire tout seul », lui rappela-t-il. Et soudain, il s'arrêta, stupéfait par la violence avec laquelle la douleur l'avait envahi : Nina, Nina, mon Dieu...

« Quelque chose ne va pas ? » lui demanda doucement Maria. Ses yeux gris l'examinaient avec attention. Il voulait nier, éviter ça, mais il dut serrer les dents pour contenir son émotion.

Elle fit le tour du lit et le prit dans ses bras. Il se dit : elle est devenue exactement comme maman, conditionnée par le besoin de consoler des enfants et de soigner des blessures. Mais on ne peut guérir la mienne d'un baiser. Et pourtant cela lui fit du bien de s'oublier un instant dans son étreinte. Mais un seul instant : puis il se détacha et elle fut assez perspicace pour le laisser partir.

« Est-ce que tu veux en parler ?

– Je ne peux pas.

– Viens, dit-elle, comme si elle prenait une décision importante. Viens t'asseoir dans la cuisine pendant que je nous prépare à manger. Je vais essayer de trouver quelque chose d'original pour toi. »

Exactement comme sa mère : qu'importait ce qui se passait, qu'importait le bouleversement, il n'y avait rien qu'elle ne pouvait arranger avec un bon repas.

Mais la cuisine était pleine d'enfants et il erra seul dans la maison. Il entra dans le bureau de Tertius : le dos des livres parfaitement alignés sur les étagères, les stylos sur le bureau méticuleusement rangé, les documents empilés exactement au carré. Dans la chambre des enfants régnait le chaos ; sur les murs de grands panneaux de liège couverts de dessins et de découpages. Un salon avec des meubles lourds et pratiques, où l'on voyait les ravages des enfants et des chiens : des taches sur le tapis, une traînée d'encre sur un coussin, une housse effrangée aux coutures, des griffures sur le bois.

« Oh ! Tu es ici », dit Maria derrière lui. Katrien, sa plus jeune fille, deux ans, était installée sur sa hanche comme un petit singe et elle l'observait avec des yeux graves, un nœud rouge se balançait de manière effrontée sur une petite couette.

« Elle te ressemble quand tu étais petite.

– Tu ne m'as pas connue quand j'était petite.

– Il y avait des photos.

– J'ai envie que tu m'en prennes une très belle d'elle. Tu es son parrain, tu sais. Est-ce que tu as oublié ?

– Comment oublier ? » Mais c'était vrai, il avait oublié. Il tendit les bras vers la petite fille. Elle le jaugea pendant encore un moment, puis brusquement, sans aucune réserve, elle se précipita vers lui. Il l'attrapa en riant, il la lança en l'air, il appuya son visage contre son ventre rond jusqu'à ce qu'elle se pâme de rire.

« Pourquoi est-ce que tu ne fais pas une photo maintenant ? demanda Maria. Elle va prendre son bain.

– Je n'ai pas de flash. Mais je le ferai en premier demain matin, avant de partir. J'en ai très envie.

– Comment est-ce possible que tu voyages sans ton matériel ? Ça ne te ressemble pas. »

Pendant une seconde, il fut pris au dépourvu. Puis, rapidement – trop rapidement ? –, il essaya de se rattraper : « Un de mes amis l'a emporté à Port Elizabeth. Je le retrouve là-bas demain.

– Oh ! » Sceptique, déçue, elle tendit les bras vers sa fille, mais l'enfant s'accrocha à Thomas en riant. « Elle adore les hommes », dit Maria. Essayait-elle délibérément de paraître gaie ? « On aura des problèmes avec elle. »

Plus tard, après que le bébé eut pris son bain et fut mis au lit, Thomas rejoignit Maria dans la cuisine, où les garçons mangeaient, voraces comme des vers à soie sur des feuilles de mûrier. Ils prirent leur repas au milieu de ces bâfreurs. Puis, enfin, la maison redevint calme. Elle prépara du thé ; il porta le plateau au salon. Les labradors s'étaient déjà confortablement installés sur le tapis brun à longs poils, ils se léchaient, grognaient, bâillaient, somnolaient.

« Les enfants sont terribles, dit Thomas en cherchant une position confortable sur le canapé.

– Je ne me plains pas.

– Est-ce que c'est tout ce que tu attends de la vie ? »

Ils furent interrompus par les informations à la télévision. De longues phrases, hérissées de digressions, d'illogismes, de sous-chapitres émergeant à une extrémité d'un lac boueux à la recherche d'un verbe et replongeant à l'autre bout sans en avoir trouvé. Une masse confuse d'idées reçues, si souvent énoncées que même les présentateurs avaient fini par y croire. Pour eux, il s'agissait, par définition, de la « vérité ».

Thomas ne prêta pas attention à ce que le président psalmodiait à l'écran de sa voix de prédicateur laïque : il regardait le visage lui-même, et son propre visage était glacé comme si la sueur s'en était évaporée. Il pensait : si cet homme était mort ce soir, comme nous l'avions prévu, si tout s'était bien déroulé et s'il avait été tué, est-ce que le mal aurait été éradiqué de ce pays avec lui ? C'était ce qu'avait demandé Nina, il y a longtemps, n'est-ce-pas ? N'est-ce pas ? Cela aurait-il fait une *différence* ? Ou était-il déjà trop tard pour une différence ? D'un autre côté, même si l'homme n'avait été qu'un instrument du mal, ne valait-il pas mieux commencer quelque part que de laisser tout se précipiter vers une catastrophe ? Le mal n'est pas une abstraction, pas dans notre monde post-métaphysique : il n'existe que dans la mesure où il est incarné dans des gens, dans des individus ou des institutions, dans quelqu'un comme ce visage arrogant qui parlait sur l'écran.

L'interview se termina enfin. Même le présentateur eut l'air soulagé. Mais le répit fut de courte durée. Une autre image de musée Grévin remplaça la première. Un ministre de la Défense, de la Loi et de l'Ordre, de la Justice, de quelque chose : ils étaient interchangeables, cela ne modifiait absolument pas les idées reçues ni les ondulations du langage agrammatical.

Maria se leva pour remplir leurs tasses.

Puis le préfet de police. Et maintenant le bruit entra en lui : « ... vous assure que mes hommes travaillent vingt-quatre heures sur vingt-quatre et suivent des pistes en relation avec l'attentat à la bombe de vendredi dernier au Cap. Déjà, plus de huit cents personnes ont été arrêtées dans différentes régions du pays lors de descentes de police pendant le week-end. Parmi elles... » Des noms, des noms ; des responsables d'organisations et de mouvements, des étudiants, des membres du COSATU*, de l'UDF. Il en avait rencontré beaucoup au cours des années. Mais aucun des noms ne le toucha aussi profondément que celui qui, brusquement, s'enflamma au milieu des autres : Henry Bungane.

Henry. Combien de voyages avaient-ils faits ensemble, en traversant l'immense pays dans tous les sens, d'une ville à une autre, d'une township à la suivante, lui avec ses appareils photos, Henry avec sa serviette de l'UDF. Depuis leur première rencontre à Guguletu, alors que Henry venait de sortir de Robben Island. La foule qui l'avait entouré ce jour-là. Le visage souriant de Ntsiki. A la fin, le silence qui s'était abattu sur eux, l'intérieur de la petite maison dans la lumière blanche de la lampe à pétrole, la voix rauque de Henry, l'enfant endormi sur ses genoux. C'était comme le début d'un monde nouveau. Et aujourd'hui... ? Peut-être ne devait-il pas trop s'inquiéter. Combien de fois Henry avait-il été détenu depuis lors ? Ils le libéreraient de nouveau. Dans une semaine, dans quelques mois. Mais c'était différent cette fois : cette fois, c'était à cause de quelque chose qu'il avait fait, *lui,* Thomas. Parce qu'ils le recherchaient *lui,* même s'ils ne le savaient pas encore. Et, avec Henry, il y avait les autres, les centaines d'autres, « dans différentes régions du pays ». Détenus. Sans doute torturés. Et combien d'autres encore ? Car ce ne pouvait être que le commencement ; cela allait empirer. Alors que *lui,* il était là.

Le préfet de police avait terminé sa déclaration. Retour du présentateur. Des mots, des mots. Tournant toujours autour de l'attentat, comme un essaim de mouches. Le défilé écœurant des blessés au Tygerberg Hospital, les familles éplorées, les mêmes images qu'on devait passer chaque jour depuis une semaine.

Thomas se leva et éteignit la télévision, conscient du regard réprobateur et interrogateur de Maria.

« Si ça ne te dérange pas ? dit-il. Ils répètent toujours la même chose.

– Mais c'était horrible, n'est-ce pas ? Les cris des enfants. Et le petit bébé. Je n'arrêtais pas de me dire : qu'est-ce que j'aurais fait si c'était mon enfant... Je n'ai pas fermé l'œil cette nuit-là. J'allais voir les enfants dans leur chambre. Ils dormaient si paisiblement. On se sent tellement démuni. Une chose comme ça peut se produire n'importe où, n'importe quand. » Elle était tellement bouleversée qu'elle dut se lever. Sa tasse à la main, elle marcha sans but dans le salon pour finir par s'arrêter près du poste de télé muet. « Il n'y a que de la violence, partout, chaque jour. Comme si la raison n'avait plus sa place dans le monde. Et cela nous touche tous. Les gens les plus simples qui veulent seulement qu'on les laisse tranquilles. » Elle tourna son regard angoissé vers lui. « Qu'est-ce qui pousse les gens à la violence, comme ça ?

– Tu ne crois pas, dit-il d'une voix contenue, contrainte, que des gens peuvent être amenés à un point où il ne leur reste pas d'autre choix, rien d'autre que la violence, s'ils veulent vraiment changer le monde ?

– Mais pour quelle raison ? répéta-t-elle. La violence est absolument épouvantable.

– Et s'il ne s'agissait pas de menacer aveuglément la vie des autres, mais de choisir consciemment de risquer aussi sa propre vie ?

– Tu parles comme une voix venue d'un passé lointain, dit-elle. J'ai presque oublié tout ça, tu sais. La philosophie à l'université. C'était Camus... ? » Elle semblait agacée. « Thomas, nous ne parlons pas de philosophie, mais de bombes réelles. De personnes réelles qui sont tuées.

– J'essaie seulement d'imaginer le raisonnement qui se trouve derrière ça...

– Tu crois vraiment que des considérations morales ou philosophiques jouent un rôle dans les actions d'un terroriste ?

– Est-ce que tu n'es pas un peu simpliste ? Je peux facilement imaginer que des gens comme eux – particulièrement des gens comme eux – peuvent se débattre pendant des semaines, des mois ou même des années avec des problèmes de ce genre.

– Tu as toujours été sentimental.

– Ce n'est pas une réponse, Maria.

– Excuse-moi, Boetie. » Elle vint s'asseoir près de lui. « Je suis à bout de nerfs. C'est comme si tout ce qui fait ma vie m'échappait. On ne sait jamais ce qui peut se passer d'un jour à l'autre. Tout ce qui semblait tellement solide, tellement garanti, apparaît brusquement vide de sens. Nous avions des vies si détendues et si faciles. Mais aujourd'hui... » Elle eut un geste d'impuissance. « Tu as dû remarquer en arrivant. Nous avons fait surélever les murs du jardin. Des portes de sécurité. Des systèmes d'alarme. Des chiens. C'est comme si on vivait en prison. Et, même avec tout ça, on ne se sent pas tranquilles. Quand Tertius n'est pas là, je dors à peine la nuit... et pourtant tu sais que je n'ai jamais été nerveuse.

– Ici, dans l'État libre, la vie n'a sûrement pas beaucoup changé.

– On peut avoir cette impression en surface. Je veux dire, nous lisons dans les journaux que les Noirs se mettent en grève dans tout le pays, même les domestiques ; nous n'avons pas beaucoup de choses comme ça par ici, pas encore. Mais ce n'est plus comme avant. Mon ousie* me raconte comment on les intimide et on les menace – tous ces agitateurs –, leur vie est en danger.

– Vous gobez vraiment ces histoires d'agitateurs venus de l'étranger ?

– Qu'est-ce que tu sais de ce qui se passe ici ? » Elle soupira. « Ne parlons plus de ça. Nous nous voyons si rarement, la vie est bien assez difficile comme ça. Mais crois-moi, même ici, dans l'État libre, les choses ne sont plus comme avant. Même si tout semble calme en apparence, je suis inquiète. Si c'est calme, en effet, c'est seulement parce que les vieilles relations du baas et du domestique sont profondément enracinées. Et cela aussi est épouvantable. Parfois, tu sais, j'éprouve le besoin de parler avec mon ousie, des discussions banales de femmes. Mais je n'arrive pas à communiquer avec elle. Elle me dit : oui, Madame. Si j'insiste, elle me parle de ses enfants ou de ses parents, mais tout est superficiel. Que fait-elle quand elle referme la porte de derrière, l'après-midi, et qu'elle va chez elle ? Je ne le sais pas. Je ne sais rien d'elle. Et pourtant, nous passons huit ou neuf heures ensemble chaque jour de notre vie. A cause de ça, je me sens coupable. Et je ne *veux* pas me sentir coupable. Parce que, zut, ce n'est pas de ma faute ! » Elle posa la main sur le genou de Thomas. « C'est de ma faute ? »

Il posa à son tour sa main sur celle de sa sœur. « Tu commences à ressembler à l'ancienne Maria révoltée que je connaissais.

– On vieillit, Thomas. La révolte, c'est pour les jeunes qui n'ont rien à perdre.

– Je ne le crois pas ! dit-il, indigné. Pas toi, Maria !

– Nous en reparlerons dans quatre ou cinq ans, dit-elle calmement.

– Je l'espère bien. »

(Il pensa à Nina : sa révolte, sa colère, sa passion. Tout à fait comme la Maria d'autrefois. Et ce ne pouvait être seulement une question d'âge, de responsabilités plus grandes à supporter, de famille à construire. Nina n'aurait jamais fait de compromis, n'aurait jamais renoncé ! Mais on n'avait pas permis à Nina de vieillir.)

« Tu as vu Frans récemment ? demanda Maria.

– J'ai passé le week-end avec eux. » Il fit une grimace. « Il a failli me mettre à la porte.

– Oh ! Vous deux. Vous êtes comme chien et chat. Ça ne change pas.

– Tu te rappelles... » Et commença l'inévitable évocation du passé. Jusqu'à ce qu'ils se retrouvent, comme si souvent auparavant, échoués sur la petite île de leur enfance. Tellement loin. Tellement en sécurité surtout. En sécurité ? Non, même pas. L'enchantement de la distance, se dit-il, ne pouvait écarter la lucidité de l'intuition. Même à cette époque, des nuages recouvraient leur île ; et des crevasses traversaient les prairies.

« Je n'arrive pas à comprendre comment Frans et moi nous avons réussi à grandir dans la même maison, avoua-t-il.

– C'était maman, dit-elle sans hésitation. Sans elle... Elle pouvait tout faire cohabiter. Elle n'a jamais reproché à quelqu'un d'être qui il était.

– Ça ne l'empêchait pas de nous donner des coups de lanière sur les fesses.

– Ce n'est pas la même chose. Ce que nous faisions de mal était une chose. Ce que nous étions en était une autre. Et maman nous respectait. D'accord ? »

(Puis-je respecter Frans pour ce qu'il est ? C'est mon frère. Nous sommes du même sang. Mais qu'est-ce que cela représente vraiment ? Un homme comme Sipho, je trouve beaucoup plus facile, beaucoup plus naturel de le considérer comme mon frère. Est-ce que le sang entraîne une responsabilité particulière ? C'est peut-être différent entre parents et enfants. Mais entre frères ? Dans Maria, je retrouve quelque chose de moi ; je l'aime. Mais Frans, je n'en suis pas sûr. Ou est-ce qu'on est aussi responsable de son ombre ?)

Un souvenir sans importance, peut-être. (Mais qu'est-ce qui est « sans importance » ? Qui a le droit de juger ?) Ce samedi après-midi, à la ferme d'Oom Kerneels. Je ne voulais pas y aller, je n'ai jamais aimé la chasse. Mais Frans et Hendrik ont utilisé toute sorte de menaces et de promesses pour m'obliger à les accompagner. Je savais pourquoi : pour m'empêcher de dire qu'ils étaient allés chasser seuls alors qu'Oom Kerneels le leur avait expressément interdit. Et aussi pour faire le sale boulot s'ils tuaient quelque chose. Dépouiller l'animal, enlever les viscères, rapporter la carcasse. Apparemment par générosité, pour

« m'apprendre les trucs ». Et il y a eu la chose qui a bougé dans le fourré et Frans qui a tiré à l'aveuglette – je lui criais encore d'attendre pour voir ce que c'était – la vache qui s'est effondrée. Un des animaux de reproduction d'Oom Kerneels. J'ai fait demi-tour et j'ai filé, mais ils m'ont rattrapé et ramené. Alors, les prières, les supplications et les arguments. Si je m'accusais du forfait, on me pardonnerait, j'étais trop jeune pour savoir, les adultes comprendraient et pardonneraient. Alors que si l'on apprenait que c'était l'un d'eux, Oom Kerneels le tuerait. Je ne voulais pas, j'avais une peur de tous les diables. Alors, Frans s'est mis à énumérer tout ce qu'il allait me donner, tout ce que j'aurais le droit de faire à l'avenir. Je ne me souviens même plus des détails. Mais à la fin ce fut suffisant – avec en plus les menaces affreuses et la force physique – pour me persuader. J'avais le cœur lourd comme une pierre. Et il y avait de quoi, car on ne m'a jamais autant battu de toute ma vie. Tandis que Frans restait impassible. Ensuite il a oublié toutes ses promesses.

D'une des chambres vint le bruit d'un gémissement. Maria se leva aussitôt.

« Katrien, dit-elle. Elle se réveille très souvent. Elle a toujours peur. Je ne sais pas d'où elle tient ça. »

Elle restait debout et écoutait, le corps tendu. Tout était de nouveau silencieux. A l'extérieur une chouette ulula.

3

Ainsi, voilà ce que tu as essayé de me dire par cette visite. Non, je ne te reproche pas de ne pas t'être confié à moi. Comment aurais-tu pu ? Même si tu l'avais fait, je n'aurais pas compris. Pas comme je comprends aujourd'hui. Mais est-il inévitable qu'on ne comprenne que trop tard ? C'est peut-être une mauvaise question. On ne comprend jamais trop tard : trop tard peut-être pour une intervention pratique ; trop tard pour aider celui-ci ou celui-là : mais toujours au moment exact pour soi. Car on ne peut comprendre que quand on est prêt pour cela.

Thomas, Thomas, Thomas. Mon Boetie. Je n'ai absolument pas dormi la nuit dernière. Je ne le *voulais* pas. Je voulais, je devais rester debout, comme lorsqu'on veille un malade ou un mort. *In extremis.* Une sorte d'expiation peut-être, pas pour toi, pour moi. Et s'il y a là quelque regret, alors c'est de ne pas avoir été capable de faire plus quand je le pouvais. Du regret pour cette perte. Parce qu'il y a eu une perte fatale.

Cela semblait irréel à la télé, un truc à scandale à propos d'un inconnu qui, par simple coïncidence, s'appelait aussi Thomas Landman. Un certain Thomas Landman qui, quelques semaines plus tôt, ce vendredi de fin avril, avait, en essayant de tuer le président dans un attentat à la bombe, pris la vie de six personnes et en avait mutilé et blessé je ne sais combien d'autres. Ce n'était pas le Thomas que je connaissais. Ce fut ma première pensée ; ils ne pouvaient absolument pas te connaître. Mais par la suite, au cours de cette longue nuit, je me suis dit : non, ce n'est pas comme ça qu'il faut y penser. Je ne dois pas essayer de séparer mon Thomas du leur. Ils ne font qu'un. Et ce n'est que si je réussis à les réconcilier qu'il peut exister un espoir de trouver un sens à tout cela. Qu'il peut exister un espoir de te comprendre. Le Thomas que je connaissais – le bébé qu'autrefois je tenais dans mes bras, avec le battement de cœur palpitant dans sa fontanelle tendre, me regardant fixement avec ses grands yeux noirs, si sages et si calmes, et avec qui je jouais comme avec une poupée pendant la maladie de maman (je n'avais que huit ans) ; le petit garçon qui pleurait toutes les larmes de son corps sur mes genoux parce que Frans avait tué une sauterelle dans le jardin en lui arrachant les ailes et les pattes une par une ; le petit garçon aux jambes maigrichonnes qui pouvait passer des heures à écouter Oupa raconter des histoires et qui, alors qu'il n'avait que treize ans, travailla péniblement pendant des mois à traduire le journal de la guerre des Boers de notre arrière-grand-père, du hollandais en afrikaans (en demandant à maman la signification d'un mot sur deux et en la rendant folle) et dont les larmes tachaient l'encre noire des pages du journal quand il lisait la vie des femmes et des enfants dans les camps de concentration ; l'adolescent dansant de joie en serrant le journal qui avait publié sa première photo ; le jeune homme qui, le matin où il partit de chez moi pour la dernière fois, joua dans la piscine, avec Katrien riant de plaisir en serrant son petit corps nu contre sa peau légèrement brune, ce « bronzage » que je lui ai toujours envié : ce matin-là, ce fut à cause de l'innocence de son corps, de sa douceur et de sa minceur que j'eus la gorge serrée, – ce Thomas-là était la même personne qui avait fait exploser une bombe et qui avait mis des gens en petits morceaux. Un rêveur toujours plongé dans les livres, un photographe qui collectionnait tout ce qui lui tombait sous la main, la tête bourrée de projets invraisemblables et merveilleux, un solitaire perdu dans ses pensées avec une ride profonde entre les deux yeux (sur ton front, le signe du Cancer : mon crustacé chéri, si vulnérable dans ta carapace), un farceur, fou de musique, homme à tout faire dans une maison, mon frère, Thomas, toi : assassin et terroriste.

Dès qu'on eut entendu les informations, Tertius se mit à déclamer et à trépigner comme un fou. Il était absolument livide et il tremblait comme s'il avait eu de la fièvre. Il abattit le poing sur la table, en paradant comme un mauvais acteur. « C'est la fin de tout ! Comment regarder mes collègues dans les yeux, Maria ? Je n'ai plus aucun espoir d'être nommé un jour professeur. Tout ce pour quoi j'ai travaillé, pendant des années... »

La colère me prit si brusquement que je ne pus me contenir.

« C'est la seule chose qui compte pour toi, Tertius ? Un poste de professeur, la chose pour laquelle tu as travaillé ?

– Mais, Maria, est-ce que tu te rends compte de la honte qu'il fait rejaillir sur nous ? Je te le jure, si je pouvais lui mettre la main dessus ce soir...

– Je vais téléphoner à maman, dis-je, et je me levai. Ils doivent avoir besoin d'aide.

– Je te parle, Maria. Est-ce que tu m'écoutes ? »

Le bruit avait réveillé Katrien dans sa chambre et je dus d'abord aller la consoler. Puis je téléphonai dans le couloir. Maman ne pouvait pas parler, elle pleurait trop, elle resta à sangloter dans l'appareil jusqu'à ce que papa le lui prenne des mains. J'avais la sensation de me déplacer dans un rêve, en regardant de loin ce qui se passait, en observant mes gestes et mes mouvements, en écoutant ma voix. Un pilote automatique avait pris le relais. Pour l'instant, tout sentiment était exclu, inimaginable.

« Je vais aller les voir dès que ce sera possible, dis-je à Tertius, quand je revins dans la salle à manger. J'emmènerai Katrien.

– Et les garçons ? Tu imagines, quand ils vont arriver à l'école demain... » Il se releva de la chaise sur laquelle il s'était effondré.

« Ce sera difficile, mais ils vont devoir apprendre à vivre avec. Comme nous tous. Je serai encore là pendant un jour ou deux pour les aider. Après...

– Tu ne crois pas que je vais m'en occuper ?

– Et pourquoi pas, Tertius ? Ce sont aussi tes enfants. Et, actuellement, papa et maman ont plus besoin de moi.

– C'est sûr. La voix du sang.

– Tertius ? » Je sentis que mon corps commençait à

trembler. Je me suis penchée, les deux bras tendus, appuyée sur la table et je l'ai regardé dans les yeux. « Qu'est-ce que ça signifie exactement ?

– Eh bien, c'est ta famille, non ? » Ses narines s'écartaient et se contractaient comme celles d'un lapin, pensai-je de façon grossière : étranges les choses invraisemblables qu'on remarque dans un moment comme celui-ci.

« Tu veux dire : grâce à Dieu, je ne suis pas comme ces pauvres pécheurs ?

– Ce n'est pas ce que j'ai dit.

– Ce n'était pas nécessaire de mettre les points sur les i. »

Tertius continua à hurler : « Est-ce que l'homme n'a pas un cerveau ? Est-ce que c'est nécessaire, après des milliers d'années de civilisation, de se conduire comme un singe ou un troglodyte ? On n'est plus dans la jungle. » Je n'essayai même pas de réagir. A quoi se résume notre histoire – « civilisée » –, sinon à un catalogue de violence ? Par quel moyen, sinon la violence, notre pays chrétien maintient-il sa loi et son ordre ?

Cette chose scandaleuse que tu as faite : était-ce *ta* façon d'essayer de mettre fin à la violence ? En utilisant la violence pour arrêter la violence ? Mais, s'il en est ainsi, qu'as-tu atteint, Thomas ? N'était-ce pas, en dernière analyse, une réponse d'*homme ?* Ou était-ce à la mesure de ton désespoir ? Peut-être que le plus grand choc, cette nuit-là, a été de découvrir à quel point je savais peu de chose sur toi. Mon propre frère. Et sur moi-même.

Je me souviens très bien de la première fois que j'ai appris à te considérer et à t'aimer, pas seulement comme mon frère, mais comme une personne : la première fois où j'ai été obligée de penser à qui tu étais, à ce que tu étais. Nous vivions encore dans le village près de la côte ouest et tu n'avais pas plus de six ou sept ans. Un soir, je t'ai entendu sortir par la porte de derrière avec la lampe-torche. En général, tu revenais très vite, parce que tu avais une peur bleue dans l'obscurité. Mais, ce soir-là, tu es resté dehors très longtemps. Et tu es revenu en courant pour m'appeler dans ma chambre. « Maria ! Maria ! Viens voir, il y a un ange dans les cabinets. » Tu l'avais trouvé, m'as-tu expliqué, près de la porte du fond alors que tu faisais pipi : une petite créature qui brillait dans la nuit. Tu l'avais suivi dans la cour et jusque dans les cabinets. Un ver luisant, sans doute. Mais tu étais inflexible. *C'était* un ange. Sans sourire, je t'ai suivi dehors pour regarder mais, dans les cabinets, la fosse sous le trou du siège était absolument obscure. Pas trace d'ange. Après avoir cherché longtemps, nous sommes rentrés.

Au cours du dîner, le soir, tu as demandé : « Qu'est-ce qu'ils mangent, les anges ? »

Frans a failli s'étouffer avec une bouchée de pain et de beurre de cacahuète et il a commencé à se moquer de toi jusqu'à ce que je lui donne un coup de pied sous la table. Le regard de papa montrait sa désapprobation. Ce fut maman qui dit de sa voix calme, comme s'il s'agissait de la chose la plus naturelle du monde : « De l'eau sucrée. Les anges ne boivent que de l'eau sucrée. »

J'ai pensé que c'était fini. Mais une heure plus tard, je t'ai entendu sortir comme d'habitude, pour ton pipi du soir ; de nouveau tu es resté très longtemps. Et parce que je savais à quel point tu avais peur du noir, je suis allée te chercher. Et je t'ai trouvé. Accroupi sur le siège des cabinets, la torche à côté de toi, en train de regarder dans le trou. La lumière projetait une immense ombre noire sur la cloison en tôle ondulée. Je me souviens du moindre détail de la scène. La porte ouverte avec le cœur inégal découpé dedans (l'œuvre courageuse mais peu convaincainte de papa). Le long clou où étaient accrochés des carrés de papier journal. La caisse en carton avec de vieux magazines. L'odeur du désinfectant Jeye. Et toi, accroupi là, les yeux fixés dans l'obscurité, une soucoupe d'eau sucrée à la main.

Comme les anges ne venaient pas, tu as posé la soucoupe sur le bord du siège et tu es rentré à la maison avec moi, ta petite main poisseuse et chaude dans la mienne.

Le lendemain, tu as encore essayé. Et de nombreux soirs par la suite. Rien ne pouvait entamer ta foi. Il y *avait eu* un ange aux ailes lumineuses. Il reviendrait.

Plus jamais tu n'as eu peur du noir.

Au cours des années, je t'ai envié bien souvent cette foi. Et pourtant, à quoi es-tu arrivé ?

Je n'ai aucune envie, comme au temps de ma jeunesse plus audacieuse et plus aveugle, de faire des spéculations pour savoir si l'homme est bon ou mauvais. Mes années de philosophie à l'université sont peut-être trop loin derrière moi : être maîtresse de maison vous maintient littéralement trop près du terre-à-terre. C'est pour cela que je suis hésitante, méfiante et même cynique. Qu'en est-il de la petite personne ordinaire – c'est ce que j'aurais aimé te demander, Thomas –, qu'en est-il de la petite personne ordinaire, comme moi, qui simplement se bat pour rester en vie ; qui ne veut pas que les plus forts décident de sa vie pour elle ; qui veut seulement l'humble liberté de prendre seule ses petites décisions ? est-ce trop demander ?

Et il *faut* que je trouve la réponse. Parce que, moi aussi, je dois prendre des décisions capitales, des décisions que je ne peux plus reporter. Que vais-je faire de tout ce que tu m'as mis sous les yeux dans cette chambre depuis longtemps fermée qu'est ma vie ? Quand on a ouvert une porte comme celle-ci, il est inutile d'essayer de la refermer comme si rien ne s'était passé. Dans quelques mois, j'aurai trente-sept ans. Je ne serai plus jeune. Pas vieille non plus. Je *peux* encore faire quelque chose : penser, décider, agir.

Il y a quelque chose en moi qui, de façon éhontée, t'envie : non pour ce que tu as fait, mais pour avoir fait quelque chose. Parce que, maintenant, je sais que, moi aussi, j'ai le droit de vivre, de prendre ma vie en main, ici et maintenant. C'est cela que tu m'as montré. Pendant toutes ces années, je me suis trompée en persistant à me considérer comme la victime de l'exploitation et de l'oppression des autres. Je n'étais pas seulement la pauvre créature, une épouse pitoyable qui se sacrifiait et qui avait abandonné sa propre vie pour que les autres se servent d'elle. J'étais, je suis complice. C'était trop facile d'essayer de me persuader que je menais une vie difficile. Ce n'est tout simplement pas suffisant. Ce n'est jamais suffisant de se contenter de voir la vérité, ou de la dire. Ça ne peut être qu'un début. La seule chose qui compte vraiment, c'est de faire quelque chose à partir de là. Je pense que maintenant je suis prête.

4

Quand il vit le barrage routier, un kilomètre après l'aéroport, en direction de Thaba Nchu, il crut recevoir un coup de sjambok en plein visage. Il était perdu dans ses pensées ; quand il prit conscience du barrage, il n'avait plus le temps de freiner, de faire demi-tour et de filer. Des lumières clignotantes. Un convoi militaire arrêté sur le bord de la route. Des quantités de soldats avec des armes automatiques. Des policiers en tenue antiémeute.

Le gros lot. Et c'était de sa faute. Patrick lui avait donné l'ordre de revenir au Cap. L'Organisation en avait décidé ainsi. C'était une des premières choses qu'on vous apprenait : obéir aux ordres ; ne jamais réagir selon ses impulsions. Il y a suffisamment de situations dans lesquelles on vous laisse l'initiative. Quand on vous a donné une instruction précise, vous y obéissez à la lettre. C'est pour cela que vous êtes là. Et il avait manqué à ses engagements ; il les avait trahis : c'était l'essentiel et le pire, se dit-il. Pas le danger qu'il courait personnellement, mais savoir qu'il les avait lâchés. Il méritait tout ce qui pouvait arriver.

De la folie. Voilà ce que c'était, la nuit dernière, alors qu'il ne pouvait pas dormir : cette décision de ne pas continuer sur Le Cap aujourd'hui, mais de tourner vers Thaba Nchu et Ladybrand, puis de là filer vers la frontière du Lesotho. S'il réussissait à atteindre Maseru, il serait libre. Un avion pour Gaborone ou Harare et un autre pour Londres, et toute cette aventure serait derrière lui. (Sauf cette horreur, marquée au feu dans sa chair comme la marque d'un esclave, le souvenir de Nina, Nina.) Mais Patrick l'avait mis en garde. Les forces de sécurité *s'attendaient* que toutes les personnes impliquées dans l'attentat essaient de quitter le pays le plus vite possible. Thomas n'avait pas changé les plans dans une crise ou sous l'effet de la panique. C'était une décision réfléchie et calme, prise au milieu de la nuit. Il avait eu le temps d'y penser. Dans l'obscurité, cela avait semblé parfaitement réalisable. Comme si, d'une certaine façon, il devait à Nina de mettre tout cela derrière lui une fois pour toutes, comme si sa fuite devait en quelque sorte être une compensation pour ce qui lui était arrivé. Ce n'était que maintenant – trop tard – qu'il se rendait compte de la bêtise de sa décision. De la folie

Pourquoi n'avait-il pas envisagé l'éventualité des barrages routiers ? La principale et la plus élémentaire de toutes. Ce n'était pas tant de se faire prendre qui le consternait, on l'y avait préparé. Mais manquer aux espoirs et aux attentes du mouvement, c'était différent. Parce qu'il avait été trop certain du succès depuis le début. Même quand cette scène horrible et incroyable s'était déroulée sous ses yeux à l'aéroport, il n'avait pas vraiment envisagé que lui aussi pouvait se faire arrêter. Cela n'avait été que partie remise, c'était tout. Et la nuit dernière, quand il n'avait pas pu dormir, c'est ainsi qu'il avait vu les choses.

La nuit dernière : il était resté debout, épuisé mais tout à fait réveillé, devant sa fenêtre ouverte, à respirer l'air pur de la nuit. Des insectes bruissant paisiblement dans l'herbe. Le ciel nocturne, familier et rassurant, répandant une lumière laiteuse sur les arbustes du jardin. Une nuit qu'on pouvait sentir : l'herbe, la terre sombre, l'eau souterraine. De temps en temps, un battement d'ailes ou le cri d'une chouette. Puis un bruit qui semblait fictif, si bas qu'on l'entendait à peine avec les oreilles, s'insinuait dans la moelle des os et dans le subconscient, le rugissement des lions au zoo. Une Afrique antique et tragique qui refusait le repos. Un bruit, se dit-il, que son ancêtre, le prophète Petrus, avait dû entendre quand il campait ici enfant, avec les Enslin et les Greylin, avant qu'ils se mettent en route pour Jérusalem. A cette époque, on pouvait se retirer dans un laager* et être à l'abri des prédateurs : aujourd'hui, l'ennemi était dans le laager ; le laager lui-même était devenu l'ennemi. Arrière-arrière-grand-père Petrus, se dit-il, cette nuit, je fuis mon propre peuple.

Maria lui avait demandé : « Thomas, pourquoi est-ce que tu ne restes pas plus longtemps ? Qu'est-ce qui t'oblige à partir ? Un jour de plus seulement, ça ne fera pas beaucoup de différence pour toi. » Cela aurait tout changé s'il était resté. Ou s'il avait pris, comme il aurait dû, la nationale 1. Il n'aurait pas rencontré ce barrage. A cinquante mètres devant lui, un militaire, sans doute l'officier commandant, se mit au milieu de la route, son arme automatique négligemment posée sur le bras. Peut-être avait-il encore le temps de piler, de faire demi-tour sur place et de filer à toute vitesse. Ou bien il pouvait enfoncer l'accélérateur et foncer droit sur le type au milieu de la route, en se baissant sous le volant. Mais, bien sûr, l'un ou l'autre choix lui serait fatal. Il valait mieux garder un peu de dignité. Très bien, arrêtez-moi. Je suis au courant. Me voici, un lion dans votre fosse de Daniel.

« Bonjour monsieur », lui dit l'officier avec un sourire amical, comme en s'excusant. Une odeur de transpiration entra dans la voiture quand il se pencha à la fenêtre pour regarder à l'intérieur. « Contrôle de routine. Voudriez-vous ouvrir votre coffre ? »

Il eut envie d'éclater de rire, de pousser un cri de guerre, de danser comme un fou sur la route. Avec toute la retenue dont il était capable, il contourna la voiture, glissa la clef dans la serrure, ouvrit le coffre et recula.

L'officier tâta la valise sans grande conviction. (Thomas avait enlevé l'étiquette la veille et l'avait jetée dans une poubelle après être parti de chez Frans.) Puis il demanda : « Pas d'armes ?

– Je ne suis pas un terroriste, dit Thomas.

– Ce n'est pas ce que je voulais dire, monsieur. » Puis, comme un avertissement : « Ce n'est pas une plaisanterie.

– Excusez-moi. »

Leurs yeux se croisèrent un instant.

« Je peux repartir ?

– Bien sûr. »

Au moment où il mettait le contact, l'officier lui dit brusquement : « Un instant ! » Sa gorge devint sèche.

« Cette boîte sur le siège, à côté de vous ? »

Soulagé et furieux en même temps, il eut envie de répondre : c'est une bombe. Mais il dit d'un air modeste : « Vous pouvez regarder », et il tendit le paquet à l'officier par sa vitre ouverte. L'homme souleva le couvercle et vit ce que Maria lui avait préparé à manger : des sandwiches, des œufs durs, une cuisse de poulet, des tomates, les deux dernières figues. « J'espère que ce n'est pas contre les règlements de l'état d'urgence ? » demanda Thomas.

Embarrassé, l'officier lui rendit la boîte sans dire un mot et lui fit signe de s'en aller.

Thomas continua à le regarder dans le rétroviseur jusqu'à ce que le barrage routier ait disparu. Il s'attendait à se sentir soulagé ; mais il eut envie de vomir. Il avait le front couvert de sueur. Pendant plusieurs kilomètres, il conduisit machinalement jusqu'à ce qu'il ne puisse plus continuer. A la hauteur de la bretelle qui mène à la township noire de Botshabelo, il se rangea sur le bas-côté et resta là, immobile, en attendant que l'agitation de sa poitrine s'apaise.

Devant lui, près de la route, il y avait un groupe de maisons imposantes qui n'auraient pas déparé n'importe quelle banlieue blanche ; c'était pour cela qu'on les avait placées bien en vue, près de la route. Sur la droite, une série de bâtiments bleus post-modernes était en cours de construction. Il devait s'agir des usines dont lui avait parlé Maria ; pour que la ville reste propre. Plus loin, le long de la route, à moitié cachée derrière une colline, on devinait une township, de petites maisons rectangulaires et des baraques, qui semblaient encore plus misérables et plus délabrées au fur et à mesure qu'on s'éloignait, comme si elles étaient honteuses et cherchaient à dissimuler leur laideur derrière la colline. Il se souvint d'une visite dans cet endroit, avec Henry, pour l'UDF. Un secrétaire de l'ambassade du Canada les accompagnait. Cela faisait partie d'une enquête pour déterminer le type d'aide que pouvait offrir le gouvernement canadien. Ici, à Botshalebo, comme partout où ils étaient allés, Henry avait invité les gens à une réunion. Il leur avait expliqué que le gouvernement canadien souhaitait beaucoup soutenir un projet de la communauté, une sorte de stage pour que les gens se prennent en charge eux-mêmes, quelque chose dont toute la township profiterait : ils étaient libres de choisir ce qu'ils préféraient. Les responsables semblaient stupéfaits par la proposition et ils demandèrent du temps pour en discuter avec les gens. On fixa une autre réunion pour l'après-midi. Quand ils revinrent, les gens annoncèrent humblement leur décision : ce dont ils avaient le plus besoin, dirent-ils, c'était d'une morgue.

Il eut envie de suivre la route qui longeait la township. Là, parmi les habitants si misérables que même l'idée de la révolution leur semblait un luxe, il se sentirait plus chez lui que dans les banlieues chic de Pretoria ou de Bloemfontein. Des gens totalement inconnus le regardaient avec de grands yeux, tout d'abord à distance respectueuse ; puis ils s'approcheraient pour avoir leur photo, ils l'inviteraient chez eux pour partager leur maigre repas et ils lui offriraient un endroit pour dormir. Cela lui était arrivé souvent – à Guguletu ou à Langa, près du Cap ; à New Brighton ou à Zwide, près de Port Elizabeth ; à Duncanville près d'East London, à Mamelodi près de Pretoria. *Ubuntu*. C'était ainsi que Sipho appelait ça. Ce mot intraduisible, absent des dictionnaires afrikaans ou anglais. (Ses ancêtres avaient peut-être connu un équivalent, perdus à l'intérieur du pays, si loin qu'ils ne voyaient même pas la fumée d'un voisin ? – le sauvage Diederik, le bâtisseur obsédé Jan-Jonas, ou Benjamin, le fermier de la frontière toujours prêt à rendre service ? Oui, ils en avaient peut-être connu la signification. Mais où, sur le chemin, l'avaient-ils perdue, où avaient-ils pris le mauvais virage, comment pouvait-on perdre une telle chose quand on l'avait connue ?) *Ubuntu :* partage, générosité, hospitalité, humanité. Tout cela et plus encore. Oui, beaucoup plus. C'était ubuntu qui vous faisait inviter un inconnu à rester pour la nuit, même si vous ne possédiez rien. Cela vous amenait à abriter, au risque de votre vie, par un jour de grand vent à Crossroads, deux Blancs inconnus poursuivis par la police. Cela vous faisait inviter un ami à partager, un jour lointain couleur de bougainvillées à Lusaka, la joie du retour de votre femme.

Mais il ne quitta pas la route. Non par crainte que Botshabelo ait changé ; mais parce que Patrick l'avais mis en garde : Pas question ! Reste à l'écart de toutes les townships noires sur la route. Il y a des espions partout, et tu y serais aussi visible qu'un dominee dans un bordel. Reste à l'écart. Il avait obéi à une impulsion, aujourd'hui. Cela aurait pu lui coûter la vie. Direction Le Cap. L'Organisation savait ce qui se passait. Il devait garder son sang-froid, obéir aux instructions.

Un léger grondement au loin. Tout en haut – ses yeux se remplirent de larmes à force de regarder dans la lumière –, la traînée d'un avion du sud vers le nord. La route qu'il avait parcourue vendredi dernier. A côté de lui, il y avait cette fille bavarde qui avait fait tomber sur lui le contenu de son sac. Lisa. Il aurait aimé qu'elle soit près de lui maintenant ; sa voix rauque ; cela l'aurait aidé à repousser ses propres pensées. Elle parlait trop mais c'était par épouvante, par angoisse, par fureur. Il eut un sourire triste. Maintenant, sa petite fugue était terminée : elle avait assisté au mariage de son amie, était revenue au Cap, avait survécu à la réprimande de son principal et avait humblement repris son travail. Elle ne mettrait jamais vraiment en danger sa sécurité. Il existait tant de révoltés bien à l'abri. Mais ce n'était pas ce qui comptait. Elle appartenait au passé. Au monde d'avant le déluge.

Il se sentait plus calme. Il redémarra, regarda dans le rétroviseur et revint sur la route. Pendant plusieurs kilomètres, il y eut encore des chemins boueux qui tournaient vers Botshabelo. A la limite de la visibilité, au loin, on pouvait distinguer la tache de maisons tristes qui semblaient se répéter sans fin : le subconscient de la ville blanche qu'il avait laissée derrière ; rejeté, nu, à l'état brut.

Avant d'atteindre le croisement de Ladybrand – la dernière chance de tourner vers le Lesotho, à moins de vingt kilomètres s'il le souhaitait toujours, mais il n'y pensait plus – il y eut un nouveau bulletin d'information à la radio. Il tendit la main pour éteindre et réduire au silence cette voix satisfaite ; il n'avait pas besoin qu'on lui rafraîchisse la mémoire. Mais quelque chose de nouveau l'atteignit comme un frémissement de vent sur l'eau. Un porte-parole de la présidence déclara que les obsèques des victimes de l'attentat tragique de vendredi dernier, au Cap, auraient lieu vendredi prochain, l'après-midi, à Groote Kerk. Les parents des... A la cérémonie de commémoration... On s'attend que... Il se dit : maintenant, il *devait* rentrer. Ça lui semblait clair et sans ambiguïté. Il devait y aller. A condition que l'Organisation l'y autorise, bien sûr ; il faudrait d'abord qu'il le sache. Ce n'était pas le genre de décision qu'il pouvait prendre seul. Mais il devait essayer. C'était inévitable. Même s'il avait du mal à s'en expliquer la raison. Le meurtrier qui revient sur les lieux de son crime ? Non, ce n'était pas si simple. Cela avait un rapport avec le besoin de terminer ce qui avait commencé, d'aller jusqu'au bout, l'affirmation d'une responsabilité illogique.

Etrangement, cela calma son inquiétude : il avait un point sur quoi se concentrer, quelque chose à faire, un but vers quoi se diriger.

C'était sans aucun doute ce que Nina aurait fait si elle s'était trouvée sur cette route aujourd'hui, revenant vers Le Cap, à travers ces immenses plaines où les herbes de la fin de l'été devenaient jaune pâle. A demi conscient de ce qui l'entourait – Wepener, Zastron, Aliwal North – il laissa libre cours à ses pensées, en refusant de les contenir plus longtemps.

Ce petit matin, dans mon appartement de Vredehoek, quand le colonel Bester arrive avec ses Gauleiters pour m'arrêter, ma première pensée est : toi. Toi, en train d'écouter dans le couloir, nue. Il ne faut pas qu'ils te trouvent. Hier, à Crossroads, j'ai eu un aperçu de la façon dont tu t'y prends. S'ils te découvrent ici aujourd'hui, tu vas sans aucun doute résister. Et alors, Dieu seul sait ce qui va se passer. Pendant un instant, je regrette même de ne pas t'avoir raccompagnée chez toi hier soir comme tu me l'avais d'abord demandé. Mais après cette nuit, je sais que je ne veux pas qu'il en soit autrement.

Il y a plein d'hommes devant ma porte. Et, derrière moi, dans le couloir obscur, toi. Dans la chambre, par terre, le sac de mon appareil photo ; les pellicules que j'ai prises à Crossroads. Je ne peux pas me permetttre de les perdre toutes. Après la première descente de police, alors que j'étais à l'étranger, j'ai toujours tellement fait attention à conserver mes films, mes négatifs, les « pièces à conviction » ailleurs que chez moi. Tout un réseau de contacts dans la ville. Mais, cette fois – et c'est une occasion si importante –, je ne l'ai pas fait. Et elles sont ici.

J'essaie de gagner du temps. Je demande s'ils ont un mandat. J'essaie de discuter. Je m'efforce de rester très calme, même si j'ai le cœur qui bat et si je sais que j'ai du mal à respirer. Ma nonchalance même met le colonel hors de lui. « Embarquez-le ! » ordonne-t-il finalement à deux de ses hommes. « Nous allons fouiller l'appartement. Faites-le tenir tranquille jusqu'à ce qu'on revienne. Nous avons beaucoup de choses à nous dire. »

D'habitude, ils gardent quelqu'un sur place pendant qu'ils fouillent ses affaires. Non qu'ils respectent la loi à la lettre ; mais j'imagine qu'en général cela leur procure un plaisir sadique supplémentaire de dévaster un endroit en présence de la victime. Pas cette fois. Et c'est ce qui m'inquiète. Je ne sais même pas ce qu'ils ont découvert en mon absence. Ni ce qu'ils t'ont fait. Je ne peux que craindre le pire. Cette semaine de détention est la plus longue de ma vie. Je ne comprends pas pourquoi ils n'arrêtent pas de me demander les pellicules de Crossroads. Le sac se trouvait par terre au milieu de la chambre ; au cours de la nuit, en allant dans la salle de bains, tu as trébuché dessus et tu as rouspété, je suis venu t'aider et nous avons éclaté de rire en continuant à faire l'amour sur le sol. Je sais donc que le sac s'y trouvait. Qu'a-t-il bien pu devenir ?

Vers la fin de la semaine, les choses prennent mauvaise tournure. Je me rends compte que la patience de Bester s'épuise. Manifestement, il ne se contentera plus très longtemps de menaces et d'insinuations. Je crois que la couleur de ma peau (même si, comme pour de nombreux Afrikaners, elle a une légère nuance plus foncée, héritée de mes dignes ancêtres) me protégera jusqu'à un certain point, mais pas au-delà. S'ils le décident, je ne ressortirai jamais d'ici. Pas vivant. Je ne suis peut-être qu'un très petit gage, en rien comparable aux vrais martyrs, mais le risque n'en existe pas moins. De nos jours, même les plus insignifiants sont en danger : sous l'état d'urgence, aucune règle et aucune loi ne retiennent plus la Special Branch. C'est exactement ce que me dit le colonel Bester.

Puis on me relâche. Comme ça. On me sort de ma cellule un matin, on me met dans une voiture, on me conduit à Caledon Square, je signe le registre de sortie, une autre voiture, et on me laisse devant l'entrée de mon immeuble.

Je me souviens parfaitement de ce que m'a dit Bester dans son bureau, son visage à un centimètre du mien : « Tu peux partir. Cette fois, mon ami, tu peux remercier ta bonne étoile. Mais nous nous reverrons. Tu t'en souviendras ? Tous les deux, nous nous reverrons. Le rendez-vous est pris. Et je ne manque jamais un rendez-vous. »

Mais pour l'instant je suis trop dépassé par tout ce qui arrive pour m'intéresser à ce rendez-vous.

Quand je lève les yeux, tu es assise sur la première

marche du hall d'entrée glacial. Pelotonnée dans un anorak bien trop grand pour toi.

« Alors, c'était toi ! Comment as-tu fait ? »

Tu te lèves, ta tête arrive à peine à la hauteur de mon épaule ; j'ai oublié combien tu es petite. « J'espérais que tu ne me le demanderais pas. Je ne suis pas particulièrement fière de moi. » Puis, furieuse : « Et ne t'attends pas, jamais, que je recommence pour toi. Parce que je ne le ferai pas.

– Je ne sais pas de quoi tu parles, Nina. Je n'attendais rien de toi. Est-ce que tu peux me dire ce qui se passe ? Comment savais-tu que tu pouvais m'attendre ici ?

– On peut aller quelque part ? Dehors ? Je me sens prise au piège ici. Et maintenant il doit y avoir des micros dans ton appartement. »

Nous montons sur la Montagne. C'est la première fois que nous y allons ensemble.

« Est-ce que tu vas me dire maintenant ?

– C'est mon père qui a arrangé ta libération. » Tu regardes tes mains.

« Ton père ?

– Je t'en ai parlé. Il est juge.

– Je sais, mais... Tu ne lui as quand même pas demandé ?

– Qu'est-ce que je pouvais faire d'autre, Thomas ? » De rage, tu me tires par la manche. « J'ai cru que j'allais devenir folle d'inquiétude cette semaine. Je m'étais juré depuis longtemps que je ne lui demanderais plus jamais aucune faveur. S'il s'était agi de quelqu'un d'autre... Et il a été vraiment abominable. Mais Thomas, je ne pouvais pas te laisser là-bas ! »

Je suis tellement troublé que ce n'est que beaucoup plus tard que je pense à te demander : « Mais qu'est-ce qui t'est arrivé quant ils m'ont embarqué ? Et mes photos... mes pellicules ? »

Tu réponds de façon très désinvolte. « Dans le couloir, j'entendais ce qui se passait. Ils parlaient tellement fort. Alors, j'ai pris le sac et je suis partie par-derrière, en descendant par l'échelle de secours. Ce n'est qu'en arrivant en bas que je me suis rendu compte que je n'avais absolument rien sur moi. »

(Ce qui explique leur insistance à me demander : « Tu étais avec qui cette nuit ? C'était qui, cette femme ? Ne nous raconte pas d'histoires, on sait qu'il y avait quelqu'un avec toi ! »)

« Mais comment est-ce que tu as... ?

– Un des boxes de garage était ouvert. Je m'y suis glissée et j'ai fermé la porte. Je ne sais pas ce que j'aurais fait si quelqu'un était entré. Il y avait plein de saletés par terre. Des boîtes de peinture, des pinceaux, des matériaux de construction. Et un truc en plastique noir, comment on appelle ça ? Humide, évidemment. Je me suis fait une sorte de tunique avec. Pas particulièrement élégante. Les gens ont dû penser que j'étais une bergie* ou quelque chose comme ça quand je suis ressortie. Il devait être midi, j'avais eu trop les jetons pour sortir avant. Quand je suis arrivée en haut de Long Street, il y avait un car de police derrière moi. Il m'a suivie pendant je ne sais pas combien de temps. Les flics ont dû me prendre pour une prostituée qui allait au port. Je m'attendais qu'ils descendent à n'importe quel moment et qu'ils me jettent à l'arrière.

– Tu as dû aller à pied juqu'à Green Point ? !

– Que faire d'autre ? Je n'aurais jamais cru que c'était aussi loin depuis Vredehoek. Et nu-pieds en plus. Nom de Dieu, j'ai cru que j'allais mourir de froid. Mais je suis arrivée. Et tes pellicules sont à l'abri.

– Mon Dieu, Nina... »

Quand j'ouvre enfin les bras, tu es à bout de souffle, moi aussi. Le vent dans tes cheveux défaits. Tes yeux verts avec un éclair de défi.

« Le pire », dis-tu – est-ce que tu te moques ? Est-ce que tu es vraiment sérieuse ? –, « c'est que j'ai l'impression que ce n'est que le début. Parce que nous ne pouvons plus nous quitter après ça, nous en savons trop. »

5

« Vive la lutte ! » C'est ce qu'il a dit. Et j'ai dit : « Merde à la lutte. Je veux simplement qu'on me laisse en paix. » C'est ce que j'ai dit. Parce que, après tout ce qui est arrivé, je veux dire, les problèmes dans les mines, et les papiers au Ciskei, et mon frère qu'ils ont emmené place Louis-le-Grange, je veux dire, pas question. Et il me gonflait. Qu'est-ce qu'il voulait dire : « Vive la lutte » ? Je veux dire, qu'est-ce qu'il y connaît ? C'est facile pour lui de parler, il est blanc. Mais qu'est-ce qu'il y connaît ? D'accord, c'était un mec sympa, on a bien parlé en route, ce n'est pas n'importe quel Blanc qui peut vous parler dans votre langue, et ce qu'il m'a dit sur ce qu'il avait connu pendant l'état d'urgence, je veux dire, ça semblait authentique. Je voyais bien qu'il le pensait. Mais je n'allais pas laisser un Blanc arriver et me dire : « Vive la lutte », non ? C'est la lutte de qui, de toute façon ?

Mais, d'accord, il m'a laissé à l'entrée de Bloemfontein et je me suis dit que c'était la dernière fois que je le voyais. Je suis resté là douze heures avant que quelqu'un d'autre me prenne ; l'État libre, c'est la merde pour faire du stop quand on est noir. Mais je savais qu'à un moment quelqu'un s'arrêterait et ils sont arrivés : c'était un minibus de Queenstown, ils connaissaient quelqu'un qui allait à Ibhayi, alors de là j'ai gagné New Brighton sans problème. Et il y avait Ntomzana et les jumeaux, parfait, et c'était bon d'être rentré.

Jamais repensé au type. De toute façon, il y avait tellement de choses à faire, essayer de trouver du travail et tout ça. Des jours et des jours à arpenter les rues, d'usine en usine, pour rien. Puis dans les banlieues blanches, toutes ces belles maisons, l'une après l'autre, toutes ces saletés de chiens à vos talons, tout le temps. Excusez-moi, madame, je cherche du travail. N'importe quoi. Du bricolage, de la peinture, du jardinage, n'importe quoi. A la maison, les jumeaux grandissent, ils ne reconnaissent même plus leur père. Maintenant, je rentre à la maison les mains vides, pas de travail, rien. Ce n'est pas une vie pour un homme qui a des fils.

Puis brusquement, d'accord, voilà Vuyisile. Mon frère. Incroyable. Il l'ont libéré de la place Louis-le-Grange. Il ne va pas bien, il est deurmekaar* dans sa tête. Mais il est libre. Après bientôt deux ans, un sacré bout de temps. Alors on fait une grande fête, je veux dire, vraiment grande, tout le monde vient l'accueillir. Mais je ne reconnais plus mon frère. Quand nos amis lui parlent de la prison, il se contente de secouer la tête, non, il ne veut pas en parler. C'était trop dur. Et il faut que vous sachiez qu'il a toujours eu la tête près du bonnet. Toujours prêt à se battre. Pas le type qui crée des problèmes, mais qui a une flamme en lui. Et maintenant c'est fini. Je parle à Vuyisile, je parle, je parle, mais il secoue la tête. Puis un jour il dit : « Buti, il dit, je vais rentrer dans la police. Je peux pas faire autrement. »

Il est brisé, mon vieux, brisé. Il ne peut pas travailler ailleurs. Sa flamme s'est éteinte. Et, maintenant, il veut entrer dans la police. Il dit qu'ils vont le payer. Un bon salaire. Ils vont lui donner une maison neuve. Ils enverront ses enfants à l'école. Il aura la belle vie. Mais pour moi, nom de Dieu, c'est ce que j'ai entendu de pire dans ma vie. Je veux dire, je n'étais pas le type à chercher les ennuis. Je n'aime pas ce que je vois autour de moi, c'est trop moche, mais je voulais simplement vivre en paix avec Ntomzama et les enfants, d'accord ? Les jeunes de la township ils parlent de libérer Mandela, d'Azanie, des tas de choses. Moi, tout ce que je dis, c'est laissez-moi en dehors de tout ça. Supposez qu'ils libèrent tous les prisonniers, supposez qu'ils laissent revenir tous les exilés, supposez qu'ils appellent ce pays l'Azanie, supposez qu'on puisse marcher dans les rues en criant : «*Amandla ! Ngawethu !*» Et alors ? Est-ce que ça va donner à manger à mes enfants ? Est-ce que ça va résoudre mes problèmes ? Non, laissez-moi en dehors de tout ça, c'est ce que je dis toujours. Mais ce truc à propos de mon frère, à propos de Vuyisile, c'est vraiment trop moche.

Ça me fend le cœur de le voir enfiler un uniforme de la police et revenir le soir avec sa matraque et son revolver. On dirait un étranger, ce n'est pas le frère avec qui j'ai grandi, avec qui je suis allé dans le bush, nous avons été Amakweta* ensemble, ce n'est pas celui que je connais. J'essaie de lui parler, nous parlons, parlons, mais ça ne sert à rien, à la fin il se met en colère, c'est tout. Il me demande ce que je sais de la prison. Qui je suis pour lui dire ce qu'il doit faire et ne pas faire. Et, je suis là, sans travail, et nous devons vendre encore deux bêtes, il n'en reste pas beaucoup, et qu'est-ce que vont devenir ma femme et mes gosses ? Est-ce que je dois entrer dans la police, moi aussi ? Ah ! Dieu, non. Je ne peux pas faire une chose comme ça. Je veux dire, ce n'est pas que je suis contre eux ou quoi. Je veux rester en dehors de ça pour mener ma vie. Mais je me demande ce que c'est ce que j'appelle ma vie. S'il vous plaît, madame, je cherche du travail. N'importe quoi, madame.

C'est à ce moment-là que je vois la photo de l'homme dans le journal, à la boutique de poisson-frites à emporter. Merde, ça me fait un choc. Terrible, vieux. Si je lisais le journal tous les jours, il y a longtemps que je l'aurais vu, mais c'est la première fois. Thomas Landman, dit le journal, et on raconte toute l'histoire de la bombe du Cap, tout. C'est le terroriste que la police recherche.

Thomas. C'est ce qu'il m'a donné comme nom. Thomas. Et celui-là s'appelle Thomas Landman.

Brusquement, je me souviens de tout, vieux. Je veux dire, ce qu'il m'a raconté, qu'il allait rendre visite à ses amis dans les townships, et comment il écoutait passer les Casspirs dans les rues, et les Boere qui marchaient dans la nuit, et son meilleur ami, celui qui s'appelait Sipho et qui est mort. Et sa petite amie, morte elle aussi. Je m'en souviens et, plus tard, je vois dans le journal cette fille qu'on a tuée à l'aéroport Jan Smuts. Alors maintenant, je sais. Il m'a dit la vérité, tout le temps.

Je vous le dis, c'était comme ce qu'ils racontent, ceux qu'on emmène place Louis-le-Grange : quand ils vous attachent des fils sur le corps et qu'ils envoient de l'électricité. J'ai reçu un choc comme ça. Voilà ce que j'avais dans la tête : me voici, regardez-moi, je suis noir. Tout ce que je sais dire, c'est : laissez-moi en dehors de tout ça, je veux vivre en paix avec ma femme et mes enfants. Mais quel genre de paix est-ce que j'ai ? Et maintenant mon frère est entré dans la police. Mon propre buti qui se promène avec un revolver à la ceinture. Maintenant, c'est son tour de tuer des gens, de tuer pour les Boers. Maintenant il est l'un d'eux, parce qu'il a trop souffert, il n'a pas pu en encaisser plus. D'accord, et voici ce Blanc, ce Thomas, je veux dire, il a tout, il est blanc. « Moi aussi, je suis boer », c'est ce qu'il a dit. Maintenant, il est en fuite. S'ils lui mettent la main dessus, ils vont le tuer, c'est sûr. Et il l'a fait quand même. Il ne s'est pas occupé de savoir s'ils allaient le tuer. Pour quoi est-ce qu'il a fait ça ? Pas pour lui. Comment est-ce qu'il a pu ? Il avait déjà tout, il est blanc. Alors, il l'a fait pour les autres, pour des gens comme moi. Moi qui dis : laissez-moi en dehors de tout ça.

C'est vraiment une erreur, c'est moche.

Je peux vous le dire, je n'ai pas dormi, je n'ai pas mangé, rien. Pendant des jours et des jours. Simplement pensé à tout ça. Mais maintenant, j'ai l'esprit en paix.

C'est ce jeune homme, ce Thomas, celui qui m'a pris en stop, qui m'a ouvert les yeux. Si lui a pu faire une chose comme ça, qui je suis pour dire que je veux rester en dehors ? Quand j'essaie de rester en dehors, qu'est-ce qui se passe ? C'est pire, voilà ce qui se passe. Regardez mon frère. Un traître. Alors il y a quelque chose que je peux faire. Je vais aller au Botswana. De là, j'irai à Lusaka. Je me présenterai et je leur dirai : me voici. Je m'appelais Raymond. Maintenant c'est Kholisile, le nom que m'a donné mon père. Le nom sous lequel je veux que les gens me connaissent, le nom dont je serai fier. Ce n'est pas pour ce jeune homme, Thomas Landman, que je le fais, c'est pour moi. C'est pour ma femme, c'est pour mes enfants. Comme ça, un jour, quand on leur demandera qui était leur père, ils pourront dire : c'était un combattant de la liberté. Et ils seront fiers de moi. Et, d'une certaine façon, je sais aussi que je fais ça pour mon frère. Pour demander pardon pour lui.

Peut-être qu'un jour je rencontrerai à nouveau Thomas Landman, là-bas. Regarde, je lui dirai, regarde, je suis venu. Mais il faut que tu saches, Thomas, ce n'est pas pour te retrouver que je suis venu ici. C'est pour me retrouver moi-même.

Et peut-être qu'un jour, un jour peut-être, nous rentrerons chez nous ensemble. Frère et frère. Parce que c'est ce que nous sommes maintenant.

6

Il avait l'intention de revenir progressivement vers la nationale 1, à partir d'Aliwal North par Burgersdorp et le réservoir Hendrik Vervoerd, jusqu'à Colesberg ; ou en passant par Steynsburg et Middelburg. Mais à Middelburg, en fin d'après-midi, il se dit qu'il pouvait facilement aller jusqu'à Graaff-Reinet et jusqu'au Petit Karoo en passant par Aberdeen et Willowmore, pour rendre visite à ses parents ; il pourrait se reposer, récupérer et se préparer pour la demi-journée de voyage jusqu'au Cap. C'était à peine un détour. Et cela semblait raisonnable à un niveau plus profond que logique.

7

Je n'arrive toujours pas à le croire. C'est ce que je pense depuis le début. Pas *notre* enfant. Pas Thomas. Voir les journaux parler de lui comme d'un « terroriste ». Comment une chose pareille est-elle possible ? Encore et encore. Dieu du ciel, comment est-ce possible ? Où nous sommes-nous trompés ? Parce que ce doit être de notre faute. On pense tout le temps qu'on élève son enfant dans la crainte du Seigneur, et voilà. Faites-moi connaître mon péché, Seigneur. C'est tout ce que je demande. Il n'aurait jamais fait ça de lui-même. Pas mon fils. Je le connais. Je l'ai nourri au sein. Un petit animal affamé. Je l'ai mis au monde. Pendant neuf mois, je l'ai porté au fond de mon corps. J'avais avec lui des conversations interminables que personne ne connaîtra jamais. Nous deux seulement. Des mois pendant lesquels l'ombre de la mort planait sur moi. Trois fois, le médecin avait dit à Christiaan qu'il valait mieux que je m'y prépare, que je ne le porterais pas à terme. Ce qui me permettait de me reprendre à chaque fois, ce qui me maintenait en vie, c'était cet enfant en moi. Je le voulais. Je l'aurais. Je ne cessais de le lui dire, encore et encore. C'était notre secret. Aucun de nous deux ne pouvait affronter le monde sans l'autre.

Le pauvre enfant, il était épuisé quand il est arrivé cet après-midi-là. Le mercredi après-midi, je m'en souviens bien, parce que je m'apprêtais à partir à la WAA*. Avec le bocal de pêches en conserve pour le concours.

J'avais bien failli ne pas y arriver non plus. Parce que, de bonne heure le matin, juste quand j'avais rempli le bocal à ras bord, alors que j'allais visser le couvercle, il m'a glissé des mains. J'en aurais pleuré, je peux vous le dire, parce que j'avais choisi les plus belles moitiés. Bettie et moi, nous étions à quatre pattes pour essayer de sauver ce qui pouvait l'être dans une assiette à soupe, une des bleu et blanc que maman m'avait données comme cadeau de mariage, quand j'ai eu cette pensée terrible. Comme une brusque rafale de vent d'hiver dans la cuisine. J'ai pensé que récemment beaucoup de choses commençaient à se casser dans la maison.

Tout d'abord, le broc dans la chambre, un objet qui venait de la famille de maman, les Muller. Alors que je le remplissais dans la salle de bains pour mettre de l'eau dans le vase où j'avais placé des roses, les roses sont si belles cette année, j'ai cogné le broc contre le robinet. Un gros morceau s'est détaché.

Et la nuit, ce qui signifie que c'était le mardi, il y a eu le bruit dans le couloir. Des cambrioleurs, j'ai pensé. Nous sommes allés voir furtivement, avec Christiaan, la lampe-torche à la main, la gorge serrée. Et nous n'avons vu que le vieux miroir de famille des Landman était tombé du mur. Sur le pot en terre que nous avions rapporté du Transvaal il y a si longtemps. Le pot en mille morceaux. Le cadre du miroir, qui avait survécu à tant de générations, était abîmé lui aussi. Un coin, en bas à gauche, était complètement parti. Ce vieil objet, très lourd et sculpté à la main. Christiaan a promis de le réparer, mais je préfère qu'il n'y touche pas. Je sais qu'il cherche à bien faire, mais aucun morceau de bois n'est à l'abri s'il y touche.

Treize générations de Landman, si on compte Thomas et les autres enfants, ont regardé dans ce miroir. Il a fait le voyage dans l'intérieur, sur des chariots tirés par des bœufs. Il a survécu à Bloukrans où les Zoulous ont massacré les Trekboers*. Même l'ange Gabriel, si on peut répéter l'affirmation des Landman sans blasphémer, y est apparu. Et il a survécu à tout cela, à part la fêlure qui est supposée l'avoir fendu en deux quand Dieu lui-même, vous vous rendez compte, s'y est regardé. Et maintenant ça. Le fil de fer qui le tenait, rongé par la rouille. Nous ne l'avions pas remarqué. Mais qui pense à décrocher un objet aussi lourd pour vérifier l'état du fil de fer ? C'est facile d'être prudent après.

Christiaan était tout pâle. Je ne me sentais pas bien non plus. Mais j'ai voulu le tranquilliser, lui redonner confiance. Je lui ai dit : « Ce n'est qu'un bien de ce monde. »

Mais je crois que ce n'était pas ce qu'il fallait dire.

« Un bien de ce monde, Helena ? » Sa voix tremblait. « Je suis là, avec toute ma famille entre mes deux mains et toi... » Christiaan ne termine jamais ses phrases.

« Je vais préparer un peu de thé, lui ai-je proposé. Puis nous retournerons nous coucher.

– Comment peux-tu penser à aller te recoucher ? Tu ne sauras jamais. »

Alors que j'étais debout dans la cuisine avec la théière

dans les mains, l'ancien pot de porcelaine de Limoges que mes ancêtres avaient emporté en fuyant la France – les Landman ne sont pas les seuls à avoir une histoire familiale, même si c'est ce qu'aimerait Christiaan –, j'ai été prise brusquement d'un tremblement incontrôlable. Comme si je voyais à travers la théière. A travers la cuisine. Les murs. Tout. Comme s'il n'y avait plus rien de solide ni de sûr autour de moi. Tout transparent. Et terriblement, terriblement vulnérable. J'ai pensé que cette vieille théière allait aussi se casser. Une autre partie de notre histoire allait s'en aller. Une partie de moi-même. Nous nous brisons morceau par morceau. Il ne reste rien. Ces murs eux-mêmes allaient s'effondrer et se réduire en poussière. Cette maison.

J'ai toujours eu cette impression à propos de la maison. Je n'ai jamais pu me réconcilier avec elle. Parce que je n'avais pas eu mon mot à dire pour l'acheter. Christiaan était venu ici avant nous, il avait décidé que c'était une bonne affaire et, quand il a amené sa famille en voiture, la maison était déjà à son nom. Dommage, il pensait bien faire. Comme pour tout le reste. Mais une maison aussi laide, aussi peu confortable. La cuisine et la salle à manger à chaque bout du couloir. Une salle de bains ajoutée à la véranda de l'arrière. La salle de séjour recevant le soleil brûlant de l'après-midi. Mais un homme ne pense jamais à ça. Et nous ne pouvions que nous y installer. Il ne cessait de promettre : « Ce n'est que provisoire, Helena, je t'assure. Dès qu'il y aura quelque chose de mieux à vendre, nous pourrons. »

Nous habitons toujours ici, provisoirement. Seize ans, en juillet. Et je ne me sens toujours pas chez moi. Je sais que nous mourrons dans cette maison. Je m'y suis résignée. Même si je ne la considère toujours pas comme une maison. Temporairement. Nous vivons par la grâce de Dieu. De toute façon, c'est peut-être prendre ses désirs pour des réalités, être attaché à un lieu ou à une époque. C'est dans notre nature. On ne peut pas vraiment être un être humain sans ce besoin. Et c'est nécessaire pour les enfants. La sécurité. J'ai toujours pensé que des parents devraient donner deux choses à leurs enfants. Et, aujourd'hui, je ne suis pas sûre d'avoir été capable de les leur fournir. La première ce sont des racines. L'autre, des ailes.

L'eau du thé devait bouillir depuis dix minutes avant que je m'en rende compte. Et Christiaan dormait à poings fermés quand j'ai apporté le plateau dans la chambre. Il ronflait comme un sonneur. Et j'étais la seule qui ne pouvait pas dormir.

Aussi, ce n'est pas un mercredi que les signes ont commencé pour moi. Et quand enfin le second bocal de pêches a été prêt, pas aussi bonnes que les premières, l'étrange voiture blanche s'est arrêtée devant la maison, et c'était Thomas.

Il est arrivé complètement épuisé. Il m'a dit qu'il n'avait pas fermé l'œil. Il avait quitté la route quelque part entre Middleburg et Graaff-Reinet pour essayer de dormir, mais, bien sûr, il n'avait pas pu. Je lui ai dit qu'il aurait dû s'arrêter dans un hôtel. Non, m'a-t-il dit, c'était une dépense inutile, et de toute façon il ne pouvait pas dormir dans un lit qu'il ne connaissait pas. Les enfants savent toujours mieux. Et qu'est-ce qu'il faisait, lui ai-je demandé, sur la route comme ça ? Un projet quelconque. J'espère seulement, je lui ai dit, que ce n'est pas encore quelque chose sur les manifestations et des choses comme ça. Tu sais, pour ton père et moi, c'est toujours difficile à cause de cette exposition que tu as faite. Même certains de nos meilleurs amis nous rabâchent toujours la même chose. Et un inspecteur du ministère est venu voir papa. Très gentil, je l'ai invité à déjeuner, mais il nous a bien fait comprendre que ça poserait vraiment un problème pour le ministère. Si vous voulez mon avis, c'est là que papa a connu son premier échec. Cette dernière nouvelle a été, si j'ose dire, le dernier clou de son cercueil, qu'il soit béni. Ce n'est pas que j'en accuse le garçon, le ciel m'en préserve, jamais un mot de reproche ne franchira mes lèvres. Mais il aurait dû se rendre compte qu'il ne nous facilitait pas les choses. Pendant toute notre vie, nous n'avons jamais ennuyé les autres et ils n'ont jamais froncé les sourcils devant nous, et c'était bien ainsi.

Maintenant, écoutez-les. Même la nuit parfois, aux premières heures du jour, le téléphone se met à sonner. La plupart du temps, ils ne disent même pas qui ils sont. Ils se contentent de hurler et de déclamer. Comme si c'était de *notre* faute. Des ragots. Des fauteurs de troubles. Des lâches sans nom. Je m'en torche le derrière. Mais c'est dur pour Christiaan. Chaque fois, il veut savoir qui a téléphoné. Comment pourrais-je le lui dire ? Il ne survivra pas à un autre choc. Le pire, c'est que chaque fois il pense que c'est Thomas. Il attend, attend toujours des nouvelles. Et elles ne viennent jamais. Je ne peux même pas lui dire ce que je redoute. Je dois le supporter seule, parce que ce sera sa mort. Mais Dieu est toujours là pour nous soutenir au moment du besoin. Il connaît la raison et la finalité de tout. Ses chemins ne sont jamais nos chemins, Ses pensées ne sont jamais nos pensées.

Le miroir cassé inquiéta Thomas de façon étrange. Le lendemain matin, il alla en ville pour acheter du fil de fer et il le passa dans les crochets fixés au dos du vieux cadre clinquant, puis il le raccrocha au mur. Je l'ai trouvé plusieurs fois dans le couloir en face du miroir ancien, en train de regarder la vitre tachée, comme s'il essayait de voir à travers. A la recherche, non de sa propre image, mais, qui sait, de tous ceux qui y avaient regardé avant lui. Toute la lignée des Landman, je ne me souviens même plus de leurs noms. Pourquoi le devrais-je ? J'ai bien assez de ma famille. Quand je lui ai demandé, il m'a répondu : « On ne peut pas voir ça avec les yeux, maman. Mais je suis sûr qu'ils sont encore quelque part dans ce miroir. Il en est imprégné. Et si on savait voir, on les verrait en train de nous regarder. » Ça faisait drôle. Tant de morts et de disparus dans sa maison.

Et, sans réfléchir, plus pour dissimuler ma gêne que pour autre chose, je lui ai dit : « Je crois que tu devrais prendre le miroir quand nous ne serons plus là. »

A ma grande surprise, il a réagi très sérieusement. « C'est vrai, maman ? » Et, avant que je puisse répondre, une brusque hésitation. « Mais il doit revenir à Frans, c'est lui l'aîné. »

Je me souviens comment Christiaan et les autres avaient écrit leur nom au dos de chaque meuble dans la maison de leur père bien avant la mort du vieil homme. Il y avait quelque chose d'irrespectueux là-dedans, à mon avis. Comme de détrousser un cadavre. Et je savais que Frans insisterait pour avoir ce qui lui revenait de droit. Cet enfant. Mais, peut-être pour cette raison même, je lui ai répondu : « J'en parlerai à ton père. Un jour, quand il sera de bonne humeur. »

Mais je ne l'ai pas encore fait. Et Christiaan est allongé sur son lit, à moitié paralysé. Le coup a été trop fort pour lui. Quand les policiers sont arrivés. En réalité, ça remonte à la veille au soir quand on a appris la nouvelle à la télé. Au début, j'étais bien plus ébranlée que lui. Quand Maria a téléphoné juste après les informations, je n'ai pas pu dire un mot. Egoïste que je suis. Si j'avais fait plus attention à Christiaan à ce moment-là, j'aurais peut-être empêché ce qui est arrivé le lendemain.

Cinq policiers de la sécurité, venus de Port Elizabeth dans leur grosse voiture beige, simplement pour nous voir. Non, permettez-moi d'être plus précise. Pour nous poser des questions. (Mais ce n'était rien, comparé à ce qui s'est passé plus tard. Les porcs. Dieu me pardonne, mais c'est le seul mot que je trouve pour eux. Mais il vaudrait mieux que je ne parle pas de ça maintenant. J'ai encore les nerfs trop fragiles.) Quand avions-nous vu Thomas pour la dernière fois ? Avions-nous remarqué quelque chose d'étrange dans son comportement ? Par hasard, nous avait-il demandé de lui garder quelque chose ?

J'ai joué les muettes. Je ne leur ai même pas offert de café. Ce devait être la première fois de ma vie que je faisais ça à des visiteurs. Je leur ai dit que Thomas n'était pas venu à la maison depuis un an. Le pauvre enfant était tellement occupé. En fait, nous ne savions rien de ses activités. J'ai regardé Christiaan du coin de l'œil en me disant : maintenant, essaie de placer un mot. De nier ce que je dis. Tu vas avoir affaire à moi comme jamais depuis toutes ces années que nous avons passées ensemble. Parce que je me battais pour sauver la vie de mon enfant. Mais Christiaan n'a rien dit. Je ne crois même pas qu'il a entendu notre conversation. Il est resté assis là, les yeux dans le vide. Trop choqué, trop en colère pour bouger, apparemment.

Ils sont devenus plus exigeants. Est-ce que je voulais leur montrer la chambre de Thomas ? Et, comme si ça ne suffisait pas, ils ont fouillé dans ses affaires, tout ce qu'il entassait là depuis des années. Les caisses de magazines, de photos, de lettres, de dossiers, de livres d'école, d'université, de carnets de notes. Il a toujours été comme ça, Thomas. Il ne jetait jamais rien. Et j'étais heureuse de lui garder tout ça, c'était comme de conserver une part de lui dans la maison. Une fois par an, Bettie et moi transportions tout sur la pelouse à l'arrière, pour l'aérer, la maison est pleine de poissons d'argent et de cafards. J'ai dit aux policiers : il faudra passer sur mon cadavre. Ce sont les affaires de mon fils. Mais ils ont haussé les épaules. Désolés, madame Landman, mais c'est grave. La vie d'autres gens peut en dépendre. Mais ce sont de *vieilles* choses, je leur ai dit. Regardez, ça date du temps où il allait à l'école, à l'université. Ça ne fait rien, madame Landman. Nous vous donnerons un reçu pour tout. Un reçu en échange de mon enfant. Parce que c'était comme s'ils l'avaient emmené avec ces caisses. Me prendre quelque chose qui m'avait appartenu. Pendant près de vingt-neuf ans. Un enfant qui a failli me coûter la vie quand il est né. Pendant des mois, j'ai erré dans les ombres de la mort. Maria a dû lui servir de mère. C'est pour cela qu'il m'a toujours été aussi précieux que ma propre vie. Et ils l'emportaient. Mais je n'ai pas pleuré. Je ne voulais pas m'humilier devant des gens comme ça.

Pendant qu'ils emballaient tout, je suis revenue voir Christiaan. J'avais besoin de son aide. Mais il était toujours assis très raide dans son fauteuil, il n'avait pas bougé depuis que nous étions sortis. Il fixait ce qu'il y avait devant lui, comme s'il regardait dans la Vallée de la mort. Comme son ancêtre. Celui qui avait les visions et qui parlait avec l'ange Gabriel. Des blasphèmes si vous voulez mon avis. Mais qui a jamais voulu mon avis ? Et essayez de faire entrer quelque chose dans la tête d'un Landman quand il a décidé quelque chose. Dur comme de la pierre. Pire. Christiaan, j'ai dit, Christiaan, pour l'amour du ciel, fais quelque chose. Ils veulent emporter toutes les affaires de Thomas. Si tu ne les arrêtes pas, je ne réponds pas de moi. Christiaan ! Mais il restait assis là. Il peut être têtu comme une mule. Pardonnez-moi ces mots, mais c'est ce que je pensais dans ma colère. J'ai toujours été soupe au lait, Dieu m'a toujours eue sur les bras pendant toute ma vie. Mais je me calme aussitôt. Je m'emballe, j'explose et c'est fini. Pas comme Christiaan ou Frans qui peuvent ruminer et bouder pendant des jours. Une fois, il ne m'a pas adressé la parole pendant quatre semaines. C'est pour cela, mon Dieu, que j'ai pensé qu'il faisait encore la tête.

Impuissante, je suis retournée dans la chambre. Je ne voulais pas les laisser seuls avec les affaires de Thomas. On ne peut faire confiance à personne. Je suis désolée, mais c'est vrai. J'en ai parlé avec Boet par la suite. Boet, je lui ai dit, j'ai besoin de toi. Il faut absolument que tu m'aides. Tu es mon frère, tu es sergent de police. Ta parole doit avoir de l'importance.

Mais il a soupiré en levant les bras. Avec la police de sécurité, aucune parole n'a d'importance, m'a-t-il dit. Même le ministre ne peut pas les arrêter. Je ne voulais pas le croire, mais c'est ce qu'il m'a dit et il est dans la police depuis je ne sais plus combien de temps. Il prendra bientôt sa retraite. Soixante-cinq ans, et il a commencé à dix-huit. Il m'a dit d'être patiente. Que les choses allaient peut-être s'arranger d'elles-mêmes.

Dieu ne dort pas, Boet, je lui ai dit. C'est tout ce que j'ai trouvé. Dieu ne dort pas. Je leur ai dit aussi à ces cinq hommes, les cinq qui ont rempli leur grande voiture beige avec leurs gros corps quand ils sont enfin partis, les cinq qui sont sortis de la chambre de Thomas en portant les caisses dans lesquelles ils avaient mis ses affaires, prises sous son lit, dans ses tiroirs, dans son armoire. Dieu ne dort pas. Et ce n'est qu'à ce moment-là que je me suis mise à pleurer, quand ils sont partis. Parce que je ne pouvais plus me retenir.

Christiaan, je n'en croyais pas mes yeux, était toujours assis dans son fauteuil. Il ne faisait absolument pas attention à ce que je lui disais. Tu n'as pas de cœur, je lui ai crié. Plus fort que je ne lui avais jamais parlé. Puis j'ai couru dans la chambre de Thomas, je me suis jetée sur son lit et j'ai pleuré, pleuré. Plus tard, je suis allée voir Boet, comme je l'ai dit. Il m'a donné une bonne rasade de cognac pour me calmer. Je n'en bois pas souvent, sauf comme médicament. Et avec du buchu*. Mais là, j'avais besoin d'un médicament. Et ce n'est qu'en rentrant à la maison à la nuit tombante, enfin un peu plus calme, que j'ai trouvé Christiaan toujours assis dans son fauteuil, immobile, dans la demi-obscurité, et que je me suis rendu compte qu'il se passait quelque chose de grave. A la façon dont il était assis. Et, pour la première fois, j'ai vu qu'il ne faisait pas la tête : il avait eu une attaque.

Quand je lui ai touché l'épaule, il est retombé sur le dossier du fauteuil et il a gardé la bouche ouverte. Il bavait. J'ai eu tellement peur que j'en ai oublié le téléphone. J'ai couru jusque chez le Dr Cronjé. Je ne suis plus dans la première jeunesse. Christiaan et moi, nous aurons soixante et un ans cette année. Le Dr Cronjé l'a regardé et il a appelé l'ambulance. Ils ont emmené Christiaan à Oudtshoorn où je ne sais pas combien de docteurs se sont occupés de lui. Il s'est passé deux semaines avant qu'il puisse bouger à nouveau les doigts de la main gauche. A ce moment-là, heureusement, Maria était venue m'aider. Il va mieux maintenant et il est rentré à la maison, mais il ne peut presque rien faire tout seul. Il reste couché là, les yeux grands ouverts, nuit et jour, il regarde droit devant lui et on ne sait pas ce qu'il voit.

Voilà ce qu'ils lui ont fait. Que Dieu me pardonne. Qu'Il m'aide à leur pardonner. Mais je ne crois pas que j'en serai capable de sitôt.

Ils ne nous ont pas encore rendu les affaires de Thomas. Et même s'ils le font un jour, comment saurai-je si tout est là, s'ils n'ont pas gardé quelque chose ? Le reçu dit seulement tant de carnets de notes, un ensemble de documents manuscrits, avec ça, comment peut-on savoir ce qu'ils auront rapporté et ce qu'ils auront volé ?

La deuxième fois qu'ils sont venus, ils étaient neuf dans deux voitures. De nouveau, j'ai refusé de leur offrir le café. Je ne les ai même pas invités à s'asseoir, mais ils l'ont fait d'eux-mêmes. Des gens mal élevés. Et ils ont recommencé à me poser des questions, encore et encore, sans fin. Je n'ai rien répondu de plus que la première fois. Quand ils sont partis, je leur ai dit : J'espère que vous êtes satisfaits. Ou est-ce que vous allez continuer jusqu'à ce que j'aie une attaque moi aussi ? C'est ça que vous voulez ? Je suis désolé, madame Landman, a dit l'un des hommes. Le chef, je pense. Un caporal ou un sergent, quelque chose comme ça, je ne sais pas reconnaître les grades. Trop poli. Je suis désolé, madame Landman, c'est vraiment très dommage que vous réagissiez comme ça. Mais vous devez vous rendre compte que nous ne pouvons pas prendre de risque avec les terroristes. Je ne sais pas bien qui sont les vrais terroristes, je lui ai dit. Vous avez presque réussi à conduire mon mari dans sa tombe et je ne sais pas de quoi vous êtes capables pour pourchasser mon fils. J'en ai assez, moi aussi. Alors pourquoi est-ce que vous continuez comme ça ? Vous ne faites pas un beau métier.

Surveille ta langue. C'est ce que maman me disait déjà quand j'étais toute petite. Puis Christiaan. Mais je n'ai jamais pu apprendre. Maintenant, je pense que c'est trop tard.

Puis, une autre fois, le grand patron est venu du Cap. Le général Bester. Chargé de l'affaire. Un gros homme, au teint mat, très gentil. Mais je n'ai aucune confiance dans leur gentillesse. Et ce qu'il a fait, j'aime mieux ne pas en parler. Je laisse à Dieu le soin de lui pardonner, s'Il le peut. C'est trop me demander. Excusez-moi.

Que je sois obligée de dire des choses pareilles. Moi qui ai toujours appris à mes enfants à être généreux, à pardonner. Même la dernière fois que toute la famille s'est réunie ici pour Noël. Il y a deux ans. Thomas n'a jamais manqué un Noël à la maison. Maria et Tertius venaient une fois tous les deux ans, parce qu'ils devaient aller chez ses parents à lui, c'est normal. Frans et sa famille venaient rarement, mais qui peut le lui reprocher ? Le Petit Karoo est une vraie fournaise en été. Je n'ai pas envie de faire subir à mes enfants ce que le père de Christiaan nous a infligé : chaque mois de décembre dans cette ferme brûlante du Griqualant West. Assez pour assécher en vous la dernière goutte de foi. Pourtant, c'était bien de les avoir tous ensemble. Tous les petits-enfants aussi. Mais il y a eu la terrible dispute. Ça a commencé avec une peccadille. Le jour sacré de Noël, à table, avec le repas de fête devant nous. Les enfants ont commencé à me taquiner parce que j'emplissais leurs assiettes. Quand ils étaient petits, après l'école, je les obligeais à rester à table jusqu'à ce qu'ils aient nettoyé leurs assiettes. Même si ça leur prenait jusqu'à la nuit. Je ne cédais jamais. Et ils se sont mis à raconter tout ce qu'ils faisaient pour y échapper, pour me tromper. Je n'en croyais pas mes oreilles. Même Maria que je citais en exemple m'a dit qu'elle donnait sa viande et ses pommes de terre au chien, sous la table. Et Frans avait mis des épinards et du chou dans les poches de son pantalon. Thomas n'a rien dit, parce que c'était le petit dernier et je n'ai jamais été aussi stricte avec lui.

Ce qui a poussé Frans à dire : « Oui, tu as toujours été le préféré. Tu n'as jamais reçu de raclée comme Maria et comme moi. Ils t'ont élevé d'une façon à finir sur la potence. »

Thomas, toujours sur un ton aimable, d'après moi : « Sauf quand c'était toi qui m'attirais des ennuis. »

Frans indigné : « Quand, par exemple ? Tu dis des bêtises, vieux. »

Christiaan, toujours sur un ton de professeur : « Allons, allons les enfants. Ça c'est passé il y a des années. Ayez un peu de respect le jour de la naissance du Seigneur. »

Mais Frans a continué : « Oui, papa, mais Thomas ne devrait pas croire qu'il va s'en tirer avec n'importe quelle accusation injuste. »

Thomas : « Et la fois où tu as tué la vache d'Oom Hannes et que tu m'en as accusé ? »

On s'en souvenait parfaitement, parce que ça avait été la pire raclée jamais administrée à la maison. Si je n'avais pas arrêté Christiaan, il aurait tué le petit. Vous n'allez pas me croire, mais ce jour de Noël, nous avons entendu pour la première fois la version de Thomas.

Frans était tellement en colère que j'ai cru qu'il allait avoir une attaque. Il a bondi en renversant sa chaise et il a frappé Thomas. Plus tard, je me suis dit qu'ils étaient très drôles, avec leurs chapeaux de Noël et tout. Mais, sur le moment, ce n'était vraiment pas drôle. Tous ces cris et ces bousculades. Et Frans qui ne cessait de répéter que Thomas avait mérité ce qui lui était arrivé. Alors Thomas a perdu son sang-froid : « Écoute bien, a-t-il dit à Frans, il y a longtemps que je t'ai pardonné de m'avoir fait accuser. Mais que tu puisses encore mentir aujourd'hui, vingt ans après, je ne te le pardonnerai pas. »

Puis c'est devenu une mêlée indescriptible. Les petits pleuraient. Les beaux-frères et les belles-sœurs ont voulu intervenir. C'était l'époque où les journaux n'arrêtaient pas de parler des photos de Thomas. Et Frans a ressorti ça aussi, il a accusé Thomas de jeter la honte sur sa famille et d'être de mèche avec l'ennemi. Et Thomas répliquant que, parmi les ennemis, il y avait des gens plus honorables que son propre frère. Et s'il devait avoir honte, alors il préférait avoir honte de son frère. Frans le menaçant de lui donner une bonne trempe et Christiaan les repoussant et les tirant pour les séparer, sinon il y aurait eu un meurtre. Leur père toujours entre eux, toujours en train de les pousser en haletant, Frans a crié à Thomas, en employant des mots qui m'ont fait rougir, qu'il pouvait prendre ses saletés d'affaires et ficher le camp, qu'il ne faisait plus partie des gens respectables.

« Qu'est-ce que tu sais de la respectabilité, a dit Thomas. Espèce d'hypocrite ! »

Et Frans a recommencé avec les traîtres et les communistes, ceux qui nous poignardent dans le dos et je ne sais pas quoi.

A la fin, ce fut Thomas qui s'en alla. Il ramassa ses affaires dans sa chambre – les carnets qui contenaient ses notes sur l'histoire des Landman, ses appareils photo et des vêtements, en laissant plus de choses qu'il n'en emportait – et il partit. Dans la maison, tout le monde était malheureux. Maria débarrassa la table sans dire un mot. La moitié du repas de Noël restait dans les assiettes, personne n'avait plus envie de manger. Je suppliai Frans de téléphoner à son frère pour faire la paix. C'était lui l'aîné, il aurait dû savoir, montrer l'exemple. Mais il me répondit que, si quelqu'un devait s'excuser c'était Thomas, pas lui. Et le lendemain matin, il s'en alla avec Belinda et les enfants, ils avaient pourtant prévu de rester jusqu'après le jour de l'an. Le Noël le plus lamentable de ma vie. Ce refus obstiné de pardonner. Et me voilà en train de faire la même chose aujourd'hui.

Pendant toutes ces années, j'ai toujours joué les conciliatrices. Pas à cause de la Bible ou du Seigneur, mais simplement parce que je n'aime pas qu'on se dispute ni qu'on se batte autour de moi. Mais comment maintenir la paix entre deux frères comme ces deux-là ?

Je n'avais pas très envie de ramener le sujet sur le tapis, pendant ces deux jours que Thomas a passés avec nous. Sur la nécessité pour deux frères de vivre dans l'amour et dans la paix. Et quand, enfin, j'ai trouvé le courage d'aborder la question, il a simplement souri et il a dit : « Je viens de passer le week-end chez lui, maman. » Cela m'a rendue tellement heureuse. Le croiriez-vous, c'était la première fois qu'ils s'étaient parlé depuis ce fameux Noël. Il n'a pas dit grand-chose de sa visite chez Frans, mais le simple fait qu'il soit allé le voir suffisait. Et, quand il est parti le vendredi matin de bonne heure, il a dit qu'il remontait au nord. Est-ce que tu vas revoir Frans ? je lui ai demandé. Il n'avait pas très envie au début. Mais, à la fin, il a pris mes deux mains dans les siennes et il les a embrassées. D'accord, maman, a-t-il dit, je te le promets. Dès que je serai à Pretoria, j'irai le voir. Et tu resteras chez lui ? Je resterai chez eux.

Je me souviens d'avoir pensé : Regardez comment les choses s'arrangent quand on vieillit. Je me suis fait du souci pour rien. Dieu résout les problèmes à sa façon. Il faut Le laisser faire. Ne pas essayer de s'en mêler.

Il était fatigué. Il a beaucoup dormi. Il restait allongé sur son lit, à lire. Il avait toujours été comme ça. Mais, d'une certaine façon, il m'inquiétait. Il ne semblait pas aussi ouvert que d'habitude. Ou était-ce mon imagination ? C'est si facile de voir les choses autrement après.

« Non, tout va bien », a-t-il répondu quand je lui ai enfin demandé carrément. C'était le soir où je suis allée m'asseoir avec lui comme quand il était petit. Le deuxième jour. Le dernier. J'ai tenu sa main dans le noir. Je l'ai apaisé, réconforté. « J'ai eu une période difficile, c'est tout.

– Tu travailles trop. » Je me suis demandé si j'allais oser prendre le risque : si l'on continuait sur ce sujet, ça le mettait toujours en colère. En particulier son père. Mais j'ai pensé qu'il le fallait. « Ce serait beaucoup plus facile si tu avais un autre travail, Thomas. L'enseignement. N'importe quoi. La photo, ce n'est pas le genre de travail qui permet de gagner sa vie. Ça n'a aucun avenir.

– Je ne veux rien faire d'autre, maman.

– Mais, Thomas. » J'ai pesé mes mots prudemment. « Tu auras bientôt vingt-neuf ans. L'an prochain, tu en auras trente. Tôt ou tard, il faudra que tu penses à te marier. A fonder une famille. Et quelle sécurité est-ce que tu pourras lui offrir ? »

Il me serra la main. Un petit rire dans l'obscurité. « Tu es encore en train de compter tes petits-enfants.

– Non, je pense à toi, Thomas. Tu évites toujours d'en parler.

– Je suppose que je me marierai quand le moment sera venu.

– Et cette Nina que tu avais amenée à la maison l'autre fois ? Je sais qu'elle a la langue un peu trop bien pendue au goût de ton père. Mais elle a l'air gentille. »

Il m'a serré la main si fort que j'en ai sursauté. J'aurais aimé voir son visage. Il n'a rien dit pendant un long moment.

« Thomas ? » Je n'aurais peut-être pas dû continuer. Je ne sais jamais quand il faut s'arrêter. « Pourquoi ne l'as-tu pas amenée, cette fois ? »

C'est alors que j'ai découvert qu'il pleurait. Sans bruit. Mais son corps tremblait. Oh ! Mon Dieu, ai-je pensé, impuissante, stupéfaite. Oh ! Mon Dieu, mon Dieu, qu'est-ce que j'ai fait ? Et maintenant, qu'est-ce que je fais ?

« Thomas ? Boetie, qu'est-ce qu'il y a ? Ça ne va pas ? Que s'est-il passé entre Nina et toi ? »

Après un long moment, sa voix dans l'obscurité. Triste. « Je ne peux pas en parler maintenant, maman.

– Elle t'a laissé ? »

Je l'ai senti secouer la tête violemment.

« Tu l'as laissée ?

– Maman, s'il te plaît.

– Tu as toujours parlé de tout avec moi, Thomas. Tu ne te souviens pas ? Depuis que tu étais tout petit.

– Je sais. Et je te promets que nous le ferons encore. Quand je serai prêt.

– Je vois bien que tu l'aimes encore. Promets-moi que nous parlerons encore. »

Je n'ai pas pu entendre sa réponse. Ça ressemblait à un rire forcé.

« Ne renonce pas aussi facilement, Thomas.

– Je n'ai pas renoncé, maman.

– C'est très bien. » Je me suis penchée et je l'ai embrassé sur le front. Et je l'ai laissé dans le noir.

Et, pourtant, cela lui faisait un bien immense de se trouver ici. Je voyais ça à sa façon de s'occuper du jardin. Il avait toujours aimé planter et semer. Dans cette même cour aride, quand il avait quatorze ans, il avait commencé à jardiner à une échelle qu'on n'avait jamais vue. Comme s'il avait dirigé une ferme de production de légumes. Des carottes, des betteraves, des potirons, des haricots et du mealie*, tout. Pas pour l'argent qu'il pouvait gagner. Quelque chose d'autre le poussait. Peut-être la façon dont tout le monde, en particulier Frans, lui avait dit qu'il était impossible de faire pousser là un vrai jardin potager. La terre est trop aride, trop dure. Il n'y a pas d'eau. Rien. Mais il n'en a absolument pas tenu compte. Avec un de ses amis, ils sont allés chercher du fumier dans une ferme avec une charrette et un âne. Sous un soleil ardent. Il a bêché et ratissé jusqu'à en avoir les mains couvertes d'ampoules. J'ai dû aller chercher toutes mes crèmes et tous mes onguents. Il a creusé des canaux du robinet jusqu'aux planches de légumes. Mais il a dû abandonner à cause du terrain en pente. Et, de toute façon, le sol était trop dur. Alors il a été obligé de tout arroser avec des seaux et des arrosoirs, en chancelant sous le poids, sur ses longues jambes maigres. Tout a bien marché tant que les légumes ont été petits. Mais quand ils ont grandi, cela est devenu désespéré. Un des pires étés que nous avons jamais eus dans la région. Ça ressemblait à un paysage lunaire. Des pierres dénudées et la terre brûlée. Les fermiers ont dû tuer leurs moutons. Beaucoup ont vendu et sont partis. Et ça a été aussi la fin du jardin de Thomas. Il a continué vaillamment pendant encore quelque temps. En transportant des seaux très lourds longtemps après le coucher du soleil. Mais il n'a pas pu tenir le coup. Et, une nuit d'été, je suis allée m'asseoir près de lui, comme cette nuit, je lui ai tenu la main et je l'ai laissé pleurer. Ce qu'il ne faisait presque jamais. J'étais stupéfaite par sa dureté. Mais ce jardin l'a désespéré. Non parce qu'il avait échoué. Parce que, quand j'ai essayé de le consoler en lui disant qu'il pourrait recommencer l'année prochaine, il m'a répondu avec violence entre ses larmes : « C'est le jardin lui-même, maman. Toutes les petites plantes qui sont mortes. J'ai essayé de les aider, mais je n'ai pas pu. »

Maintenant, ils le traitent de terroriste.

Ça leur est facile de parler. Ils ne le connaissent pas. Si seulement j'avais pu les amener à le voir comme moi je le vois. Comme je le connais. Mais même s'ils m'avaient permis, je ne l'aurais pas fait. Il est à moi. Je le protégerai comme une poule protège le dernier poussin qui lui reste. Cette résolution s'est renforcée en moi le jour où le général Bester est venu ici. Je suppose que je devrai le lui dire un jour. Que Dieu m'en donne la force. Non pas que j'aie beaucoup de choses à dire. J'étais retournée à Oudtshoorn avec des amis, pour voir Christiaan à l'hôpital. Ils m'ont attendu devant, dans la voiture, pendant que j'allais dans la chambre de Christiaan. Il n'était plus sous soins intensifs. Et là, j'ai trouvé les deux inconnus devant la porte. Ils n'ont pas voulu me laisser entrer. Écoutez, je leur ai dit, c'est mon mari. Ça m'est égal qui vous êtes, mais essayez de m'arrêter et vous allez voir ce qui va se passer. Et quand je suis passée malgré eux, j'ai vu l'homme agenouillé près du haut lit de Christiaan devant la table de nuit, en train de fouiller dans ses affaires. Christiaan allongé là, impuissant, émettant des sons. A cette époque, il n'avait pas encore retrouvé la parole. Ça va mieux maintenant. Il faisait des petits gestes de la main gauche et il marmonnait avec sa langue épaisse et lourde, « l'homme... l'homme... ». Tellement bouleversé, un vrai miracle qu'il n'ait pas eu une autre attaque.

A ce moment-là, je n'avais pas encore rencontré cet inconnu. Mais je l'ai tiré par l'épaule avec une telle force qu'il s'est étalé par terre à la renverse. Je lui ai arraché les affaires de Christiaan qu'il tenait dans ses grosses pattes. Le petit journal intime. La Bible. Des cartes et des lettres que des gens lui avaient envoyées pour lui souhaiter un prompt rétablissement.

« Madame, savez-vous qui je suis ? a demandé l'homme, les veines du front gonflées.

– Vous pouvez être Belzébuth lui-même sorti tout droit de l'enfer, pour ce qui me concerne, je lui ai répondu, mais ce que vous êtes en train de faire, un porc en rougirait. »

Hors de lui. « Je suis le général Bester et j'arrive du Cap pour...

– Alors vous pouvez y retourner. Je n'ai pas de temps à perdre avec des gens comme vous. »

Il changea de ton. Tout sucre et tout miel. « Madame Landman, écoutez-moi, je comprends que vous soyez bouleversée.

– Votre compréhension, vous pouvez vous la fourrez dans le cul. » De toute ma vie, de tels mots n'avaient jamais franchi mes lèvres.

Je suis allée chercher le directeur de l'hôpital. En sa présence, j'ai dit au général que, si l'un d'eux remettait le pied à l'hôpital, je dirais à tous les journaux du pays ce qu'il avait fait. Le général essaya de bredouiller quelque chose, mais je n'y ai pas fait attention.

C'est seulement le lendemain qu'il est arrivé ici avec les autres. Je leur ai parlé sur la véranda. J'ai refusé de les inviter à entrer. Je ne me souviens même pas de ce qu'ils ont dit. Je n'ai même pas pris la peine d'écouter.

Maintenant, Christiaan est revenu à la maison. Je ne sais pas ce qu'il va devenir ni ce que nous allons devenir. Tout ce que je sais, c'est que la vie ne pourra jamais plus être comme avant.

Ce sont les nuits les pires. Quand je me réveille et que j'approche mon oreille de son visage pour vérifier s'il respire encore. Ensuite, je ne peux pas me rendormir. Impossible d'arrêter mes pensées. Elles coulent sur moi comme de l'eau. Parfois je me dis : et si Frans avait eu raison ce jour de Noël quand il a hurlé à Thomas qu'il était un traître, un vendu et Dieu sait quoi ? Mais non, pas Thomas.

Et le miroir dans le couloir reste vide. Marbré et taché par trop d'histoires. L'œil ne peut rien y saisir. S'il y a jamais eu quelque chose à saisir.

8

Par la suite, au Cap, et de nouveau plus tard, quand son voyage ne serait plus un simple déplacement, mais une fuite, il se souviendrait de la visite à ses parents comme d'une tentative presque désespérée pour retrouver tout ce qui avait été familier et rassurant dans sa jeunesse. Et, au moins en surface, il semblait que ce qui l'entourait était préparé pour rendre possible ce retour au passé. Dès qu'il s'arrêta devant la maison carrée et déprimante avec son toit rouge et la véranda arrondie, derrière la rangée d'eucalyptus qui bordaient la large rue, et qu'il entra – la porte moustiquaire, à l'arrière, claquant sèchement ; de chaque côté de la véranda, les pièces ajoutées comme une réflexion après coup, une erreur : la salle de bains et une petite réserve à gauche et, à droite, le bureau de son père ; sa mère dans la cuisine, petite, grise, ronde, un bocal de fruits en conserve dans les mains, un torchon à carreaux rouges sur l'épaule –, une impression du passé le submergea. (Quand nous étions petits, dans le village sur la côte ouest, quand nous plongions pour aller chercher des homards ou des abalones : la vague qui se brisait dans une brèche étroite entre les rochers, l'eau glaciale de l'Atlantique qui nous coupait le souffle.) Il s'y abandonna sans même une tentative de résistance. Il en avait besoin.

Où aurait-elle pu se trouver ailleurs, et avec cette attitude caractéristique, que dans sa cuisine ? Non parce qu'il s'agissait d'un endroit où la coutume et la famille l'avaient reléguée, mais parce qu'elle en avait fait la base de son pouvoir. Elle semblait vraiment tirer satisfaction, au-delà des mots, de la vaisselle et du ménage, de la cuisine et de la cuisson, du rangement et de la mise en ordre de son monde – aidée, naturellement, d'une femme de ménage noire, Bettie, qui était devenue une personne de confiance et une complice – à son goût et à son image.

L'apparition soudaine de Thomas lui fit peur. Il en fut amusé.

« Qu'est-ce qu'il y a ? demanda-t-il. On dirait que tu as vu un fantôme. » Il salua Bettie d'un clin d'œil.

« Ce doit être un fantôme, lui dit sa mère. D'où est-ce que tu sors ? Qu'est-ce qui se passe ? » Un peu perdue, elle mit le bocal de pêches dans les mains de Bettie et prit Thomas dans ses bras – en se haussant sur la pointe des pieds pour atteindre son visage –, puis elle recula pour le regarder sans le lâcher, ses lunettes se balançant, accrochées à une seule oreille ; sur sa joue gauche, le grain de beauté avec les poils hérissés ; et elle répéta, inquiète : « Qu'est-ce qui se passe ?

– Qu'est-ce qui te pousse à croire qu'il se passe quelque chose ? » (Avec une pensée fugitive et effrayante : elle sait peut-être, au plus profond d'elle-même, comme elle a toujours tout su.)

« Pourquoi est-ce que tu débarquerais à l'improviste ?

– Il a fallu que je vienne par ici pour un projet, alors je me suis dit...

– Va chercher tes affaires. Il faut qu'on aère la chambre. Je vais préparer un peu de café. Bettie ?

– Tu t'apprêtais à sortir ? lui demanda-t-il.

– Non, bien sûr que non.

– Alors, pourquoi cette jolie robe et ces cheveux coiffés ?

– A t'entendre, on croirait que je suis toujours mal attifée à la maison.

– Je ne t'ai jamais vue mal attifée.

– Oh ! Allez. » Elle le chassa avec son torchon.

De la cuisine, le couloir conduisait directement à la porte d'entrée, restée ouverte pour laisser entrer le soleil d'automne. Au bout, à gauche et à droite, donnant sur la terrasse rouge vif de devant, sous la véranda en courbe, il y avait le salon et la salle de séjour ; puis, toujours à gauche et à droite, la chambre de ses parents et celle de Maria. A cet endroit, le couloir principal en croisait un autre, sombre et triste, jusqu'à ce que son père y ait ouvert des fenêtres latérales, une près de la porte de la chambre de Frans, l'autre près de la sienne. Le soleil jaune de l'après-midi entrait par la fenêtre à côté de lui, une longue tache claire qui s'étalait sur toute la longueur du couloir jusqu'à l'endroit où avait été accroché le miroir familial. Sur le mur, un rectangle sombre indiquait sa place habituelle.

« C'est arrivé la nuit dernière », dit sa mère derrière lui. Elle l'avait suivi et avait devancé sa question. « On a eu une de ces peurs. On aurait dit un coup de tonnerre à l'intérieur de la maison. C'est le vieux fil de fer qui s'est cassé. »

Il porta sa valise – la valise vert sombre remplie de vêtements inconnus – dans sa chambre près de la cuisine. Ouvrit l'armoire toujours remplie de façon rassurante de vieux vêtements très usés qu'il n'avait jamais eu le courage de jeter ; il choisit un jean effrangé d'un bleu passé pour se changer ; puis il s'assit sur le bord du lit – le vieux matelas bien connu s'affaissa doucement sous son poids – pour remettre ses chaussures. Son talon heurta quelque chose sous le lit. Derrière le couvre-lit, en se penchant pour regarder, il découvrit les caisses en carton pleines d'objets accumulés dans le passé, qui attendaient toujours avec un air de tranquille assurance.

De retour dans la cuisine, il trouva sa mère près de la petite fenêtre au-dessus de l'évier. La lumière triste et sans couleur – l'arrière de la maison, orienté au nord, se trouvait toujours à l'ombre ; elle s'était souvent plainte des rhumatismes que cela allait lui donner – tombait sur ses cheveux gris. Il y a des années, ils étaient noirs comme une aile de corbeau. Des ondulations de lumière les parcouraient quand elle les brossait le matin. Le dimanche, il devait toujours la rejoindre au lit pour parler de nombreuses petites choses ; quand il était étudiant, lorsqu'il se trouvait à la maison, il en avait gardé l'habitude. Maintenant, il fut bouleversé de voir combien elle était devenue vieille, petite. Cela s'était passé si discrètement. Il ne s'en rendait compte que maintenant, après une si longue absence. Elle n'avait pas encore découvert sa présence derrière elle. Elle regardait au dehors, sous le porche obscur, dans l'arrière-cour blanche, où des poulets grattaient le sol en caquetant. Et pourtant, elle ne regardait pas vraiment : elle avait des yeux vides. Immobile, comme un tableau. Un Vermeer, peut-être. Sauf que les femmes de Vermeer étaient en général plus jeunes. Il se dit : pendant toute sa vie, ou au moins dans la partie qu'il avait partagée, elle a regardé au-dehors de cette façon. Comme s'il y avait quelque chose là-bas, un monde entièrement différent, invisible et cependant indéniable, où elle ne poserait jamais le pied, dont elle ne ferait jamais partie ; son espace était ici, à l'intérieur. C'était ici que ses cheveux étaient devenus si gris.

Elle se retourna brusquement. Elle semblait prise au piège. « Mon Dieu, Thomas, depuis combien de temps est-ce que tu es là ? »

Le bocal de pêches se trouvait toujours sur le buffet de la cuisine ; la lumière caressait amoureusement les moitiés de fruits orange sombre.

Ils burent leur café dans la cuisine, sur la vieille table de pin récurée. Le grain du bois y apparaissait à l'état brut, dans une nudité menaçante et cependant consentante. De larges fentes s'étaient ouvertes entre les planches. Quelques têtes de clous carrées et anciennes ressortaient.

« Je pense que j'aurais dû sortir le nouveau service à café que tu m'as envoyé à Noël, dit-elle en s'excusant. Mais il est trop beau pour tous les jours. » Il savait que, s'il ouvrait le lourd buffet que son père avait fabriqué lui-même avec une violente détermination et au péril de sa vie, il le trouverait bourré d'autres boîtes pleines de choses inutilisées, marquées du nom du donateur. (« Quand je serai morte, vous pourrez tout reprendre. ») Des services de table. Des batteurs et des bouilloires électriques. Un petit four à micro-ondes. Autant d'ustensiles qui auraient pu lui faciliter la vie.

« Où es-tu allé ? » lui demanda-t-elle.

Tôt ce matin, il avait visité New Bethesda, puis il s'était arrêté à Graaff-Reinet, en prenant des photos le long de la route, attiré non par la curiosité habituelle à sa profession, mais contraint d'enregistrer le maximum de choses sur l'itinéraire que Nina et lui avaient emprunté, plus de deux ans auparavant, avant ce Noël fatal, la première fois qu'il l'avait amenée chez ses parents ; de là, sur sa moto, ils avaient parcouru en long et en large la région de son enfance et de certains de ses ancêtres les plus intrépides, elle, perchée à l'arrière et accrochée à lui comme un petit babouin. (Si seulement, elle s'était tenue à lui – non des années, mais simplement cinq jours plus tôt – au Cap, dans Plain Street.) Comme si les photos, une fois développées, pourraient – littéralement – ramener à la lumière des traces de ce voyage qui n'étaient plus visibles à l'œil nu, mais qui restaient tapies, tenaces, dans les recoins de la mémoire. Parce qu'ils avaient été ici, ensemble. Mais le vent soulevait des tourbillons de poussière dans les rues et faisait tourner les ailes des moulins, et on ne voyait nulle part l'empreinte étroite de ses pas.

La Maison du hibou, avec ses oiseaux étranges sur la véranda. Il refusa de tourner le coin et de descendre à nouveau la rue à la recherche de la vieille dame qui avait la clef. C'était une cavité dans son subconscient où il ne souhaitait plus pénétrer, pas sans Nina – le miroitement des vitres de couleur sur les murs et les plafonds ; les fenêtres rouges qui transformaient l'extérieur en un paysage imaginaire ; les souvenirs d'une vieille femme solitaire qui, un vendredi après-midi, avait avalé des cristaux de soude pour en finir – et ce qu'on pouvait voir par-dessus la haie du jardin situé à l'arrière de la maison lui avait suffi : des têtes inquiétantes aux yeux en pierres étranges (où était la femme torturée sur le chevalet, avec ses seins rouges en éclats de verre ?), des monstres fabuleux, des créatures difformes comme dans les rêves.

Ce qui lui avait semblé autrefois magique – une caverne d'Aladin, le jardin des délices de *La Route de la Mecque* de Fugard – était devenu, en l'absence de Nina, un cauchemar, une vision de l'enfer où le mal se dissimulait parmi les formes fantastiques. Il regretta d'être venu. Pourtant, il savait qu'il avait à peine le choix.

Même la tranquillité de Graaff-Reinet un jour de semaine lui sembla trompeuse. La ville dans laquelle avait vécu son ancêtre Benjamin ; la petite maison se trouvait peut-être toujours dans une rue étroite, là où le jeune Gideon avait rencontré le missionnaire Van der Kempt et avait choisi la religion. A l'époque, un trou perdu de l'Ouest, sur la frontière, aujourd'hui une ville de citoyens convenables. Pourtant, comme dans un conte de fées, on pouvait facilement imaginer qu'ils se transformeraient en oiseaux de proie ou en meute de chiens sauvages s'ils découvraient qui était réellement cet inconnu qui marchait nonchalamment dans leurs rues vertueuses. Il n'appartenait plus à leur monde. (Y avait-il jamais appartenu ?) La banalité même – des gens faisant leurs courses, des fermiers venus en ville dans leur Bakkies avec des ouvriers à l'arrière, des enfants métis qui se pressaient devant un magasin – en était menaçante. Comment était-il possible que la vie puisse continuer ainsi, que rien n'ait bougé, que rien n'ait changé ? Sauf lui-même, qui se déplaçait dans ces rues saines et salubres comme un virus dans les veines d'un corps encore inconscient de sa propre infection. Presque pris de panique, il était revenu vers sa voiture et avait redémarré ; il ne s'était plus arrêté, sauf une fois, à Willowmore, pour prendre de l'essence.

« Un peu plus de café ? »

Mais son père était rentré, dans son costume gris de professeur (il avait été de service à la bibliothèque), les cheveux plus rares que dans le souvenir de Thomas, coiffés en arrière en longs filaments sur la coque ronde et fine de son crâne, la moustache comme une brosse à dents usée sur sa lèvre supérieure. Les yeux très noirs – curieusement doux, mais constamment sur la défensive au cas où quelqu'un mettrait en doute son autorité – s'éclairèrent quand il reconnut son fils ; puis ils fixèrent obstinément son épaule gauche, une habitude troublante qui, invariablement, vous amenait au bout d'une minute ou deux à lever la main pour brosser ou secouer cette épaule, convaincu qu'il devait y avoir quelque chose qui n'aurait pas dû s'y trouver, un fil, une tache, peut-être une araignée.

« Alors, tu t'es souvenu de nous ?

– Allez, Christiaan, lui dit sa femme. Tu n'es pas heureux qu'il soit là ?

– Tu restes combien de temps ?

– Il faut que je reparte demain matin, papa. »

C'est elle qui protesta : « Non, Boetie, je ne te laisserai pas repartir. Tu as l'air si fatigué, il faut d'abord que tu te reposes. Regarde comme tu es maigre.

– Et toi ?

– Ne change pas de sujet. Promets-moi de rester plus longtemps. »

Il fit un rapide calcul. Tout était déterminé par cet unique point fixe dans l'avenir : le service funéraire vendredi après-midi. Le Cap ne se trouvait qu'à cinq heures de voiture. Même moins. Et il était si tentant de rester. A condition qu'il puisse partir assez tôt.

« D'accord, c'est promis.«

Son père alla mettre ses vêtements de travail, une vieille combinaison blanche de mécanicien, trop grande pour lui , et Thomas l'accompagna jusqu'à son atelier dans le garage – en passant au milieu des poulets dans la cour : et oui, vraiment, il marcha à nouveau dans leurs excréments, comme lorsqu'il était enfant, mais cette fois, au moins, il n'était pas nu-pieds – pour voir sur quoi Christiaan Beyers Landman travaillait en ce moment. C'était un placard destiné au couloir, pour les affaires de sa mère : ses livres de cuisine, sa couture, son bric-à-brac, ses coupes gagnées dans les concours ; au premier regard, Thomas se rendit compte qu'il était trop large, il ne passerait jamais par une porte de la maison. Mais il n'eut pas le courage de le dire. Qui sait combien de mois de travail, combien de planches ratées et cassées, combien d'ampoules, d'échardes et de coupures sur ces mains pleines de bonne volonté avaient accompagné la fabrication de ce meuble tordu ? Aussi bien, se dit-il, on ne demanderait jamais à son père de poser une bombe. Il se ferait sauter avec, des mois avant l'attentat. (Mais avaient-*ils* fait beaucoup mieux ?)

Il ferma les yeux – dans ses narines l'odeur forte du bois, dans ses oreilles le crissement irrégulier du rabot de son père – et il se revit enfant, comme si le temps n'avait pas passé.

L'impression fut encore plus forte après le souper – macaronis, haricots en salade, et même un entremets au vinaigre – quand il alla chercher la bible familiale, dignement et sagement posée sur la vieille bible officielle usée (il se dit : si on le réveillait au milieu de la nuit et si on lui demandait d'aller chercher la bible, il pourrait la trouver dans l'obscurité et poser la main dessus sans hésitation), et que son père chaussa ses lunettes et ouvrit le livre à la page marquée par un petit signet jaune en soie naturelle, près du début. Il s'éclaircit la gorge et, avant de commencer à lire, il regarda Thomas par-dessus ses lunettes :

« Il y a deux jours, ta mère et moi avons recommencé au début. » Il tendit la main sur la table pour prendre celle de sa femme. « C'est la douzième fois que nous la relisons, du chapitre 1 de la Genèse jusqu'au chapitre 22 des Révélations. »

Thomas s'abandonna au bourdonnement égal de la voix de son père, les mots si familiers qu'il pouvait les réciter silencieusement tandis que son père lisait. Et pourtant, il se rendit compte par la suite qu'il s'agissait du tournant de sa visite.

« Or le serpent était le plus rusé de tous les animaux des champs qu'avait faits Dieu. Il dit à la femme : "Est-ce que vraiment Dieu a dit : vous ne mangerez d'aucun arbre du jardin ?"

« La femme dit au serpent : "Du fruit des arbres du jardin nous pouvons manger. Mais du fruit de l'arbre qui est au milieu du jardin, Dieu a dit : Vous n'en mangerez pas et n'y toucherez pas, de peur que vous ne mouriez [1]." »

1. Citations de la Bible, édition de La Pléiade, Gallimard. Traduction Edouard Dhorme. *(N.d.T.)*

Quelle sérénité dans la loi et l'ordre. Quelle simplicité si l'on pouvait s'y tenir.

« Alors se dessillèrent leurs yeux, à tous deux, et ils surent qu'ils étaient nus. »

Un souvenir fugitif et aveuglant de Nina sur la montagne. Allongée nue sur le rocher. Lui penché au-dessus d'elle, la main sur son sexe. L'homme et la femme emblématiques en pleine nature. Puis le charme avait été rompu par le groupe de touristes qui avaient envahi leur petit paradis. Mon Dieu, pensa-t-il, il avait toujours les photos sur une des pellicules dans sa valise. C'était au moins *quelque chose.* Il devrait les développer dès qu'il serait de retour au Cap.

« Alors Dieu dit : "Voici que l'homme est devenu comme l'un de nous, grâce à la science du bien et du mal ! Maintenant il faut éviter qu'il étende sa main, prenne aussi de l'arbre de vie, en mange et vive à jamais."

« Dieu le renvoya donc du jardin d'Eden pour qu'il cultivât le sol d'où il avait été pris.

« Il chassa l'homme et il installa à l'orient du jardin d'Eden les Chérubins et la flamme tournoyante de l'épée pour garder la route de l'arbre de vie. »

C'était ainsi que tout avait commencé, se dit-il, tandis qu'il s'agenouillait à côté de sa chaise et que la voix de son père se déversait sur lui qui priait. C'était ainsi. Cette religion est en elle-même la fondation d'une distribution totale du pouvoir, une façon de penser. C'est le début du fascisme. A l'instant où Adam et Eve acquièrent la connaissance, on les chasse. Dieu ne souhaite pas qu'ils fassent la distinction entre le bien et le mal. Il veut prendre les décisions lui-même, les maintenir dans l'obscurité. Et, avant tout cela, quand les anges s'étaient révoltés, il les avait jetés hors des cieux eux aussi. Les Afrikaners suivaient simplement son exemple.

Tout ce qu'il savait du péché et du mal venait de ce

livre. D'une certaine façon, c'était par l'intermédiaire de la Bible qu'il avait perdu son innocence. Tous ces commandements, ces interdictions, ces avertissements implacables aux enfants d'Israël : sur la prostitution, la sodomie, l'onanisme, l'idolâtrie, la trahison, la vengeance, le meurtre et la violence. Parce qu'une chose interdite devient une possibilité brusquement introduite dans le domaine du concevable. (Soudain un souvenir troublant de Henry : « Est-ce qu'il t'est jamais venu à l'idée que pendant des siècles les missionnaires ont utilisé la Bible – l'Ancien Testament – pour persuader les opprimés de tendre l'autre joue, de supporter l'oppression avec humilité, d'attendre leur récompense non sur cette terre mais, sûrement après la mort, au ciel ? Pour s'assurer qu'ils seraient plus faciles à manœuvrer, en collaborant à leur propre oppression ? Et nous avons gobé tout ça avec soumission, Thomas. Nous devons réapprendre à lire à partir de zéro. »)

« Non parce que nous le méritons, mais grâce à Ton infinie bonté. »

Ils se levèrent et reculèrent leurs chaises. Il évita le regard de ses parents comme s'il avait honte qu'ils puissent découvrir dans le sien ce qu'il venait de glaner dans la Parole qui les avait formés. Tandis que son père allait s'asseoir dans son fauteuil au salon pour lire son journal, il débarrassa avec sa mère. Il ignora ses protestations et l'aida à faire la vaisselle. (Comme d'habitude, Bettie était partie en fin d'après-midi.) Avant qu'ils aient terminé, la voix retentissante d'Oom Boet le précéda dans le couloir – la porte d'entrée était toujours ouverte –, il criait à réveiller les morts. Le frère de sa mère, le sergent de police. Il aurait pu prendre sa retraite depuis longtemps, mais il avait continué. Depuis que sa femme était morte d'un cancer trois ans plus tôt, il rentrait chez lui le plus tard possible. Il travaillait inutilement de longues heures et, chaque fois qu'il n'était pas de service, on pouvait le trouver à l'hôtel ; sinon, il faisait la tournée de ses nombreux amis, en sachant qu'il serait bien accueilli partout. Pour lui, c'était une question d'orgueil, et il s'assurait que personne n'ait de doute à ce sujet, de n'avoir aucun ennemi au monde, ni blanc ni noir.

« Y a-t-il un peu de café ici pour un homme qui a soif ? »

Il salua Christiaan d'un geste en passant dans le couloir ; il embrassa sa sœur. En voyant Thomas, il s'arrêta net.

« Que le diable m'emporte, dit-il. La police ne t'a pas encore embarqué ? »

Thomas sentit son sang se glacer. « Qu'est-ce que tu veux dire, Oom Boet ? »

En réponse, il reçut une claque dans le dos qui le fit trébucher. Puis une main énorme le saisit comme un étau ; il aurait pu jurer avoir entendu ses os craquer. « Non, je me demandais simplement. Il y a si longtemps que tu cherches des ennuis. » Son rire résonna dans la maison. « Alors, qu'est-ce que tu fais là, comme un poulet qui a des poux ? » Il se laissa tomber sur le divan. Le bois craqua. De la lumière coulait comme du lait sur sa calvitie. Sous son nez, sa moustache se dressait comme un balai de genêt.

« Alors ! » Il croisa les jambes et jeta un regard tendre à Thomas. « Encore en vadrouille ?

– Pourquoi pas ? demanda Thomas avec une petite grimace.

– On a appris que les types de la Security Branch faisaient des descentes dans tout le pays. La nuit dernière. Au Cap, à Johannesburg, à Durban, partout. » Pendant un instant, il devint sérieux. « C'est toujours l'attentat à la bombe de vendredi. Maintenant, ils embarquent les gens au hasard. En espérant mettre la main sur quelqu'un qui les aidera. Comme on fait parfois quand on a volé des moutons ou quelque chose comme ça. Je n'ai jamais beaucoup aimé cette méthode. Mais on peut facilement imaginer que le président veut en voir deux danser au bout d'une corde. Evidemment, si vous voulez mon avis, ces salauds sont déjà sortis du pays. Merci, Helena. » Il prit la tasse que sa sœur lui offrait et y ajouta quatre cuillerées de sucre. « Merde, c'est une histoire épouvantable.

– Tu parles des descentes de police ou de la bombe ? demanda Thomas, le visage impassible.

– Comment est-ce que tu peux avoir l'un sans l'autre ? » Son oncle vérifia des lèvres la température du café. « Oui, non, c'est une histoire épouvantable. Epouvantable. Le monde n'est plus comme il était. Depuis 1960, quand ça a commencé. » Il regarda Thomas. « C'est venu au monde avec toi.

– Je crois que ça a commencé quand les Hollandais ont débarqué ici pour la première fois, Oom Boet.

– Oh ! Si tu veux remonter dans le passé, pourquoi pas à Adam et Eve ? Comme ça, tu es sûr d'avoir le coupable.

– Ce n'est pas un sujet de plaisanterie, lui dit Helena sur un ton de réprimande. Quelque chose d'aussi terrible, terrible. Un de ces jours, il faudra qu'on ferme notre porte à clef le soir comme dans les villes. Le diable est en colère contre nous.

– Il faut qu'on les attrape et qu'on les pende, dit Christiaan avec une certaine emphase.

– Nous sommes bien d'accord. » Oom Boet vida sa tasse ; il avait une gorge d'acier. « Mais ça ne résoudra rien. Ce n'est que le fruit de l'arbre. Il faut qu'on arrache les racines et elles sont enterrées très profond.

– Tu as toujours été trop tendre pour ce genre de travail, dit Christiaan.

– Je suis seulement humain, et entêté aussi.

– Personne ne respecte un tendre, dit Christiaan. Je ne dis pas qu'il faut être cruel ou excessif. Mais ferme.

Sinon, ils ne savent pas qui est le patron. Hier seulement je...

– Chut, dit Helena. C'est l'heure des informations. »

Une cérémonie aussi solennelle que la prière familiale.

C'était encore l'événement principal. Les descentes. (Justin serait-il toujours en sécurité ? David ? Rashid ?) Deux blessés toujours dans un état critique. Des questions au Parlement sur la terroriste tuée par la police en état de légitime défense à l'aéroport Jan Smuts, vendredi soir, alors qu'elle s'apprêtait à faire sauter un avion de la SAA. Le ministre de la Police : on demande à la population de rester calme, aucun détail ne sera négligé et des informations extrêmement importantes seront données dans les prochaines vingt-quatre heures.

« Ce qui veut dire qu'ils ne savent rien », conclut calmement Oom Boet.

La présentatrice du journal regardait le salon avec des yeux globuleux comme une grosse grenouille satisfaite. Elle portait une veste recouverte de motifs géométriques noirs et bruns, avec des revers verts ; sur sa poitrine, deux boutons protubérants brillaient comme deux pointes de sein enflammées et trop grosses.

On avait mis au point l'organisation de l'enterrement, vendredi prochain. A Groote Kerk, à trois heures. Le gouvernement serait représenté par le ministre du Développement constitutionnel et de la Planification. Sur indications médicales très strictes, le président devrait malheureusement garder le lit pendant plusieurs jours.

« J'espère qu'ils vont pouvoir changer les draps, dit Oom Boet.

– Tu devrais avoir honte, Boet.

– Il a eu la frousse, non ?

– Il aurait pu être tué.

– Mais ce sont d'autres qui sont morts, dit Christiaan. Ce sont toujours les innocents qui paient... »

« ... par le président de l'Eglise réformée hollandaise », dit la grenouille en terminant son rapport et en secouant ses boutons rouges avec un air de défi.

Cela fut suivi par la perspective d'une tournée de rugby. La production de maïs. Un ministre de quelque chose commentant quelque chose. Encore trois hauts fonctionnaires inculpés de corruption. Deux personnes condamnées à mort. Un autre ministre. Le rand descendu à son niveau le plus bas depuis deux ans. Un autre ministre. La bourse. Le sport. La météo.

« C'est l'heure de rentrer, dit Oom Boet en se levant. Ça endort, un tel fatras. » Il se pencha pour embrasser sa sœur. « Il faut que je repasse au poste. J'ai un coco dans le fourgon.

– Quel genre de type ? demanda Thomas.

– Je ne sais pas. Je l'ai ramassé à un coin de rue, là-bas. » Il fit un geste. « Incapable de me donner une bonne raison de traîner dans la ville blanche, alors je l'ai embarqué. Je veux dire, il est pas d'ici.

– On n'est jamais assez prudent, de nos jours », dit Helena.

Les trois hommes franchirent la porte ouverte. Au-dehors, la nuit était silencieuse. Pas un souffle d'air. Entre les branches dénudées des eucalyptus, on pouvait voir une demi-lune très blanche au-dessus du toit, de l'autre côté de la rue. Un chien aboya quelque part. Par la fenêtre ouverte du salon des voisins, on voyait trembloter la lumière bleue et blanche d'un écran de télévision. L'air avait une odeur hors du temps : l'herbe sèche, la poussière, les buissons âcres, et quelque chose de doux, comme des fleurs du soir, comme des freesias ; mais ce n'était pas ça. « Ce sont les étoiles, leur avait raconté sa mère quand ils étaient petits. Certaines nuits, les étoiles sont si basses qu'on peut les sentir. »

En silence, tandis qu'ils se tenaient tous trois sur une

seule ligne, sous les gommiers bleus à l'odeur d'eucalyptus, ils accomplirent le rituel immémorial de fraternité et de confiance masculines, et leurs trois jets séparés étincelaient dans le clair de lune et formaient une tache sombre et commune sur la pelouse claire et sèche.

« Voilà, dit Oom Boet, avec une flexion agile des genoux, et un mouvement en avant de ses hanches solides pour rentrer son attirail impressionnant, il faut que j'y aille. »

Quelque chose bougea à l'arrière du fourgon quand il démarra. Il faisait trop sombre pour voir. Tout ce qu'on put distinguer, ce fut une main noire accrochée au grillage. Comme un orang-outang dans une cage.

C'est pour cela que je l'ai fait, se dit Thomas ; c'est pour cela que je *devais* le faire.

« On rentre ? lui demanda son père.

– Je crois que je vais aller faire un petit tour avant. » Il ne pouvait pas, à ce moment précis, affronter l'intérieur oppressant et la lumière.

Au loin, le chien aboyait toujours de façon monotone et sans grande conviction. Des grillons grésillaient dans les grands terrains irrigués le long de la rue. Derrière une maison, un moulin à vent grinça dans une rafale de vent inattendue. Puis le silence retomba. Sur la grand-route, au loin, une voiture s'avançait sans bruit, les faisceaux de ses phares tâtaient l'obscurité comme des antennes, elle monta la côte derrière la ville et disparut dans un virage.

S'il escaladait cette pente maintenant, il le savait, toute la ville s'étendrait à ses pieds avec le tranquille réconfort de sa géométrie, des lignes droites et prévisibles faites de pointillés de lumière sur une carte noire. De là-haut, tout ce qui l'enfermait comme un filet serait visible et compréhensible. Si seulement, se dit-il, il existait d'autres sortes de montagnes dont on pourrait escalader les sommets pour regarder ce qui se passait en bas, pour reconnaître le dessin d'ensemble, pour voir où il commençait et surtout où il devait se terminer, où il s'achèverait.

Ses parents étaient toujours dans le salon quand il revint. Les rideaux non tirés. La fenêtre grande ouverte sur l'air de la nuit. Des insectes voletaient en cercles et en courbes, rapides et brillants dans la lumière qui venait de l'intérieur. Il s'arrêta pour les contempler à la limite du rectangle jaune sur la pelouse sèche, fasciné, comme s'il regardait quelque chose d'étrange et d'inexplicable. Son père avec le journal – il venait de commencer les petites annonces ; il l'avait payé, il ne sauterait rien –, sa mère avec son tricot. Qu'il était apaisant et rassurant, depuis son enfance, son marmonnement qui accompagnait le cliquetis de ses aiguilles : une maille à l'endroit, une maille à l'envers, une maille sautée, une à l'endroit, une à l'envers, deux mailles ensemble. Même une bombe ne pouvait troubler le cours de leur vie. Il les avait vus ainsi un nombre incalculable de fois. Mais jamais, aussi loin qu'il s'en souvenait, exactement de cette façon : comme s'il regardait avec un télescope, de loin, d'immensément loin. Des voies lactées et des galaxies tourbillonnaient entre eux.

Après un long moment, il entra par la porte ouverte. Il les vit lever les yeux quand il passa dans le couloir. Il alla dans la salle de bains ; il revint avec un verre d'eau. Dans la salle à manger, sur le buffet, dans l'obscurité, il prit la bible officielle. Le verre dans une main et le grand livre relié de cuir dans l'autre, il s'arrêta dans l'entrée. « Je vais me coucher. Je suis fatigué.

– Bonne nuit, Thomas. Tu as besoin de quelque chose ? »

Assis sur son lit, les jambes croisées, le gros livre posé sur les genoux, il se demanda pourquoi il avait ressenti le besoin de le prendre avec lui. S'il recherchait la sécurité, elle ne se trouvait pas dans le texte imprimé (derrière les mots sur le papier, il pouvait entendre, comme un roulement de tonnerre lointain, la voix de son grand-père en train de lire), mais dans les marques humaines que sa famille y avait faites : les traces laissées par la mauvaise conscience du maçon Jan-Jonas, des notes en marge que des taches et des points d'exclamation rendaient illisibles ; des passages soulignés anonymement et des commentaires énigmatiques dans des écritures différentes, certaines tout juste lisibles ; des empreintes de pouce et des pages écornées ; la reliure de cuir décolorée par le sang d'un ancêtre au massacre de Bloukrans ; des gouttes de cire, des insectes écrasés, des taches indéchiffrables et équivoques, les noms et les dates de toutes les générations des Landman dans une succession d'encres noires et bleu sombre sur la page de garde à la fin du livre, commençant par des enjolivures et un mépris suprême pour l'espace, et devenant de plus en plus serrés vers le bas. Après son nom, il y avait encore un peu de place, si l'on écrivait avec soin, pour *Nina Jordaan.* Mais en dessous ? Il ne restait plus de place. Un des premiers qui avait écrit avait fait des taches d'encre au bas de la page, vierge encore – une tache de Rorschach avec le contour imprécis d'une paume qui s'était appuyée dessus – à une époque où la page avait dû sembler aussi vide et immense que le pays. Comme si elle avait été prédestinée. Jusqu'ici et pas plus loin.

Au bout d'un moment, le livre devint trop lourd. Il le posa sur le lit et s'étendit plus confortablement à côté. De lentes vagues de fatigue commencèrent à le submerger. Il avait de plus en plus de mal à déchiffrer les noms et à les situer dans ses souvenirs. Quand il s'éveilla, en fin de matinée, la reliure du livre lui avait laissé une marque sur la joue. (Instinctivement, il porta la main à son visage et regarda ses doigts pour y chercher la trace de ce sang répandu si longtemps auparavant, mais il n'y avait rien.) Quelqu'un avait dû éteindre. Sur la table de chevet, il vit une tasse de café déjà froid.

Il balança les jambes hors du lit, toujours embrouillé, vaguement conscient d'une érection gênante, reste d'un rêve impossible à retrouver. De nouveau ses talons touchèrent un des cartons sous le lit. Sans grande conviction, les gestes encore gauches à cause du sommeil, peut-être avec un peu d'amusement, il s'assit par terre et tira le carton, souleva les rabats et commença à fouiller dans les livres et les papiers. Des notes. De vieux certificats et des bulletins scolaires. (« Bon travail, mais Thomas peut mieux faire », « Thomas est un bon élève, mais il n'est pas toujours assez attentif ».) Un diplôme de l'école du dimanche, recouvert de tampons de couleur, dont le tampon doré tant convoité. Des choses claires et belles. Deux livres de prix de l'Association des étudiants chrétiens. Le mardi après-midi, quand ils se réunissaient dans la salle paroissiale, il avait l'habitude de jouer de l'harmonium pour accompagner leurs chants sans suite. Toute sa jeunesse défilait devant lui en tremblotant. Couverte de poussière. Des poissons d'argent couraient sur les pages. Un cafard.

Il était vraiment temps de mettre un peu d'ordre dans le fouillis de son passé. Avec une grande concentration, il commença à faire deux tas : un tas à garder, l'autre à jeter. De ses années à l'université, entassés dans le deuxième et le troisième carton, il y avait les inévitables carnets de notes, les polycopiés, des lambeaux de copies, de devoirs et d'examens, des morceaux de lettres ; ainsi que des programmes de théâtre (l'un d'eux avec les autographes de tous les membres de la troupe), les moitiés déchirées de billets de cinéma ou de concert, des places pour des matches de rugby, des menus ou des notes de restaurant, un petit carnet rouge et noir dans lequel il avait dressé la liste de « thèmes de photos », un autre avec ses budgets mensuels. Un gant déchiré. Une chaussette grise, toute seule, avec un trou au talon. Tout à fait inattendue, une culotte de fille – à peine de la taille d'un ancien timbre-poste triangulaire du Cap, blanc cassé, la dentelle effrangée sur les bords, avec un minuscule nœud rouge à l'endroit stratégique – qu'il porta instinctivement à son nez, mais toute odeur avait disparu depuis longtemps. (A qui avait-elle appartenu ? La lui avait-elle donnée ? L'avait-il volée pour la garder comme souvenir ? Ou était-ce simplement un trophée perdu venant d'une descente dans le dortoir des filles ?)

Une grosse boîte était pleine des restes de ses premiers essais photographiques. Un album vert contenait des bandes de négatifs, accompagnés d'un index très précis en première page. Deux parasoleils. Un ensemble de filtres dans des étuis en plastique. Des photos en vrac, des épreuves, la plupart décolorées à cause d'un mauvais fixateur, les coins repliés et déchirés, certaines complètement chiffonnées. Ses parents. Frans. Maria. Des bébés et des enfants d'amis. Des copains d'école. Des camarades d'université. Des petites amies aux différents stades du déshabillage : ici une simple épaule pudiquement dénudée, là une poitrine timide, un buste « artistique », des études de visages avec des éclairages lourdement dramatiques, quelques photos prises de face dans des poses provocatrices, plus érotiques qu'esthétiques.

Même maintenant, il découvrit au battement de la vie dans son pénis (un salut triste et résigné à son passé ?) qu'elles ne le laissaient pas indifférent. Il se dit : on revient à un amour perdu comme un assassin sur les lieux de son crime. Pendant quelques instants, il resta assis, les yeux fermés, et s'abandonna à ce qui n'existait plus, à ce qui n'avait plus le droit d'exister ; alors, presque honteux, tandis que l'excitation momentanée quittait son corps, il revint aux photos.

Pour certains négatifs, il y avait dix ou vingt tirages : des essais avec la lumière, le révélateur, des écrans, des grains de papier. Au dos de certains, il avait noté des détails techniques ; d'autres ne portaient que des numéros de référence. Beaucoup, sans aucune indication, avaient perdu toute signification. Une exploration patiente qui avait duré des heures, des jours, des mois, un apprentissage entièrement absorbant. Des morceaux entiers de sa vie s'y trouvaient résumés, et pourtant, maintenant, il ne pouvait les retrouver, il avait perdu la clef de leur code ; de toute façon, ils n'avaient peut-être plus d'intérêt.

Des ampoules pour son agrandisseur. Des rouges, des jaunes. Des flacons de couleur brune, avec des produits chimiques depuis longtemps évaporés, et qui n'avaient laissé que des croûtes sombres et dures. Un thermomètre. Un minuteur (sans doute cassé). Des emballages de plastique. Un étui d'appareil d'où il fit tomber des négatifs, une feuille de papier couverte d'indications incompréhensibles, une araignée morte et un cafard vivant.

Que pouvait-il jeter, que devait-il garder ? Dans une sorte de désespoir, il continua à fouiller, perdu au milieu de signes ne menant nulle part, de sésames qui n'ouvraient plus de portes magiques, de clefs sans serrures. Mais d'autres aussi, qui éveillaient les souvenirs comme des insectes, des images d'un noir et blanc passé se transformaient dans son esprit, quand il les regardait, en couleurs et en mouvements violents, en joies et en angoisses qui lui serraient le cœur, en irritations et en désirs – tous, absolument tous, relégués au contenu de cartons sous un lit, en bas d'une armoire, dans des tiroirs sentant le camphre et la naphtaline.

Un coup à sa porte. Sa mère entra avec un grand plateau de bois et les odeurs fortes du thé, des tartines grillées, des œufs au jambon.

« Mais, mon Dieu, Thomas, qu'est-ce que tu fais ? On dirait le tombeau de Toutankhamon ! »

Il tendit les bras pour prendre le plateau (il ne pouvait

pas se lever : il avait dormi nu ; un peu embarrassé, il tenait le carton entre ses jambes, en se souvenant pendant un instant du soir où il était entré sans prévenir dans la chambre de Frans et où il l'avait trouvé incapable de dissimuler les spasmes de son érection : « J'ai enfin commencé à trier ce fouilis. »

Elle prit la tasse sur la table de nuit, et fit claquer la langue. « Tu n'as pas encore bu ton café.

– J'ai trop dormi. » Il s'étira. « C'est la première fois de la semaine que j'ai eu une vraie nuit.

– C'est ta conscience qui te gênait ?

– ...

– Ne laisse pas ton petit déjeuner refroidir. » Elle s'en alla.

Quand il eut fini de manger, il se leva et contempla le désordre qui jonchait le sol. Puis il s'accroupit à côté d'un carton vide et, méthodiquement, il remballa tout ; une demi-heure plus tard, il rangea les caisses là où il les avait trouvées. En fait, elles contenaient maintenant plus de choses que lorsqu'il avait commencé à les vider. La remarque désinvolte de sa mère sur sa conscience l'avait troublé ; et, dans le fouillis des caisses, il avait également jeté les pellicules qu'il avait prises jusqu'ici dans son voyage, y compris celle de Nina sur la montagne. Tous les signes de sa deuxième vie. Malgré ce qu'il avait décidé sans réfléchir la veille au soir, il savait maintenant qu'il ne pouvait pas les garder avec lui. Et il ne pouvait pas les détruire. Il viendrait peut-être un jour, dans un avenir lointain, où il pourrait les réclamer ouvertement. Mais, pour l'instant, il fallait les cacher ; et y avait-il un endroit meilleur et plus sûr que celui-ci ? Il s'attacha une serviette autour de la taille pour se rendre dans la salle de bains.

Plus tard dans la matinée, il alla à la coopérative, à quelques rues de là, et revint avec du fil pour tableaux afin de raccrocher le miroir. Il bêcha quelques parterres, apporta dans une brouette du fumier pris sur le tas de compost au fond du jardin, il répara une prise de courant pour sa mère, il repeignit le dessus de la table de toilette dans la salle de bains, puis il but son thé dans la cour derrière la maison en contemplant les poulets. Il avait le cœur déchiré. Parce que tout ce qu'il regardait s'émiettait dans son esprit. Tous les objets devenaient transparents ; des trous apparaissaient dans tout ce qui avait semblé si solide. Et par les trous il fixait un espace vide dans lequel on tuait des enfants, on dispersait des enterrements avec des grenades lacrymogènes, on frappait des étudiants avec des matraques et des sjamboks ; dans lequel des détenus anonymes avaient des convulsions à cause d'électrodes attachées à leurs pieds, leurs poignets, leurs seins, leurs organes génitaux ; dans lequel des bombes explosaient et des gens mouraient ; un espace dans lequel, encore et encore, Nina s'avançait en marchant à quatre pattes pour s'effondrer dans la flaque noire de son propre sang.

Ils déjeunèrent tard, parce qu'ils attendirent que son père rentre du collège. Il dut se forcer pour avaler la salade de haricots qu'il n'aimait pas ; mais les pêches en conserve du bocal rempli la veille étaient délicieuses. « Tu aurais gagné un prix, j'en suis sûr, » dit-il à sa mère. Elle se contenta de sourire. Après le déjeuner, elle alla faire son petit somme. Son père (il devait aller à une réunion de professeurs, ou à un entraînement sportif, ou prendre son service à la bibliothèque, enfin, quelque chose) hésita pendant un certain temps, manifestement embarrassé, puis il dit, presque en s'excusant :

« Si tu n'as rien de mieux à faire avant que je. J'ai beaucoup travaillé sur l'arbre généalogique de la famille ces derniers temps, j'ai essayé de. Je me disais que tu devrais peut-être.

– J'aimerais beaucoup le voir, papa.

– Seulement si tu en as le temps.

– Bien sûr que j'ai le temps.
– Tu sais où ça se trouve.
– Dans le second tiroir. »

Il alla dans son bureau, la petite pièce étouffante sur la véranda, remplie par quelques étagères fonctionnelles pour les livres, un classeur gris, un placard très lourd fabriqué par ses soins, dont les portes fermaient mal, quelques fauteuils inconfortables, et un bureau sur lequel les papiers et les livres scolaires étaient rangés en deux tas impeccables ; des crayons rouges et bleus bien séparés jaillissaient de deux petits pots en céramique. Les membres de sa famille dans des cadres identiques avec support, alignés sur une rangée, souriaient ou fronçaient les sourcils. Sur le mur, derrière le bureau, il y avait une grande carte du pays, flanquée de photos de groupe du temps où son père était étudiant et d'un diplôme d'enseignant. Par terre, une peau de zèbre, cadeau de Frans.

Dans le second tiroir à gauche, Thomas prit la boîte contenant les dossiers de son père sur la famille : un bleu, dans lequel, d'une petite écriture précise sur des feuilles de papier réglé, il avait recopié au propre les informations déjà minutieusement examinées et pesées avant d'être finalement acceptées comme des faits ; et un rose, contenant des notes diverses, des photocopies et autres matériaux qui n'avaient pas encore subi ses examens rigoureux. En plus de cela, au fond du tiroir, il y avait le grand livre solide dans lequel son arrière-grand-père avait écrit, en hollandais, ses souvenirs de la guerre des Boers ; et un exemplaire tapé à la machine de la traduction qu'en avait fait Thomas quand il n'avait que douze ou treize ans (avec les sévères corrections de son père à l'encre rouge.)

Il aurait aimé avoir apporté son propre manuscrit de la chronique familiale pour comparer. Mais c'était peut-être aussi bien qu'il ne l'ait pas fait. Cela n'aurait pu conduire qu'à de nouveaux différends. C'était bien et même nécessaire que, pour une fois, son père et lui puissent passer quelque temps sans ces discussions interminables.

Avait-il eu, assis là cet après-midi, se demanderait-il plus tard – quand la nouvelle aurait éclaté et que son père aurait été terrassé par une attaque –, un pressentiment profond d'une fin imminente, de la menace de la mort s'abattant sur eux comme une ombre ? Etait-ce cette appréhension qui amena entre eux une nouvelle considération, une nouvelle compassion, et plus de patience ? Et si ce n'était pas l'éventualité de la mort de son père, c'était au moins la certitude de celle de Nina ; et la conscience de sa propre mort qu'il portait déjà en lui lors de la matinée aux Jardins, aussi précise que la nostalgie ou le parfum des freesias dans la nuit.

Dans un défilé très ordonné, la procession des générations traversait les pages devant lui, dossier après dossier, une vie sauvage et chaotique réduite à une écriture méticuleuse, comme les empreintes de pas de petits oiseaux de mer sur une dune, disparus dans la nature.

Hendrik Willemszoon, avec qui tout avait commencé – passager clandestin, qui sait, sur un bateau, ne sortant que la nuit pour faire ripaille de jambons salés, de barils de viande séchée et de précieuse eau douce ; débarqué à l'embouchure de la Salt River ; s'installant au-delà des limites de la petite colonie avec la jeune esclave qu'il avait sauvée du bûcher (par désir de possession ? dans un moment de compassion et de témérité ?) – était absent de la précision rigoureuse des dossiers. La page de garde de la bible – le livre que Hendrik Willemszoon avait apporté de Hollande, avec le « miroir mural dans un cadre de bois décoré », et la cloche d'argent, et qu'on s'était passé de main en main dans la longue course de relais des générations – portait sa signature, avec les enjolivures maladroites d'un illettré (sur les documents officiels, il se contentait de mettre une croix) ; et il ne pouvait y avoir aucun doute sur le fait qu'il avait fondé la famille Landman en Afrique, les treize générations jaillies des entrailles de sa fiancée esclave, afin d'étendre à jamais l'ombre de Gorée sur le sous-continent. Mais ici, dans l'histoire « définitive » de son père, il n'avait pas été canonisé.

Dans la documentation de son père, l'histoire de la famille commençait avec Fransoois Lodewickus qui, aidé de sa femme, la huguenote Manon, avait délimité la première propriété des Landman sur la côte ouest du Cap, près de Lambert's Bay. Où cette dernière branche de la famille était retournée. Il y avait passé sa propre enfance. Un cercle qu'on devait refermer. Intrigué, Thomas tourna les pages. La construction de l'arche de Fransoois Lodewickus y était fidèlement rapportée, mais la fin magique, que son grand-père avait entonnée avec un robuste aplomb, manquait.

Il n'y avait que la constatation (scientifiquement louable) d'un manque d'informations qui ne permettait pas de dire avec certitude quelle avait été la fin du patriarche. La seule supposition qui méritait d'être mentionnée était qu'en l'absence du reste de la famille, l'ambitieux constructeur de navire avait été attaqué et assassiné par des « indigènes », qui, ensuite, pouvaient avoir découpé l'arche pour en brûler le bois. Cette chronique ne laissait pas de place aux miracles.

Puis venait le digne descendant d'une ancienne lignée de protestants hollandais (souvenir de la guerre de Quatre-Vingts Ans ?), Carel Guillaume, qui s'était distingué dans la lutte de libération des colons contre le despotique gouverneur Willem Adriaen Van der Stel, ce qui avait entraîné son incarcération dans le Trou noir du Château ; après quoi, il avait fui la vie politique médiocre du Cap pour fonder, de retour sur la côte ouest, avec ses quinze enfants, une race qui ne supporterait aucun despotisme.

Diederik le Sauvage ne méritait qu'une mention brève et sobre, comme l'homme qui avait chaussé son bétail avec des bottes de peau, pour le voyage épique jusqu'au Petit Karoo, une terre qu'il avait domptée et nettoyée des « Bochimans et autres vermines », avant de mourir (« à la suite, autant qu'on peut le savoir, d'une malheureuse querelle familiale ») et d'être enterré par son seul fils survivant Jan-Jonas.

D'après cette chronique, Jan-Jonas était devenu un maçon célèbre, dont les murs de pierre s'étaient appropriés la nature sauvage pour la civiliser. Il avait fini par s'installer dans ce qui semblait être le voisinage de New Bethesda, où il avait épousé une femme, Fransina, légendaire pour son obésité, issue d'une famille de Swellendam ; quelques années après la naissance de son fils Benjamin, elle était morte de façon tragique quand une partie du toit de leur ferme s'était effondrée sur elle. Quant au garçon, il avait fui la maison très jeune et n'avait jamais revu son père. Heureusement, il était accompagné d'une loyale servante hottentote, une certaine Toas, qui avait joué près de lui le rôle d'une seconde mère jusqu'à la fin de ses jours.

Benjamin était présenté sous les traits d'un chef courageux dans la révolte de Graaff-Reinet, avec Adriaan Van Jaarsvelt, les frères Prinsloo et les autres, qui avaient protesté contre le libéralisme croissant d'un gouvernement du Cap méprisable : un des premiers patriotes républicains, inspiré par les idéaux de la Révolution française, prêt à se battre jusqu'à la mort pour défendre ce en quoi il croyait, terminant inévitablement sa noble existence en martyr dans la lutte entre la civilisation et la sauvagerie, sur la frontière de l'Est.

Le beau-père de Benjamin, le merveilleux mythomane, le vieux Yitshak Kirschbaum, apparaissait à peine dans le récit de son père ; même l'avenante Rachel était reléguée dans un rôle mineur, sans doute parce qu'elle était à la fois juive et femme. Mais il était évidemment impossible de minimiser l'importance de Thomas (Tommie) Lourens, la fille dont David Gideon Landman était tombé amoureux quand il l'avait surprise dans les bois près de chez lui. Pourtant, son histoire dans le fin dossier bleu était beaucoup moins intéressante que dans la reconstitution de Thomas. On insistait sur celle qu'elle était devenue après leur mariage : une pionnière, une femme inébranlable qui avait dirigé mari et enfants, esclaves et voisins d'une main de fer, et qui les avait presque tous enterrés. Et près d'elle, moins impressionnant mais pourtant pieux et digne, David Gideon lui-même, éminent fermier du Zuurveld, à l'époque où l'administration britannique trouva son expression la plus détestable dans le Black Circuit, le tribunal créé pour enquêter sur les accusations des Hottentots (poussés par des missionnaires malfaisants) concernant les atrocités commises par les Boers ; et provoquant l'échec tragique de la révolte de Slagtersnek. Depuis sa jeunesse, on lui avait raconté cet épisode piquant : comment le philanthrope à moitié fou, Van der Kemp, avait essayé d'impliquer le jeune homme dans les activités impies de la mission misérable de Bethelsdorp, et comment le jeune Afrikaner résolu, refusant de tomber dans le piège de l'antéchrist, s'était enfui pour poursuivre sa propre vocation.

A peine une page sur Frans Jacobus. Thomas en fut étonné, parce qu'il avait personnellement envoyé à son père des photocopies du journal du colon britannique Cunningham qu'il avait découvert à Grahamstown, au cours de ce voyage à moto avec Nina. Il n'y en avait aucune trace ici. Sur les événements qui avaient suivi la mort du frère de Frans Jocobus, quand la jeune veuve éplorée avait été épousée par son beau-frère, ce seul commentaire très neutre : « En l'absence de plus amples informations sur Frans Jocobus, on peut conclure que sa femme et lui se joignirent au trek de Piet Retief au début de 1837 et qu'ils furent tués tous deux au cours de la terrible nuit du 16 au 17 février 1838, à Bloukrans, quand les impis* sanguinaires de Dingane massacrèrent traîtreusement les Trekkers endormis. »

Il y en avait plus sur Petrus, né au cours du Grand Trek et survivant de Bloukrans et de Blood River. (Son père avait écrit : « Il convient de citer ici les paroles inspirées de l'historien S.F.N. Gie : "L'avenir de la civilisation et, en grande partie, de l'Afrique du Sud, fut en jeu en cette occasion, et il est important de noter que non seulement les armes à feu de l'homme blanc, mais aussi sa supériorité morale, se révélèrent décisives." Telles furent les circonstances dans lesquelles se forma la personnalité du jeune Petrus Landman. ») Il y avait là quelques petites divergences – le récit suivant la vie du héros depuis le Natal jusqu'à l'Etat libre d'Orange et, de là, en compagnie du clan d'Enslin le Fanatique, dans le Transvaal, au cours de leur trek fatal dans une région ravagée par la fièvre, à la recherche d'une Jérusalem, qui se transforma en hallucination ; et enfin jusqu'à ses dernières années comme prophète – mais les conversations célèbres avec l'archange Gabriel et avec le Tout-Puissant lui-même étaient traitées avec une circonspection louable. A part une unique concession : « Comment un simple mortel peut-il juger les voies que Dieu choisit pour se révéler à l'homme ? S'il l'a fait dans les Ecritures, pourquoi pas aussi dans les événements des peuples et des nations ? Qui sommes-nous pour nier qu'il ait choisi cet homme comme Son serviteur pour révéler Sa volonté à Son peuple ? » Et la fin était tout à fait impressionnante : cette image finale de Petrus organisant un commando de trente-trois hommes pour délivrer l'Afrique australe du joug britannique, « et succombant à l'ange de la mort », près de Bloemfontein, en route pour Le Cap.

Le récit des deux vies qui avaient suivi celle de Petrus ne s'écartait pas beaucoup de la version de Thomas. Il y avait des différences dans l'insistance et les perspectives – la part de Gabriel dans la guerre des Boers semblait moins héroïque ; sa tentative, vers la fin de sa vie, de faire venir une épouse allemande, était totalement passée sous silence ; et le rôle du grand-père Pieter Gerhardus Landman comme soldat dans la révolte de 1914, comme gréviste dans les mines d'or, dans les années 20, comme vétéran dans les grands mouvements nationaux des années 30 et les activités subversives de l'OB pendant la Seconde Guerre mondiale était massivement gonflé – mais les grandes lignes, au moins, n'avaient pas changé.

Dans le dossier bleu, il n'y avait rien de définitif sur la vie de son père ; mais le dossier rose était bourré de notes et de preuves. Thomas venait de le prendre quand la porte s'ouvrit ; son père entra. Il était plus de quatre heures. Il ne s'était pas rendu compte que le temps avait passé si vite.

« J'en arrivais à ton dossier, dit-il.

– Je vois. » Une toux discrète. « Je n'ai pas trouvé convenable que, moi-même, je. Mais c'est quelque chose que tu voudras peut-être.

– Si tu acceptes de me le confier.

– Eh bien, tu vois, Frans n'a pas vraiment le temps. Et je sais que tu t'es toujours intéressé à. Alors si tu. » Il s'approcha de quelques pas. Il semblait beaucoup plus âgé que la dernière fois où Thomas l'avait vu, lors de ce Noël agité. Plus petit aussi. Comme si son col était devenu trop grand pour son cou décharné. « Qu'est-ce que tu penses du reste ? demanda-t-il avec passion.

– Il va me falloir du temps pour l'étudier, dit Thomas en restant évasif avec le plus de délicatesse possible. J'ai beaucoup travaillé sur mes notes ces dernières années. Peut-être qu'un jour on pourra comparer. »

Son père sembla à la fois anxieux et prudent : « Bien sûr, je n'ai rédigé que ce dont on peut être absolument sûr. Je ne pense pas qu'il soit honnête de laisser ses sentiments personnels interférer dans un. Seuls les faits bruts comptent, n'est-ce pas ? Et comme tu le sais, je. »

Il décida de tenter le coup : « Ce journal du colon dont je t'ai envoyé des photocopies... tu ne sembles pas l'avoir utilisé ? »

Son père alla jusqu'au classeur, il ouvrit un tiroir, le referma. « J'y réfléchis encore, dit-il, sur la défensive. On n'est jamais assez prudent avec ce genre de. Rappelle-toi, c'est un Anglais qui a écrit ces lignes sur notre. A lire le journal, il est évident qu'il aimait bien la bouteille. Ce vin du Cap, on dit que. Il va falloir le confronter à d'autres sources pour voir si. »

Thomas regarda de nouveau dans les dossiers. « Pendant que nous y sommes », dit-il, cette fois plus décidé ; son père se crispa. « Ici. A propos de Diederik. Et de Jan-Jonas.

– Nous en avons déjà parlé si souvent, dit son père, l'air renfermé.

– Mais le carnet que la petite-fille de Diederik avait écrit sur son père et son grand-père ? Je sais que ce n'est pas une histoire agréable. Diederik a poussé son fils à la mort. Entre autres choses. Et Jan-Jonas n'a pas reconnu le fils de Toas quand son épouse blanche a refusé d'accepter le garçon. Mais, si l'on décide d'écrire une histoire, on doit affronter à la fois le bien et le mal. Tu n'es pas d'accord ?

– Quand il s'agit de telles abominations, on doit être doublement prudent, Thomas. Ecoute, je ne veux rien dire contre ton grand-père Pieter. Il a beaucoup fait pour réunir les pièces et les morceaux de notre famille. Mais c'était un conteur, pas un. Et pour moi, quand on ne peut pas fournir la preuve de quelque chose, il vaut mieux se taire. C'est une question de.

– Tu ne crois pas ce que la propre petite-fille de Diederik a écrit sur lui ?

– Comment être sûr de ce qu'a écrit sa petite-fille ? Il n'y a pas de preuve.

– Si elle avait dit du bien de lui, est-ce que tu aurais utilisé son journal ?

– Il vaut toujours mieux dire du bien de quelqu'un plutôt que. C'est ce que la Bible.

– Et ce que Jan-Jonas a écrit de sa propre main dans la bible ? Dans la marge, à côté du passage sur Abraham emmenant Agar et Ismaël ? Ou sur Ahola et Aholibah ? Tous ces passages ?

– Ce sont tes conclusions, Thomas. Il n'a jamais rien dit clairement.

– Mais...

– Nous ne sommes que de pauvres pécheurs, mon fils. Ce n'est que dans l'au-delà que nous serons face à face. Il y a seulement deux jours, je. Il est plus sage d'être humble en tout, y compris sur soi.

– Si nous voulons être vraiment humbles, papa, est-ce qu'il ne vaudrait pas mieux admettre que nos ancêtres étaient eux aussi des gens simples et des pécheurs ? Qu'ils étaient capables non seulement de commettre le bien, mais aussi le mal ? Sinon, comment apprendrons-nous jamais ?

– S'il y a quelque chose à apprendre, Thomas, que ce soit sur nos ancêtres, ou sur le peuple afrikaner, c'est que Dieu nous a protégés de Sa main. Comment crois-tu que les Afrikaners ont réussi à survivre à tous les aléas de l'histoire, tous les ? Il n'y a qu'une explication. C'est que Dieu a été de notre côté. Et comment aurait-il pu être avec nous si nous n'avions pas eu raison ? Le simple fait que nous soyons là prouve que nous avons eu raison. C'est un. »

Il ne put se retenir : « Mais, papa, si l'on accepte ton raisonnement, cela veut dire que nous avons perdu la guerre des Boers parce que Dieu était du côté des Anglais.

– Ne blasphème pas, Thomas ! Tu ne connais pas la Bible ? Parfois, Dieu châtie ceux qu'Il aime. *Parce qu'*Il les aime.

– Alors, il est également possible qu'Il ait châtié les Zoulous à Blood River parce qu'Il *les* aime.

– Thomas, c'est contraire au bon sens. Utilise ton intelligence. Comment aurait-Il pu les aimer ? Ils étaient païens. »

Il persista. « Si nous utilisons vraiment notre intelligence, papa, alors le sens commun ordinaire nous dit que tous les Landman ne peuvent avoir été des héros ni même des gens honnêtes vivant dans la crainte de Dieu. Et notre nature pécheresse ? »

Son père alla jusqu'à la fenêtre étroite. La pauvre lumière qui entrait rendait la pièce grise, comme si l'hiver l'avait déjà envahie. Au bout de quelque temps, Christiaan Beyers Landman se retourna : « Quand tu vieilliras, Thomas, dit-il, je pense que tu seras d'accord avec moi. Ce que certains récits doivent dire de gens comme Diederik et Jan-Jonas c'est. Je ne veux même pas prononcer ces mots. Les choses qu'a faites ce sauvage. Jan-Jonas ayant un enfant bâtard avec une. Frans Jacobus vendant des armes aux ennemis de son. » Il s'arrêta. « Thomas, tu ne comprends pas ? C'est tout simplement impensable.

– Papa. » Il essayait de se contenir. « Comment réussirons-nous jamais à savoir qui nous sommes, qui nous sommes vraiment, si nous n'acceptons pas l'idée que nous ne sommes pas quelqu'un d'autre ? *Nous :* tout ce que nous sommes, et rien d'autre que ce que nous sommes. Non ? »

Son père le regarda fixement pendant quelques instants. Puis il prit une grande respiration. Il redressa ses épaules maigres et releva la tête. « Thomas, je veux que tu m'écoutes très attentivement : il y a des choses qu'aucun Landman ne fera jamais. Il y a des profondeurs dans lesquelles aucun Landman ne sombrera jamais.

– Et tu le crois vraiment, devant Dieu ? »

Christiaan Beyers Landman resta silencieux pendant un long moment. On aurait dit que la lumière grise rongeait lentement le contour de sa silhouette, le rapetissait, le faisait s'effilocher, le rendait immatériel. « Si je ne pouvais plus croire cela, Thomas, qu'adviendrait-il de moi ? »

De nouveau, cette nuit-là, il ne put dormir. Quand sa mère l'eut quitté (cette conversation déconcertante dans laquelle Nina était revenue de façon si inattendue que ses dernières défenses avaient cédé), il feuilleta quelques temps un magazine « familial », en espérant que l'accumulation de sensations creuses, de sentimentalisme grossier et de morale satisfaite ferait venir le sommeil ; mais cela eut l'effet inverse. Au bout d'un moment, il éteignit (redoutant que la lumière qui passait sous sa porte n'attire sa mère) et il resta allongé sur le dos, tout le corps tendu, les bras croisés sous la tête. Il avait l'impression d'être allongé sur un rebord étroit et aigu. Le moindre mouvement pourrait le faire souffrir et mettre sa vie en danger. Une arête entre ce qui avait été et ce qui l'attendait.

En imagination, il pouvait déjà se voir se lever le matin, s'habiller et manger dans la cuisine le copieux petit déjeuner que sa mère l'obligerait sans aucun doute à avaler – en restant peut-être debout pour la persuader qu'il était pressé ; comme un Israélite se préparant pour la grande traversée du désert (quarante ans, mon Dieu !) ; du sang sur les portes et le souffle des ailes de l'ange de la mort au-dehors – et comment ils se diraient au revoir (et comment ils disparaîtraient lentement tous les deux dans le rétroviseur, chacun tenant l'autre par le bras, devenus vieux ensemble, arrivés sur un haut plateau au-delà de tout romantisme et de tout désenchantement, lentement courbés vers la terre, devenant encore plus petits et plus fragiles, comme sa grand-mère quand elle avait eu un cancer, sa grand-mère dont la tombe déjà creusée était devenue le but de pèlerinage hebdomadaire de toute la famille afin de rendre hommage à l'avance à cette mort imminente), et comment il sortirait de la ville par la nationale, monterait la côte, tournerait en arrivant au sommet, en suivant la route du col qui serpentait entre les kloofs* et les à-pics, déchiquetés et grotesques comme les entrailles de la terre, rouge sombre et orange, décolorées par le lichen ; et il continuerait à travers des plaines arides et des paysages lunaires, dans la dernière chaîne de montagnes vers les vallées plus fertiles où les vignobles prenaient déjà les teintes rouges du cabernet et de l'ermitage, un voyage à contre-courant par rapport au premier trek de ses ancêtres, de retour là où tout avait commencé, de retour là où l'explosion d'une bombe la semaine dernière avait redéfini toute son existence, de retour à l'endroit qu'il ne pouvait plus éviter ni contourner, de retour au Cap.

6

1

Toute la ville du Cap – « tout le pays », d'après les journaux du soir – s'arrêta lors de ce premier vendredi après-midi de mai. Chaque boutique, chaque bureau ferma ses portes à midi, les simples citoyens quittèrent les rues, la circulation se réduisit pratiquement à rien, même les voix perçantes des marchands de journaux se turent temporairement. Un jour gris et triste avec des averses intermittentes, la montagne de la Table pratiquement invisible dans le brouillard. Sur toute la longueur d'Adderley Street, des rangées de soldats en uniforme, malheureux comme des poulets mouillés, essayaient de rester alignés. Tous les drapeaux étaient en berne, trempés comme une lessive un jour de printemps. La foule, contrôlée et intimidée par des policiers à cheval très nerveux, ne s'était rassemblée vers le milieu de la matinée que sur Parade, en face du Château, et dans le haut d'Adderley Street, près de l'entrée de Groote Kerk ; dans les rues barrées à chaque bout, des véhicules de police, des Buffels et des Mello-Yellos, stationnaient en groupes compacts, remplis d'hommes en tenue anti émeute, avec des armes automatiques hérissées comme des piquants de porc-épic.

Pendant des jours, les rumeurs les plus folles avaient couru les rues : un engin explosif serait installé dans Groote Kerk (le résultat fut que, dès qu'on annonça le service le mercredi, l'église fut transformée en caserne), on allait faire sauter le Château, des terroristes préparaient une attaque à grande échelle – en relation, avait-on chuchoté dans les milieux d'extrême droite, avec l'apparition de sous-marins russes dans la baie de la Table et une attaque de Robben Island. D'après les journaux de langue afrikaans, aussi loin qu'on s'en souvienne, la ville n'avait connu un tel état de siège qu'une fois, après Sharpeville en 1960, quand la manifestation de masse des Noirs avait déferlé dans la ville par De Waal Drive pour se diriger vers le Parlement. (Et quelle fin lamentable quand, après avoir annoncé qu'il recevrait Philip Kgosana, le responsable, si la manifestation était annulée, le ministre l'avait rapidement jeté en prison.)

Ce vendredi-là, également, il se trouva qu'il n'y eut aucune violence.

Les journaux du matin parurent avec leur première page bordée de noir et les photos en couleur des six victimes, accompagnées de leur biographie, en hommage aux derniers martyrs qui avaient sacrifié leur vie sur l'autel de l'innocence et des valeurs de la civilisation, en tentant avec courage de tenir la tête hors de l'eau (ici la métaphore tournait court) dans la lutte contre la sauvagerie et la terreur :

– Jonathan Owen, blanc, faisant son service militaire (vingt-trois ans), avait terminé ses études de théologie à l'université du Cap l'année précédente ; d'après sa mère, il avait retardé le plus possible son départ sous les drapeaux et avait même envisagé pendant quelque temps de devenir objecteur de conscience – il avait même pensé à émigrer.

« Il aimait trop son pays » – mais elle et son mari, un avocat à la retraite de Queenstown, ancien combattant de la Seconde Guerre mondiale, l'avaient finalement persuadé qu'il pouvait apporter une contribution plus significative à la société après avoir accompli ses deux années de service ;

– Ahmed Padayachee, indien, faisant son service militaire et membre de l'orchestre de la marine (dix neuf-ans), fils unique d'une veuve de Cato Major dans le Natal, qui avait expliqué au journal que son fils était fier de son uniforme et qu'il avait l'intention de sortir du rang « pour faire de notre pays un endroit plus sûr pour ceux qui y vivent » ;

– Gertruida Carstens, blanche (vingt et un ans), une jeune mariée de Boksburg, qui passait sa lune de miel au Cap avec son mari, mécanicien : « Ils n'étaient arrivés que la veille au soir et aucun des deux n'avait jamais vu la mer » ;

– Renier de Wet, blanc (douze ans), de Bellville, qui le matin fatal était venu au Cap avec son instituteur et le reste de sa classe, pour assister à la cérémonie du Château dans le cadre de la préparation militaire ;

– Cornelis Botha, métis (soixante-treize ans), ouvrier agricole en retraite, de Tulbagh, venu au Cap avec deux de ses enfants et quatre petits-enfants, à l'arrière de la camionnette d'un fermier, acheter des herbes, place de la Parade, pour soigner ses douleurs d'estomac :

– Charlie Webster, blanc (sept mois), venu de Wineberg avec sa mère (elle-même toujours dans un état grave) et un ami pour faire des courses au Golden Acre : « Les Webster étaient restés sans enfant pendant huit ans, disait l'ami qui avait voulu garder l'anonymat, et Dieu seul sait comment ils pourront surmonter cette tragédie. »

Thomas avait acheté les journaux à une femme hargneuse dans un café de Montagu (elle lisait un magazine féminin et il avait dû littéralement tirer les journaux de sous ses coudes et sa volumineuse poitrine) ; mais un bref coup d'œil aux premières pages lui avait donné une telle nausée qu'il les avait remis à leur place. N'y avait-il vraiment aucune chance pour qu'il obtienne l'autorisation d'assister à l'enterrement ? Plus tard, quand il en discuta avec Rashid, son camarade ne mâcha pas ses mots :

« Thomas, t'es complètement dingue.

– Mais...

– C'est pour présenter tes condoléances ou parce que brusquement ta conscience te fait souffrir ?

– C'est simplement quelque chose que je dois faire, Rashid.

– Il faudra d'abord que je vérifie avec Justin.

– Bien sûr. C'est pour ça que j'en ai parlé.

– Pourquoi est-ce que tu as attendu jusqu'à la dernière minute ?

– Tu voulais en discuter au téléphone ?

– Bon, d'accord. » A contrecœur. « Mais je ne le vois pas accepter. »

Pourtant Justin consentit en fin de compte, même s'il hésita beaucoup ; il connaissait ou comprenait Thomas sans doute mieux que Rashid.

Et maintenant, le voici. Il s'était assuré, longtemps à l'avance, de trouver une place dans l'église : tout à fait au fond, contre le mur, d'où il pouvait voir la chaire baroque, mais pas les lions de bois luisant qui la supportaient. Les premiers rangs avaient été réservés aux membres des cabinets des trois chambres du Parlement, à des fonctionnaires, à des officiers des forces de sécurité, au corps diplomatique, et aux familles ; dans cet ordre.

Les projecteurs de la télévision inondaient de lumière les coins les plus reculés ; les équipes de tournage étaient rassemblées à droite et à gauche sur les galeries – même les techniciens avaient mis des costumes et des cravates : sans doute des ordres venus d'en haut –, derrière des caméras équipées pour capter chaque sanglot secret et chaque reniflement afin d'en informer la nation en deuil. (*L'Afrikaans Daily :* « Une nation plongée dans l'affliction, unie dans la douleur, unanime dans sa résistance aux forces des ténèbres. ») Thomas, camouflé derrière des lunettes à monture épaisse et une moustache, dut s'enfoncer dans son banc, derrière les rangées de têtes qui le précédaient, pour rester hors de portée ; avec le sentiment désagréable qu'on ne pouvait rien cacher dans cette lumière d'apocalypse.

Seuls quatre cercueils, ceux des Blancs, un de la taille d'une boîte à chaussures, étaient installés sur les tréteaux devant la chaire. Les journaux expliquaient que les familles des deux autres victimes avaient pris « d'autres dispositions » et que l'État avait respecté leur volonté. Mais Rashid lui avait déjà dit ce que le *Weekly Mail* confirmerait la semaine suivante, que toute l'impressionnante cérémonie avait failli faire naufrage – et pourquoi. A l'origine, on avait prévu non seulement un service commun, mais aussi un enterrement commun au cimetière de Woltemade, afin de vraiment toucher l'imagination de la nation. En haut lieu, on avait même donné l'assurance d'une suspension temporaire des entrées séparées des cimetières afin d'insister sur la nature de la douleur partagée. Mais, pour commencer, la famille du jeune militaire indien avait refusé de coopérer : la raison officielle était que, d'après la coutume islamique, le corps ne pouvait rester aussi longtemps sans sépulture ; mais une hypothèse mieux étayée disait qu'on n'avait pu trouver aucun imam pour paraître avec les autres religieux à Groote Kerk. Un problème encore plus grave s'était présenté quand le mécanicien de Boksburg, Theuns Carstens, qui avait perdu sa femme, avait refusé « de la laisser enterrer avec une bande de Hottentots » ; et, quand on avait exercé des pressions, il avait menacé d'aller raconter son histoire aux journaux. En conséquence, on avait transporté la dépouille de sa femme à Johannesburg par avion, aux frais de l'État, pour qu'elle soit enterrée au cours d'une cérémonie séparée, avec des gardes en uniforme kaki et des peudo-swastikas sur des drapeaux agressifs rouges et blancs autour de la tombe.

Même les parents de Jonathan Owen, avait appris Rashid, s'étaient violemment opposés à l'idée d'un enterrement militaire pour leur fils pacifiste, mais, après la visite d'une délégation d'officiers supérieurs (apparemment venus en enquêteurs afin d'étudier la possibilité de remettre au père une médaille pour services rendus à El Alamein), ils avaient accepté d'y assister, à condition qu'on transporte ensuite le cercueil à Queenstown pour un enterrement privé.

D'où les derniers arrangements pour un service funèbre commun suivi d'enterrements privés et séparés.

L'archevêque Desmond Tutu, de l'Église anglicane, était – au grand soulagement du gouvernement (et, on doit le dire, des Owen) – en visite à l'étranger ; en conséquence, on réussit à trouver un évêque moins radical pour paraître, à côté du président de l'Église réformée hollandaise, l'aumônier en chef des forces armées, et d'un pasteur de l'Assemblée de Dieu (pour la famille Webster) au service œcuménique.

« Car toute chair est comme l'herbe et toute la gloire de l'homme est comme la fleur de l'herbe. L'herbe se dessèche et les fleurs se fanent. Mais la Parole du Seigneur dure à jamais. »

Quand un groupe d'officiers en uniforme entra et qu'une double rangée de policiers avec des fusils chargés bloqua les portes derrière eux, Thomas eut une brusque sensation de claustrophobie : il voulut sortir, s'enfuir, s'ouvrir un chemin dans cette masse bleue et compacte. Ainsi qu'une sorte de nausée. Et pourtant, il savait qu'il devrait tout supporter. Au-delà de toute considération rationnelle et sans tenir compte des objections de Rashid, il savait que c'était ce qu'il devait faire ; que c'était là qu'il devait être. Malgré sa répulsion devant la façon dont l'État avait pris les choses en main – les alignements de soldats dans les rues à l'extérieur, la police devant les portes, les officiers dans les premiers rangs, le déroulement de la cérémonie elle-même, les textes soigneusement choisis, l'hypocrisie des prières –, malgré tout cela, il devait être là, un rituel de purgation, d'une certaine façon plus difficile à vivre que tous les préparatifs de l'attentat. Puis il y eut la brûlure dans sa chair, au début, quand elles entrèrent , et à la fin, quand elles suivirent les cercueils à l'extérieur, sous la bruine : les familles. Les Owen : un petit homme très digne, maigre comme un lévrier, résistant aux ravages des rhumatismes avec une raideur militaire ; et sa femme, grosse et flasque, sans forme, molle, beaucoup plus jeune que son mari, avec un voile noir par-dessus son chapeau ; puis leurs quatre enfants, dont deux accompagnés de leurs propres enfants. Les jeunes parents de Charlie Webster : un homme costaud avec des cheveux roux assez long, dans un costume noir emprunté pour l'occasion à un membre de la famille plus petit, gêné par sa femme qui pleura pendant tout le service, sans un sanglot ni un geste, avec un gémissement sourd et régulier comme si elle souffrait physiquement, soutenue par une sœur plus âgée qui essayait de la faire tenir droite et manifestement agacée que son beau-frère ne l'aide pas. Les parents du petit garçon, Renier de Wet, dans la trentaine : la mère, professeur au lycée technique du Cap, vaguement blonde et assez séduisante, habillée et maquillée comme dans *My Fair Lady,* occupée par un nouveau-né sur ses genoux ; son mari, agent d'assurances, avec un œillet blanc à la boutonnière et, sur le visage, une expression figée de stupéfaction. Puis les membres de la famille

Botha, venus de Tulbagh, une douzaine ou plus (un compte précis était difficile dans cette foule) : une vieille femme très maigre, très droite, totalement édentée, portant une robe noire à pois blancs, sur la tête un chapeau blanc décoré de fleurs violettes, et sur les genoux un cabas jaune d'où elle sortait continuellement, avec le froissement gênant du plastique, des bonbons à la menthe pour que ses petits-enfants se tiennent tranquilles ; plusieurs autres personnes âgées, sans doute des frères et des sœurs, mal à l'aise dans des vêtements du dimanche d'où sortaient des mains de paysans noueuses comme des ceps de vigne ; une génération intermédiaire, certains portant les rides, les cicatrices et la passivité des ouvriers agricoles, d'autres plus à l'aise, des citadins dans un nuage d'eau de Cologne et de brillantine ; et les enfants, depuis les nouveau-nés dans les bras (on dut donner le sein à l'un d'eux pendant l'office) jusqu'aux adolescents, les filles aux cheveux nattés attachés par des rubans, aux jupes évasées et chaussettes blanches, les garçons aux culottes courtes grises, chemises bleues et tennis blancs North Star. « Dites à celui qui a un cœur craintif, sois fort, n'aie point de crainte : vois, ton Dieu viendra avec la vengeance, et même avec une récompense ; il viendra et te sauvera. »

Ce n'est pas vous que je voulais blesser ! Je vous en supplie, croyez-moi. Si vous ne pouvez le faire aujourd'hui, car ce serait trop vous demander, au moins un jour dans l'avenir. Un jour, quand nous nous serons libérés de ce tourbillon qui nous a aspirés et qui nous brasse encore et encore, dans la folie, la nuit, le mal. J'ai fait cela pour nous en *sortir* tous. Pour en précipiter la fin. Pouvez-vous le comprendre ? Si seulement je pouvais vous emmener, je vous ferais voir les enterrements innombrables auxquels j'ai assisté ces dernières années. A Uitenhage, quand vingt-huit personnes ont été enterrées ensemble, dont dix-neuf – des hommes, des femmes, des enfants, des bébés – tuées d'une balle dans le dos par la police. Nous étions cent mille à cet enterrement. Ou à Cradock, quand ils ont porté, dans quatre cercueils, les corps torturés et brûlés de Goniwe, de Catala, de Mhlaudi et de Mkonto, très haut, sur leurs mains au-dessus des têtes, dans la foule, et, avec un geste tragique de défi, les drapeaux noir, vert et or, s'avançaient au-devant du cortège comme des colonnes de feu ou de fumée conduisant les enfants d'Israël dans le désert à la recherche d'une terre promise. Et tous les autres enterrements, innombrables et anonymes : des hommes et des femmes, torturés et assassinés, les corps sortis la nuit des commissariats comme des ordures et jetés sur des plages désertes, dans des rivières, parmi des buissons, sur des dunes, derrière les rangées de cabanes de squatters ; des enfants frappés à mort, à coups de crosse, de sjamboks ou de matraques, ou tués d'un coup de fusil de chasse à gros calibre tiré à bout portant. Les petits corps des bébés morts de faim, de rougeole, de choléra ou de typhoïde. Venez avec moi, et je vous montrerai les photos, des centaines, prises pendant des années et des années, ici, dans la région du Cap, ou dans les townships de Port Elizabeth, de Cradock, d'East London, dans la vallée des Mille Collines au Natal, dans les petits matins de gel, dans les plaines de l'État libre, près de Thaba Nchu. Retrouvez avec moi un jour que rien ne pourra effacer, un jour de bougainvillées violettes d'Afrique, de cumulus blancs dans le ciel le plus bleu, l'horizon brisé de Lusaka derrière les masses sombres des arbres, un jour de mangue parfumée, un jour de flamboyants rouges comme le sang, quand le bourdonnement des machines à coudre sur les places de marché se tait, quand on éteint les feux sous les grilles des échoppes avec de l'eau, quand les ciseaux des coiffeurs s'arrêtent de claquer, quand les oiseaux eux-mêmes restent silencieux dans les branches des toonas : alors qu'un immense cortège funèbre traverse la ville, que tout est transformé dans le noir, le vert et l'or des drapeaux au-dessus de la tombe profonde et unique dans laquelle on descend trois cercueils, le père, la mère et le fils, l'archétype de la famille, éternelle comme cette statue de la fertilité dans le hall d'entrée de l'hôtel : ce jour où ils sont rendus à la terre d'Afrique, le joyeux petit Govan aux grands yeux, et Noni sa mère si belle et l'homme dont le nom signifie « cadeau », mon ami, le meilleur des amis, Sipho. Venez avec moi que je vous montre. Pleurez, pleurez aujourd'hui : c'est votre droit de pleurer. J'ai moi aussi les yeux remplis de larmes, je ne peux les retenir. Je pleure avec vous. Mais, pour l'amour du ciel, pleurez avec moi, pleurez mon pays bien-aimé : pleurez avec moi sur une terre, un continent qui a vu trop d'exploitation, de cruauté, de violence et de mort ; le sang, le sang, le sang...

« En vérité, en vérité, je vous le dis, vous pleurerez et vous vous lamenterez, mais le monde se réjouira ; et vous serez affligés, mais votre affliction se transformera en joie. Une femme qui est en couches connaît la douleur parce que son heure est venue : mais, dès que l'enfant est né, elle ne se souvient plus de la douleur, mais elle connaît la joie parce qu'un homme est venu au monde. Et ainsi en ce moment vous connaissez la douleur : mais je vous reverrai et votre cœur se réjouira et votre joie aucun homme ne pourra vous la prendre. »

Le chœur d'une école, des petites filles en blanc, chanta le *Notre Père,* tout d'abord en afrikaans, puis en anglais.

Plusieurs personnes sanglotaient bruyamment.

Sur un des bancs à l'avant, là où se tenaient les familles, il y eut une agitation soudaine. La jeune Webster s'était évanouie et avait à moitié glissé de son siège. Des policiers pleins de zèle, près de la porte, prêts à agir, se précipitèrent vers le banc pour intervenir, puis ils hésitèrent, embarrassés, en découvrant ce qui s'était passé, et ils s'apprêtaient à retourner à leur poste quand ils furent arrêtés net par un bruyant chuchotement venant d'un des officiers. Ils bousculèrent les gens qui se trouvaient sur leur passage et enfin s'en allèrent vers la sacristie, le pas lourd, portant la femme inanimée comme une poupée de chiffon. La sœur suivit après avoir jeté un dernier regard d'accusation au mari misérable qui regardait droit devant lui, le visage rouge de honte. La porte de la sacristie se referma derrière eux.

Le président de l'Église réformée hollandaise leva les yeux en direction des caméras de télévision, l'air satisfait.

Un membre de la Chambre blanche lut un message éloquent du président, qui fut suivi d'allocutions plus courtes (la longueur de chacune ayant été définie à l'avance) par le président de la Chambre des représentants et celui de la Chambre des délégués. A la fin du dernier discours, il y eut une nouvelle interruption. Un des petits-enfants de la veuve Botha avait perdu son bonbon à la menthe et, quand il ressortit de sous le banc où il était allé le ramasser, on entendit le bruit d'une gifle sonore – sa grand-mère ne supportait pas la bêtise – qui fit hurler l'enfant comme si on l'écharpait. Une des autres femmes du groupe, sans doute la mère, prit l'enfant en larmes sur sa poitrine, en essayant de calmer le bruit. Dans la confusion, la voix de la vieille dame retentit, tranchante comme une lame de rasoir, dans l'église et dans le pays : « Johnny, si tu la fermes pas tout d' suite, j' te ramènerai jamais à un enterrement. »

La brève agitation céda bientôt la place à la psalmodie sans fin des phrases familières :

« Voici, je vous dis un mystère : nous ne mourrons pas tous, mais tous nous serons changés, en un instant, en un clin d'œil, à la dernière trompette. La trompette sonnera et les morts ressusciteront incorruptibles.

« O mort, où est ta victoire ?

« O mort, où est ton aiguillon ?

« L'aiguillon de la mort, c'est le péché ; et la puissance du péché, c'est la loi. »

Alors les trompettes de l'orchestre de la marine résonnèrent à la porte d'entrée, la police s'écarta, des officiers de marine en uniforme blanc soulevèrent les cercueils sur leurs épaules et s'avancèrent solennellement dans le jour gris du dehors où, pendant un instant, la pluie elle-même s'arrêta.

De toute la cérémonie, un seul moment resterait par la suite gravé dans l'esprit de Thomas, comme si rien d'autre n'avait compté – pas les derniers hommages rendus aux morts, pas le sacrifice expiatoire, pas la tentative pour fermer le cercle, mais seulement ceci –, comme si, en ce qui le concernait, tout s'était déroulé pour que cet unique instant violent se grave dans sa mémoire. Dans la cohue qui passait les portes vers la foule immense groupée à l'extérieur, pendant un bref instant – pas plus, un seul instant –, la bousculade l'amena nez à nez avec un gros homme au teint foncé, une couronne de cheveux gris coupés courts, des taches de vieillesse sur la peau du crâne et sur le dos de ses mains poilues avec lesquelles il sortait de sa poche une cigarette déjà à moitié fumée et un peu écrasée, pour l'allumer de nouveau. Ils étaient si près l'un de l'autre que Thomas put sentir l'odeur de tabac qui se dégageait du costume marron de l'homme. Un relent de sueur. Quelque chose de physique. Un homme qui ressemblait à un fermier qu'on avait obligé contre son gré à mettre un costume. Sous les sourcils épais, les yeux ronds, un peu globuleux, regardaient le monde avec l'innocence d'un myope ; ils étaient si pâles qu'ils semblaient sans couleur, avec la cornée un peu jaunâtre striée d'un fin réseau de veines rouges. Une moustache en brosse. L'éclair bref et précis d'une allumette illumina chaque détail. Puis il éteignit la flamme d'une pichenette – un mouvement rapide et habile comme s'il tordait le cou d'un petit oiseau – et il jeta l'allumette. Il regarda Thomas droit dans les yeux. Pendant un seul instant ; puis il détourna le regard. Dans son expression, aucun signe n'indiquait qu'il l'avait reconnu. (Grâce à Dieu, les lunettes, les cheveux courts, les moustaches l'avaient trompé. Pour l'instant.) Mais Thomas, incapable de bouger, sentit ses entrailles se contracter comme une boule de porridge durcie en train de se congeler dans son corps. Le chat et la souris, se dit-il. Un lièvre pris dans le phare mortel du chasseur. Une paralysie totale. Parce qu'il avait déjà regardé dans ces yeux autrefois ; et qu'il y regarderait peut-être encore. Le général Kat Bester.

Quatre corbillards, croulant sous les couronnes où prédominaient l'orange, le bleu et le blanc, emportèrent les cercueils dans des directions séparées : les restes de Jonathan Owen (et avec une lucidité à vous soulever le cœur, Thomas se demanda : que restait-il ?), vers la gare pour le voyage jusqu'à Queenstown ; Renier de Wet sur la route de Bellville ; grand-papa Cornelis Botha vers Tulbagh ; la boîte à chaussures de Charlie Webster vers Wineberg. Des autocars attendaient ceux qui allaient aux différents enterrements ; à la porte de chacun d'eux, des policiers étaient déjà à leur poste pour fouiller les passagers.

Une fois quelqu'un avait dit, se rappela Thomas – non, pas quelqu'un : Nina –, Nina avait dit que dans une société très éloignée, quelque part dans le monde, les gens croyaient que, quand on tuait quelqu'un, il devenait une part de soi et vivait le reste de sa vie à l'intérieur de soi. Pour toujours.

Il regarda les autocars se remplir. Il pensa monter dans l'un d'eux – pour lutter contre le vide, la révolte et la rancœur que le service religieux avait fait naître en lui ; pour essayer de terminer, peut-être, ce qui était resté inachevé de façon écœurante (il n'était pas venu pour *ça !*) – mais le risque était trop grand. Et, s'il le pouvait, où devrait-il aller ? Un cimetière de banlieue à Bellville, la tombe d'un enfant à Wineberg, un cimetière boueux de campagne près de Tulbagh ?

Mais il n'y avait pas que le risque. Peut-être que le risque n'y était pour rien. C'était la découverte, qu'il n'aurait jamais faite sans le service religieux, qu'il existait des cercles qu'on ne pouvait refermer. Jamais. (Un cercueil surtout avait été particulièrement absent aujourd'hui. C'était comme si elle n'avait même pas existé. On n'avait même pas prononcé son nom. Peut-être ne le connaissaient-ils pas ? Mais ils devaient le connaître.) Ça ne suffisait pas de revenir dans la ville où tout avait commencé une semaine plus tôt. Parce que les bouts ne se rejoignaient pas ; ce n'était pas un cercle. C'était une spirale. Qui s'enroulait irrémédiablement sur elle-même. Et cela n'avait pas commencé seulement une semaine plus tôt ! Quand, alors ? Avec le premier Landman, Hendrik Willemszoon, qui avait posé le pied sur ce rivage ? Ou, si l'on restait dans la durée d'une seule vie, avec ce jour de fleurs violettes à Lusaka ? Ce jour à Crossroads quand il avait arraché Nina aux policiers et à leurs chiens ? L'exposition qu'il avait faite à Londres ?

Comment pouvait-on être sûr qu'il s'agissait du moment où tout avait commencé ?

2

Peut-être dans un vieil appartement à Langa. Ou dans une « zone » de cette township, ou à Nyanga. (« Langa », « Nyanga » : « soleil », « lune » ; seul un gouvernement boer pouvait imaginer de tels noms.)

Je suis en troisième année à l'université, et j'ai toujours l'intention de passer le diplôme d'enseignant l'année prochaine pour suivre les traces de papa. Avec trois ou quatre étudiants – par la suite, d'autres nous rejoindront –, j'accepte de donner un coup de main à l'animation d'un club dans la township : sous le prétexte de « loisirs » – jeux de fléchettes, ping-pong, rudiments de poterie et de dessin –, on organise clandestinement un cours du soir. Pour commencer le programme de sixième, puis de cinquième et finalement de troisième. Je dois avoir un zèle missionnaire atavique, inspiré peut-être par ce que Oupa et papa m'ont raconté – faussement, mais avec les meilleures intentions du monde – sur Fransoois Lodewickus Landman. Ou je suis peut-être poussé par la simple curiosité, pour en savoir plus sur la face cachée de la lune, vers ces endroits aux noms si beaux et à la réputation terrifiante.

Sans trop de tracasseries, nous obtenons l'autorisation qui nous donne le droit de consacrer deux soirées par semaine (plus, éventuellement, quelques heures le samedi) à un enseignement de base : essentiellement la lecture et l'écriture ; un peu d'afrikaans et d'anglais, des notions d'histoire et des rudiments de mathématiques. Nous donnons les cours dans la « grande salle » d'un des huit immeubles de Langa : des bâtiments de trois étages qui semblent mal à l'aise au milieu du bidonville qui les entoure, et essayant de sauver des ravages de la pauvreté et de la décomposition quelque chose de l'ancien « mode de vie ». Des immeubles de brique rouge de la fin des années 40 avec de fières couronnes qui auraient dû disparaître avec le Troisième Reich. Pratiquement, le seul mobilier dans la « grande salle » est composé de deux rangées de tables délabrées, flanquées de deux longs bancs. Mais l'impression accablante est celle du bruit : d'innombrables radios à tous les étages ; le sifflement des réchauds à gaz sur lesquels, dans des marmites d'aluminium noircies, du samp* et des haricots cuisent à petit feu ; des groupes compacts de gens, rassemblés autour d'une table, qui vocifèrent tout en mangeant, en buvant, en jouant aux cartes, des mères donnant le sein à leurs enfants. Parce que, bien que l'immeuble, comme tous les autres quartiers – les « zones », les « appartements » et les « quartiers spéciaux » –, ait été construit pour des travailleurs migrants, une population d'hommes temporairement seuls, il abrite plus de femmes et d'enfants que d'hommes ; et certains résidants « temporaires » habitent là depuis trente ans et plus.

Ce n'est pas une tâche facile. A côté des deux tables que nous occupons pour nos cours, la vie ordinaire de l'immeuble continue. Des gens mangent, discutent, écoutent la radio ; ils apparaissent au bout d'un couloir étroit et crasseux et disparaissent dans la nuit ; d'autres s'entassent pêle-mêle, leurs visages sombres éclairés avec précision par une bougie ou une lampe comme dans un tableau de Rembrandt. Nous ne pouvons pas rester trop tard, parce que, après de longues journées de travail, la plupart de nos élèves – certains sont des hommes âgés de plus de soixante-dix ans – sont fatigués et leur attention se relâche ; et beaucoup d'entre eux doivent se lever à quatre heures du matin pour attraper des correspondances très compliquées de bus, de trains, puis encore des bus afin de gagner leurs lointains lieux de travail. De toute façon, on doit évacuer la « grande salle », la laisser aux jeunes garçons qui descendent leurs literies des chambres dans les étages supérieurs pour les étaler par terre, ici : parce que chaque homme qui possède le droit précieux à un lit a en charge des parents qui se sont installés au cours des années – certains, parmi les plus âgés, n'ont qu'une femme ; d'autres ont réuni une vaste famille de cousins, de descendants, de parents lointains et de parasites.

Au début, je suis méfiant et mal à l'aise. Mais, après avoir fait la connaissance du vieil homme de Mdantsane, Khaya Ntshenge, l'endroit me semble accueillant. Il a soixante-treize ans et a passé trente-deux ans dans son appartement. (Ou plutôt dans son lit, parce que c'est la seule chose que chaque habitant peut revendiquer.) A l'origine, quand il est arrivé au Cap à la recherche d'un travail, il avait l'intention d'y passer un an afin de gagner de l'argent pour sa femme et ses enfants restés au pays. Année après année, son séjour s'est prolongé. Au début, il rentrait chez lui un mois par an ; mais il n'y est plus retourné depuis quinze ans. Il a rencontré une autre femme, qu'il a prise avec lui, et il a fondé une autre famille. Elle est morte il y a dix ans et la plupart des enfants ont été recueillis par des parents. Depuis il est seul, même si ses enfants du Cap passent encore le voir de temps en temps. A un moment, quand il a été malade, une cousine s'est installée sous son lit pour le soigner. Des nouvelles de ses enfants du Ciskei lui parviennent à des intervalles toujours plus éloignés. C'est pour cela qu'il a décidé d'apprendre à écrire. Afin d'envoyer une lettre à Mdantsane de temps en temps, pour informer ses enfants qu'il est toujours vivant, même si aujourd'hui il a de la cataracte à un œil et si, en hiver, son pied gauche est perclus de goutte.

Avant d'avoir acquis suffisamment d'adresse – une

demi-page couverte de grandes lettres hésitantes, ce qui lui prend une heure, la feuille se froissant de plus en plus, avec des taches de cire tombant de la bougie –, il me confie la tâche d'écrire pour lui. Il s'agit de lettres confidentielles. Il ne veut pas qu'on les écrive dans la « grande salle » au milieu des autres, mais là-haut, au deuxième étage, sur son lit. Sa « chambre » – un petit espace autour de son lit de fer séparé de celui de ses voisins par un paravent qu'il a fabriqué lui-même, un cadre de bois tendu de tissu à fleurs rouges et bleues – empeste le médicament contre la toux. L'endroit est immaculé : les couvertures grises à rayures blanches pliées avec une précision militaire ; le drap et la taie d'oreiller d'une blancheur éblouissante ; une couverture à carreaux rouges posée sur le pied du lit. Le mur est recouvert de photos en couleurs découpées dans des magazines et alignées avec la précision des colonnes d'une grille de mots croisés. Un gros réveil est posé sur une étagère étroite près du lit, flanqué d'une radio avec des boutons brillants, deux ou trois chopes émaillées, le réchaud à gaz, un paquet de bougies, des bouteilles de médicament. Sous le lit, il range une cantine verte qu'il sort pour que je m'asseye dessus quand j'écris ; pendant toute la durée de la cérémonie, il reste debout au garde-à-vous, en observant chacun de mes gribouillages.

Après la troisième lettre, je me risque à lui demander s'il verrait une objection à ce que j'apporte mon appareil pour photographier sa chambre.

Le vieil homme me fixe d'un air soupçonneux. « Pour quoi faire ?

– C'est très coloré. »

Il regarde autour de lui, surpris, comme s'il n'avait jamais vraiment vu sa chambre. (C'est peut-être le cas, avec sa cataracte.) « Qu'est-ce que ça a de beau ? C'est ma vie. C'est tout petit.

– Ce sera bien sur une photo.

– Si d'autres gens la voient, on va peut-être me mettre à la porte.

– Et pourquoi ?

– On ne sait jamais.

– Si je prends une photo de la chambre, vous pourrez l'envoyer à vos enfants, alors ils verront où vous vivez. »

Cela semble toucher quelque chose en lui.

Je lui propose : « Nous pouvons aussi faire un portrait de vous. »

Brusquement, il devient enthousiaste. « Ça prendra combien de temps ?

– Pas longtemps. Je fais tout moi-même. »

A cette époque, je gagne déjà régulièrement de l'argent avec mes photos. Assez pour payer mes études et mon logement, ce qui a apaisé les inquiétudes initiales de papa. J'accepte tout ce qui se présente. Des photos de bals, des rencontres interuniversitaires, des fêtes, des raids, des chahuts, un mariage occasionnel, les petits amis et petites amies de connaissances. Un cahier de photos dans *Panorama* sur les vendanges dans l'ouest du Cap m'a permis la première percée. Et quand peu de temps après, à la fin de ma seconde année, je remporte deux prix – un concours dans le *Cape Times* et un prix Kodak – et que trois de mes photos sont acceptées dans un salon international à Johannesburg, un studio m'engage à temps partiel et je peux utiliser la chambre noire pendant les week-ends.

Ce n'est plus un passe-temps depuis longtemps, et pourtant je n'ai pas encore essayé de formuler ce que la photo signifie pour moi. Un « art » ? Oui, plutôt. Il y a des photos que je prends pour gagner de l'argent et apprendre mon métier. Mais il y en a d'autres avec lesquelles j'essaie de me prouver quelque chose – mais quoi ? Rétrospectivement, beaucoup d'entre elles m'apparaîtront trop dramatisées dans l'éclairage ou la pose, avec trop de texture quand je passe inévitablement par une période de manie du grain, je joue sur le temps de développement, j'expérimente les produits chimiques, je modifie les températures : mais tout cela fait partie d'un processus qui permet de rompre avec le simple enregistrement de ce qu'a vu un objectif. J'en tire la profonde satisfaction que d'autres trouvent dans la peinture ou l'écriture. Et pour l'instant ça me suffit. Ou y a-t-il déjà, au plus profond de moi, un sentiment de malaise, d'irritation, de mécontentement, bien que vague et toujours pas formulé, une conception de l'art comme quelque chose d'essentiellement déconnecté du monde même sur lequel il s'appuie ? Je pense que ceci se situe à la racine de ce que le vieil homme de Langa a commencé à me faire sentir, un processus qui m'entraînera à modifier toutes mes anciennes conceptions sur la photographie.

Le vieux Khaya Ntshenge m'attend dans son costume du dimanche quand j'arrive le jeudi soir suivant. C'est ainsi que je le verrai toujours, comme il est sur la photo en couleurs : sévère et digne, son corps maigre plus droit que d'habitude, ses grosses mains posées sur ses cuisses, les coudes pointés vers l'extérieur, les yeux regardant fixement l'objectif. Au-dessus de lui, à la tête du lit, les pages des magazines. Des porte-manteaux accrochés au mur, avec dessus ses quelques chemises et une unique veste. La dureté du reflet du flash sur les timbales émaillées. Une pose beaucoup trop raide. Et la lumière artificielle rend tout bien trop charmeur. Aussi, je le persuade d'organiser une seconde séance le samedi, à la lumière du jour. Même si dans ces chambres obscures ne parvient qu'une maigre lumière.

L'eau coule de ses yeux larmoyants, par-dessus les bords érodés de ses pommettes, quand il regarde les premiers tirages qu'il tient tout près de son visage pour distinguer ce qu'il y a dessus. Que peut-il vraiment voir de ce vieux visage buriné, plissé et ridé comme une carte en relief ? Peut-être l'éclat des couleurs lui suffit-il.

« Maintenant, ils vont me voir, dit-il. Maintenant, je peux mourir, ils vont me voir. »

Pendant une heure, je reste assis à côté de lui tandis qu'il rédige laborieusement une lettre pour ses enfants à Mdantsane. J'écris moi-même l'adresse sur l'enveloppe avant de la poster. A partir de ce jour-là, je remarque quelque chose dans son attitude envers moi que je ne peux décrire que comme paternel. Il trouve un plaisir particulier à me présenter les coutumes de son peuple – la circoncision des garçons, le choix d'une femme et le paiement de la lobola*, les responsabilités familiales, les sorciers, les esprits des ancêtres, les rites funéraires – les traditions orales que lui a transmises sa grand-mère : le chasseur Chawe qui tua ses frères quand ils essayèrent de lui voler la carcasse d'un daim bleu qu'il avait tué, à la suite de quoi il devint roi des amaTipa, des amaNgwevu, des amaQocwa, des amaCete, des amaNgqosini et des amaNkabane ; son arrière-arrière-arrière-arrière-petit-fils, Phalo, qui vivait avec son peuple sur les berges du Keiskamma bien avant l'arrivée des premiers hommes blancs, les abelungu* ; la longue querelle à propos du bétail et des pâturages dans le Zuurveld et les disputes entre Mdange et Gwali, entre Ngqika et Hintsa, et les guerres sanglantes dans la région de la frontière ; l'extermination tragique de son peuple quand la jeune Nunqawusa raconta à son père la conversation qu'elle avait eue avec les esprits du trou d'eau – des esprits qui demandaient aux amaXhosa d'abattre leur bétail et de détruire leurs réserves de grains pour se préparer au Jugement dernier quand leurs ancêtres reviendraient de la mort pour joindre leur force aux vivants afin de rejeter les Blancs à la mer. Des récits que j'ai lus dans mes livres d'histoire ou dans la chronique de notre famille écrite par mon grand-père et mon père, reprenant brusquement vie dans une perspective tout à fait différente. Tout s'inverse littéralement : ce qui était la frontière de l'Est pour mes ancêtres devient la frontière de l'Ouest pour Khaya Ntshenge ; et notre péril noir, leur péril blanc ; ce qui pour nous a été un suicide collectif païen se transforme, de son point de vue, en une machination sournoise des autorités coloniales britanniques, avec la complicité de la naïve Nunqawusa, pour exterminer la race noire. Un après-midi, alors que je développe des pellicules prises à Langa, je me dis que c'est comme une photo : positif/négatif. La comparaison aussi évidente me fait l'effet d'une révélation. Et c'est cette révélation qui me rend ce vieil homme tout à fait particulier. Parce qu'elle mêle son existence à une activité qui devient bientôt la passion de ma vie – à tel point que, de temps en temps, je néglige même ma petite amie, la bouillante Carla, afin d'avoir plus de temps pour la photo.

De plus en plus de choses en découlent. Depuis que Khaya Ntshenge m'a adopté comme un nouveau fils – ça fait longtemps qu'il est un père, un chef, pour tous les habitants du foyer –, les autres commencent eux aussi à m'accepter avec une générosité qui souvent me rend humble. On colle mes photos avec du Scotch ou des punaises sur tous les murs et les cloisons de cette bâtisse caverneuse ; on les envoie avec des lettres dans tout le pays, jusque dans les coins les plus reculés d'où ils sont originaires.

Mais ça ne se limite pas au foyer. C'est grand-père Khaya qui insiste :

« Cet endroit, il te donne une mauvaise idée, Thomas. A Old Flats, on vit dans le luxe. Il faut que tu ailles voir comment les autres ils vivent, ceux des zones, oui, à Langa, à Nyanga et à Guguletu. Il faut que tu voies par toi-même.

– Mais ils ne me laisseront pas entrer, grand-père Khaya. »

Un grand rire lui racle la gorge ; il a de nouveau les yeux pleins de larmes. « Je vais leur parler. »

C'est ainsi que, pour la première fois, je m'immerge dans l'univers des gens de l'ombre. Parce que, d'une certaine façon, les Old Flats sont restés à la limite du monde, plus ou moins installés, plus ou moins « corrects » ; mais les New Flats et les autres foyers municipaux, les quartiers pour hommes seuls, sont un monde entièrement différent pour moi. Je fais une orgie de photos. (A l'intérieur de certaines limites, bien sûr : plus tard, après une percée internationale, je travaillerai avec des photographes de *National Geographic* et d'autres magazines, des gens qui fournissent quarante mille diapositives pour un seul projet : en comparaison, j'ai toujours eu un côté puritain. En tout cas à l'époque, quand je devais réfléchir à chaque pellicule, alors que maintenant je peux les acheter à prix coûtant au studio pour lequel je travaille. Mais tandis qu'auparavant je me lançais dans un projet comme un chasseur boer d'autrefois qui, s'il partait avec quatre balles, comptait bien rapporter quatre bêtes, pendant tous ces mois dans les townships noires, je chasse comme avec un fusil.)

Les images sur ces photos sont si claires. Au loin, à l'arrière-plan : la montagne de la Table, la Tête du Lion, le pic du Diable, la chaîne bleue, incomparable et éternelle, d'Adamastor ; les quatre tours de refroidissement de la centrale électrique dans Settlers' Way, où la circulation passe sans soupçonner ce monde disparu, le subconscient du Cap qui, seulement à de rares occasions, réapparaît à la surface comme des cauchemars. Les New Flats, un étage, de la brique nue, on blanchit à la chaux sans avoir mis de plâtre, tombant en ruine (de l'intérieur, on peut voir le jour par les fissures) ; les huisseries des portes et des fenêtres, d'un rouge, d'un bleu ou d'un jaune inattendus ; les longues rangées tristes des « zones ». Des hordes d'enfants jouant avec leurs petites voitures en fil de fer dans le sable porté par le vent malgré les saules d'Australie ; ou s'éclaboussant dans des flaques où un rat mort est une aubaine. Des camions rangés comme d'anciens chariots de commerçants sur des terrains vagues au milieu des tas d'ordures, les bâches relevées à l'arrière pour montrer la marchandise, des boîtes de conserve, de l'Omo, des rouleaux de papier hygiénique, des ballons de football, de tout. Des femmes assises à côté de tables délabrées ou par terre, les jambes tendues, certaines sous des parasols, avec tout ce qu'on peut acheter ou vendre : de petits articles comme des lames de rasoir, des allumettes, des bougies, des lacets ; de la nourriture comme du pap et des tripes, ou du gruau de maïs, du marog*, des têtes de mouton. (Autour des images, le bruit : l'océan incessant des voix d'enfants, des querelles et des disputes, des dialogues exubérants menés à deux ou trois immeubles de distance, des radios, des chiens qui aboient, des poulets qui caquettent ou qui chantent, et même des cochons qui grognent çà et là.)

Et à l'intérieur : des murs qui s'effritent, repeints avec courage et défi en bleu ou en vert. Des rideaux de toutes les couleurs, des couvertures criardes dans la pénombre, des ampoules nues, de longs couloirs lugubres, les radios et les réchauds à gaz omniprésents. Le besoin invincible chez chaque titulaire d'un lit de se faire son petit coin, avec une photo de la famille, une plante dans un pot, une poignée de plumes dans un vase ébréché, un petit tapis par terre. Les salles avec des plaques de ciment sur des supports en guise de tables ; d'autres avec des tables et des bancs de bois plus en accord avec les goûts humains. Des « cuisines » avec des placards fermés ou des étagères sur le mur. Des salles de bains vertes avec des douches sans rideau ni porte qui servent aussi d'urinoirs. Partout, la puanteur des toilettes bouchées, des conduites d'égout crevées, des vieilles feuilles de chou bouillies.

Mais ce que les photos ne peuvent montrer, c'est tout ce

qui compte vraiment. Les gens, les fêtes, les conversations, les explosions de rire, le coup de main qu'on est toujours prêt à donner, qu'on tombe malade, qu'on soit mis à la porte de son travail, qu'on reçoive la nouvelle d'une mort, de chez soi, à des centaines de kilomètres, qu'on se fasse attaquer et voler par des skollies* en rentrant du travail ou qu'on revienne des courses, un samedi, lessivé. Chaque lit a une famille qui lui est attachée : parfois, sept, huit ou neuf personnes doivent s'y loger le soir, dessous ou à côté. Mais, dans un sens, toute la « zone » est une immense famille. Rien n'arrive à l'un qui n'affecte tout le monde. Même si c'est dur – et parfois c'est terrible, en particulier après une descente de police, quand toutes les femmes et tous les enfants furent embarqués – on peut le supporter parce que c'est toujours partagé. C'est ma première découverte de l'ubuntu. Et je l'apprends grâce à des gens qui, officiellement, n'existent pas, ne sont pas censés être ici, ou qui sont titulaires, au mieux, d'un droit de résidence à titre temporaire.

Pour moi, toute cette expérience est colorée par la présence et la personnalité de Ntsiki Yaya. Le vieil homme me confie à ses soins la première fois que je me risque dans l'inconnu. Un parent lointain, d'après ce que je peux savoir ; grand-père Khaya parle de lui comme de son « fils », mais ça peut vouloir dire n'importe quoi. L'être le plus insouciant et le plus nonchalant que j'ai rencontré de ma vie, toujours « prêt à quelque chose », et au bord d'éclater de rire même si ça va mal – en fait, particulièrement si ça va mal. (« Et alors, Thomas, c'est la vie, vieux. ») La trentaine, je pense, mais il peut avoir n'importe quel âge entre vingt et quarante ans ; une coiffure afro, des lunettes de soleil à monture blanche, toujours une écharpe zazou qui flotte sur l'épaule, à la Isadora Duncan, et des tennis de deux couleurs (qu'il insiste pour appeler des « espadrilles ») ; pas très grand, assez costaud, mais avec un petit ventre qui lui donne l'air d'attendre un enfant. Ntsiki est camelot, officiellement du moins. Il a un minibus, une vieille guimbarde dont les portes tiennent avec du fil électrique et que la police met régulièrement à la fourrière parce qu'elle n'est plus en état de rouler : il réussit toujours à la récupérer par des moyens mystérieux ; parfois en la faisant réparer dans une arrière-cour de Nyanga mais le plus souvent je crois grâce à l'intervention détournée d'amis et de « contacts ». Il ne vend pas toujours la même chose. Cela dépend de ce qui est le plus avantageux pour lui à un moment donné : parfois du poisson, parfois des légumes ou des vêtements d'occasion, ou de l'épicerie – principalement, j'en ai peur, des marchandises volées. De temps en temps, l'été, il va au Boland et en revient avec un chargement de prunes, de pêches, de raisin et de pastèques. Et, au moins une fois par mois, il va au Transkei, soi-disant pour rendre visite à sa « famille ». Mais quand il revient, on peut être sûr qu'il y a une livraison de dagga dans le minibus, passée en fraude de façon inimaginable malgré toutes les descentes et les barrages routiers. Jusqu'à cette dernière fois, bien sûr.

Et c'est Ntsiki qui me présente à Henry. Henry Bungane, l'homme de Robben Island. Mais cela, c'est plus tard.

Ntsiki m'emmène partout où il va. Freedom Square, à Nyanga, le quartier où se planquent les jeunes qui ont des problèmes avec la loi ; et l'on sait que même la police a peur de s'y aventurer. Des durs à cuire, des camarades, formés par la violence de 1976. Mais même parmi eux, avec Ntsiki Yaya comme guide et garde du corps, je suis reçu avec générosité et chaleur, comme s'il s'agissait d'une visite parfaitement ordinaire. (Sauf qu'ici je ne suis pas autorisé à prendre des photos, Ntsiki m'a averti. Il y a trop de visages dont la photo anthropométrique orne les tableaux de service des commissariats de la péninsule.)

Au début de l'année suivante, juste après la réouverture de l'université, grand-père Khaya Ntshenge meurt subitement en dormant, une nuit. Pour moi, c'est un coup aussi dur que la mort de mon propre grand-père trois ans plus tôt. Une autre voix de conteur qui s'est tue. Dans un sens, avec lui, c'est encore pire que la mort de mon grand-père parce que ce dernier, au moins, il a écrit ses histoires. Il me semble qu'avec la mort de grand-père Khaya c'est toute une dimension de la mémoire du pays qui a disparu. J'en ai conservé des bribes au cours des derniers mois, mais il y en a tellement plus que personne ne pourra plus ressusciter. Et ce n'est pas seulement cela qui me bouleverse, mais la solitude même de sa mort.

Quel souvenir gardera-t-on de lui dans la lointaine vallée d'où il vient, et qu'il n'a pas revue depuis tant d'années ? Tout ce temps, pendant lequel il a vécu dans ce no mans land – cette cité temporaire qui dure depuis trente-cinq ans : qu'en reste-t-il ? Un petit tas d'objets, je l'ai vu moi-même quand ses voisins l'ont réuni, des couvertures, un rideau, deux cartons de vêtements et deux ou trois bricoles. Et quelque part, dans un registre administratif, on va rayer son nom et en inscrire un nouveau près du numéro de son lit. La plume d'un fonctionnaire va le supprimer d'un trait. Toute sa vie liquidée.

C'est le premier enterrement dans une township auquel j'aie assisté. Tout à fait différent de ceux des années suivantes, parce que le vieil homme ne s'est jamais occupé de politique. Tous les gens de son bâtiment sont là, ce dimanche matin, et quelques parents retrouvés en ville ; du Ciskei, personne. Après le service et la brève cérémonie autour de la tombe, nous raccompagnons les autres jusqu'à l'immeuble de brique où l'on a préparé un repas d'enterrement. Et, au bout du compte, l'événement a quelque chose de profondément réconfortant : l'enterrement du vieil homme, le repas et les verres pris ensemble, une réconciliation de la vie et de la mort.

En revenant de la township, je décide que le temps est venu de faire quelque chose de toutes les photos que j'ai prises ces derniers mois. Une sorte d'hommage à un vieil homme qui a changé la conscience que j'avais du monde. Une exposition sur le campus : « Le monde de Khaya Ntshenge ». Le SRC* n'a aucune objection. (Personne n'ose refuser, j'ai pris des photos, à des prix imbattables, de tous les membres et de leurs petites ou petits amis.) Mais le jour de l'exposition, une heure ou deux simplement avant l'ouverture, je suis convoqué par le doyen.

« Je suis désolé, monsieur Landman, mais cette exposition doit cesser. Je ne peux l'autoriser sur mon campus. Cela ferait mauvaise impression sur les gens.

– Mais, monsieur le professeur... » Abasourdi, je cherche mes mots. « J'y ai travaillé pendant des mois. Tout ce que j'ai essayé de faire, c'est de montrer comment ces gens vivent...

– Je respecte votre talent, monsieur Landman, mais si vous voulez savoir vraiment ce que j'en pense, je ne crois pas que vous l'utilisiez au mieux. Supposez que la presse de langue anglaise s'en empare, vous imaginez... »

Je ne peux l'écouter plus longtemps. En bégayant d'énervement, je veux lui répondre. Mais il se lève derrière son immense bureau et dit de façon laconique : « Monsieur Landman, je n'ai pas envie de discuter de cette question. Je vous ai donné un ordre. Vous pouvez disposer. »

Tremblant de colère, je quitte le bureau. Toute sorte de projets de vengeance me traversent l'esprit ; mais, finalement, Carla me persuade de ne rien entreprendre de violent. Le soir, il ne reste aucune trace de l'exposition.

Le lendemain matin, je charge une sélection des photos montées sur carton dans une voiture empruntée à un ami (mon seul moyen de transport est ma cinq cents centimètres cubes) et je les emporte au journal en langue afrikaans *Rapport*, au Cap, où un rédacteur en chef adjoint me fait des commentaires encourageants et accepte de transmettre le matériel par courrier à la direction à Johannesburg.

Six semaines plus tard et après plusieurs coups de téléphone, je n'ai encore aucune réaction du journal ; alors j'emprunte de nouveau la voiture de mon ami et je retourne au Cap. Ils attendent toujours une décision de Johannesburg, me dit le rédacteur en chef adjoint ; mais il sait qu'ils ont eu de graves problèmes de place récemment. Il serait peut-être plus sage d'abandonner l'idée. Très bien, est-ce qu'on peut me rendre mes photos ? Sans un instant d'hésitation et sans un battement de paupière, il sort le paquet – qu'on n'a pas ouvert depuis ma dernière visite – d'un classeur gris dans un coin et il me le tend.

Quelques rues plus loin, je dépose les photos à une secrétaire dans les bureaux du *Sunday Times*.

Quinze jours plus tard, sans avoir pris la peine de me contacter ni de me consulter, le journal publie une sélection des photos dans une double page intérieure : des photos noir et blanc, mal reproduites, coupées au hasard, sans aucun essai de cohérence. Mais, au moins, elles sont publiées.

Evidemment, c'est un dimanche.

Le lundi après-midi, trois inconnus en pantalon de flanelle et veste sport arrivent dans ma piaule. Le commandant Untel et deux lieutenants. Une simple conversation à bâtons rompus. J'ai le temps, n'est-ce pas ? Ils savent exactement quand commence mon prochain cours. Tout d'abord, ils parlent de choses et d'autres. Est-ce que je joue au rugby ? Est-ce que je participe au moins à certaines activités étudiantes ? Quels sont mes projets pour l'an prochain ? J'ai vraiment une jolie nana, un bon coup, je ne suis pas d'accord ?

A la fin, le commandant : « Vous vous intéressez à la photo, je remarque.

– Depuis des années. Pourquoi ? » J'ai la gorge sèche.

« Je demande, c'est tout. J'ai vu les tirages dans le *Sunday Times* d'hier. A propos, pourquoi est-ce que vous avez choisi un journal de langue anglaise ?

– Je les ai d'abord proposées à *Rapport*.

– Je vois. Oui, je suppose que la raison pour laquelle on les a refusées est évidente.

– Je ne vois pas ce que vous voulez dire, mon commandant. J'ai pensé que ça intéresserait les lecteurs. C'est tout un monde que la plupart des gens ne connaissent pas.

– Le problème c'est que ce genre de choses peut facilement donner une mauvaise impression.

– Par exemple ?

– Je veux dire, imaginez que la presse étrangère s'en empare. Ça leur donnerait des arguments pour toute sorte d'histoires à propos de l'oppression et je ne sais quoi d'autre. Ce genre de choses, vous savez ?

– Mais c'est la vérité, mon commandant !

– Thomas. » Il passe à mon prénom, de façon significative ; sur le ton de la confidence, de la confiance, un ton paternel. « Vous venez d'une bonne famille afrikaner. Vos parents doivent fonder de grands espoirs sur vous. Et ils ont raison, si je puis me permettre. Ecoutez, je suis sûr que vous avez agi en toute bonne foi. Vous vouliez seulement utiliser votre indéniable talent. Mais vous voyez, par les temps qui courent, on n'est jamais trop prudent. Partout, il y a des gens qui attendent simplement d'utiliser n'importe quoi pour nous frapper. Vous êtes encore jeune. Vous n'avez sans doute pas encore conscience des dangers qui nous menacent. Mais bien souvent, avant même que vous ayez compris ce qu'il se passe, l'ennemi commence à se servir de vous, pour ses buts néfastes. »

Je suis hors de moi. En même temps – inutile de le nier – j'ai peur. Une trouille bleue.

Au bout de quelques instants, je réussis à demander : « C'est un avertissement, mon commandant ?

– Fiston. » Il se lève et me pose la main sur l'épaule. « Appelons ça un petit conseil amical. Nous n'aimerions pas voir... »

Après leur départ le reste de la phrase, non prononcé, reste suspendu dans ma chambre comme de la fumée.

Le lendemain après-midi, en revenant de cours, je trouve ma logeuse qui m'attend. Un message urgent du studio de photo où je travaille. Le directeur veut me voir le plus rapidement possible. Intrigué, je me précipite en ville. Mais on me dit que le directeur est « sorti » et qu'il m'a laissé une lettre à l'accueil. Il a le regret de m'informer que la société est obligée, à cause de circonstances indépendantes de sa volonté, de réduire les frais de fonctionnement ; désormais, on ne peut plus utiliser mes service. Un post-scriptum : à son grand regret il ne peut plus me permettre d'utiliser la chambre noire.

3

Tandis que ceux qui avaient assisté à la cérémonie et les curieux commençaient à se disperser – sur toute la longueur d'Adderley Street, de plus en plus loin dans la grisaille de l'après-midi, au bruit des ordres, les alignements de soldats se transformaient en colonnes qui s'en allaient au pas – l'activité quotidienne envahissait à nouveau les rues. Sur les places tout autour, les Casspirs, les Buffels et les autocars de la police mettaient leur moteur en marche et démarraient. Les corbillards avaient disparu. Le Cap retrouvait son visage normal.

Thomas regarda sa montre. Quatre heures. Trop tôt

pour son rendez-vous avec Rashid. Au déjeuner, ils avaient décidé de se retrouver à six heures. Pour passer inaperçu, il avait enfilé l'imper gris en plastique qu'il avait acheté le matin en venant au Cap – à Montagu, juste avant de prendre le soldat – mais, apparemment, la pluie avait cessé. De la lumière filtrait entre les nuages qui défilaient. Mais la ville n'avait toujours pas retrouvé ses couleurs, comme une photo mal développée qui manque de contraste, et où les blancs et les noirs sont insuffisamment définis. Il se promena dans les Jardins. Les bancs étaient encore humides, mais il s'assit quand même, protégé par l'imper en plastique, devant la volière où des perruches et des canaris gazouillaient et où un faisan ne cessait d'aller et venir d'une démarche hautaine le long du grillage. Au milieu de la pelouse détrempée jonchée de feuilles mortes, quelques pigeons aux plumes gonflées le regardaient de côté. Un écureuil tout mouillé fila devant lui. Quelle différence depuis la semaine dernière, avec Nina, quand tout était noyé de soleil.

Non. Il ne fallait plus penser à elle.

Il allait se lever quand il fut arrêté par une brusque agitation et quelque chose traversa les buissons les plus proches pour foncer sur lui : comme un immense oiseau noir qui s'abat sur le sol avec une aile cassée. Une patte serra l'épaule de Thomas. Pétrifié, il se ramassa en boule. Puis il sentit une épouvantable odeur d'alcool et il leva les yeux. C'était un vieil homme sordide, vêtu de haillons et de loques – des chaussures percées sans lacets, un pantalon gris avec des accrocs béants et des trous, un vieil imperméable avachi – qui le tenait en le regardant avec des yeux rouges à moitié cachés par d'énormes sourcils, les cheveux et la barbe sales, recouverts de feuilles mortes, de brindilles et de touffes d'herbe. Une salive jaune s'égouttait de sa bouche édentée. Dans ses autres griffes, il tenait une bouteille où quelques doigts d'un alcool mauve s'agitaient encore. Un bergie.

« Est-ce que t'es... » L'épouvantail colla son visage contre celui de Thomas ; son haleine lui coupa le souffle. « Est-ce que t'es Jeremy ? »

La gorge toujours nouée par la peur, Thomas bégaya : « Pourquoi est-ce que tu veux le savoir ?

– Pass'que je cherche Jeremy. Faut que j'trouve Jeremy. »

Thomas se leva, tellement soulagé qu'il en aurait ri ou pleuré. « Monsieur, dit-il, vous avez tout à fait raison. Nous devrions tous rechercher Jeremy. »

Le bergie le regarda, bouche bée. Thomas s'était déjà éloigné de quelques pas quand le vieil homme lui cria : « Hé ! Dis donc ! » Thomas se retourna. « Tu me l'diras quand tu l'auras trouvé ?

– Promis », répondit Thomas d'un ton solennel. Il repartit en se sentant soudain extraordinairement insouciant. A la porte, les marchands de cacahuètes et de journaux, chassés par la pluie (où ?) avaient repris leur poste. Il sortit un rand de sa poche et acheta l'*Argus*. « Gardez la monnaie, dit-il. Et si vous voyez Jeremy, dites-lui s'il vous plaît que quelqu'un l'attend près de la volière. »

Le garçon le regarda comme s'il avait affaire à un fou.

Un regard différent de celui de ses parents dans le rétroviseur, quand il les avait quittés à la nuit tombante. Il leur avait fait un dernier geste d'adieu au coin. Ils croyaient qu'il rentrait à Johannesburg. Mais quand il avait atteint la route nationale, il avait tourné à gauche et avait descendu la côte – sur la colline opposée, l'église blanche de la mission, la rangée d'agaves, l'église apostolique avec son mur craquelé – avant de gravir l'autre versant, en direction des montagnes, les à-pics effondrés rouge sang sous la pluie. Cela ne ressemblait pas à une traversée des montagnes, mais à une plongée dans les entrailles même de la terre, avec des rochers encore luisants du feu originel, recouverts de lichen d'un vert terne comme des algues et des épaves anciennes et desséchées, venues d'une mer préhistorique.

Maintenant, la route s'étendait devant lui. Quelque chose le pressait. Il conduisait plus rapidement qu'à son habitude. Et, bien qu'il sentît en lui une agitation violente, il souhaitait presque rencontrer des barrages et des obstacles pour l'arrêter, pour retarder ce qu'il voulait et refusait en même temps de voir. Quand il atteignit Montagu il s'engagea dans la rue principale. La pluie tombait toujours comme un rideau sombre et compact. Dans la première boutique, il acheta l'imper en plastique et un parapluie noir ; et il partit à la recherche d'un petit restaurant pour boire un café. Ce fut là qu'il acheta les journaux, et il parcourut prudemment la première page où s'étalaient les biographies des morts.

Il ne pouvait tarder plus longtemps. Mais il savait, en reprenant la grand-route, que pour la première fois il avait vraiment peur. Pas la peur brutale du barrage routier sur la route de Thaba Nchu, mais une présence profonde. Il avait les mains moites sur le volant. Sous ses aisselles et dans l'aine, des gouttes de sueur froides picotaient sa peau chaude. Il fut presque soulagé quand, à la sortie de la ville, il vit le soldat qui faisait du stop. Ce ne fut pas seulement par compassion qu'il s'arrêta pour prendre le jeune homme trempé jusqu'aux os, il y avait aussi une part de calcul : la présence d'un soldat dans la voiture était un camouflage utile, une protection, un alibi.

« Merci, vieux. Merde, qu'est-ce qu'i'tombe. » Le garçon tassa son gros sac – son paquetage, le mot que Thomas avait oublié depuis des années, lui revint brusquement – entre ses jambes, en se secouant comme un chien mouillé.

« Mettez-le à l'arrière, lui proposa Thomas. Il y a la place.

– Ça va comme ça. » De l'eau lui ruisselait sur les bras

et les jambes et coulait sur le siège et le plancher. Il frissonna. Il avait des cheveux courts collés sur le crâne. Un gosse fragile, pensa Thomas avec une sorte de pitié. Un duvet sur la lèvre supérieure. Il ne devait sans doute pas avoir commencé à se raser. « Hennie Van Rensburg. » Une poignée de main difficile à cause de l'espace réduit.

Thomas marmonna un nom en espérant que l'autostoppeur n'insisterait pas. Mais il demanda avec énergie : « Comment vous dites ?– Tertius Wessels. » Il espéra que Maria ne l'accuserait pas un jour d'avoir emprunté ainsi le nom de son mari ; ou s'en amuserait-elle ? Il était temps qu'il s'invente des noms pour des moments comme celui-ci. Des noms qui ne permettraient à personne de remonter jusqu'à lui par la suite, même de façon détournée.

« Vous allez au Cap ?

– Villiersdorp. Mes parents habitent là-bas. » Il rougit de façon inattendue, comme un adolescent. « Et, vous savez, ma petite amie aussi. » Il devint bavard. « On a eu, vous savez, une longue perm, je veux dire, dix jours. Parce que, je veux dire, vous voyez, quand je retourne à Oudtshoorn, la putain de frontière directos.

– Pour combien de temps ?

– Oh ! Trois mois, vous savez, merde. »

Les jurons, les détours, les lourdeurs, ne semblaient pas en accord avec l'innocence de son visage, la franchise de ses yeux bleus : comme si le langage était une armure qu'il revêtait et qui lui allait mal.

« Je ne voudrais pas jouer les rabat-joie, mais, quand j'ai fait mon temps sur la frontière, certains types passaient jusqu'à dix-huit mois là-haut.

– Merde. » Le soldat avala sa salive. Puis il décida de risquer le coup. « C'est... » Il dut d'abord s'éclaircir la gorge, sa voix hésitait : « Je veux dire, c'est vraiment aussi vachement dur qu'on le dit ? »

Thomas haussa les épaules et freina ; ils étaient coincés derrière un camion de déménagement. « Ça dépend. Quand j'y étais – il y a déjà dix ans – tout était calme. Je n'ai participé qu'à un engagement où quelqu'un a été tué, et c'était du chiqué.

– Qu'est-ce que vous voulez dire, merde, je veux dire, du chiqué ? Le pauvre mec, il a été tué ou pas ?

– Oh ! Il a été tué. C'est l'engagement qui était du chiqué.

– Je ne pige pas.

– Ce n'est pas grave, Hennie. Je ne pige toujours pas moi-même. »

Ce fut un soulagement de raconter l'histoire au jeune homme blond.

Comme souvent auparavant, le gouvernement s'était retrouvé dans une situation difficile à la suite d'une incursion en Angola, pour la « destruction des bases de la Swapo* ». Les télévisions américaines et européennes montrèrent des films où l'on voyait des civils angolais massacrés, tout un village rasé par erreur ; des histoires se répandirent parmi les appelés, à propos d'une compagnie entière de Sud-Africains qui, en revenant du massacre, était tombée dans une embuscade tendue par des Cubains et avait été plus ou moins anéantie. Le moral était bas. Des rumeurs couraient partout. Au Parlement, l'opposition posa des questions que le ministre de la Défense essaya de contourner avec l'habileté d'un chariot à bœufs faisant demi-tour dans la boue. « Raisons de sécurité. » (Il fit valoir, sans qu'on le lui demande, que le moral des forces armées était au plus haut. « Je suis fier de mes hommes. ») Il fallait faire quelque chose pour sauver une situation désespérée ; au cours d'une conversation privée entre le ministre des Affaires étrangères et celui de la Défense, l'idée naquit de demander l'aide de la télévision. Il fallait, en toute hâte, fabriquer un « documentaire » pour révéler le courage et l'héroïsme des forces sud-africaines et la déroute de la Swapo.

L'équipe de télé arriva à Caprivi peu de temps après qu'on y eut transféré la compagnie de Thomas, tout devait être terminé dare-dare afin d'envoyer le film à Johannesburg le lendemain : il fallait faire croire au public qu'on l'avait tourné au cours du raid de la semaine précédente. Le problème, c'était que, dans cette brousse dense, les hommes ne pouvaient pas se déployer autant qu'ils l'auraient fait dans la réalité : on devait tout adapter à la portée des caméras.

« C'est ainsi qu'un jeune type fut tué accidentellement par quelqu'un placé derrière lui, à moins de cinquante mètres de l'endroit où je crapahutais dans la poussière. Par un de ses copains. Quand j'y repense maintenant, c'est vraiment un miracle qu'il n'y ait eu qu'un mort. Toute l'affaire fut un désastre.

– Et le, vous savez, le film, je veux dire, il a été diffusé ?

– Evidemment qu'il a été diffusé. Et, de retour en Afrique du Sud, on a annoncé que le type avait été tué la semaine précédente, au cours de l'attaque de la base de la Swapo. Ils ont dit que, s'ils ne l'avaient pas révélé plus tôt, c'était parce qu'ils n'avaient pas retrouvé les parents du soldat.

– Et personne n'a vendu la mèche ?

– On nous a fait prêter serment. Comme vous pouvez l'imaginer. Mais même ainsi, quand nous sommes rentrés chez nous, certains ont laissé entendre des choses. Personne n'osa laisser citer son nom, évidemment. Mais ce qui a foutu la merde, c'est quand le père du soldat a révélé que son fils lui avait écrit une lettre deux jours après la date à laquelle on disait qu'il avait été tué. L'armée n'a fait que marmonner quelque chose sur l'erreur de date, et ça s'est arrêté là.

– Merde. » Il y avait un peu de sueur sur le front du garçon et sur le duvet désarmant de sa lèvre supérieure. « Et en dehors de ça ?

– En dehors de ça, je pense que ça allait. »

En dehors de ça : jouer aux fléchettes dans la poussière, jouer au football dans la poussière, écrire des lettres à une grande table sous la tente dans la poussière, nager dans un trou avec un revêtement en plastique et entouré de sacs de sable, aller en reconnaissance, escorter des convois jusqu'à Oshakati, Ondangua ou Grootfontein (parfois avec des chargements d'ivoire venant des innombrables éléphants massacrés par Savimbi pour payer le précieux soutien de l'Afrique du Sud), chercher des mines, s'amuser à faire des cartons sur « l'ennemi » de l'autre côté du Molopo, se chercher mutuellement des tiques sur le corps, boire de la bière ou du Coca tiède ; du rhum à la cannelle, parler de cul, tuer des mouches, des moustiques, des moucherons et les innombrables insectes rampants et volants, creuser des tinettes, se masturber en regardant des revues porno – parfois un numéro de *Playboy* passé en contrebande – sous la douche, à l'arrière d'un Buffel, dans les buissons, au lit ou dans les latrines, essayer de lire, assister aux services religieux, aux réunions de prière ou aux rares concerts (invariablement une chanteuse rose bonbon qui avait besoin de publicité pour son prochain disque ou qui essayait de se refaire une réputation perdue, en plein cœur de l'Afrique, dans le bush, entourée de centaines de corps excités et couverts de sueur, de centaines de cerveaux brûlant de douleur d'où s'élevait un petit nuage, comme un bulle de bande dessinée, avec un seul mot en lettres énormes : BAISER), ou faire rôtir de la viande et servir des boissons pour des personnages de marque en visite. Mon Dieu, ces grands personnages. Ce fut parmi eux que je vis en chair et en os – de la chair et des os bien trop solides – l'homme qui deviendrait président. Si seulement, à l'époque, j'avais eu le moindre pressentiment : comme il aurait été facile d'organiser un accident avec une grenade. Devant le barbecue. Dans le mess des officiers. Et même, de façon spectaculaire, dans les latrines. Combien de choses auraient été évitées par cet acte opportun. Tu es de la merde et tu retourneras à la merde. Même à l'époque – je n'avais que dix-neuf ans –, la rencontre fut un véritable désenchantement. Voir un homme comme ça, une espèce de Nabuchodonosor, Son Excellence, car il était déjà au gouvernement, boire comme un trou et tituber avec les officiers courant partout pour l'amuser, se rendant utiles, hurlant de rire à ses plaisanteries éculées, remplissant son verre.

Le lendemain, avant que les gros bonnets s'en aillent, Son Excellence s'adressa à nous. Les conneries habituelles : « Je sais que j'attends beaucoup de vous. Ici, dans ces régions sauvages d'Afrique, où vous combattez pour défendre nos valeurs chrétiennes. Mais je sais que je peux compter sur vous. Je suis fier de vous. Et je fais une prière pour que, à la fin de votre service, chacun d'entre vous revienne dans la République sain et sauf. Mais si Dieu, dans son infinie sagesse, décidait que certains d'entre vous devaient donner leur vie pour la cause à laquelle nous nous consacrons tous, alors vous devez savoir que vos noms seront inscrits à jamais au tableau d'honneur de notre peuple. » Quelque chose de ce genre. Mais tout ce à quoi je pensais, alors que j'étais au garde-à-vous avec les autres, c'était : mon Dieu, pourquoi sommes-nous ici ? Pas pour défendre des « valeurs ». Pas « pour notre patrie et notre peuple ». Mais pour des individus comme toi. De gros bonnets qui, au mieux, essaient pour leur carrière politique de tirer le maximum de nous, nous qui vivons et mourons ici, « oh ! Afrique du Sud, mon cher pays ». *Toi* – regarde-toi, avec ta gueule de bois parce que tu as trop picolé hier soir –, tu te fous complètement de l'« Afrique du Sud, mon cher pays ». Tout ce que tu veux, c'est qu'on te lèche le cul. Et tu te fous aussi que certains d'entre nous y restent si ça peut te rapporter quelque chose.

« Mais au moins vous, je veux dire, putain, vous êtes ici, merde, vous savez, vous vous en êtes comme on dirait tiré, bégaya le jeune blond comme pour obliger Thomas d'une façon ou d'une autre à donner une réponse positive.

– Evidemment, et vous aussi vous vous en tirerez. Vous savez ce qu'on dit ? » – Pourquoi cette méchanceté ? – « La guerre transforme un garçon en homme comme le bordel transforme une jeune fille en femme.

– Merde, c'est aussi terrible ?

– Ça dépend, je suppose.

– Vous avez passé tout votre putain de temps à Caprivi ?

– Après les premières semaines à Ondangua, oui. Deux mois à Omega, deux à Katima Mutilo. Puis à nouveau un mois à Oshakati. Le reste du temps, j'ai arpenté la poussière à Voortrekkerhoogte. »

Omega, entouré par de l'épine-de-chameau et les feuillages sombres des grands acajous ; le sentiment d'être abandonnés dans un lieu sauvage – le commandant Henning, un soir, encore plus dérangé que d'habitude. « Merde, les gars, ici à Omega les cons sont si rares qu'on est obligé de baiser sa femme » –, les restes lamentables et dépenaillés des « Bochimans » : on était écœuré de regarder les beaux yeux d'un peuple déjà disparu. Que restait-il de leur vie nomade ? Quand un orage arrivait, ils arrachaient leurs vêtements et couraient nus sous la pluie, alors seulement quelque chose d'une étincelle originelle semblait briller à nouveau. Mais en dehors de cela ? Des vieillards parcheminés, au visage ratatiné, amusant leurs visiteurs payants comme des singes savants. Des pisteurs revenant de la brousse et se soûlant à mort avec du whisky que certains leur vendaient cinq fois le prix courant (« De toute façon, qu'est-ce qu'ils connaissent à l'argent ? ») ; des femmes fabriquant des couvre-théières ou des napperons au crochet sous l'œil radieux d'une petite dame guindée venue de Pretoria ; deux services religieux le dimanche, des réunions de prière le mercredi, comme si une lune lointaine et invisible contrôlait encore les marées religieuses dans cet endroit. Une fois par mois une « soirée », des concerts avec des solos d'accordéon, des « saynètes » et des chants en commun, parce qu'il est très important, disait le commandant, de « savoir qui nous sommes et de nous accrocher à nos valeurs ».

Katima Mutilo, « l'endroit où le feu brûle » : le bruit strident et assourdissant des cigales dans les mopanis*, une chaleur lourde et oppressante sur le désert violent ; grillé et brun de sécheresse, mais à la moindre provocation, une semaine après les premières pluies, l'éruption d'une verdure luxuriante et extravagante – la vitesse à laquelle arrivent les saisons –, la rivière remplie d'une eau sombre et rapide ; le bâtiment long et bas du club-house à Wallela, servant successivement d'église et de bar, avec une plaque au-dessus de la chaire, déclarant « Dieu est amour », et une autre, juste au-dessus, disant « Pas d'alcool », avec une cartouchière de mitrailleuse, pleine de balles, accrochée par-dessus. Ce fut là que je pris conscience pour la première fois de ce continent, l'Afrique ; son immensité, sa dureté, ses brusques changements d'humeur ; combien elle peut oppresser, comme un lourd morceau de réalité, le cœur et les entrailles, présence à laquelle on ne peut échapper jusqu'à la fin de ses jours. Ce doit être à cela que le pays ressemblait, je pense, quand les premiers Landman posèrent le pied au sud. Et, brusquement, je comprends plus de choses sur eux, sur le continent et sur moi-même.

Combien de fois, alors que j'étais de garde ou que je flânais, ai-je regardé de l'autre côté des eaux vertes du Zambèze ou du Molopo, avec en moi le désir, si pressant qu'il me laissait avec une soif ardente, d'aller *là-bas,* de voyager en Afrique, d'en connaître plus, de m'enfoncer plus profondément en elle. (Et à aucun moment, je n'ai envisagé que cela pouvait devenir vrai un jour !)

Oshakati : l'herbe blanche, la broussaille, des étendues désertes, de place en place le vert sombre d'un buisson-du-chacal, des épines-de-chameau, des mares asséchées, remplies d'eau à la saison des pluies, tachetées par les vaches à longues cornes ; les plumets loqueteux des palmes de Makalani à la limite du terrain sableux où nous jouons au hand-ball par quarante-deux degrés, en soulevant la poussière jusqu'à ce que nous soyons obligés d'abandonner et de nous réfugier dans le bar – Oons Anker : « Notre ancre » – où nous passons le temps à écrire des lettres à des filles réelles ou imaginaires, à jouer aux échecs ou aux dames, en nous tapant mutuellement sur les nerfs. Une fois, la poignée de prisonniers de la Swapo ; à l'arrière d'un camion fermé, qui reste là une journée avant de reprendre le long voyage vers Grootfontein : garé, délibérément, en plein soleil ; certains sont blessés, ils gémissent, demandent de l'eau, cette supplication rauque et interminable pour avoir de l'eau, juste une goutte d'eau. On nous donne de sévères instructions de nous tenir à l'écart du camion. « C'est des salauds de terroristes, vieux, pas des êtres humains. » Mais dans la dernière garde de nuit, avec Henk Wepener, nous ne pouvons plus supporter leurs gémissements et nous leur donnons quelques gorgées d'eau de nos propres gourdes. Et l'un d'eux – je ne peux même pas voir son visage – me glisse quelque chose dans la main, un morceau de papier froissé que je ne veux pas accepter mais que je ne peux refuser. Je n'ose le regarder que trois ou quatre jours plus tard – le sentiment de trahir et de jouer avec le feu me rend malade – et je découvre un mot en afrikaans adressé à une mère et à un père, à une adresse près d'Okahandja. Pour moi, c'est le tournant de la guerre. Pas ce qui est écrit, je ne le lis même pas vraiment, mais l'adresse. Ici, nous luttions contre des terroristes venant de l'autre côté de la frontière : mais parmi eux, il y a un homme d'Okahandja, au beau milieu de la Namibie. Et les autres ? Otavi, Rundu, Grootfontein ? Des endroits tout près. *Leur terre.* La découverte que Frans Jacobus Landman fit au pays des Xhosas quand ses deux frères furent tués à côté de lui : pourquoi n'apprend-on jamais ? Pourquoi chaque génération doit-elle redécouvrir les mêmes vérités élémentaires ?

Et pourquoi ne l'ai-je – nous tous, je le jure, chaque soldat –, pourquoi n'avons-nous jamais compris ? Pourquoi personne ne nous l'a jamais dit ? C'est pour leur propre terre que ces « ennemis » combattent, qu'ils se font tuer, qu'on leur tire dessus, qu'on les blesse, qu'on les capture et qu'on les torture. Trois, cinq jours, dans un camion en plein soleil, sans eau. Qu'est-ce que ça peut faire s'ils n'arrivent pas vivants ? *Leur terre.*

Ces mots qui me trottent dans la tête ! *Nkosi sikelel' i Africa.*

« Hé, écoutez, je veux dire, merde, ça vous fait rien si je vous pose une question ? »

Pendant quelques instants, Thomas regarda sans comprendre le garçon près de lui ; il l'avait oublié. Puis il hocha la tête. « Bien sûr.

– Je crois que vous allez penser, j'sais pas, que je suis mégadébile ? » Hennie regardait droit devant lui à travers le chuintement monotone des essuie-glaces. « Mais, dites-moi, je veux dire, est-ce que vous avez eu les jetons ?

– Vous me le demandez ? Evidemment.

– Je parle, vous voyez, ce que je veux dire c'est comme de chier dans son froc. Vous voyez, une putain de peur à ne pas trouver le putain de sommeil la nuit. »

Thomas fit oui de la tête.

« J'ai jamais voulu aller dans cette saloperie d'armée. Maintenant, je sais ce que vous pensez, d'accord, faut pas en faire un fromage, putain, je veux dire, merde, vous pensez que je suis une putain de poule mouillée. C'est ça que pense mon père de toute façon. Mais je veux dire, merde, quel putain de choix il a, un mec ? »

Ils roulaient sur la route humide et luisante qui traverse Robertson. L'air était chargé des senteurs lourdes du vin nouveau.

« Ne vous racontez pas d'histoires, dit Thomas sans regarder son passager. Bien sûr que vous avez le choix. »

Hennie secoua la tête. « Lequel ? Six putains d'années de taule ?

– C'est encore un choix, non ? Peu importe ce qu'on choisit : il faut toujours payer. Parfois plus, parfois moins. On ne peut pas espérer avoir un choix sans un prix à payer. »

Dans un brusque mouvement de protestation, le jeune homme demanda : « Si vous étiez, j'sais pas, je veux dire, supposez que vous êtes à ma place, supposez que c'est vous, comme qui dirait, qui devez aller maintenant sur la putain de frontière, voyez ce que je veux dire, si vous aviez su à ce moment-là ce que vous savez maintenant, comment je peux dire, merde, j'sais pas, si vous pouviez choisir encore aujourd'hui, qu'est-ce que vous feriez, merde ?

– Je considérerais que six ans de prison, ce n'est pas cher. Si je pense à ce que ça m'a coûté au bout du compte.

– Et pourtant, vous avez dit, j'sais pas, que vous aviez pas vu de bagarre sanglante.

– J'en ai vu suffisamment. » – Un ministre, tellement soûl qu'il a bien failli tomber dans le feu. Un Bochiman arrivant au bureau pour déclarer la naissance de son enfant en échange de douze bières. Un morceau de papier froissé couvert d'une écriture presque illisible, une adresse à Okahandja – « J'aurais fait six ans. Ou j'aurais filé.

– Merde, je veux pas, comme ça, me tirer. Je veux dire, merde, où est-ce que, vous savez, je pourrais me sentir chez moi ?

– Il y a toujours la possibilité de revenir. Un jour. » Il regardait fixement devant lui.

« Si je vais en prison, merde, je veux dire, j'aurai vingt-quatre ans, putain, quand je sortirai. Vous savez que c'est vachement vieux. »

Thomas réprima un sourire. « J'en ai vingt-huit. Je ne me sens pas encore très vieux.

– Ça vous est facile, putain, de parler.

– Qui a dit ça ? »

Hennie resta silencieux pendant un long moment. Seuls les essuie-glaces continuèrent leur mouvement répétitif.

« Et qu'est-ce que vous pensez, je veux dire, merde, que mon vieux, il va dire ?

– C'est vous qui choisissez ou c'est lui ? »

Hennie lui jeta un coup d'œil rapide, puis détourna le regard. Quelques instants plus tard, il dit : « Vous le connaissez pas, mon père. »

Dans le paysage, autour d'eux, le Karoo et le Boland se chevauchaient. Pas très loin d'ici, vers la Vink River, il y avait la ferme des parents de Carla. Les week-ends qu'il y avait passés. Le vent dans les cheveux défaits de Carla. De longues promenades à cheval. Des séances de photo magiques. Chaque moment était une aventure. Sur la pointe des pieds, la nuit, de leurs chambres jusque dans la salle de bains, pour faire l'amour dans la baignoire ; puis le week-end où il avait refusé d'y aller. (« On ne peut pas espérer avoir un choix sans un prix à payer. ») Il fit un effort pour chasser cette pensée, en regardant intensément ce qui était visible *maintenant* sous la pluie. Les vergers jaunes comme du safran. Les taches vertes des buissons du Karoo. Ici et là, un vignoble enflammé, d'un rouge ardent. A droite, les montagnes bleu de Prusse, indistinctes dans la brume. Un faisceau de lumière blanche traversant les couches de nuages. Il ralentit dans les faubourgs de Worcester. Il regarda sa montre. Pas tout à fait neuf heures et demie. Ils avaient roulé plus vite qu'il ne l'avait cru.

« Je peux vous emmener jusqu'à Villiersdorp si vous voulez, proposa-t-il. J'ai le temps.

– Merde, c'est vachement gentil, vieux. Je veux dire, vous voyez.

– C'est bonnet blanc et blanc bonnet que je prenne la route de Paarl ou celle-là. Comme ça vous n'aurez pas à rester sous la pluie. » Il fit un grand sourire. « C'est l'avantage d'être en uniforme : on attend rarement longtemps.

– C'est simplement parce que c'est un moyen facile pour les gens, vous savez, de se débarrasser de leur putain de sentiment de culpabilité. Je veux dire, j'sais pas, le soir, ils se sentent tout gentils et vachement tranquilles. Parce qu'on est là pour écarter le putain de péril noir, non ? Voyez ce que je veux dire ? » Il déplaça les jambes. « Seulement, c'est pas aussi simple qu'ils croient. Je veux dire, y a des mecs... » Il semblait hésiter à continuer, comme s'il ne savait pas ce qui allait en sortir ; mais quelques instants après, il reprit : « Vous savez, un de mes copains d'école, je veux dire, il était un an avant moi, d'accord, il est allé à cette putain d'armée l'année dernière, voyez ce que je veux dire, là-haut, sur la putain de frontière et là il s'est comme qui dirait perdu, vous savez, et ils l'ont ramené. Plusieurs mois dans un putain d'hôpital et puis, je veux dire, retour au camp, juste après que je suis arrivé. D'accord ? Et un jour, il est porté manquant, et il a pris son putain de fusil avec lui, vous voyez. Enfin, alors il y a un vieux couple, putain, qui l'a pris en voiture, comme qui dirait, et je veux dire, vous voyez, merde, il les a virés pour prendre leur putain de bagnole et il est parti, et alors, je veux dire, merde, il s'est mis à tirer à gauche et à droite sur tout ce qui bougeait, putain. Sacré pot, il n'y en a qu'un qui est mort, comme qui dirait. Mais plusieurs autres, je veux dire, ils sont allés dans un putain d'hôpital, merde. Maintenant, vous savez, ils l'ont coffré. Et je peux vous le dire, mon vieux, c'était le type le plus ordinaire, putain, qu'on puisse imaginer. Je veux dire, jamais joué au rugby ou un truc comme ça. A l'école, vous savez, merde, ils l'embêtaient tout le temps, ils disaient que c'était un putain de pédé. Tout le temps en train, vous voyez, de dessiner, tout ça, enfin des choses comme ça, voyez ce que je veux dire ? Il voulait devenir, j'sais pas, je veux dire, je crois une espèce de dessinateur. Pour des putains de vêtement de femmes, tout ça, d'accord ? Il pouvait pas supporter, voyez ce que je veux dire, il pouvait pas, putain, c'est tout. » Brusquement il se mit à parler avec une sorte d'urgence. « Vous comprenez, je veux dire, merde, vous voyez pourquoi, j'sais pas putain, j'ai les jetons. Je veux dire, comme si ça pouvait m'arriver, merde...

– Qu'est-ce que vous voulez faire plus tard ? » lui demanda Thomas, pour détourner le jeune garçon de ce qui le tourmentait. « Quand vous rentrerez de l'armée ?

– Moi ? Du théâtre. Toujours voulu jouer. Je veux dire, comment ils peuvent s'attendre à ce que j'aille, vous voyez, tuer des gens ? » Il regarda Thomas. « C'est quoi, votre travail ?

– Moi ? » Thomas réfléchit rapidement. « Oh ! je travaille en free-lance pour des magazines. Des articles, des choses comme ça. En réalité, je fais une thèse.

– C'est ça que vous voulez faire ?

– Je crois, dit Thomas en restant évasif.

– Votre père, je veux dire, comment il prend ça ?

– C'est une question amusante.

– Ah oui ? Eh bien, je peux vous le dire, mon père... »

Thomas le regarda. « Il est sévère ?

Hennie se renfrogna brusquement. « Ah ! Parlons d'autre chose. »

Thomas tourna la tête, mais le jeune homme regardait devant lui d'un air sinistre ; il semblait serrer les dents ; il était peut-être au bord des larmes. Au bout d'un moment, il déplaça de nouveau les jambes, manifestement coincées par son sac.

« Pourquoi est-ce que vous ne mettez pas votre sac sur la banquette arrière ? Vous seriez mieux installé.

– D'accord. » Cette fois, il obéit. Il enleva d'abord le journal qu'il garda sur les genoux en parcourant la première page avec indifférence. Thomas le regarda de biais, puis tourna la tête mais en le surveillant toujours du coin de l'œil.

Pendant plusieurs minutes, il continua à regarder la première page, encadrée de noir ; les photos, les gros titres. « Merde. » Il replia le journal d'un geste de colère et fit claquer ses mains. « Vous avez vu ça ?

– J'y ai seulement jeté un coup d'œil. » Thomas sentait ses mains moites sur le volant.

« Les salauds. Je veux dire, merde. » Un long silence. « Quel bordel ! Je veux dire, on va là-bas sur la putain de frontière pour se battre contre les terroristes, et ils sont juste là, vous voyez, merde, je veux dire, ils nous font sauter des bombes dans le dos. Juste au milieu de nous. »

Ils parcoururent les derniers kilomètres en silence, en traversant les collines couvertes de vignobles. De grandes écharpes de brume s'étalaient dans les vallées. Quand ils entrèrent dans Villiersdorp, ils retrouvèrent l'odeur entêtante du vin nouveau en train de fermenter.

Hennie lui indiqua le chemin. Deux rues en direction de la montagne, puis à gauche. Une maison moderne mais avec un pignon imitant les anciens pignons hollandais du Cap.

« Vous ne voulez pas entrer, je veux dire, vous avez peut-être envie, j'sais pas, d'une tasse de thé, ou quelque chose ?

– Non, il faut que je continue. » Il baissa sa vitre et tendit la main. « Bonne chance, Hennie. Quelle que soit votre décision. »

Tout en regardant dans le rétroviseur le jeune homme triste, sous la pluie, il se dit : ce n'est pas seulement la mort qui est entrée dans ton existence pour devenir une part de toi : c'est aussi chaque individu qui fait un bout de chemin avec toi ; chacun déteint sur toi et toi sur eux. Tu n'es jamais seul ; il y a toujours les autres. Et rien ne se passe seulement dans l'instant. Chaque chose traîne derrière elle de longs fragments du passé. On t'entraîne dans l'avenir, bien avant que tu y sois.

Rashid. Thomas avait eu envie de prendre le jeune homme mince dans ses bras quand il était apparu au dernier étage du parking. Mais, naturellement, il ne l'avait pas fait : On ne savait jamais qui pouvait regarder. Il avait eu du mal à garder son calme : d'un seul coup tout ce qui s'était passé depuis une semaine l'avait submergé, en prenant une réalité impossible les jours précédents; à ce moment-là, il ne s'agissait que de souvenirs ; brusquement, tout était présent – mais il fit un simple signe de tête et ouvrit la portière de la petite voiture blanche. (Sur le siège arrière, le journal, froissé parce qu'il l'avait lu et relu pendant l'heure où il avait attendu ; et une tache d'humidité, à la place du sac de Hennie Van Rensburg.)

Pendant la fin du trajet, après avoir déposé l'autostoppeur – à travers les vergers de pommiers vert sombre et les plantations d'eucalyptus de Grabouw ; sur les pentes raides de la chaîne de la Hottentot's Holland, dans l'odeur lourde et humide des bruyères, des protéas et des fynbos* (il avait baissé sa vitre pour sentir) ; soudain, du sommet, le panorama avec l'immensité de False Bay, la mer comme un plat d'étain de couleur mate et ici et là, dans la pluie, un éclat métallique ; avec l'étendue désolée de Cape Flats au-delà de la centrale électrique où, dans une vie précédente et lointaine, il avait si souvent tourné pour entrer dans les townships –, il s'était préparé à cette rencontre, en se cuirassant contre l'émotion qui, il le savait, allait le submerger. Mais, même ainsi, il ne se sentait toujours pas prêt pour la violence de cet instant. Quand ils furent montés en voiture, il se pencha et pressa lourdement la tête contre le volant pour réprimer son envie de pleurer. Son corps tremblait.

« Rashid, Rashid, Rashid.

– Allez, va. » La voix de Rashid semblait le réprimander, presque sévèrement ; mais, quand il posa la main sur l'épaule de Thomas, elle tremblait, elle aussi. « Ça va, vieux. Tu as réussi. Ne jamais regarder en arrière, d'accord ? »

Froidement, machinalement, cliniquement, il s'était dirigé tout droit vers ce parking en arrivant en ville et il s'était arrêté, comme si souvent, dans les semaines de grande activité avant l'attentat, au dernier niveau. La tête baissée sous son nouveau parapluie noir, il avait fait un tour dans le centre ville pour s'assurer que personne ne le suivait, avant d'entrer dans une cabine téléphonique de Leeuwen Street où il avait composé le numéro bien connu : une compagnie de taxis à Salt River.

« Mademoiselle Gouws ? C'est Peter. Pourriez-vous, s'il vous plaît, dire à Jimmy que je l'attends à la pension ? Au dernier étage. Dites-lui que je suis pressé. »

Pourtant, cela avait pris près d'une heure. A ce moment-là, il avait absolument tout lu dans le journal.

Mais il réprimait son impatience. Il était revenu, c'était la seule chose qui comptait. D'une certaine façon, il était rentré chez lui, dans un havre sûr. Maintenant, d'autres personnes veilleraient sur lui. Rashid allait venir. Bientôt, aujourd'hui ou demain, il reverrait Justin et David. Tous exactement comme avant. (Non ! pas tous. D'après ce qu'il savait, Christine se trouvait toujours au Tygerberg. Et Nina, Nina...)

Que savait-il vraiment de Rashid ? Dans le passé, toutes les tentatives de questions directes avaient essuyé un refus obstiné. (« Ce qui compte, c'est la lutte, pas les gens, d'accord ? Je ne suis rien. Tu n'es rien. Alors qu'y a-t-il à savoir ? ») Mais, en travaillant ensemble, Thomas avait saisi des bribes, principalement par Justin. Il avait passé son enfance à Chatsworth, dans le Natal. A cette époque, il portait un autre nom, Thomas n'avait jamais réussi à découvrir lequel. Des gens pauvres. Il leur fut très difficile de réunir l'argent pour sa première année d'université, à Durban-Westville ; mais il était brillant et certains de ses professeurs étaient personnellement intervenus pour lui obtenir une bourse. Il avait la passion de la physique et de l'électronique. Mais, au milieu de la première année, son père mourut et sa famille se trouva dans une situation critique. La simple idée d'abandonner ses études lui donnait des cauchemars. Mais que pouvait-il faire ? Sa mère était absolument sans ressources et ses deux jeunes frères et ses trois sœurs allaient toujours à l'école. C'est alors que l'homme de la Special Branch lui rendit visite. Il le persuada d'aller faire un tour vers Kloof. Écoute, on a vu que tu étais un type brillant, et on dirait que tu as des problèmes financiers. Alors si tu es prêt à nous aider... ? Rien de plus. Nous te donnons une liste de noms, des gens de ta classe, tout ce que tu as à faire c'est d'ouvrir l'œil et de faire un rapport de temps en temps. En échange, nous te payons tes études, jusqu'où tu veux aller, jusqu'au doctorat si tu en as envie, même en Amérique ou en Allemagne, n'importe où. Plus un salaire. Toi et ta famille, vous n'aurez plus jamais de problèmes. Tu as sûrement envie d'aider ta mère, tes frères et tes sœurs ?

La liste comprenait les noms de certains amis.

Il était si troublé – l'homme insistait tellement – qu'il ne savait plus quoi dire ni quoi faire. Et une peur bleue. « Mais je ne connais rien à la politique, répondit-il, et ça ne m'intéresse pas non plus. Je veux seulement continuer mes études. » L'homme n'abandonna pas et devint presque paternel dans sa compréhension. Rashid était dans un tel état qu'il accepta, pour sa mère. Mais quinze jours plus tard, quand il dut fournir son premier rapport, il éclata en sanglots et les supplia de le laisser tranquille, il ne pouvait pas continuer. Au début, ils se montrèrent compréhensifs, prêts à lui laisser du temps pour réfléchir. Lentement, les promesses se transformèrent en menaces. Il abandonna ses études et s'enfuit à Johannesburg où il passa dans la clandestinité, changea de nom et devint apprenti dans une société d'électronique.

Au plus profond de lui, il avait décidé de se battre. Auparavant, la politique ne l'avait jamais intéressé ; il rejoignit l'UDF. Pas pour longtemps. Puis il quitta le pays, clandestinement, sans même mettre sa famille au courant, pour suivre un entraînement militaire en Angola et à Cuba. Même Justin ne savait pas grand-chose de cette période passée à l'étranger : mais peut-être ne disait-il pas ce qu'il savait. Le jeune homme avait appris à mettre son intérêt pour la physique et l'électronique au service d'une meilleure cause. Au bout d'un an, peut-être plus, il revint, encore sous un autre nom, Rashid Amien, et il trouva un emploi au Cap, où l'Organisation le mit en contact avec Justin.

Thomas se reprit rapidement.

« Excuse-moi, dit-il, gêné. C'était seulement... de te

revoir tout à coup et tout le reste. Après ce qui est arrivé à Nina. » La voix lui manqua ; au bout de quelques instants, il parvint à se contrôler.

« Ça va. Nous sommes très contents de te voir de nouveau ici. Ils nous cherchent dans les aéroports et les postes-frontière, pas ici.

– Il s'est passé quelque chose de nouveau ? Qu'est-ce que vous savez ? »

Rashid secoua la tête. « Ils jouent très serré. Aucune nouvelle. Sur Nina, sur rien. Ils ne savent pas quoi faire, c'est sûr.

– Justin ?

– Occupé, comme d'habitude. Toujours en train de se remuer le cul. Je l'ai vu hier.

– David ? »

Il hésita un instant. « David... ça va aussi, ça va bien.

– Qu'est-ce qu'il y a ?

– Oh ! Rien. Simplement... » Il haussa les épaules. « Cette histoire de Christine, ça le ronge.

– Pourquoi maintenant ? Il n'y a rien de nouveau pour elle. Ou est-ce qu'il s'est passé quelque chose ?

– Je suppose que ce qui est arrivé à Nina lui a fait un choc. Maintenant, il n'arrive pas à se retirer Christine de la tête. Et... » Une nouvelle hésitation. « Il se passe quelque chose de louche. On n'arrive pas à savoir ce que c'est, mais quelque chose n'est pas lekker*.

– C'est-à-dire ?

– Tu connais Judy ? L'infirmière dans l'équipe qui la soigne à Tygerberg ?

– Bien sûr. Et alors ?

– Eh bien, elle a envoyé un message à Justin – c'était mardi ou mercredi – disant qu'il y avait plein d'allées et venues autour de Christine. Des médecins, des flics, toute sorte de gens. Et Judy est inquiète.

– Elle n'arrive pas à découvrir quelque chose ?

– Pas jusqu'à maintenant. Mais Justin s'en occupe.

– Ils n'ont aucun moyen de faire le lien entre Christine et nous. Aussi longtemps qu'elle reste dans le coma.

– C'est aussi comme ça que je vois les choses. Mais c'est dur pour David. Tu peux imaginer.

– Il tiendra le coup.

– Oui. Nous tiendrons tous le coup. C'est pour toi qu'on s'inquiète. » Il baissa sa vitre et regarda au-dehors. « Écoute, on ne devrait pas rester ici à parler pendant trop longtemps. C'est trop fermé. Allons quelque part ailleurs.

– Tu veux conduire ?

– Non, reste où tu es. Il y a peut-être quelqu'un à l'entrée qui se souvient de toi. On ne prend jamais assez de précautions.

– On va à Sea Point.

– Pourquoi pas ? Un temps idéal pour aller au bord de la mer. »

Ils descendirent la voie en spirale. Ç'aurait pu être l'intérieur de l'enfer : cercle après cercle, tous les niveaux identiques, comme si l'on passait continuellement au même endroit – pour découvrir que ce n'était pas le même ; jusqu'à ce qu'on perde tout sens de l'orientation ou de la hauteur, entraîné lentement dans un tourbillon, en tournant et tournant, encore et encore, un mouvement absurde qui vous fait entrer encore plus profondément en vous. Ils croisèrent quelques personnes dans la descente : des gardiens en uniforme, des piétons qui allaient chercher leur voiture ou qui venaient de la quitter. Mais on ne fit pas attention à eux. Quand ils arrivèrent enfin au rez-de-chaussée, devant la caisse vitrée, Thomas donna son ticket et paya, puis tourna dans Bree Street.

Ils prirent la corniche qui suit la Lion's Rump, puis le versant de Green Point (quelque part en dessous, il y avait la maison de Nina ; il ne voulait pas passer devant), et ils ne redescendirent vers la mer qu'en atteignant Sea Point.

Le parking devant le President Hotel, qui surplombe la plage, était vide. La pluie tombait en rafales monotones, poussées par le vent. A la surface de la mer grise et agitée, le vent soulevait des embruns sur la forte houle ; les vagues frappaient la digue.

Pendant un certain temps, ils regardèrent, à travers le pare-brise ruisselant d'eau, les vagues massives qui se brisaient. Thomas, mélancolique, trouvait cela profondément apaisant. D'être revenu là, devant la mer.

« Tu as prévu quelque chose ? lui demanda enfin Rashid.

– Je m'en remets à vous. »

Rashid hocha la tête, pensif ; il semblait satisfait.

C'est alors que Thomas lui parla du service funèbre, auquel il voulait assister ; et ils eurent un échange rapide et vif ; puis, finalement, Rashid lui dit, sans cacher son désaccord : « Il va falloir qu'on sache ce qu'en pense Justin. Tu comprends qu'on ne peut pas accepter n'importe quel caprice.

– Ce n'est pas non plus ce que je demande. S'il dit non, je n'irai pas.

– Ce qui m'ennuie, c'est que tu y as pensé. »

Combien de fois déjà y avait-il eu cette tension entre eux ? Ils venaient à peine de s'atteler au projet, quelques jours après leur installation dans la ferme ancienne près de Paarl, quand Rashid avait pour la première fois manifesté son mécontentement. « Mais qu'est-ce que vous foutez ici, toi et la poupée ? Vous croyez que la lutte c'est comme de tirer un coup ? Vous vous battez pour quoi ? Vous avez déjà tout ce que vous voulez. Non ?

– Tu crois qu'on veut voir cette pagaille dans le pays ?

– Tu es blanc, vieux. Quand tout a été dit, tu es encore blanc. La lutte ne fait pas partie intégrante de toi. C'est ça la différence. »

Très en colère, Thomas avait répondu sèchement :

« Merde, Rashid ! Blanc, noir, vert, violet, qu'est-ce que ça change ? Toi plus qu'un autre, tu devrais savoir que l'Organisation n'a jamais fait de différence entre les Blancs et les Noirs. Et, de toute façon, est-ce que tu te rends compte depuis combien de générations ma famille vit dans ce pays ? Et tu as le culot de prétendre que ça ne fait aucune différence ?

– Tout ce que je veux dire, c'est que même si tu prends part à la lutte, tu bénéficies encore de toute la protection et de tous les privilèges des Blancs. Tu es concerné par la souffrance de l'*autre.* Rien à redire à ça. Mais regarde les choses en face, vieux, tu n'es pas celui qui souffre. Pour moi, c'est différent. C'est ma vie.

– Tu crois que je peux être libre simplement parce que je suis blanc, alors que les autres ne sont pas libres ? Tu devrais en savoir plus : le problème, ce n'est pas ma liberté pour moi, la tienne pour toi : c'est pour *notre* liberté que nous nous battons. Ensemble. Non ? »

Un sourire forcé avait éclos sur le visage de Rashid. « D'accord. Tu sais parler. » Puis, plus violemment : « Mais c'est ce qui m'inquiète, vieux. Pas que vous êtes blancs, mais que vous êtes des intellectuels. C'est une lutte de travailleurs. Quand vous y entrez, ça parle, parle, parle. Et c'est une façon de vous en sortir, pas de vous engager. Vous pouvez dire la chose la plus sincère et la tortiller jusqu'à ce que personne ne sache plus ce qui se passe. La lutte, c'est pour de vrai.

– Qu'est-ce que tu attends de moi, alors ? Que je reste à l'extérieur ? Tu crois que je peux ignorer ce qui se passe quand je vois ce que mon propre peuple, les Afrikaners, fait aux autres ?

– Ça n'a pas l'air d'inquiéter les autres Afrikaners. »

Alors, en mettant son bras autour des épaules de Nina pour l'inclure, il avait répondu : « Mets-moi à l'épreuve. Mets-nous à l'épreuve. »

Rashid l'avait regardé fixement, avec ses yeux sombres et ardents, et il avait dit : « Je le ferai. » Mais personne ne pouvait dire s'il s'agissait d'une promesse ou d'une menace.

C'était Justin qui leur avait appris à s'entendre, à agir comme une famille. Mais, derrière leur intimité, Thomas sentait, même aujourd'hui, une suspicion muette qui cherchait à l'exclure ou à le tenir à distance.

« Quelle est la prochaine étape ? demanda-t-il à Rashid, pour relancer la conversation.

– Justin va t'en parler. En attendant, il y a des choses pratiques à faire.

– Par exemple ?

– Cette voiture. Il faut qu'on la révise le plus vite possible. Elle est trop voyante avec des plaques du Transvaal. Quant à toi... » Il observa Thomas d'un œil critique. « Que tu ailles ou non à l'enterrement, tu as aussi besoin d'une révision.

– Personne ne me soupçonne.

– Je sais, mais on ne doit prendre aucun risque. » Il regarda sa montre – un énorme engin, plein de rouages, de disques et de roues, aussi compliqué qu'un moteur de Boeing. « A quelle heure ça commence, ton machin ?

– A trois heures.

– Alors, on a le temps. Allons-y. Mais tu t'arrêtes d'abord au Pavillon, je dois passer un coup de fil. » Et quand, dix minutes plus tard, il ressortit en courant de la cabine téléphonique, sous la pluie fine, et qu'il se glissa de nouveau sur le siège, il dit : « C'est d'accord. Nous pouvons aller à l'Observatoire. Justin y sera.

– Vous êtes restés aux mêmes endroits ?

– Non, c'est une autre maison, quelques rues plus loin. Un endroit de passage qu'on utilise essentiellement pour des messages et des trucs comme ça. Vas-y. Je vais t'indiquer. »

Ils passèrent devant l'ancienne planque pour se rendre à la nouvelle. Il en fut bouleversé. Sans regarder Rashid, Thomas ralentit et s'arrêta presque ; il baissa sa vitre pour mieux voir : la maison avec le porche rouge, les motifs compliqués de l'auvent de bois ajouré, la porte vert sombre avec le heurtoir de cuivre, le pot de géranium rouge sur l'appui de la fenêtre. Elle semblait vide. Les rideaux étaient tirés.

A l'intérieur, il y a toujours le miroir de la salle de bains, avec des taches d'humidité, dans lequel j'ai regardé David qui essayait de recoudre ta main qui saignait ; le miroir dans lequel, cette dernière nuit, tu contemplais ton image si intensément. Je suis entré, je me suis arrêté derrière toi et j'ai posé mes mains sur tes épaules. Et tu m'as demandé : « Est-ce que tu crois qu'il est possible, si nous allons dans la chambre maintenant, qu'il reste quelque chose de nous dans ce miroir, au plus profond...

« A gauche, dit Rashid. Et la première à droite. » Puis, une centaine de mètres plus loin : « Tu peux t'arrêter ici. »

Il prit sa valise dans le coffre. Ils traversèrent une rue ou deux, puis tournèrent à gauche dans une ruelle étroite. Arrivés devant une horrible petite maison – vieille d'un siècle environ, mais enlaidie par des fenêtres métalliques et une porte en verre dépoli, avec partout des grilles en fer forgé aux dessins compliqués, contre les voleurs –, Rashid ouvrit la porte, regarda rapidement en haut et en bas de la rue et fit signe à Thomas d'entrer. Il y avait des gens à l'intérieur, on entendait des voix et des bruits de vaisselle venant de la cuisine ; mais personne ne sortit pour voir. Dans la chambre, Rashid l'aida à choisir, dans la valise, un costume sombre, une chemise blanche, une cravate discrète et des chaussures noires. Tandis que Thomas se changeait, Rashid fouilla dans une cantine qu'il avait tirée de sous le lit affaissé et il en ressortit des postiches ; il choisit une moustache noire qu'il posa sur la lèvre supérieure de Thomas. Pendant un moment, la tête tournée de côté, il examina son travail. « Tu as des lunettes ? », demanda-t-il.

Thomas prit une veste dans sa valise et sortit de la poche intérieure les lunettes cerclées de métal doré qu'il avait portées à Johannesburg. « Est-ce que celles-ci peuvent aller ?

– On te voit à travers, dit Rashid. Attends. » Il prit plusieurs paires de lunettes dans la cantine et en choisit une avec une épaisse monture en écaille de tortue. Il la déposa sur le nez de Thomas. « Hum ! ça me semble bien. Un homme de confiance. Un jeune cadre de Bellville. Ça révèle ta personnalité profonde. Tu es d'accord ?

– Du moment que ça te plaît. » Il montra la cantine d'un geste. « Et s'il y a une descente ?

– Aucun problème. Ceux qui habitent ici sont deux acteurs homosexuels. L'un d'eux est un travesti. » Il soupira. « Christine nous manque. Cette fille avait le génie du déguisement.

– Elle ira mieux bientôt. »

Rashid fit une grimace. « L'ironie c'est qu'actuellement il vaut mieux pour nous qu'elle reste dans le coma. Mais va essayer de dire ça à David. »

Justin arriva peu de temps après ; il entra par l'arrière, si discrètement qu'ils ne le remarquèrent même pas. Impeccable comme toujours, dans un costume gris, convenable comme un professeur (même un professeur qui, comme Justin en ce moment, était en congé de longue durée) ; les quelques poils de barbe et la moustache taillée avec soin. Un homme discret : ce n'était qu'en le regardant dans les yeux qu'on découvrait sa calme détermination.

« Thomas ! Bienvenue chez toi. » Thomas eut l'impression de saluer un père ; plus proche que son propre père. Mais Justin était pressé et ne pouvait rester très longtemps.

« Rashid m'a dit que tu voulais me parler de quelque chose.

– Oui. L'enterrement cet après-midi. J'aimerais y aller.

– Pourquoi ? » Calme, amical, mais comme une sorte de mise en garde.

« Je crois que c'est important.

– Pour toi ? Ou pour l'Organisation ?

– Sans doute plus pour moi. Mais pas par égoïsme. Nous avions un plan : d'une certaine façon, ça a marché, nous avons semé la panique, mais nous avons raté notre cible, nous en avons frappé d'autres. Nous ne sommes pas des terroristes insensibles, Justin. Je veux aller là-bas, au nom de nous tous. Je crois que c'est nécessaire.

– Mais personne ne saura, personne n'osera savoir. Alors, quelle différence ?

– Moi, je saurai. Nous saurons.

– Un putain de romantisme inutile, dit sèchement Rashid. Je le lui ai déjà dit. Il ne peut pas nous mettre tous en danger parce qu'il a les moyens de s'offrir le luxe d'une conscience, lui.

– Tu penses vraiment qu'il s'agit seulement d'un problème de conscience privée, Rashid ? De toute façon, je te l'ai déjà dit : comment est-ce que ça pourrait mettre quelqu'un en danger si personne n'a le moindre soupçon que je suis dans le coup ? Même si j'y allais à visage découvert, personne ne se poserait de questions sur Thomas Landman et son appareil photo. Ce sera l'endroit le plus évident du monde pour un photographe.

– Personne ne devrait même penser que Thomas Landman est au Cap, dit Rashid.

– Avec ce déguisement, personne ne le saura.

– Tu prends quand même un risque.

– Attends ici, Thomas, dit doucement Justin. J'ai un mot à dire à Rashid. »

Thomas entendait parfois le son de leurs voix venant de la pièce d'à côté, à travers la porte qu'ils avaient fermée derrière eux ; en particulier celle de Rashid quand il parlait plus fort. Etrangement résigné, il attendait. S'ils se prononçaient vraiment contre, il savait qu'il devrait accepter.

Mais, quand ils revinrent quelques minutes plus tard, Justin déclara rapidement : « C'est d'accord, tu peux y aller. Je vois que ça vaut mieux pour toi. Alors, d'une certaine façon, ça vaut mieux aussi pour nous. » Il posa la main sur l'épaule de Thomas et la serra. « Mais fais attention, hein ? On ne peut pas se permettre de te perdre, toi aussi.

– Merci, Justin. »

Rashid ne dit rien. Mais il ne semblait plus lui en vouloir.

Justin regarda sa montre. « Il faut que j'y aille.

– Est-ce que je vais rester ici ? demanda Thomas.

– Non, dit Justin. On y travaille encore. Si tu peux trouver quelque chose à faire après l'enterrement, Rashid te prendra en ville, plus tard. Vers six heures ?

– Où ?

– Là où ça te convient, dit Rashid.

– Devant le Sun Hotel dans Strand Street ?

– D'accord. »

Justin serra la main de Thomas. Il s'en alla sans ajouter un mot. Ils entendirent sa voix venant de la cuisine ; une autre voix d'homme lui répondit. On referma la porte à l'arrière de la maison. Au bout d'un moment, Rashid fit un geste de la tête et ils sortirent par-devant. Cette fois Rashid conduisit. Ils s'arrêtèrent devant un Kentucky Fried où, sans rien demander à Thomas, Rashid entra et il en ressortit avec deux boîtes en carton rouges et blanches et deux Coca. Ils s'arrêtèrent pour manger un peu plus loin, devant un magasin de meubles. Rashid le déposa devant la salle du Synode, bien avant deux heures : les rues du centre étaient déjà barrées par la police pour l'enterrement.

Quand Thomas sortit de la voiture, Rashid lui prit le bras. « Ne te laisse pas abattre », dit-il. Sa voix avait un accent chaleureux tout à fait inattendu. « Je sais que ça a été dur pour toi, mais jusqu'ici tu as été de première. Tu seras de première jusqu'au bout. Hein ?

– D'accord », répondit-il, les mâchoires serrées.

Pendant le temps qu'il avait passé dans les Jardins, les derniers signes de l'enterrement avaient disparu. Devant Groote Kerk, et plus bas dans la rue, des gens faisaient la queue aux arrêts de bus. Il se dit : oui, j'ai le temps ; pourquoi pas ? Le matin, quand il était allé à Sea Point avec Rashid, il lui avait semblé impossible de prendre Beach Road ; mais quelque chose avait changé. La conversation avec Rashid et Justin, le coup d'œil à la maison de l'Observatoire avec, sur l'appui de la fenêtre, le géranium rouge qu'il avait offert à Nina pour son anniversaire, le service funéraire, tout cela l'avait préparé à l'affronter.

Il se plaça dans une des queues. Il n'attendit pas longtemps. La plupart des employés de bureau avaient dû se servir de l'enterrement comme excuse pour prendre leur après-midi et, même à l'heure de pointe, la circulation était plus fluide qu'aux heures normales.

Il se dissimula aux gens qui l'entouraient, derrière l'*Argus* qu'il avait acheté ; mais il ne lisait pas. Il regardait l'avancée du bus par la large vitre, nerveux, le corps tendu. Ils ne mirent pas longtemps. Il descendit à Green Point, s'arrêta quelques instants pour boutonner son imper en plastique et relever le col ; il ne pleuvait plus et pourtant il ouvrit son parapluie qu'il tint devant lui comme un bouclier. Il traversa deux rues, puis tourna à gauche dans une ruelle qui montait vers la Montagne, et à droite dans la première rue. Vingt mètres plus loin, il arriva devant la haute maison étroite avec la véranda victorienne, les vitres bleues autour de la porte d'entrée et les baies de chaque côté. Il ralentit l'allure mais ne s'arrêta pas. Il ne savait absolument pas pourquoi il était venu. Il n'y avait certainement aucune possibilité de tomber sur la fille qui avait partagé la maison avec Nina et qui avait continué à y habiter au cours de ces derniers mois. Gerda. Elle ne l'avait jamais beaucoup intéressé. Et pourtant, il aurait peut-être été réconfortant de prendre un thé en bavardant ! Bien sûr, Gerda ne serait même pas encore au courant de la mort de Nina. Personne n'était au courant. Sauf la police ; le général Bester. A moins que, malgré tout, ils ne l'aient pas encore identifiée.

Il pouvait peut-être simplement gravir les quelques marches qui menaient à la véranda, sonner ; et si quelqu'un ouvrait – et si c'était Gerda elle-même ? –, demander si M. Untel, un nom quelconque, habitait ici ? Simplement pour avoir la possibilité de regarder de nouveau dans le petit couloir, dans l'espace austère et fonctionnel de la maison. Mais il y avait peut-être eu des changements. Gerda avait dû commencer à l'encombrer avec les choses de sa vie.

En passant devant la maison, alors qu'il se demandait toujours s'il allait entrer ou non, il remarqua un mouvement dans une Toyota blanche rangée un peu plus loin devant, de l'autre côté de la rue, l'avant en direction de Thomas. Un homme tournant la page d'un journal. Près de lui, sur le siège du passager, il y avait quelqu'un. Thomas sentit son visage se glacer. Il baissa un petit peu plus son parapluie et continua à marcher en s'efforçant de ne pas presser le pas. Il tourna à droite au premier coin, revint dans la rue principale jusqu'à l'arrêt de bus où il s'assit sous l'abri.

Il lui fallut quelque temps pour que son cœur se calme. Il se fit des reproches. Il ne devrait pas se mettre dans cet état. Les deux hommes dans la voiture devaient sans aucun doute attendre quelqu'un qui allait sortir d'une des maisons du voisinage. Mais il savait qu'il ne serait pas tranquille avant d'en avoir le cœur net. Il se leva et repartit dans la direction de Sea Point, en mettant de l'ordre dans ses pensées. Y avait-il quelque intérêt à savoir ? Oui. Pendant une demi-heure, en vérifiant soigneusement à sa montre toutes les cinq minutes, il arpenta la rue principale. Puis il fit demi-tour et remonta vers la rue de Nina, cette fois dans l'autre direction pour que, si la voiture était toujours là – ce qui lui semblait invraisemblable –, les occupants ne trouvent rien d'anormal à un homme revenant d'où il était parti.

La voiture était toujours là.

Il pensa à rebrousser chemin – cette fois, après tout, il venait de derrière –, mais ils pouvaient l'avoir vu dans le rétroviseur et se poser des questions. Il accéléra un peu l'allure. En essayant de garder son parapluie devant son visage sans que cela se voie trop. Il ne regarda ni à droite ni à gauche. Surtout pas vers la maison : et c'était peut-être la dernière fois qu'il passait devant. Tout droit, tête baissée. Comme marche n'importe qui un jour de pluie.

Était-ce son imagination ou la porte de la voiture s'était-elle ouverte après qu'il fut passé ?

Si quelqu'un l'appelait maintenant, ne serait-ce que pour lui demander l'heure ou du feu, n'importe quel prétexte, comment devrait-il réagir ? Se retourner comme si de rien n'était et revenir vers eux ? Ou se sauver en courant ?

Ridicule.

Imperceptiblement, il creusa le dos. Il se dit que c'était ainsi que Nina avait marché de la douane vers l'escalier mécanique quand ils avaient foncé sur elle. Le coup d'œil rapide par-dessus l'épaule. Puis elle avait commencé à courir. Et il avait tout vu à travers la paroi de verre. (La pendule égrenant les minutes, monotone et prévisible, à l'heure pendant une seconde, en retard pendant cinquante-neuf.)

Puis il tourna le coin. Était-ce une voiture qui démarrait derrière lui ?

Il s'arrêta un bref instant.

Non, tout était silencieux.

Il reprit sa marche aussi vite qu'il le pouvait sans se mettre à courir. Au premier feu rouge, il traversa la rue principale et se dirigea vers la station de bus. Il reprit son souffle pendant quelques minutes. Mais, en voyant un autobus arriver de Sea Point, il eut un instant d'hésitation. Ne ferait-il pas mieux de s'en aller à pied ? Ce n'était pas si loin. Ce qui l'inquiétait, ce n'était pas la distance, mais une question de sécurité. Le bus allait plus vite et il devait partir d'ici le plus rapidement possible. Une fois revenu dans le centre, il serait en sécurité.

Près de Greenmarket Square – où il descendit du bus ; il se rendit compte plus tard qu'il ne se souvenait pas de l'itinéraire qu'il avait emprunté –, il entra dans un petit restaurant qui semblait confortable. Un étranger au crâne chauve couvert de croûtes brunes, sans doute une maladie de peau, sortit de derrière le comptoir pour prendre sa commande. Un café seulement, dit Thomas. L'homme eut l'air mécontent. Peut-être avait-il été le seul client de la journée. Tant pis pour lui.

Toutes les nuits que nous avons passées dans la haute maison étroite. Sur le balcon, en été, vers trois ou quatre heures, quand la circulation s'était enfin arrêtée, on pouvait entendre le soupir de la mer au loin. Par les nuits de brouillard, allongés dans notre lit, nous entendions la corne de brume de Mouille Point.

Il y avait une sorte de droiture et de pureté dans notre amour. De la compassion aussi – tu t'*inquiétais* pour moi, tu t'inquiétais pour les *gens* –, mais rien de mou, de complaisant, de fade. A la place, une dureté, la dureté du bois dur : quelque chose de vivant, mais sans la faiblesse du compromis. Il n'y avait aucun motif inavoué, aucun but caché : tout était direct, ouvert, sincère, brûlant, une flamme qui consume tout ce qui est redondant. (« Nina », souviens-toi, était le nom de la déesse inca du feu.) Certains te croyaient impatiente et inaccessible ; violente, obstinée, insensible même. Je me souviens à quel point j'étais bouleversé quand je t'avais parlé de ce qui était arrivé à Ntsiki et comme je n'avais pu me le pardonner : tu avais secoué fermement la tête et tu avais dit : « Je trouve que c'est inutile, Thomas. Je sais qu'on ne peut pas sortir de ça indemne – il en reste toujours les marques, les cicatrices : mais méfie-toi des blessures ouvertes. S'il s'est passé quelque chose que tu aurais pu empêcher, d'accord, il faut y réfléchir, découvrir ce qui n'a pas marché, l'éviter à l'avenir. Mais, pour l'amour du ciel, il ne faut pas s'y vautrer. Ça ne rend service à personne. Des choses comme la torture et le meurtre : je sais que c'est horrible. Toujours, en toutes circonstances. Mais pourquoi être sentimental ? Ce qui nous intéresse, c'est toute une situation, tout un pays, des millions de gens. Pas les malheurs ou les bonheurs d'une seule personne. Nous n'en avons pas le temps. »

« Un autre café, monsieur ? » demanda le patron. La lumière rouge d'une lampe contre le plafond semblait jeter du sang sur son crâne taché. Sur son visage, une expression comme si Thomas l'avait personnellement insulté par sa seule présence.

Il regarda sa montre. Encore vingt minutes avant de retrouver Rashid devant l'hôtel. « Oui, s'il vous plaît, dit-il. Merci. »

Une vague lueur, la plus simple indication de la gratitude, passa dans l'expression morose de l'homme.

A l'instant même où il posa la seconde tasse devant Thomas et où le mauvais café instantané se renversait dans la soucoupe en mouillant le paquet de sucre, Thomas se dit soudain, avec un sentiment nouveau de libération : il s'est passé quelque chose dans ce petit restaurant triste, rouge et blanc, sous l'œil craintif de cet homme répugnant, il s'est passé quelque chose de miraculeux. J'ai enfin osé m'abandonner sans condition à ce dont je me souviens de Nina ; je n'ai pas résisté ni essayé de l'éviter. Pour la première fois de cette semaine insupportable. J'ai commencé à faire la paix avec elle. La cicatrice de sa mort restera en moi pour toujours : mais une cicatrice, pas une blessure ouverte.

4

Ils passèrent la nuit dans une maison banale de banlieue, dans une rue portant un nom de fleur. Un jardin étroit et sableux devant, bordé d'une haie touffue de lauriers roses et blancs. A l'intérieur, un salon-salle à manger aux rideaux bleu pâle et jaune, des meubles aux pieds terminés par des boules avec des griffes ; sur les murs, des reproductions de paysages d'Europe enneigés et deux ou trois photos en couleurs de petits enfants sans dents l'air éveillé, regardant fixement l'objectif ; une chaîne hi-fi avec d'énormes haut-parleurs, un poste de télé et un magnétoscope. Dans la petite chambre assignée à Rashid et à Thomas (sa valise l'attendait déjà par terre quand ils arrivèrent) les rideaux étaient brun puce, avec des couvre-lits de coton assortis sur les deux lits d'une personne.

« Souviens-toi », l'avait prévenu Rashid en criant pour se faire entendre malgré le bruit de la Volkswagen, « pour ces gens, je m'appelle Anwar et toi Eddie. J'ai pensé qu'on pouvait te prendre pour un métis, vu qu'il fait nuit, d'accord ? Nous sommes étudiants à l'UWC*, on nous a mis à la porte du foyer parce que nous n'avons pas payé notre pension, nous attendons de l'argent de chez nous, et ce type a accepté de nous héberger pendant un petit moment, il est gentil et il en a déjà accueilli d'autres. » Il fit un clin d'œil. « Il appartient à l'Organisation, mais sa femme ne le sait pas. C'est pour ça qu'on doit faire attention. Il travaille à l'UWC ou quelque part. Robbie Carstens. Pigé ?

– C'est sûr ?

– Justin a arrangé ça personnellement. Il connaît Robbie. Et il a une raison particulière pour nous planquer chez lui.

– Laquelle ?

– Robbie est le frère de Judy. Tu sais, l'infirmière. En fait, c'est par lui que Justin l'a recrutée, bien avant que Christine soit blessée. Parce que c'est toujours utile, quelqu'un comme elle, dans un endroit comme le Tygerberg. Comme ça, elle pourra venir ce soir nous donner les dernières nouvelles sans que personne y trouve à redire.

– Comment fera-t-elle si la femme de Robbie n'est pas au courant ?

– Ne t'en fais pas.

– Et quand est-ce que je vais récupérer ma voiture ?

– Demain, je ne sais pas quand. On me le dira demain matin. Oh ! A propos... » Il souleva une fesse pour glisser la main dans sa poche revolver. « Voici un peu d'argent pour te dépanner. Deux cents rands. Ne les gaspille pas. »

Par la suite, Thomas se souviendrait, avec un sourire forcé, qu'il avait pensé, mais sans rien dire : quand la vie se calmera-t-elle et redeviendra-t-elle plus ou moins prévisible ?

Thomas trouva les Carstens, des gens d'âge mûr,

agréables, accueillants, solides. Robbie, petit, costaud, avec des lunettes, arborait le sourire perpétuel du comptable dont les totaux tombent juste ; Violet, sa femme, toujours un peu essoufflée, avec un dentier proéminent et les contours visibles d'un corset, professeur d'enseignement ménager à Belhar High. En ajoutant quelques herbes, Violet améliora un ragoût, qui avait manifestement mijoté tout l'après-midi et qu'elle servit accompagné de courges, de riz et de salade de chou ; Robbie compléta le dîner avec un verre de vin doux.

Après le repas, Thomas proposa d'aider à débarrasser, mais Violet indignée refusa – « Quel genre d'homme êtes-vous ? » – et elle le fit toute seule pendant que les hommes s'installaient dans des fauteuils. Au bout de quelque temps, elle vint s'asseoir à la table avec une pile de cahiers recouverts de papier brun. En sa présence, la conversation resta superficielle et n'aborda que les chances de l'équipe de la province dans la Curry Cup, l'inflation, la tension sur les campus, le viol d'une étudiante sur le terrain de rugby une semaine plus tôt.

Soudain, Robbie s'énerva. « Ces skollies sont toujours en liberté. Si la fille avait été blanche, il y a longtemps qu'ils seraient derrière les barreaux.

– Ne te mêle pas de politique, le sermonna sa femme sans lever les yeux de ses cahiers.

– Je parle des flics qui font très vite leur boulot quand il s'agit d'un Blanc et qui sinon s'en torchent le derrière.

– Et moi je dis que tu fourres ton nez dans la politique et que tu cherches les ennuis.

– Quand quelque chose ne va pas, ce n'est pas en ne faisant rien que ça s'arrange.

– Tu dois obéir à ceux qui ont l'autorité, dit-elle sèchement. C'est ce que dit la Bible, vrai ou faux, ce n'est pas à nous de poser la question.

– Vous voulez dire : quoi qu'ils fassent ? demanda Rashid.

– Tout ce que je veux dire, c'est que, si on essaie de changer le monde, on se brûle les doigts. » Elle posa un cahier à côté d'elle et en prit un autre. « Regardez Moïse, dit-elle. Que s'est-il passé quand il a voulu fourrer son nez dans les affaires de Pharaon ? C'est devenu deux fois plus dur pour les Juifs.

– Mais, à la fin, il les a laissés partir », répondit Thomas.

A ce moment-là, et c'était aussi bien, on sonna. Une ou deux minutes avant le journal de huit heures. Les trois filles se précipitèrent vers la porte, mais leur mère les précéda. C'était Judy l'infirmière, qui portait encore son uniforme blanc empesé, légèrement froissé après ce qui avait été à l'évidence une longue journée, et qui la serrait un peu (des formes généreuses, se dit Thomas, comme de la pâte à pain qui a passé la nuit sous une couverture près du poêle et qui a levé jusqu'à déborder de la jatte).

« Merde ! » Ce fut son premier mot alors qu'elle essayait de reprendre son souffle. « J'ai cru que je n'arriverais jamais.

– Que s'est-il passé, Judy ? » Violet l'examinait sur toutes les coutures. « Tu as vu un fantôme ?

– Non, mais j'ai bien failli voir ma perte, voilà ce qu'il y a. » Elle se retourna pour regarder vers la rue, derrière Robbie ; mais rien ne bougeait au-delà de la haie de lauriers-roses, et le lampadaire se dressait seul dans son cercle de lumière.

« Mais dis-nous ce qui s'est passé », pressa Violet.

Un peu de ce qui devait être la robuste nature de Judy sembla lui revenir. « J'ai peut-être pris mes désirs pour des réalités, dit-elle en pouffant, mais j'ai eu l'impression qu'il y avait un type qui me suivait depuis la porte de l'hôpital, de la guérite du gardien, dans Delarey Roads et jusqu'ici, à la porte d'entrée.

– Je t'ai déjà avertie de ne pas aguicher les hommes comme ça. Ça leur donne toutes sortes d'idées.

– Je n'aguiche personne, merci du compliment. Je suis bien trop exigeante. Mais, chaque fois que j'accélérais, il accélérait lui aussi. Et si je m'arrêtais, il en faisait autant. Vous vous rendez compte ?

– A quoi il ressemblait ? lui demanda Robbie, inquiet.

– Je ne l'ai pas bien vu. Un grand chapeau, une espèce de manteau, genre demi-saison, et une cravate bleu marine à pois blancs. Des cheveux clairs.

– Ne me dis pas que c'était un Blanc ?

– Il y en a de toutes les sortes, Violet.

– C'est parce que tu l'as regardé comme ça que tu lui as mis des idées dans la tête. Et tu sais qu'un homme ne pense qu'avec une seule partie de son corps. »

Robbie eut l'air outré. « Ce n'est pas bien de dire ça, Violet. »

Elle lui répondit violemment : « Tu la fermes, hein ? Qu'est-ce que tu en sais, toi ?

– C'est vrai, enchaîna Judy. Ils ne pensent qu'à ça », et elle fit un signe éloquent de la main droite.

« Ne sois pas grossière, Judy. Tu ne nous as même pas dit bonsoir.

– Bonsoir, sis Violet. Bonsoir, broer Robbie. » Elle embrassa d'abord Violet sur les joues, puis son frère, avant de s'adresser, l'air embarrassé, aux invités. « Mon Dieu, je n'avais pas vu que vous aviez de la visite.

– Je te présente Anwar et Eddie, sis Judy », dit cérémonieusement Robbie.

Elle passa devant eux pour aller s'asseoir dans un fauteuil profond et, modestement, tira sur sa jupe pour cacher ses gros genoux.

« Je vais préparer un peu de thé, dit Violet. Rien ne vaut le thé quand on a eu peur. »

Elle avait à peine disparu dans la cuisine que Thomas s'approcha du fauteuil de Judy et lui demanda à voix basse : « Des nouvelles de Christine ?

– Vous ne pouvez pas imaginer. »

Mais Violet revint presque aussitôt, n'ayant fait que brancher la bouilloire électrique et ne voulant rien manquer.

C'est pour cela que dans l'esprit de Thomas il resterait le souvenir de longues heures de frustration, d'une conversation limitée essentiellement à des problèmes familiaux entre Judy et les Carstens, à laquelle ni lui ni Rashid ne participèrent. La partie la plus importante et la plus troublante de la soirée se déroula par la suite, à partir du moment où Judy se leva, juste avant neuf heures et demie, et déclara qu'il fallait qu'elle rentre chez elle.

« Tu ne peux pas t'en aller seule après ce qui s'est passé, dit rapidement Robbie. Je vais te raccompagner en voiture.

– Ne va pas lui gâcher son plaisir », dit Violet.

Thomas et Rashid proposèrent de leur tenir compagnie et, malgré l'irritation amusée de Violet – « Ça fait beaucoup d'abeilles autour d'une fleur ouverte » –, les trois hommes sortirent avec Judy. Quand Robbie fit demi-tour avec sa voiture dans la rue, une autre voiture l'imita, à quarante ou cinquante mètres – ils crurent distinguer une Jetta grise quand elle passa sous un lampadaire –, et elle les suivit ; dans un premier temps, elle roula tous phares éteints, puis ils s'allumèrent.

« Ce n'est pas un violeur, dit Robbie, les yeux sur le rétroviseur. C'est une tout autre histoire. Ne vous retournez pas. Restons calmes. »

Plus tard, dans leur chambre agressivement rose, après avoir déposé Judy devant son immeuble à Bishop Lavis et souhaité bonne nuit aux Carstens, Thomas demanda avec inquiétude : « Rashid, qu'est-ce que Judy sait exactement sur nous ? Et Robbie ?

– Je te l'ai dit : Robbie fait partie de l'Organisation et Judy rend des services. Mais tout ce qu'ils savent, c'est ce que Justin leur a dit, et tu sais qu'il n'en dit jamais beaucoup.

– Mais suppose qu'ils essaient de faire parler Judy : qu'est-ce qu'elle peut leur dire ?

– Que nous sommes des amis de Christine. Mais elle ne connaît pas nos vrais noms. Et, de toute façon, elle ne leur dira pas ça. Justin sait choisir les gens.

– Des plus forts que Judy ont craqué dans les mains de la Special Branch.

– Je le sais aussi bien que toi, mon pote. Mais rappelle-toi : même s'ils l'obligent à dire que nous connaissons Christine, rien ne permet de faire le lien entre Christine et la bombe. Personne en dehors de Christine ne peut leur donner cette information. Et tu as entendu ce qu'a dit Judy : ça n'a pas l'air de bien aller pour elle. Je n'aime pas dire ça, mais ce qui semble mauvais pour elle peut être bon pour nous.

– Ne répète jamais une chose pareille ! » Thomas était hors de lui.

Rashid le regarda dans les yeux. « Excuse-moi, vieux. Mais nous sommes dans un sale coup, et tu le sais. » Comme si souvent auparavant, Thomas fut surpris par une telle dureté dans un visage aussi enfantin.

Il s'assit sur le lit étroit et commença à ôter ses chaussures. Il leva de nouveau les yeux. « Tu penses qu'on peut faire confiance à Judy ?

– Je l'espère.

– Ce n'est pas ce que je demande.

– Alors ne pose pas de putains de questions inutiles.

– Il faut que je les pose. »

Sans prévenir, Rashid assis sur son lit mit une main sur le genou de Thomas. « Écoute-moi, Thomas. Judy n'a pas été entraînée là-dedans sur des mensonges. Chacun de nous, et ceux qui nous entourent – des centaines, des milliers, même si nous ne les connaissons pas –, chacun a choisi, en toute connaissance de cause, de rejoindre la lutte. Qu'importe ce qui arrive, ça vaut le coup, c'est ce que nous avons choisi. C'est pour cela que nous y sommes entrés. Et, quand on est dedans, ça veut dire qu'on va jusqu'au bout ; jusqu'au bout. D'accord ? »

Lentement, d'un air las et prudent, Thomas sourit. « D'accord. » Puis il se leva, se déshabilla en ne gardant que son slip et se glissa sous les couvertures. En sachant qu'une fois encore il n'allait pas fermer l'œil ; mais prêt à affronter l'épreuve. Jusqu'au bout.

L'après-midi, avait dit Judy, Christine avait été transférée, sans aucun avertissement, de l'unité de soins intensifs dans une aile éloignée et se trouvait dans un isolement complet. On avait doublé la garde devant sa porte et les infirmières elles-mêmes devaient justifier de leur identité avant qu'on les laisse entrer. Quand, sous un prétexte quelconque, Judy y était allée pendant l'après-midi, on l'avait refoulée. Ce n'est qu'après une enquête extrêmement discrète qu'elle avait appris que désormais le personnel habituel de l'hôpital n'était plus autorisé à voir Christine. On avait fait venir une unité spéciale de Port Elizabeth.

« Je vais encore essayer, évidemment, mais je ne veux pas attirer l'attention en posant trop de questions. Tout ce que je sais, c'est que ça n'a pas l'air d'aller.

– Comment était-elle, la dernière fois que tu l'as vue ?

– Pareille. Elle ne sortira pas du coma de sitôt.

– Mais elle n'allait pas plus mal ?

– Non, absolument pas. »

Comment interpréter ça ?

Et quelle signification donner au fait que la Jetta n'était pas revenue à Belhar derrière eux ?

Ils avaient décidé que Robbie téléphonerait à Judy tôt le lendemain matin, à propos d'un problème familial quelconque, pour s'assurer qu'elle allait bien. Mais cela faisait une longue nuit à attendre. Et beaucoup de choses pour lesquelles s'inquiéter. A cause de tout cela, Thomas resta éveillé.

Mais il dut s'assoupir sur le matin, parce que, quand il se réveilla – huit heures et demie passées déjà –, Rashid n'était plus là et le silence regnait dans la maison. Thomas sauta du lit pour jeter un coup d'œil, mais il n'y avait personne nulle part. Il sortit par la porte de derrière et regarda dans le garage par la petite fenêtre latérale ; la Volkswagen se trouvait toujours là. Il fut rassuré, quoique mécontent d'avoir dormi si tard. (Et pourtant cela avait été nécessaire. Il ne tiendrait pas longtemps s'il continuait comme ça, nuit après nuit.)

Quand il sortit de la salle de bains, en jean et chemise à carreaux, Rashid apparut à la porte d'entrée.

« Où diable es-tu allé ?

– Téléphoner à Justin. Robbie m'a déposé à la gare, il est parti faire les courses.

– Tu aurais dû me réveiller.

– Pourquoi ? Tu avais besoin de dormir.

– Est-ce que Robbie a pu joindre Judy ?

– Oui. Aucun problème. Pas trace des types d'hier soir. Mais, par sécurité, quelqu'un ira voir Judy à l'hôpital dans la journée, pour vérifier. Un malade en consultation, un courrier, quelqu'un.

– La Jetta qui nous a suivis, c'est peut-être simplement une coïncidence.

– N'en sois pas si sûr. » Rashid alla jusqu'à la fenêtre, mais la haie de lauriers-roses était trop épaisse pour qu'on voie à travers. « Ils nous attendaient devant la maison quand nous sommes partis ce matin. Ils ont continué à suivre Robbie et la famille quand je suis descendu à la gare. »

Thomas sentit son cœur se contracter brièvement. Mais il resta calme. « Ce doit être en rapport avec ce que Judy nous a raconté. Sur le transfert de Christine. Ils font peut-être une vérification générale ; mais pourquoi ? Qu'est-ce qu'ils manigancent ? » Il fronça les sourcils. « Tu crois qu'elle peut avoir repris connaissance ?

– Judy l'aurait su. Elle connaît son métier. »

Thomas resta songeur quelques instants. « Qu'est-ce qu'on fait maintenant ?

– Tu es prêt à partir ?

– Pour aller où ?

– En ville. Je ne peux pas rester ici.

– J'ai le temps d'avaler un petit déjeuner ? Ou tu es pressé ?

– Pas du tout. Prends ton temps. »

Thomas se coupa deux tranches de pain, sortit le lait du frigo et s'assit devant le comptoir qui séparait la cuisine de la salle à manger.

« A propos, dit Rashid, Justin te retrouvera au Mike's Kitchen dans le Golden Acre. Vers une heure. Mais il sera peut-être en retard ; attends qu'il arrive.

– Qu'est-ce qu'il pense de l'histoire de Judy ?

– On n'a pas pu parler au téléphone. Je le verrai plus tard. »

Thomas s'essuya la bouche du revers de la main. « Ça va, je suis prêt. »

Rashid se tenait de nouveau à la fenêtre, penché en avant. Au bout d'un moment, il secoua la tête. « Je ne peux rien voir. Mais je ne veux pas prendre de risques. » Il se redressa. « Je vais aller à la boîte aux lettres. » Sans attendre, il ouvrit la porte et sortit. Thomas le regarda s'avancer jusqu'au portail et ouvrir la boîte aux lettres, en se penchant négligemment pour regarder d'un côté et de l'autre de la rue. Il revint quelques instants après et referma la porte derrière lui. « Ils sont là.

– Qu'est-ce qu'on fait ?

– Restons calmes. Je crois que tu as raison, ça fait partie d'une vérification générale des gens que connaît Judy. Ils ne t'ont vu que dans l'obscurité, hier soir. Moi, ils m'ont vu ce matin, à l'arrière de la voiture de Robbie. Mets ton imper et couvre-toi la tête avec quelque chose, ça ira. Il y a des chapeaux dans le couloir.

– Et toi ?

– Je vais y aller comme ça. Même s'ils n'ont fait que m'apercevoir, je ne peux pas changer d'apparence maintenant. Allons-y.

– Je ne vais pas attirer l'attention, si je sors avec ma valise ? »

Rashid réfléchit un instant. « Si. Il vaut peut-être mieux mettre deux ou trois affaires dans un sac en plastique, ils ne le remarqueront pas. »

Tandis que Rashid fouillait dans les placards de la cuisine à la recherche d'un sac, Thomas choisit quelques vêtements, en vérifiant de façon rapide mais méticuleuse ce qu'il laissait pour s'assurer que tout était bien anonyme. Des billets de caisse de Pretoria et de Bloemfontein, un ticket de bus de Pretoria, des morceaux de papier avec des notes illisibles ; parmi eux, inattendue, une demi-page qui lui fit froncer les sourcils : écrits d'une large écriture, un nom : *lisa lombard*, un numéro de téléphone, une adresse à Claremont. Puis il se souvint : la jeune fille bavarde de l'avion. Pendant un moment, il pensa brûler le papier avec le reste avant de jeter le tout dans les toilettes, puis il le remit dans la poche de son jean. Peut-être passerait-il la voir, se dit-il distraitement, s'il n'avait rien d'autre à faire.

Cinq minutes plus tard, le dos voûté, portant un chapeau à large bord et l'imperméable en plastique bon marché, il ouvrit la porte de derrière, se baissa pour rester dissimulé par la haie pendant que Rashid faisait demi-tour dans la rue, referma la porte du garage et celle du jardin – calmement, sans regarder derrière lui, en restant le dos tourné à la direction où Rashid lui avait dit que se trouvait la Jetta –, puis monta dans la Volkswagen par la portière que Rashid avait ouverte de l'intérieur. Ils entendirent un moteur se mettre en marche derrière eux.

Quand ils tournèrent à gauche au premier croisement, vers Modderdam Road, il dit : « Explique-moi comment tu comptes te débarrasser de la Jetta avec ce tracteur ? »

Rashid fit un grand sourire. « Ce n'est pas une question de vitesse, mon pote. C'est une question de technique. Nous ne *voulons* pas de poursuite. Il faut qu'ils croient qu'on va simplement faire des courses en ville. On n'a rien à cacher, n'est-ce pas ? » Il fit un clin d'œil.

La Jetta les suivait, pas très loin, au début, juste derrière eux. Mais graduellement, alors qu'ils semblaient garder la même allure de tortue, la Jetta s'éloigna en laissant même deux, puis trois voitures s'intercaler entre eux. Pendant les premiers kilomètres sur Settler's Way, jusqu'à ce qu'ils arrivent à la hauteur des tours de refroidissement de la centrale électrique de Pinelands, les autres voitures les doublèrent à toute vitesse ; mais, quand la circulation devint plus dense, l'allure diminua. C'était ce que Rashid attendait, il changea de file plusieurs fois, toujours au dernier moment, en mettant toujours plus de voitures entre eux et leurs poursuivants, mais sans semer la Jetta. En haut de De Waal Drive, à l'embranchement d'Eastern Boulevard, Rashid exécuta une manœuvre risquée : il resta dans la file de gauche et, brusquement, au dernier moment, il obliqua à droite, coupa les lignes continues et s'engagea dans Eastern Boulevard. Un concert de klaxons s'éleva de toutes parts. Thomas, sur le siège du passager, était pétrifié.

« Tu les as semés ? » demanda-t-il après avoir repris son souffle.

Rashid regardait dans le rétroviseur avec intensité et ses phalanges étaient blanches tant il serrait le volant. « Le salaud ! s'écria-t-il brusquement. Il a réussi ! Mais il est loin derrière maintenant. » Il accéléra pour la première fois en passant d'une file à l'autre, et le moteur sembla protester en rugissant.

« Prêt à sortir ? » lui demanda Rashid au moment où ils s'arrêtaient au feu rouge de – évidemment ! – Parade. « Je m'arrêterai dès qu'on tournera dans Adderley. Tu disparais dans le Golden Acre. Tu devrais être en sûreté. Souviens-toi de retrouver Justin à l'heure du déjeuner chez Mike.

– Ce n'est pas trop public ? Ces types qui nous suivent...

– Débarrasse-toi de ton imper et de ton chapeau. Trouve un sac pour tes vêtements.

– D'accord. Bonne chance.

– Quand est-ce que je te reverrai ?

– Justin te le dira. Sinon, téléphone à la station de taxis, plus tard dans l'après-midi. »

Rashid tourna brusquement à gauche dans Adderley Street. Vingt mètres plus loin, il freina et la voiture qui suivait faillit l'emboutir. Thomas avait déjà ouvert sa portière.

« Saute ! » hurla Rashid, presque joyeux. Thomas claqua la portière derrière lui. La Volkswagen redémarra en grondant. Comme venant de très loin, dans le bruit des voitures, il entendit la voix de Rashid : « Maintenant, tu es tout seul, mon pote ! »

5

« Tout seul », aussi, à ce moment-là. Après le passage de la Special Branch à propos de mes photos dans la township, mon hommage à grand-père Khaya Ntshenge, je n'ai personne vers qui me tourner. Quand je reçois le message du studio m'informant qu'on n'a plus besoin de mes services, mon premier mouvement est d'aller voir Carla. Mais, à une rue de chez elle, je rebrousse chemin. Non, pas Carla. Parce que j'ai peur qu'elle ne comprenne pas ? Parce que je veux lui épargner cette angoisse ? Je n'ai encore pensé à rien. Tout ce que je sais : pas maintenant, pas encore. Il s'agit de quelque chose à quoi je dois faire face seul.

Pour moi, ce qui est en jeu, c'est la photographie elle-même. Une façon d'enregistrer, de rendre compte du monde nouveau que j'ai découvert. Et même « enregistrer », « rendre compte », n'est pas suffisant à long terme. C'est Ntsiki Yaya qui m'aide à mettre en forme les questions rudimentaires qui s'agitent dans mon esprit.

Ntsiki. C'est le seul à qui je dois parler. Le seul à qui je peux parler.

Pendant toute une semaine, je me tiens à l'écart de la township. Je sèche la plupart de mes cours – moi, l'étudiant studieux ! – ; j'évite mes meilleurs amis et j'erre dans les rues de Stellenbosch, de mauvaise humeur et désespéré, et je ne cesse de ruminer dans mes nuits sans sommeil. J'ai peur. Oui, j'ai peur.

Mais, à la fin, je reviens vers Ntsiki et son univers. A ce moment-là, j'ai bien réfléchi. C'est une décision consciente et, je l'espère, responsable. Si je me laisse intimider par cette visite amicale, ces réprimandes paternelles, alors autant ranger mes appareils photo et me résigner à faire ce que mes parents ont prévu pour moi avec tant de constance. Qu'on m'ait mis en garde renforce la nécessité de ne pas obéir. Cela m'a au moins obligé à choisir entre ce qui est important et ce qui ne l'est pas : ce que je peux faire ; ce que je dois refuser d'accepter.

« Alors, Thomas, mon frère, tu es revenu ? » Ntsiki. « Je

pensais que tu nous avais trahis. » Dans la rue défoncée pleine de trous et de nids de poule, où de petits enfants jouent avec des voitures en fil de fer, un coup de vent soulève la poussière. Sous l'escalier extérieur de son immeuble, on a fabriqué un enclos à poulets avec des boîtes en carton, des planches et du grillage. Une eau brunâtre et qui pue suinte d'une conduite d'égout percée. Dans l'escalier que nous montons, on a remplacé certaines marches par des morceaux de bois ; on a réparé les rampes cassées de façon précaire avec des cordes effrangées et du fil de fer, elles sont recouvertes de torchons et de serpillières. Nous nous asseyons devant l'une des lourdes tables ; j'ai apporté deux bières. Une femme fait sa lessive dans l'évier en zinc contre le mur du fond et deux petits enfants jouent à ses pieds. Par une fissure dans le mur, si je bouge la tête, je peux voir au-dehors. De façon inexplicable, j'ai l'impression de rentrer à la maison après un long voyage.

« Ils m'ont dit de ne plus venir ici.

– Qui ça, « ils » ?

– Eux. »

Ntsiki me lance un regard perçant. Son visage étroit est encadré par le halo noir de sa coupe afro. « Et tu es venu ? » Il étale ses longues jambes serrées dans un pantalon à rayures bleues et blanches et, pendant un moment, il contemple ses pieds. Des chaussettes rouge vif sont collées à ses chevilles osseuses. « Alors, pourquoi es-tu revenu ?

– J'étais inquiet à ton sujet.

– A *mon* sujet ? » Il relève les jambes en éclatant de rire. « Pourquoi ? Je suis un chat, mon frère, je vois la nuit et je retombe toujours sur mes pattes. »

(Par la suite, en me souvenant de cet après-midi, je serais obligé de me dire : *Non, pas toujours, Ntsiki.*)

« Ils n'aiment pas mes photos.

– Et alors ? » Ntsiki dit : « Et alors ? » d'une telle façon qu'on se sent moins que rien. « Tu ne croyais quand même pas qu'ils allaient te donner une médaille ?

– Ce que je voulais faire... »

C'est le problème que je n'ai pas encore appris à poser.

« Qu'est-ce que tu voulais faire, mon frère ? Jouer ? Et, brusquement, c'est devenu sérieux ? »

Je proteste : « Je n'ai jamais joué, Ntsiki. »

A nouveau le : « Et alors ? » ravageur.

« Je... tout ce que je voulais faire... pour moi, mon appareil photo est un moyen pour essayer de voir... de découvrir... ce qui se passe. »

Je le regarde d'un air désespéré. Qu'est-ce que j'attends de lui ? Même pas une approbation, peut-être rien de plus qu'un geste d'encouragement, de compréhension, quelque chose. Mais il m'observe sans dire un mot, comme s'il prenait plaisir à me voir patauger.

« Et t'as vu quoi de ce qui se passe ?

– Je ne suis pas sûr, Ntsiki. Tout ce que je sais, c'est que ça a dû leur taper sur les nerfs.

– Et maintenant que tu as vu comment ça se passe ? Quoi d'autre ?

– Maintenant, je veux savoir *pourquoi.* » J'ai répondu avec ardeur : et ce n'est qu'en prononçant ces mots que je comprends ce qui m'échappe depuis si longtemps.

« Tu es sûr de pouvoir vivre avec ce genre de " pourquoi " ?

– Si toi tu le peux, alors je suis sûr que je peux aussi apprendre. »

Un grand éclat de rire. Pendant un instant, les enfants surpris cessent de jouer par terre. Par la fissure du mur, j'aperçois un minibus qui s'avance lentement sur la route boueuse. « Thomas-mon-frère, je suis né avec. Pour toi, c'est différent.

– Personne ne naît avec. Je ne le crois pas. »

Il se lève tout à coup et s'en va vers la porte sans se retourner pour vérifier si je le suis. Je le suis. Dans cet escalier épouvantable. Il longe le devant de l'immeuble jusqu'au mur sur le côté – un mur sur lequel est écrit, en énormes lettres blanches malhabiles : « *Wa funya nwabichama apha unfi leyo* : celui qui urine ici doit mourir » – il ouvre la fermeture Eclair de sa braguette et réécrit autant qu'il le peut avec son jet d'urine l'inscription : « *Wa funya nwabicha...* »

« Tu as raison, dit-il laconiquement en pliant les jambes pour ranger son énorme stylo. Je ne suis pas né avec. Il a fallu aussi que je l'apprenne. Mais plus tôt que toi.

– Comment as-tu fait pour apprendre ?

– J'ai ramassé ça un peu partout. » Sur la réserve. « Comme on attrape des graterons. » Puis il se lance dans l'histoire de sa vie : Kwazakele près de Port Elizabeth où il a grandi et a reçu son éducation ; sa première école, les tas d'ordures au bord de la township. Les tas qui fument éternellement ; les épais bancs de brume qui couvrent la township en permanence. Les enfants qui font l'école buissonnière pour venir ici. Des aventures sans fin, des trésors ramassés dans les ordures des quartiers blancs. Des bandes : pas pour l'argent que ça rapporte ni pour la bravade ou le pouvoir ; simplement pour s'amuser. Ils traînent autour du quartier des célibataires : un vendredi à cinq heures du matin, la police fait une descente pour ramasser les femmes et les enfants qui ont passé la nuit avec les hommes. Le résultat, c'est que, quand il commence à faire chaud, beaucoup d'hommes préfèrent emmener leur femme – une fille de rencontre, une prostituée ou leur épouse venue leur rendre visite du Transkei ou du Ciskei – dans les champs : « C'est comme ça qu'on a appris les choses du sexe, Thomas-mon-frère. On se cachait derrière les buissons pour les observer. » Puis renifler de la colle. Ou, pour les plus grands, les amphétamines. Et le foot. Sur la terre rouge et nue, au milieu des rigoles creusées par la pluie, un terrain de cailloux et de pierres. « Beaucoup d'entre nous n'ont jamais pu jouer sur un vrai terrain ensuite, on n'arrivait pas à contrôler la vitesse de la balle. Pas après la terre nue. » Et alors, même alors, toujours, partout : *ubuntu.* Si vous avez des problèmes, si votre père s'est fait ramasser parce qu'il n'avait pas son pass dans sa veste rapiécée, si votre mère est embarquée parce qu'elle tenait une *shebeen*, une buvette clandestine : il y a toujours quelqu'un pour vous aider, pour partager son repas avec vous, pour vous offrir un vêtement contre le vent d'hiver ou un coin pour dormir sous un lit, ou sur le plancher ou contre un mur. « Mais ensuite, même l'ubuntu a commencé à s'épuiser. A la fin, ce n'était plus qu'une question de survie, rien de plus. La vie n'était pas quelque chose qu'on prévoyait, mon frère. Simplement quelque chose qui t'arrivait. Jour après jour. Tu vois ? C'est comme ça qu'on apprend. C'est comme ça qu'on apprend à demander. *Pourquoi ? Dans quel but ?*

– Et ton père ? Qu'est-ce qu'il a dit quand tu lui as demandé ?

– Mon père ? C'était une partie du problème, vieux. Un samedi, mon père m'emmène avec lui à son travail. Pour s'amuser. Il est jardinier à Newton Park. Des gens gentils, me dit-il. Et la dame m'apporte une boisson fraîche dans un gobelet en fer. Et quand nous partons, elle fait un cadeau à mon père, une vieille veste de son mari. Et il la glisse sous son bras, il joint les mains devant lui et dit merci : “ *Nkosi*, madame. Merci, madame. Que le Seigneur vous bénisse, madame. ” Et soudain, j'ai envie de me sauver. Je ne veux pas que quelqu'un me voie avec cet homme qui est mon père. Il me fait honte. La façon dont il l'a remerciée pour une vieille veste. *Mon* père, vieux. Tu comprends ce que je veux dire, mon frère. Je ne parle pas d'un vieux clodo ou d'un mendiant, hein, c'est de mon *père*. Mais j'ai honte de lui. » Une nouvelle ardeur s'empare de lui. « Les gens parlent de torture, de violence et de trucs comme ça, Thomas. Ne les écoute pas. Laisse-moi te dire une chose : ce n'est pas le problème. Le problème, c'est le petit morceau de merde qu'on te file chaque jour de ta vie. C'est tout. La merde qui continue comme ça jusqu'au jour où tu te rends compte que tu n'es plus une personne, vieux, tu n'es plus qu'une chose qui ne pense qu'à survivre, rien d'autre. Et c'est à ce moment-là que tu commences à te demander : " Pour quoi faire ? " »

C'est ainsi que Ntsiki me pousse à me poser les mêmes questions.

Au début, il semble toujours me regarder de haut – pas beaucoup mais de façon perceptible – parce que je suis ignorant, parce que je suis blanc ; il a l'air à la fois patient et amusé. Mais un mois environ après mon retour dans la township, quelque chose change dans nos relations. Il est resté absent pour un de ses voyages louches au Transkei ; tout à fait par hasard, parce que je ne savais pas qu'il était parti, il se trouve que je suis dans son immeuble de New Flats quand il revient. Il semble étonné quand il me reconnaît.

« Qu'est-ce que tu fais ici ?

– Je te cherche, évidemment.

– Je suis occupé. » Il m'écarte, impatient. « Écoute, vieux, on m'attend à Guguletu.

– Je peux t'accompagner ?

– Impossible. Reviens demain, d'accord ? Je te le dis, vieux, je suis occupé. »

Un peu interloqué, je me recule pour le laisser passer mais je change d'avis quand je le vois sauter dans le minibus et partir dans un nuage de poussière. L'irritation, la curiosité, la prémonition d'ennuis ? Je ne sais pas. Mais je cours jusqu'à ma moto et je le suis.

C'est ainsi que j'arrive au moment où la police arrête son minibus à l'entrée de Guguletu. Ce n'est pas un barrage routier très méchant, pas d'armes automatiques ni de véhicules de police, comme c'est souvent le cas ; seulement deux jeunes policiers. Tant mieux. Parce que quand ils arrêtent Ntsiki et lui demandent d'ouvrir l'arrière du minibus pour un contrôle de routine et qu'il commence à vouloir discuter, je suis là pour intervenir. Comment l'idée me vient-elle et que peut-il se passer s'ils ne me croient pas, je n'en sais rien ; mais je vais à moto jusqu'à leur hauteur et je leur demande avec beaucoup de bonne volonté : « Je peux vous être utile ? Cet homme est avec moi.

– Comment ça ? me demande un des policiers.

– Je suis de Stellenbosch. L'Association des jeunes de la paroisse. Nous distribuons des bibles. »

Les deux jeunes policiers se regardent, puis se désintéressent de l'affaire et nous font signe de passer.

Je suis Ntsiki sur son itinéraire très compliqué jusqu'à ce qu'il s'arrête enfin. Je m'attendais à tout, mais sa réaction me prend à l'improviste : il saute du minibus et me jette les bras autour du cou, mort de rire. Ce n'est que beaucoup plus tard que je comprends. Après qu'une nuée d'hommes sortis de nulle part ont déchargé du minibus, comme une armée disciplinée, des cartons et des sacs de toile, et alors que Ntsiki se détend dans un salon encombré, sur une chaise rouge, devant une table en Formica aux pieds chromés, qu'il ouvre une boîte de bière et qu'il me donne une grande claque dans le dos à m'en couper le souffle. « Mon frère, à ta santé ! » Toujours interloqué, je lui demande : « Mais qu'est-ce qu'il se passe, Ntsiki ? » Et, comme s'il s'agissait de la chose la plus naturelle du monde, il me répond : « De l'herbe, mon frère, voilà ce que c'est. En direct du Transkei. La meilleure herbe du monde. Du dagga. »

C'est à mon tour de lancer une injure. Mais pour toute réponse, il rit. (« Du fric, mon vieux. Garde tes ntloko*. C'est la vie. ») Et il ne reparle jamais de l'incident, même pas quand j'essaie d'amener la question sur le tapis. Jusqu'à ce qu'il ne me reste plus qu'à me résigner, rassuré de savoir que notre nouvelle camaraderie – même si ce sur quoi elle repose reste douteux – a amené Ntsiki à m'accepter comme un de ses parents.

Et c'est pourquoi, même si maintenant à bien des égards je suis « isolé », je ne suis pas vraiment seul. Parce que Ntsiki est là ; et ses amis. Achmat, l'avocat d'Athlone. Des ouvriers de l'abattoir, des conserveries, de la centrale électrique ou de la voierie. Des coursiers, des preneurs de paris, des mécaniciens, des joueurs de cartes, des escrocs, des petits trafiquants, une grande fraternité pour survivre.

Deux semaines plus tôt, Ntsiki, plus excité que jamais – d'habitude il est toujours cynique, immunisé contre tout espoir par l'expérience de toute une vie – m'en parle : « Thomas-mon-frère, mon baba* revient. Dimanche, nous allons faire un stokvel* pour l'accueillir. Il faut que tu sois là. Tu me le promets ! Je veux que tu viennes et que tu apportes ta caméra avec toi. » Il dit toujours « caméra » pour appareil photo.

Tout d'abord, je ne sais absolument pas de qui il parle. « Qui c'est, ton baba ? D'où vient-il ? C'est quoi un stokvel ? »

Ntsiki éclate de rire. « Nom de Dieu, mon frère, t'es vraiment naïf. » Et il se lance dans de grandes explications : son baba est son père – pas son vrai père, qui est resté à Kwazakele quand Ntsiki a été circoncis et est parti en ville, mais un parent, un grand-oncle ou quelque chose comme ça, du côté de sa mère, qui a pris la place de son père selon la coutume –, c'est Henry Bungane qui est resté cinq ans à Robben Island et qu'on va libérer la semaine prochaine ; et le dimanche, on fera une fête. C'est une occasion à ne pas manquer.

« Mais vous ne voulez sûrement pas que des étrangers y assistent, Ntsiki ?

– Toute la township sera là. Ils vont venir de tout Port Elizabeth. Et, de toute façon, mon frère, tu fais un peu partie de la famille, non ? »

Brusquement, j'ai le visage en feu à cause de l'émotion.
« Pas vrai ?
– C'est vrai, Ntsiki. »
Et nous scellons ces paroles par la poignée de main africaine. Et, le jour dit, je rencontre Henry Bungane.
Un petit homme avec un crâne chauve et brillant, un visage toujours souriant – jusqu'à ce qu'on soit assez près pour s'apercevoir que ses yeux ne changent pas quand il rit –, des mains expressives qui bougent tout le temps, des pieds étonnamment petits dans des chaussures noires avec l'éclat du neuf. En réalité, tout sur lui est neuf : la chemise blanche, la cravate à rayures, le costume gris anthracite ; seuls les yeux sont vieux, ronds, prudents comme ceux d'une tortue. Henry Bungane. Tard dans la soirée, assis dans un fauteuil trop grand pour lui, la lampe à acétylène se reflétant sur son crâne chauve, quand la foule s'est enfin dispersée vers les innombrables maisons-boîtes d'allumettes, dans l'obscurité bruyante. Il ne reste que quelques membres de la famille – je ne me souviens même plus de leur nom – et Ntsiki, Achmat, son ami avocat, et moi. Sur les genoux de Henry, deux enfants, un garçonnet de dix ou onze ans ; une fillette endormie, née quelques mois après l'incarcération de son père sur l'île. Une femme au visage étonnamment jeune, par terre à ses pieds, une main posée sur l'accoudoir ; elle lève les yeux vers lui. C'est ainsi qu'il est sur la photo que je choisirai plus tard, parmi toutes celles que j'ai prises ce jour-là, pour l'exposition à l'étranger. *Retour de l'île.* Un petit homme dans l'espace presque vide de la petite salle de séjour, de nouveau dans sa famille, avec cette lumière qui le fait apparaître dans une atmosphère étrange et surnaturelle ; un Moïse souriant, triste et toujours ardent, de retour du Sinaï. Ce que la photo ne peut enregistrer, c'est sa voix : une basse riche, profonde, stupéfiante qui emplit tout l'espace autour de lui, même quand il parle doucement

avec des amis. (Mais plus tôt dans la journée, dans l'après-midi de bruit et de soleil, il y avait la vibration de ses paroles au-dessus de la foule réunie dans la rue poussiéreuse en face de sa petite maison, des milliers de gens debout levant le poing et criant « *Ngawethu* ! » en réponse à son retentissant «*Amandla* ! »

« Alors, Thomas ? »

Ses yeux ronds sur mon visage, comme s'il regardait par-delà toute l'histoire de ses dernières années, à travers moi, à la recherche de quelque chose que je ne peux expliquer. Il semble attendre quelque chose de moi, une remarque profonde, un petit geste, quelque chose comme ça, mais je suis bien mal préparé.

Je bégaye, en me sentant complètement stupide : « Vous voilà de nouveau libre. »

Un petit rire, à peine un grondement de sa voix profonde. « On peut être libre n'importe où. Même en prison. Même sur l'île. » Une pause qui dure si longtemps que je crois qu'il a fini de parler. Puis il reprend : « Tu sais, la prison, si l'on y pense vraiment, ça libère l'esprit. C'est un endroit où l'on devient vraiment, comment dit-on, maître de son destin. Ça libère de tout ce qui conditionnait la vie à l'extérieur. En particulier, la peur. On se sent envahi par une grande sensation de paix quand on découvre qu'on n'a plus besoin d'avoir peur. De la police, de ses chiens, des grenades lacrymogènes, du sang, des menottes, de ce qui peut arriver à sa famille. Parce que, d'une certaine façon, le pire a déjà eu lieu. Après, on est libre. On ne peut rien y faire. On est libre de tout, on n'a même plus peur de mourir. Il ne reste que soi. Soi-même. Et on a tout le temps qu'on veut pour penser. » De nouveau le regard déroutant. « Qu'est-ce que c'est la " liberté ", pour *toi*, Thomas ? »

Brusquement, tout ce que je peux citer devient insuffisant : Platon, Rousseau, Sartre, Camus, des noms, des noms ; la culture éculée de ma « tradition occidentale ».

Il me fait un sourire indulgent. « Ne la recherche pas trop loin, mon jeune ami. Si tu y penses, la liberté n'est rien d'autre que le petit espace qui t'entoure. » Un arrêt. « Et ce que tu en fais. »

Puis il commence à parler de l'île. Doucement – si doucement qu'on n'entend pas certaines phrases –, un bourdonnement profond et rassurant dans la pièce ; le garçon s'appuie contre son épaule en luttant courageusement contre le sommeil pendant quelque temps, puis il s'amollit. Et Henry parle : du voyage vers l'île dans la cale d'un bateau, une longue file de prisonniers enchaînés les uns aux autres, descendant de façon maladroite l'échelle très raide, comme dans un ancien navire négrier (ma lointaine ancêtre Catharijn !) ; des gardiens qui attendent avec leur accueil brutal : « On va vous mater, ici, compris ? » Il parle des travaux forcés : casser des pierres, entretenir les jardins, creuser des fossés, construire des murs. Les injures et le harcèlement des gardiens. Et les rares occasions où quelqu'un craque, mord à l'hameçon et leur répond ; ou, pire, ose se défendre. « Une fois, c'est arrivé à l'un de mes amis. Il n'a pas pu en supporter plus. Quinze gardiens lui sont tombés dessus. Les autres nous menaçaient avec leurs armes automatiques. Après, il n'avait plus un lambeau de vêtement sur le corps. Plus une seule dent dans la bouche. On voyait à peine que c'était un homme. Puis ils l'ont enchaîné et mis à l'isolement pendant un mois.

– Comment survit-on à ça, Henry ?

– Oh ! On survit. » Un rire grave, comme un roulement de tonnerre au loin. « On survit. Parce qu'on n'est jamais seul, tu vois. Nulle part ailleurs sur terre, on n'a des amis comme ça. » (Plus tard, bien plus tard, quand il travaillait pour l'UDF, une fois, je l'accompagne au cours d'un voyage dans le pays, il m'avoue sans que je m'y attende : « Tu sais, Thomas, parfois j'ai envie de retourner sur l'île. » Je le regarde bouche bée. « C'est vrai, ajoute-t-il. Pas la prison. Pas les gardiens. Pas la faim, la torture, l'ennui. Mais les amis. L'Organisation. Chaque homme sait quoi faire. Des professionnels, tous autant qu'ils sont. Maintenant, je perds mon temps à repartir de zéro pour tout apprendre aux autres. Nous avons si peu de temps. Et il y a trop de choses à faire. Mais là-bas... On ne perdait pas de temps, on travaillait, tous ensemble, comme une belle machine. La meilleure université du monde ! »)

Puis il parle de gens. « Ces gens... ! » Un soupir éloquent. « Ces gens... ! » Il nous raconte comment ils donnaient des leçons aux gardiens qui passaient des examens, le brevet ou le bac : d'afrikaans, d'histoire, toutes les matières. Comment ils aidaient les gardiens avec leurs problèmes juridiques : contraventions, dettes, lettres de réclamation, impôts sur le revenu, éventuellement un divorce. « Tu devrais y passer quelques années, Achmat, dit-il en riant à l'avocat. Tu deviendrais le meilleur avocat de la ville. »

Il ferme les yeux quelques instants ; il doit être épuisé ; il est temps de le laisser seul avec sa famille. Mais il reprend : « Ah oui, l'île ! Ah ! Vieux, quand le temps est clair, on peut *mos* voir toute la côte depuis l'île, de Green Point jusqu'à Blouberg. Pas une si belle vue dans le monde entier. Comme l'a dit à son époque sir Francis Drake, cette saleté de vieil impérialiste. Mais il savait de quoi il parlait. » Puis s'adressant à Ntsiki : « Un jour, on y retournera tous ensemble, *buti*. Quand ce pays sera de nouveau libre. Je te montrerai. On ira ensemble sur les rochers chercher des fruits de mer. »

J'avoue : « Je n'avais jamais pensé qu'il y avait quelque chose de vivant sur l'île ou autour.

– Oh ! Il y en a beaucoup. Il y a du gibier. Des lièvres. Des pintades. Même des paons. La nuit, ils poussent des cris comme des gens en train de mourir. » Cela l'entraîne dans une autre direction. « Ces nuits. Si calmes qu'on pouvait entendre la mer. Le bruit le plus triste du monde. Ou un homme qui pleure quelque part dans l'obscurité. » Un long silence. « Ou un groupe d'hommes qui se mettent à chanter. Très doucement. Si doucement que les oreilles les entendent à peine, c'est comme une vibration des murs. Mais le son grossit continuellement. De plus en plus fort ; jusqu'à ce que toute l'île chante dans la nuit. » Puis, les paupières à nouveau baissées, de sa voix grave, profonde et retentissante, il commence à fredonner : « *Nkosi sikelel'iAfrika...* » et avant la fin du premier vers, Ntsiki chante avec lui ; puis la femme de Henry, et Achmat. Et les enfants à moitié réveillés se mettent à fredonner avec les adultes sans un instant d'hésitation. Et moi aussi. Derrière le chant, le sifflement de la lampe. Et, dehors, dans la nuit, le bourdonnement inaudible de l'Afrique qui bouge dans son sommeil et qui épouse le rythme de l'hymne pour le reproduire, l'amplifier, jusqu'à ce que le chant grave résonne sur ses côtes les plus éloignées.

Ensuite, Stellenbosch. Pendant des nuits et des nuits, j'erre dans les rues bien après que le circulation a cessé et que les derniers étudiants soûls, qui rentrent chez eux en titubant et en hurlant, soient rentrés dans leurs chambres, leurs turnes ou leurs antres. On n'entend que le bruit de l'eau vive qui coule dans les fossés de chaque côté des rues. Parfois, il y a du vent, le bruissement des feuilles des chênes. Peut-être une dernière voiture qui se dépêche. Puis de nouveau le silence. Je me souviens de ma stupéfaction quand je suis arrivé ici. La verdure luxuriante, les montagnes, le parfum de l'histoire, les sévères murs blancs entre les feuillages verts et sombres. Après l'arrière-pays aride, la côte ouest, le Transvaal, le Petit Karoo, les vacances d'été dans la ferme de mon grand-père, au Griqualand West. Quelle joie de parcourir les rues ombragées à la recherche de témoignages de mon passé. Certains des immeubles qui m'entouraient devaient exister à l'époque ; Fransoois Lodewickus et Carel Guillaume avaient peut-être franchi ces seuils (avec humilité, le chapeau à la main, comme il convenait à leur rang très modeste) pour entrer dans la fraîcheur des intérieurs hollandais avec leurs sols carrelés, leurs poutres luisantes et leur porcelaine de Delft dans les armoires sombres et imposantes. Mais maintenant, après ce qui s'est passé, je vois tout sous un jour différent : une ville musée, aux bâtiments et aux habitants pétrifiés dans une histoire obsolète, hors du temps, envahie par l'odeur du camphre, du formol, de la naphtaline et de la moisissure. La prétention. Interdisant tout espace à celui qui s'écarte des commandements, écrits ou non écrits, ou qui ose les mettre en question. Parce que ma mauvaise situation met en cause tous ceux à qui je demande de l'aide, simplement pour parler, pour me décharger de mon fardeau. Il n'y a personne. Personne parmi mes professeurs. Ni parmi mes camarades étudiants. Ou plus précisément : quelques-uns sont peut-être prêts à m'écouter, même à m'offrir leur sympathie, mais à condition que ça reste entre nous. Ils sont tous morts de peur à l'idée de ce qui peut arriver si cela se savait.

Non, je n'appartiens plus à ce monde.

Alors qu'en est-il de Ntsiki, de Henry, d'Achmat et de leurs amis ?

Je décide de parler à Henry. Son calme imperturbable, sa sagesse m'attirent ; il est un peu devenu un père pour moi – comme il l'a été autrefois pour Ntsiki.

Un après-midi, je lui confie : « Je ne sais plus à qui m'adresser. Ce n'est pas ma faute s'il y a une telle pagaille dans ce pays. Je *veux* quelque chose de différent. Mais je ne peux rien faire pour changer les choses.

– Ne sous-estime pas ce que tu peux faire, *buti*. »

Mais je suis impatient. « Non, Henry. Je ne le crois pas. Je me sens tellement coupable.

– A propos de quoi ?
– De tout. »

Le grondement d'un rire bref quelque part au fond de lui. Puis, sérieusement : « La culpabilité ne te conduira nulle part, Thomas. Nous sommes tous coupables depuis Adam. Mais Dieu ne nous a pas créés pour que nous passions notre vie à faire pénitence. » (J'ai découvert que Henry est croyant, il est prédicateur laïc dans une église baptiste ; la Bible n'est jamais très loin.)

« Considère ta culpabilité pour ce qu'elle vaut, continue-t-il sur un ton paternel. Puis laisse-la et avance. Dieu n'a rien à faire de ta culpabilité. C'est ta responsabilité qui l'intéresse. Il peut tout en faire. »

Cela semble si tentant. Comme j'ai envie de le croire. Mais, à ce stade, ses mots ne sont que des mots pour moi. Je lui envie même ce ton religieux parce que, à ce moment même, je commence à mettre en doute l'infaillibilité de la Bible et de tout ce que mes parents m'ont si ardemment inculqué.

Le résultat, c'est que ce qui arrive à Ntsiki survient trop tôt pour que je puisse être à la hauteur.

Brutalement. C'est vrai, Ntsiki m'a informé de rumeurs qui courent dans les quartiers pour hommes seuls, selon lesquelles la police prépare des descentes à grande échelle : mais ce n'est pas nouveau. La plupart des femmes et des enfants, qui se sont installés illégalement dans les bâtiments, sont habitués depuis longtemps à leur existence provisoire et menacée ; ils y sont résignés, ils s'y attendent, ils en plaisantent même. Mais il se trouve que les rumeurs semblent bien étayées. Tout d'abord quelques descentes coups de poing, ici, là, quelque part ailleurs. Puis ça se transforme en un siège d'une semaine, pendant laquelle la police fouille les townships de fond en comble. Des véhicules de l'armée cernent toute la zone. Et à l'intérieur, des compagnies antiémeutes de la police vont d'une rue défoncée à l'autre, en marquant d'un cachet violet la paume de tous les habitants « contrôlés », comme sur les carcasses de bœufs ou de moutons aux abattoirs.

Je sais depuis longtemps comment entrer dans les townships à moto – Ntsiki m'a montré, en particulier à Nyanga, les trous dans les haies ou les murs de ciment : des petites routes qui traversent Pinelands ou Athlone – et, en utilisant mon téléobjectif, je peux prendre des photos sans courir aucun danger. Je dispose de beaucoup de temps puisque je n'assiste presque plus aux cours. Après ma dernière année, les sujets pour le diplôme d'enseignant sont une véritable insulte à l'intelligence. Mais, même s'ils étaient stimulants, ils auraient peu de chance de m'attirer. Mon intérêt s'est dissipé : non seulement pour le diplôme, mais aussi pour Stellenbosch ; pour tout ce qui faisait ma « première » vie.

La dernière descente dans l'immeuble de Ntsiki est une surprise parce que la police l'a déjà investi deux jours plus tôt et a embarqué plus d'une centaine de femmes et d'enfants pour les entasser dans des trains vers le Transkei ou le lieu d'où ils sont venus. Mais la police se rend probablement compte que les gens ont été prévenus et qu'ils se cachent la nuit quelque part ; c'est pourquoi, cette fois-là, elle surgit à midi, en sachant que la plupart des « illégaux » – même si ce sont des femmes qui habitent là avec leur mari depuis huit ou neuf ans – seront à la maison à cette heure-là, faisant la lessive, le repassage ou le ménage pendant que les maris sont au travail. Seuls quelques hommes très âgés et fatigués sont chez eux, plus cinq ou six malades, une poignée de sans-travail et, inévitablement, Ntsiki, en train de préparer son prochain voyage au Transkei. (Je me suis disputé avec lui à ce sujet : « Ntsiki, je ne t'aiderai plus. Le dagga est le dagga, c'est un crime, merde, il n'y a aucune excuse pour ça. » Ce qui l'a fait rire à gorge déployée. « Et alors ? Il n'y a peut-être aucune excuse, mon frère, mais ça rapporte de l'argent. » Brusquement très sérieux. « Pourquoi es-tu si pointilleux sur le crime, tout à coup ? Allez, dis-moi tout : si tu n'étais pas blanc et si tu habitais ici, est-ce que tu ne prendrais pas un peu d'herbe toi aussi ? Ou n'importe quoi qui rendrait la vie un peu meilleure ? »

Nous sommes dans les sanitaires – des cabines de douches qui servent aussi de w-c ; des murs, à l'origine bleu ou vert sombre, maintenant recouverts de taches couleur de rouille ; les conduites d'évacuation qui fuient éternellement ; la puanteur des w-c bouchés – quand un petit garçon arrive en courant, le souffle coupé, écarquillant les yeux, et il bredouille quelque chose en xhosa. (J'ai commencé à apprendre la langue mais je ne la connais pas suffisamment pour suivre un échange rapide.)

« Thomas, les flics ! » Il me pousse sur le côté. « Ils vont te trouver ici. Il vaut mieux que tu files tout de suite. Fais le tour par ici. Reste derrière le marché. »

Je me faufile plié en deux derrière la première rangée d'étals, où je m'arrête pour vérifier qu'il me reste assez de pellicule dans mes deux appareils. Je suis entouré de femmes et d'enfants qui hurlent en s'enfuyant par les escaliers de secours et s'égaillent dans toutes les directions. Les chiens tirent sur leur laisse, en aboyant de façon hystérique, tandis que des compagnies de policiers sortent des camions dont les portes arrière sont ouvertes pour recevoir leurs nouveaux chargements de chair humaine.

Malgré la confusion, il n'y a pas trop de violence. Personne n'oppose de résistance. Les policiers ont l'air de prendre l'affaire comme s'il s'agissait d'une excursion. Quelque chose qui change de la routine quotidienne. Dommage qu'ils soient obligés de briser la vie des gens, mais qui pourrait leur reprocher de prendre un peu d'exercice de temps en temps ? Et, en fin de compte, la loi est faite pour qu'on y obéisse, non ?

Puis Ntsiki a une altercation avec des policiers. Autant que je peux en juger, cela concerne une femme qu'ils ont arrêtée en haut d'un escalier. Voici comment je reconstitue l'affaire en un éclair : pour essayer d'arracher à la femme une vieille valise en carton marron délabrée à laquelle elle s'accroche, le policier lâche son chien, qui arrache un grand morceau de robe rouge-orange. Alors qu'elle recule, morte de peur, deux courageux jeunes gens jettent la valise en bas, et elle s'ouvre en éparpillant son contenu comme du pop-corn sur une assiette chaude. Des vêtements, de l'épicerie – du thé, du sucre, du café, un paquet de bougies –, un vase, un portrait dans son cadre. Rien de particulier. Sauf que cela représente sans doute la totalité de ses biens.

Sous le choc ou par colère, elle crache sur les policiers. Il semble que ce soit exactement ce qu'ils attendaient. Quatre ou cinq d'entre eux la cognent jusqu'à ce qu'elle tombe et la tirent par les pieds vers les camions. Sa robe colorée et déchirée lui remonte jusqu'à la taille en laissant voir sa culotte bouffante à l'ancienne mode. Le plaisir qu'ils prennent à lui faire subir cette humiliation a quelque chose de répugnant. Je suis trop bouleversé pour prendre des photos. Tout ce que je vois est cette descente de l'escalier et surtout la tête qui cogne sur chaque marche. A ce moment-là Ntsiki apparaît : juste au moment où ils arrivent en bas. Je ne sais absolument pas d'où il sort ; ce que je viens de voir m'a rendu malade. Au moment où je prends conscience de sa présence, il crie déjà des injures aux policiers. Je n'arrive pas à comprendre ce qu'il dit. Mais je le vois qui fonce brusquement sur un des flics, tête baisée, à toute vitesse. Ils s'abattent sur lui comme un essaim d'abeilles. J'ai envie de vomir. Je n'ai jamais rien vu de semblable. Je veux me sauver et m'en aller le plus loin possible ; et en même temps, je veux courir vers eux et arrêter l'échauffourée.

Dans une sorte de brouillard, presque machinalement, je lève un appareil-photo jusqu'à mes yeux et j'appuie sur le déclencheur. En même temps, je hurle dans leur direction ; mais je n'ai aucune idée de ce que je dis.

Brusquement, la bagarre s'arrête. Certains regardent dans ma direction.

Comme dans un rêve, je fais quelques pas vers eux. En criant : « Pour l'amour du ciel, arrêtez ! »

Cela se passe comme un replay au ralenti dans un match à la télévision : un homme sort de l'enchevêtrement des corps, fait quelques pas vers moi, puis de côté, met un genou à terre et pointe son pistolet dans ma direction. A quelques centimètres de moi, à droite, quelque chose frappe le sol. Les femmes dans les étals du marché hurlent, tombent, se précipitent pour se mettre à l'abri. Et je fais demi-tour et je cours comme je ne l'ai jamais fait de ma vie.

Je ne sais pas si on tire d'autres coups de feu. J'ai la sensation d'entendre d'autres détonations. Mais sans m'arrêter je cours, zigzaguant entre les baraques, serrant mes appareils contre ma poitrine. Jusqu'à l'endroit où j'ai laissé ma moto derrière une cabane en tôle ondulée. Je mets le moteur en route et je bondis en selle comme un cow-boy. Maintenant je suis d'un calme effrayant. Mais, dans ma poitrine, mon cœur saute comme dans une cage. Ce n'est que lorsque je suis à l'abri dans ma chambre, à Stellenbosch, allongé sur mon lit, que je commence à trembler. Et j'ai besoin de beaucoup de temps pour que mes pensées redeviennent cohérentes.

Je ne cesse de me répéter la même chose : *Mon Dieu, il m'a tiré dessus. Pour avoir pris une photo. Il était prêt à me tuer pour une photo.*

Je n'arrive pas à y croire. Oui, cela a eu lieu. A cause d'une photo.

« Ne sous-estime pas ce que tu peux faire, buti », disait

Henry. Ainsi il aurait raison ? Sinon, pourquoi une pareille chose aurait-elle eu lieu ? Mais, qu'il ait raison ou non, je ne l'ai jamais voulu. Et je n'arrive pas à comprendre. Pas ça. Est-ce trop demander ? Je ne suis pas un fichu héros ni un combattant de la liberté ou tout ce qu'on voudra. Je suis moi. Thomas Landman, vingt-deux ans, étudiant, photographe, une personne ordinaire et obscure ; et cela me convient. Je ne veux pas être différent.

En même temps : Ntsiki ?

Quand je pense à lui, j'ai peur et je tremble. J'essaie désespérément de me persuader qu'ils l'ont laissé partir. La femme aussi. Au pire, ils vont les conduire au tribunal pour un délit mineur. Rien de plus. Ils ne peuvent rien faire de plus.

Ou le peuvent-ils ?

Deux jours plus tard, mort de trouille, je reprends la route de Nyanga. Au foyer – des espaces vides à l'intérieur, ma voix qui résonne dans les salles, ici et là un grand-père qui regarde timidement ; quelques rares femmes, effrayées – on me dit : non, Ntsiki n'est toujours pas revenu.

Le cœur lourd, je vais demander conseil à Henry. Il m'envoie directement au cabinet d'Achmat dans George Street au centre ville. Une petite pièce encombrée, quatre jeunes assistants au travail avec pour table un simple plateau de bois posé sur des tréteaux et recouvert de papier kraft ; Achmat sous la fenêtre, à son petit bureau. Des classeurs et des placards métalliques, tous grands ouverts, des dossiers et des papiers qui dépassent des étagères et des tiroirs. Dans le couloir, à l'extérieur, vingt ou trente clients – des Métis, des Noirs, des Indiens – venus chercher de l'aide. Je dois attendre une heure avant qu'Achmat puisse me voir.

« Ne t'inquiète pas », dit-il, apparemment irrité d'être dérangé pour des vétilles : beaucoup d'affaires attendent, toutes urgentes. « Je vais voir ce que je peux faire. »

Quand il me téléphone le lendemain chez ma logeuse (je dois rester aussi calme que possible car je sais qu'elle se cache toujours pour écouter), il a l'air moins désinvolte. « Il y a quelque chose de louche, Thomas. Les flics disent qu'ils ne savent rien sur notre homme. Il n'a pas du tout été arrêté. Tu es sûr des faits ?

– Nom de Dieu, Achmat, j'y étais, j'ai tout vu !

– Tu peux venir chez moi ce soir ? » Il me donne son adresse à Athlone.

Aller chez lui à moto sous une pluie battante est plus facile à dire qu'à faire. Sous mon imper en plastique, j'ai une grande enveloppe bourrée de photos que j'ai prises pendant la descente de police.

Une fille très belle m'ouvre la porte et m'invite à entrer dans le salon, avant de disparaître soudain sans bruit. Quelques instants plus tard, mâchant du chewing-gum et portant un plateau avec du thé et deux tasses, Achmat entre en pantoufles et robe de chambre rayée par-dessus sa chemise.

« Tiens, verse-le. »

Je lui tends l'enveloppe.

Pendant un long moment, les sourcils froncés, il étudie les photos avec attention. Deux fois. Trois fois. Puis il lève les yeux et crie : « C'est de la dynamite, vieux. J'espère que tu t'en rends compte. Tu les as déjà montrées à quelqu'un ?

– Non. Je les ai tirées dans la salle de bains de ma logeuse.

– Quelqu'un sait qu'elles existent ?

– Non. Sauf les policiers qui m'ont couru après. Mais ils ne savaient pas qui j'étais.

– Écoute, mon vieux. » Il pose les photos sur une table branlante recouverte d'un tissu afghan. « Demain, je vais porter plainte. Tu peux en être sûr. Mais tu gardes ça secret. Pas un mot à personne. Compris ? Et apporte-moi d'autres tirages demain matin. Cache les négatifs là où même le Tout-Puissant ne les trouvera pas le jour du Jugement dernier. Laisse-moi celles-ci. »

C'est ce que je fais. Quand la police continue à affirmer que Ntsiki n'a jamais été arrêté, Achmat exige l'audition du responsable. En promettant vaguement d'« étudier l'affaire », l'officier s'en va en serrant les photos sous le bras. Le lendemain, quand il répète officiellement que Ntsiki n'est pas détenu, Achmat présente le second jeu de tirages à la Cour suprême et demande une suspension. (« Ne bouge pas, vieux. Si c'est nécessaire, je te demanderai de venir faire une déposition. Mais pour l'instant, j'essaie de te tenir en dehors de tout ça. »)

Avant même que la Cour ait donné sa réponse, un inconnu téléphone au domicile d'Achmat et lui apprend qu'on a retrouvé l'homme qu'il recherche, sur la plage de Macassar.

Mais ce que l'informateur a négligé de mentionner, c'est qu'il est mort.

Depuis un certain temps, il est devenu évident que je n'ai plus ma place dans mon ancien monde. Maintenant, il semble que le second soit lui aussi incertain, un champ de ruines, un Sperrgebiet*. Je ne peux plus faire face à la situation. Je ne suis pas à la hauteur. J'ai trop peur. Je ne comprends plus rien. Je n'ai plus de prise sur ce qui se passe autour de moi. Tout ce que je sais, c'est que je veux m'en aller. Ce pays que je croyais connaître m'est devenu étranger.

Papa est au bord de l'apoplexie. Maman pleure toutes les larmes de son corps. Frans lance des remarques cinglantes sur le pauvre petit crétin. Maria dit : « Je crois que tu commets une grave erreur, Boetie. Mais c'est toi qui décides. »

J'arrête mes études, je paie un mois de préavis à ma logeuse, je fais le compte de mes économies et je prends le billet d'avion le moins cher pour l'Europe. Ce que j'oublie de dire c'est que j'ai décidé secrètement de ne jamais revenir.

6

Le moment décisif de la journée fut l'information dans les journaux du soir. Par la suite, Thomas aurait du mal à reconstituer les heures qui l'avaient précédée, à part le déjeuner avec Justin.

Le matin, quand Rashid l'eut déposé, il fila vers l'entrée Sanlam du Golden Acre, en baissant la tête sous le chapeau gris de Robbie, puis il descendit au sous-sol où, aussi discrètement que possible, il enleva le chapeau et l'imperméable. Il garda l'imper roulé en boule sous le bras ; il jeta le chapeau dans une poubelle près de l'escalier mécanique qui monte vers Saint-George Street. Chez Garlicks, il acheta un sac de toile à porter en bandoulière dans lequel il transféra le contenu de son sac en plastique marqué OK. Ensuite, il flâna dans les rues en regardant les vitrines, il acheta des chocolats chez Woolworth's afin de pouvoir utiliser le sac comme signal pour Justin si besoin était. Il resta assis longtemps devant un jus d'orange et une saucisse dans un Juicy Lucy, à regarder d'un œil absent la foule du samedi matin.

Apparemment personne ne le suivait. Il se détendit lentement et commença à s'intéresser aux passants. Comme si souvent dans le passé, relégué au rôle de spectateur, d'observateur, de photographe sans appareil, se dit-il, avec une petite pointe de regret : tous ces inconnus qui passaient, des enfants, des adolescents, des femmes, des hommes, jeunes, vieux : saisis un seul instant fugitif dans la lentille de son œil – puis disparus. Pour toujours. Il ne les reverrait jamais. Même si l'un d'eux s'arrêtait une minute pour lui parler – pour lui demander la direction d'un magasin, pour lui dire bonjour ou faire une remarque sur le temps –, ce ne serait rien de plus qu'un bref échange. Comme le jeune homme qu'il avait pris en stop jusqu'à Bloemfontein, Raymond. Ou hier, le garçon blond, qui allait à Villiersdorp. Pauvre gosse. Ou la fille dans l'avion, Lisa, qui avait fait tomber sur lui le contenu de son sac et qui lui avait parlé pendant une heure jusqu'à Johannesburg. Maintenant, elle avait repris son ancienne existence, et les autres aussi, comme s'ils ne s'étaient jamais rencontrés. Quelle différence cela aurait-il fait pour lui si l'un d'eux – ou une personne dans la foule anonyme qui passait devant lui en ce moment – s'était vraiment mêlé à sa vie ? Ces individus, chacun d'eux, comme lui-même, porteur d'une histoire entière et unique. Treize générations, cent générations, en remontant jusqu'à l'*homo erectus* ou l'*homo habilis*. Les chances étaient égales : chacun d'eux aurait pu être décisif dans son existence. Chacun de ceux qui passaient devant lui et qui disparaissaient en se fondant aux autres, était une possibilité non réalisée, une occasion perdue.

Ces anonymes qui, il y a une semaine, se réunissaient sur Parade pour le spectacle, quand je suis arrivé à moto pour aider Nina dans sa voiture au moteur calé. Eux aussi croisaient ma vie par pure coïncidence, de façon aussi périphérique et aussi irréelle. Mais l'explosion a eu lieu. Et six d'entre eux sont maintenant marqués au fer rouge dans mon existence et ma conscience, avec l'incandescence de leurs noms, de leurs adresses, de leurs histoires.

Et la même chose peut arriver à n'importe lequel dans cette multitude qui passe devant moi maintenant : quelle personne entièrement différente cela ferait-il de moi ? Vers quelle fin totalement différente cela entraînerait-il ma vie ? Parce que rien n'est fixé ni déterminé à l'avance. A tout moment, une chose imprévue peut se produire, peut imploser dans ma vie et ouvrir toute une étendue de possibilités nouvelles auxquelles on n'avait pas pensé auparavant. Terrifiant. Et pourtant, chose étrange, rassurant aussi. Combien d'autres vies ont déjà pénétré la mienne. Toutes assimilées à la mienne. Et moi à la leur. Chaque individu que j'ai touché sur ma route, même fugitivement, gardera quelque chose de moi. De nos positions respectives, nous nous sommes éclairés mutuellement, même sans en avoir conscience ; sans tous les autres aucun de nous ne serait total.

Ensuite, il monta au niveau supérieur du centre commercial. Il était encore trop tôt pour son rendez-vous avec Justin au Mike's Kitchen, mais il passa quelque temps au Musica dans un luxe inattendu, presque indécent. Sans que personne vienne le déranger, il choisit des disques, les écouta avec un casque, en prit d'autres. De la musique de chambre, Vivaldi, Haydn, Mozart. Les préludes de Rachmaninov. Les ballades de Chopin. Beethoven. La *Troisième*. Cela lui rappela un jour à Lusaka, avec Sipho et Noni où ils l'avaient écoutée ensemble, et Sipho avait dit : « Tu savais que Lénine refusait d'écouter de la musique ? Il disait que ça l'affaiblissait. Je me demande si le camarade se rendait compte de ce qu'il ratait ? Parfois, je pense que le train blindé qui l'a ramené à Petrograd l'a trop isolé. »

A une heure moins le quart, il alla au restaurant. Il n'y avait que quelques personnes. Il choisit une table dans un angle d'où il pouvait voir l'entrée.

Il dut attendre près d'une heure ; pour s'occuper, il commanda un jus de pomme qu'il but très lentement, en se souvenant que Rashid l'avait prévenu : Justin pourrait être en retard. Il restait très attentif, mais il était évident que personne ne le suivait ; il gardait le sac de chez Woolworth's caché sur ses genoux.

La silhouette familière de Justin apparut enfin à l'entrée ; il s'arrêta un instant pour regarder autour de lui. Thomas ne manifesta aucune réaction quand il s'approcha, il ne lui tendit même pas la main. Justin avait les traits tirés, les yeux tristes et fatigués. Il posa une clef sur la table.

« La clef de ta voiture. Niveau M, emplacement 121. N'oublie pas parce que tu ne la reconnaîtras pas : elle est bleu clair maintenant. Immatriculée à Bellville. » Son regard s'éclaira un instant. « Ça devrait aller désormais.

– Le ticket de parking ?

– Dans la boîte à gants. Il y a aussi une carte de crédit. Mais ne l'utilise pas en dehors du Cap.

– Je n'ai pas l'intention de quitter la ville.

– Simplement au cas où tu partirais. »

Une fille aux cheveux mal coiffés et aux yeux très fardés vint prendre leur commande ; elle se rongeait les ongles.

« Alors, Freddie, quoi de neuf ? » Comme toujours quand ils se trouvaient en public, même si personne ne pouvait entendre, Thomas employa le nom de code de Justin.

« Aucun problème. On attend des nouvelles de la malade. Mais tout marche comme prévu.

– Et à la maison ? »

Un léger tremblement de douleur ou d'amertume dans les yeux de Justin. « Tout va bien aussi, je pense.

– Tu crois que ça va continuer encore un peu ? »

Justin haussa les épaules. « Ça a été dur ? »

Thomas baissa la tête.

Il releva les yeux quelques instants plus tard. « J'ai besoin de faire quelque chose », dit-il avec une sorte d'impatience.

Justin ferma à demi les paupières.

« J'ai besoin de quelque chose pour m'occuper, insista Thomas. Vous êtes tous occupés. Il faut que vous me trouviez quelque chose à faire à moi aussi. Ça me tue. »

Justin se pencha pour pouvoir parler à voix basse, en bougeant à peine les lèvres. « La chose la plus importante que tu puisses faire en ce moment, c'est disparaître. Jusqu'à ce que nous soyons sûrs que tout va bien. A ce moment-là, on te donnera tellement de choses à faire que tu n'auras plus le temps de chier. »

Thomas soupira. « J'espérais que je pourrais faire quelque chose pendant que je serais caché.

– Tu peux nous tricoter des pulls pour cet hiver.

– Crois-moi, même ça serait un soulagement. N'importe quoi.

– Laissons passer le week-end d'abord. Après nous organiserons tout. Une planque, tout. »

Il regardait fixement Thomas, à la recherche de signes – de quoi ? D'hésitation ? De résistance ? De l'apparition de failles ?

Thomas soutint son regard sans broncher, puis il hocha lentement la tête.

Justin posa la main sur son bras et le serra.

« Le temps s'améliore, dit-il de sa voix ordinaire en s'appuyant sur le dossier de sa chaise. Encore un peu de vent, mais à partir de demain il fera un temps merveilleux au Cap. »

Thomas leva les yeux et sourit. Il y avait encore tant de choses qu'il aurait voulu dire, tant d'autres questions à poser ; mais ce n'était pas le moment. Pour l'instant, il suffisait de rester assis ici, devant Justin, en le regardant dans les yeux pour y trouver la confirmation qu'il n'avait pas échoué, que ce qu'il avait fait avait un sens, même s'il était encore impossible de le définir ; que continuer avait aussi un sens. Assis devant lui, Justin était la garantie de ce qui était arrivé, de ce qui l'attendait. Assis là, toute son histoire l'entourait : son arrière-grand-père le maçon, son grand-père le pêcheur, son père, le fabricant de meubles ; la maison du District Six démolie par les bulldozers, et la triste petite maison de brique à Cape Flats où son père n'avait pas pu résister à la mort ; l'enfant qui avait été tué par la police et qui avait laissé une dent pour la petite souris : convaincus que les bons chrétiens n'avaient plus leur place dans ce pays, Justin et sa femme étaient partis pour le Canada. Là-bas, il était entré en contact avec des membres de l'Organisation. La première fois qu'ils étaient venus de Toronto à Lusaka, sa femme pensait qu'il s'agissait d'un congrès universitaire ; encore aujourd'hui, après tant d'années, elle n'avait aucune idée de ses activités. Elle savait bien sûr qu'il avait rejoint l'Organisation et qu'il en était resté membre même après leur retour du Canada, dont il ne pouvait plus supporter le froid, trois ans plus tard ; mais elle ne savait rien des bombes. Parfois, pendant les vacances scolaires, ou pendant le long congé qu'il avait pris pour superviser l'opération Paarl, elle croyait qu'il faisait des « recherches » à Johannesburg, alors qu'en fait il se trouvait au Zimbabwe, en Zambie ou en Angola, et une fois en Tanzanie. Tout cela, il devait le supporter seul ; tout cela, Thomas, assis de l'autre côté de la table, en avait conscience. Depuis le début même de l'opération, Justin avait été celui qui les avait avertis, comme les instructeurs de Luanda auparavant : on n'a pas recours à la violence par colère ou vengeance. Lancer une bombe – combien de fois l'avait-il répété ? – exige plus. Cela exige réflexion, calme, dévouement, foi. Cela exige un travail assidu. Un travail assidu, ingrat, inlassable. Sans aucune garantie de succès. Sans présumer du succès. Et il était là, toujours inébranlable. Maigre, las, éprouvé ; mais dur comme du *biltong*, aussi coriace, aussi inflexible dans ses exigences pour lui-même que pour les autres ; plus encore.

Cela donnait une nouvelle signification à la résolution de Thomas.

La fille revint avec les assiettes posées sur ses mains ouvertes.

Ils mangèrent sans parler. Thomas découvrit que les mots n'étaient plus nécessaires. Sous la surface de leur silence, le courant large et imperturbable de leur conversation continuait à couler.

Au moment de partir, Thomas demanda : « Où est-ce que je passe la nuit ? »

Justin sortit de l'argent pour payer. « Jimmy t'attendra dans Long Street à cinq heures. Au coin de Wale Street. S'il est en retard, attends. Il viendra. » Il se leva et posa rapidement la main sur l'épaule de Thomas. « Tiens bon, dit-il. Jusqu'ici, tu as été extraordinaire. Je suis fier de toi. »

Il sortit le premier. Thomas le suivit une minute plus tard.

Cinq heures, pensa-t-il. Il avait beaucoup de temps devant lui. Et le centre de la ville était désert un samedi après-midi.

Les mains dans les poches de son jean, il sortit tranquillement dans la rue. Un peu plus loin, il eut une idée et se dirigea vers un cinéma. Sans même regarder les affiches à l'extérieur pour savoir ce qu'on jouait, il prit un billet et suivit l'ouvreuse. Le film venait à peine de commencer.

Quand il sortit, à cinq heures moins vingt-cinq, il acheta un journal à un vendeur en face du cinéma.

Sur la première page :

RÉVÉLATIONS DANS L'AFFAIRE DE L'ATTENTAT

Il prit une grande respiration avant de commencer à lire. L'article se composait essentiellement de spéculations, de suggestions, d'allusions, de rumeurs, de tuyaux qui menaient au seul paragraphe reposant sur des informations solides : la police de sécurité cherchait à joindre de toute urgence les personnes suivantes qui avaient réservé des places sur des vols à destination de l'étranger au départ de l'aéroport Jan Smuts, le vendredi précédent, et qui n'avaient pas embarqué :

PETER H. DAWSON
J. L. GERBER
DENNIS JOHNSTONE
P. J. SUTTON

7

– Enfin, je veux dire, c'est comme qui dirait ce qu'il a dit. J' veux dire, comment j'aurais pu ne pas m'en rappeler ? « On a toujours le choix. » Putain, ça t'est facile à dire, j'ai pensé, merde. D'abord, qui il est ? D'accord, je veux dire, il est allé là-bas et tout, il était, j' sais pas moi, sur la frontière, il a fait sa part, mais il l'a dit lui-même, je veux dire, c'est pas comme s'il avait vu des putains d'engagements. Juste un truc pour une putain de télé ou quelque chose comme ça, et des putains de mecs de la Swapo dans un camion. Les putains de quinze jours que j'ai passés comme qui dirait à la maison dans ce putain de Villiersdorp, le vrai trou, merde, enfin, tout le temps, j'étais deurmekaar dans ma tête, je pensais à ce que ce ouk* avait dit. Même quand Janie, je veux dire, ce que j'essaie de dire, c'est que quand elle n'était pas à l'école, elle arrêtait pas comme qui dirait de s'occuper de moi, merde, cette fille elle a le feu au cul, putain, vieux. Juste une fois, comment dire, ce n'est pas qu'elle voulait parler ou quelque chose comme ça, mais je pense que ça lui est sorti comme ça sans qu'elle y pense, vous voyez, alors elle a dit : « Oh ! Mon Dieu, Hennie, qu'est-ce que je vais devenir s'ils te descendent ? » Alors, je me dis que c'est ma chance, hein, maintenant on va pouvoir parler de cette saloperie, tu vois, qui me bouffe comme qui dirait, mais merde, avant que j'aie pu ouvrir la bouche elle était sur moi, je veux dire, assise sur moi avec son petit cul bien dur qu'elle a, juste sur moi et je veux dire, merde, comme si elle allait me vider et en même temps, elle pleurait et parlait comme une folle, « Viens en moi, Hennie, viens en moi, viens en moi, oh ! mon Dieu, tu me rends folle », vous voyez. Et pendant tout ce temps-là, je veux dire, merde, je suis allongé là avec elle montée sur moi et je ne peux penser qu'à ce putain de voyage sur la frontière qui m'attend, et à la conversation que j'ai eue avec l'autre mec, et ça n'arrête pas de me trotter dans la tête, merde, vieux, comme si je ne pouvais plus penser, nom de Dieu. « On a le choix. On a le choix. On a le choix. » Je voulais lui parler, à Janie, mais chaque fois que j'étais prêt à le faire, vous voyez, je veux dire, elle me sautait dessus pour baiser. Aussi, je veux dire, la sacrée chance que j'ai eue, quand j'y pense, tu vois, et ma pauvre mère aussi, nom de Dieu, à sa façon, à me faire manger plein de trucs et tout ça, et chaque fois que j'essaie de lui parler elle m'en rapporte encore plus et vous voyez, on n'a qu'à la regarder, alors elle se met à pleurer comme une madeleine. Et si je dis quelque chose comme Maman, il faut que je te parle, elle chiale comme une folle, et je veux dire, merde, c'est marrant je suis désolé pour elle, alors je me tais. Alors j'essaie avec mon père, mais chaque fois putain que je réussis à le préparer, vous voyez, comme de l'asseoir pour comme qui dirait qu'il écoute, il se met à me parler de la bagarre qu'il va y avoir et de la putain de chance que j'ai de pouvoir me battre pour mon peuple, toute cette merde, mon vieux, et comment il faut que j'en fasse baver à ces salauds de terroristes et que je ramène la gloire à la sacrée famille. Et alors, je veux dire, alors que putain je peux plus le supporter, je vais voir le dominee, mais tout ce qu'il sait faire c'est de me bénir au nom du putain de Père, de Fils et de Saint-Esprit, et je me retrouve devant un autre putain de mur. Et merde, je peux m'adresser nulle part, vieux, vraiment je veux dire, pas une seule putain d'oreille pour m'écouter. Et tout le temps, je veux dire, je peux aller n'importe où, faire n'importe quoi, il y a ce mec qui n'arrête pas de me parler dans ma tête comme quoi tu as toujours un putain de choix, ça dépend de toi, suffit de payer le prix, putain. Quand mes quinze jours de perm seront terminés, et qu'il faut que je refasse du stop pour retourner dans ce putain d'Oudtshoorn, à moitié mort, je me demande si je ne devrais pas, tu vois, continuer et merde, mais c'est à ce moment-là que j'ai vu le journal. Merde, j'ai pensé que j'allais péter mes boulons, je veux dire, il était là étalé sur toute la première page, sa gueule, tu vois, et je me suis dit mais merde, je t'ai déjà vu quelque part. On disait que son nom, putain, c'était Thomas Landman. Pas le nom qu'il m'avait donné, mais et alors, j'ai des yeux, je veux dire, je vois clair, non ? Et c'était lui, tu vois, le putain de mec qui avait tellement dit qu'on avait le choix. Et moi, là, je me cassais le cul pour savoir si je devais aller sur la frontière ou pas, et ce putain de salaud faisait sauter les gens à droite et à gauche, un sacré pot que ce soit pas Janie ou quelqu'un qu'il a tué, tu vois, comme ça, je veux dire, merde. Non, je m'excuse, je veux dire, je suis contre la violence et tout le toutim mais j'ai eu assez d'emmerdes comme ça, je ne vais pas laisser des gens comme lui faire sauter tout le pays, putain, derrière mon dos, vous voyez ce que je veux dire ? Alors je me suis décidé, je veux dire, tout de suite, sur-le-champ j'ai su que j'allais sur la frontière, et putain je vais descendre tous les putains de terroristes que je vais trouver sur mon chemin.

8

« Dès que j'ai lu l'article, j'ai eu la peur de ma vie », dit Thomas à Rashid quand, à cinq heures vingt, le jeune homme monta dans la Golf bleue à côté de lui. « Mais maintenant que j'ai eu le temps d'y réfléchir, je ne pense pas qu'il y ait de quoi s'inquiéter. Personne ne sait que j'étais Dennis Johnstone. En réalité, je n'ai jamais été Dennis Johnstone parce que je n'ai pas passé le contrôle à Jan Smuts et Patrick doit avoir détruit immédiatement le billet non utilisé. Sur le vol de Johburg je m'appelais Anton Swanepoel. Au Holiday Inn je m'appelais Peter Ward. Il sera impossible de retrouver celui qui a acheté le billet il y a plus d'un mois chez Rennie à Sandton ; on a fermé depuis des semaines le compte bancaire sur lequel le chèque a été tiré. Et, même s'ils réussissaient à le retrouver, ce serait un cul-de-sac parce que lui-même ne savait pas à qui le billet était destiné. Je n'ai même pas besoin de te raconter tout ça, puisque nous l'avions mis au point ensemble avec Justin. »

Il se souvenait encore du frisson qui avait parcouru son corps, de la sueur qui avait perlé sur son visage et sur ses mains quand, en sortant du cinéma, il avait lu l'article de première page. La sensation que tous les gens qui passaient le regardaient comme s'il était nu, sans rien pour le couvrir ni pour le défendre.

Il n'avait pas eu d'autre choix que de rester extérieurement aussi calme que possible et de continuer à marcher, prêt à réagir au moindre mouvement suspect à côté de lui ; en comptant sur des mécanismes de défense que Justin lui avait appris et que, longtemps auparavant, on lui avait enseignés au camp d'entraînement. Marcher d'un pas tranquille et nonchalant, s'agenouiller après un coin de rue pour renouer ostensiblement un lacet de chaussure ; faire des détours compliqués pour se rendre à destination – le parking où l'attendait la Golf.

Une fois installé derrière le volant, les portes fermées de l'intérieur, il commença à se sentir plus en sécurité. La nouveauté même de la voiture était rassurante. Il n'y avait pas que la couleur qui avait changé : la voiture avait été vieillie avec quelques marques et quelques rayures – mais sans la cabosser au point d'attirer l'attention. On avait même changé les garnitures intérieures et, en plus, on avait recouvert les sièges avant de peaux de mouton qui n'étaient plus dans leur première jeunesse ; un petit ours en peluche pendait à un ruban rouge attaché au rétroviseur.

Ici, il se sentait absolument anonyme. On lui avait finalement enlevé Dennis Johnstone des épaules comme une vieille veste. Et, au fur et à mesure que son appréhension diminuait, son ardeur reprenait le dessus. Il n'était plus simplement passif, la cible et l'objet d'événements contrôlés par d'autres, comme pendant ces dernières semaines. Il était de nouveau actif, il avait repris l'initiative, la liberté de décider, de projeter, de préparer.

Avec le sentiment de contrôler à nouveau sa vie, il mit la voiture en route et descendit la voie en spirale ; il présenta son ticket au caissier et paya ; il remonta Long Street et se gara juste après le croisement de Wale Street pour attendre Rashid.

« Moi ça va, répondit Rashid à la question habituelle de Thomas. Mais nous sommes dans la merde.

– Pourquoi ?

– Christine est morte.

– Quoi ?

– Eh bien, nous n'en sommes pas sûrs à cent pour cent. Mais Judy a téléphoné à Justin, après le déjeuner, depuis une cabine. Elle a dit qu'elle l'avait appris d'une autre infirmière. C'est peut-être pour cela qu'il ont retiré l'équipe normale de soins d'auprès de Christine. C'est une mauvaise nouvelle. Même si, à long terme, ça vaut mieux pour elle. Je veux dire, plutôt que de rester allongée comme ça pendant je ne sais pas combien de temps.

– Et David ? demanda Thomas, troublé.

– On imagine. Justin essayait de le trouver quand je suis parti. Il va très mal le prendre, ça ne fait aucun doute. Ce qui rend les choses difficiles, c'est qu'on ne peut pas faire d'enquête parce que personne à l'extérieur n'est censé savoir. Silence complet, d'après Judy.

– Quand est-ce que tu la reverras ?

– Je ne sais pas. Justin veut qu'on reste tous tranquilles pendant quelque temps, en se voyant le moins possible. Au cas où ils essaieraient de nous retrouver par Judy ou quelqu'un d'autre de l'hôpital. C'est ce qui inquiète Justin. D'un côté, Christine. De l'autre, cette histoire de Johnstone. Tant que les deux choses restent séparées, ça va. Mais quand ils établiront le contact, ça fera des étincelles.

– Ils l'ont suivie hier soir et ils nous ont trouvés.

– Mais ils ne savent pas qui nous sommes. Et nous n'allons pas retourner chez Robbie. Si les flics les embarquent, Violet ne dira rien parce qu'elle ne sait rien. Et Robbie est un vieux de la vieille. Notre problème, c'est ce soir. Ce week-end. J'ai trouvé un endroit à Athlone, mais Justin pense qu'il vaut mieux qu'on se sépare.

– Alors qu'est-ce qu'on fait ?

– Il veut savoir si tu peux te débrouiller tout seul. Je veux dire, si tu connais Le Cap comme ta poche. Tant que tu ne contactes pas de vieux copains. Cache-toi quelque part, peut-être une petite pension en banlieue. Mais, si tu as peur, on va concocter quelque chose.

– Ça va aller. »

Et c'est ainsi qu'une heure plus tard, ce samedi après-midi-là, le plan de la ville ouvert sur le siège à côté de lui, Thomas se retrouva en train de rouler doucement dans Main Street à Claremont, jusqu'à ce qu'il reconnaisse le nom de la rue qu'il cherchait, et il tourna dans une ruelle en pente, calme et ombragée, bordée d'arbres et de haies. Il traversa une rue ou deux avant de se ranger sur le trottoir, sous un chêne immense, près d'une voiture tout terrain délabrée, il prit son sac, franchit le portail de treillis blanc et monta trois marches rouges pour atteindre un porche sous une véranda.

Il appuya sur la sonnette et écouta le tintement dans les profondeurs de la maison.

Il vérifia de nouveau le nom sur le morceau de papier, compara le numéro avec celui qui se trouvait sur la porte et recula de quelques pas.

La jeune fille portait de petites lunettes rondes et

avait des yeux un peu embrumés comme si elle avait lu pendant longtemps ; ses cheveux noirs pendaient. Peut-être était-elle au lit. (Avec qui ? Brusquement alarmé, il se rendit compte qu'il s'agissait d'une possibilité qu'il n'avait pas envisagée.) Elle portait un jean, une chemise blanche ample, avec des bretelles rouge et jaune à l'envers, croisées sur la poitrine. Elle était nu-pieds. Elle semblait plus grande que dans son souvenir.

« Vous êtes Lisa Lombard, n'est-ce pas ?

– Et alors ? » Méfiante, comme si elle s'attendait à ce qu'il lui propose un tract ou une brochure. (Une semaine plus tôt, le couple à l'observatoire...)

« Vous ne vous souvenez pas de moi ? Vous m'avez dit que si je revenais au Cap...

– Mon Dieu ! Vous êtes Anton Swanepoel ? Je ne vous avais pas reconnu, vous avez l'air différent. Qu'est-ce que vous avez fait à vos cheveux ?

– Les temps changent.

– Je n'aurais jamais cru que vous me prendriez au mot.

– On m'a proposé de me ramener en voiture. Mais maintenant, il y a des gens là où j'espérais aller. Est-ce qu'il serait possible que je reste chez vous pendant quelques jours ? Je dormirai n'importe où, même par terre. Je ne suis pas difficile. »

Elle le regarda pendant quelques instants. Ses yeux : une couleur étrange, comme une agate fumée.

Es-tu prête à prendre ma vie dans tes mains ? Alors dis-le-moi. Dis-le-moi *maintenant*. Ou garde le silence pour toujours.

7

Pour chaque espèce de poisson, faut s'y prendre d'une façon particulière. Le poisson n'est pas simplement du poisson. Ça demande des années de pratique, faut s'y habituer, apprendre à vivre avec les poissons et la mer. Tout d'abord, faut connaître son bateau. Être capable de garder la bonne vitesse. Quatre, cinq nœuds si, par exemple, vous cherchez des caranx*. Des cuillers sur votre ligne. Des leurres en plastique. Une bonne vitesse régulière, sinon vous pouvez en faire votre deuil. Quand ça devient un peu plus profond, douze, dix-huit, vingt-cinq mètres, une fois que vous avez trouvé le haut-fond qui convient, c'est le vif. Encore une autre histoire. Tout d'abord, vous utilisez une cuiller brillante pour remonter de la friture. Vous la gardez dans un seau ou dans le vivier du bateau. Des strepies*, des hottentos, des maquereaux. Si vous pouvez trouver du maquereau, c'est bien. Puis vous allez chercher des steenbras noirs. Ou si vous voulez descendre encore plus profond, disons trente-cinq mètres, vous utilisez du chokka ou des pilchards. Pour gagner du temps, vous prenez un paquet de cinq kilos de pilchards, ça marche à merveille. Vous les laissez dehors pour qu'ils s'amollissent. Pas un saumon du Cap qui refusera ça. Et le barracuda ! Pour avoir votre barracuda, vous l'amenez à la surface avec un blinkhoek*. S'il y a un banc, c'est un vrai plaisir. On peut lancer sa ligne n'importe où, ça marche à tous les coups.

C'est comme ça. Faut connaître son coin. Faut savoir lire son sonar. Faut connaître son poisson. Faut connaître son appât. Faut savoir où regarder et comment regarder. Et, avant tout, faut savoir ce qu'on cherche.

D'accord ?

Même chose dans ce travail. Je me suis attelé à cette histoire de bombe comme à une partie de pêche. Depuis je ne sais pas combien de temps, je l'ai déjà dit et je le dirai encore, on n'a pas pu souffler. C'est là qu'on fait sa pêche. En utilisant un filet si les circonstances le permettent. Ça dépend. Sinon, une ligne, et on les sort un par un. Faut ferrer au bon moment, en leur laissant du fil quand c'est nécessaire et en remontant le moulinet quand c'est nécessaire. Pour chaque espèce, faut s'y prendre de la bonne façon. Des raisons de se sentir satisfait. Aucune chance de se détendre, de s'appuyer à son dossier, évidemment. Mais content d'une certaine façon. Le moteur tourne, doucement et régulièrement, quatre nœuds. Le sonar fonctionne. Le haut-fond apparaît. L'appât est prêt. Il peut y avoir une touche n'importe quand maintenant. Et Kat Bester attendra ici, exactement.

Trois types de poissons sur ces fonds. Trois profondeurs, si je peux dire. Ça demande trois sortes d'appât :

Numéro un : Nina Jordaan. J'essaie encore de trouver son niveau, je dois le reconnaître. J'ai fait ramener le corps au Cap. Dans notre morgue à Salt River. Personne ne sait qu'on l'a identifiée. Même pas ses parents. Peux pas encore prendre le risque. Mais va falloir faire vite. Jusqu'ici, toutes les pistes ont conduit à des culs-de-sac. A quitté son travail à l'association d'aide judiciaire en décembre dernier. A quitté sa maison de Green Point. La fille qui s'y trouve, Gerda Potgieter, ne sait rien, sinon que

Jordaan est partie l'an dernier, elle a dit qu'elle allait s'installer avec un type à Johannesburg. Est revenue trois ou quatre fois pour prendre des livres ou des vêtements, puis repartie sans laisser de trace. Potgieter semble nette. Fais surveiller la maison vingt-quatre heures sur vingt-quatre, en cas. Mais rien jusqu'ici. Interrogé aussi les contacts de Jordaan à l'association. Tous sous surveillance. Mais rien qui mène à la bombe. Semblerait qu'elle était avec ce Thomas Landman jusqu'à la fin de l'année dernière. Celui qu'on avait embarqué après les émeutes de Crossroads, il y a quelques années, et qu'on avait dû relâcher parce que le père de Jordaan était intervenu. Mais, autant qu'on a pu l'établir, il a quitté le Cap l'année dernière, fin octobre début novembre. Des projets pour des photos, c'est tout ce que les collègues de la petite ont pu dire. Avait sans doute rompu aussi avec elle. Mais qui est le petit ami chez qui elle est allée à Johannesburg, si c'est vrai ce que dit Potgieter ? Quelque chose de louche là-dedans. Pas eu de chance jusqu'ici. Ils n'ont pas lésiné à Johannesburg – en tout cas, c'est ce qu'ils disent – pour retrouver sa trace. Mais rien jusqu'ici. La seule solution, ç'aurait été d'avoir une petite conversation avec le vieux Jordaan. Mais pas très envie de lancer cette ligne-là, sauf s'il n'y a pas d'autre moyen. Et alors, sans que je m'y attende, mon sonar détecte l'autre poisson dans le banc.

Regardons d'abord le numéro deux. La femme au Tygerberg Hospital depuis trois mois, avec une balle dans la tête. Me serait jamais venu à l'idée qu'il y avait un lien entre elle et la bombe. Avec la bande Mabusa de Langa, oui. Mais ça semblait plus ou moins résolu. Et, il y a une semaine, Muller de l'équipe du labo arrive avec les premiers résultats d'analyse sur la voiture qui a sauté dans l'explosion. La petite Austin. Pas du tout le genre de bombe habituel, il a dit. Faudrait d'autres examens, mais à ce stade ça ressemble à du semtex. Première fois que cette merde tchèque fait son apparition dans la région. Une vraie saloperie. On dirait de l'argile, une matière brunâtre, on peut lui donner n'importe quelle forme, l'aplatir comme de la pâte à pain, la cacher dans le couvercle d'une valise, derrière un tableau, dans un jouet, n'importe où. Inodore. Aucun chien ne peut la repérer. Ni les rayons X. Une saloperie. Des traces dans le coffre de l'Austin, dit Muller. J'ai désigné un homme aussitôt, l'ai expédié à Londres pour avoir toutes les infos. Muller est en contact avec l'Institut pour l'étude du terrorisme.

Et c'est ça le lien. Parce qu'il y avait du semtex dans la ferme près de Paarl où la femme s'est fait descendre. Pas vu la première fois. Plus intéressé par les AK47 et les autres armes et les munitions dans la cache du grenier. Un mois plus tard, quand l'équipe est retournée à la ferme pour la énième fois, Swanie a trouvé ce qu'il a pris pour un morceau d'argile sous un fauteuil du salon. Muller l'a identifié. Mais, bien sûr, à ce moment-là, ça semblait un incident isolé. Jusqu'à ce qu'on découvre les traces dans l'Austin. Alors, tout à coup, la femme est devenue d'une importance vitale pour l'affaire. Question de vie ou de mort. Littéralement.

Christine Pienaar. J'avais trouvé son nom quinze jours après qu'elle s'est fait descendre. Un autre gâchis qu'on aurait pu éviter. Mais comme les autres s'étaient sauvés, on peut comprendre que la police avait les jetons. Quelqu'un du CAPAB* a identifié le corps. Ils la cherchaient partout. Une employée solide, digne de confiance, depuis des années. Elle fabriquait des costumes. Spécialisée dans les perruques. Lentement, tout commençait à coller.

Quand on a trouvé son nom, j'ai cru qu'on avait fait un grand pas. Mais ça ne menait nulle part. Personne au

CAPAB n'a pu nous aider. Le genre de fille très secrète, toujours toute seule. L'adresse qu'ils avaient, quelque part à Parow, était fausse. Partie des mois plus tôt, elle avait quitté son appartement, personne ne savait où elle était allée.

Plus tard, j'ai réussi à retrouver sa mère à Upington, mais pas de chance non plus. Toujours été une fille obéissante, les propres paroles de la mère. Plus tard, elle était devenue un peu plus remuante, partie au Cap pour trouver un travail, mais elle passait toutes ses vacances chez sa mère. Toujours seule. Répondait jamais aux questions sur ses amies, ses petits copains, ce genre de truc. Alors, en fin de compte, la vieille dame n'était pas utile non plus. Personne ne se serait intéressé à Pienaar, s'il n'y avait pas eu la cache d'armes dans la ferme de Paarl. Le gros lot dans le grenier. Des Makaroff, des AK47, des grenades à main, des munitions. Et ensuite, le semtex. Gardé tout secret. En attendant d'explorer ce qu'on pensait être la filière Mabusa.

De longues conversations avec le fermier qui louait la ferme. Kobus Minnaar. Un vieux difficile, mais honnête, ancien talonneur dans l'équipe de la Western Province, membre du conseil de l'église locale depuis des éternités. Une seule chose : les métis. Peut pas les voir en peinture. Constamment des problèmes avec ses ouvriers. S'est même retrouvé au tribunal parce qu'un dimanche il en a tué un d'un coup de fusil. Qui était arrivé dans la ferme sans prévenir pour rendre visite à une femme. Mais le vieil homme a pu prouver qu'il avait déjà averti le Hottentot de jamais remettre les pieds à la ferme et que la victime avait eu une « attitude menaçante ». Une autre fois, plutôt amusante, une métisse lui a demandé une pension alimentaire pour un enfant. Ça s'est arrangé en dehors du tribunal. Et des rumeurs disent qu'il paie comme ça pour plusieurs gosses. La nuit tous les chats sont gris. Mais il est dur avec son personnel. Je dis ça simplement pour décrire le personnage. Alors on peut comprendre l'indignation du vieil homme.

Voici ce qui est arrivé. Oom Kobus vit sur une immense ferme fruitière. De beaux bâtiments dans le style hollandais du Cap. A côté, un bâtiment d'une autre période, qu'il utilise comme remise. Et, plus loin, une maison plus petite, sans doute pour les esclaves autrefois et occupée maintenant par le contremaître. A cinq cents mètres de la ferme principale, il y a une autre maison de style hollandais du Cap et un hangar remis à neuf. Jusqu'à il y a un an ou deux c'était une ferme indépendante louée comme un ensemble. Mais le vieil homme a agrandi la superficie de ses vergers et de ses vignes, si bien qu'il n'a pas renouvelé le bail de ses locataires et il a commencé à rechercher quelqu'un qui ne louerait que les bâtiments de la ferme sans les terres. Plutôt compliqué, parce que ceux qui habitent dans un endroit comme ça veulent cultiver les terres. Et pour des citadins ça n'est pas pratique, trop loin de la ville. Résultat, la ferme a commencé à se délabrer. Et Oom Kobus a été trop heureux quand, en novembre dernier ou à peu près, quelqu'un qui voulait louer la propriété l'a contacté.

Un type qui s'appelait Jeffreys. La quarantaine, d'après Oom Kobus. Des cheveux noirs, une peau blanche comme du lait, comme s'il n'allait jamais au soleil. Il a dit au vieux qu'il était anglais, de Durban, mais sans savoir pourquoi Oom Kobus aurait juré qu'il était « étranger ». Obligé de vérifier tous ces détails parce qu'on n'a que ses impressions pour avancer. Jeffreys a dit à Oom Kobus qu'il était écrivain, qu'avec un collègue il travaillait sur un livre pour enfants. Il faisait le texte, le collègue les images. L'endroit rêvé pour eux, isolé, tranquille, loin de la ville. Il insista en disant qu'ils avaient absolument besoin de calme pour terminer le projet. Ce qui convenait à Oom Kobus. Tout ce qu'il voulait comme garantie, c'était trois mois de loyer d'avance. Jeffreys paya tout de suite, en liquide. Et plus de quinze jours avant la fin du terme il régla les trois mois suivants. En liquide, de nouveau. Oom Kobus était plus que satisfait, et les locataires avaient l'air très bien – en tout cas, autant qu'il pouvait en juger parce qu'ils restaient tellement entre eux qu'on les voyait à peine. Un peu après leur arrivée, la femme du vieux leur avait apporté des petits pains au lait et ils ne l'avaient même pas invitée à entrer.

Les locataires étaient Jeffreys et sa femme Maggie qui, avaient-ils dit, venait de trouver un travail en ville, Jeffreys avait parlé de secrétariat au lycée technique ; elle partait tous les jours de bonne heure en voiture, et revenait le soir. Celle qu'on a identifiée plus tard comme Christine Pienaar. Puis son collègue, un Anglais lui aussi, Archie Smith, un grand type assez jeune, avec une espèce de peau bronzée, des cheveux longs, des lunettes rondes démodées, une barbe naissante, toujours avec un béret bleu, « on voyait immédiatement que c'était un artiste ». Une autre fille, soi-disant la fille de Jeffreys, qu'Oom Kobus n'avait jamais vue que de loin, une gosse de seize ans environ, peut-être dix-huit, de longs cheveux noirs en désordre qu'elle semblait ne jamais peigner. Ils étaient quatre.

Mais ils avaient aussi deux employés métis et c'est là que les ennuis ont commencé. D'après Oom Kobus, un des employés semblait entre deux âges, l'autre très jeune. Jeffreys lui dit que c'étaient des gens honnêtes et instruits, et Smith et lui avaient besoin d'eux pour les lithographies ou les sérigraphies ou les trucs dont ils parlaient. Et s'ils ne pouvaient pas habiter ici, et Jeffreys était intransigeant là-dessus, alors désolé, ils ne pouvaient pas louer la ferme. Résultat, Oom Kobus avait cédé à contrecœur. A la condition expresse que les deux métis occupent le hangar abandonné. Le vieux ne voulait pas d'eux près de ses ouvriers, ils auraient une mauvaise influence, ils venaient de la ville et ça, il en était sûr, c'était la pire espèce de Hottentots qui existait.

Et ce qu'il avait le plus redouté, me dit-il, était devenu vrai. Mi-février, deux de ses ouvriers, sans doute par dépit, vinrent lui demander s'il savait que les deux Hottentots passaient la nuit dans la grande maison avec les locataires. Oom Kobus n'en crut pas ses oreilles. Il attrapa son fouet et parcourut à grands pas les cinq cents mètres jusqu'à la ferme. Sans prendre la peine de frapper, il ouvrit la porte d'un coup de pied et leur tomba dessus. Il les trouva qui prenaient le thé tous ensemble. Dans *sa* ferme. Le vieux avait failli avoir une attaque.

« Vous croyez que je ne sais pas ce qu'il se passe ici ? cria-t-il. Je sais tout. Vous m'entendez ? Tout. Et aujourd'hui, vous dépassez les bornes. J'ai déjà téléphoné à la police. » Simplement pour leur foutre les jetons. Il ne savait pas grand-chose de ce qui se passait réellement.

D'après ce qu'il m'a dit, ils sont devenus menaçants. Il commença à taper à droite et à gauche avec son fouet, en renversant les vases et tout ce qu'il y avait sur la table et sur l'appui des fenêtres. Puis il se précipita chez lui pour appeler la police. Quand les flics arrivèrent, les locataires avaient déjà filé, avec tout leur bazar. Pour les policiers, ça n'allait pas plus loin. Mais Oom Kobus insista pour qu'ils fouillent la ferme et, quand ils trouvèrent des papiers en train de finir de se consumer derrière la maison, ils commencèrent à avoir des soupçons. Puis il y eut la découverte dans le grenier.

Si cette jeune femme n'avait pas essayé de s'enfuir en trouvant la police qui l'attendait à la ferme, en fin d'après-midi, on aurait pu tous les avoir tout de suite. Mais en fait, elle a fini au Tygerberg Hospital, une balle dans la tête, et rien à faire pour qu'elle reprenne connaissance. Plus de deux mois comme un légume. D'abord, on a décidé d'attendre patiemment en pensant qu'on pourrait tirer d'elle des éclaircissements sur l'affaire Mabusa. J'imaginais déjà le plaisir de l'interroger.

Et Muller est arrivé avec la nouvelle du semtex. Brusquement toute l'histoire a changé. On ne pouvait plus attendre que la dame revienne à elle. Au début, on avait espéré que quelqu'un se présenterait pour prendre de ses nouvelles. Effectivement, il y eut quelques appels. Quatre. Mais tous recta. Et depuis, rien du tout. Alors, jeudi, on a réuni tous les toubibs. Tous les spécialistes. Aucun ne pouvait prévoir combien de temps elle resterait dans le coma. En fait, ils pensaient qu'elle avait plutôt moins de chances qu'au début. D'accord, alors il fallait prendre une décision. Pas quelque chose qu'on fait facilement. Mais, comme de toute façon ses chances de récupération étaient à peu près nulles et que l'enquête sur Nina Jordaan ne menait nulle part, il n'y avait qu'une seule décision rationnelle à prendre.

Il fallait que Christine Pienaar meure. Vivante, elle ne servait plus à personne. Morte, il y avait une chance qu'avec une publicité adaptée un de ses camarades se démasque, que peut-être il assiste à l'enterrement. Par Minaar, nous avions la description des locataires de la ferme.

Écoutez, cette femme était maintenue en vie par des machines, des tubes, des perfusions et je ne sais pas quoi d'autre. Il n'y avait qu'à les fermer et laisser la nature suivre son cours. Dès l'instant que ça ne transpirait pas. J'ai donné personnellement des ordres pour qu'on retire tout le personnel normal. Chaque employé est suivi par des membres de l'équipe qui travaille sur l'enquête, simplement en cas. Rien jusqu'ici. On a même amené notre personnel à l'hôpital pour des raisons de sécurité. On a arrêté les machines. Enlevé les tubes. Et voilà. Le vendredi soir Christine Pienaar était morte.

Donné la nouvelle aux journaux lundi. Rien de sensationnel. Parce que, jusqu'ici, on n'a rien dit de la cache d'armes. Les gens pensent que la pauvre fille a été tuée accidentellement par la police venue arrêter un intrus sur la ferme. Mlle Christine Pienaar, costumière assistante au CAPAB, qui avait reçu une balle tirée accidentellement par un policier, il y a plus de deux mois, à la ferme « La Renommée », dans le district de Paarl, est morte au cours du week-end au Tygerberg Hospital. Les obsèques auront lieu après-demain, mercredi, à quinze heures, à l'église réformée hollandaise de Parow East.

Mais, en soi, ça ne suffisait pas, bien sûr. Ne jamais sous-estimer un communiste. Peuvent toujours soupçonner quelque chose. Doivent être persuadés que nous sommes complètement perdus. Très facile. Il n'y avait qu'à organiser l'explosion d'une bombe à Durban. A la fin de la nuit dernière, juste à temps pour les journaux du matin. Le bar Wimpy dans Smith Street. Téléphoné cinq minutes avant pour les avertir. On ne veut pas faire de victimes inutiles. Malheureusement, il y en a eu deux. Une femme de ménage à l'intérieur qu'on n'a sûrement pas prévenue. Et un mendiant à l'extérieur, en train de fouiller dans une poubelle à la recherche de quelque chose à manger. La poubelle dans laquelle se trouvait la bombe. Il ne restait pas grand-chose du pauvre bougre. La femme de ménage est morte pendant son transfert à l'hôpital. Pas marrant, mais il y a toujours des civils pris sous le feu, et c'est la guerre. La sécurité du pays est en jeu. C'est eux ou nous.

On a alimenté les journaux dans la demi-heure qui a suivi l'explosion. D'après des indices trouvés sur place, le même genre d'explosif que celui utilisé dans l'attentat du Cap contre le président. Raisons de croire que la bande s'est enfuie du Cap et se cache maintenant à Durban. Le public est averti de rester vigilant.

Et aujourd'hui, on est mercredi. L'enterrement a lieu

cet après-midi. Et les petits gars ont baissé leur garde, ils pensent qu'on les cherche à Durban. Avec un peu de chance ils vont tous sortir de leurs repaires. Devrais avoir quelque chose à l'hameçon en fin d'après-midi. « Jeffreys » ? « Archie Smith » ? Les employés métis ? Avec de la chance, toute la bande.

Le troisième poisson. De très loin le plus important. Le sentiment profond de satisfaction quand tous les préparatifs, tous les calculs sur l'endroit, le fond, l'appât, l'hameçon, la ligne, marchent brusquement. Je ne crois pas aux coïncidences. Les choses arrivent comme elles doivent arriver.

On a travaillé comme des dingues sur les listes des passagers de tous les vols qui partaient pour l'étranger vendredi soir. D'abord retrouver tous ceux qui étaient effectivement partis. Dans le monde entier. Rien de particulier. Puis on a commencé à regarder les passagers qui ne s'étaient pas présentés au départ. Étonnant le nombre de gens qui réservent leur place, achètent leur billet et ne partent pas. La plupart téléphonent un jour ou deux après. Ceux-là, on a pu les retrouver et les pointer sur la liste. Il restait quand même vingt-trois noms. Même avec des ordinateurs et tout ça, ça nous a pris cinq jours pour tout filtrer. On en a retrouvé dix-neuf. Sommes restés avec quatre. J'ai dû remonter à Pretoria en avion pour des consultations. Sept heures, jeudi soir. Travaillé jusqu'à trois heures le lendemain matin. Retour à l'aéroport à sept heures pour aller à l'enterrement. Je ne les rate jamais. Ça recharge les batteries. On comprend mieux notre boulot. A quel point c'est indispensable. Parce que, si on ne le fait pas, tout le pays est envahi par les mauvaises herbes. On joue un peu le rôle d'agent purificateur. Sans ça, ce serait la pagaille.

Mais ça prend du temps. Ça épuise. Toutes les discussions avant l'enterrement. Ai dû écouter tout le monde, même si c'est des conneries. Mais ils appellent ça la démocratie. Jusqu'à ce qu'on en arrive à une décision qui aurait dû être évidente dès le début : dire tout à la presse. On a étalé les quatre noms qui nous restaient à la première page de tous les journaux du pays, sur toutes les télés, à chaque bulletin d'information. Ça donne au public l'impression qu'on le met dans le secret. Ça fait l'effet d'une bombe. Façon de parler.

Les corps étaient à peine dans les tombes qu'on a donné les noms aux journaux. Dans l'ordre alphabétique : Peter H. Dawson. J. L. Gerber. Dennis Johnstone. P. E. Sutton. Samedi soir tout le pays devait les connaître.

Gerber a téléphoné le premier, les journaux n'étaient pas dans la rue depuis une heure. Un éleveur de gibier dans le Nord-Transvaal. La merde. Quel était le con qui nous avait fait croire qu'on pouvait publier son nom comme s'il était un salaud de terroriste ? Il allait nous traîner, tous les cons que nous étions, devant le tribunal et nous faire virer. Des amis personnels de ceci ou de cela. J'ai dû contacter Pretoria pour qu'on lui envoie quelqu'un de haut placé. Passer la pommade à ce connard, flatter son patriotisme, lui promettre la lune, l'acheter même si nécessaire.

Dimanche matin, une femme en larmes au téléphone. Mme Sutton de Houghton. Est-ce que je ne savais pas que son mari était dans l'unité de soins intensifs au General Hospital depuis mercredi dernier avec un infarctus ? Quelle cruauté ! La honte que tout le monde pense qu'il était communiste alors que toute sa vie, etc.

Restent deux. Dawson. Johnstone.

Toujours rien sur Dawson. On le garde dans le dossier. Pour Johnstone, un coup de fil mardi après-midi. De Pretoria. Un Dr Landman, de l'Armscor. Est-ce qu'il pouvait avoir un rendez-vous pour me rencontrer ? Non, il ne valait mieux pas au téléphone. En relation avec la liste des passagers manquants de samedi dernier. Dennis Johnstone. A condition que je lui garantisse le secret absolu. Personne ne devrait jamais savoir. Ni ses collègues. Ni sa famille. Si je ne tenais pas ma parole, il s'arrangerait pour que les choses deviennent très difficiles pour moi.

Commence à en avoir plein le cul de leurs menaces. Pour qui ils se prennent ? Mais pour avancer il faut bien coopérer. Je lui ai dit que c'était d'accord, on voulait bien lui assurer le secret. Puis je lui ai donné un petit avertissement sur le risque qu'il prenait, lui, s'il essayait de dissimuler des informations à la police de la sécurité.

Arrivé dans mon bureau ce matin à onze heures. Quelque chose de familier, mais difficile à situer. Jusqu'à ce que. Bien sûr. Landman.

Dr Frans Landman. En insistant sur « docteur ». Plus d'une fois. M'a déplu tout de suite, et c'était une des raisons. Je connais les gens qui se vantent de leurs diplômes. L'origine de tous nos problèmes. Pas très grand, une tête de moins que moi, bien bâti, mais commence à prendre du ventre. Bronzé, cheveux courts. Des yeux pas francs.

« Général, vous devez vous rendre compte que ce que je fais aujourd'hui m'est difficile. Mais parce que je pense à mon pays... »

Je me suis dit arrête tes conneries. « Vous connaissez Dennis Johnstone ?

– Qu'est-ce qui vous fait penser ça ?

– Vous l'avez dit au téléphone. Monsieur Landman...

– Docteur.

– J'espère que vous ne me faites pas perdre mon temps.

– Je ne peux rien vous promettre. Mais j'ai pris la décision de vous dire tout ce que je sais.

– Ça vous a pris du temps. La nouvelle a été publiée samedi dernier.

– Il fallait que je règle ça avec ma conscience, général. Vous devez comprendre...

– J'ai peur que non. Vous ne m'avez encore rien dit.

– Johnstone est un ami de mon frère. »

Je l'ai fixé sans rien dire. Dans ce métier on apprend à se taire.

« Mon frère est photographe. Thomas Landman. Très connu dans son domaine, je crois. »

Un éclair : mon Dieu, oui, ça y est. La touche sur la ligne qu'on attend depuis si longtemps.

Mais je n'ai pas bronché.

« Il y a dix jours, Thomas est arrivé à la maison sans qu'on l'attende, pour passer le week-end avec nous. C'était le vendredi soir, le jour où la bombe a explosé ici au Cap. »

Toujours immobile. « Qu'est-ce que ça a de drôle ?

– Il n'était pas venu nous voir depuis des années. Nous étions... voilà, pour tout vous dire nous ne nous sommes jamais bien entendus.

– Et... ?

– Sa valise. Une valise vert sombre, légère. Il y avait une étiquette en cuir attachée à la poignée avec le nom Dennis Johnstone dessus. Je l'ai vu quand je l'ai aidé à descendre la valise de la voiture. » Il est devenu mal à l'aise. Nerveux. Le visage en sueur. Refusé de lui rendre les choses faciles. Quand le poisson a commencé à mordre, il ne faut pas l'effrayer en réagissant trop vite. « Je lui ai fait remarquer. Il a dit que c'était un de ses collègues. Ils travaillent ensemble sur un projet pour le *National Geographic*. Les mines d'or, si je me souviens bien.

– Quand votre frère est-il parti ?

– Lundi matin.

– Où allait-il ?

– Il ne l'a pas dit. Il est retourné à Johannesburg, je suppose.

– Une adresse ? Un téléphone ?

– Il ne m'a rien donné.

– Et c'est tout ce que vous avez à me dire ?

– C'est tout ce que je sais. » Il m'a brusquement regardé droit dans les yeux. « Ça ne m'est pas facile de dire ça, général. Mais, depuis longtemps, je soupçonne mon frère de fréquenter de mauvais éléments. C'est peut-être le genre de chose qui lui fera retrouver son bon sens.

– C'est peut-être déjà trop tard, monsieur Landman.

– Qu'est-ce que vous voulez dire ?

– Je ne dis pas que c'est la réalité, mais s'il était mêlé à l'attentat lui-même ?

– C'est impossible !

– Et pourquoi est-ce que ça devrait être impossible ?

– L'attentat a eu lieu ici, au Cap. Thomas était à Johannesburg.

– C'est ce qu'il a dit.

– Vous ne voulez pas...

– Monsieur Landman, une question parfaitement hypothétique : si vous aviez su que votre frère était réellement impliqué dans l'attentat, est-ce que vous seriez venu nous trouver ?

– A quoi servent des questions hypothétiques ?

– Vous n'avez pas répondu. »

Il est resté silencieux pendant un long moment. Il regardait ses mains. Il a enfin levé la tête. « Quel choix est-ce que j'aurais eu ? La loi doit suivre son cours. Un crime est un crime. Non ?

– Merci, monsieur Landman. Vous nous avez peut-être aidé plus que vous ne le pensez. »

Le coup de téléphone suivant, au *National Geographic*, à Washington, simple formalité. Personne ne fut surpris d'apprendre que Thomas Landman n'avait participé à aucun projet pour la revue depuis plus d'un an. Ils n'étaient absolument pas au courant d'un article sur les mines. Ils n'avaient jamais entendu le nom de Dennis Johnstone.

Pendant plus d'un an, Thomas Landman et Nina Jordaan ont vécu ensemble. Il est possible qu'ils se soient séparés vers la fin de l'année dernière, comme notre première enquête semble l'indiquer. Mais qui dit que ce n'est pas Landman qu'elle a suivi à Johannesburg quand elle a quitté sa maison de Green Point en décembre ? Si jamais ils y sont allés. Parce qu'il y a cette petite histoire de semtex. Tout d'abord à Paarl, puis dans l'Austin qui a sauté dans l'attentat. Dans la ferme de Paarl, il y avait un homme d'une quarantaine d'années, connu sous le nom de Jeffreys. Sa femme, Maggie, alias Christine Pienaar. Et leur « fille ». Nina Jordaan avec une perruque brune ? Et un collègue plus jeune, un certain Archie Smith. Tout à coup les descriptions semblent prendre un sens.

Envoyé cherché Swanie. Toujours là quand on a besoin de lui. « Trouve-moi une photo de Thomas Landman. Et une de Nina Jordaan. »

Je suis allé personnellement à Paarl. J'ai pris mon temps. Dans des moments pareils, inutile de se presser. Au contraire. Il faut savourer l'instant. Une grande sensation de paix qui vous tombe dessus. Comme d'être assis dans le bateau. Tout le temps qu'on veut. Je vais peut-être même recommencer à mieux dormir la nuit. Comme avant. Débarrassé des cauchemars.

J'ai trouvé Oom Kobus à la ferme. Juste derrière le mur blanchi à la chaux, en train de couper des roses. Tout un carré de roses rouge sang. Des roses d'autrefois, me dit-il fièrement, du temps de la reine Victoria. Il m'a invité sous le grand porche pour le thé. De là, il s'est mis à hurler comme la trompette du Jugement dernier contre des ouvriers qui essayaient de couper par le jardin avec leurs vaches. Sa femme nous a apporté le thé elle-même. Des tasses blanches et bleues sur un plateau d'argent. Une sorte de paix d'autrefois dans la ferme ratissée et balayée. Des tourterelles dans les vieux chênes, lointaines et proches. Plus bas, sous le mur blanc, le long d'un filet d'eau, une rangée de grenadiers dans lesquels on pouvait voir les fruits rouges, ouverts. J'ai toujours regardé les grenades de façon particulière. De la douceur dans mon enfance sombre.

Un chat noir s'est mis à ronronner en se frottant contre mes jambes ; puis il m'a sauté sur les genoux. Je l'ai fait descendre sans qu'ils le remarquent. Je ne supporte pas les chats. Ça a commencé avec papa parce que nous avons eu un chat une fois. Le mien. Je l'avais trouvé dans la rue et rapporté à la maison. Papa a dit qu'il ne voulait pas de cette bête dans la maison, ça met du poil partout et ça n'arrête pas de miauler la nuit. Alors je l'ai donné à un ami, Hansie de Waal. Mais il revenait tout le temps. Et, ce qu'il y avait de drôle, c'était qu'il préférait papa à n'importe qui dans la maison. Puis, un dimanche après-midi, papa était allongé sur le canapé et il écoutait un match de rugby à la radio, une bouteille de bière à côté de lui. Le chat est sorti de nulle part et lui a sauté sur la poitrine. Nom de Dieu ! Papa est devenu complètement fou, il s'est redressé et a envoyé le chat contre le mur d'un coup de pied dans la tête. La pauvre bête a poussé un cri horrible. Et papa l'a jeté par la porte de derrière. J'ai voulu aller le chercher, mais il m'a dit de revenir. « Apporte-moi une autre bière et assieds-toi. Tu ne bougeras pas le cul de cette pièce. » Je savais qu'il m'observait, prêt à réagir. Si j'avais mis un pied dehors, il m'aurait foutu une trempe. On entendait les plaintes du chat à l'extérieur. Je ne les oublierai jamais. Comme des cris humains. Le chat est mort en fin d'après-midi.

Oom Kobus a demandé à sa femme de venir prendre le chat.

On a fini notre thé. Alors j'ai sorti les deux photos de la grande enveloppe de papier brun et je les ai passées au vieil homme.

« Vous reconnaissez ces gens ? Ne vous occupez pas de la barbe de l'homme ni des cheveux de la fille. »

Il les a regardés en fronçant le sourcil, en se concentrant, pendant plusieurs minutes. Je voyais bien qu'il voulait être absolument sûr. Même si je n'avais aucun doute sur sa réponse.

Absolument. Identification positive.

Thomas Landman. Nina Jordaan.

Je suis revenu dans mon bureau. A l'extérieur, la Montagne, comme toujours. Ne laisse jamais tomber personne, ne déçoit jamais personne.

Il ne s'agit pas d'un seul poisson. C'est tout un banc...

8

1

Si, par la suite, Thomas avait dû noter ses impressions des dix jours qu'il passa au Cap, dans la petite maison de Lisa Lombard, dans la rue en pente, étroite et ombragée de Claremont, il aurait pu commencer par le mercredi, car la chronologie n'avait aucune importance. La scène dans la salle de bains ce matin-là. Mais, surtout, la soirée quand un coup de froid, accompagné de violentes averses et de rafales de vent, les fit sortir de leurs chambres pour se retrouver sur le plancher devant le grand feu qui brûlait dans la cheminée du salon, où ils étalèrent leurs matelas et passèrent la nuit, en tout cas la plus grande partie, à poursuivre une conversation souvent intense.

A ce moment-là, la pièce lui était déjà familière. Son air d'aimable abandon, d'insouciance, son désordre amical : un vieux canapé énorme et deux fauteuils confortables à la tapisserie en lambeaux, recouverts de tissus africains aux couleurs extravagantes ; un tapis persan passé et mangé aux mites ; sous la fenêtre, deux chaises à dossier droit assez sévères, devant une table étroite avec un pied manquant que remplaçait tant bien que mal une pile de bouquins et de magazines, recouverte, comme un site archéologique, d'un incroyable assortiment de livres, de dossiers et d'une vieille Remington ; le sol, une course d'obstacles faite de boîtes, de malles et de valises débordant de vêtements, de journaux, de livres, de disques et de cassettes, au milieu desquels on pouvait retrouver, moitié ingéniosité, moitié chance, des assiettes sales, des couverts, et toute une variété de tasses à café en céramique ou émaillées ; sur les murs qui s'écaillaient, des affiches d'art et de théâtre, quelques collages postmodernistes bizarres et la reproduction de Bonnard ; sur une petite table, dans un angle éloigné, les deux merveilleuses marionnettes peintes de Bali.

Le samedi précédent, peu de temps après son arrivée, et tandis qu'elle était au cinéma avec deux amis, il avait commencé à explorer la maison. La chambre qu'elle lui avait attribuée, et que son amie Fransie qui venait de se marier avait occupée, ne contenait qu'une armoire, un lit de fer et quelques pots d'où sortaient des fleurs sèches et des plumes de paon. De l'autre côté du couloir (attention en marchant, avait-elle prévenu, il y a des lames de parquet qui ne tiennent plus), la chambre de Lisa qu'il n'avait fait qu'apercevoir en passant, par la porte ouverte : un lit double sur un socle bas en bois, avec un couvre-lit au crochet ; quelques sévères portraits de membres de la famille dans des cadres ovales ; une robe en dentelle des années trente sur un mannequin et, dans un coin, derrière un rideau ouvert, accrochées à une tringle de cuivre, de vieilles robes démodées comme dans une boutique ; une commode aux tiroirs ouverts à la Dali. (Mon Dieu, se dit-il, j'aurais besoin de mon appareil... !) Plus loin, une autre chambre comme une arrière-pensée gênante, qui au besoin pouvait servir pour un invité (ce qui fut effectivement le cas quand son frère Érik arriva le dimanche et déclina aimablement la proposition de Thomas de changer de place), bien qu'elle fût plus utile comme débarras vu son fouillis indescriptible. Une immense cuisine de ferme dans laquelle la double plaque chauffante semblait ridicule, posée dans un équilibre précaire au milieu du grand âtre ouvert ; un énorme vaisselier vert rempli de faïences dont, autant qu'il pouvait le voir, aucune pièce n'était assortie. Une salle de bains également très grande – autrefois sans aucun doute un porche à l'arrière de la maison, maintenant muré et vitré comme une serre –, un fouillis de plantes en pot, parmi lesquelles un tigre du Douanier Rousseau aurait été parfaitement à sa place, entourant une baignoire antique aux pieds recourbés près d'un chauffe-eau en cuivre avec des tuyaux également en cuivre ; et une grande variété de miroirs, certains accrochés à un clou, d'autres appuyés à des pots ou à des chaises, ainsi qu'une très belle psyché victorienne. D'un énorme pot de terre cuite sortaient, tout à fait incongrues, les tiges prolifiques d'une citrouille qui couraient sur la plus grande partie du plancher et qui portaient, même en cette fin d'été, plusieurs fleurs dont les taches d'un jaune violent s'étalaient dans l'environnement de verdure. La pièce l'enchanta. Il découvrit bientôt qu'elle était encore plus extraordinaire à la lumière du jour, car il n'y avait pas de plafond (il devait y faire un froid insupportable en hiver !) et la fibre de verre transparente qui formait le toit laissait passer la lumière qui éclairait la pièce comme un studio d'artiste, mais dans une lumière verte, sans doute à cause des plantes, et cela la faisait ressembler à un aquarium dans lequel d'énormes poissons exotiques pouvaient se déplacer dans un calme érotique, liquide et languide.

C'est dans cette lumière qu'il la vit ce matin-là, le mercredi matin. Les jours précédents, elle était partie de bonne heure pour son école de Bellville ; quand il sortait de sa chambre, paresseux et hébété de sommeil, pour préparer son petit déjeuner dans la cuisine, la maison était déserte. Aussi il ne s'attendait pas à la rencontrer ce matin-là : dans l'aquarium spacieux et hors de ce monde, les fenêtres embuées, baigné d'une lumière irréelle, elle se tenait nue devant la psyché, les bras levés, en train de se sécher les cheveux, multipliant son image dans les nombreux miroirs. Une photo de concours. Mince, presque maigre, modelée par la lumière. Une cage thoracique, des épaules, des hanches, des genoux anguleux, le simple gonflement des seins, un petit nuage de poils pubiens noirs et frisés sous la légère courbe – avec ses fesses, la seule touche de générosité que son corps semblait se permettre – de son ventre.

Ce ne fut pas elle – la scène devant ses yeux, son intensité visuelle – qui l'arrêta, mais la brusque sensation d'avoir déjà vu cela, exactement la même image, la même fille, se tenant précisément dans cette position, avec un grand corps dur et maigre, une image mentale, depuis longtemps enfouie dans la mémoire, qui surgissait brusquement sur le papier photographique blanc, comme s'il l'avait véritablement attendue, comme s'il l'avait espérée, comme le pochoir d'un souvenir ancien recouvrant ce qu'il regardait effectivement, comme un chasseur en forêt – lui avait raconté Frans – porte l'image de l'animal qu'il recherche, sa silhouette, sa forme, dans sa tête ; sinon il ne le distinguerait jamais dans son environnement naturel. (Mais d'où venait cette image alors, quand et où s'était-elle imprimée dans son esprit pour la première fois ? Le décor originel avait sans aucun doute été différent : un bois, peut-être, un feuillage dense ; et de l'eau, une chute d'eau ? Pour l'instant, elle lui échappait ; et était donc insaisissable. Mais il ne pourrait jamais se débarrasser ni s'accommoder de cette impression de quelque chose d'intimement connu.)

Et quelle réaction attendait-elle de lui ? Devait-il se retirer, gêné, faire demi-tour ? Passer près d'elle comme s'il n'avait rien remarqué ? Marmonner une excuse ? S'éclaircir la gorge ? Faire une plaisanterie ?

Elle baissa légèrement la serviette blanche pour le regarder par-dessus, à travers ses cheveux humides, et dit : « Oh, Thomas, voulez-vous m'apporter une serviette sèche ? Celle-ci est mouillée. Sur une des chaises de la chambre d'amis, je crois. »

Il s'attarda délibérément dans la chambre d'amis pour lui donner du temps.

« Vous trouvez ? cria-t-elle.

– J'arrive. »

Il revint dans la salle de bains, pensant qu'elle aurait mis un vêtement entre temps ; qu'elle se serait au moins noué une serviette autour de la taille. Mais elle était toujours nue, toujours occupée, et lui tournait le dos. Tout un ensemble de nouvelles images l'attendaient dans les nombreux miroirs, des images brisées qui s'offraient à lui dans une simultanéité cubiste. Des ombres qui tremblaient sur son dos, créées par le mouvement vigoureux de ses omoplates et de ses muscles. La grâce maladroite et particulière de ses jambes et de son corps long et étroit. Rien de cadencé ni d'aisé, rien de souple, pas de sensualité. Son corps et ses mouvements avaient au contraire un côté anguleux déconcertant, quelque chose d'austère, de brisé.

« Voici.

– Merci. » Elle se pencha, les cheveux dans le visage, tendit le bras derrière elle et attrapa la serviette qu'il tendait.

« Vous n'allez pas travailler aujourd'hui ? »

Elle dit quelque chose qu'il ne comprit pas à cause de la complexité et de l'énergie de ses mouvements.

« Mais...

– Pourquoi est-ce que vous ne nous préparez pas du thé ? »

Ce n'est qu'en se retrouvant près des plaques chauffantes de la cuisine – l'image de Lisa encore imprimée dans l'esprit – qu'il se rendit compte.que ce qu'il ressentait vraiment était de la colère. Une rage brutale et excessive. Mais pourquoi ? Sans doute pas à cause de sa nudité en tant que telle : il était photographe, cela n'avait pour lui rien d'extraordinaire, elle ne l'avait absolument pas excité. Alors ? Qu'elle l'ait regardé – elle nue, lui habillé – d'un regard aussi ferme ? Pourtant son attitude n'avait rien de provocant ; elle ne semblait même pas avoir conscience d'être nue. C'était à l'évidence quelque chose de tout à fait naturel pour elle. Ou était-ce justement cela qui le mettait en colère ? Non pas parce qu'il avait été gêné ou, pire, sensuellement troublé – elle n'était absolument pas troublante : il se répéta avec énergie : *elle n'est absolument pas troublante* –, mais parce qu'elle n'avait pas le droit, personne n'avait le droit, même avec la coïncidence ou le détail le plus infime, de lui rappeler Nina. C'était une intrusion dans son territoire le plus intime, consacré à Nina ; elle n'avait pas le droit d'y entrer. Lui-même ne souhaitait pas y entrer ; du moins pas maintenant.

Il décida qu'il était temps de s'en aller. Il ne voulait pas nouer d'autre relation avec elle. Deux jours plus tôt déjà, lundi matin, il lui avait proposé de s'en aller, car il ne souhaitait pas abuser de son accueil et de son hospitalité ; et elle avait répondu sans hésiter : « Faites comme vous voulez. Mais vous ne me dérangez pas du tout. En fait, ça ne me déplaît pas d'avoir quelqu'un dans la maison. » Mais, maintenant, il était temps de partir. Si possible avant la nuit.

Cependant, Justin lui répondit qu'il n'avait pas le temps de s'en occuper quand Thomas aborda la question plus tard dans la journée. Les problèmes de David. C'était le jour de l'enterrement de Christine. Aux informations de six heures on donna les nouvelles terribles de ce qui venait de se passer. Thomas essaya encore de téléphoner à

Justin – il alla en voiture jusqu'à une cabine publique de Newlands pour ne pas se faire remarquer dans son quartier ; pour ne pas prendre le risque qu'un patron de café, un employé de station-service ou de supermarché puisse se souvenir de lui et le dise ensuite ; il avait, il devait avoir, une existence sans traces, entre parenthèses – mais le numéro était toujours occupé. A la nuit tombante, l'estomac noué par la peur, il revint vers la petite maison de Lisa, derrière la grande haie ; il courut plié en deux sous la pluie, du portail jusqu'à l'entrée. Dans la cuisine, elle s'affairait avec des seaux et des paniers remplis de charbon et de bois.

« Vous partez ce soir, Anton ? demanda-t-elle. J'ai pensé que nous pouvions faire du feu. C'est le temps idéal. Si vous pouvez vous en occuper, pendant que je prépare le repas.

– Je vais vous aider.

– C'était votre tour hier soir. Vous pouvez ouvrir une bouteille de vin. Et il y a l'*Argus* sur le canapé.

– On dirait qu'on joue au papa et à la maman. »

Ils mangèrent un ragoût – elle avait mis dans une marmite métallique noire tout ce qui lui était tombé sous la main – et ils burent plus de vin qu'ils n'auraient dû. Dehors, la pluie tombait sans arrêt. Dans son trouble, à cause de ce qui s'était passé à l'enterrement et son inquiétude à propos de ce qui pouvait encore arriver, sa rancune à l'égard de Lisa avait disparu. (Et, mon Dieu, il n'avait rien à lui reprocher !) Lisa, elle, était détendue, à l'aise, d'humeur généreuse et en veine d'épanchement. Elle alla chercher une guitare dans sa chambre et pinça distraitement les cordes avant de se mettre à jouer, les cheveux lui tombant sur le visage comme une aile noire ; plongée en elle-même, comme si elle n'avait joué que pour elle, comme si elle avait totalement oublié la présence de Thomas. Quelques chansons pop et folk, puis cette douce berceuse en langue abrikaans avec des paroles à la cruauté insupportable, *Siembamba* (« Siembamba mon petit bébé, Siembamba mon petit bébé, Tords-lui le cou, jette-le dans le fossé, Marche-lui sur la tête et il mourra... ») : puis, sans prévenir, le chant de liberté mélancolique, *Senzeni na,* qu'elle chanta doucement de sa voix rauque et chuchotante.

« Où est-ce que vous l'avez appris? » lui demanda-t-il intrigué.

Elle leva les yeux, comme étonnée de le voir là. Puis elle lui répondit aussitôt : « Je ne suis pas illettrée, vous savez.

– Mais c'est une chanson de lutte.

– Et alors ? J'y ai goûté. A ma façon.

– Racontez-moi.

– Ce n'est pas important. »

Elle chanta une nouvelle chanson. Il la reconnut aussi pour l'avoir entendue dans de nombreuses townships du pays ; au cours de nombreux enterrements. Les yeux mi-clos, il la regardait dans le tremblement de la dernière lumière, mais elle se laissait totalement absorber par la musique. Et quand, à la fin, il lui demanda : « Ou l'avez-vous apprise ? », elle refusa de répondre, posa sa guitare – fâchée ? gênée ? brusquement timide ? – et elle s'agenouilla devant la chaîne pour mettre des cassettes. Nana Mouskouri, Tracey Chapman, Johnny Clegg, de la guitare par John Williams, un peu de Chopin. Plus tard, ils posèrent leurs verres et la bouteille de vin sur le tapis usé jusqu'à la trame, devant la cheminée, et ils s'installèrent sur de grands coussins rembourrés pour se rapprocher de la chaleur. Il était presque minuit quand elle lui demanda en passant :

« Pourquoi est-ce que nous n'apporterions pas nos lits devant le feu ? C'est plus confortable ici. »

Et elle se lança dans ses souvenirs désordonnés. « Nous le faisions souvent quand nous étions petits, Erik et moi.

Mes parents n'étaient jamais d'accord, ils avaient toujours peur qu'on mette le feu, que l'on s'asphyxie ou je ne sais quoi. Et on nous prévenait : les enfants qui jouent avec le feu font pipi au lit. Mais parfois, nous le faisions quand même : nous attendions qu'ils aillent se coucher et nous sortions à pas de loup. Nous deux seulement. C'était comme une histoire que nous aurions jouée. Quelque chose qui ressemblait à un rêve. Nous mangions des oranges et des peaux lancées dans le feu naissaient de petites flammes bleues. Et chacun notre tour, nous disions les choses fantastiques que nous pouvions voir dans les braises. Nous dessinions dans l'obscurité avec des brindilles ardentes. Jusqu'à ce que nous tombions endormis dans les bras l'un de l'autre. Et les parents nous trouvaient le lendemain matin devant les cendres grises. Les réprimandes, les menaces et les avertissements les plus terribles pleuvaient sur nous. On recevait même des raclées. Maman pensait que qui aime bien châtie bien. Mais nous ne pouvions pas résister à la tentation et à la première occasion, nous recommencions. Un miracle que nous n'ayons jamais mis le feu à la maison. C'est mon meilleur souvenir. Ces nuits devant le feu, avec Erik. C'était le bonheur. La sécurité. C'était magique.

– Vous étiez très proches, Erik et vous. »

Elle le regarda, de la lumière orange brillait sur ses joues pâles ; puis elle tourna la tête. Elle haussa les épaules : « Je vous l'ai dit, nous sommes jumeaux.

– C'est une chose que je vous envie. Mon frère et moi, nous n'avons jamais pu nous entendre. J'adore ma sœur, mais elle a plus été comme une mère, elle a huit ans de plus que moi.

– Vous n'aimez pas Erik, dit-elle brusquement. Quand il était ici pendant le week-end...

– C'est lui qui ne m'aime pas. Il m'a regardé comme un imposteur. » (Il pensa en le disant : je suis un imposteur !)

« Il est comme ça. » Elle semblait sur la défensive, offensée, gênée. « Il n'a jamais aimé un seul de mes petits amis.

– Mais je ne le suis pas, protesta-t-il.

– Je sais. » Elle sourit. Sa grande bouche sincère. « Mais comment pouvait-il le savoir ? Je l'ai rassuré avant qu'il parte. » Elle but les dernières gouttes de son verre ; le vin avait des reflets rouge sombre dans la lueur du feu. « Alors, on va chercher nos lits ? »

Il revint le premier avec l'énorme paquet de sa literie, difficile à manier. Il l'entendit bouger dans la chambre d'amis et il alla dans la salle de bains pour se laver et se brosser les dents. Quand il revint dans le salon, les affaires de Lisa étaient déjà là. Le matelas à une place, de la chambre d'amis, recouvert d'une couette. Elle marchait dans la chambre. Il se glissa sous ses couvertures en slip. Quelque temps après, elle alla dans la salle de bains. Quand elle revint enfin, avec une nouvelle bouteille de vin, elle portait un pyjama d'homme à rayures, trop grand pour elle, autrefois rouge foncé, mais reprisé de toutes les couleurs.

« Vous semblez bien protégée, dit-il en souriant. Contre le froid, je pense.

– Est-ce que je dois me protéger contre autre chose ?

– Non. »

Elle le regarda et ses étranges yeux sombres scrutaient intensément son visage, avec un air presque accusateur. Puis, sans un mot, elle lui tendit la bouteille et rampa sous sa couette. Il remplit leurs deux verres.

« Vous avez de belles mains, lui dit-elle brusquement.

– Exactement ce que me disait la tenancière du bordel, répondit-il. C'est toute l'urine des pots que je lave. Très bon pour la peau. » Il leva son verre. « Je bois à votre tenue d'Antarctique. »

Pendant quelque temps, leur conversation retrouva le

niveau de leurs précédentes rencontres : des plaisanteries, des moqueries, un patinage sans risque sur une surface unie. Le premier soir, quand il venait d'arriver et qu'elle était curieuse de savoir pourquoi il était revenu au Cap, il avait repris l'histoire du personnage de l'avion :

« Une vraie catastrophe. Ma patronne a découvert que j'organisais une manif de prostituées et elle m'a mis à la porte. » Son imagination prit son envol comme souvent par le passé, dans sa reconstitution de l'histoire familiale par exemple : « J'ai refusé de partir. Elle a attrapé un couteau de boucher. Ses intentions ne laissaient aucun doute. Elle voulait me châtrer. Qu'est-ce que je pouvais faire ? J'ai dû la tuer avec son propre couteau. Je l'ai parée d'une broderie de sang doré. Et maintenant j'ai toute la police du pays aux trousses.

– Alors vous avez intérêt à vous cacher ici en attendant que ça se tasse.

– J'espérais que vous me diriez ça.

– Sérieusement, demanda-t-elle, qu'est-ce qui vous ramène au Cap ? Vous êtes revenu voir votre prof ? Vous devez être plein aux as pour faire continuellement l'aller et retour en avion.

– Je ne suis pas revenu voir mon prof. Et je ne suis pas revenu non plus en avion. Un de mes amis descendait en voiture et c'était une occasion à ne pas rater.

– Dans une voiture immatriculée à Bellville ? » lui demanda-t-elle sérieusement. Elle était sortie avec lui pour montrer où il pouvait se garer dans la ruelle étroite le long de la maison sous une pergola ; elle avait dû remarquer le numéro d'immatriculation.

« Rien ne vous échappe, n'est-ce pas ? »

Un haussement d'épaules.

« C'est à un de mes copains de Bellville qui est à l'armée. Je peux me servir de sa voiture chaque fois que je suis ici. » Heureusement, il avait préparé un alibi. Avant qu'elle ait pu poser une autre question, il dit : « En général, j'habite chez lui, mais cette fois son oncle et sa tante sont en visite.

– C'est une chance que je sois là.

– Absolument. Mais je chanterai pour payer mon repas. Je suis nul en cuisine et en ménage. Je vous laverai tous vos pots. »

Peu de temps après, les amis avec qui elle avait prévu d'aller au cinéma étaient arrivés. Il prenait un bain. De la cuisine, elle l'invita à venir avec eux, mais il refusa. Et il prit soin d'être blotti dans son lit, la lumière de la chambre éteinte, quand ils revinrent ; quand ses amis furent définitivement partis, bien après minuit, et qu'elle eut fermé la porte, elle hésita et appela doucement : « Anton ? Anton, vous dormez ? » Alors seulement il répondit : « Vous pouvez entrer.

– Vous avez tout ce qu'il vous faut ?

– Non. Mais qui peut tout avoir ?

– Le bruit et l'animation du bordel doivent vous manquer.

– Oh oui ! On ne s'arrête pas avant le lever du jour.

– Je vous réveille demain matin pour la messe ? » De la malice dans sa voix rauque.

« La première messe. »

Pendant un instant, elle sembla sérieuse. « Vous n'êtes pas catholique, n'est-ce pas ?

– J'essaie de garder le choix. Et vous ?

– Je ne suis vraiment dans rien, moi non plus.

– Mais vous m'avez dit que votre père était dominee.

– Il l'est toujours. Dans un dorpie* perdu du Griqualand West. C'est la plus sûre façon de faire des agnostiques, vous ne croyez pas ? Erik et moi, nous sommes des païens nés.

– Il est plus jeune ou plus âgé que vous ?

– Nous sommes jumeaux. C'est lui qui est beau.

– Et pourquoi êtes-vous contre la noble profession de votre père ?

– Le mieux est l'ennemi du bien. »

Elle vint s'asseoir sur le bord du lit, les genoux relevés, à peine visible dans la faible lumière venant du couloir.

« Quand avez-vous quitté le droit chemin ?

– Tout s'est bien passé jusqu'à quatorze ans. » Il lui parla de son projet de jardin : le carré de terre aride dans lequel il avait planté du maïs, des citrouilles, des concombres, des betteraves, des carottes et des haricots et comment tout avait été brûlé et réduit en poussière. « J'ai prié comme un fou. Mais il ne s'est rien passé. C'était comme les prophètes de Baal, le jour où Elie les a défiés, vous vous souvenez ? Pas un nuage de la taille d'un poing criant "*Amandla* ! " Et à partir de là, ça a été la dégringolade. »

Ils n'avaient jamais été – dans cette obscurité rassurante – aussi sérieux, aussi proches de la confession. Il y avait eu un autre instant d'hésitation le lendemain matin, mais cela n'avait pas duré longtemps, Erik était arrivé à l'improviste et avait arrêté la conversation. Ce qui avait peut-être été une bonne chose, car elle voulait tenir sa promesse et lui faire visiter Le Cap. Un jour d'automne lumineux, n'offrant aucune raison de refuser. Pourtant, il savait qu'il devait y échapper. Même si cela était tentant, il ne pouvait prendre le risque de se montrer trop en public. En plus, la journée de promenade avec Nina était encore trop présente dans son esprit.

« Vous avez sûrement mieux à faire que de promener un ancien tenancier de bordel.

– Vous ne voulez pas vous montrer en public avec moi. » Il devait avancer avec précaution : elle était trop fine.

« Je ne veux pas vous faire perdre votre temps. Et vous devez avoir... » – la glace était très mince – « ... il doit bien y avoir quelqu'un d'autre avec qui vous préférez vous promener, un jour comme celui-ci ?

– Par exemple ? »

Impossible de s'en tirer en restant évasif ou équivoque. « Il n'y a pas un homme dans votre vie ? Je n'ai pas envie de prendre la place de quelqu'un.

– Vous ne manquez pas de culot, Anton Swanepoel.

– Ce n'est pas ce que je voulais dire.

– C'est encore pire. » Puis un coup bas. « Mais je suppose que vous ne pouvez pas vous en empêcher. Vous êtes bien un homme. »

Il essaya de prendre ça à la légère. « Je voulais simplement vous rassurer. Mais j'ai tué ma patronne et ma petite amie m'a mis à la porte, alors je suis plutôt mal en point. »

Ses yeux troublants le fixèrent un instant. Puis elle quitta la table du petit déjeuner, erra dans la grande cuisine vide, empila des assiettes dans l'évier en regardant – son dos étroit tourné vers lui – les feuilles changeantes de la pergola. « Vous n'êtes pas le seul.

– C'est triste.

– Vous savez, Fransie et moi, nous avons habité ici pendant... oh ! des siècles, plus d'un an. Elle avec son petit ami, moi avec le mien. Jusqu'à ce que son Ou* s'en aille à Pretoria, un nouveau travail, et qu'elle décide qu'elle ne pouvait pas rester ici sans lui. Alors j'ai aussi mis le mien à la porte.

– Je trouve ça complètement absurde.

– Pas plus absurde que le reste de ma vie. » Elle se retourna, un torchon à la main. « Ou ce qu'il en restait. Parce qu'il s'était tout approprié. J'étais sa petite colonie personnelle. Au début, on s'entendait assez bien, mais lentement il a fait main basse sur tout. Puis il a aussi commencé à vivre à mes crochets. Mais je lui ai dit : les conseilleurs ne sont pas les payeurs. Et je l'ai mis à la porte.

– Bravo.
– Aidez-moi à faire la vaisselle pour qu'on puisse partir.
– Pouquoi essayez-vous de changer de sujet ?
– Quel sujet ?
– Votre petit ami. »

Avec une franchise désarmante, elle répondit : « Je ne vous connais pas, Anton. Et je me sens encore gênée d'y être allée un peu fort dans l'avion. Qu'est-ce que vous avez dû penser de moi... »

A ce moment-là, Erik avait sonné. Son portrait tout craché. Les mêmes yeux fumée sombre, le même corps anguleux – mais le sien semblait plus dur, plus souple –, la même peau claire, les mêmes cheveux noirs. Mais coupés très court, comme à l'armée ; il était en uniforme. En se tenant par le bras et en bavardant, ils suivirent le couloir jusqu'à la cuisine. Erik s'arrêta brusquement.

« Qui c'est ? » Sa voix n'était pas que soupçonneuse : accusatrice, distante, hostile.

Maintenant, allongé devant la cheminée, Thomas dit : « Parlez-moi de votre frère. » Il leva son verre et regarda le feu à travers le vin. « Vous devez reconnaître qu'il n'a pas été très accueillant dimanche.

– Je vous avais prévenu », dit-elle, sur la défensive. Elle but une grande gorgée, reposa son verre par terre, s'allongea sur le dos, la tête entre ses bras repliés, et regarda les motifs floraux sur le plafond ancien à moulures. La lueur de la cheminée tremblait sur lui et sur les murs. Le reste de la pièce était dans le noir. Une obscurité rassurante, dans laquelle on pouvait se permettre d'être confiant et franc. « Erik m'inquiète. Je crois que c'est l'armée. Ça s'est interposé entre nous. Je n'aurais jamais cru que c'était possible. D'aussi loin que je m'en souvienne, nous avons toujours été ensemble, pour tout ; tous les deux, contre les adultes, contre l'école, contre le monde. Pas dans un sens agressif. Simplement, nous étions d'un côté et les autres, de l'autre. » Elle resta songeuse quelques instants. « Nous partagions tout. Les jeux, l'école, les bêtises, les vacances, les repas, le sommeil, tout. Nous avons même partagé nos bains pendant je ne sais plus combien de temps. En fait, c'était un de nos endroits préférés pour parler. Quand nos parents n'étaient pas là, bien sûr. Ils en auraient eu une crise cardiaque. C'est quelque chose que ne comprennent pas ceux qui sont à l'extérieur. J'y ai souvent pensé, en particulier après la mort de ma mère, pendant ma première année à l'université. Un cancer du sein, sans prévenir, en quelques semaines. Sa mort m'a fait comprendre pour la première fois que les parents sont mortels. Brusquement, on se rend compte qu'il y a une fin à l'amour des parents et des enfants. Et il y a une fin à l'amour des amants. On ne peut compter sur aucune sorte d'amour. Sauf l'amour entre frère et sœur. Comprenez-moi bien. Nous nous sommes aussi battus de façon spectaculaire. Comme chien et chat. Mais c'était différent. En dessous, il y a quelque chose d'autre, une sorte de soubassement solide qui est éternel, qui ne cède jamais, qui ne vous laisse jamais tomber, quelque chose en quoi on peut avoir confiance, quelque chose qui compte, pour toujours. On n'a rien à se prouver. On n'a pas besoin de se mentir, de faire semblant. Ça existe, c'est tout. C'est *là*. »

Il avait une curieuse sensation en l'écoutant, en écoutant ce flot de paroles coulant tranquillement, avec sa voix grave et rauque, ni nerveuse ni précipitée, comme l'autre jour dans l'avion, mais paisible, réfléchie, et libre : il était ici, pensait-il, et sa propre vie suivait son cours derrière et sous leur conversation – son angoisse à propos de David, les questions sur ce qui s'était passé, sur ce qui allait encore arriver, et finalement l'acceptation de sa propre mort – et, à côté de lui, sur son matelas, la jeune femme, Lisa, dont la vie poursuivait son cours invisible et dont il savait si peu de chose ; puis il y avait le flot de cette conversation, cette marée de mots au travers desquels ils communiquaient, étaient émus, touchés, et dans lesquels – qui sait – leurs vies séparées étaient imperceptiblement redessinées.

« Tout le temps, à l'école et à l'université, nous avons été inséparables. Erik faisait médecine et moi psychologie. Nous avons toujours rêvé d'ouvrir un cabinet ensemble. Bien sûr, en grandissant, nous avons commencé à sortir avec d'autres, même si au début c'était un véritable traumatisme. Aucun de nous deux n'avait vraiment besoin de ce que considérions comme de simples substituts. En même temps, il faut être réaliste. » Elle fit une grimace. « N'est-ce pas simplement un euphémisme pour dire “ petit bourgeois ” ?

– Maintenant, les choses ont changé ?

– Je ne sais pas. » Un long silence. Elle s'allongea à nouveau sur le ventre, remplit son verre et se redressa en s'appuyant sur les coudes pour regarder les braises. « Oui, Erik a changé récemment.

– Pas vous ?

– C'est possible. Mais il... vous savez, il ne voulait absolument pas aller à l'armée. Pendant toutes ces années où il faisait ses études de médecine, il croyait qu'il arriverait quelque chose qui lui permettrait d'échapper au service militaire. Mais quand il a été reçu, il y a deux ans, il n'a pas pu y échapper. Et puis... » Elle tourna lentement la tête et le regarda fixement avec ses yeux noirs comme la nuit. « Quand j'essaie d'en parler avec lui, il change de sujet. Mais j'ai la nette impression que la vie militaire commence vraiment à lui plaire. Ça m'empêche de dormir la nuit. Il est fasciné par la discipline, l'ordre, toute la machine du pouvoir. Évidemment, il se la coule douce. Ils ont besoin de médecins. Alors il n'a fait que quelques semaines de classes avant d'être affecté à Wineberg, à l'hôpital militaire. Il peut sortir chaque week-end et parfois même pendant la semaine. Au début, il attendait sa permission avec impatience, il passait tout son temps libre avec moi. Mais c'est arrivé de moins en moins souvent. Et il me rembarre si j'ose en parler. La semaine dernière, il a eu une promotion. Un stupide galon sur sa manche, je ne sais pas si vous l'avez remarqué. Ce qui me bouleverse, c'est qu'il a vraiment l'air d'en être fier. Ça lui a donné une bouffée de pouvoir. Les choses dont il se foutait éperdument lui sont soudain devenues très importantes. Ce n'est pas le Erik que je connaissais, je vous assure. Nous avons passé presque toute la journée de dimanche à nous disputer. Vous auriez dû venir avec nous, ça aurait simplifié les choses. »

Il se souvint du « Qui c'est ? », agressif et soupçonneux, avec lequel Erik l'avait salué, et de la conversation difficile et gênée qui avait suivi, avant qu'il les persuade d'aller de leur côté en leur assurant qu'il avait suffisamment de choses à faire tout seul ; et la longue journée ennuyeuse jusqu'à ce qu'ils reviennent à la nuit tombante. On pouvait voir au premier coup d'œil qu'elle avait pleuré. Elle s'était couchée tôt, en les laissant, Erik et lui, dans le salon, en train d'échanger avec une politesse prudente quelques remarques anodines. Ensuite, Erik se leva, versa du vin et en offrit un verre à Thomas.

« Ma sœur m'a dit que vous étiez un type plutôt mystérieux.

– J'aimerais bien l'être.

– Comment gagnez-vous votre vie ?

– Avec un ami, nous essayons de monter une maison d'édition. Principalement de la littérature alternative.

– Ce n'est pas ce que vous lui avez dit.

– Je l'ai fait marcher. Vous ne croyez quand même pas que je travaille dans un bordel ? »

Un silence. On entendit Erik avaler son vin. Une voiture passa dans la rue.

« Ça rapporte ?

– Non.

– Alors pourquoi faites-vous ça ?

– La foi, l'espoir et la charité. » Il regarda Erik par-dessus son verre : le visage étroit et pâle, les yeux sombres et ardents, les longues mains fines qui tenaient le verre. Dans un sens, il ressemblait à un jeune garçon, et pourtant il devait bien avoir – quel âge ? – vingt-cinq ans. La ressemblance avec Lisa continuait à gêner Thomas. « Pourquoi êtes-vous médecin ?

– Quel rapport ? On m'a dit que vous prépariez aussi une thèse.

– Oui. De philosophie. Pour ne pas se rouiller. Mais mon travail est plus gratifiant que celui de Lisa.

– Qu'est-ce que vous savez de son travail ?

– Ce qu'elle m'en a dit. » Amusé, intrigué : « Est-ce que vous contrôlez tous ses amis comme ça ? »

De façon inattendue, il s'excusa : « Je suis désolé. Je suppose que je dois paraître très possessif. Mais ça s'est assez mal passé avec le dernier.

– Elle a ving-cinq ans, Erik.

– Mais elle est incroyablement innocente. » Thomas ne s'attendait pas qu'il rougisse ainsi. « Ce n'est pas ce que vous pensez. Mais elle a tendance à faire facilement confiance aux gens et après elle est blessée.

– Lisa me semble très résistante.

– Je le sais. Mais elle est... » Un brusque élan d'agressivité. « Je ne veux pas qu'on se serve d'elle, vous voyez ce que je veux dire ?

– Je suis d'accord. » Il vida son verre et le reposa sur une pile de livres sur la table. Il se dit : Erik est aussi possessif à l'égard de Lisa que David l'était à l'égard de Christine.

Il vit David le jeudi après-midi. Justin avait mis cela au point quand ils s'étaient rencontrés brièvement le lundi. A ce moment-là, les journaux avaient déjà annoncé la nouvelle ; c'était officiel, plus seulement une rumeur. Christine était morte, même si l'on n'avait pas encore de détails. « S'il te plaît, avait demandé Justin à Thomas, le visage défait, vois si tu peux le convaincre. Il veut absolument aller à l'enterrement et je ne trouve pas que ce soit une bonne idée. Nous ne pouvons pas nous permettre qu'il fasse un esclandre. Mais il est déjà tellement à bout de nerfs que je ne pense pas non plus qu'il faille le lui interdire. »

Ils se retrouvèrent dans les Jardins, devant les volières, comme Justin le leur avait dit. Thomas était arrivé – également comme prévu – un quart d'heure avant David. Il s'était assis sur un banc et avait ouvert son journal. Puis David était arrivé et s'était mis à côté de lui avec son propre journal. Quelques minutes plus tard, il avait sorti un cigarillo, avait cherché des allumettes dans ses poches et, n'en trouvant pas, il s'était adressé à Thomas :

« Vous avez du feu ? »

Pas loin d'eux des enfants jouaient, et un clochard ronflait sur un autre banc, la tête appuyée sur sa bouteille d'alcool dénaturé vide, enveloppée dans du papier journal. Sinon, il n'y avait personne.

« Oui, Abe. » Le nom de code de David. Dans un lieu public comme celui-ci, la précaution était nécessaire.

Thomas essaya de dissimuler sa surprise : en moins de quinze jours, David avait pris un coup de vieux. Ses cheveux semblaient plus clairsemés sur son crâne, les taches rouges de ses joues avaient un air malsain et son nez lui parut plus crochu que dans son souvenir. Derrière ses lunettes, ses yeux noirs étaient fatigués.

David alluma son cigarillo, glissa la boîte d'allumettes dans sa poche et posa la main sur le genou de Thomas qu'il serra légèrement.

« Comment ça va ?

– Je survis. Dans les circonstances actuelles, c'est déjà beaucoup. »

David aspira une grande bouffée à son cigarillo et recracha la fumée. « C'est vrai. » Il avait encore besoin d'un peu de temps pour contrôler son émotion. Puis, avec un effort manifeste pour garder un ton neutre, il ajouta : « Il a coulé de l'eau sous les ponts depuis la dernière fois que nous nous sommes vus. »

Incapable de trouver quelque chose à dire, Thomas serra la main de David posée sur son genou.

« On avait le moral à ce moment-là, hein ? » Il jeta un coup d'œil autour d'eux ; il n'y avait personne. « Je me souviens comment Suzie maintenait nos moteurs sous pression. Une sacrée fille. » (Suzie : Nina.)

« Écoute, Abe, dit Thomas rapidement. Ce n'est pas le moment de craquer. La lutte continue, d'accord ?

– Bien sûr. Mais... je sais que ça va te paraître hérétique... Mais est-ce que tout cela en vaut vraiment la peine ?

– C'est toi qui dis ça ?

– C'est moi, Peter. Je t'assure, c'est bien moi. Moi et toute mon histoire, assis ici sur ce satané banc devant cette volière pleine d'oiseaux misérables. » Dans un brusque accès de rage : « Cathy ne méritait pas de mourir, Peter. » Cathy était bien sûr Christine.

« Tu penses que Suzie le méritait ? » répondit Thomas irrité. « Tu penses que les milliers de gens tués par l'apartheid au cours des années le méritaient ? Allez, Abe. Tu es la dernière personne que je soupçonnais d'égoïsme.

– Mon Dieu. » Il souffla un autre nuage de fumée blanche. « Tu n'y vas pas par quatre chemins.

– Non, c'est vrai. Parce que je sais que tu vaux mieux que ça. »

David lança son mégot d'une pichenette et chercha tout de suite un autre cigarillo dans sa poche.

« Cathy était la première femme dont j'ai osé tomber amoureux en dix ans, dit-il après quelques instants de silence. Quand Abbie m'a quitté en emportant l'enfant et tout, j'étais complètement effondré. Alors, c'était clair : il n'y aurait jamais d'autre femme dans ma vie. Tu peux trouver ça stupide ou entêté, comme tu veux. Mais je suis comme ça. Pas de demi-mesures. Mon avenir était tout tracé. Je voulais terminer ce que mon père avait commencé. Tu sais, je t'en ai déjà parlé.

– C'était un saint, à sa façon.

– C'est sûr. Rien que sortir d'Auschwitz vivant était un miracle. Un squelette, un sac d'os. J'ai vu des photos.

– Tu me les a montrées.

– Je sais que tu connais son histoire. » Gêné : « J'essaie simplement de m'en enlever le poids de sur la poitrine.

– Dis tout ce que tu as envie, Abe. Je suis là pour t'écouter.

– Alors ma mère et lui sont venus ici. Il a consacré toute sa vie aux victimes. Il se croyait redevable de quelque chose à l'histoire. Il s'est même inscrit au parti communiste sud-africain, même s'il n'avait jamais été un con de marxiste. Mais il disait toujours que c'était les seuls qui s'occupaient des victimes à l'époque. Il a essayé de faire quelque chose pour eux. Ça lui a coûté quatre, cinq séjours en prison. Et ça lui a ruiné la santé. Ce n'était pas difficile, il était en triste état en sortant d'Auschwitz. L'ombre d'un homme. Mais rayonnant d'amour. Il y avait plus d'amour dans cette petite silhouette que dans vingt personnes ordinaires. Et depuis que je suis tout enfant, j'ai toujours voulu faire ce qu'il faisait, être ce qu'il était. J'en ai même négligé Abbie. Et c'était la seule personne à qui je ne voulais pas faire ça.

– Tu n'as jamais plus entendu parler d'elle ?

– Non. C'est mieux comme ça quand on y pense. Mais ça m'a liquidé à cause de l'enfant. Ce doit être une grande fille maintenant. Quatorze ans. Tu te rends compte ? Le portrait craché de sa mère et Dieu sait qu'Abbie était belle. Minuscule, le moindre souffle de vent pouvait l'emporter. » Baroque brusquement : « Comme une bougie allumée dans le vent. » Et, soudain, il refoula son émotion. « Mais c'est fini. Il y a longemps. Sharon n'avait que deux ans quand elles sont parties. Un petit mot pour dire au revoir sur l'oreiller. » Pendant une minute ou deux, il fuma en silence. Puis il jeta le cigarillo à demi consumé et en sortit un nouveau.

« Et Cathy était la première femme depuis ? » Thomas connaissait la réponse ; mais il voulait que David continue à parler.

« Oui. Après presque douze ans. Au plus mauvais moment aussi. Tu as vu par toi-même mon travail depuis un an. Et depuis 1984, quand les troubles ont commencé. C'est à ce moment-là que j'ai décidé qu'être médecin ne suffisait pas. Tous ces gosses. Les petits cadavres. Certains de deux ou trois ans. Des bébés tués sur le dos de leur mère. Par-derrière. Et les mutilés. Des chevrotines. Du plomb de chasse. Des balles en caoutchouc. Des balles réelles. Des bâtons. Des sjamboks. Ça ne suffisait plus de soigner les blessés et d'enterrer les morts. Il y avait un autre genre de maladie à soigner. Un cancer qu'il fallait enlever. Je ne pouvais pas me contenter de regarder, alors que chaque jour le pays ressemblait de plus en plus au Reich dont mes parents m'avaient parlé. Pas question. Et j'ai rencontré Freddie. » Justin. « Et notre groupe a commencé à travailler. Et, tout à coup, il y a eu Cathy. » Il secoua la tête, incrédule. « Tu te souviens comme j'étais brutal avec elle au début ? Hargneux. Je ne voulais pas qu'elle s'approche de moi. Parce que, dès le premier jour, je me suis rendu compte. Oh ! Mon Dieu, c'est une mauvaise nouvelle. Et celle-là, je ne peux pas l'éviter. Je l'ai déjà dans la peau. Comme la malaria. Ça a l'air horrible de dire ça. Mais c'est ce que je ressentais. » Un silence. « Mais ça ne servait à rien de vouloir l'éloigner ou de faire comme si elle n'était pas là.

– Je crois que je commence à comprendre à quel point c'était insupportable pour toi de ne pas aller à l'hôpital. Maintenant que Suzie est morte, elle aussi...

– Je savais que tu comprendrais. Plus que les autres. Même s'il est difficile de dire ce que Freddie a représenté pour moi. » Il regardait fixement les cages des oiseaux, à travers elles, au-delà, et voyait ce que Thomas ne pouvait voir. « Freddie avait raison, bien sûr. J'espérais toujours que je pourrais aller au Tygerberg, leur dire que j'étais son médecin généraliste, que j'avais le droit de la voir. Mais il a découvert la présence des gardes par Judy. Je serais tombé droit dans le piège. Alors, je n'avais pas le choix. » Il tourna les yeux vers Thomas et secoua la tête. « Mais ce qui est fait est fait. Ça ne sert à rien de continuer. Cathy est morte. On l'enterre demain, c'était dans les journaux, tu as dû le voir.

– Oui, je l'ai vu. Et d'une certaine façon – comprends-moi bien Abe –, mais peut-être que, d'une certaine façon, c'est mieux ainsi. Au moins maintenant, tu es sûr qu'ils ne l'auront jamais. Si elle avait repris connaissance...

– Elle est morte !

– Suzie aussi.

– Pourquoi est-ce que tu répètes tout le temps ça ?

– Parce qu'il est important que tu en tiennes compte. Je sais que ça ne change rien à ta douleur. Mais depuis le début, nous savions » – il pesait ses mots avec précaution – « que c'était la chose que nous devions affronter. Je veux dire : qu'il y avait un prix à payer. Et que nous devions nous y préparer. » Un silence. Il insista. « Ce n'est pas comme ça ?

– Je sais. Et j'ai toujours été prêt à payer le prix moi-même. Je peux accepter tout ce qui m'arrive. C'est quelque chose que j'ai résolu avec moi-même, il y a des années. Mais on n'est pas préparé au prix à payer quand d'autres sont sacrifiés. Ceux qu'on aime.

– Que crois-tu que Cathy aurait fait – qu'aurais-tu attendu d'elle – si tu avais été tué ? »

David le regarda en silence.

« Réponds-moi, Abe. Je te demande ça parce que c'est ce qui a fait la différence pour moi. Je sais que Suzie n'aurait jamais abandonné ni hésité une seule minute. Peut-être que les femmes sont plus fortes que nous. Mais ne crois-tu pas que pour cette raison même nous le leur devons ? »

David aspira une grande bouffée, écrasa son mégot sur le bord du banc et jeta ce qui en restait. « Bien sûr », dit-il.

Mais il resta inflexible sur la question de l'enterrement. Comment pouvait-on s'attendre qu'il n'y assiste pas ? Peut-être que, s'il avait pu la revoir à l'hôpital, il aurait été plus « raisonnable ». Mais il n'y avait eu aucun adieu d'aucune sorte. Il sentait qu'il lui devait ça. C'était le moins qu'il pouvait faire. Pour marquer une fin. S'il y avait eu le moindre risque, d'accord, il n'aurait pas eu le choix. Mais que pouvait-on déduire de sa présence à un enterrement ? « De toute façon, avança-t-il, tu as vu le journal de ce matin ? Cette explosion à Durban, hier soir. La Special Branch croit qu'on est dans le coup, et ils nous cherchent là-bas. Personne ne nous imagine ici. C'est un enterrement ordinaire, pas une cérémonie particulière. Et je n'ai jamais rencontré sa mère. »

Et, en début de soirée – Thomas regardait les braises mourantes derrière Lisa –, il y avait eu la nouvelle à la télé : la police de sécurité avait fait une descente lors de l'enterrement de Mlle Christine Pienaar. Plusieurs personnes avaient été arrêtées, dont un médecin bien connu du Cap, David Blumer. On ne donnait pas d'autres détails, mais on pouvait s'attendre à tout moment à une importante déclaration. D'après des sources bien informées, cette arrestation pourrait être en relation avec l'attentat à la bombe contre le Président, deux semaines plus tôt.

La reproduction de Bonnard sur son mur (une affiche du musée d'Orsay ? Du Kunsthalle à Zurich ? par la suite, il eut du mal à s'en souvenir) : le remarquable sens de l'espace de l'artiste : la scène est centrée sur une femme nue devant un miroir, mais dans le miroir se reflète une scène de l'extérieur. Aucune ne peut exister, n'est concevable, sans l'autre.

Une fois, il sortit de sous ses couvertures pour mettre dans le feu les derniers sarments de vigne qu'il prit dans la caisse en carton qu'il avait apportée au début de la soirée. Les braises étaient presque éteintes. Il les secoua avec un tisonnier en retournant leur ventre rougeoyant. Une fumée bleuâtre s'éleva en tourbillonnant dans le conduit de la cheminée. Dehors, il pleuvait toujours, moins violemment maintenant, un bruissement régulier et lointain dans la nuit.

« Vous dormez ? » lui demanda-t-il après s'être de nouveau glissé dans son lit ; elle était silencieuse depuis un long moment.

« Non, marmonna-t-elle d'une voix paresseuse.

– Je peux vous demander quelque chose ?

– Quoi ?

– Ce matin...

– Quoi, ce matin ? » Elle semblait sur ses gardes ; prudente, méfiante aussi. (S'attendait-elle qu'il parle de la scène dans la salle de bains ? Mais cela était tout à fait inutile.)

« Pourquoi est-ce que vous n'êtes pas allée travailler ?

Quand je vous ai posé la question au petit déjeuner, vous ne m'avez pas répondu.

– J'ai pris ma journée, répondit-elle d'un ton détaché. J'avais besoin de réfléchir. Hier, c'était horrible. Je me suis demandé ce que je faisais encore là-bas.

– Que s'est-il passé hier ? lui demanda-t-il, en la regardant dans la faible lueur rouge.

– Rien d'extraordinaire. Si on considère la journée en particulier. Le problème, c'est l'accumulation, chaque jour quelque chose de nouveau. » Elle se tut ; il eut l'impression qu'elle n'avait pas envie de continuer. Mais elle reprit au bout de quelques minutes : Une nouvelle à l'école. Arrivée quinze jours plus tôt. Mais personne ne pouvait en venir à bout. Têtue comme une mule. En particulier envers le principal, le fameux Siebert. On venait de la confier à Lisa – après une semaine en isolement (« et je vous assure, l'isolement c'est l'isolement ») – et elle était tellement intraitable que rien ne pouvait entamer sa carapace.

Quand Lisa eut fait tout ce qu'elle pouvait avec une patience infinie pour tenter de la mettre à l'aise – elle lui passa une cassette, lui offrit du thé, en orientant avec précaution leur bavardage vers un entretien –, brusquement la fille lui cria :

« Hé ! Va te faire foutre ! »

Sans se troubler, Lisa la regarda droit dans les yeux. Ce n'était pas la première fois que ça lui arrivait.

« Va te faire foutre, toi aussi », dit-elle. Puis elle s'assit et croisa les jambes. « Et maintenant qu'on s'est dit ce qu'on avait sur le cœur, si on commençait ? »

Brusquement, la fille avait éclaté d'un rire qui se transforma bientôt en crise d'hystérie. Mais c'était au moins une avancée. Et, hier, elle était prête à parler. Elle vivait avec son père, mais, quand il s'était remarié, elle avait commencé à le déranger. Elle prit l'habitude de se promener toute seule, à n'importe quelle heure. Un soir, comme souvent auparavant, elle se retrouva dans une discothèque à deux ou trois heures du matin. N'ayant plus de moyen de transport, elle partit à pied, une bouteille à la main. Un homme en voiture la suivit pendant quelque temps puis il finit par s'arrêter à sa hauteur pour lui proposer de la raccompagner. Ça valait mieux que de faire quatre kilomètres à pied. Il avait l'air d'un type tout à fait ordinaire, costume, chemise, cravate. Mais, au lieu d'aller à Salt River où elle habitait, il l'emmena à Muizenberg. Directement sur la plage où il la sortit de force de la voiture. Au début, elle essaya de le supplier, elle lui offrit du vin, elle lui fit toute sorte de promesses. Il perdit son calme et devint violent. Il y eut une bagarre. A ce moment-là, une autre voiture arriva. Un homme en descendit et il demanda si on avait besoin de son aide. Elle se précipita et s'accrocha à lui en pleurant et en riant en même temps, oui, oui, oh ! s'il vous plaît, aidez-moi, aidez-moi. D'accord, dit-il, avec plaisir. Et il la tint par les bras pour que l'autre puisse lui arracher son jean et ils la violèrent, chacun son tour, sur le capot de sa voiture. Ils l'abandonnèrent sur la plage – ils emportèrent même son jean avec eux, par méchanceté – et ils s'en allèrent.

Quand elle rentra chez elle, le lendemain matin, son père lui fit passer un mauvais quart d'heure. Il y eut un procès, mais les deux hommes s'en tirèrent en disant qu'elle était consentante, qu'en réalité c'était elle qui les avait entraînés. Son père et sa belle-mère étaient complètement ahuris ; et ils n'en pouvaient plus. C'était ainsi qu'elle s'était retrouvée dans l'école disciplinaire de Lisa.

« Qu'est-ce que vous avez fait ? lui demanda Thomas.

– Merde, qu'est-ce que je pouvais faire ? Je vous ai tout dit sur l'école. On peut tout essayer, c'est comme un mur qui vous entoure. Siebert et sa bande ont une réponse magique à tout : la discipline. Une fille rebelle comme elle, il faut la mater, sinon on a des problèmes à n'en plus finir. Encore et toujours, Anton. Je ne sais pas pourquoi, mais cette fille-là en particulier, Loekie, me plaît beaucoup. Alors, je suis retournée voir Siebert. »

Le principal la fit entrer dans son bureau de façon toujours aussi cérémonieuse, mais sans lui offrir de siège ; elle s'assit quand même.

« Encore des problèmes, mademoiselle Lombard ?

– J'espère que non, monsieur Siebert. C'est à propos de Loekie Barnard.

– Oh ! Cette petite peste. On a eu des problèmes avec elle dès le premier jour. Je vous l'avais dit, n'est-ce pas ? Elle a besoin d'être menée à la baguette.

– Monsieur Siebert, tout ce que je demande, c'est une semaine.

– Pour quoi faire ?

– Pour qu'elle vienne en ville avec moi l'après-midi. Pour qu'elle respire un peu. Elle passera peut-être même une nuit chez moi. Monsieur Siebert, tout ce dont cette enfant à besoin...

– Mademoiselle Lombard, combien de fois avons-nous eu cette conversation ces derniers mois ? Combien de fois devrai-je encore vous dire...

– Vous ne m'avez jamais donné le moindre chance, monsieur Siebert.

– Parce que je connais d'avance le résultat. Mademoiselle Lombard, vous avez... combien ? Un peu plus de vingt ans ?

– J'ai vingt-cinq ans, monsieur.

– C'est ce que je disais. Vous êtes encore bien jeune. J'ai derrière moi plus d'années d'expérience que vous n'en avez passé dans le monde. »

Elle perdit son calme. Comme si souvent auparavant ; même si elle savait qu'elle n'aurait pas dû. « Quel genre d'expérience, monsieur Siebert ? » Et, avant qu'il puisse répondre : « Détruire la vie des enfants ? Vous en tirer en les brisant ? En écrasant les autres ? C'est une carrière dont n'importe qui, doué d'un minimum de conscience, aurait honte. »

Il se leva. « Vous dépassez les bornes, mademoiselle Lombard. S'il y a quelque chose que je ne peux supporter c'est bien...

– L'insubordination. Je sais. Vous finissez toujours par dire ça. » Elle se leva à son tour et se dirigea vers la porte.

Il hurla dans son dos : « Asseyez-vous ! » si violemment, avec une telle rage, qu'elle s'arrêta. « J'ai encore certaines choses à vous dire, mademoiselle Lombard. »

Elle resta debout.

« Tout d'abord, la façon dont vous vous habillez. Quel respect pouvez-vous attendre des enfants si vous vous habillez comme... comme un... comme dans un bazar ? »

Elle était maintenant d'un calme impitoyable. « Monsieur Siebert, je ne vois pas ce qu'on peut reprocher à mes vêtements. Ils sont propres. Les ourlets sont bien cousus. Je suis couverte du cou jusqu'aux chevilles. » Un mouvement rapide de son caftan indien. « Je porte des chaussettes et des chaussures. Je porte un soutien-gorge et une culotte. Vous voulez voir ? »

Et brusquement, elle se pencha, attrapa le bas de sa robe et la releva jusqu'au menton. Elle resta immobile.

« Mademoiselle Lombard... ! » Il bredouillait, hors de lui.

« Satisfait, monsieur Siebert ? » Elle laissa retomber sa robe. Elle alla jusqu'à son bureau, elle y appuya les deux mains pour pouvoir se pencher le plus possible. « Maintenant, permettez-moi de vous dire quelque chose à propos de vêtements. » Elle lui dit qu'elle portait ici les mêmes vêtements qu'avec ses amis. Elle ne dissimulait rien. Quant à lui et à son équipe, avec leurs costumes, leurs cravates et leurs braguettes qui fermaient mal, prêts à regarder le Tout-Puissant sans battre des paupières, quels péchés dissimulaient-ils ? « Vous savez à quoi vous me faites penser, monsieur Siebert ? A des chiottes d'autrefois, à la campagne, avec un petit napperon sur le couvercle. »

C'était terrifiant. Elle dépassait vraiment les limites. Elle le savait. Elle s'en mordrait les doigts par la suite. Pas à cause d'elle ou de lui, mais à cause de Loekie. A cause des filles dont elle s'occupait. Car elles devraient en subir les conséquences, et personne d'autre.

« Ma mère me disait toujours de surveiller ma langue ou j'irais tout droit en enfer. Vous n'imaginez pas le nombre de fois où elle m'a lavé la bouche avec du savon. Et tout ça pour rien. »

Tout cela, se dit Thomas consterné, avait eu lieu pendant que lui-même continuait à vivre normalement. Il n'en avait absolument rien su. Brusquement, il eut l'impression d'avoir manqué à ses devoirs, à sa responsabilité. Mais qu'attendait-on de lui ? Tout cela le concernait-il ? Quel droit avait-on de dire : je prends la responsabilité de ceci et de cela, le reste ne m'intéresse pas, je ne peux ni ne veux m'en occuper ?

De façon déroutante, comme si elle savait exactement à quoi il pensait, elle dit : « Qu'est-ce que je dois faire, Anton ? Est-ce que je dois rester à l'école ? Est-ce que je dois partir ? »

Il regardait fixement le feu, s'efforçant de trouver une réponse.

« Je n'arrête pas de penser à quelque chose que vous avez dit dans l'avion, ajouta-t-elle.

– Qu'est-ce que c'était ?

– Quelque chose comme : il faut essayer de faire coïncider ce qu'on *veut* faire avec ce qu'on *doit* faire. Alors je vous pose la question : qu'est-ce que je *dois* faire, d'après vous ?

– Si je vous réponds, est-ce que vous le ferez ? »

Un petit rire dans l'obscurité. « Sûrement pas.

– Vous voyez.

– Vous pensez que je devrais faire sauter l'école ? » demanda-t-elle. Le rire qui accompagna sa question était trop aigu pour sa voix rauque.

« Ça changerait quelque chose ?

– Non.

– Alors peut-être qu'il ne faut pas.

– Vous êtes pacifiste ? »

La discusssion l'entraînait dans une direction qu'il aurait préféré éviter ; et il était aussi dangereux pour lui de répondre d'une façon aussi désinvolte, aussi ironique.

« Pas nécessairement, dit-il en essayant de garder une voix neutre. Il y a des situations... Vous ne voulez pas faire sauter Loekie en même temps que votre M. Siebert, non ?

– Peut-être lui rendrais-je service. » Une pause. « Mais vous n'avez toujours pas répondu à ma question.

– Si j'étais à votre place... Si vous m'aviez demandé ça dans l'avion, je vous aurais peut-être répondu : " Allez-y, faites sauter l'école. Sinon, partez quand vous pouvez encore le faire avec un peu de dignité. " Mais ce soir, je vous dis – et ne me demandez pas pourquoi –, restez. Essayez encore. Essayez *tout* ce que vous pouvez. Et si, au bout du compte, vous découvrez qu'il n'y a pas d'autre issue, laissez-les vous mettre à la porte. Ne leur facilitez pas la tâche.

– Hum... » Elle resta immobile quelque temps ; puis elle frissonna et changea de place sous sa couette.

« Vous comprenez ce que je veux dire ?

– Pourquoi m'avez-vous dit quelque chose de différent dans l'avion ? »

Il aurait dû savoir qu'elle ne laisserait pas passer cela sans le relever.

« Parce qu'à ce moment-là j'avais encore mon travail, fit-il d'un ton moqueur.

– Je regrette que vous ayez dit ça.

– Pourquoi ?

– Parce que ce n'est plus un jeu. Parce que je ne veux plus que ce soit un jeu. J'en ai assez des jeux. » Elle détourna le visage vers le feu. « Je me suis si souvent dégonflée, reprit-elle. Dans les relations. Dans le travail. La seule fois où je me suis aventurée en politique. Si on peut même dire ça. Un vrai foutoir. Chaque fois, je me suis dégonflée. Mais ce qui me met en boule c'est ça : supposons que j'aille jusqu'au bout, est-ce que ce n'est pas une autre façon de me dégonfler ? Que se passera-t-il si je me tire ?

– Vous avez besoin d'un chef, dit-il pour plaisanter. Quelqu'un qui prenne votre vie en main. » Il se rendit compte immédiatement que c'était la chose la plus bête qu'il eût dite de la soirée.

« Merci », dit-elle très doucement. Puis : « Allez vous faire foutre. »

Apparemment, la pluie avait cessé. Mais le vent se levait. Des branches frottaient contre le toit.

« Si j'ai un problème, dit-elle enfin, c'est parce qu'il y a toujours eu trop de gens qui ont voulu diriger ma vie.

– Je suis désolé », dit-il.

Sans doute ne l'entendit-elle même pas. Elle poursuivit d'une voix tendue : « Mon père bien-aimé qui a essayé de me remodeler entièrement. Sans doute son idée de la résurrection. Ma mère qui ne voulait pas " entendre de bêtises ". Mes professeurs. Un seul m'a toujours acceptée comme je suis, c'est Erik. » Un nouveau frottement des branches contre la gouttière. Elle chercha son verre, le trouva, s'aperçut qu'il était vide et le remplit avant de lui passer la bouteille. Il la prit et se versa un fond de verre.

« A l'université, mes professeurs. Même mes amies. Puis les hommes. Surtout les hommes. Qui considéraient de leur devoir divin de me façonner à leur image. Y compris Martin.

– Martin ? osa-t-il demander.

– Celui qui a vécu ici avec moi. » Sèchement : « De toute façon, c'est de l'histoire ancienne. » Un long silence ; seul le mouvement des branches au-dehors. « Même l'année que j'ai passée en Europe. Je ne m'étais jamais sentie aussi libre de ma vie. » Sa voix perdait ses accents de colère et redevenait un flot égal de paroles, un courant régulier sur lequel il se laissa aller tandis qu'elle-même s'y abandonnait. « Erik devait m'accompagner, nous en avions toujours rêvé. Mais il devait d'abord terminer ses études de médecine. J'ai dépensé tout l'argent que j'avais hérité de ma mère, jusqu'au dernier centime – elle a dû se retourner dans sa tombe si elle a su l'usage que j'en faisais. Sur les routes. A Arles, j'ai trouvé un type. Ou c'est lui qui m'a trouvée. J'allais en Italie, lui aussi, et nous avons décidé de joindre nos forces. Un des meilleurs copains que j'aie jamais eus. Je veux dire, nous n'étions pas véritablement amants, rien de pénible en tout cas. De temps en temps, il arrivait que nous... vous voyez ? Si l'un de nous avait le cafard ou si nous avions bu une très bonne bouteille de vin et que nous ayons envie d'être généreux et de tout partager. Pour le reste c'était... très bien. Et puis... »

Prise par le flot de ses paroles, elle se laissa emporter ; et elle l'entraîna avec elle, en le tenant par la main de façon imaginaire. Et tandis qu'il était allongé là, écoutant Lisa et le bruissement de la nuit au-dehors, il eut l'impression étrange et troublante qu'il ne s'agissait pas d'un soir comme les autres, qu'il resterait particulier quand il s'en souviendrait plus tard, qu'il ne s'effacerait plus jamais, qu'il ne pourrait plus jamais l'oublier, le rejeter ou le renier, mais qu'il demeurerait un espace qui, d'une certaine façon et peut-être même contre leur propre volonté, les concernerait obscurément ; un espace dans lequel chacun d'eux avait abandonné quelque chose à l'autre, s'était livré en otage, avait pris les plus grands risques ; des heures qui les accordèrent l'un à l'autre, qui les changèrent, qui modifièrent la compréhension que chacun avait de l'autre et du monde, peut-être fatalement, peut-être pour toujours. (Mais comment ?)

« Comprenez-moi bien, dit Lisa. Il n'y eut pas de grande scène, le type était trop bien pour ça. J'ai simplement découvert qu'en restant avec lui je perdais mes moyens. On devient obsédé par son indépendance ; même si ce n'est qu'une illusion d'indépendance. Alors j'ai rompu et je suis partie seule. Pour prouver que j'en étais capable. » Ses épaules maigres bougèrent sous la couette qui glissa. « Mais le résultat ne fut pas plus brillant, parce que, à partir de ce moment-là, j'ai passé mon temps à me débarrasser d'inconnus. Et pourtant, merde, regardez-moi, ce n'est pas parce que j'ai beaucoup à offrir. Mais c'est précisément ce qui me rendait folle. Voir que chaque homme, ou presque, que je rencontrais en faisant du stop considérait comme tout à fait naturel de tenter sa chance avec moi. Je n'avais comme choix que de résister ou d'accepter. Et de toute façon, ils prenaient ça comme une insulte, ce qui les autorisait à m'insulter *moi*. Tout à coup, j'étais une sainte nitouche, une putain, une allumeuse, une fille frigide ou simplement anormale. Vous comprenez ce qu'on peut ressentir quand ça se passe tous les jours de la même façon ? Paul a commencé à me manquer. Je voulais revenir auprès d'Erik. Et ça aussi me mettait hors de moi. Je veux dire, merde, est-ce que je ne pouvais pas faire ou prendre plaisir à quelque chose toute seule ? Avec les autres, je n'arrivais pas à surmonter mes difficultés. Mais je n'y arrivais pas non plus sans les autres. Je vous assure, j'en ai eu tellement marre, qu'un jour j'ai bouclé mon sac et je suis rentrée. Je me suis dégonflée une fois de plus. C'est l'histoire de ma vie. »

2

Il faisait très sombre dans la pièce maintenant. Les braises rouges brillaient dans l'obscurité. « On revient, dit Lisa. Et au début, on pense qu'on peut changer le monde. On est plein d'énergie. On a la foi. On a des yeux qui voient clairement, rien ne les recouvre plus, on peut regarder le soleil en face. Mais lentement, on s'habitue à nouveau. On ne s'indigne plus. Tout semble normal. C'est la seule façon de survivre. Je veux dire, on ne peut pas vivre sans œillères. Alors on apprend à nouveau à accepter des compromis. On essaie de se persuader qu'on peut réformer la société de l'intérieur. C'est pour cela que je suis restée si longtemps sous la direction de Siebert. Jusqu'à ce qu'un jour on découvre qu'il y a d'autres raisons. Et la vraie raison, c'est tout simplement parce que c'est plus facile de ne pas faire tanguer le bateau. Mais il y a un problème, parce que lorsqu'on s'en rend compte, comment peut-on continuer à vivre avec soi plus longtemps ? Comment garder du respect pour soi-même ? Parce que si on le perd, on perd aussi la liberté.

– Je sais, dit-il. Je suis aussi allé en Europe. Et j'en suis revenu.

– Croyez-moi, Anton, je suis désespérée. On est toujours prêt à agir, mais parler, parler ne sert à rien. On en arrive à un point où il faut s'échapper et *faire* quelque chose. Mais quoi ? Je vous l'ai déjà dit dans l'avion, souvenez-vous : parfois, je comprends trop bien ce qui conduit certains à... » Elle s'interrompit brusquement.

« A la violence ? demanda-t-il, protégé par l'obscurité.

– La question, dit-elle, sans même essayer de lui répondre, c'est de savoir comment on peut être sûr que ce n'est pas une simple réaction subjective et égoïste. Quelle différence pour le monde ? La vie a un petit hoquet puis tout recommence. Si je fais quelque chose j'aimerais que cela ait aussi une signification pour les autres. Pour leur donner un peu d'espoir, un peu d'espace. La différence entre faire l'amour et se masturber.

– Vous croyez que la violence ne peut être que destructrice ?

– Absolument. Même si ce n'est pas au sens habituel du terme : je veux dire, pas seulement parce que quelque chose ou quelqu'un est exterminé. Mais à cause de ce qu'on se fait à soi-même. Tout cela est très embrouillé pour moi, Anton. Ne riez pas. Je patauge, je cherche la terre ferme. » Une pause. Une braise éclata brusquement, d'où jaillit une pluie d'étincelles, comme des étoiles filantes. Pendant un instant, Thomas vit le visage illuminé de Lisa, ses grands yeux sombres. « Ce que j'essaie de dire, c'est que chaque fois qu'on est obligé de choisir un camp, de se soumettre à un programme ou une cause, cela diminue quelque chose en soi, parce que à ce moment-là il y a tant d'autres choses qu'on exclut, tant d'autres portes qu'on se ferme. » Elle s'assit dans son lit et étala ses mains ouvertes devant la faible lueur de la cheminée. « Ou vous pensez que je cherche seulement des excuses pour ne pas m'engager ? Mais m'engager dans quoi ? Je ne dis pas ça pour m'amuser, Anton. Je veux vraiment faire quelque chose. Je veux trouver ma place. Je ne veux pas continuer à bourdonner comme une mouche prise dans une bouteille. Vous pouvez comprendre ça ?

– Vous êtes sûre de ne pas avoir participé à la Révolution française dans une vie antérieure ? lui demanda-t-il. Est-ce que par hasard vous vous souviendriez d'un homme dans sa baignoire ? Un homme avec une maladie de peau et un turban autour de la tête ?

– A part vous moquer des gens, vous ne savez rien faire d'autre ?

– Si vous saviez à quel point je suis sérieux, Lisa.

– J'ai la sensation que, depuis très longtemps, depuis des années, je me suis préparée pour quelque chose. Je suis au bord d'un précipice, mais j'ai peur de sauter parce que je ne sais pas ce qu'il y a de l'autre côté. »

Le rougeoiement avait disparu du plafond mais une faible lueur venant de la cheminée tremblait encore sur leurs matelas. Dehors, la branche frottait toujours contre la gouttière, mais il s'agissait d'un bruit agréable et rassurant qui renforçait leur sensation de confort à l'intérieur. Le sommeil l'envahit comme une marée lente et profonde.

« Racontez-moi une histoire, Anton, lui demanda-t-elle tout à coup d'une voix somnolente. Quand nous étions petits, Erik m'endormait souvent ainsi. Il le fait encore quelquefois. Il avait une imagination extraordinaire.

– Je ne connais pas d'histoires.

– Alors inventez quelque chose. »

Pendant quelque temps, il resta immobile, il chercha dans ses pensées et ses souvenirs pêle-mêle dans sa tête comme le fatras qu'il aimait tant, dans des cartons, sous un lit. Puis il eut une idée.

« Il était une fois un homme qui s'appelait Hendrik Willemszoon, un homme ordinaire qui vivait avec sa femme et ses très nombreux enfants près de Rotterdam. Rien d'extraordinaire ne se passait jamais dans leur vie. Mais, un jour, il décida que ça ne pouvait pas continuer ainsi. Il devait s'en sortir et commencer une vie nouvelle. Alors, il abandonna sa femme, sa famille, son travail et ses responsabilités pour s'en aller à Texel d'où les bateaux mettaient à la voile pour le monde entier. Il attendit qu'il n'y eût plus personne à proximité et il se glissa dans un tonneau de porc salé sur un bateau en partance pour le cap de Bonne-Espérance. Bien des mois plus tard, quand il arriva au Cap, affamé et à demi mort de scorbut... »

Amusé, détendu, il laissa libre cours à son imagination,

continua à dévider son histoire dans l'obscurité. Quand enfin il s'arrêta, il n'y eut aucun bruit sous la couette à côté de lui. Il l'entendait respirer profondément et calmement. Elle semblait endormie. Et il se sentait glisser lui aussi dans le sommeil.

Mais, tout à coup, il entendit un petit rire amusé, si faible qu'il se demanda si elle parlait dans son sommeil.

« J'ai menti à Siebert, dit-elle. Heureusement que ma robe ne pouvait pas monter au-dessus de la taille. Je n'avais pas de soutien-gorge. »

3

Quelle ironie ! Que ce que l'on considère en général comme le plus insignifiant et le plus fortuit, comme le moins essentiel, comme le moins important – le corps, la chair et le sang – doive devenir en fin de compte de très loin le plus précieux, le plus indispensable, non seulement de ce qu'on possède, mais aussi de ce qu'on est. En tant que médecin, j'ai toujours appris à respecter le corps. Cela va sans dire. Mais aussi à ne pas le surestimer. Ce n'est que de la chair et du sang. Il est mortel. Maintenant, dans les rares instants imprécis où on me laisse seul, où j'ose me détendre, je me ramasse dans la position fœtale (pas facile avec les chaînes et les fers aux pieds), je me roule sur moi-même, je m'étreins, j'inhale ma propre odeur. J'y trouve un peu de réconfort. Cela me confirme que j'existe encore. Ici, dans mes limites intimes, mes frontières circonscrites, mes bornes définies. Moi. Mes pensées ne peuvent prendre leur envol que lorsque j'ai pu m'accommoder de cette chose maltraitée, répugnante, puante.

Autre ironie. Je n'ai jamais été aussi libre que maintenant.

Tellement libre que je dois me retenir afin de contrôler les divagations de mes pensées. Sinon, cela conduit au chaos. Mon père m'aurait approuvé. Il disait toujours que, à Auschwitz, c'était ainsi qu'il s'accrochait à la vie. Choisir chaque jour un sujet à explorer, à structurer. La symétrie hégélienne : thèse, antithèse, synthèse. Les sujets devaient changer. Parfois, il choisissait de se concentrer sur un chou, sur des fanes de carottes, sur la moisissure d'un morceau de pain. D'autres fois, sur Moïse dans le Sinaï, la datation du Pentateuque, le double récit de la Genèse. Ou la nature de la liberté, les limites de la raison, les fondations de l'éthique. Ne jamais se vautrer dans les émotions, s'abandonner à la culpabilité ou au désespoir.

Je me souviens de lui me disant : « Le désespoir, mon garçon, est une insulte à l'avenir. »

Combien de fois ai-je cité cette phrase pour encourager Justin et les autres ? Parce que, inévitablement, à certains moments, nous frôlions le désespoir. En particulier après que Christine a été blessée.

Christine. Je n'ai plus peur de penser à elle. Je ne chasse plus aucune pensée d'elle, même si elle est douloureuse ou insignifiante. En fait, j'essaie de rechercher ces pensées – de façon disciplinée, ordonnée, systématique – même pendant que leurs questions me submergent.

Étrange que sa mort ait eu lieu à ce moment précis, quand je commençais à envisager la possibilité de quitter le pays. Émigrer. Je n'en ai soufflé mot à personne, surtout pas à Justin. Et encore moins le matin dans les Jardins, quand ils ont délégué Thomas pour me parler. Cela ressemblait trop à une reconnaissance abjecte de la défaite. Admettre que non seulement l'affaire n'avait pas marché, mais que moi j'avais échoué. Et puis aussi : la tentation de tout recommencer à partir de zéro en Israël. Il y a beaucoup de possibilités pour moi là-bas, avec mes qualifications. Et au milieu des miens. Je commençais à me dire : pourquoi toujours se battre, au nom d'autres, dans une société qui n'est pas la mienne ? Je n'avais jamais été aussi proche de la défaite.

Vue sous cet angle, mon arrestation a été la meilleure chose qui puisse m'arriver.

L'enterrement. A peine une douzaine de personnes. Un jour froid et pluvieux comme le vendredi précédent quand on a enterré les autres. Un bon présage pour certains, une bénédiction du ciel.

Sa mère venue d'Upington. Une petite femme frêle, tuberculeuse, complètement perdue, dans un dwaal*. Je ne l'avais jamais rencontrée, mais je l'ai reconnue d'après ce que Christine m'en avait dit. Je me suis placé près d'elle et je l'ai abritée avec mon parapluie.

« Qui êtes-vous, monsieur ?

– David Blumer, madame Pienaar. Un ami. »

Son frère et sa femme. Une jeune sœur venue avec la mère. Quelques collègues du CAPAB. Une ou deux autres personnes inconnues, qui devaient avoir une relation quelconque avec elle. Il n'y a rien de plus triste qu'un enterrement parmi des étrangers. Le pasteur qui ne l'avait pas connue dit un rapide service dans une église laide, se trompa deux fois en prononçant son nom, exprima ses sincères condoléances à la famille, regarda sa montre et conclut. Dans le cimetière boueux, où la phrase : « Tu es poussière... » semblait tout à fait déplacée alors qu'on descendait le cercueil dans une fosse pleine d'eau, la cérémonie fut encore plus brève. Le cantique timide fut écourté à cause de la pluie. Des averses de bénédictions.

Qu'avais-je vraiment espéré trouver ? Tout éclaircissement vous échappe dans de telles occasions. Et pourtant, il était nécessaire que je sois là. Un rituel purificateur. Il existe un réconfort dans les idées reçues : les choses ne changent jamais. Et je ne m'étais jamais trouvé si près de Christine depuis le jour où nous avions quitté précipitamment la ferme.

Sa mère, d'une voix plaintive : « Vous savez, monsieur, ils voulaient vraiment l'incinérer. Grâce à Dieu, j'ai pu les en empêcher. Nous ne sommes pas des païens. Qu'arrivera-t-il le jour du Jugement dernier s'il ne reste que des cendres ? »

Mais les cendres sont plus fondamentales, madame Pienaar. Le feu est un grand purificateur.

A la porte, tandis que notre groupe s'approchait en pataugeant sans dignité dans la boue, les portières de quatre, six, huit voitures, arrivées sans que personne les remarque, s'ouvrirent en même temps et des hommes en imperméable vinrent vers nous, deux par deux.

« Voulez-vous nous suivre, monsieur ? Police de sécurité. Contrôle de routine. »

J'ai remarqué qu'ils emmenaient aussi son frère. La vieille dame frêle leva sa canne pour se défendre. J'entendis sa petite voix qui criait. Ils la laissèrent partir.

J'ai compris immédiatement ; Justin m'avait prévenu. Thomas également. Mais, le plus étrange, ce fut qu'au lieu de me sentir coincé ou totalement impuissant, j'ai eu l'impression qu'une immense sérénité m'envahissait. Je n'ai absolument pas eu peur. Il s'agissait de quelque chose à quoi je pouvais résister. Est-ce que papa n'y avait pas survécu ? Quatre mille ans de survie sont venus à mon secours. Je me suis appuyé au dossier du siège de la voiture. J'ai peut-être même souri.

Je leur ai dit : « Vous faites une grossière erreur. »

Ils ont cru que je parlais de l'arrestation.

A ce moment-là, ils étaient encore très polis. « Nous sommes désolés pour l'embarras que nous vous causons, monsieur. Nous ne faisons que notre travail. »

Au commissariat aussi, après avoir pris mon nom, mon adresse et d'autres renseignements sans intérêt : « Veuillez nous excuser, docteur Blumer. Il y a quelques petits points que nous voulons éclaircir. Si vous voulez bien attendre dans ce bureau. »

Évidemment, ils avaient pris des précautions. Des barreaux à la fenêtre. Lentement, imperceptiblement, l'atmosphère a changé. Deux gardes armés à la porte.

Une fois, un officier a ouvert la porte du couloir : « Oh ! C'est encore cet agitateur. »

Parce qu'il y avait eu d'autres occasions.

Quelque chose m'a mis en garde quand ils sont venus prendre la photo. Je n'ai rien laissé paraître de ce que je ressentais. Un homme anonyme en costume gris m'a apporté une tasse de thé.

« Je peux fumer ?

– Allez-y. » Je commençais déjà à me dire que l'occasion ne se représenterait pas souvent.

Trois heures et vingt minutes. Je l'ai noté très précisément. Puis quatre hommes sont entrés. L'un d'eux s'est assis sur la table en face de moi, une table ordinaire de bureau recouverte d'une couverture grise ; un autre a pris position près de la fenêtre ; deux sont restés à côté de la porte, qu'ils avaient refermée derrière eux.

« Alors, Blumer. On t'écoute. »

Il n'y avait plus d'ambiguïté : je n'étais plus « docteur ». J'ai su qu'un long chemin nous attendait. Un très long chemin.

C'était il y a six jours. Non, sept. Je dois m'en assurer. Quand on commence à ne plus avoir de prise sur le temps, l'érosion s'installe. Les choses insignifiantes sont importantes. Mais il est difficile de suivre le déroulement du temps si la division entre le jour et la nuit devient imprécise. On m'a seulement laissé seul deux fois pour dormir. Il n'y a pas de fenêtre dans cette cellule. Je ne sais pas si le soleil brille ou s'il fait nuit. Sept. Oui, je crois que ça fait sept jours.

Au début, il n'y a eu qu'une longue conversation. On m'autorisait même à m'asseoir. On m'a seulement pris ma montre et mes lunettes. J'ai du mal à voir sans elles mais d'une certaine façon ça rend les choses plus faciles.

Où étais-tu... ?
Quand as-tu.. ?
Qui as-tu... ?
Comment as-tu... ?

De plus en plus insistant, plus précis, moins général et moins vague.

« Que faisais-tu exactement dans cette ferme près de Paarl, Blumer ?

– Qui était avec toi ? Réfléchis bien.

– Pourquoi avez-vous abandonné Christine Pienaar ? »

Ils en revenaient continuellement à Christine. Les insinuations ont cédé la place aux plaisanteries, de plus en plus ignobles.

« Tu t'es bien amusé avec la petite dame ?

– C'était un bon coup ? Elle avait l'air de connaître un tas de trucs. Elle avait un con comme le tunnel de Du Toit's Kloof. »

Je réussis à rester en dehors. Je me concentre sur d'autres choses. J'essaie de me rappeler à quoi ressemblait exactement Abbie la première fois que je l'ai rencontrée à Edimbourg. Notre lune de miel en Ecosse. Une petite dame voûtée, dure comme une racine de bruyère, chez qui nous avons habité dans l'île de Skye.

Les questions continuent. Aiguisées et tranchantes comme des rasoirs. Il faut que je pense à autre chose. Mes souvenirs d'Abbie commencent à devenir fragiles.

Des visages indistincts montent vers moi venant d'endroits indéfinis, je les saisis fugitivement dans mon regard de myope, et ils sont de nouveau emportés. Les voix restent les mêmes, elles parlent tour à tour et s'élèvent en crescendo.

« Eccute, Blumer. Les dernières fois que tu es venu ici, on t'a manié avec des pincettes, d'accord. On s'est amusés. Cette fois, c'est sérieux. Meurtre. Terrorisme. Pigé ? » Un autre visage. Large et bronzé. L'haleine empestant la bière. Le général, je me souviens de l'avoir vu les fois précédentes. « Je ne veux pas que tu te fasses d'illusions, Blumer. Tu crois être à l'abri parce que tu es blanc ? Tu vas vite découvrir qu'ici tu vaux moins qu'un Kaffir. Ce qui est arrivé à des types comme Biko ou Agget peut très bien t'arriver aussi. On se comprend ? Nous n'aimons pas les communistes. »

D'autres prennent la suite. De nouveaux visages indistincts comme des champignons vénéneux dans la lumière. Des questions, des questions.

Brusquement – sans doute dans la nuit, peut-être même au petit matin – une voix à la sympathie suspecte. « Il a l'air fatigué. On devrait peut-être le laisser souffler. Emmenez-le aux douches. On pourra recommencer après. »

J'étais nu sous l'eau froide quand les quatre hommes sont entrés. Tous assez jeunes. Avec des morceaux de tuyau en caoutchouc. Un avec un bâton.

Ils ne m'ont pas encore rendu mes vêtements. C'est peut-être aussi bien, je ne crois pas être capable de m'habiller tout seul. Je dois avoir quelques côtes cassées. Respirer est douloureux. La vie est difficile.

Le problème, c'est que ça n'arrête jamais. Les méthodes ne sont pas importantes. Un manque absolu d'originalité, pas de véritable invention, tout est si prévisible, si brutal. Si on compare à ce que papa nous a raconté d'Auschwitz. Ceux-là, c'étaient de vrais artistes dans leur domaine. Les miens sont allés médiocrement à l'essentiel. Trop pressés. Peut-être que quelqu'un de haut placé les pousse pour avoir des résultats.

Le général m'a rendu de nouveau visite. Très honoré. Un oncle bienveillant. Il s'inquiète de ma santé. M'a-t-il dit.

« Blumer, qu'est-ce que tu essaies de te faire, mon vieux ? Tu peux me dire pourquoi ? Nous savons déjà tout. L'héroïsme est un tel gaspillage d'énergie.

– Si vous savez déjà tout, pourquoi revenez-vous encore me voir ?

– La satisfaction du travail bien fait. » Il se penche sur moi. Sa veste sent la fumée de cigarette. Je meurs d'envie de fumer une sèche. Il m'en offre une, mais me la reprend juste avant que j'aie pu l'allumer. « Finissons-en d'abord, Blumer. » Sa prononciation donne à mon nom une sorte d'obscénité démodée. « Alors tu pourras fumer autant que tu en auras envie, hein ?

– Qu'est-ce que vous voulez savoir ?

– Écoute, on a déjà eu Nina Jordaan. Malheureusement, elle a essayé de résister et on a dû employer la force. Je suppose que tu le sais déjà ?

– ...

– Et nous avons aussi mis la main sur Thomas Landman.

– ...

– Il nous a dit tout ce qu'on voulait savoir.

– Je ne vous crois pas.

– Alors pourquoi tu ne nous donnes pas ta version des choses ?

– ...

– Landman te rend responsable de tout. Tu le savais ? » J'ai envie de faire la grimace mais je me retiens. Mon visage doit être tellement méconnaissable, Dieu seul sait comment une grimace pourrait le déformer.

« Tu n'as pas envie de te défendre ?

– Amenez-le ici, qu'il me le dise en face.

– Écoute, Blumer. » Pour la première fois, il montre des signes d'impatience. « Je te donne une chance de me raconter ton histoire. Je n'ai pas envie qu'on te fasse du mal. Je veux te protéger. Mais, si tu ne coopères pas, j'ai peur d'être obligé de te passer au commandant Swanepoel. Tu as dû entendre parler de lui.

– Je n'ai rien à vous dire, mon général.

– On a déjà eu tellement de problèmes avec toi, pendant toutes ces années.

– Je n'ai jamais cherché à en avoir.

– Dès 1976. Tu te rappelles ?

– Cet enfant, le dos plein de chevrotines que j'ai emmené chez moi pour le soigner. »

(Abbie et moi, nous avons eu notre première dispute sérieuse. « David, tu ne peux pas nous mettre tous en danger. Tu n'en as pas le droit. »)

« C'était un criminel que tu abritais. Un meurtrier potentiel.

– Non. Un jeune garçon que sa mère avait envoyé chercher du pain quand un Casspir l'a arrêté.

– S'il était réellement innocent, pourquoi est-ce que tu l'as fait sortir du pays en fraude avant qu'on ait pu mettre la main dessus ? Jusqu'au Lesotho. Où il a rejoint l'ennemi.

– J'ai aidé à lui sauver la vie ; ce qui est advenu de lui par la suite n'était plus de mon ressort.

– Et un an et quelque plus tard » – il appuie le doigt sur un objet vert indistinct qu'il tient dans son autre main, sans doute un dossier – « tu as témoigné dans un procès de terrorisme où tu as essayé de faire accuser un chirurgien de district. »

(La lettre d'Abbie sur le buffet.)

« Parce que vous l'aviez fait chanter. Vous l'aviez obligé à signer un faux rapport d'autopsie. Alors que j'avais vu le corps moi-même. Celui d'un homme en parfaite santé au moment de son arrestation.

– Tu étais entré illégalement dans une morgue d'État alors que l'autopsie avait déjà été pratiquée.

– J'agissais sur instruction de la famille. »

Le général pousse un soupir ennuyé. Il consulte de nouveau son dossier. « Et une autre fois tu t'es opposé à des policiers dans l'exercice de leurs fonctions.

– J'ai refusé de leur donner la permission d'interroger une jeune fille grièvement blessée au ventre, parce qu'il fallait que je l'opère.

– Après, elle a disparu sans laisser de traces.

– Ne m'en accusez pas, mon général. J'aurais préféré qu'elle aille au tribunal. Ça vous a sans doute arrangés qu'elle ait trop peur.

– Tu as une vraie carrière de témoignages contre la police, depuis que les troubles ont commencé en 1985.

– Il se trouve que je suis médecin. Je dépose devant les tribunaux.

– Est-ce que c'est une raison suffisante pour toujours jeter le soupçon sur les forces de la loi et de l'ordre ? »

J'ai décidé d'ignorer la faute de grammaire. « Votre terreur ne me laissait pas d'autre choix.

– Notre quoi ?

– Ce que vous avez choisi d'appeler l'état d'urgence. »

Un grognement menaçant. Puis il tourne encore plusieurs pages, et brusquement il referme le dossier d'un coup sec. « Et on t'a arrêté quatre ou cinq fois pour avoir collé des affiches interdites ou avoir participé à des manifestations illégales.

– ...

– Blumer, mon vieux, ce que je ne comprends pas, c'est *pourquoi* ? Tu aurais pu avoir une belle petite vie. Pourquoi s'attirer des ennuis pour les autres ?

– Ce que j'ai fait, c'est autant pour moi que pour les autres.

– Tout ça, c'est des foutaises sentimentales.

– Je sais. Nous, les Juifs, nous avons un côté sentimental. D'après moi, d'autres nations connaissent parfois un instant béni d'illumination quand elles croient à l'humanité commune de tous les peuples. Nous, les Juifs, nous avons vécu dans cette foi pendant quatre mille ans.

– Et où ça t'a mené ? » Il tapota son dossier comme pour en enlever la poussière. « Où ça t'a mené, *toi* ?

– Ce que j'ai fait, toute personne douée d'une conscience l'aurait fait.

– Un communiste n'a pas de conscience, mon vieux !

– Je ne suis pas communiste.

– Ton père était communiste.

– C'est dommage que vous n'ayez jamais connu mon père, général. Vous savez, jusqu'au jour de sa mort, chaque fois qu'il voyait un morceau de pain par terre, il se baissait pour le ramasser. Une habitude qu'il n'a jamais pu perdre après Auschwitz.

– N'essaie pas de me faire pleurer, Blumer. Tu nies que ton père était communiste ?

– A cette époque-là, le parti était légal.

– Est-ce qu'il a changé quand le parti a été interdit ?

– Général, c'est vraiment nécessaire de parler des morts ?

– Les morts ? » Brusquement, il est devenu très nerveux. « Les morts, Blumer, tu sais combien de gens sont morts il y a quinze jours avec la bombe que vous avez fait exploser ?

– Qu'est-ce que vous voulez dire par “ vous ” ? »

Un geste d'irritation. « Écoute, mon vieux, tu n'es pas là pour me poser des questions, tu es là pour répondre aux miennes. »

Je secoue la tête.

« Parle-moi de ton copain Landman.

– Qu'est-ce qui vous fait croire que je le connais ?

– On vous a tous identifiés. Inutile de tourner autour du pot. Sois raisonnable, Blumer. Pourquoi nous compliquer tellement la tâche ?

– Général, j'avais une relation avec Christine Pienaar. Ça ne concernait personne d'autre. Et cela n'avait rien de subversif.

– Votre “ relation ”, comme tu dis, me laisse froid. Ce qui nous intéresse c'est la bombe de Parade. » Il devient presque paternel. « Tu sais, Blumer, tu peux te rendre service – tu peux en rendre un au pays tout entier – y compris à ces défavorisés qui t'ont toujours tellement intéressé – si tu nous dis où se cache ce terroriste de Thomas Landman.

– Je croyais qu'il vous avait déjà tout dit ? »

Son gros visage bronzé devint écarlate. Il se dirigea vers la porte. De là, dans un grand mouvement théâtral, il se retourna. « Je t'ai donné une chance, Blumer. Maintenant, il va falloir que tu t'expliques avec le commandant Swanepoel. »

Quand Swanepoel arrive, deux aides l'accompagnent.

Une affaire tout à fait monotone. La seule chose qui m'importe, c'est que les autres s'en tirent. Justin, Thomas, Rashid. (Comme il en reste peu !) Pendant un moment, il m'a inquiété à propos de Thomas. Maintenant, je suis rassuré. Pourtant je suis angoissé qu'ils soient au courant à son sujet. Comment, où, ont-ils pu savoir ? Mais peu importe ce qui se passe, je ne dirai jamais rien. Je leur dois au moins cela puisque j'ai failli les faire prendre.

Thomas m'a intrigué. Au début, je me suis demandé s'il n'était pas trop gentil. Trop tendre pour ce genre de travail. C'était elle la dure. Nina. Mais, progressivement, j'en suis venu à le respecter. Pendant la période que nous avons passée dans la ferme de Paarl, il a joué un rôle de négociateur, de stratège. Il obtenait ce qu'il voulait du vieux fermier maussade qui nous louait la maison. Et son organisation était méticuleuse ; il ne laissait rien de côté. Il voyait tout. Rien ne lui échappait. C'était même un peu irritant parfois. Mais avant tout il était ingénieux et original. Il ne tentait rien de hasardeux mais il ne se satisfaisait jamais des vieilles méthodes rebattues. C'est lui qui persuada Justin d'employer du semtex plutôt qu'un explosif connu.

Ce qu'il y a d'ironique, c'est que ce qu'ils ont trouvé

dans la maison, c'est justement la cache d'armes conventionnelles, les munitions et les mines ventouses. Sinon, si nous nous en étions tenus au semtex, nous aurions pu rester à la ferme jusqu'à la fin. Christine aurait été vivante. Il se trouve que nous n'avions accepté de garder les armes que pendant une quinzaine de jours, pendant qu'elles étaient extrêmement dangereuses. Tout est de ma faute. Thomas était absolument contre, mais j'ai insisté, on en avait besoin pour un autre groupe dont j'avais fait partie avant d'être transféré dans celui de Justin. On avait organisé quelque chose plusieurs mois auparavant ; on avait risqué beaucoup de vies tout au long de la route qu'avait suivie le chargement, Lusaka, Harare, Gaborone, la frontière, Johannesburg, puis Port Elizabeth, et enfin Le Cap. La véritable destination était Guguletu mais, après l'arrestation de Mabusa par la Special Branch, il a fallu qu'on trouve une cachette sûre. Seulement pour quelques semaines. Absolument essentiel. Et, contre l'avis de Thomas, j'ai convaincu Justin.

C'est à ce moment-là que les choses ont commencé à mal tourner pour nous. Rétrospectivement, tout était inutile ; évitable. La mort de Christine avant tout. Mais à quel titre puis-je dire « inutile » ? Thomas lui-même le disait toujours : « Ça n'existe pas. Si quelque chose arrive, c'est que ça devait arriver. Sinon ça ne serait pas arrivé. »

Un de ses côtés calvinistes ? Je l'ai souvent taquiné à ce sujet. Comme lui sur mon origine juive. C'est lui, plus que n'importe qui d'autre, qui m'a fait comprendre à quel point les Afrikaners et les Juifs sont similaires. Pour le meilleur et pour le pire.

Je dois avouer qu'auparavant je n'avais jamais eu beaucoup de contacts avec les Afrikaners. Je les évitais à l'université : les gros bras, les dos poilus. Thomas m'a fait honte.

Là-bas, à la ferme, je lui ai parlé d'un de mes amis qui, étudiant, avait été un militant actif, un personnage important du NUSAS. Après avoir passé sa licence de droit option commerce, il est venu me demander conseil. Comment pouvait-il employer son temps de la façon la plus efficace ? Il m'a expliqué qu'il voulait devenir militant à plein temps. Pendant deux ans. Je lui ai demandé : « Pourquoi deux ans ? » Il m'a répondu : « Parce qu'après il faut que je reprenne l'affaire de mon père. » Un milliardaire de l'import-export. Quand j'ai raconté ça à Thomas, il a eu son sourire de petit garçon. « Je suppose que c'est ça la différence, a-t-il dit. Nous, les Afrikaners, nous n'avons nulle part où aller. Nous n'avons pas le temps de faire des expériences ou de nous amuser avec des attitudes politiques. Nous vivons ce que nous sommes. Ce qui peut être dangereux. »

J'ai découvert que cela lui avait pris beaucoup de temps pour en arriver là où il est aujourd'hui. Tant de chaînes et d'obstacles dans son laager, auxquels nous n'avions jamais pensé. Mais quand son choix a été fait, ce fut sans condition et sans compromis. Je ne crois pas que le feu et le soufre de l'enfer pourront le détourner de sa course.

Raison de plus pour moi pour endurer ça. J'ai honte d'avoir flanché, même brièvement. Dans mon moment de faiblesse, quand j'ai cédé à ma douleur personnelle, j'ai trahi le mouvement. Maintenant au moins j'ai l'occasion de racheter cette faiblesse.

Sept jours. Ce n'est sans doute que le commencement, cela peut durer encore très longtemps. Mais c'est quelque chose. Je suis toujours là. Je survivrai. Et s'ils me tuent, au moins, j'aurai la satisfaction de savoir pourquoi je meurs.

4

Le jour décisif, une semaine plus tard. Une belle journée, calme et ensoleillée, une journée d'automne, bordée de bleu. A la nuit tombante, alors qu'on ne pouvait encore soupçonner ce qui allait se passer – comme tout cela semblerait bourgeois et familial plus tard, en y repensant : cette dernière fois – elle sortit de la salle de bains, enveloppée dans une grande serviette blanche, une plus petite en turban autour de ses cheveux humides, et cria depuis la porte (elle n'était revenue de son jogging quotidien que depuis une demi-heure) :

« Si vous voulez bien nous préparer le veau, je fais une grande salade. J'ai acheté une bouteille de vin français.

– Qu'est-ce qu'on fête ? »

Elle avait des flammes dans les yeux. « Finalement, j'ai dit à Siebert d'aller se faire foutre avec son école. Cette fois, c'est terminé. »

Il la regarda fixement pendant une minute.

« Non, dit-elle tout à coup, comme s'il lui avait posé une question, pour une fois, je ne me dégonfle pas. Je n'ai pas cessé d'y penser. Surtout après notre conversation de la semaine dernière. Ça m'a pris un sacré bout de temps, mais j'ai sauté le pas. »

Presque gêné, il se leva à moitié du fauteuil dans lequel il était assis et se laissa retomber sur l'accoudoir. « Lisa, est-ce que vous êtes vraiment sûre...

– Je vais acheter de quoi faire la salade.

– Je peux y aller.

– Non, c'est moi. Je passe juste quelque chose. Il y a un Grec en bas de la rue. Il me garde toujours ce qu'il a de meilleur. Vous pouvez faire mariner votre viande. Elle est dans le frigo et le marsala est sur le buffet de la cuisine. »

Il était toujours assis sur le bras du fauteuil et tirait d'une main sur un fil de tissu très coloré qui le recouvrait quand elle revint de la salle de bains, en jean avec un pull marin rayé bleu et blanc, les cheveux encore humides et tenant un panier à la main. Elle sentait le savon et le talc.

« Ciao. »

Elle sortit ; la porte claqua derrière elle. Il resta à la même place, se demandant de façon abstraite : si cette nuit-là, il lui avait demandé de démissionner, d'envoyer son école au diable, aurait-elle décidé d'y rester ?

Que comprenait-il vraiment d'elle ? Et pourquoi lui était-il si important de comprendre ?

Au moins, la vie de Lisa avait atteint un moment de décision, de clarté.

Mais sa vie à lui ?

Le matin, après l'enterrement, il était sorti pour téléphoner à Justin. Ils s'étaient retrouvés à midi, sur une plage déserte à Blueberg. Des nuages épars filaient dans le ciel poussés par un vent violent. Une immense cascade de nuages recouvrait la Montagne lointaine. La mer était d'un vert profond. Il regarda malgré lui vers Robben Island : c'était la vue de la Montagne qu'avait eue Henry, il y avait longtemps. Mais par ce temps, à travers les embruns des vagues, on ne pouvait pas voir l'île.

Une demi-heure après, Rashid s'approcha, plié en deux, marchant contre le vent sur le sable. Adossés au squelette d'un bateau drossé sur la plage, il essayèrent de trouver l'abri le moins imparfait.

« Alors, David est tombé. » Justin. Les yeux à demi fermés contre les attaques de sable fin.

« Je suis inquiet à son sujet, dit Rashid d'un ton sincère. Il ne tenait plus le coup. »

Thomas fut très ferme : « David ne craquera pas. Il est plus dur que n'importe lequel d'entre nous.

– Ça ne sert à rien de faire des spéculations. » Justin

avait l'air fatigué. « Nous devons nous préparer à tout. Rashid et moi, nous allons à peu près bien. Mais toi, Thomas ?

– Je ne bouge pas.

– C'est sûr là où tu es ?

– Oui. Personne ne pensera à venir me chercher là.

– Mais tu ne connais pas la fille.

– Je commence à la connaître mieux. »

Rashid lui lança un regard étonné : « Qu'est-ce que ça veut dire ? »

Il sourit. « Pas ce que tu crois, Rashid. Ça ne m'intéresse pas. Mais nous avons eu une longue conversation. Elle est très bien.

– Elle ne pose pas trop de questions ?

– Non. J'essaie d'en dire le moins possible. »

Justin le regarda durement : « Tu es sûr que tu tiendras le coup ? Ce n'est pas le moment de flancher.

– Je te l'ai déjà dit. J'aurais trouvé ça plus facile si j'avais eu quelque chose à faire.

– Je sais que c'est dur pour toi, Thomas. Mais on t'a entraîné pour ça, hein ? Quand nous avons mis tout au point, quand la bombe a explosé, quand ils ont tué Nina, quand tout le reste est arrivé, Christine, David, tout, c'était très difficile, mais ce n'était pas le plus difficile. Le plus dur, c'est maintenant. Apprendre à vivre avec. Continuer. Ne pas laisser tomber, pas un seul instant. Garder la foi. Tu m'entends ?

– Je t'entends, Justin.

– Et si ça peut t'être utile : nous avons confiance en toi. »

Thomas eut un sourire fugitif et hocha la tête.

Le sable ne cessait de voler autour d'eux, tourbillonnant dans le bateau délabré.

« Tu ne crois pas qu'on devrait s'en aller, maintenant qu'ils ont arrêté David ? demanda Thomas.

– Non. Je suis sûr que tu es plus en sûreté, ici, au Cap, dit Justin. D'après moi, ils s'attendent à ce qu'on se disperse après l'enterrement. » Il rentra la tête entre les épaules pour se protéger du vent.

Ça me convient, pensa Thomas. Il était d'accord pour rester ici. La fille avait été agréable. Ils s'entendaient bien. Il n'exigeait rien d'elle ni elle de lui ; il aimait avoir quelqu'un à qui parler. Et elle l'intriguait avec sa révolte sans objet, son énergie, sa passion. Cela ne le dérangeait plus que de temps en temps elle lui rappelle Nina. Elle était suffisamment différente, maintenant qu'il la connaissait mieux. Elle ne menaçait rien dans son existence.

La seule source possible de problèmes était son frère.

Erik était revenu, vendredi en fin de soirée, pour le week-end. Il lui avait paru encore plus pâle, presque transparent, et ses yeux noirs brillaient d'un éclat bizarre. En entrant dans le couloir, alors que Lisa venait de lui ouvrir la porte, il s'était arrêté et avait fait un geste de la tête en direction de Thomas qui lisait.

« Ton invité est toujours là ?

– Oui. Anton essaie de terminer un chapitre de sa thèse. » D'un ton moqueur et innocent : « Pourtant, je ne l'ai pas vu travailler beaucoup.

– Alors il doit avoir des motifs cachés. » Il n'essaya pas de dissimuler son désaccord.

Thomas fut de nouveau frappé par leur étrange ressemblance. Il se dit qu'aucun des deux n'avait besoin de miroir quand l'autre se trouvait à proximité. Ce doit être un sentiment troublant de regarder le visage d'un autre pour se retrouver.

« Que se passe t-il ? lui demanda Lisa. Tu as une tête de déterré. Tu as vu un fantôme ?

– D'une certaine façon, oui. » Erik hésita un instant devant la porte ouverte de la chambre de Thomas, puis, avec un petit geste d'agacement, il emporta son sac jusqu'à la petite chambre d'amis. Il demanda par-dessus son épaule : « Tu as quelque chose à boire ? »

Quand Erik revint, elle avait déjà rempli les verres de vin – pour tous les trois.

« Parle-moi de ton fantôme. »

Manifestement, il n'en avait pas envie. Il dut boire plusieurs gorgées avant de pouvoir parler. « J'ai eu une urgence. Un soldat a essayé de se faire sauter le caisson et il s'est bousillé. » Une autre gorgée. « Je n'arrive pas à comprendre. Un type facile. Et tout à coup, cet après-midi, alors qu'il devait aller en opération en township, il s'est flingué.

– Les gens ne se perdent pas seulement sur la frontière, dit Thomas sans regarder Erik.

– Mais on est entraîné pour pouvoir être à la hauteur, répondit Erik. C'est à ça que sert l'armée.

– On est entraîné pour combattre un ennemi », dit Thomas avec précaution. Il avait toujours le regard perdu dans la cheminée comme s'il y avait eu du feu. « On est entraîné pour attaquer les terroristes qui veulent mettre la main sur notre pays. On va à l'armée afin que le pays soit un endroit sûr pour les gens ordinaires et pacifiques.

– Qu'est-ce que ça a de mal ?

– Tout simplement que ce n'est pas vrai. Personne ne vous prépare à découvrir que les prétendus terroristes sont vos compatriotes et qu'eux aussi se battent afin de faire de ce pays un endroit sûr pour les gens ordinaires et pacifiques. Personne ne vous forme pour torturer un prisonnier ligoté et sans défense ni pour le tuer de sang-froid. Personne ne pense à vous apprendre à conduire un Buffel ou un Casspir dans une township et à tirer sur des enfants. Non comme quelque chose d'exceptionnel, mais comme allant de soi. Parce que c'est de cela qu'il s'agit. Maintenir le pouvoir en place.

– Vous connaissez toutes les réponses, n'est-ce pas ? »

dit Erik. Mais il avait l'air mal à l'aise. Il vida son verre, le tendit à Lisa. Elle le lui remplit.

« Si c'est ce qui tourmentait le soldat d'aujourd'hui, dit Erik dans un brusque accès de colère, alors pourquoi est-ce qu'il ne l'a pas dit ? »

Thomas appuya la tête sur le dossier du canapé. « Comment peut-on savoir à l'avance comment on va réagir dans une crise ?

– Avez-vous déjà entendu une bombe exploser à côté de vous ? lui demanda Erik d'un air de défi.

– Il se trouve que oui.

– Et qu'est-ce que vous avez fait ? »

Thomas s'apprêtait à répondre mais, lisant un avertissement dans les yeux de Lisa, il changea d'avis.

« J'ai fait dans mon pantalon », dit-il en souriant.

Erik le regarda durement pendant quelques instants, puis sourit. « Vous vous êtes sauvé pour vous battre un autre jour ?

– On peut dire ça. » Il se leva, remplit son verre, resta debout puis annonça tout à coup : « Je vais me coucher. Salut. »

Le lendemain matin, Lisa et Erik étaient partis en voiture. Pour le week-end, avaient-ils dit. Lisa avait invité Thomas, mais à l'évidence uniquement par politesse, tandis qu'Erik restait derrière elle, l'air renfrogné. Feignant la gaieté, Thomas avait dit : « Non, il est temps que je commence à faire quelque chose pour ma pauvre thèse. » Puis il avait dû affronter seul la perspective d'un week-end lugubre. Ils n'étaient revenus que le dimanche soir ; et Erik n'avait pas voulu rester pour la nuit. Il n'était rentré avec Lisa que pour manger un morceau. Mais, de façon inattendue, son attitude envers Thomas fut plus accommodante qu'auparavant.

Comme s'il s'apprêtait à partir après le repas, il dit avec une franchise désarmante : « Écoutez, Thomas, si j'ai pu vous sembler brutal l'autre soir, c'est parce que ce qui c'était passé m'avait foutu en l'air... »

Thomas pensa que Lisa avait dû chapitrer son frère ; il aurait aimé entendre ce qu'elle lui avait dit. Il répondit : « Ce n'est pas grave. J'étais un peu énervé moi aussi. J'ai pensé à ce que vous m'avez dit. » Un silence. « J'espère que nous pourrons en reparler un jour.

– Bien sûr. Au revoir. »

Erik s'arrêta, sourit et dit : « S'il vous plaît, veillez bien sur ma sœur, d'accord ? »

Et Lisa répondit, fâchée : « C'est la dernière chose dont j'ai besoin. »

Pendant un moment, elle sembla vraiment vexée. Puis elle passa le bras autour de la taille de son frère et l'accompagna jusqu'à sa voiture garée sur le trottoir, devant la haute haie de myrte.

Thomas était dans la salle de bains quand il entendit Lisa revenir de faire les courses.

« J'arrive dans une minute ! » cria-t-il en remontant sa fermeture Éclair et en tournant la poignée de la porte.

Quand il entra dans la cuisine, elle se tenait debout devant la table de pin récurée où elle avait posé son panier de provisions. Elle le regarda fixement avec de grands yeux remplis de nuit. Elle avait un visage absolument blafard.

« Salut, Thomas. » Sa voix semblait mal assurée.

Il était tellement stupéfait par la façon dont elle le regardait qu'il ne l'entendit même pas.

Elle semblait prête à parler de nouveau. Mais, comme si son courage lui avait manqué subitement, sans un mot, elle poussa simplement le journal du soir sur la table, vers lui. Il vit que ses mains tremblaient.

Sur la première page, il y avait une photo agrandie de son visage. La légende, en lettres blanches sur un bandeau rouge, disait :

LE VISAGE D'UN TERRORISTE ?

5

comme une allumette qui s'enflamme tout à coup dans une pièce obscure et brusquement on voit tout en même temps ce fut ainsi à l'instant où j'ai vu la photo du visage d'anton du visage de thomas en première page du journal parmi les tomates les oignons les poivrons l'ail les olives et la feta que j'avais achetés rien n'étant isolé ni séparé ni chronologique mais tout apparaissant en un éclair et le plus étonnant je ne m'en suis même pas rendu compte sur-le-champ je n'ai compris qu'ensuite fut qu'à ce moment précis la seule pensée qui m'occupait l'esprit c'était que je devais rentrer tout de suite à la maison pour l'avertir afin qu'ils ne puissent pas découvrir où il se cachait je n'avais qu'une idée très vague de ce que disait le journal cela n'est venu que plus tard quand je l'ai relu que j'ai pris la première rue qui montait vers la montagne que je me suis assise sur un banc vert sous un arbre pour lire avec des yeux qui ne comprenaient absolument rien qu'on recherche thomas landman la police croit qu'il peut les aider dans l'enquête concernant l'attentat contre le président d'il y a quinze jours sur parade les aider dans l'enquête aider dans cela ne voulait pas dire qu'il l'avait fait mais le titre au-dessus de la photo disait le visage d'un terroriste non oh non ce n'est pas le visage d'un terroriste il est là-bas en haut de la rue dans ma maison il est calme serviable et parfois très amusant toutes ces histoires de travail dans un bordel sûrement pas un terroriste combien de gens sont morts dans cette explosion non je suis désolée c'est tout à fait hors de question ça ne peut pas être lui pourtant le journal dit j'ai le cœur qui bat dans ma gorge je tremble tellement que je ne peux même pas replier le journal pour le mettre dans mon panier il me regarde fixement sur la première page il y a seulement une semaine il est resté allongé à côté de moi devant le feu toute la nuit et je lui ai dit tout ce qui me passait par la tête absolument tout en ne gardant rien je ne m'étais jamais confiée autant à cœur ouvert à quelqu'un auparavant pas seulement parce qu'il faisait sombre et qu'il ne pouvait pas me voir mais parce que quelque chose en lui m'encourageait à me confier à lui pour la première fois depuis je ne sais pas combien de temps je pouvais être moi-même comme je le voulais et je me fous complètement si ça ne signifie rien pour les autres c'est mon point de départ mon seul repère même si ce n'est jamais suffisant en soi une fois qu'on a commencé à se poser des questions il faut essayer de changer le monde pour le rendre plus vivable sinon on étouffe ça je l'ai compris en un éclair quand j'ai vu sa photo et j'ai su ce qui le rendait différent ce qui faisait qu'il était entré dans ma vie comme ça c'était parce qu'il avait le cran de dire non au système et d'en sortir je ne parle pas de la bombe nous avons discuté pendant des nuits et des nuits une discussion qui peut durer jusqu'à la fin de notre vie je ne parle pas d'assassiner de tuer de mutiler je parle d'avoir le cran de faire *quelque chose* bien ou mal au-delà de la simple moralité ce qui importe c'est d'avoir cette lucidité ce courage de voir ce qui se passe et de faire quelque chose c'est ce que j'essaie désespérément de t'expliquer erik tu es le seul en dehors de thomas capable de comprendre ça et il est impératif que tu comprennes parce que tu es comme moi tu es moi et j'ai vécu par procuration à travers toi pendant tant d'années jusqu'à ce que toi aussi tu commences à me décevoir je veux te briser toi aussi de la façon dont j'ai été déchirée il est trop tard mon erik oh mon dieu ça m'inquiète foutrement si tu ne peux pas comprendre ça ce sera pour moi un nouvel échec une nouvelle défaite les pires de tous.

j'ai poussé le journal sur la table vers lui en sentant le grain du bois le grain rugueux du bois récuré sur mes paumes mais je ne pouvais pas émettre un son il a dû penser qu'il me terrifiait je restais là à trembler et au bout d'un moment j'ai fait demi-tour et j'ai couru dans ma chambre pour pleurer mais je n'ai pas pu je n'ai jamais pleuré facilement et cette fois c'était absolument impossible je suis simplement restée allongée sur mon lit en tremblant sans pouvoir m'arrêter mais ça s'est passé au bout d'un long moment il faisait sombre dans la maison et je me suis levée je suis revenue dans la cuisine et je l'ai trouvé toujours assis là avec le journal il n'a pas levé les yeux quand je suis entrée et je suis restée derrière lui et alors il a dit d'une voix blanche c'est à ce moment-là que le temps a recommencé à couler et la crue en moi a diminué et il a dit :

« inutile d'avoir peur je vais m'en aller.

– je n'ai pas peur. » j'ai posé les mains sur ses épaules des épaules qui brusquement semblaient si vulnérables et sans savoir pourquoi je le disais j'ai dit « est-ce que je peux faire quelque chose ? »

il est resté assis là pendant un long moment et sa main droite a touché ma main gauche posée sur son épaule puis il l'a relâchée d'une façon que je ne peux toujours pas m'expliquer son contact m'avait complètement déroutée c'était moi qui me sentais totalement exposée sans protection et j'ai commencé à déballer les légumes du panier et ce n'est que longtemps après que j'ai osé poser une question stupide je pense.

« comment est-ce que vous avez pu faire ça ? »

il a eu l'air surpris puis il a haussé les épaules et a dit « on peut faire n'importe quoi si on le doit.

– même... une chose comme ça ? »

il n'a pas répondu.

mais j'étais de nouveau lucide, il fallait que je parle.

« pour faire une chose comme ça il faut sûrement tuer d'abord quelque chose en soi ? »

je n'aurais jamais cru qu'un regard pouvait exprimer tant de douleur.

« vous ne croyez pas que je devais le faire ? demanda-t-il.

– mais vous êtes... » c'était presque impossible de trouver les mots. c'était peut-être moi-même que je soumettais à cette inquisition plutôt que lui. je me suis assise en face de lui mes jambes tremblaient trop pour que je reste debout. « je ne comprends pas comment on peut envisager que la violence soit une solution à quelque chose. »

« vous croyez qu'on peut continuer à parler de justice et toujours exclure la violence ?

– je ne parle pas de théories ou de principes ! » je devins tout à coup furieuse. je me sentais traitée avec condescendance. « je ne veux pas parler de ce que vous pensez – je veux parler de ce qui est *arrivé.*

– et pourquoi voulez-vous savoir ?

– parce que vous êtes sous mon toit. parce que vous êtes entré dans ma vie sans frapper. parce que j'ai absolument besoin de savoir. » sur quelle impulsion ai-je agi ainsi ? j'ai tendu le bras en travers de la table et je lui ai pris la main je l'ai tirée vers moi je l'ai tournée la paume vers le haut et j'y ai promené un doigt. elle ressemblait à une main de pianiste.

« je vous ai posé une question anton. » je me suis arrêtée et j'ai dit « thomas. j'espère que vous n'allez pas me dire que la fin justifie les moyens.

– non, je ne vous insulterai pas ainsi.

– et ne me dites pas non plus que si le gouvernement utilise la violence cela exige une réaction violente. si vous avez recours à la violence est-ce que cela ne vous rend pas aussi mauvais que votre ennemi ?

– serez-vous d'accord, me répondit-il, si j'affirme qu'il

y a une différence entre un feu de brousse et le contrefeu qu'on allume pour empêcher l'autre de s'étendre et de tout dévaster ?

– le problème avec les métaphores, anton, thomas, c'est qu'elles éloignent de la réalité. le feu c'est le feu. les gens, c'est différent. et quoi que vous ayez essayé d'empêcher avec votre bombe, ce qu'il y a de sûr c'est qu'elle a tué des gens. » je voyais qu'il voulait m'interrompre, mais je n'avais pas encore fini. « et n'essayez pas de me dire maintenant qu'il n'y a pas d'innocents, et ne me dites pas non plus que la bombe ne leur était pas destinée mais qu'elle visait le président. ils sont morts.

– et pour cela je suis prêt à être pendu. »

la brutalité de ses paroles me fit l'effet d'un seau d'eau glacée.

il recula sa chaise.

prise d'une panique soudaine je sautai entre lui et la porte.

« qu'y a-t-il lisa ?

– où allez-vous ?

– je ne veux pas vous créer plus de problèmes. vous en avez déjà trop fait pour moi.

– oh vous pouvez vous torcher le cul avec vos déjà-trop-fait ! » j'étais dans un état incroyable d'agitation. « ne me transformez pas en SPA.

– lisa. » il semblait épouvanté. « c'est la dernière chose à laquelle je pense. mais je ne veux pas mettre votre vie en danger.

– où pouvez-vous aller à cette heure de la nuit ?

– je dois passer quelques coups de téléphone.

– il y a un téléphone dans le salon.

– je ne peux pas appeler d'ici. c'est trop dangereux.

– vous ne pouvez pas non plus sortir comme ça n'importe qui peut vous reconnaître. votre photo a dû passer aussi à la télé maintenant.

– mais c'est urgent lisa. vous ne comprenez pas ?
– alors donnez-moi le message. je vais téléphoner à votre place.
– vous êtes folle ?
– pourquoi est-ce que je ne peux pas ? » je pris conscience qu'il avait une respiration haletante, comme s'il avait été malade.
– la sécurité.
– vous croyez que je vais aller téléphoner à la police. » je sentis que mes mâchoires se serraient.
« que savons-nous vraiment l'un de l'autre ? »
je me suis sentie plus profondément et plus méchamment insultée que je ne l'avais été dans ma vie. je me suis à moitié détournée et je lui ai lancé « alors allez-y. allez téléphoner. choisissez bien une cabine située sous un lampadaire pour que tout le monde puisse vous voir. »
je suis revenue vers la table en passant devant lui et je me suis assise sur ma chaise. il est resté immobile quelques instants puis il est parti dans sa chambre. je m'attendais à ce que la porte d'entrée s'ouvre et se referme. mais tout était silencieux. un peu après je l'ai entendu revenir. j'ai levé les yeux. il s'est approché de la table et a posé un morceau de papier devant moi.
« voici le numéro. quelle que soit la personne qui réponde, dites seulement qu'on fasse savoir à freddy que peter va bien, qu'il les contactera demain. raccrochez immédiatement et sauvez-vous. essayez de trouver une cabine assez loin d'ici. et détruisez ce morceau de papier dès que vous aurez fini. »
c'est une femme qui répondit au téléphone. elle ne me posa aucune question. dès que j'eus reposé le combiné, je décrochai à nouveau un réflexe. pour appeler erik. je croyais implicitement qu'il aurait une réponse. mais après avoir composé les deux premiers chiffres j'ai reposé l'appareil en me sentant coupable pas pour ma sécurité

mais pour celle de thomas d'avoir simplement envisagé une telle possibilité. puis je suis revenue très vite à la maison avec la 4 × 4. quand je suis arrivée – sur le chemin du retour, comme une adolescente dans des aventures de pacotille je me suis mis le morceau de papier avec le numéro de téléphone dans la bouche je l'ai mâché et avalé – il préparait le repas dans la cuisine. il me jeta un coup d'œil. je lui fis un signe de tête. pendant qu'il s'affairait en connaisseur devant la cuisinière j'ai préparé la salade. c'était merveilleux d'avoir quelque chose à faire même si ni l'un ni l'autre nous n'avons beaucoup mangé ensuite ; et nous nous sommes couchés de bonne heure.

je ne m'attendais pas à dormir et pourtant j'ai dû m'assoupir parce qu'il était huit heures quand je me suis réveillée. aucun bruit dans la maison. j'avais un mal de tête épouvantable. je me suis habillée et je suis allée préparer le café à la cuisine. un élan très ancien m'a ramenée dans ma chambre : j'ai pris le *i ching* dans la table de nuit – il m'avait accompagné dans le monde entier – et je l'ai rapporté sur la table de la cuisine, j'ai commencé à secouer les pièces entre les mains les yeux bien fermés tandis que le café refroidissait.

je me souviens exactement. lu : le ciel au-dessus, le lac en dessous. « marcher sur la queue du tigre. il ne mord pas l'homme. succès. »

j'avais un neuf sur la cinquième ligne de l'hexagramme. « conduite résolue » disait le livre « persévérance avec conscience du danger ».

étrange comment le rituel et cette réponse me calmèrent.

j'étais toujours assise là le livre ouvert devant moi mon gobelet de café entre les mains quand thomas entra de nouveau enveloppé dans une serviette. il avait l'air épuisé.

je lui ai dit : « j'espérais que vous dormiriez tard. »

il secoua la tête. « la journée va être dure. »

pendant le petit déjeuner nous avons évoqué les possibilités. ce n'est pas qu'il y en avait beaucoup. le seul choix plus ou moins semblait de lui teindre à nouveau les cheveux de façon radicale. il protesta. cela prendrait trop de temps affirma-t-il. mais c'était ça ou tenter le destin. il finit par se laisser fléchir.

je suis allée à pied à cavendish square – il avait absolument tenu à ce que je choisisse un endroit éloigné ou très animé – et j'ai dit que j'avais besoin de teinture pour mes cheveux. une longue discussion avec la soi-disant « visagiste-consultante » qui essaya de me convaincre de ne pas gâcher ce qu'elle appelait mes adorables cheveux mais je lui ai dit que c'était ça ou mon petit ami me laisserait tomber parce que seules les rousses l'excitaient. une répartie moqueuse avant que je m'en aille : « oh mon dieu moi mon petit ami il se sauve à un kilomètre quand il voit une rousse à l'horizon. il dit toujours et si elle a aussi des poils pubiens rouges. vous savez cette seule pensée le rend malade. »

même avec le paquet dans les mains je n'avais pas envie de rentrer et pourtant je connaissais l'impatience avec laquelle il devait m'attendre.

pour gagner du temps je me suis arrêtée en chemin chez le boucher. je suis passée devant et tout d'un coup j'ai décidé d'acheter de la viande pour ce soir et pourtant il y avait peu de chances qu'il reste jusqu'à la nuit. il le fallait comme pour exorciser l'inévitable. pas n'importe quel morceau de viande. quelque chose d'extravagant de spécial. le filet le meilleur et le plus cher que j'ai pu trouver.

j'attendais qu'on me prépare ma viande quand un Noir assez âgé est entré. grisonnant avec une petite barbiche pointue. des yeux larmoyants des vêtements usés jusqu'à la trame, une manche tenue à l'épaule par une épingle à nourrice. en prenant son temps avec une politesse douloureuse, gêné il regarda tous les morceaux puis il montra le fromage de tête le moins cher qu'il avait pu trouver et demanda une seule tranche. le boucher mécontent lui coupa une toute petite tranche l'enveloppa dans un morceau de papier blanc la posa sur la balance et dit :

« vingt cents. »

le vieil homme mit sa main dans sa poche et compta ses pièces : dix cents douze quinze dix-sept. il fouilla à nouveau ses poches mais n'en ressortit qu'un seul cent. il recompta : dix-huit. puis impassible résigné il rangea son argent et dit :

« désolé, patron, ça va comme ça. »

et il partit. la porte moustiquaire claqua derrière lui. en sortant avec mon paquet de papier brun noué proprement avec une ficelle, j'ai heurté des gens sur le trottoir parce que je ne pouvais pas me concentrer sur ce qui m'entourait. non pas parce que j'étais malheureuse mais bien parce que je ne pouvais rien à propos de ce misérable incident. j'aurais pu donner l'argent au vieil homme – et l'humilier pour de bon. mais ne pas l'avoir fait était pire. j'aurais pu renoncer à prendre ma propre viande. j'aurais pu faire des reproches au boucher. pour quelle raison ? était-ce de sa faute ? était-ce de la mienne ? soudain tout le concept de « culpabilité » ne convenait plus pour contenir ce que je ressentais ce qui était arrivé ce qui arrive chaque jour.

l'impuissance – et la futilité – de mon existence entière de blanche a été mise à nu en un instant.

j'ai pensé : serait-il excessif de croire qu'on peut jeter une bombe pour ça ?

je suis rentrée. en mettant la clef dans la serrure, j'ai été prise d'une panique soudaine : et s'il était déjà parti ? s'il m'avait envoyée faire des courses pour avoir le temps de s'en aller ? si je ne devais plus jamais le revoir ? parce que à ce moment-là j'ai su : si thomas était parti s'il ne devait plus revenir j'aurais raté une occasion qui ne se représenterait peut-être jamais.

j'ai appelé de la porte : « thomas ?

– mon dieu lisa. vous en avez mis un temps. »

normalement je lui aurais répondu immédiatement. mais j'ai simplement haussé les épaules et j'ai dit calmement : « je vous ai rapporté votre teinture. allons dans la salle de bains. »

c'était une opération compliquée parce que j'ai dû d'abord lui décolorer les cheveux – la « visagiste-consultante » m'avait donné tous les tuyaux – avant de tenter de changer la couleur et le résultat fut... beurk. mais pour le principal il était transformé de façon stupéfiante.

il a remis sa chemise et s'est dirigé vers la porte et je lui ai demandé : « et maintenant ?

– qu'est-ce que vous voulez dire ?

– je veux savoir où vous allez.

– il faut que je... parle aux autres.

– et ensuite ?

– cela dépend de ce que nous déciderons.

– vous croyez que vous allez devoir partir ? »

il a fait un signe de tête.

« je pars avec vous thomas. »

cela est venu calmement comme s'il s'était agi de la chose la plus évidente du monde. l'inquiétude et l'incertitude m'avaient quittée. tout était étonnamment clair. il me semblait que tout ce qui m'était arrivé allait dans ce sens.

« si les autres ont de bonnes raisons pour s'y opposer j'accepterai. mais vous devez au moins revenir pour me le dire. d'accord ?

– est-ce que vous vous rendez compte dans quoi vous vous engagez ? » j'ai eu l'impression qu'il cherchait des arguments des raisons, des excuses. « ce n'est pas un jeu lisa vous comprenez ? c'est une question de vie ou de mort.

– c'est précisément parce que j'en ai assez de jouer. ne me refusez pas cette occasion. »

puis il s'en alla. mais je n'étais plus inquiète. je savais qu'il reviendrait.

6

« Tu te rends compte du risque que tu prends, Thomas ?
– Si elle avait voulu quitter la partie, elle l'aurait fait depuis longtemps. Hier soir ou ce matin. Elle en a eu l'occasion.
– Tu la connais à peine.
– J'ai confiance en elle.
– Tu as confiance en elle au prix de ta vie ?
– Si elle m'accompagne, j'ai plus de chances de m'en tirer. Elle m'a dit elle-même qu'elle pourrait me servir d'alibi.
– Pourquoi ? Parce que ça l'excite ? L'aventure ? Ou parce qu'elle a le béguin ?
– Comment est-ce que je peux connaître ses motivations ? »

Rashid : « Si tu ne la connais pas suffisamment pour savoir ça, alors tu ne la connais pas suffisamment pour lui confier ta vie. »

Thomas avait conscience du regard inquiet de Justin qui l'observait.

« Je vous l'ai dit, j'ai confiance en elle.
– Un libéralisme sentimental ? » Rashid.

« Peut-être. Mais je suis prêt à prendre le risque. C'est ma vie.
– Nous sommes aussi dans le coup. Toute l'Organisation.
– Elle ne sait absolument rien sur vous et je ne lui en parlerai pas. Pour sa sécurité et pour la vôtre. Comme nous avons toujours fait avec ceux qui nous aident.

– Est-ce qu'elle sait ce qui est en jeu ? demanda Justin.

– Je le lui ai demandé.

– C'est à toi que je le demande.

– Sait-on vraiment ce qui est en jeu avant le moment décisif ?

– Nous avons été entraînés pour cela. Pendant des mois, certains d'entre nous pendant des années, on nous y a préparés.

– Nina n'avait aucun entraînement avant que nous allions à Paarl.

– Mais l'Organisation a passé des mois à la mettre à l'épreuve. Celle-ci est une novice.

– Tu t'inquiètes pour elle ou pour moi ?

– Pour la lutte.

– David a été arrêté, dit Thomas. Savoir s'il va craquer ou non, maintenant ça dépend de lui. Nous ne pouvons que lui faire confiance. C'est plus ou moins la situation dans laquelle je me trouve moi aussi. Il faut que vous me fassiez confiance.

– Nous ne pouvons plus rien pour David, pas pour toi.

– Imaginons le pire scénario, dit Thomas. Supposons qu'elle fout tout en l'air. Alors ils m'attrapent. Je peux au moins avoir la possibilité, avant d'être pendu, d'exposer mon affaire – notre affaire – devant le tribunal. Ce n'est pas beaucoup, mais c'est mieux qu'une perte totale.

– La merde, dit Rashid aussitôt. Tu ne verras jamais l'intérieur d'un tribunal. Ils vont te torturer jusqu'à ce qu'il ne reste plus rien de toi. Une fin lamentable, avec rien d'héroïque. Alors ne te raconte pas d'histoires. »

Thomas s'éloigna un peu. Ils se trouvaient sur la Montagne. Ils étaient venus les uns après les autres par le téléphérique après le coup de téléphone en fin de matinée. C'était une journée dure et brillante, d'un bleu saphir. Loin au sud, la colonne vertébrale d'Adamastor s'avançait dans la mer froide. Une ligne blanche de brisants marquait l'endroit où les deux océans se mêlaient avec violence.

Ici, dans un passé irrémédiablement lointain, mais à ce même endroit, sur un rocher taché par le lichen, parmi les blocs effondrés du sommet, Nina avait dit : « Quoi qu'il puisse arriver après, soit demain, soit ensuite ou n'importe quand, si jamais nous sommes tentés par le doute à propos de ce qui s'est passé, alors essaie de te souvenir, Thomas, essaie de te souvenir que ça en valait la peine. Tout. Promis ? » « Nous voulons que tu t'en sortes, dit calmement Justin derrière lui, d'une voix soucieuse et paternelle. Nous avons tous envisagé la possibilité de l'échec ou de la mort, c'est vrai. Mais il vaut toujours mieux survivre et continuer la lutte. »

Thomas se retourna vers lui. « Et c'est exactement pourquoi je pense que nous devrions donner une chance à Lisa, dit-il. Je me ferai moins remarquer avec elle que tout seul.

– Qu'as-tu exactement l'intention de faire ? lui demanda Rashid, sceptique.

– C'est ce que nous devons mettre au point ensemble. C'est pour cela que nous sommes ici.

– On peut vous fabriquer en vitesse une lettre d'introduction pour tous les deux. Des journalistes qui travaillent sur un même sujet. Qu'est-ce que vous en dites ? *Newsweek* ou *National Geographic*, nous avons du papier à en-tête.

– Très bien. Mais restons discrets. Rien d'étranger. Ils sont tous suspects. Qu'est-ce que vous diriez d'un bon gros magazine afrikaans. *Die Huisgenoot* ?

– Ça me semble très bien.

– Un photographe et une journaliste, proposa Thomas avec un nouvel enthousiasme. Je pourrai enfin utiliser un appareil photo.

– Pas question, dit Justin avec un rire moqueur. Ce serait vraiment chercher les ennuis, mon vieux. Deux journalistes, pas de photographe. »

Thomas ravala sa déception ; il était évident que Justin avait raison.

Justin s'adressa à Rashid. « Cela veut dire deux cartes d'identité. Tu peux faire ça ?

– Aucun problème. Donnez-moi simplement les noms. Et j'aurai besoin de photos d'identité. » Pour la première fois, il sourit. « Je fixerai leurs visages pour la postérité. » Il regarda Justin. « Mais où vont-ils aller ? Il ne suffit pas de leur dire de foutre le camp du Cap. Quelle est leur destination ?

– Ils doivent sortir du pays. » Justin se releva du rocher sur lequel il était assis. Il enfonça les mains dans ses poches, une attitude caractéristique quand il s'attelait à un travail. « J'ai pensé à tout ça cette nuit. Les aéroports sont encore trop sensibles. Le Zimbabwe et le Swaziland bien trop loin. Ça nous laisse le Lesotho et le Bostwana. Le plus important, c'est d'y aller doucement. En ce moment, tout le monde a la trouille. C'est pour cela que j'aime bien l'idée d'un projet pour un magazine. Ça nous donne du temps, ça desserre la pression. Quand ce sera un peu retombé, vous n'aurez qu'à filer. Mais nous devrons garder le contact.

– Alors on retient l'idée de *Die Huisgenoot*, dit Thomas. Personne n'y regardera à deux fois. Nous travaillerons sur un article – un sujet général, comme les Afrikaners dans le plattenland*. Ça donne un champ très large. Et nous pourrons nous diriger vers le Botswana, en remontant la côte ouest et en coupant par le Griqualant West. Je connais la région.

– Une seule chose, dit Justin. En aucune circonstance la fille ne doit savoir où vous vous dirigez. Elle devra découvrir les choses jour après jour. Si à un moment quelconque, elle devient difficile, tu la laisses tomber. Nous aurons un plan de rechange.

– Je t'ai dit que je lui faisais confiance.

– Mais tu dois être prêt à la quitter si c'est nécessaire. Parce qu'elle n'est que marginale, secondaire. Tu es le seul qui nous intéresse. D'accord ? Moins elle en sait moins c'est dangereux pour elle-même. Juste au cas où elle se ferait arrêter. Tu comprends, n'est-ce pas ?

– Bien sûr. Alors tout est d'accord.

– Allons-y, dit Rashid. Commençons par le commencement. »

C'était presque comme autrefois, à l'époque de Paarl, quand ils se réunissaient pour mettre les détails au point. Sauf qu'aujourd'hui ils étaient moins nombreux ; la moitié de l'équipe manquait : Nina, Christine, David. Ils disposaient également de moins de temps. Mais ils avaient l'habitude de travailler ensemble ; ils pouvaient s'appuyer sur des années de préparation. De toute façon, aujourd'hui, il n'était ni nécessaire ni possible de prévoir plus que les grandes lignes. Il fallait laisser le reste à Thomas, à lui et à la fille, les laisser improviser d'une situation à l'autre, prendre leurs propres décisions. La chose importante consisterait à rester en alerte, à lire les signes, à les interpréter, à les assimiler ; et à agir jour après jour. Hier avait cessé, provisoirement, d'exister. On ne pouvait plus compter sur demain. Il ne restait plus qu'aujourd'hui.

Le lendemain matin – il était environ dix heures ; il avait attendu que la circulation se calme et que le quartier se vide – Thomas transporta sa valise dans la nouvelle voiture, une petite Opel blanche que Rashid avait livrée, comme convenu, la veille au soir. (Il était assez tard pour compter sur l'obscurité ; assez tôt pour ne pas attirer l'attention.) Lisa, obéissante, était restée à l'intérieur pendant que Thomas et Rashid rangaient la voiture dans la petite ruelle sur le côté de la maison. (Rashid lui avait montré les deux jeux de plaques minéralogiques supplémentaires, une de Kimberley, l'autre du Transvaal, fixées sous celles de Worcester.) Puis Rashid était parti dans la nuit avec la Golf. Lisa n'avait posé aucune question quand Thomas était revenu. Ensuite, ils avaient pris ce dont ils auraient besoin pendant le voyage. Elle lui avait donné une vieille valise grise pour ranger ses affaires. Et maintenant, le lendemain matin, après une nuit au cours de laquelle ni l'un ni l'autre n'avait beaucoup dormi, ils étaient prêts : Lisa assez pâle, ce qui faisait paraître ses yeux plus sombres que d'habitude ; mais manifestement de bonne humeur.

Dans la poche arrière de son jean, Thomas avait sa dernière carte d'identité « vieillie ». Ils avaient décidé de garder Anton comme prénom en ne changeant que le nom en Lamprecht. Lisa avait choisi avec plaisir son second prénom, Karin, en y ajoutant, non sans une certaine perversité, le nom de son ancien amant, Rossouw.

Tandis que Thomas chargeait sa valise grise dans la voiture, Lisa alla chercher son bagage : le sac de toile bleue, usé, de l'avion, dont Thomas se souvint en grimaçant, à nouveau bourré de façon peu commode ; et toute une collection d'objets.

Il monta en voiture. Elle retourna une dernière fois dans la maison et revint avec un Tupperware rouge rempli de nourriture qu'elle avait préparée comme une surprise, de bonne heure ce matin : un poulet rôti, quelques œufs durs, des boulettes de viande, des sandwiches. Elle était toujours nu-pieds et tenait ses sandales par son petit doigt recourbé. Elle s'installa sur le siège du passager, se pencha en arrière pour déposer le Tupperware sur la banquette, puis leva une jambe pour enfiler une sandale.

« Alors, bon voyage », dit-il.

Elle le regarda en coin à travers ses cheveux qui recouvraient son visage étroit. « Tu ne m'as même pas dit où nous allions.

– Je n'en suis pas sûr moi-même.

– Je ne suis peut-être pas autorisée à le savoir ?

– C'est pour ton bien.

– Évidemment, dit-elle d'une voix sarcastique.

– Lisa. » Il était devenu très sérieux. « Je veux que tu comprennes bien : ce n'est pas un voyage de vacances. Ce n'est ni le plaisir ni l'aventure. Ce sera un voyage ennuyeux, irritant, frustrant et même difficile, peut-être même dangereux.

– ...

– Je veux que tu y réfléchisses avec soin. S'il te plaît. Parce que tu peux encore t'en aller. Je ne t'en voudrai pas. Tu peux m'oublier et reprendre ta vie. Tu ne me dois rien et je n'attends rien. C'est peut-être la dernière chance qui t'est offerte. »

Elle secoua la tête et attacha sa deuxième sandale. Autour de sa cheville, les deux rangées de perles aux couleurs gaies, rouge, jaune, bleu.

« Si tu viens, Dieu seul sait ce qui peut t'arriver. Je ne peux rien te promettre. Même pas une protection. Cela sera peut-être pire que tout ce que tu imagines en ce moment. Aussi, je t'en prie, réfléchis bien. Je t'en supplie. »

Elle voulut répondre. Il l'arrêta d'un geste.

« Lisa : c'est peut-être la dernière fois que j'emploie ton vrai prénom. Si tu viens – et je pense toujours que c'est de la folie –, à partir de maintenant, tu es Karin et rien d'autre.

– J'ai toujours voulu m'appeler comme ça. Je n'ai jamais aimé Lisa.

– La différence, c'est qu'à partir de maintenant tu n'auras pas le choix. Lisa n'existe plus. Ni Thomas. Tu es vraiment Karin. Je suis Anton. Même quand nous sommes seuls tous les deux. Sinon, on risque trop de se tromper. Et ce n'est pas non plus un jeu. Ma vie peut en dépendre. » Il resta silencieux quelques instants. « La tienne aussi peut-être. »

Elle hocha la tête, brusquement grave. Elle ne répondit pas tout de suite. Puis, d'un mouvement rapide et déterminé, elle rejeta ses longs cheveux noirs en arrière.

« Je pars avec toi, Thomas. » Et avec l'esquisse d'un sourire : « Anton. »

Elle lâcha sa tête, brusquement grave. Elle ne répondit pas tout de suite. Puis, d'un mouvement rapide et défiant, elle rejeta ses longs cheveux noirs en arrière.
« [illegible] pars avec toi, Thomas. » Et avec l'espoir d'un sourire : « [illegible] amour. »

Glossaire des termes marqués d'un astérisque dans le texte

AAM (MAA) : Mouvement antiapartheid (International).

ABBADOEK (afrikaans; origine malaise) : tissu enroulé autour du corps pour porter un enfant sur le dos (voir *Doek*).

ABELUNGU (xhosa) : homme blanc.

« AG » (afrikaans) : « d'accord », « très bien » (exclamation).

AGTERRYER (afrikaans) : ordonnance militaire.

AIA (afrikaans; origine malaise) : autrefois forme respectueuse pour s'adresser à une femme noire; aujourd'hui méprisant.

AMAKWETA (xhosa) : jeunes gens pendant la période d'initiation.

« AMANDLA NGAWETHU ! » (xhosa) : « Le pouvoir au peuple ! »

ARMSCOR : Société nationale pour le développement et la fabrication d'armes.

BAAS (afrikaans) : patron, maître.

BABA : papa.

BAKKIE (afrikaans) : petit camion; sur la côte atlantique d'Afrique du Sud, bateau de pêche.

BASTER (afrikaans) : métis, bâtard.

BERGIE (afrikaans) : clochard qui vit sur les versants de la montagne de la Table, au Cap.

BILTONG (afrikaans) : bandes de viande (généralement séchées et salées).

BLACK SASH : Mouvement féminin antiapartheid.

BLINKHOEK (afrikaans) : hameçon sans appât.

BOERE (afrikaans) : la police, et en particulier la police de sécurité (politique); le terme peut aussi désigner les Afrikaners en général.

BOETIE (afrikaans) : petit frère; forme affectueuse pour s'adresser à un petit garçon ou au plus jeune fils de la famille.

Boubou (Afrique de l'Ouest) : longue robe ample portée par les hommes.
Bra (argot des townships) : frère.
Braai (Vleis) (afrikaans) : barbecue.
Bredie (afrikaans) : ragoût.
Broederbond (afrikaans) : la Ligue des Frères. Organisation politique secrète afrikaner, nationaliste et d'extrême droite.
Buchu (khoin) : herbe médicinale parfumée.
Buffel : véhicule militaire.
Buti (xhosa) : frère.
Bywoner (afrikaans) : contremaître.

Capab : Centre des arts du spectacle du Cap.
Casspir : véhicule blindé de la police; appelé aussi « mello-yello » à cause de la couleur.
Cosatu : Organisation antiapartheid de syndicats noirs.
Cisr : Conseil pour la recherche industrielle et scientifique (subventionné par l'État).
Curry Cup (coupe Curry) : le plus important trophée du rugby sud-africain.

Dagga (khoin) : cannabis.
Deurmekaar (afrikaans) : troublé.
Doek (afrikaans) : tissu.
Dolosse (afrikaans) : os utilisés par un sorcier pour la divination.
Donga (afrikaans, d'après le khoin) : fossé.
Dominee (afrikaans) : pasteur de l'Église réformée hollandaise (pro-apartheid).
Dorp (ie) (afrikaans) : village.
Drostdy (hollandais) : bureau et résidence officielle d'un Landdrost : magistrat de district (équivalent de préfet).
Duiker (afrikaans) : petite gazelle (biche-cochon).
Dwall (afrikaans) : gêné, complexé.

ECC : campagne contre la conscription.

Fynbos (afrikaans) : arbuste de montagne.

Geelbeck (afrikaans) : saumon du Cap.

Hadeda : ibis.
« Hamba Kahle » (xhosa) : « Porte-toi bien ».
Hau : exclamation : « Ah ! non ».
Heemraden (hollandais) : citoyens engagés comme fonctionnaires de Drostdy.

HENSOPPER (afrikaans, de l'anglais : hans-upper; en français : « Haut les mains! ») Celui qui s'est rendu, en particulier, pendant la guerre des Boers.
HOLLANDERS : Hollandais.
HOMELAND : « foyer national » (sorte de « réserve indigène »). Les lois d'apartheid répartissaient les Noirs dans 10 homelands en fonction de leur origine ethnique.
HUISGENOOT (DIE) (afrikaans) : « Le compagnon de la maison », magazine familial populaire.

IVDASA : Institut pour une alternative démocratique en Afrique du Sud.
IMPIPI (xhosa) : informateur, espion.
INKULULEKO (xhosa) : « Liberté! » Slogan de la lutte de libération.
ITYALA LABO (xhosa) : chant de la lutte de libération. Le passage cité au chapitre 13 du tome I signifie : « Leur crime / Leur crime est grave / Leur crime est grave / Ils vont dire la vérité avec le fusil / Envoyez-les / Envoyez Umkhonto [référence à la branche armée de l'ANC, créée par Nelson Mandela, « Umkhonto weSizwe », « La lance de la nation »] / Ils vont dire la vérité avec le fusil. »

KAFFERBOETIE (afrikaans) : terme injurieux pour désigner un Blanc qui prend le parti des Noirs (mot à mot : petit frère des Noirs).
KAFFIR : (de l'arabe *ka'fir* : infidèle) : cafre; le terme désignait autrefois les Xhosas – aujourd'hui, terme méprisant pour les Noirs.
KAIA : hutte (cabane).
KAMBRO (afrikaans; origine khoin) : racine comestible.
KAREE (afrikaans) : grand arbre au feuillage dense.
KAROSS (khoin) : couverture de peau.
KIERIE (afrikaans) : bâton.
KIEWIET (afrikaans) : oiseau au cri perçant caractéristique.
KLAAR (afrikaans) : fini, terminé.
KLEINBAAS (afrikaans) : petit maître; terme de respect (datant de l'esclavage) pour s'adresser à un jeune garçon blanc.
KLEINNOOI (afrikaans) : même chose que ci-dessus, pour une petite fille blanche.
KLOOF (afrikaans) : col en montagne.
KOOPIE : colline.
KOPDOEK (afrikaans) : turban.
KRAAL (xhosa) : enclos du bétail et, au-delà, village d'origine.
KTC : camp de squatters noirs près du Cap.
KUKUMAKRANDA (khoi) : petit melon.

LAAGER (afrikaans) : à l'origine, cercle formé par les chariots des Trekkers; puis la communauté afrikaner refermée sur elle-même.

LANDDROST : fonctionnaire et juge local.
LAPA (Sotho) : endroit pour faire du feu.
LOBOLA (xhosa) : prix à payer (autrefois en bétail) par un jeune homme à son futur beau-père pour la fiancée.
LEKKER (afrikaans) : joli, bien.
MAROG (tswana?); sorte d'épinard sauvage, cuisiné comme légume.
MAAR (afrikaans) : mais, enfin, plutôt.
MANDELA SERELETSA (Sotho) : chant de la lutte de libération. Le passage cité au chapitre 13 du tome I signifie : « Mandela, protège, Mandela, protège / Mandela, protège / Protège notre nation / Donne-nous des lances / Long a été le combat / Le combat pour notre nation. »
MASHANGU BOYS (Zambie) : ceux qui font du marché noir sur le marché de Lusaka.
MATJIE(S) (afrikaans) : natte de joncs tressés.
MAYIBUYE iAFRIKA » (xhosa) : slogan de la lutte de libération : « Reviens, Afrique ! »
MAZHANJE (shangaan) : fruit sucré de couleur orange.
MEALIE : maïs.
MEERKAT (afrikaans) : rat palmiste.
MEID (afrikaans) : terme méprisant pour désigner une Noire (cf. l'anglais *maid* : jeune fille et servante).
MELLOW-YELLO : voir *Casspir*.
MOER (afrikaans) : juron (à l'origine, les organes génitaux féminins).
MOLO (xhosa) : bonjour.
MOS (afrikaans) : beaucoup.
MUSI (afrikaans) : exactement.

NAGMAAL (afrikaans) : la Sainte Communion.
« NGOKU ! » (xhosa) : slogan de la lutte de libération. « Maintenant ! » (en réponse à « Inkululeko : Liberté ! »).
NKOSI SIKELEL 'iAFRIKA (xhosa) : hymne national noir : « Que Dieu bénisse l'Afrique ». Le passage cité au chapitre 1 du tome I signifie : « Que Dieu bénisse l'Afrique / Que sa trompette s'élève / Écoute nos prières / Dieu, bénis / Saint-Esprit, bénis notre peuple. »
NOOI (afrikaans) : terme par lequel un ou une domestique noir s'adresse à une femme blanche.
NONNA (afrikaans) : terme de respect employé par les Noirs pour s'adresser à une (jeune) femme blanche; peut également être un terme d'affection.
NUSAS (National Union of South African Students) : Syndicat national des étudiants sud-africains (mouvement libéral).

OB (OSSEWA-BRANDWAG) : organisation clandestine pronazie, lancée pendant la Seconde Guerre mondiale contre le gouvernement Smuts.
OOM (afrikaans) : oncle.
OPSTAL (afrikaans) : maison d'habitation sur une ferme.
OUSIE (afrikaans) : servante noire (souvent utilisé comme marque d'affection, mais condescendant et de plus en plus méprisant).
OU (afrikaans) : petit ami, amant.
OUK (afrikaans) : copain, mec.
OUTA (afrikaans) : autrefois, forme respectueuse pour s'adresser à un Noir; aujourd'hui, méprisant.

PANDOER (afrikaans) : soldat khoin dans la milice de la Compagnie hollandaise des Indes orientales.
PANGA : machette.
PAP (afrikaans) : purée (dure) de farine de maïs.
PAPBROEK (afrikaans) : lâche.
PLATTELAND (afrikaans) : régions rurales.
POTJIEKOS (afrikaans) : ragoût, préparé en général dans un chaudron de fer sur un feu en plein air.
PREDIKANT (afrikaans) : pasteur de l'Église réformée hollandaise.

RAPPORTYERS (afrikaans) : porteur de dépêches (à cheval).
RIEMPIES (afrikaans) : fine lanière de cuir.
RIJKSARGIEF : (hollandais) : archives impériales, à La Haye en Hollande.

SABC : radio sud-africaine (sous contrôle de l'État).
SAMP (afrikaans) : purée de maïs. Voir *Pap.*
SECHABA (xhosa) : « Notre nation »; également le nom d'une revue culturelle de l'ANC.
SESTIGER (afrikaans) : membre du groupe d'écrivains d'avant-garde, « ceux des années soixante ».
SHEBEEN : buvette clandestine dans les townships.
« SIYA YA » (xhosa) : chant de la lutte de libération : « Nous allons » (à Pretoria).
SJAMBOK (afrikaans) : fouet.
SKELM (afrikaans) : amant secret (nom); rusé (adjectif).
SKOLLIE (afrikaans) : gangster, voyou (généralement métis).
SLASTO : ardoise grossièrement taillée utilisée sur les toits.
SMOUS (afrikaans) : colporteur.
SNOEK (afrikaans) : barracuda.
SOMMER (afrikaans) : exactement.

SOPIE (afrikaans) : petit verre, gorgée, lampée.
« SPACE YOUR NTLOKO » (argot des townships du Cap) : « Reprends-toi ».
SPECIAL BRANCH (SB) : police de sécurité.
SPIERRGEBIET (allemand) : zone interdite.
SPOOR (afrikaans) : trace.
SPRUIT (afrikaans) : petit cours d'eau, gué.
SRC : Conseil représentatif des étudiants.
STEEBOK (afrikaans) : petite gazelle.
STOKVEL (argot des townships) : fête.
STREPIE (afrikaans) : petit poisson rayé.
SWAPO (South West African People Organisation) : Namibie

TANGA : maillot de bain.
TIKOLOSHE (xhosa) : esprit du mal, gnome.
« TLOHA ! » (Sotho) : « Allons donc ! »
« TLOHELA KWANA » (Sotho) : « Va-t'en ! »
TOKTOKKIE (afrikaans) : scarabée.
TOYI-TOYI (xhosa) : danse, où l'on traîne les pieds, exécutée dans les manifestations ou les défilés.
TOONAS : arbres.
TREKBOER (afrikaans) : éleveur nomade.
TSOTSI : gangster ou voyou des townships.
THISHUIS (afrikaans) : résidence d'un fermier en ville.
TUYNHUYS : résidence officielle du président d'Afrique du Sud.

UCT : Université du Cap (en langue anglaise; libérale).
UDF : United Democratic Front (Front uni démocratique) : organisation non raciale lancée au début des années quatre-vingt pour mobiliser l'opposition intérieure à l'apartheid, alors que l'ANC (African National Congress) était interdit et en exil.
« uMANDELA BO » (xhosa) : chant de la lutte de libération.
UWC : University of the Western Cape; à l'origine réservée aux étudiants métis (« coloured »); aujourd'hui, l'université la plus à gauche d'Afrique du Sud.

VELDSCHOENS : chaussures de peau fabriquées à la main.
VIERKLEUR (afrikaans) : drapeau (à quatre couleurs) de la république du Transvaal.
VLAKTE (afrikaans) : plaine, prairie.
VOORDHUIS (afrikaans) : salon.
VROT (afrikaans) : misérable.
VYGIE (afrikaans) : ficoïde, plante grasse aux fleurs très colorées.

WAA : Association féminine de l'agriculture.
WACHTUIS (afrikaans) : bâtiment de la police de sécurité.
WAKIS (afrikaans-hollandais) : coffre utilisé comme siège sur un chariot; plus tard utilisé pour ranger des vêtements dans une maison.
« WE COMRADE TAMBO » (xhosa) : chant de la lutte de libération : « Salut, camarade Tambo ».
WETHOUDER (hollandais) : conseiller municipal.
WITDOEKE (afrikaans) : groupes blancs (armés), sorte de milices.

ZOORIE : appât pour petit poisson.
ZWIIGER (hollandais) : silencieux.

Cet ouvrage a été réalisé par la
SOCIÉTÉ NOUVELLE FIRMIN-DIDOT
Mesnil-sur-l'Estrée
pour le compte des Éditions Stock
en septembre 1991

Imprimé en France
Dépôt légal : Octobre 1991
N° d'édition : 5217 – N° d'impression : 18596

54-06-4039-01
ISBN : 2-234-02398-X

54-4039-1